황 녀 문용옹주 2

황녀 문용 옹주 2

초판 1쇄 인쇄 2010년 3월 5일
초판 1쇄 발행 2010년 3월 7일

지은이 : 유주현
펴낸이 : 김형호
펴낸곳 : 아름다운날

주 소 : (121-837) 서울시 마포구 서교동 351-10 동보빌딩 103호
전 화 : 02) 3142-8420
팩 스 : 02) 3143-4154
출판등록 : 1999년 11월 12일
E-메일 : arumbook@hanmail.net

ISBN 978-89-93876-07-9 (03810)
ISBN 978-89-93876-05-5 (세트 전2권)

유주현 장편소설

황녀

2

문용옹주

고종황제의 숨겨진 딸이자
덕혜옹주의 배다른 언니 이문용!

왕의 여자들이 벌이는 암투극의 희생양이 되어 파란만장한 삶을 살아야 했던
조선 황녀의 일대기!

아름다운날

● 고종황제의 여인들과 그 자녀들

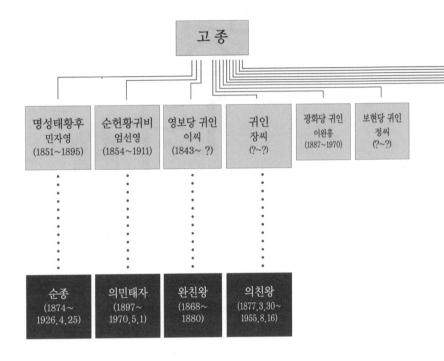

고 종

| 명성태황후
민자영
(1851~1895) | 순헌황귀비
엄선영
(1854~1911) | 영보당 귀인
이씨
(1843~ ?) | 귀인
장씨
(?~?) | 광화당 귀인
이완흥
(1887~1970) | 보현당 귀인
정씨
(?~?) |

| 순종
(1874~
1926.4.25) | 의민태자
(1897~
1970.5.1) | 완친왕
(1868~
1880) | 의친왕
(1877.3.30~
1955.8.16) |

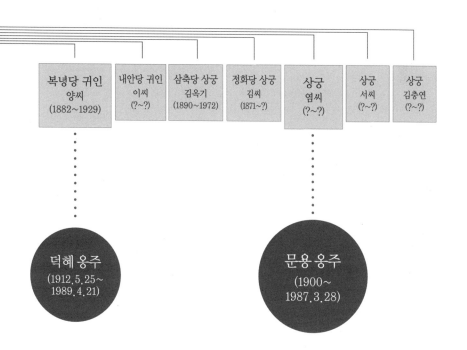

| 복녕당 귀인
양씨
(1882~1929) | 내안당 귀인
이씨
(?~?) | 삼축당 상궁
김옥기
(1890~1972) | 정화당 상궁
김씨
(1871~?) | 상궁
염씨
(?~?) | 상궁
서씨
(?~?) | 상궁
김충연
(?~?) |

덕혜 옹주
(1912. 5. 25~
1989. 4. 21)

문용 옹주
(1900~
1987. 3. 28)

머리말

1900년에 이 여자는 고귀한 신분으로 이 세상에 던져졌다.
1974년의 등불이 꺼질 때 이 여자는 같은 합장으로
마리아와 관음에게 자기 분노와 영혼을 기도하고 있다.
나는 이제 이 여자에 대하여 단 한 마디도 더 쓸 언어가 없다.
1974년 12월

유주현

차 례

제16장

    어느 날 석양 무렵에 명사십리에 가까운 송도원 바닷가엔 큰 이변이 일어났다고 치자. 멀쩡한 하늘에 무지개가 서더니 그 무지개를 타고 선녀들이 하강을 했다고 치자. 토속적인 전설과 같은 이야기지만 그랬다고 치자. 명사십리 모래밭에는 남녀노소 많은 구경꾼들이 모여들어 구경을 했을 것이다. 그 바람에 피어 흐드러진 해당화들이 짓밟혔을 것이다. 그뿐일 것이다.

    선녀가 아니라 신이 강림했다고 치자. 하늘이 쪼개지는 번갯불과 함께, 지축을 흔드는 비바람과 함께 전능의 힘을 가진 신이 강림했다고 치자. 군중은 외경의 눈초리로 그 신의 동정을 세심히 관찰하다가 무릎 꿇고 엎드려 기구(祈求)했을 것이다. 죄 있는 자는 죄를 사해달라고 기구했을 것이다. 소망이 간절한 자는 소망이 이룩되기를, 병고에 시달리는 자는 건강이 회복되기를, 그리고 사랑을 앓는 사람들은 사랑이 결실하기를 간절히 기구

하며 강림한 신을 우러러보았을 것이다. 그 바람에 갈매기들도 나래를 접은 채 한동안 침묵을 지켰고 파도마저도 숨을 죽였을 것이다.

그런 다음에는 모두 즐거웠을 것이다. 선녀의 하강을 찬미하고, 신의 강림을 축복하며 사람들은 명사십리 넓은 모래밭에서 일대 군무(一大群舞)라도 추기 시작했을 것이다.

숨을 죽였던 파도도 춤추고, 해당화는 깔깔거리고, 갈매기는 노래할 것이다. 바람도 구름도 지상의 축제를 찬양했을 것이다. 사람들은 그저 흐뭇하기만 해서 이 세상에 태어난 것을 누군가에게 감사했을 것이다.

그처럼 신이, 선녀가 돌연 명사십리에 하강을 한 이적(異蹟)이 일어났다 치더라도 한여름 밤의 피서지는 그저 떠들썩하게 축제 기분으로 흥겨웠을 것이었다.

그런데 사람 하나, 일본 사람 하나가 돌연 그곳에 나타나고 보니 이야기는 전연 달라지는 것이었다.

— 송도원 별장에 조선 총독이 왔다.

함경남도 전체가 긴장을 했다.

원산 시내가 온통 술렁거렸다.

유원지 송도원으로 가는 길엔 경찰과 헌병들이 개미 떼처럼 깔렸다.

그가 하룻밤을 묵는다는 별장 요정 송도각 주변에는 뭇 사람들의 출입이 엄중히 금지됐다.

당국은 모든 피서객들을 그 송도각 북쪽 해변으로 몰아 붙였다. 그리고 임시 경호 본부가 내가 묵고 있는 우리 집 별장에 설치됐다.

송도원 일대의 그 풍요로운 여름밤이 벼락이라도 때린 것처럼 극도로 당혹하고 경직돼 버렸다.

선녀의 하강을 지켜보는 그 축복된 눈총들이나, 신의 강림을 우러러보는 저 기구하는 외경과는 전연 다르게 모든 사람들은 그저 불쾌한 모멸감을 짓씹으며 탱탱하게 긴장을 해야 했다.

그것은 조선 총독이라는 그 권력의 상징이 안겨주는 불쾌한 위압이며 육군 대장 우자키 가스시케라는 일본인에게 대한 조선인들의 적의에 찬 모멸감이었다.

어쨌든 거대한 옆 별장에 자리잡은 저들이 호화로운 주연을 베풀고 흥청거리는 동안 우리들은 숨도 크게 못 쉬고는 방 속에 갇혀 있어야 했다.

행랑채의 방이라서 넓지가 못하고 뒤 간쯤 됐는데 거기 우리 네 식구가 들뜨려진 채 외출 금지령을 받았다.

우리 네 식구라는 인원 구성이 기가 막힌다. 안악댁과 시동생 동진(東鎭)이는 나를 따라 온 내 집 권속들이니까 물론 우리 식구지만, 일본인 야나기마저 우리의 식구 노릇을 해야 했으니 기가 막힌다.

처음에 경찰이 그를 우리 안방으로 밀어 넣으려 할 때 안악댁은 펄쩍 뛰면서 항의를 했지만 나는 모르는 체하다가 말했다.

"갑자기 옮길 만한 데가 어디 있겠어요. 우리가 마루를 쓰고 그분더러 방을 쓰게 하세요."

결국엔 야나기 무네요시가 마루를 쓰고 우리들은 방을 쓰기로 했으니까 한 식구였다.

나는 저희들 동족한테 울분이 많은 민예학자가 경찰과 슬슬 대화하는 것을 들었다.

함경남도의 도지사도 오고 원산 시장도 오고 한상룡(韓相龍)이라던가 하는 조선인도 총독과 함께 와 있다는 사실을 알았으며, 기생 여덟 명인가가 불려와서 그들의 시중을 들고 있는 듯하다는 것도 알았다.

"총독이라는 게 대단한 것이로군요."

야나기는 그런 말을 흘리면서 씁쓸한 웃음을 흘렸다. 그는 또 나를 보고 말했다.

"모르면 몰라도 인간적인 수양과 학식이라는 것은 내가 좀 더 많을지도 모를 텐데 총독은 저렇게 위대하고 학자는 이처럼 초라하군요. 어허허허."

그의 웃음은 허천(虛天)에 메아리치듯 공허했다. 그는 또 말했다. 안간힘처럼 여겨지는 말을 했다.

"하지만 나는 총독이 부럽지 않습니다. 50년 후엔 조선 총독보다도 이 야나기 무네요시가 조선 사람들 기억에 남을 것입니다. 총독은 이 삼천리 반도에 군림하면서 정말 엄청난 발자취를 남겨놓겠지요. 조선 반도를 완전히 변모시켜놓을지도 모르죠. 그러나 나는 만년필 하나로 조선 민족의 울분을 대신 울어 줄 것입니다. 조선 민족이 만들어 낸 깜파리 한 조각이나 불상 하나에 내 정과 사랑을 쏟을 뿐입니다. 그렇더라도 나는 총독보다 위대합니다. 나는 사람의 정과 마음에 접촉하면서 우아한 인간 정신의 승리를 기도합니다. 말을 바꾸면 일종의 구도(求道)지요. 한강 물이 흐르고 있어요. 지금 조선 사람들은 그 흐르는 한강 물을 보면서 강물이니까 어쩔 수 없이 흐른다고 생각할 것입니다. 총독부의 관리들은 기분 좋게 흐른다고 생각할 것입니다. 태양은 빛나고 바람은 상쾌하여 만물이 생기에 넘치는 조선의 여름이라고 생각하는 일본인들이 있는 반면에, 햇빛이 지겹고 바람은 스산하며 지상 만물은 죽지 못해 살고 있다는 슬픈 감정으로 고개를 숙이고 있는 조선인들이 있습니다. 나는 그 인간 감정의 대비적인 현상을 바라보면서, 그 비애와 환희 사이에 어떤 죄악이 개재돼 있는가를 골똘히 생각합니다. 나는 전율 없이 저들의 환희를 바라보지 못합니다. 나는 인간의 감정을 앓을 줄 알지만 저네들은 권력을 편애할 뿐입니다. 저들은 파괴와 혼돈이 즐거움이고 나는 의문과 반성을 열애(熱愛)합니다. 부인! 우리는 위축되지 맙시다. 그리스도는 저들을 사랑하시지 않고 부인과 이 사람을 사랑하실 것입니다. 오늘밤 우리의 할 일이 있습니다. 부인, 신에게 무릎 꿇고 저들의 죄악을 용서해달라는 기구를 하십시다. 부인, 그리스도를 사랑하십니까?"

나는 그의 순화되지 않은 장황한 말에 어리둥절해 있다가 무심결에 대답했다.

"저는 부처님을 공경합니다."

그는 지체 없이 내게 말했다.

"부처님도 좋지만 예수 그리스도를 믿으십시오. 하늘에 하나님이 계시기 때문에 땅에 부처님이 있습니다. 부인."

그의 그 도도하고 교만한 발설이 미워서 나는 그에게 좀 빗나간 말을 물었다.

"일본 사람보다 조선 사람을 더 사랑하신다죠? 선생님은."

"사람의 정이란 약한 자나 불쌍한 사람에게 더 쏠리는 것입니다, 부인."

"홍수가 져서 탁류가 도도히 흐르고 있어요. 사람 둘이 떠내려갑니다. 하나는 일본 사람이구요, 한 사람은 조선 사람입니다. 선생님은 어느 쪽에다 먼저 구원의 손을 내미시겠어요?"

"두 손을 다 함께 내밀겠소이다."

"그럼 선생님마저 탁류에 휩쓸리셨군요? 세 사람이 함께 죽어가네요. 부처님은 선생님을 어리석다고 하실 것입니다. 나무관세음보살."

나는 일본인 야나기 무네요시의 진실된 마음을 엿본 것 같아서 정이 가시어버렸다.

시각은 같았다. 장소의 차이도 없었다. 파도 소리를 함께 들으며 달빛과 바닷바람을 함께 즐기며 조선 총독 우자키는 음탕한 환락에 빠져 있고, 민예학자 야나기 무네요시와 조선의 황제가 남긴 옹주 이문용은 그런 허망한 문답으로 스스로의 초라한 마음을 달래고 있었다.

자정이 가까운 시각이 되자 간부급으로 보이는 사복 경찰관이 마루 끝으로 접근해 와서 나를 보고 정중히 고개를 숙이더니 신중하게 말을 꺼냈다.

"부인한테 청할 말씀이 있습니다."

나는 대답 대신 그를 쏘아봤다. 분명히 조선 사람인데 말투는 일본인 행세였다. 그는 내 옆에 앉아 있는 안악댁을 음탕한 눈초리로 흘겨보더니 또 지껄였다.

"어렵지 않은 청입니다. 두 부인께서 잠시 바닷가를 산책해주실 수 있겠습니까? 달이 밝습니다. 파도 소리가 시원합니다. 발바닥이 간지럽도록 고운 모래밭을 밟으며 거닐어주십시오."

"도대체 무슨 말씀을 하고 있는 거예요?"

안악댁이 암팡지게 물었다.

초저녁부터 시끄러울 만큼 들려오던 가야금 소리가 뚝 그쳤다. 기생들의 노랫소리도 그쳤다. 총독이 묵고 있는 별장 요정 송도각 쪽이 갑자기 조용해졌다.

"그저 잠시 두 부인께서 산책만 하시면 됩니다. 그동안 저희들이 이 방에 좀 모여 회의를 하려고 그러니까 달리 생각 마시고 바닷가 산책이나 하시다 돌아오시지요. 뭣하면 여기 계신 이 야나기 선생과 함께 나가셔도 좋습니다."

한번 꺼낸 그들의 요구인데 거절해봤자 별수가 없는 것이다. 강제로 축출당하기 전에 제 발로 걸어 나가는 게 상책이었다.

시동생 동진더러 그들의 동정을 살피게 하고 나는 안악댁과 함께 뜨락으로 나섰다.

"내가 두 분을 호위하지요."

야나기도 따라 나섰다. 셋이서 강요된 산책을 하고 있었다. 그것이 엄청난 음모였음을 미처 알지 못했다. 그들은 왜 그처럼 교활한 짓까지 꾸며내야 하는 것인지 이해할 수가 없었다.

바닷바람은 거세지가 않았다. 달이 밝았다. 시새밭은 끝없이 넓게 펼쳐져 있었다. 해당화의 가지가 이따금씩 발길에 채였다. 종아리를 찔렀다. 꽃향기는 진할 것이지만 진하게 코에 맡아지진 않았다.

세 사람은 뒤를 돌아보지 않고 검은 파도가 소요하는 바다 쪽으로 걸어나갔다.

"저 우자키 총독의 특징은 뭣입니까? 조선인들의 여론으로 말이죠."

야나기 무네요시는 일부러 걸맞지 않은 화제를 꺼내는 것 같았다.

"글쎄요. 개인의 특징이야 저희 같은 부녀자가 알 길이 없지만서두요, 아마 농촌 진흥이라든가 그런 시정 목표를 내세우고 있는 것 같아요."

"농업 정책을 중시하는가 보군요?"

"관청 어디를 가나 자력갱생이니 농촌 진흥이니 하는 글을 써 붙였다니까요."

"하긴 조선의 쌀이 많이 쏟아져 나와야 우리 일본인들이 좋은 쌀밥을 배불리 먹을 수 있겠지요. 조선의 농민을 위한 농촌 진흥이 아닐 것입니다."

나는 그의 그런 말을 듣자 속이 후련하면서도 그를 진심으로 숭배해야할지 어떨지는 쉽게 판단할 수 없었다.

그는 조선 사람한테는 그런 식의 말을 하고 총독부의 관리들을 만나면 또 다른 이야기가 있고 본인 자신의 속생각은 또 내가 짐작하기 어려운 어떤 음흉한 차원에 두고 있는 게 아닐까 하는 의심을 품게 하는 그런 사람이라고 나는 생각했다.

"부인은 조선 독립운동과 아무런 인연이 없었습니까? 가령 3·1 만세사건에 직접 참여해 봤다든지 하는……. 아니면 부호이신 모양이니까 만주 일대에 창궐하는 조선 독립군에게 군자금 같은 것을 제공했다든지……."

나는 발길을 멈추면서 긴장했다. 창궐하는 조선 독립군이란다. 창궐하는…….

안악댁이 내 옆으로 바짝 붙어서면서 오래간만에 입을 열었다.

"고만 돌아가요. 너무 멀리 나온 것 같으니까."

그러자 야나기는 껄껄거리며 웃었다.

"아하하, 내가 섣부른 말을 지껄여서 오해를 받았나봅니다. 안심하세요. 나는 일본 군벌의 첩자가 아닙니다. 단지 조선인들의 비원(悲願)이 독립이니까 무심히 그걸 화제 삼아 봤을 따름이지요."

그때였다. 뒤에서 모래를 밟는 연한 발소리가 들려왔다. 네 명의 괴한이 우리 뒤에 나타나더니 말했다.

"부인! 고만 별장으로 돌아가시지요. 모시러 왔습니다."

"모시러 와?"

야나기의 반응이 지나치게 민감했다.

"네, 모시러 왔습니다. 가시죠."

그들은 우리를 호위하듯 에워쌌다.

"가시죠."

나뿐이 아니라 안악댁도, 그리고 야나기 무네요시도 심상치 않은 예감을 느꼈던 것 같다.

야나기가 말했다.

"모시러 올 것까지야 있소? 그렇잖아도 돌아가려던 중인걸."

왠지 이유는 알 수 없으면서 우리는 퍽 서먹서먹한 마음이 된 채 별장 근처에까지 오자 그여이 불쾌한 사단이 일어나고야 말았다.

별안간 한 사나이가 나의 팔을 잡고는 강압적인 말투로 선언했다.

"각하의 숙소까지 잠깐 가셔야겠습니다, 부인."

다른 한 사내가 서모 안악댁의 팔을 잡았다.

"부인도 함께 가셔야 하겠소이다."

또 다른 괴한은 내 옆을 바짝 따르던 야나기 무네요시를 어깨로 밀쳐버리며 호통을 쳤다.

"당신은 저리로 가시오!"

그 세 괴한의 동작은 같은 시각에 취해졌으며, 그 세 마디의 말도 역시 일시에 터졌다.

"이게 무슨 짓들이오!"

나는 그렇게 외치려 했으나 혀끝이 굳어져서 말이 나가지 않았다.

"왜들 이러는 거예요?"

그래도 안악댁은 앙칼지게 그런 소리를 외쳤으나 그 항변은 바람과 파도 소리에 씻겨버렸다.

"이게 무슨 부도덕한 짓들인가?"

야나기 무네요시가 뒷전에서 호통을 쳤지만 부도덕이란 표현은 그들에게 실감이 나지 않았던지 묵살돼버렸다.

폭력적인 완력에 의해서 나도 안악댁도 시새밭을 질질 끌려가고 있었다. 발버둥을 칠 때마다 폭력은 더해지고 해당화의 가시가 종아리를 찔러댔다.

"각하께선 해변을 산책하는 유부녀들에게 흥미를 느끼신 모양이외다. 밤중에 부녀자들이 바닷가를 거닌 것 자체가 이런 일을 불러일으키게 한

동기외다. 책임은 당신들 자신에게 있단 말이오."

누가 뭐라고 지껄이거나 내 귀엔 아무 말도 제대로 들어오지 않았다.

"총독 각하께선 돈 주고 되는 여자들보다 유부녀를 좋아하시지요. 달밤에 남자와 함께 바닷가를 산책하는 부인네들한테 주목하신 것은 각하께서 그만큼 낭만적이란 증거가 아니겠소? 부인은 행운과 영광을 잡으셨소."

천박하고 폭력적인 괴한들과 싸운다는 것은 무의미한 짓이었다.

아무리 생각해도 가증스럽고 더럽게 꾸며진 획책에 걸려들어 나는 조선 총독이라는 인간의 얼굴을 맞바로 볼 기회를 얻었다.

"각하, 아까 말씀드린 바와 같이 해변을 제 남편과 함께 산책하던 부인이올시다."

어떤 녀석이 그런 말을 지껄였다.

"어허, 그래!"

술 취한 총독의 눈총이 나를 훑고 있는 것을 피부로 느꼈다. 그의 얼굴은 둥글고 번질거리는 것 같았다.

"어디서 온 여자들인가?"

총독이 직접 나를 보고 물었다.

"철원에서 왔어요……."

안악댁이 내 대신 대답했다.

"두 사람이 다?"

"저 여잔 저의 계집종이에요."

안악댁이 그런 말을 거침없이 했다.

"자네는 상전이구?"

"네."

"내가 누군지 아나?"

"총독님이라면서요?"

안악댁은 당돌하리만큼 총독의 말을 척척 받아넘겼다. 여자가 악이 받치면 그럴 수도 있는 것인 모양이다. 그리고 안악댁의 수완 여하에 달렸음을 짐작했다.

나는 내가 안악댁의 계집종이 된 심정으로 그네에게 의존할 수밖에 없었다.

잠시 침묵이 흘렀다. 총독이 나와 안악댁의 생김새를 훑어보고 있는 순간인 것 같았다.

나보다야 서모 안악댁이 열 곱절 젊고 예뻤다.

총독은 안악댁을 보고 물었다.

"학교엘 다녔나?"

"저는 여학교를 나왔습니다. 하지만 저 사람은 일자 무식꾼이에요."

"아이가 있나?"

"저요?"

"아이를 낳아봤나?"

"못 낳아봤습니다. 하지만 저 사람은 4남매나 낳았어요."

안악댁이 왜 그런 기막힌 거짓말을 꾸며대고 있는가를 나는 쉽게 짐작할 수가 있었다.

총독은 선택했으며 명령했다.

안악댁이 나를 보고 말했다.

"아무 걱정 말고 자네는 어서 돌아가 있게나."

나는 총독이 묵고 있는 별장을 나왔다. 아무도 내 처소까지 데려다 주지 않았다. 어떻게 걸어왔는지 몰랐다.

시동생 동진이 뛰어나와 나를 부축해서 방으로 들여갔다. 그의 한 손엔 아직도 하모니카였다.

기다리고 있었던지 일본 사람 야나기가 나를 보고 물었다.

"또 한 부인은요?"

나는 대답하지 않았다.

그도 더는 묻지 않았다.

동진은 밤하늘을 바라보다가 하모니카를 불었다.

한참만에 야나기가 또 지껄였다.

"오늘밤에 저 무지한 녀석들의 부도덕한 짓을 나는 반드시 고발할 것입니다."

"누구한테 고발합니까?"

시동생 동진이 물었다.

"사회에 고발하지, 만천하에 고발한다."

"글로요?"

"글의 고발은 역사에의 고발이야. 가장 무서운 것일세, 학생."

동진은 다시 하모니카를 불었다. 조용히 내가 말했다.

"어리석은 짓입니다. 범죄를 눈앞에 보면서 장차 고발할 것을 벼르는 그런 어리석음이 어디 있습니까? 선생님은 일개 순사만도 못한 존재예요."

야나기는 주먹으로 자기 무릎을 쳤다.

"하긴 그렇군요. 부인의 말이 옳습니다."

그는 멍청한 표정으로 또 말했다.

"한 변태 성욕자인 돌대가리가 총독으로 와서 남의 나라의 삼권을 제 마음대로 휘두르고 있는 판국이니, 허 참 조선 민족이 참으로 불쌍합니다."

나는 그에게 면박을 줬다.

"그 값싼 동정일랑 제발…… 값싼 동정은 위선과 다르지 않고 위선이란 솔직한 횡포보다 더 천박합니다."

"내가 일본 사람이니 그렇게 보시는 것도 무리가 아니군요."

그는 한숨을 쉬면서 돌아앉았다.

두 시간쯤 뒤에 안악댁이 돌아왔다.

나는 아무것도 묻지 않았다.

안악댁은 자진해서 겪은 상황을 설명했다.

"우리 말고도 또 달리 산책을 시켰던 부녀자들이 있었어요. 그쪽 여자 하나가 훨씬 미모여서 나는 퇴짜를 맞았다니까요."

나는 안악댁을 붙잡고 울었다. 나 대신 몸을 던져 희생하려던 이 젊은 서모에 대하여 나는 어떻게 그 은공을 갚나.

"정말 참 잘됐습니다. 참으로 다행입니다."

민예학자 야나기 무네요시가 기뻐하는 것을 보고 나는 매몰스럽게 또 타박을 주었다.

"마찬가지가 아닙니까. 누구든 조선의 여자가 총독의 그런 난잡스런 마수에 걸려 제물되기는 마찬가진데 뭐가 다행이란 말이에요."

"하지만 내가 아는 사람의 일과 모르는 사람의 일은 그 관심도가 다른 것이지요. 본시 인간의 사고란 그런 협의적인 것이 아닙니까. 내 아내의 부정과 남의 아내의 부정이 다른 것처럼."

치욕의 하룻밤을 지새운 나는 이튿날 아침 일찍 그곳을 떠났는데, 나중에 알고 보니 그 야나기 무네요시라는 사람은 우리나라에도 널리 알려진 일본의 석학이고 양심이었다.

가을이 되자 나는 추잠(秋蠶) 고치를 삶아 명주실을 뽑는 일에 몰두했다.

봄에는 봄누에를 쳤다. 가을누에는 봄누에만큼 큰 규모는 아니었으나 그래도 뽕밭이 이틀갈이나 되기 때문에 헛간이 온통 누에 채반으로 꽉 찼었다.

서걱거리는 누에 뽕잎 갉아먹는 소리가, 밤참을 주고 나면 온 집안에 꽉 찬다. 수수깡 울타리에 가을비 내리는 소리처럼 쏴아 하는 소리가 온 집 안에 충만하다. 봄에는 병들어 죽는 놈들이 많지 않았는데 여름에 두 벌 난 뽕잎은 햇잎보다 영양분이 못한지 추잠에는 병들어 죽은 시체가 채반에 수북하게 쌓였었다.

건강한 누에들은, 대가리들 바짝 들고 뽕잎을 갉아먹지만 병이 든 누에는 대가리를 처뜨린다. 그리고 몸이 누렇게 뜨기 시작한다. 온몸이 누래지면서 살이 빠지고 늘어지면 영락없이 죽어버린다.

누에의 시체를 다섯 말도 더 땅에다 묻었건만 그래도 고치는 열 채롱이 넘었다.

태반은 고치 그대로 공판장에다 내다 팔고 나머지는 가마솥에다 삶아서 실을 뽑기 시작했다. 낮엔 낮에 해야 할 일이 많아서 밤에만 실 잣는 일을 했다. 나와 함께 지내기 시작한 안악댁과 둘이서 열심히 했다. 일에나 열중하지 않으면 나도 안악댁도 제 시름을 이기지 못하는 신세들인 까닭에 하루 한시라도 쉬지를 않았다.

그러던 어느 날 저녁 무렵 안악댁이 보기에 좀 이상했다. 쉴 새 없이 헛구역질을 하는 것이었다. 얼굴에 핏기가 없어보였다. 조붓한 이마에 진땀을 흘려가며 헛구역질을 하는 게 아무래도 수상했다.

"웬일이야, 서모."

"글쎄요."

"체했나배."

"글쎄요, 먹은 게 체했는지……."

말들은 그렇게 했으나 경험 있는 여자들이 왜 그 까닭을 모를까.

나는 물레를 돌리다 말고 서모의 눈치를 세세히 살폈다. 젊은 과수댁이지만 수상한 행실이라곤 없이 지내오던 안악댁인데 그럼,

'누군가 감춰둔 정인(情人)이라도 있었던가?'

그런 비밀이 있을 것 같지 않았다. 있다면, 생겼다면 반드시 나한테 의논을 했을 안악댁이다. 서로 무슨 일이든지 의논하며 아껴가며 살아가는 불쌍한 청상들이다. 안악댁에게 남자가 생긴 것을 모르고 지냈을 리가 없는 것이다.

그렇더라도 나는 일손을 멈춘 채 넌지시 물어보았다.

"서모! 누구 좋은 사람이라도 생겼수?"

서모는 대답을 하지 않았다. 표정이 소나기를 쏟을 하늘처럼 흐려져 있었다.

"입덧이 난 모양인데 어찌된 일이에요? 서모."

서모는 단박 울상이 됐다.

"세상에 이럴 수가……."

안악댁의 그 한 마디는 영혼의 울부짖음과 같았다. 한탄이었다.

"어떻게 된 일이야? 나한테 숨길 일은 없잖수?"

"……총독의 씨를 뱄나봐요……."

안악댁은 처절한 언투로 말했다.

나는 멍청하니 앉아 있었다.

헛간 지붕 위엔 박덩이가 달빛을 받아 달덩이처럼 훤히 두드러져 있는 밤이었다.

나는 물레를 옆으로 밀어붙이고는 서모에게로 다가앉았다.

서모 안악댁은 이 세상의 모든 슬픔과 비참을, 절망과 분노를 한데 응결시킨 그런 표정이었는데도 얼핏 퍽 담담한 것처럼 보이는 얼굴로 나를 바

라보다가 또 액애액 하고 헛구역질을 했다.

나는 안악댁의 손을 잡으면서 조용히 물었다.

"그럼 그때 총독한테?……."

서모는 대답도 않고 고개를 끄덕이지도 않았으나 부인하려는 기색도 없었다.

"나를 도우려고 서모가 희생을 했군요. 그런 줄은 모르구……."

"핑계 삼아 나 오랜만에 외도 한번 한걸요."

"서모!"

"아버님〔金漢圭〕한텐 죄송했지만 내 마음속에는 음탕한 분류(奔流)가 넘쳐흘렀었어요. 피하려고만 들었다면 혀를 깨물어 죽는 한이 있더라도 모면할 길이야 없었겠어요. 자업자득이지."

그랬을까. 사실이 그랬을까. 하긴 남자들과 놀던 전력을 가졌다. 그동안 10여 년을 함께 지내면서 단 한 번도 안악댁은 그런 전력을 연상케 하는 언동을 나에게 보여준 일이 없을 만큼 얌전하고 착한 여자였다.

그렇다고 해서 지금 그네가 말하듯이 혈관에 장밋빛 분류가 넘쳐흐르고 있지 않았다고 아무도 장담을 할 수는 없는 노릇이다.

젊은 나이에 혼자 살면서 남자 그리움을 모른다면 그게 어디 여잘까. 나 이문용이 아무리 얌전을 빼고 체모를 지켜왔다 하더라도 그런 감정의 분류나 욕망의 뒤챔을 배제하기 어려웠던 고비가 한두 번이 아니었다. 오히려 주변 없는 바보니까 탈 없이 지내온 것에 지나지 않는다.

"하필이면 그 녀석의 씨가……."

나는 나 자신을 생각하며 그런 말을 뇌까렸다.

나의 어머니가 염 상궁인지 임 상궁인지 어느 쪽인지 아직도 분명하게 알고 있지는 못하지만 어느 여인이건 대궐의 상궁임엔 다름이 없다.

그네는 상궁의 몸으로 스스로의 의사가 아닌 지존과의 하룻밤 인연 끝에 지존, 그분의 핏줄을 잉태한 것이다. 어땠을까. 만약 지존의 핏줄이 아니었다면 어땠을까. 생모의 운명도 태어난 아이의 운명도 달라졌을 것이 분명하다.

너무나 높은 어른의 핏줄을 낳았기 때문에 어미 자식이 비참하게 그늘에 묻혀야만 했던 게 아니냐 말이다.

지금 이 나라에서 스스로 지존 행세를 하는 사람은 우리가 인정하거나 말거나 총독 그 사람이다.

그 총독의 하룻밤 변태적인 외도 대상이 되었던 탓으로 그 어마어마한 사람의 씨를 포태하고 만 안악댁의 운명은 보나마나 비극적인 것임에 틀림이 없다. 어미 자식이 다 함께 그늘로 파묻혀질 것이 뻔하다. 태어난 자식은 흡사 '내 꼴'이 될 것이고, 낳아 놓은 어미는 염 상궁이나 임 상궁처럼 그런 서러운 인생으로 시종해야 될 것을 예견하는 게 당연하다.

예나 이제나 여자는 철저하도록 기구한 운명을 아슬아슬하게 피해 가면서 살게 돼 있다.

신은 선한 존재임을 인정하지만 심술궂은 존재라는 사실도 인정해야 한다. 특히 여자의 성(性)을 생식 작용과 겸하도록 만든 것은 아무래도 신의 심술이다. 남정네한테는 즐기게만 해주고 여자들에겐 즐기되 생산하라는 것은 즐거움 뒤끝에 고통하라는 심술이다.

더군다나 포태하는 것을 여자의 임의에 맡기지 않았다. 그래서 여자들한테만 엄청난 고통과 비극을 안겨주기 일쑤다. 최소한 포태만이라도 여자의 의사가 작용할 수 있도록 했더라면 얼마나 많은 여성들이 신에게 감사를 할까.

잉태하고 싶지 않은 상대의 씨는 잉태하지 않는다면 얼마나 많은 여성들이 구원을 받을 것인가. 임진왜란, 병자호란. 강도에게 겁탈을 당한 것도 억울한데 그 강도의 씨를 포태시키는 신의 심술……. 여자와 무슨 원수라도 졌나.

나는 안악댁이 불쌍해서 견딜 수가 없었다.

"의사한테 의논해봤어요. 남의 얘긴 척하구."

안악댁이 말했다.

"전후 실정을 이야기했더니 수습해주겠다는데……."

안악댁이 말했다.

"그게 사실이라는 걸 누가 증명해줘야 하겠대요. 그리고 아이를 떼도 좋다는 승낙서하구."

내가 말했다.

"어떻게 승낙을 하구 증명을 한다는 게야?"

"병원에 와서 도장을 찍어야 한대나. 사실 그런 일이 있었노라구."

나는 내가 가지, 하는 말을 쉽게 할 수 없었다. 그게 사실이 아니라는 증인이 되라면 군중 앞에 나서서 하루 종일 연설이라도 할 용의가 있지만, 그 수치스러운 사건이 사실이라는 것을 비록 의사 한 사람 앞에서라도 증언을 한다는 게 안악댁에게 또 다른 봉변을 주는 것 같아 마음에 당기지 않았으나 그러나 나는 말했다.

"어느 병원이유? 나하구 갑시다."

가자가자 하면서 우울한 며칠을 그대로 넘기고 있었는데 어느 날 갑자기 일본에서 시뉘 숙진이 귀국해 철원집에 나타났다.

숙진은 여자 의과대학을 졸업한 다음 도쿄의 어느 종합병원에서 실습을 끝내고는 그곳 어떤 개인병원에 근무하고 있었다. 그동안 결혼을 했다.

처녀 시절에 교제하던 상대 민병철이 아니고, 그와는 관계를 집어치우고 부산에 사는 어떤 부호의 아들과 일본 현지에서 결혼을 했다더니 1년 만에 데꺽 이혼을 해버렸다고 했다.

이번에도 어떤 남자와 함께 나타났다. 숙진은 자유연애 사상을 신조로 삼는 이른바 신여성(新女性)의 전형이었다. 더군다나 희소가치가 있는 여의사니까 꾀어드는 젊은 신사들도 많은 모양이었다.

한때는 동경 유학생과 어울려 독립운동에 참여하고 있는 듯하더니 근래에 와서는 그런 기미도 보이지 않았다.

그 숙진은 동반해 온 남자를 나한테 소개했는데, 실로 떳떳하고 당당했다.

"언니, 박 선생이셔. 의학박사시구요. 나하구 곧 결혼하실 거야. 청진이 고향이셔요. 이번에 우리는 청진꺼정 다녀갈 거야. 청진에다 병원을 내볼까 하구."

시뉘 남편 될 사람이라니 나는 정식으로 상면을 했다.

"우리 집안의 유일한 어른이셔요. 우리 집안은 언니가 아니었더면 지금쯤 아무것도 없을 거예요. 내 언젠가 언니의 신분은 얘기했죠? 절대 비밀루 해야 해요."

숙진은 내 앞에서 박수동(朴壽同)이라는 사람에게 그런 말을 지껄이고는,

"참 철진이 소식 들었수?"

하고 서전(瑞典:스웨덴)에 가서 경제학을 공부하고 있는 큰시동생 이야기를 꺼냈다.

철진은 남경(난징)에서 몇 해를 지내더니, 서전으로 건너가 어느 대학에서 경제학을 전공 중에 있었는데 근 1년 동안이나 편지를 보내오지 않아서 그렇잖아도 궁금히 여기고 있었던 참이었다.

"소식 들었수?"

내가 물었더니,

"인편에 소식 들었어. 귀국할 준비를 하고 있다는 거야. 그런데 국내로 들어와서 마음 놓고 활동을 할 수 있는 것인지를 몰라 망설이구 있대나. 귀국해두 괜찮을 텐데 말야."

"그럼 귀국하라고 기별을 해야겠군요."

"내가 동경서 편지를 띄웠어요. 알아서 하겠지 뭐."

시뉘는 아주 낙천적으로 그런 말을 하는 것이었으나 나는 가슴이 아팠다.

그동안 학비를 보내준 것도 아니고 자기 혼자 동서양으로 뛰면서 공부를 했으니 그 고생이 어떻겠는가 싶어서 숙진의 말대로 김씨 집안의 어른으로서 가슴이 아팠던 것이다.

숙진도 그의 신랑감도 의사였기 때문에 나는 그날 밤 숙진에게 은밀히 의논을 할 수 있었다.

서모 안악댁이 겪은 일과 지금의 사정을 털어놓고 선후책을 의논했더니 시뉘 숙진의 첫마디가 실로 엉뚱하고 파격적인 바람에 내 상식과 그네의 상식이 너무도 거리가 먼 것 같아 새삼스럽게 놀라지 않을 수 없었다.

"언니 그럼 아주 잘됐지 뭐유. 우리가 조선 총독의 사돈집이 됐는데 뭐가 걱정이냐 말야. 경사 났지."

나는 기가 막혀서,

"아니 농담 말구 어떻게 했으면 좋은지 지혜를 빌리란 말예요."

했더니 숙진이 또 한다는 소리가,

"농담이 아녜요, 언니. 정말 좋은 방법이 있어요."

하고 한동안 눈을 깜짝거리다가,

"총독을 찾아가는 거야. 직접 만나서 당신 아이를 뱄으니 어떻게 하겠느냐구 덤벼보는 거지 뭐. 지가 체면이 있는데 어떻게 하겠어. 한 밑천 우려내는 거지. 이왕 일은 더럽게 됐는데 더러운 방법이긴 하지만 그놈을 곯려줘야 되지 않겠수?"

그런 말을 하는 바람에 나는 또 펄쩍 뛰지 않을 수 없었다.

"총독이라는 자는 조선 사람의 생살여탈권을 쥐고 있어요. 그 녀석 눈짓 하나로 조선 백성은 귀신도 모르게 목숨을 잃어요. 정말 엄청난 소리를 하는구려."

"어색하게 하니까 그렇지. 염려 말아요. 내가 나서 줄 테니까. 일본 신문 기자를 매수하는 거야. 그 신문 기자를 통해서 먼저 총독 예편네한테 귀띔을 하면 돼요. 동경 본사에서 특파돼 온 기자를 이용하는 게 좋아요. 자칫했다간 그런 스캔들이 본국 정부에 알려지게 되니까 총독도 썰썰 빌지 않군 못 배길걸."

나는 실망하고 말았다. 10년 동안 일본 유학을 한 시뉘의 사고방식이 그처럼 천박하게 변해버린 것을 보고 실망했다.

본시부터 성격이 억척스러웠지만, 그래서 모든 일에 적극적이었지만, 그래도 그전의 시뉘라면 지금과 같은 착상이 그처럼 쉽게 머리에 떠오르지는 않았을 것이다.

원수를 갚으려면 그보다 더한 짓인들 못할 게 없지만 그런 식으로 덤벙대다가는 또 무슨 큰 변을 당할까 싶어 나는 이야기를 안 꺼내니만 못하다고 생각했다.

"언니, 정말 신나는 일이지 뭐야. 적어도 조선 총독을 상대로 한바탕 씨름을 해본다는 게 얼마나 신이 나느냐 말야."

"그래도 그런 짓은 안돼요."

"그런 짓이라니 그게 무슨 소리유? 우리가 저 녀석들한테 어떻게 당하고 있는데 그런 짓이라니, 그런 말이 어딨어요? 남은 독립운동도 하구 일본군과 맞붙어 전투도 하구 하는데 말야."

나는 할 말이 없어졌다. 그렇게 말하면 정말 할 말이 없다. 그럼 시뉘가 극성스럽고 악랄한 게 아니라 내가 무능하고 소극적인 바보구나. 시뉘의 사고방식이 옳은지도 몰라.

"그래, 본인은 어떻게 하겠다는 거야? 언니."

"지워버릴 작정이지 뭐."

"지워버리다니 그 아까운 걸 지워버려요? 황금 단지와 같은 생명이 잉태했는데 함부로 지워버려?"

"아무리 미운 놈의 씨지만 그래두 생명과 영혼은 신성한 게 아니유? 가엾어도 차라리 없애는 게 낫지 그런 식으로 어린 영혼을 이용하는 건 인간의 도리가 아니지 뭐."

"이 부처님 같은 양반아."

숙진은 기가 막힌 모양이었다.

"난 언니를 보면 관세음보살로 착각을 한단 말예요. 이제 3개월밖에 안 된 핏덩이가 무슨 신성한 생명이며 영혼이 어딨어요? 난자 한 마리와 정충 한 마리가 어쩌다가 한데 엉켜 자라나기 시작한 동물적인 유충에 지나지 않아요. 적어도 그게 자라나서 인간의 이목구비를 갖추기 전엔 인간으로 간주할 수 없단 말야. 마음이 있어야 인간이지. 아직 마음이 없고 혈관이 형성되지 않은 핏덩인데 무슨 신성한 영혼이에요. 하나의 현상이지. 성교 후에 나타날 수 있는 하나의 현상이란 말예요. 이 관세음보살아."

"오, 의사의 비정."

"비정이 아니라 현대인의 과학이죠. 이성이구. 하여튼 나한테 맡겨요,

그 문제는. 대관절 안악댁은 어딜 갔수?"

"철원 읍내에 볼일이 있다구 나갔는데 돌아올 때가 됐어요."

나라에는 나라일이 복잡하고, 사회에는 사회 현상이 어지럽고, 개인엔 개인 문제들이 착잡해서 인간 사회는 늘 혼돈 상태를 모면하지 못한다.

나라 일에 관여할 신분이 못되고 사회 일에 참여할 처지가 아닌 나 같은 여편네에겐 그 대신 개인 사정이 늘 어지러워서 남만 못지않게 인간적인 고민을 하며 지겹게 세상을 살아가게 돼 있었다.

오랫동안 그토록 나를 괴롭혀 오던 이지용(李址鎔)도 그리고 시삼촌 김형규(金亨圭)도 최근엔 소식이 끊긴 채 그 행방과 생사를 알려오는 사람이 없다.

나는 그 두 사람이 나를 괴롭히지 않게 되자 왠지 허전하고 섭섭한 감이 있었다. 지겨웠지만 불쌍한 인간들이라서 내 딴엔 그들에게 일말의 동정을 베푸는 것이기도 하겠지만 어쨌든 그들도 내 주변의 인물임엔 틀림이 없는데 그나마 하나하나 나에게서 사라져 갔으니 그게 또한 허전한 것이다.

"몇 살이유? 저분."

나는 화제를 바꿔봤다.

"아, 박박사? 서른일곱. 늙어 뵈우?"

"늙어 뵈긴."

사랑에 혼자 있는 그 박수동이라는 사람의 얼굴이 늙어 뵀는지 젊어 뵀는지 나는 그 윤곽조차 생각이 나지 않았다.

"사십이 가깝도록 총각이란 말야?"

"누가 총각이라구 그랬수?"

"그럼 총각이 아니란 말예요?"

"청진 근처엔 시골 예펜네가 하나 있다는 거야. 자식도 둘인가 있구."

"그런데 그 사람과 결혼을 하겠다는 거야?"

"예펜네완 이혼을 하겠다니까 먼저 이혼 수속을 끝내라구 했어요. 어려서 열네 살엔가 장가를 들었는데 예펜네는 보통학교도 못 댕긴 시골 무지랭이라니 의학박사가 그런 걸 데리구 살겠어? 내가 아니라도 어차피 이혼을 할 사람이지."

"이혼이 그리 쉬운가배."

"쉽지 않음. 싫어서 안 살겠댐 이혼이지. 이혼이 별 거유? 부부가 서로 이상이 맞아야지. 그래 동경 유학을 한 의학박사가 보통학교도 못 댕긴 시골 것과 어떻게 한평생 반려를 하겠어."

서울에서 중학교라도 나온 사람이라든지 일본 유학을 한 사람이든지 그런, 이른바 지식 남녀들은 열이면 일곱 명이 그런 상황에 놓여 있었다.

막되지 않은 집안일수록 조혼 풍조가 성했던 탓으로 중학생이면 벌써 혼인을 한 남녀가 부지기수였었고 전문대학엘 다닌다는 사람 쳐놓고 혼인 경험이 없는 남녀란 오히려 드문 형편이었는데, 그들이 일단 공부를 해서 신문명에 눈을 뜬 지식 남녀로 자처하려면 기왕에 멋모르고 시집 장가간 배우자는 그 지식의 격차로 해서 도저히 부부의 밸런스를 맞출 수가 없었다.

그래서 이혼이 성행하고 있었다. 이혼을 하기 어려운 실정이면 두 아내를 거느리는 사내들이 많았다. 여자 쪽에서 가출해버리는 신여성도 많았다. 그러니까 소위 이상이 안 맞는 부부들이 많아서 큰 사회 문제가 됐었는데 근년에는 그런 풍조도 좀은 숙장이 진 셈이었다.

"그런데 말야 언니, 나 청이 하나 있어요."

"청? 무슨."

"우린 곧 청진에다 병원을 하나 차리고 싶은데 말야, 자금 좀 대줘요."

"자금? 많이?"

"한 5만 원 안될까? 언니. 급하진 않아요. 되겠지? 언니."

"글쎄요, 적은 돈이 아닌데."

적은 돈이 아니었다. 5만 원이라면 1원 짜리 논밭을 5만 평이나 팔아야 될 테니 결코 작은 금액이 아니지만 여의사로 출세한 시뉘 숙진이 병원 차리겠다는 비용이고 보면 어떻게 해서라도 마련해주는 것이 내 도리다.

"되죠? 언니. 부탁해."

"어떻게 주선해 봐야죠."

"고마워요, 언니. 어렵겠지만 부탁해요. 지금 우리 집 실정으론 쉽지 않겠지만 그래두 언니한테 매달릴 수밖에 더 있어?"

"어차피 김씨네 재산이지 내 재산인가 뭐. 나는 임시 관리인에 불과해. 주인 명령에 따라야죠."

나는 쓸쓸히 웃었고 숙진은 정말 미안했던지 내 손을 덥석 잡으며 눈물이 글썽해졌다.

밤이 이슥해서야 철원 읍내에 나갔던 안악댁이 돌아왔다.

"나 아까 언니한테서 서모의 얘기 다 들었어요. 염려 말아요. 내가 멋지게 해결해줄 거니까."

숙진은 안악댁을 보자마자 사양 없이 그 이야기를 꺼냈고 내게 말한 대로의 그 해결 방법이라는 것까지 거침없이 털어놓았다.

안악댁은 잠자코 앉아 있다가 이따금씩 뜻 모를 미소를 흘리곤 하는 게 좀 수상하게 보였다.

"나한테 맡겨주는 거죠? 서모의 신상 문제는."

숙진이 다짐을 받으려 했으나, 안악댁은 승낙도 거절도 하지 않고 그저 이따금씩 입가에 가벼운 미소를 짓고는 했는데 나 보기엔 그 미소가 왠지 어떤 불길을 암시하는 안악댁의 자조로만 보여서 새삼스럽게 충격을 받았다.

흔히 사람들의 기분이나 심경이란 표정에 나타나는 것이고, 기쁨이나 즐거움뿐이 아니라 비탄이나 모진 결심마저도 잔자로운 미소로 표현되는 경우가 많은 것이며 그 미소의 표현은 그 사람 행동의 준비 태세를 은연중에 나타내는 것인데도, 숙진은 물론 나마저 안악댁의 그 수상한 미소가 무엇을 뜻하는 것인지를 깊이는 생각해보지 않은 채 그 자리를 넘겨버렸다.

나는 사랑에 내갈 이부자리가 깨끗한 데도 새로 깃을 시쳤다. 베갯잇도 갈았다.

"누님은 나와 함께 자는 거지?"

나는 무심히 지껄였고 시뉘는 그게 무슨 소리냐는 듯이 염치없게 말했다.

"미안해요, 언니. 난 저 사람과 결혼할 사이인데 뭐. 두 과부가 사는 집에 와서 나만 남자하구 자는 게 미안하긴 하지만 어떡허우, 벌써 습관이 돼 있는걸."

나는 말해줬다.

"내가 미안해요. 쌍 지어 날아온 철새인 줄도 모르구."

이번에 만난 시뉘는 나에게 새로운 지식을 한 가지 안겨주었다.

오늘날까지 내가 살아 온 인생이나 내 주변 사람들의 사는 모습은 한결같이 심각하고 집요했으며 그저 짐스럽기만 하고 홀가분한 맛이라곤 없는 그런 유형들뿐이었다.

그런데 이번에 철새처럼 옛집을 찾아온 숙진의 사고방식이나 인생관은 전연 다른 것이었다.

쉽게 경쾌하게 모든 일을 생각하며 도덕적이거나 아니거나 비정적이거나 아니거나 그런 따위의 관념적인 가치 설정에 앞서서 먼저 어떤 일엔 무슨 방법이 효과적인가를 우위에 놓는 방법론적인 삶의 자세를 시뉘 숙진이 제시해준 것이다.

세상살기가 훨씬 수월할 것 같았다. 별로 도덕적인 인간도 아니면서 도덕적인 계율에 지나치게 구애되든지, 별로 열부 선행(烈婦善行)의 표본이 될 천성도 아닌데 스스로 외곬의 궁색한 집념으로 자신을 얽매어놓고 허덕이는 궁상스러운 생활 태도에 비해서, 시뉘 숙진처럼 저렇게 나래짓을 치며 경쾌하게 편리하게 살아가는 편이 훨씬 짐스럽지가 않고 수월한 생활 방법일 것 같았다. 물론 사람마다의 천성이나 인생관이 쉽게 변질되는 것은 아니지만, 그래서 제각기 저 생겨 먹은 대로 살고 있는 것이 우리 인간들이지만 어쨌든 나는 새로운 생활 철학을 발견한 것 같았다.

밤이 깊도록 여자 셋이서 이야기를 하다가 숙진은 이부자리를 직접 가슴에다 안고는 자기 남자한테로 자러 가고, 안악댁은 끝내 허탈한 모습으로 시간을 흘리다가 건넌방 처소로 가고, 나는 나대로 쓸쓸히 자리에 들었던 것인데 이 고달픈 밤에 나 이문용은 또 뜻하지 않은 기막히게 망측한 일을 체험했던 것이다.

나는 쉽게 잠들지 못하고 있었다. 최근에는 비교적 마음이 편했던지 일이 많아 고단해서였던지 밤에 잠은 잘 잤었는데 이날은 쉽게 잠들지 못하고 있었다. 그렇더라도 정신은 몹시 몽롱한 상태였다.

녹의홍상(綠衣紅裳). 트레머리에 향갑(香甲)을 가슴에 단 기녀(妓女). 자유여성.

혼미해진 상태에서 나는 엉뚱한 환상을 머릿속에 그렸다. 갑자기 녹의홍상이 뭐고, 자유여성이 뭔지, 왜 그런 환상이 머리에 떠올랐는지, 오랜 동안 내 잠재의식 속에 살아 있던 욕망의 환영인 듯싶은, 나로서는 통솔할 수 없는 그런 비실체적이면서 마음 한구석에서 늘 뒤척이던 허상적 의식의 분열이 엉뚱한 실체를, 강아지한테 바나나를 던져주듯 내게다 던져줬는지도 모른다.

자유여성은 기녀로, 기녀는 황진이(黃眞伊)라는 실상으로 탈바꿈이 돼 갔다.

황진이, 그 빼어난 미모, 뛰어난 가무 음률, 소세양(蘇世讓)과의 그 뜨거운 사랑, 선전관 이사종(李士宗)과의 두 3년을 산 계약결혼, 지족선사(知足禪師)와 나무아미타불, 유혹하려다 실패하는 서화담(徐花潭)과 성리학. 벽계수에게 던져준 빗 한 자루 그리고 시 한 수.

뉘라서 곤륜산 옥을 찍어
직녀 얼레 만드셨나
견우 한번 간 후에
시름 겨워 던졌더니
오호 푸른 허공이여
(誰斷崑崙玉
裁成織女梳
牽牛一去後
愁擲碧空虛)

이 세상 어떤 여자도 따르지 못할 만큼 자유롭게 자신을 연소시키며 살다 간 황진이의 멋.

어허 어드메냐
이내 심혼 돌아갈 곳

어허 어드멘가
이 몸도 인자(人子)인데
무상일세 모두 다 거짓일레.

나는 노래를 한다. 장삼 자락 튀기고 치맛자락 흩날리며 덩실난실 춤을
춘다. 강산이 핑글 돌고, 하늘이 기울고, 거문고의 잦은 가락이 폭우처럼
쏟아지는 속에서 나는 미친 듯이 춤을 춘다. 면벽한 지족(知足)이 돌아앉는
다. 서화담이 내 옷을 벗긴다.

황진이는 나, 나는 황진이, 뭇 사내들을 보고 나는 황진이, 거침없이 말
한다.

— 착한 남자들아, 내 혼란된 심상에 지주(支柱)를 세워달라. 더운 입김
을 불어넣지 않겠는가. 착한 남자들아, 이 몸도 인자(人子)인데 무상을 생
각하니 모두 다 거짓일세, 허망일레. 사위는 불길에 입김을 불어넣어 거짓
청정을 활활 불태움이 어떠리, 착한 남자들아.

소나기처럼 쏟아지는 거문고의 잦은 가락. 서화담의 가가대소.

나는 황진이, 숨이 차서 풀썩 쓰러진다.
나는 물속 같은 고요 속에서 눈을 떴다. 퇴색한 천장을 바라본다.
식은땀으로 내 온몸이 축축이 젖어 있었다.
등잔불이 홀로 나를 지켜보고 있었다.
'망측하게.'
귓결에는 잦은 가락의 거문고 소리가 아직도 은은한 것 같았다.
나는 돌아누웠다. 인제 자야지. 쉽게는 아니었으나 나는 잠이 들었다.

뒤 시간쯤 지났을까. 나는 어린 시동생이 발길로 차버린 이불자락을 배에 덮어주느라고 몸을 일으키다가 건넌방 쪽에서 들려오는 이상한 소리를 들었다.

물론 안악댁인데 무슨 독백 소리 같기도 하고 신음 소리 같기도 한, 하여튼 귀담아 듣지 않을 수 없는 소리가 들리는 바람에 엉금썰썰 장지문 쪽으로 기어가서 귀를 바짝 세우고는 엿듣자니 그것은 독백 소리가 아니라 신음 소리임이 명백해졌다.

신음 소리라고 단정하자, 안악댁은 홀몸이 아닌데다가 신경이 미치도록 착잡할 것이니까 잠결에 가벼운 신음 소리를 내는 것은 당연한데 그게 그런 가벼운 신음 소리로 단정하기가 어려웠다.

몹시 어디가 아파서 고통을 겪고 있는 신음 소리로 단정한 나는 장지문을 열고 대청으로 나가 건넌방에다 대고,

"서모, 서모!"

하고 불러보았으나 반응은 그대로 계속 신음 소리라서,

"서모, 서모! 어디가 아프길래 그래요?"

하고는 황급히 건넌방 미닫이를 열어붙이려니까 안에서 고리가 걸려 있었다.

"서모! 문 좀 따줘요! 어디가 아파서 그래?"

그래도 돌아오는 반응은 한결 같은 신음 소리.

사랑 용마루 위로는 유성이 긴 꼬리를 그으면서 서남간으로 흘러갔다.

10월 초순이니까 밤바람이 썰렁하다.

"웬일이야, 서모!"

나는 건넌방 미닫이를 덜컹덜컹 흔들다가 새로 바른 창호지에다 주먹을 불쑥 넣어 휘저었다. 걸린 고리를 벗기기에 성공하자 나는 미닫이를 열어

붙이고는 방 안으로 뛰어 들어갔다.

세상에 이럴 수가.

나는 눈앞이 캄캄해지면서 뚝딱거리는 내 심장의 고동 소리를 들었다.

"세상에 이럴 수가, 서모야, 여보."

어디선가 마침 그 빌어먹을 놈의 부엉이가 부헝 부헝 울고 있었다.

"서모! 이게 어떻게 된 일이에요. 왜 어디가 아파서 그래?"

나는 같은 말을 되뇌고 있었으나 상황은 이미 짐작하고도 남음이 있었다.

서모 안악댁의 입술은 새카맣게 타들어가고 있었다. 온몸을 물위에 나온 피라미처럼 펄떡펄떡 뒤채고 있는 것을 보면 속에서 불이 났던가, 아니면 내장이 뒤틀리고 있던가, 아니면 썩어 들어가고 있던가, 그런 것임에 틀림이 없었다.

안악댁은 음독을 한 것이다. 양잿물을 마신 것 같았다.

입 마구리에 피가 흐르고 있었다.

나는 정신없이 미닫이를 박차고는 밖으로 뛰어나와 버선발로 사랑을 향해 달음질을 쳤다.

"누이, 누님, 숙진 씨!"

다급하게 불러댈 것도 없이 숙진은,

"왜, 왜 그래요? 언니."

하고 반응이 빠른 것을 보면 아직껏 잠자지 않고 있었던 게 분명했다.

"어서 좀 나와 봐요. 큰일 났어요."

"큰일이 나다니 이 밤중에 무슨 큰일이야? 집에 불이 났수?"

방문에 그림자가 어른거리는데 여체의 선이 그대로 드러났다. 잠옷을 걸치는 게 그림자로 보였다.

"왜 그래요? 언니."

"안악댁이 음독을 했어요."

"음독을 했어? 저런 맹꽁이 같으니, 뭐가 답답해서 음독을 해."

그런 말을 지껄일 여유가 없으련만 시뉘 숙진을 그만큼 배포가 유한 것을 보면 지식 탓인지, 아니면 성격이 중성화됐는지 어느 쪽인지, 그 두 가지를 다 겸했는지 하여간 답답하고 밉살스러웠다.

제17장

"누님, 어서 좀 나와봐요!"

다급하게 시뉘를 부른 나는 아래윗니가 덜덜덜 맞부딪치고 두 다리가 후들거려서 안사랑 마루 끝에 쓰러지듯 주저앉았다.

밤은 어느 땐지 퍽 깊은 것 같다.

하늘엔 별빛이 초롱거렸다. 달은 있는지 없는지 어둠의 장막이 퍽 두터운데 썰렁한 공간이 습한 것을 보면 이슬이 짙게 내리고 있는지도 모른다. 좀 전까지도 울어대던 그 음울한 부엉이 소리는 그쳐 있었다.

철원 땅에서도 이 관전리(官田里)는 비산비야(非山非野)의 높은 지대라서 가을밤이면 곰과 승냥이들이 인가 근처에까지 와서 헤갈을 한다. 그러나 이날 밤엔 그 음산한 승냥이 소리도 들리지 않았다.

한참만에야 안사랑 문이 덜커덩 열리며 시뉘 숙진이 마루로 나섰다.

"이 밤중에 웬 야단들예요? 남 잠두 못 자게."

시뉘의 핑크 무드를 방해한 것을 미안하게 생각할 판국이 아니다. 하지만 나는 사과하듯 말했다.

"미안스러워요, 누님."

남자 박수동도 잠옷 바람으로 따라 나왔다.

"도대체 뭐가 어떻게 됐다는 거예요? 언니."

"안악댁이 음독을 하고 신음 중이라니까. 누님, 어서 좀 가봐요."

나는 숙진의 팔을 잡아낚으며 급히 썰렁한 안마당을 가로질렀다.

"청진기, 청진길 가져오세요, 박박사님."

숙진은 자기 남자한테 사뭇 명령을 하고는 아까와 또 같은 말을 뇌까렸다.

"맹꽁이 같으니, 뭐가 답답해서 음독을 한다는 거야. 언니, 솥에 물이나 데워요! 많이."

그제야 나는 숙진이 의사라는 사실을 실감했다.

나는 부엌 쪽으로 허둥지둥 달려갔다.

사랑에서 나온 박수동이 의료 가방을 들고 안마당으로 성큼넝큼 가로지르는 것을 확인했다.

나도 어느 틈에 건넌방 쪽으로 달려갔다. 하지만 더운 물을 준비하라는 시뉘의 지시를 생각하고 다시 부엌으로 갔다. 부엌문 소리가 삐이꺼덕 유난히 요란스러워서 몸이 오그라드는 것 같았다.

아궁이에다 가랑잎을 그러넣고 불을 지폈다. 마구 가랑잎을 꾸겨넣었다.

솥 속에서 치익 소리가 났다. 소댕뚜껑을 열어보니까 솥에 물이 없었다.

"빈 솥엔 늘 물을 부어두랬는데두……."

나는 그런 소리를 중얼거릴 여유도 없이 물동이를 들고 급히 마당가에 있는 우물로 달려갔다. 두레박질을 하는데 별똥이 머리 위로 찌익 흘러갔다.

물동이를 들고 부엌으로 들어오자 나는 기겁을 하도록 놀랐다. 설상가상이라던가, 아궁이에서 불길이 기어 나와 부엌 바닥을 건너 뒤꼍에 쌓인 가랑잎 더미로 옮겨 붙는 중이었다.

나는 길어간 물로 그 불길을 덮었다. 다행히 불은 쉽게 잡았지만 나는 제정신이 아니었다. 이번엔 동이를 들고 우물로 가는 대신 언년이의 방 앞으로 달려가서 외치고 있었다.

"언년아! 어서 나와 물 좀 길어! 언년아!"

나는 물동이를 우물 앞에 놓고는 건넌방 앞에서,

"누님! 누님!"

하고 숙진을 불러댔다. 방문을 열고 들어가면 될 텐데 그러지를 못했다. 그처럼 억척스럽게 살아오면서 나는 아직도 그런 얼띤 일면을 버리지 못하고 있다.

내가 건넌방으로 들어섰을 때 안악댁을 진찰하고 있는 사람은 숙진이 아니고 박수동이었다.

나는 그제야 우연히도 의사 두 사람이 안악댁을 응급 치료하게 됐다는 것을 깨닫고는 다소 마음을 놓을 수 있었다.

"이상하죠?"

신중하게 진찰을 하던 박수동이 청진기를 걷자, 이상하지 않으냐면서 숙진은 그에게 고개를 갸우뚱해보였다.

"이상하군."

박수동도 같은 말을 뇌까렸다.

어찌된 셈인지 좀 전까지만 해도 그렇게 펄펄 뛰던 안악댁이었는데 조용히 눈을 감은 채로 반듯하게 누워 있었다. 정말 이상했다. 신음 소리도 잦아들어 들릴락말락했다. 입 마구리로 피를 많이 쏟는 것 같았지만 다시 보니 그렇지도 않았다. 핏기운이 약간 비치다가 말라붙어 있었다.

숙진이 환자의 입을 벌렸다. 손가락으로 입을 비집고는 입속을 세밀히 살펴봤다.

숙진은 박수동과 눈길을 교환하고는 안악댁의 치마끈을 풀렀다. 속치마를 위로 걷어 올렸다. 속곳 허리를 아래로 쑥 내렸다.

안악댁의 봉싯한 배가 염치없이 드러났다. 배꼽이 예뼜다. 처녀의 배처럼 아래쪽이 오동통하게 불러보였다. 살결은 희고 섬세하고 탄력 있어보였다.

숙진은 그 안악댁의 복부를 손끝으로 사정없이 눌러댔다. 손을 뉘어 골고루 쓸어보기도 했다. 그러면서 안악댁의 표정 변화를 눈여겨 살피는 것 같았다. 숙진은 또 박수동과 눈길을 교환했다.

이번엔 안악댁의 가슴을 활짝 풀어 헤쳤다. 대접 두 개 엎어놓은 것 같은 그런 두 개의 대접젖이 알맞게 탐스러웠다.

숙진은 그 두 개의 유방을 중심으로 차근차근 환자의 가슴을 눌러보면서 물었다.

"아무렇지두 않지? 서모. 가슴 아무렇지두 않죠?"

안악댁은 가볍게 고개를 끄덕였다. 눈마구리에 눈물이 흘러내렸다.

안악댁의 손목을 잡고 신중하게 진맥을 하던 박수동이 고개를 끄덕이며 갑자기 빙그레 웃음을 보였다.

"재미있군."

그는 뒤로 물러앉았다. 청진기를 챙겨 가방에다 넣었다.

그는 나를 보고 말했다.

"음식에 체하긴 체했습니다. 허지만 그것도 지금은 괜찮습니다."

나는 뭐가 뭔지 알 수가 없어서 숙진을 보고 물었다.

"그럼 음독한 건 어떻게 돼요? 괜찮겠지요, 누님."

시뉘 숙진이 묘한 말을 나에게 물었다.

"언니, 서모가 양잿물 먹는 걸 봤수?"

나는 고개를 가로저어보였다.

"양잿물두 수면제두 먹은 일 없단 말야. 괜히 남 잠두 못 자게 수선을 피 웠지 뭐예요. 언니두 참, 왜 그렇게 변하질 않았수?"

박수동이 담배를 피워 물면서 말했다.

"임신하신 일도 없습니다."

나는 정말 뭔지 알 수가 없어서 숙진을 멀거니 바라봤다.

"임신을 안 했어요?"

"임신은 무슨 임신이야."

그때 안악댁은 눈을 떴다. 꿈에서 깨어난 사람처럼 멍청한 표정이었다. 눈동자는 움직이지 않았다. 관자놀이엔 파란 힘줄이 비쳐 있고 얼굴은 핏 기를 잃은 채 경직돼 있었다. 하지만 푸르던 입술은 다소 붉어진 것 같았 다.

"물 데운 것 방으로 들여갈까요?"

몸종 언년이가 마침 밖에서 묻고 있다.

"고만 둬라!"

내가 대답했다.

"안사랑으로 갖다 놔라!"

시뉘 숙진이 이왕 데운 물 자기나 쓰겠다는 듯이 말했다.

태풍이 지나간 뒤처럼 방 안이 썰렁하고 그리고 허전했다. 단둘이 되자 나는 안악댁에게 물어봤다.

"정말 약 안 먹었수?"

안악댁은 고개를 가로저었다.

"임신두 안했대요. 도대체 어떻게 된 일야?"

내 음성이 좀 높았다.

"나두 뭐가 뭔지 모르겠어요."

"아깐 당장 숨이 넘어갈 듯 몸을 뒤챘는데?"

"그랬어요? 나두 그랬던 것 같이 여겨져요."

"아깐 그렇게 아프더니 지금은 멀쩡하다는 거유?"

안악댁은 그제야 눈동자를 핑글 돌렸다. 입술에 침칠을 하고는 고개를 옆으로 꼬았다.

이튿날 아침 시뉘 숙진이 내게 말했다.

"결론이 났어, 언니. 근데 박박사하구 결론진 병명이 재미있단 말야."

박수동의 앞이라서 나는 잠자코 시뉘를 쳐다봤다.

"이러다간 언니두 임신을 하게 되구 자살극을 벌일지두 몰라요."

망측한 소리라서 내가 놀라움을 표시하니까 박박사라는 박수동이 말했다.

"환상에서 오는 상상임신이었던 것 같습니다."

숙진이 말했다.

"욕구불만 때문에 생긴 일종의 신경착란 증세였어, 언니. 남자 없이 혼자 지내는 젊은 과부한텐 있을 수 있는 증상이야, 언니. 경위는 뻔하단 말야. 안악집은 총독한테 그런 일을 당하고 나서 혹시 아이라두 생김 어쩌나 어쩌나 하구 혼자 지독한 근심을 했지 뭐야. 그러자니 신경이 약해지구 신경이 약해지니까 자연 음식에 체해서 가슴이 답답하고 속이 느글거렸을 거야. 그걸 임신의 증세로 혼자 단정을 해버린 거란 말야. 그렇게 되면 증세

는 점점 악화되는 거지. 실제루 그것두 끊기구 입덧두 나구 배두 불러져
요."

박수동이 말했다.

"아마 그분은 남 보기에 창피해서 죽고 싶기만 했을 겁니다. 심한 고민
에 빠졌을 게 아닙니까. 그런 고민이 절정에 이르자 하나의 극한적인 현실
을 상상하게 된 거죠. 독약을 마시고 자살해버리는 자신을 상상하다가 그
게 현실처럼 착란을 일으켰습니다. 그렇게 되면 음독한 사람과 같이 신음
하게 마련이지요."

숙진이 내 손을 잡았다.

"언니, 언니두 안악집과 똑같은 환자일 수도 있어요. 좋은 사람 발견되
면 가끔 재미 좀 보세요. 자연의 섭리도 신의 뜻도 인간의 본능도 다 남녀
는 함께 기탄없이 즐기며 사랑하며 지내도록 돼 있는 거야, 언니. 지금도
과히 늦진 않았어요. 시집을 가는 거야."

"누님두 참……."

박수동이 웃었다.

"그런데 말씀입니다."

나도 시뉘도 그를 바라봤다.

박수동은 퍽 신중한 언투로 말을 꺼냈다.

"그분의 임신설도 음독했다는 착각도, 그리고 음독 후의 발작적인 고통
도 그게 다 노이로제의 현상이었음을 인정하는 경우엔 말입니다……."

나는 시뉘의 손을 꼭 쥔 채 그의 말을 경청했다.

"……그렇다면 그분이 총독한테 그런 일을 당했다는 것도 사실인지 아
닌지 일단 의심해볼 여지가 있다는 결론이 나오는 것입니다."

"하긴 그렇네요"

시뉘 숙진의 반응은 퍽은 예민했다.

숙진이 나한테로 돌아앉았다.

"언니, 안악집이 총독 새끼한테 당했다는 거 정말인지 몰라? 그게 사실인지 아닌지 모르잖아요? 언니가 현장을 지켜본 것두 아니구. 싱갱이를 벌이다가 쫓겨났거나 아니면 퇴짜를 맞을 수도 있지 뭐야."

그런 말을 들으니 나도 짚이는 게 있어서 그날의 일을 되생각해 봤다.

안악댁은 그날 밤 혼자 총독한테 잡혔다가 뒤 시간쯤 뒤에 돌아와서 하는 말이,

"우리 말고도 또 달리 산책을 시켰던 부녀자들이 있었어요. 그쪽 여자 하나가 나보다 훨씬 미모여서 나는 그나마 퇴짜를 맞았다니까요."

분명히 그랬었다. 그때 안악댁의 태도는 비교적 담담했다. 그랬는데 훨씬 뒤, 그러니까 두 달이 훨씬 지난 어느 날 안악댁은 갑작스레 속이 뒤집히는지 헛욕지기를 하길래,

"입덧이 난 모양인데 어찌된 일이에요, 서모."

하고 내가 반 농담으로 물으니까 금방 눈이 퀭해지면서 심각한 얼굴로 안악댁은,

"총독의 씨를 뱄나봐요……."

라고 대답했던 것이다.

"그럼 그때 총독한테?"

안악댁은 내 물음에 구체적인 대답이나 상황 설명은 하지 않았던 것으로 기억하고 있다.

그럼 그게 모두 꾸며댄 거짓말이었나. 그리고 또, 그럼 그게 모두 단순한 상상의 비약에서 빚어진, 본인도 깨닫지 못하는 착각된 현실이었던가. 그런 일이 있을 수 있는 것이라면 그럴는지도 모를 노릇이었다.

그날 밤 안악댁은 하마터면 총독한테 당할 뻔했다. 그것만은 명확한 진실이다.

만약 당했더러면 어떻게 됐을까. 그 녀석의 씨를 뱄을는지도 모른다. 씨를 뱄으면 어떻게 되나. 세상이 남부끄러워서도 살 수가 없다.

안악댁은 그런 가설적인 상상에 골똘하다가 쇠약해진 신경이 착란증세를 일으켰는지도 모른다. 얘기를 듣고 보니 그랬는지도 모른다.

어쩌면 총독한테 당하기를 원했을는지도 모른다. 오랫동안 공규(空閨)를 지켜오자니 위태로운, 항상 흔들리기 쉬운 안간힘과 같은 의지로 자신을 극복해왔을 것이다. 정신적인 갈등과 싸워 온 점엔 나의 처지나 다름이 없을 것이다. 오히려 더했을 것이다.

실제 따지고 보면 그때 원산 별장을 자진해서 찾아갔던 것 자체에 문제성이 있다. 그것을 처분하겠다는 목적도 있었지만 실은 일상적인 따분한 생활권에서 탈출해보려는, 뭔가 변화를 요구하는 잠재의식이 작용했던 게 아닌지 모르겠다. 나나 안악댁이나 그랬을 것이다.

이름난 유원지의 별장이었다. 젊은 여자 둘이서 밤을 지내기엔 감정적인 낭만이 철철 넘쳐흐르는 명사십리(明沙十里) 바닷가였다.

그런데 경위야 어떻든 총독 앞에 끌려갔다. 하룻밤을 그에게 안기지 않을 수 없게 됐다고 체념하면서 자신의 자세를 굳혔다. 공포와 소망이 엇갈리는 심정이었다. 불가항력으로 당하게 됐다는 점에서 오히려 안도의 한숨을 쉬었다. 공포와 마음의 도사림은 흥미와 기대로 변했다. 어서 저 '위대한 인물'에게 귀염을 받아보기를 원했다. 허리가 풀리고 숨 답답한 갈망이 눈을 뜨기 시작하자 초조로웠다. 그런데 그런 기대했던 상황이 뒤집혔다. 어이없게 다른 여자의 출현으로 그나마 퇴짜를 맞았다. 그랬을 게다.

다행이라는 안도의 한숨과 함께 섭섭하고 허전한 생각도 들었다. 다른 여자한테 밀려났다는 사실은 분한 노릇이기도 했고, 아무 일도 일어나지 않았다는 점에선 맥이 빠지기도 했다.

거기서부터 상상적인 가설은 있을 수 있는 상황을 설정해 나갔다.

그 지겹도록 찾아내기 힘든 공규의 외로움을 그런 상상적인 가설로 위안해 볼 수도 있다. 안악댁은 그랬을지도 모른다.

나는 고독과 싸우느라고 부젓가락으로 내 다리를 지져대지 않았던가. 그게 미친 짓이지 뭐야. 그게 어디 성한 사람의 짓인가. 여자가 외로움에 지치면 다 발광 직전인걸 뭐. 안악댁은 나보다 더 피가 뜨거울지도 모른다. 능히 그랬을 거야.

나는 안악댁이 불쌍해서 가슴이 아팠다. 그리고 나도 불쌍해서 눈물이 났다.

나는 안악댁한테 낮에 깨죽을 권하면서 넌지시 물어봤다.

"서모! 그때 총독 녀석한테 당했다는 얘기 말짱 거짓말이죠?"

안악댁은 나를 한동안 쏘아보더니 배시시 웃었다. 그 허전한 미소 속엔 싸늘한 슬픔이 서려 있었다.

"뭐가 어떻게 된 건지 모르겠어요, 정말."

안악댁은 환자였다. 그 퀭해진 초점 없는 눈동자를 보고 나는 그네의 병명을 들은 대로 가르쳐 줬다.

"서모 병을 앓고 있어요. 무슨 병인지 알겠수? 공규병(空閨病)이래요. 아무래도 얼른 시집을 가야겠어. 시집가면 낫는 병이라는데. 저 시뉘는 그런 병 절대로 안 걸릴걸. 시뉘처럼 신랑 하나 마련해요, 서모두."

신들린 사람처럼 그런 말을 지껄이는 나는 자신도 모르게 한숨을 토해 냈다.

안악댁은 서른둘, 나는 서른넷. 여자로서 아까운 나이일까. 이미 모든 것을 단념해야 할 나이인데, 주착들을 부리고 있는 것일까. 어쨌든 서글프기만 했다.

시뉘는 엿새 동안을 묵더니 박수동과 함께 청진으로 떠나면서,

"심심한 판에 총독새끼나 멋지게 골려줄랬더니 그것두 시시하게 됐지 뭐야, 서모."

라고 깔깔거리다가 밉지 않게 눈을 핼끔 흘겼다.

시뉘 숙진은 나를 보고도 한마디 하는 것을 잊지 않았다.

"우리 집 살림이 다 날아가도 괜찮아요. 제발 두 과부님들 궁상 고만 떨구 자기 인생길을 찾아 새 출발을 하란 말야! 언닌 도대체 왜 태어났수, 왜 태어났수? 김씨 집안 낮도깨비 되려구 태어났수? 언니, 참 입센의 『인형의 집』이라는 책을 읽어봐요. 동진이한테 한 권 보내라구 부탁해요. 그걸 읽음 언니두 여자로서 새로운 눈을 뜨게 될 거야. 언니 나 부탁한 거 부탁해요."

자기네의 개업 자금을 거듭 부탁하면서 숙진은 철원역으로 나가 북행열차에 올랐다.

한 토막의 촌극은 그처럼 어이없게 막이 내려졌다. 막이 내린 무대 뒤가 살벌하리만큼 허전했다. 관객은 실소를 터뜨렸을지 어땠는지 잘 모르지만 연기자들은 무대에 막이 내려지자 무서운 허탈감에 빠져버렸다.

극은 코믹한 내용이었는데 무대에 섰던 히로인은, 그리고 그 조연배우는 더할 수 없이 심각했었다.

그네들은 관중석에서 터지는 박수 소리에 귀를 기울이지 않았지만 인색하게도 그런 열연을 구경한 관중들은 누구 하나 박수를 보내려 하지도 않았다.

처음부터 반응이 있을 수 없는 극을 두 여자는 그토록 처절하게 열연했

던 것이다.

그날 이후 안악댁이나 나는 말도 웃음도 잃어버린 실의의 나날을 이어가고 있었다.

일을 하지 않으면 잡념이 왈칵왈칵 몰려닥치는 바람에 아침부터 밤까지 뭔가 열심히 하지 않고는 못 견디었다.

빨래하기를 제일 좋아했다. 아이들 옷이고 어른 옷이고를 가리지 않고 멀쩡한 것을 북북 뜯어서 빨랫거리를 만들었다. 아침에 갈아입힌 시동생들의 옷을 저녁때 벗겨서 빨래 광주리로 던지곤 했는데 안악댁과 나는 마치 경쟁이라도 하는 것 같았다. 이틀도 채 안 입은 옷을 양잿물에 삶아 빨래 방망이로 짓이겨대곤 했다.

밤이면 두 여편네가 마주앉아 다듬이질에 열중했다. 신나게 두드려 패고 리드미컬하게 장단을 맞추곤 했다.

추잠고치에서 명주실 뽑을 것이 아직 적잖이 남아 있었는데도 빨래와 다듬이질에만 신명을 냈다. 그것뿐이었다.

다듬이질을 했으면 바느질을 해서 옷을 만들어야 할 텐데도 두 여편네가 다 반짇고리는 차고앉으려 하지 않았다.

물레질이나 바느질은 너무 안존하고 찬찬한 일이라서 백 갈래 천 갈래 뒤얽히기만 하는 거의 회한투성이의 잡념만 기르는 것임을 경험해왔다.

양잿물에 빨래를 푹푹 삶아 억척스럽게 두드려 패는 빨래 방망이질을 한바탕 해야만 답답하던 가슴이 후련하게 트이곤 했다.

콩캉캉 콩캉캉 홍두깨질을 하고 있으려면 그 음산한 부엉이 소리도 들리지 않아서 좋았다.

나는 스무 살 때부터 흰옷만 계속 입어 오고 있다. 남편상을 당한 이후 3년마다 시부모가 차례로 돌아갔기 때문에 아홉 해를 계속 흰옷을 입다보니 그게 그대로 나의 옷이 되고 말았다. 14년이 되도록 춘하추동을 가리는 법 없이 흰옷으로 일관해온다.

이틀을 더 입지 않았다. 흰옷을 입고 막일 궂은일을 가리지 않으니, 논일 밭일을 피하려 하지 않으니 이틀 이상을 입을 수 없었다.

거기다가 결벽성이 대단해서 저고리 섶에 구김이 좀 가도, 치맛자락에 검댕이 좀 묻어도 다른 새 옷으로 갈아입는 버릇이어서 내 빨래만 해도 사실은 빨아대기가 바쁜데 여섯 시동생을 데리고 있는 것이다. 그런데도 그처럼 빨래와 다듬이질에는 지치지 않았다.

숙진은 청진으로 떠난 지 여드레만에 다시 나타났다. 이번엔 자기 혼자 나타나서 꺼내는 이야기가 단도직입이었다.

"청진 중앙통에 좋은 집을 하나 발견했어요, 언니."

"좋은 집이라뇨?"

"병원을 차리기엔 아주 안성맞춤이야."

"아아."

나는 그동안 그 문제를 별로 생각하고 있지 않았었다. 병원을 그렇게 급히 차리려는 것인 줄을 몰랐던 것이다.

"새로 지은 최신식 3층집인데 위치도 좋구 구조도 병원으로는 제격이지 뭐예요. 계약을 하기로 했어요."

"얼마나 달래는데?"

"2만 8천 원."

"2만 8천 원요? 그렇게 비싸요?"

"신식 고급 건물인걸 뭐. 그것두 싼 편이에요. 위치가 원체 좋단 말야. 거죽은 대리석이구."

나는 기가 막혀서 말문이 막혀버렸다. 그렇게 큰돈을 쉽게 장만할 형편이 아니다. 물론 토지를 판다면야 어려운 일이 아니지만 당장 그런 큰돈을 장만하기엔 방법이 막연한 것이다.

"우선 계약만 하면 돼요. 3개월 뒤에 잔금은 청산해두 된다는 거야. 그런 좋은 조건이 어디 있어, 언니."

"계약금은 얼마나 달래요?"

"물론 1할이지 뭐. 3천 원만 마련해주면 돼요, 언니."

3천 원은 큰돈이 아닌가. 원체 잘 살던 집안의 딸이라서 숙진은 그처럼 간단히 생각하는 모양이지만 지금 3천 원이 어디 작은 돈인가, 큰 액수다.

"언니, 황해도 배천(白川) 땅을 팔기루 했잖수? 그걸 팔아 이용했다가 서울 근교에다 더 좋은 전지를 사면 되잖아? 한 10년 열심히 벌어서 내 갚을 게요. 우리는 부부가 다 의사니까 돈은 벌어놓은 거나 매한가지예요."

"그렇지만 당장 3천 원이 있어야죠."

"땅문서를 공증인한테 맡겨놓고 돈을 얻어 쓸 수가 있대요."

"될까?"

"된대."

"하지만 시동생들이 저렇게 많은데 누이한테만 그것을 다 드려도 되는 건지 모르겠네."

"누가 다 달래요? 내 앞으론 5만 원만 만들어 달래니깐. 아직두 우리 재산 몇십만 원은 되는 거죠? 5만 원 배당이 안된댐 그 건물만 사줘두 돼, 언니. 그러니까 3만 원에 떨어지는 거야. 이 김한규 씨의 맏딸은."

"알겠어요."

나는 선뜻 대답은 했으면서도 돈 마련할 방도가 막연하기만 했다.

그렇더라도 나는 마음먹기를, 돈 문제를 가지고 시뉘와 여러 말을 나누기는 싫었다.

나는 알고 있는 것이다. 상류가정이나 재산이 있다는 집안 치고 자녀들 사이에 재물 싸움이 없는 집이란 흔치 않은 것을 알고 있는 것이다.

가장 추한 트러블이라고 평소에 생각해왔다. 재물이란 자신의 지혜나 노력으로 장만해야 귀중한 가치가 있는 것인데 어버이한테 자산이 있으면 그것을 거쳐 분배해 가지려는 자녀들이 많아 보기에도 딱하고 또 그 근성이 밉살스러운 것이다.

묘하게도 나 이문용은 오늘날까지 재물에는 궁핍해보지 않았다. 아홉 살까지의 김천 생활은 철들기 전의 기구한 고생이었으니까 별도로 치고, 그 이후엔 돈에 대해서 신경을 써본 일이 없다.

나의 타고난 복인지도 모른다. 부처님이 나한테 베푼 복이 있다면 그 재복이 있을 뿐이건만 나는 그것을 소중스럽게 생각해본 일이 없는 것이다.

사람은 열심히 일하면서 성의껏 살면 재물이나 의식(衣食)에 신경을 쓰거나 탐낼 필요가 없는 것으로 알고 있다. 열심히 일하고 성의껏 살아도 하루 세 끼의 밥이 없어서 비참하게 사는 사람들이 허다한 줄은 알지만, 그것은 뭔가 잘못돼 있기 때문이지 본시 재물과 사람의 함수관계란 그런 게 아닌 줄로 알고 있다.

식솔이 많아서 벌어도 일해도 모자란다고 치자. 집안에 우환이 들끓어서 때를 못 끓인다고 치자. 불의의 재난을 당해서 하루아침에 털터리가 됐다고 치자. 남에게 속고 관청에 뜯기고 도둑을 맞아서 있어야 할 의식이 없다고 치자. 사람들의 인색 때문에 헐벗고 굶주린다고 치자. 어쨌든 그것은 뭔가 잘못된 탓이지 정당한 이치도 상태도 아니다.

지금 2천 3백만 민족이, 3천리 강토가 굶주리고 헐벗는 줄도 알고 있다. 전부터 뭔가 잘못돼 온 탓이며 잘못돼 왔기 때문에 나라가 망했다. 일인들에게 핍박을 받고 착취를 당하며 절망에 빠져 있는 것도 우리가 잘못한 데에 원인이 있지 그게 정상은 아니다. 잘못돼 있다.

그러나 그렇다고 해서 사람과 재물의 함수관계가 달라진 것은 아니다. 공덕에 대한 포상이 인색해진 것도 아니다. 문제는 인심이 그런 것에 너무 연연하기 때문에 자꾸자꾸 잘못돼 가고 있는 게 아닌지 모르겠다.

괴팍한 세상이 돼 있는 줄을 알고 있다. 새삼스런 것은 아니지만 사람들은 너무도 권력 만능, 금력 위주의 사조로 흐르고 있는 줄을 알고 있다. 그리고 너무도 허탈에 빠진 채 무기력한 줄도 알고 있다. 일부 지식층과 또 일부의 투사들이 이 나라의 광복을 위하여 국내외에서 진력하고 있는 줄로 알고 있으나 내가 상해 남경에 있을 때 듣고 본 바에 의하면 그들마저도 금력과 권력 때문에 아옹다옹하는 추태를 감추지 못했다. 집안이 망할 때는 자식들이 싸운다. 재산 때문에 싸운다. 나라가 망할 때는 권력을 놓고 지도층이 싸운다. 그런데 나라가 망한 뒤에도 그 버릇들을 고치지 못하고 있는 것 같다. 외적한테 아첨까지 해서, 일본한테 빌붙어서까지 일신의 영화를 누리려 하고 또 축재를 하려는 패거리들이 많은 듯이 들려온다.

나는 한낱 시골 여편네지만 그런 사회 풍조가 정말 마음에 걸린다.

아미타여래(阿彌陀如來)는 뭐라고 설법을 했던가. 지옥에 떨어지는 것을 두려워 말라. 극락왕생하기를 염원하지 말지니라. 지옥도 극락도 담담하게 생각할 수 있어야 지옥에 떨어지는 것을 면하고 극락왕생하는 것도 어렵지 않을 것이다.

세존(世尊)은 말하기를, 열심히 염불을 외워라. 관세음보살을 찾아라. 불안한 마음으로 염불을 외우지 말라. 편안한 마음으로 관세음보살을 찾지 말라. 불안과 편안을 초월하여 담담한 심정으로 부처를 찾고 염불을 외워라. 그러면 그대 원각(圓覺)에 이를지니, 불(佛)이 그대와 더불어 있을 것이다.

뛰어난 선자들은 말하기를, 비록 염열지옥(炎熱地獄)에 떨어져도 심두(心頭)를 맑고 차게 냉각시켜라. 불길도 결코 뜨겁지 않을 것이다. 괴로움과 기쁨이 그대 마음에 달렸다. 나는 생각하기를, 재물에 연연하지 말고 남에게 인색하지 않으면 재물이 나를 떠나지 않을 것이며 남이 나에게 인색하지 않으며 남도 나도 제 분수대로 복록을 누릴 것이다.

만약 그게 그렇게 안된다면 허물이 정치에 있고, 책임이 사회에 있지 않겠는가. 그리고 사람들이 제 분수를 생각지 않는 데 있다.

그것은 누구 한 사람의 탓이 아니다. '그들'의 탓이다. 그들의 탓은 우리들의 힘으로 바로잡아야 한다. 내 하나의 힘으로는 어떻게도 되지 않는다. 지금의 슬픈 세태는 우리들의 힘과 땀을 요구하는 것이지, 누구 한 사람한테 기대하고 있는 것은 아니다. 일본이 우리를 침략하고 지배하는 것도 '그'의 힘이 아니라 '그들'의 힘이다. 그것에서 헤어나는 것도 우리들의 힘이며, 그 우리들이 독립운동가들을 뒷받침한다.

막연은 하지만 나는 시골 여편네답지 않게 간혹 그런 어쭙잖고 거창한 생각을 머릿속에 굴려가며 살고 있다.

그러나 그런 생각은 때에 따라 조각조각 머리에 떠오르는, 말하자면 편편상(片片想)일 뿐이지 일상의 나를 지배할 만큼 어떤 논리적인 주견(主見)이 되어 나를 형성하고 있는 건 아니다. 더군다나 나 이문용이라는 여편네의 사람됨이란 모호하지만 그런 지혜나 논리를 정착시킬 만한 심상의 터전을 갖고 있지 못하다.

글쎄 어떨까, 나는 평범한 여자에 지나지 않으면서도 내 머리를 아둔하다고 여겨본 일은 없다. 오히려 몹시 총명하고 냉철한 일면을 가지고 있다 한다면 방자한 소릴 텐데도 그래도 나는 겉보기처럼 정말로 바보 맹추가 아님을 믿고 있다. 당돌한 여자에 속한다.

그러한 내가 즉석에서 결정한 사실은 시뉘 숙진을 위하여 배천에 있는 7백석지기 땅을 처분하기로 한 것이다.

"염려 말아요, 내 마련해볼 거니까."

나는 손에 개뿔도 없으면서 시뉘 숙진한테 그런 장담을 했다.

이튿날 아침 나는 안악댁과 함께 철원 읍내로 나갔다.

배천 땅문서를 저당해서 우선 3천 원을 마련해보기 위해서였다. 봄까지는 팔아서 갚을 수 있으리라는 계산이었다.

복덕방을 통하고 거간을 뛰게 해서 만난 사람이 일본인 고리대금업자였는데, 그는 내가 제시한 땅문서를 예의 검토해보더니 한동안 차만 호록호록 마시며 가부간 말을 하지 않아서 야무지게 덤벼봤다.

"안되겠어요? 그걸 잡으시고 그만한 돈을 돌려주시기가 어려운가요?"

"글쎄요. 물건은 좋은데 3천 원이라는 돈이 워낙 거금이라 놔서요. 우선 한 천 원이면 돌려 드릴 수 있겠소만."

"일 주일 안으로만 쓸 수 있게 해주시면 좋겠는데요."

"반환 기간은 어떻게 설정하죠?"

"넉넉잡고 6개월루 잡아주셨으면 해요. 그걸 팔아서 갚을 거니까요."

"좀 연구해봅시다."

사흘 후에 다시 찾아가기로 하고 우리는 정미소를 몇 개씩 경영한다는 와타나베(渡邊)의, 창고처럼 돼먹은 집을 나왔다.

나는 집으로 돌아오는 길에 서모 안악댁을 보고 말했다.

"서모, 나 이거 오래 전부터 생각해온 일이에요. 이번 기회에 돈 좀 마련해 드릴 거니 서모두 서모의 살길을 마련하도록 하는 게 어떻겠수."

"뭔 소리를 하우?"

서모는 어이없어 했다.

"나는 이왕지사 김씨 집안의 귀신이 될 수밖에 없지만 서모까지야 왜 아까운 인생을 희생한대요? 좋은 신랑 찾아서 그동안의 고생을 옛 얘기삼아 재미있게 살 채비를 차려요. 서모 같은 분이 뭣 때문에 상상임신을 하고 상상자살을 하는 그런 혹독한 시련을 겪어야 하는 거유? 아무래두 서모는 1년을 이대로 더 못 견딜 듯싶은걸. 서울로 올라가도록 해요. 좋은 혼처가 생기지 않겠어요? 서울에 가서 수소문하면."

안악댁은 체면상으로라도 펄쩍 뛸 것 같았는데 그러지를 않았다. 그네 자신이 그런 생각을 골똘히 하고 있었던 까닭인지도 모른다.

나는 시서모가 늘 동생만 같이 여겨져서 마음을 주고 의지해왔지만 이번 기회엔 자기 인생을 찾아 훨훨 날아가도록 해줄 것을 굳게 결심했다.

안악댁의 손을 잡고 걸으면서 또 지껄였다.

"시집가서 재미 보며 살구 싶죠? 글쎄 뭣 때문에 김씨 집안에서 썩어요? 족두리 쓰고 사린교 타고 와서 육례를 이룬 조강지처도 아닌데. 이번에만은 나 하라는 대로 해요. 진사모(陳師母), 그 여잔 서울에서 요리집 하는 중국인의 정실로 들어앉았대잖수."

길 마소가 우리의 앞으로 왈칵 닥치는 바람에 기겁을 한 나는 안악댁을 옆으로 밀어 붙였다.

해는 머리 위에 있었다.

읍내 쪽에서 오정 사이렌이 울려 퍼지기 시작했다.

집 대문에 들어서니까 머슴 맹 서방이 사랑 쪽을 눈짓하면서 입을 씰룩거렸다.

"또 오셨습니다. 또요."

"누가?"

그때 안으로 난 사랑 문이 열리며 시삼촌 김형규가 얼굴을 쑥 내밀었다.

나는 가슴이 덜컹 내려앉았으나 그래도 찾아온 집안 어른이라서 사랑문 앞으로 다가갔다.

"언제 오셨어요?"

시삼촌은 몰라볼 만큼 신색이 좋아져 있었다. 이마엔 기름기마저 돌고 그 움푹 패었던 눈엔 생기가 넘쳐흘렀다. 아편을 떼고 마음을 잡았나.

"별일 없이 지낸다면서?"

"네."

"숙진이가 와 있구먼?"

"네."

"나 반가운 손님을 만나 같이 왔네."

그의 등 뒤로 또 한 사람의 얼굴이 불쑥 솟아올랐다.

나는 또 가슴이 내려앉았다. 좀 더 심하게 충격을 받았다.

"그동안 안녕하신가?"

나는 대답을 하지 못했다. 다리가 후들후들 떨렸다.

이지용이 와 있었다. 그의 몰골도 전보다는 좋아진 것 같았으나 늙어보였다.

말씨에도 기운이라곤 없었다.

두 사람 다 옷차림이 번지르르했다. 머리엔 포마드를 발라 단정하게 빗어 넘겼다. 와이셔츠도 제법 희끄무레했다.

"그저 궁금해서 들러봤을 뿐이야. 고생이 심했지?"

김형규의 말투는 전에 없이 점잖았다. 그의 이마엔 그가 도깨비 노릇하다가 나한테 얻어맞은 다식판 흠 자국이 아직도 남아 있어서 보기에 민망했다.

"철진이 소식은 들었나? 서전(스웨덴)에서 중국으로 와 있다는 소문이 있데만."

"그래요?"

"인제 불쑥 나타날지도 모르지."

나를 또 어떻게 괴롭히려고 그들이 짝지어 나타났나 싶어 나는 정말 입맛이 썼다.

시삼촌 김형규가 넥타이를 늦추며 말했다.

"나도 인제 철이 좀 들었네. 그런 눈으로 보지 않아도 돼요."

"그러세요?"

"그러세요, 라니. 하긴 자네 심정은 내 알만하지. 어허허허."

까마귀가 까락까악 울었다.

언년이한테 저녁상을 들려 들어갔을 때 시삼촌 김형규가 나를 보고 까닭없이 또 빙그레 웃었다.

"좀 들어오게. 할 얘기도 있구."

그는 반주를 들기 시작하며 '할 얘기'라는 것을 꺼냈다.

"전에 내가 철이 없어서 망나니짓만 했지? 아직도 자넬 보면 얼굴을 들 수가 없어요."

나는 잔뜩 경계를 하면서 두 망나니의 눈치를 살폈다.

"내가 알기론 앞으론 세월이 좀 더 수상해질 것 같네."

"수상해지다뇨?"

"만주를 요리해버린 일본의 야망이 중국 전토를 넘보기 시작했어. 만주국을 세운 일본은 중국 전토를 먹기 위해 온갖 책략을 꾸미고 있는 것 같으이. 사람 욕심이나 나라의 욕심이나 다르지 않아요. 일이 순조로우면 자꾸 큰일을 벌이게 마련이야. 그러다간 힘에 겨워 자멸하게 되는 게지. 지금은 일본이 자꾸 커가는 중이야. 그 바람에 우리 조선은 점점 더 찌그러들구."

옆에서 이지용이 한마디 끼어들었다.

"그놈들, 맹꽁이 배때기처럼 자꾸 부풀어만 가요. 한계점에 이르면 탁 터져버릴걸."

김형규가 말했다.

"일본놈들은 중국 천지를 몇 조각으로 분열시켜 어부지리를 얻으려 하고 있어요. 장개석(蔣介石), 왕조명(汪兆銘), 장학량(張學良) 등으로 하여금 삼파전을 시키면서 기회를 엿보고 있네. 곧 무슨 일을 저지를 게야. 그렇게 되면 조선이 말짱 저들 대륙 침략의 전초기지로 화할걸."

나는 그런 시국적인 화제에 큰 흥미가 없었기 때문에 잠자코 들어넘길 뿐이었다.

이지용이 또 나섰다.

"조선 사람은 모조리 만주로 보내 개척을 시키고, 대신 이 땅엔 일본인들이 쏟아져 나와 몽땅 점거할 방침이래요. 그러기 위해선 조선의 지식층과 부호들을 먼저 쓸어버려야 저희들 맘대로 할 수가 있을걸. 이제 지식층과 부호들을 몰락시키는 건 저들의 기본 정책이에요."

김형규가 숭늉을 마시고는 말했다.

"그래서 말인데, 우리 집의 관리도 이젠 조카며느리의 힘으론 불가능하게 됐네. 그뿐이 아니라 자네도 그동안 그만큼 이 집안의 제물이 돼왔으니 이젠 몸을 빼내 자기 인생을 되찾도록 해야지. 뭣 때문에 이 김씨 집의 귀신이 돼야 하나? 인간은 남을 위해 살려고 이 세상에 태어난 게 아닌데. 자네 그동안 온갖 고생을 다해 왔으니 그만하면 터득을 했을걸? 이 세상 모든 사람들이 오직 자기 자신을 위해서 살고 있을 뿐이라는걸. 자신한테 충실하지 못한 사람은 남을 위해서도 충실할 수가 없어요. 우선 자신의 존재를 확인해야지. 안 그런가? 남은 많지만 나는 오직 하나예요."

본시 배우긴 한 사람이라 점잖은 말들은 잘 지껄인다.

나는 그들에게 물어봤다.

"왜 저한테 그런 말씀들을 하시는지 그 목적을 밝혀주세요."

김형규가 거침없이 대답했다.

"아주 좋은 혼처를 들봐났는데 팔자를 고쳐보겠나? 어때?"

"팔자를 고쳐요? 저를 위해서 그런 말씀을 하세요?"

"그럼 나를 위해 그런 말을 하고 있다는 겐가?"

낮에 내가 안악댁한테 한 말은 본인이 어떻게 알아들었을까. 지금 저들의 말처럼 아니꼽게, 비위가 역하게 들리지나 않았는지 모르겠다.

남의 충고란 자칫하면 그런 것인지도 모른다. 우선은 충고하는 사람의 의도나 속셈을 생각하게 되는가보다. 김형규나 이지용에게 별다른 목적이 없다 치더라도 나는 그들의 권고를 순수하게 받아들이지 않는다. 안악댁의 심경도 그랬을까. 나는 저네들과는 다른데. 나는 정말 저네들처럼 더러운 속셈을 갖지 않은 오로지 인간적인 정의(情誼)였다.

지금 저들이 내게 지껄인 말과 내가 낮에 안악댁한테 지껄인 말 중엔 우연히도 완전히 일치되는 대목이 수두룩하다. 말이란 그처럼 똑같은 내용이 서로 다른 입에서 나올 수도 있었다. 하지만 같은 말이라도 거기 담긴 뜻과 양심은 전연 다를 수가 있다.

나는 끝내 그들의 권고를 순수하게 받아들이지 못한다. 뒤에 숨겨진 흑심을 천착해내려고 경계한다.

나는 시삼촌 앞에서 김씨 집의 가장 노릇을 하고 싶어졌다.

"말씀이 났으니 알려나 드려야겠어요. 시뉘도 오랜 고생 끝에 권위 있는 여의사가 됐어요. 시뉘 남편 될 분도 의학박사래요. 청진에다 병원을 내기로 했다는군요. 그런데 그 자금이 없대요. 그래 의논 끝에 황해도에 있는 땅을 팔기로 작정을 했어요."

김형규는 눈이 휘둥그레지지를 않고 오히려 빙긋이 웃었다. 어느 틈에 시뉘가 얘기를 했나 싶었으나 그럴 그들의 사이가 아니다. 시뉘는 안사랑에서 잠이라도 자고 있는 것 같았다.

어쨌거나 나는 그의 웃음이 마음에 걸렸다.

"또 한 가지, 이번 기회에 돈이 좀 마련되면 시서모도 새 길을 찾게 해 드려야겠어요. 안악댁이 뭣 때문에 이 김씨 집의 귀신이 돼야 합니까. 인간은 남을 위해 살려고 이 세상에 태어난 게 아닌데요. 이 세상 모든 사람들이 오직 자기 자신을 위해서 살고 있지 않아요? 안악댁도 이젠 자신의 존재를 확인해야 하잖겠습니까. 좋은 혼처가 있으면 팔자를 고치도록 해드려야죠."

김형규는 깜찍스런 이 조카며느리를 멍청하니 바라보고 있었다.

그가 방금 내게 지껄인 표현 그대로를 나는 그에게 지껄인 셈이다. 기가 막힐 것이다.

나는 한 마디 더 빈정댔다.

"저를 위해 아주 좋은 혼처를 들봐놓으셨다죠? 불쌍한 서모를 그리로 시집보내세요. 저보다 젊고 예쁘고 착한 안악댁을 그리로 보내 팔자를 고치도록 하는 게 집안 어른으로서의 의리가 아니겠어요?"

나는 일어나 나오려고 했다.

그러자 시삼촌 김형규가 한마디 툭 던지는데 실로 기막힌 소리였다.

"배천 땅은 내가 벌써 팔아 썼네. 아직 돈은 다 받지 못했지만."

"네? 뭐라고 하셨습니까?"

"그 얘기도 할 겸해서 이번에 들른 게야. 배천 땅은 내가 이미 매매를 했어."

김형규는 콧수염을 매만지며 빙글빙글 웃고 있었다.

나는 내 표정을 상상하고 싶지가 않아서 고개를 옆으로 꼬았다.

이지용은 염소처럼 담배를 빨고 있었다. 그의 손끝은 담배연기에 노오랗게 물들어 있었다.

언년이가 숭늉 쟁반을 들고 들어왔다.

"어허, 너도 이젠 처녀티가 나는구나. 제법 예뻐졌는걸. 어허허허."

김형규는 흉측스럽게도 언년이를 보고 그런 어처구니없는 능청을 떨었다.

나는 잠자코 일어났다. 좀 전에 두 사내가 지껄인 장개석이가 어떻고, 왕조명이를 어쩌고 하던 일본의 대륙 경영론 따위는, 그리고 남은 많고 나는 하나뿐이니 사람마다 자신한테 충실한 인생을 살아야 한다는 따위의 어쭙잖은 인생론은 까맣게 잊어먹었다. 눈앞이 캄캄하고 현기증이 났다. 기둥을 짚고 섬돌로 내려섰다. 까락까악 까마귀가 울며 지나갔다.

나는 안방으로 들어와 털썩 주저앉는 순간 넋을 잃은 등신이 됐다.

서모 안악댁이 들어와 내 눈치를 살피며 물었다.

"이번엔 또 무슨 떼를 쓰러 왔어요? 삼촌이."

나는 대답하지 않았다.

시뉘 숙진도 눈치가 이상했던지 안방으로 들어와 내 옆에 바짝 붙어 앉는데 맥 놓고 잠을 많이 자서 그런지 눈이 부석부석했다.

"삼촌이, 그 작자가 또 속을 썩이러 온 거죠? 언니."

나는 숙진의 손을 마주잡고는 울먹였다.

"다 틀렸어. 다 틀렸단 말예요."

"뭐가 다 틀렸다는 거유?"

"황해도 땅을 삼촌이 팔아먹었대요."

"뭐야?"

"벌써 팔아서 돈꺼정 받아먹었대요."

"아아니, 그 아편쟁이 그게."

숙진이도 기가 막힌 지 내게 잡힌 손을 쑥 뽑고는 눈까풀을 파들 떨었다.

안악댁이 말했다.

"문서가 여기 있는데 어떻게 팔아먹어요? 문서두 없이 땅을 팔 수가 있나요?"

"또 어떻게 사길 해서 팔았겠지 뭐. 그런 재주야 타고난 분이니까."

나는 나의 계획이 또 여지없이 좌절됐다고 생각하자 분통이 터져서 견딜 수가 없었다.

그 땅을 팔아 누굴 주고 안 주고가 대수로운 게 아니고, 싫건 좋건 중대한 계획을 세웠던 일이 좌절돼버린 점에서 나 자신이 서럽고 밉기까지 했다.

뭐 하나 뜻대로 되는 일이 없는 지겹게도 재수 없는 여자 이문용, 문득 그런 생각이 들어서 나 자신이 밉고 서러웠다.

가만히 있을 시뉘가 아니었다. 사랑으로 쫓아나가 삼촌 김형규에게 종주먹을 대서 진상을 알아냈다.

서울 진고개에 길비(吉備)라는 어구상(漁具商)이 있다고 했다. 어선용 그물을 파는 큰 도매상인데, 그 중인이 돈이 많아서 돈놀이도 하고 땅도 많이 사들인다고 했다. 그 길비한테 배천 땅을 팔았다는 것이다.

시뉘 숙진은 보통 성미가 아니다. 이튿날 아침으로 삼촌을 앞세운 채 서울로 떠났다. 직접 확인을 하기 위해서였다. 물론 이지용도 김형규를 따라 떠나갔다.

그는 김형규에게 돈이 생긴 것을 알고 그에게 빌붙어 다니며 옷가지를 얻어 입고 술잔이나 함께 마시는 모양이었다.

밤에 나는 잠이 오지 않았다. 시동생들을 재워놓고 건넌방으로 건너갔다.

서모 안악댁은 불을 환히 켜놓은 채 경대 앞에 앉아 있는데, 분위기가 수상하게 여겨졌다.

"뭘 하우?"

"아무것도 아녜요."

아무것도 아닌 게 아니었다. 날이 시퍼런 장도칼이 손에 들려 있었다.

나는 가슴이 섬뜩했다. 신경쇠약에 걸려 있는 안악댁이 또 무슨 일을 저지르려는 순간임을 직감했다.

"뭘 하구 있는 거예요?"

나는 그네 옆으로 풀썩 앉으면서 재빨리 그 장도칼을 뺏으려는 동작을 취했다.

그러자 안악댁이 배시시 웃으며 몸을 돌려 앉혔다.

"뭐유, 그게."

나는 어이가 없어서 물었다.

"그냥 심심해서……."

무로 인형을 조각하고 있었다. 대가리 새파란 큼직한 조선무를 사람 형태로 깎고 다듬었는데 영락없는 장골 사내였다. 맨머리에 꾸부러진 상투까지 달려 있었다. 옷자락의 선을 표현할 만한 솜씨는 못됐겠지만 하여간 남자의 나신이었다.

"어머너나."

내가 놀라며 망측해하자 안악댁은 또 배시시 웃을 뿐이었다. 웃을 때마다 패는 보조개가 귀여웠다.

남자의 상징을 달고 있었다. 그것도 과장되게 표현됐다. 상투보다 두 배나 컸다. 아무리 재료가 무라 하더라도 깎고 다듬어 어떤 형태를 만들었으면 조각이다. 남상의 조각인데 남자의 심불이 주제였다.

안악댁은 그것을 경대 위에다 세워놓고는 또 보조개를 보이며 배시시 웃는데 퍽은 피로한 눈이었다.

"밤이면 잠이 안 와 고생을 해요."

안악댁은 호소하듯 말했다.

"서모! 서울로 떠나도록 해요. 내 무슨 짓을 하든지 조그마한 집은 한 칸 마련해 드릴 거니까. 여자가 혼자 살 줄 알았으면 애당초 이 세상에 태어나질 않을 걸 뭐."

금계산 위에 하현달이라도 걸려 있는지 바깥이 희끄무레한 어스름 달밤이었다.

안악댁은 그 '조각예술'을 집어 칼로 싹뚝싹뚝 잘라버렸다. 그게 비록 무조각이라 하더라도 소름이 끼칠 만큼 잔인해보였다.

이튿날쯤 돌아올 줄로 알았는데 숙진은 서울에서 오지 않았다. 그 다음 날도 소식이 없었다. 그날 밤에 나는 안악댁의 처소로 건너갔다.

"아주 예술가가 되려는가배."

이번엔 재료가 달라져 있었다. 무가 아니고 빨랫비누였다. 새 빨랫비누를 큰 암반처럼 다듬고, 그 중심에다 미륵상을 조각했는데 아직 미완성이었지만 그럴싸했다. 바탕이 빨랫비누라서 흡사 대리석 조각과 비슷했다. 아주 섬세하게 다듬어져서 부처의 자비로운 표정까지가 앙증스럽게 살아있었다.

법의 자락도 나타나 있었다. 이마엔 백호도 박혀 있었다.

나는 그것을 들여다보자 코허리가 찐해졌다.

저 외로움. 하늘과 땅 사이에 오직 혼자 버려진 듯한 심경의 저 외로움.
슬픔도 상념도 잊은 채 긴 밤을 혼자 지새우며 비누쪽을 다듬고 있는 여자
의 외로움. 그것은 안악댁의 것만이 아니라 나 자신의 그것이기도 해서 코
허리가 찐해졌다.

"서모, 나 오늘은 여기서 잘래."

나는 어리광처럼 서모에게 말했다. 나이가 나보다 두 살 아래이고 젊음
은 나보다 대여섯 살이나 아래로 보이는 서모한테 나는 정말 어리광을 부
리듯 말했다.

"정말 여자 혼자 평생을 산다는 건 지겨운 노릇이야, 서모."

여자 둘이 꼭 안고 서로 몰래 가슴을 흥건히 적시다가 잠이 들었다.

나흘 만에야 시뉘 숙진은 서울에서 돌아왔다.

"정말이었어요? 그게."

궁금해서 재우쳐 묻는 나에게 시뉘는 자신 있게 말했다.

"도로 찾게 될 거야."

"도로 찾아요? 팔아먹은 게 사실인데 도로 찾을 수가 있어요."

"그 길비란 녀석을 만나 담판을 했다구. 첫날은 딱 거절이야. 하는 수
있수. 사교적으로 놀았지."

"사교적으로 놀아요?"

"민병석(閔丙奭) 씨를 찾아갔단 말야."

"민병석 씨라면……."

"이왕직 장관 민병석 씨를 찾아가서 사정 얘기를 하구 소개장을 받았어
요. 그걸 갖다 들이대니깐 콧대가 꺾이지 뭐야."

"민병석 씨라면 전에 보국(輔國)을 지낸 그분?"

"지금은 자작(子爵)이 아닌가배. 그런 분이 나섰는데 지가 꺾이지 않구

견딜 수 있어. 민병석 씬 아버지와 친분이 두터웠어요. 편지로 안되면 직접 나서 주시겠다구 하셨는데, 그분 참 점잖은 분이거들랑. 일본 고리대금업자들이 그런 식으로 조선의 땅을 휘말아 먹구 있다면서 분개하셨어요. 사기 문서인 줄을 뻔히 알면서도 궁한 사람한테 돈 몇 푼 던져놓군 재판소를 끼고 제 것으로 만든다는 거야. 계약금두 많이 받지 못했던데."

"얼마를 받았대요."

"6천 원."

"그건 돌려줘야죠?"

"그야. 근데 그걸 마련할 길이 막연하다니까 민병석 씨는 자기도 좀 주선해볼 테니 마련되는 대로 기별하라는 거예요. 세상이 변했는데 그분의 의리엔 감탄 감탄이지 뭐야."

"고맙수, 누님."

나는 숙진의 손을 잡고 진심으로 고마워했다. 잘못돼 가던 일을 중간에서 바로잡게 된 순간처럼 대견하고 고마운 일은 없다. 나는 숙진이 고마워서, 고마워서 어쩔 줄을 몰라 했다. 어차피 그 땅은 팔아 남에게 몽땅 줘버리기로 했으면서도 그러나 잘못되던 일이 바로잡힌다는 것은 그처럼 사람의 마음을 흐뭇하게 하는 것이었다.

겨울방학이 되자 서울에서 공부하던 시동생들이 한꺼번에 몰려왔다.

둘째 시동생 동진이가 가방 속에서 포장된 책을 꺼내 나한테 내밀었다.

"형수님, 이거 부탁하셨던 책입니다."

포장을 끌러보니 입센의 작품 『인형의 집』이다. 일본말로 번역된 일본판이었다.

"나두 이번에 그 작품을 읽어봤습니다, 아주머니."

동진이 싱글벙글 웃으면서 또 말했다.

"그런데 형수님, 왜 그 작품을 읽고 싶어지셨습니까?"

나는 그 작품의 줄거리는 짐작하고 있었다. 진명에 다닐 때 선생님한테 그 작품 이야기를 들은 기억이 있는 것이다. 그리고 숙진이 그걸 읽어보라는 뜻도 알고 있었기 때문에 동진의 질문이 뭣을 뜻하는가도 짐작이 갔다.

"나두 이 작품의 여주인공을 흉내 내려구요. 괜찮죠? 데련님."

동진은 이 형수를 너무도 믿는 까닭인지 싱글싱글 웃으며 말했다.

"형수님. 제발 좀 그 노라를 닮으세요. 오늘날까지 형수님이 겪으신 여자로서의 고민은 그 소설의 히로인에 못하지 않을 겁니다. 이제 남은 건 행동뿐이에요. 인간으로서, 여자로서의 행동인 거죠. 인권과 여권을 위해 감연히 취해야 할 행동만이 남아 있습니다."

"데련님!"

"네."

"이 작품에서 '노라'는 모든 걸 버리고 집을 뛰쳐나간다면서요?"

"그렇습니다."

"그런데 나더러 그 '노라'를 본받으라면 어떻게 되는 거지요?"

"이 집을 뛰쳐나가시는 거죠. 형수님두 형수님의 짓밟힌 인권과 여성으로서의 자신을 되찾기 위해서 감연히 새로운 세상으로 뛰어드는 거죠."

"그래두 괜찮겠수? 데련님."

"저는 적극 권합니다. 우리 집안이 문제가 아니에요. 물론 우린 굉장한 타격을 받겠죠. 형수님이 안 계시게 된다면 말입니다. 하지만 형수님은 반드시 우리들을 위하여 희생할 이유가 없잖습니까. 우리의 집안 사정보다는 형수님의 인간적인 생활이 더 중요하단 말입니다. 한 여자로서 자각의 눈을 뜨실 때가 됐다는 겁니다. 사실 우리 형제들은 형수님을 어머님처럼 따르고 모시면서도 한쪽으로는 가슴이 아프다 그 말입니다."

"배고플 텐데 어서 밥이나 들도록 해요. 학생이 건방지게 별소릴 다하는 군. 누가 그런 걱정하랬어요!"

나는 화롯불을 인두로 푹푹 쑤셔서 시뻘건 참나무 불씨를 흩뜨렸다.

나는 그 '입센'을 여러 날이 되도록 읽지 않았다. 겁이 나서 읽고 싶은 마음이 가셔버렸다. 안악댁한테 그 책을 넘겨줬다.

"이 책 퍽 재미있어요. 난 다 읽었으니 서모두 읽어봐요."

석 달이나 걸려서 배천 땅은 해결을 보았다. 여러 땅문서를 잡히고는 마련한 돈이 4천 원 남짓해서 난감했는데 나머지는 우선 서울의 민병석 씨가 대봉을 쳐줬을 뿐 아니라 그동안 마음이 달라져서 빼뚱거리는 일인 길비란 녀석을 두 차례씩이나 직접 불러 타이른 다음에야 간신히 해약이 됐다.

그 땅은 이듬해 봄에 가서야 팔려서 시뉘와의 약속을 이행했다. 서모 안악댁에게도 7천 원을 마련해주기로 했다. 그만한 돈이면 서울에 가서 꽤 큰 집도 사고 당분간의 의식 문제도 해결이 될 것이었다.

3월도 중순으로 접어서서야 서모는 서울로 떠날 채비를 차리기 시작했다. 사간동에다 사놓은 집을 수리하느라고 이사하는 데 늦어졌다.

적으나 많으나 이삿짐을 꾸리느라고 집안이 어수선했다.

두 여편네는 싸움이라도 한 것처럼 말이 없었다. 서로 헤어져야 한다는 게 섭섭하고 서글퍼서였다.

곧 농사철인데 일손도 모자랄 것이 뻔하다. 안악댁은 그것을 근심하다가 나한테 핀잔을 맞은 다음 꿀 먹은 벙어리였다.

"이 김씨네 집이 지긋지긋하지두 않수? 홀가분하게 훨훨 떠나진 못하구 일손 걱정을 하고 있으니 서모두 천성이 참 답답하구려."

그랬더니 안악댁은 울먹였다.

"이젠 서모두 아무것도 아니에요. 우린 남남끼리가 됐잖았어요?"

"남남끼린데 왜 내 걱정을 하우!"

우리는 마주 붙잡고 한바탕 통곡을 해야만 속이 후련해질 것 같았는데도 참았다. 그저 꿀 먹은 벙어리가 됐던 것이다.

대청에서 내다보니 금계산엔 아지랑이가 아물거렸다. 온 산이 불그스레했다. 진달래가 함빡 피어 있는 까닭이다. 백로가 그 금계산 쪽으로 자주 날아가고 있었다. 뉘집에선지 낮닭이 늘어지게 울었다. 때도 낮밤도 가리지 못하는 멍청스러운 닭이 꼭 나를 닮은 것처럼 여겨져서 그 꺄옥 하는 여운이 퍽은 듣기 싫었다. 북행열차인지 남행열차인지가 기적 소리를 헤프게 울려대고 있는 한가로운 하오였다.

나는 마루 끝에 앉았다가 싱겁게 한마디 했다.

"뭐가 먹고 싶수? 내 별식이라도 장만할 거니까 말해봐요."

안악댁은 망설이지도 않고 즉석에서 대답했다.

"남경에서 먹던 북경요리 생각이 나요."

"그럼 읍내로 나갈까? 읍내엔 청요릿집이 많지?"

"나가요, 지금."

안악댁은 나와 똑같은 생각을 하고 있었던 것 같았다. 마지막으로 둘이서 별다른 음식이나 실컷 먹어보고 싶었던 것 같다.

"그럼 갑시다. 내 한턱 낼 테니까."

서둘러 옷을 갈아입고 집을 나섰다. 서로 손을 잡고 걸었다. 동성연애라도 하는 사이 같았다. 아닌 게 아니라 내가 남자라도 안악댁은 한번 안아보고 싶은 몸매며 얼굴이며 됨됨이였다.

우리는 석양 햇빛을 등에 지고 읍내 쪽으로 걸어갔다. 지평선도 등에 졌다. 엇갈린 마차소의 쩔렁대는 요령 소리도 등에 졌다. 무논 바닥을 어슬렁거리며 우렁이를 찾고 있던 황새란 놈들의 그 슬프디 슬픈 영상도 등에 졌다. 그래서 마음도 몸도 무겁기만 한 우리는 길섶에서 할미꽃을 따 들자 거의 동시에 한숨을 토해냈다.

읍내로 가는 길엔 폭이 꽤 넓은 개천이 있었다. 여름철엔 물이 많이 흐르기 때문에 읍내 사람들의 천렵 놀이터가 되곤 하는 개천이다. 양켠 둑에는 해묵은 버드나무와 물감나무들이 규칙적으로 서 있었다. 그 개천에는 형편없이 엉성한 나무다리가 물 흐르는 부분에만 놓여 있었다. 여름 장마철엔 홍수에 떠나간다. 늦가을이 되면 동네 사람들이 또 추렴을 내서 다시 놓곤 한다. 겨울을 나면 형편없이 엉성해지는 나무다리였다.

나는 그 엉성한 나무다리로 올라서려다가 말했다.

"나 말야, 속에 찬 엽낭에 뭐가 들어 있는지 서모두 알고 있다면서요?"

"알아요, 얘길 해주시군."

"요새 와선 너무 짐스러워졌어요. 내가 지나치게 집착스런 여자 같기도 하구. 물에 띄워 보내고 싶은데 저 위로 같이 가잖을래요?"

나는 전부터 그것을 없애려고 해왔지만 기회가 없었다.

"잘 생각하셨어요. 그렇잖아두 그렇게 권하고 싶었는데, 차마. 어떤 땐 무뚝무뚝 무서워지군 했어요."

"내가?"

"그런 걸 몸에 지니구 있다 생각하면 무섭지 뭐예요."

"나두 내가 무서워질 때가 있었어. 난 정말 무서운 여잔지도 몰라."

개천 위대엔 물이 모여드는 곳이 있었다. 봄 샘이 터져 수량이 불어 있었다. 맑은 물이 깊어 새파랗게 보이는 둔덕에는 버들강아지가 하얗게 피어 있었다.

나는 그 둔덕에 서자 치마 속에 차고 있던 엽낭을 끌렀다. 속에서 백지에 꼭꼭 싼 내 아들 필한이를 꺼냈다. 백지와 필한이의 뼛가루는 한데 엉겨 붙어서 누렇게 절어 있었다.

나는 그것을 물에다 띄웠다. 종이에 싼 대로 띄웠다. 합장을 한 채 극락왕생하기를 빌었다. 울지 않았다. 물에 젖어 가라앉으려다가 떠내려가는 내 아들 필한이를 지켜보며 법화경을 외었다. 그 물위엔, 합장하는, 기원하는 내 모습이 비쳤다. 어른어른 비치다가 잠겨버렸다.

안악댁이 들고 있던 할미꽃을 물위에 던졌다.

함께 던져진 두 송이의 파란 반지꽃이 할미꽃에서 떨어져 나가면서 필한이를 따라 흐르다가, 물속으로 잠겨들다가, 다시 떠오르면서 햇빛을 반사했다.

나는 오랜 세월을 두고 마음의 부담을 느껴오던 어떤 문제를 해결해버린 심정이었다.

그러나 그 빨간 염낭은 나의 분신이었음엔 틀림이 없다. 분신 중에서도 나의 염통이었던 것 같다. 가슴에 커다란, 도저히 다시는 메울 수도 채울 수도 없는 커다란 공동이 생긴 것 같아 몸이 한쪽으로 기우는 착각을 일으켰다. 후회할 짓을 저지른 것 같기도 했다.

땅속에 묻힌 것은 언제고 다시 파낼 수가 있다. 백골이 진토가 됐다 해도 그 진토를 파내서 심장에다 안을 수가 있다.

그러나 흐르는 물에 흘린 것은 다시는 건져낼 수도 만져볼 수도 없는데, 정말 괜한 짓을 했다. 그런 후회가 없잖아 있었다.

나는 안악댁에게 물어봤다.

"잘했지?"

"뭘요?"

"물에 흘린 거 잘했지?"

"잘했어요."

나는 그제야 홀가분해진 기분이었다. 안악댁도 떠나고 필한이도 떠나고 모자 사이의 정도 떨어버리고.

"가십시다."

안악댁이 내 팔을 잡고 개천 아래대로 끌었다.

다시 개천 나무다리 쪽으로 왔을 때 다리 저쪽 끝에 두 양복쟁이가 나타난 것을 목격했다. 우리보다 먼저 그들이 다리 위로 올라서더니 줄타기라도 하듯 두 팔을 벌린 채 건너오기 시작했다. 우리는 그들이 다 건너오기를 기다릴 수밖에 없었다.

그들이 다리의 중간쯤 왔을 무렵이다. 별안간 안악댁이 퍽은 놀란 음성으로 외마디 소리를 질렀다.

"어마, 저게 누구야?"

제18장

안악댁의 그런 외침은 그게 그대로 경악의 표현이었다. 안악댁은 나보다 성품이 훨씬 양성이어서 사리의 판단이나 감정의 표현이 나 이문용보다는 한결 선명했다.

그 안악댁이 저게 누구냐고 외치는 바람에 나는 나무다리를 위태로운 자세로 건너오고 있는 두 나그네를 황급히 바라봤다.

"앞에 오는 게 철진(哲鎭) 도련님 아녜요?"

안악댁이 내 팔을 잡으며 그렇게 말했을 때 나도 그가 큰 시동생 철진임을 쉽게 분간해낼 수가 있었다.

검정 양복을 입은 두 젊은이는 위태로운 다리를 건너오기에 바빠 이쪽에는 관심도 없지만 앞선 사람이 틀림없는 철진이다.

"소문대로 정말 서전에서 돌아왔군요. 어머나, 뒤엣분은……."

나는 서모의 그런 또 새로운 놀라움이 귀에 들어오지 않았다. 앞에 오는 사람이 철진이라는 사실에 오로지 신경을 뺏기고 있었다.

"뒤엣분은 그분이에요."

그래도 나는 점점 다가오는 철진만 바라봤다. 너무도 반가워서 눈물이 났다.

눈물이 나서 시계가 흐릿했다. 시계가 흐려서 앞선 사람도 뒤에 사람도 그 모습이 아물거렸다.

굉장히 오랜 시간이 걸리는 것 같았다. 그들이 다리를 다 건너와 모래밭으로 풀썩 내려섰을 때 나는 손을 내밀며 그를 할퀼 듯이 소리쳤다.

"도대체 이게 누구예요?"

철진의 놀라움도 대단했다. 맹인이 별안간 세상을 본 순간처럼 그의 눈이 휘둥그레졌다.

두 팔을 벌리고는 나에게로 덤벼들었다. 머슴아가 도망치는 암탉이라도 덮치듯 두 팔로 내 어깨를 덮쳐왔다.

"형수님! 어흐, 우리 형수님."

"아, 우리 서모두."

그는 자기의 서모와 형수를 한꺼번에 팔로 얼싸안을 것처럼 우리를 반가워했다.

가까이서 보니까 그의 모습은 전보다 아주 달라져 있었다. 서양생활을 오래 했고 나이도 먹었고 지식과 교양도 몸에 배어서 그런지 몰라볼 만큼 그 모습이 변해 있었다. 그런데도 먼발치로 그처럼 쉽게 알아봤던 것이 나는 신기할 정도였다.

그때 나는 또 새로이 놀라야 했다. 내 눈을 의심할 만큼 놀라야 했다.

철진의 뒤를 따라와 뒤켠에 서서 빙글빙글 웃고 있는 낯익은 남자와 눈총이 마주치는 순간 나는 혼이 멀어진 사람이었다.

"안녕하십니까? 이 여사."

나는 그런 인사를 받고서도 얼핏 대거리를 하지 못할 만큼 혼이 나가 있었다.

"형수님, 이정호(李正浩) 씨와 함께 왔습니다."

나는 철진의 그 말을 듣고서야 그의 이름이 이정호였다는 사실을 기억해냈다.

"어떻게 이렇게 함께 오셔요?"

"형수님이 보고 싶어서 불원천리 이렇게들 찾아왔습니다. 그동안 얼마나 고생이 심하세요?"

"내야 무슨 고생을. 서방님이 고생 많이 하셨죠?"

장가 안 간 시동생은 도련님이라고 호칭해야 하지만 철진은 벌써 30대의 신사다. 서방님 호칭이 자연스럽게 내 입에서 튀어 나갔다.

비록 잠깐 사이였지만 안악댁이 뒷전에 소외됐었다. 나는 철진에게 말했다.

"내 고생보다두 서모가 고생 많이 했어요."

"네, 그러시겠죠."

그는 젊은 서모의 손을 잡으려다가 말했다.

개천 바닥 모래밭에서 돌비늘〔石英〕이 햇빛을 받아 보석처럼 번쩍이고 있었다. 커브를 돌며 소리 없이 흐르는 시냇물은 버들강아지를 툭툭 건드리며 희롱하듯 다리 밑으로 도망치고 있었다. 날추리 새끼가 물위에 튀어 올랐다. 물 머금은 비늘에 햇빛을 번쩍이며 여울을 거슬러 올라가고 있었다.

네 사람의 그림자가 그 냇물 속에 어른거렸다. 삼태기나 그물로 건지면 네 남녀가 한꺼번에 담싹 건져져 올라올 운명처럼 보였다.

"그래, 어디를 가시는 길이세요?"

"우리 시동생 오시는 줄 알구 마중 나왔죠."

나는 벌써 그런 농담을 지껄일 만큼 여유를 보였는데도 안악댁은 사뭇 심각하기만 했다. 심각할 것이었다. 신경이 착잡할 것이었다. 내일이면 이 김씨 집과 작별을 고하기로 됐는데 바로 오늘 지금 김씨 집의 젊은 대주(大主)가 외국에서 귀향을 했으니 안악댁의 심경은 착잡할 것이었다.

"들어갑시다, 집으로."

"가시죠, 형수님."

그 들어갑시다 집으로, 라는 말도 안악댁에겐 퍽 서먹하게 들렸던 것 같다. 이미 자기는 김씨 집 식구가 아니라는 소외감에 사로잡힌 그런 표정이었다.

"서모! 집으로 되돌아갑시다."

안악댁은 뒤켠에서 우리를 따르기 시작했다. 나는 행복의 절정인 것 같고 안악댁은 쫓겨나는 사람의 서글픔이 가슴에 파고드는 듯한 쓸쓸한 얼굴이었다. 이해해줘야 한다.

나이 먹은 분의 소실로 김씨네 집에 들어왔으면서 드난살이와 같은 생활을 이어왔다. 15년이나 됐다. 그런데 이제 영영 이 가문을 떠나기로 작정한 바로 전날이고 보면 그네의 심경이 착잡한 게 당연하다. 억지로라도 태연하려 하다가 공교롭게도 7, 8년 만에 외국에서 귀향하는 젊은 가장을 만났으니 지금까지의 생활과 그리고 앞으로의 처신이 새로이 검토될 것 같기도 하고, 또 홀가분하게 떠나려던, 불안과 희망이 겹쳤던 내일의 출분이 좌절될 가능성도 있어서 마음이 퍽은 산란할 것이었다.

사람 한평생에 있어서 세월 15년이 그게 어디 짧은 햇수인가. 철든 뒤에 이어지는 15년이라면 젊음의 전부다. 더군다나 여자가, 기구하게 출발한 여자의 젊음이, 온갖 마음고생, 몸 고생을 다하며 15년을 살아온 김씨 집안이다.

아무리 연옥 같은 생활이었다 치더라도 막상 청산하는 마당에 서면 미련도 회한도 많게 마련이다. 마음이 울적해서 읍내에 나가 여자 둘이 술에라도 취하고 싶었다. 그런데 도중에서 철진을 만났으니 세상일이란 철저하게도 공교롭기만 했다.

나는 남자 둘을 앞세우고는 뒤로 처진 안악댁의 손을 잡았다. 해줘야 할 말이 있었다.

"서모, 모든 걸 우리 대주와 다시 의논해서 결정하도록 해요. 나는 어디까지나 대리인이었잖아요. 인제 진짜가 돌아왔으니 그의 의사에 따를 수밖에 없지 뭐."

그러자 안악댁은 실로 엉뚱한 대꾸를 하는 것이었다.

"내 일인데 내 의사로 결정해야지 왜 남의 의사에만 맡겨요?"

"어머나, 『인형의 집』을 읽더니 서모도 이젠 신여성의 개명사상을 갖게 됐네. 허지만 서모가 독립하는 것을 권고하고 인정한 사람은 나예요. 내 그 권고와 인정은 일단 유보하구 우리 집안 대주인 철진 서방님의 의견과 결정을 존중해야 해요."

안악댁은 자기 행동에 대한 자주성을 강조할 만큼 개명사상을 갖게 됐는데 나는 고작 그런 신식용어 몇 마디를 구사해보는 것으로 그쳤다.

안악댁의 이삿짐으로 집안이 어수선한 것을 보자 철진이 어리둥절해했다.

철진은 내게서 안악댁에 대한 설명을 대충 듣고는 한마디 하는 게, 그게 그다운 명쾌한 발언이었다.

"경사가 났군요. 서모가 자기 인생을 되찾게 됐으니 큰 경사가 아닙니까. 형수님은 현명한 결정을 내리셨습니다, 아하하."

그는 안악댁에게 맞대놓고 말했다.

"물론 형수님이나 저나 말할 수 없이 섭섭합니다. 서모한텐 오직 사과하고 싶은 심정입니다. 늦었지만 새로이 인생을 출발하십시오. 그동안 아버지 한 분 때문에 너무도 큰 희생을 치르셨어요. 새 출발을 축하합니다. 이제부턴 자기 책임 하에 자기 인생을 사시는 겁니다. 복 받으셔야 합니다. 제가 적극적으로 뒤를 밀어 드리지 못하는 게 유감입니다만."

"그건 그렇구, 서방님! 이제부턴 집안 살림을 맡아주시겠죠?"

내가 그런 말을 꺼냈다.

"글쎄요, 그렇게 했으면 좋겠는데."

"했으면 좋겠는데가 뭐예요? 서방님. 외국에 가서서 경제학을 전공하셨다니 이제부턴 그걸 활용하셔야죠."

칠진은 씨익 웃으며 머리를 긁적거렸다.

"형수님, 일제의 사슬이 점점 더 조선 민중의 사지를 옭아매구 있군요. 조선 사람들은 제 강토를 가졌으면서 설 자리마저 잃었습니다. 우리의 설 자리를 되찾아야 되지 않겠습니까, 형수님."

나는 그의 말뜻을 어렵지 않게 알아들을 수 있었다.

"그럼 독립운동가로 나서시겠단 말이세요? 또 이 집안을 내게 맡긴 채 훌쩍 떠나시겠단 말이군요?"

"저희들에겐 지금까지 집이라는 게 실감이 나지 않습니다. 조선과 조선인을 생각할 뿐입니다. 상해에 있는 이정호 동지와 해야 할 일이 있습니다. 정말 미안합니다. 고생하시는 형수님이 뵙고 싶어서 잠깐 들러봤을 뿐입니다."

"그럼 상해 임시정부의 일로 국내에 들어오셨군요? 숨어 다니는 몸이시군요?"

"임시정부라구요? 우린 그런 따위의 정부 형태를 갖고 싶지 않습니다."

나는 가슴이 철렁 내려앉았다.

"서방님! 그럼 공산당이 되셨어요?"

"공산당요? 글쎄요. 공산당도 생리에 맞지 않구요."

"그렇다면 뭐예요? 임시정부의 일원두 아니구 공산주의자두 아니램 그럼 뭐예요? 뭐예요? 서방님의 정체는."

나는 열을 바짝 올리며 시동생 철진에게 따지듯 덤벼들었다.

그의 귀향을 반긴 것이 순간의 허망한 꿈으로 사라지는 것 같아서 부아가 났다. 내 목에 걸린 멍에가, 코에 꿰어진 고삐가, 등에 얹힌 길마가 이제야 내 육신에서 떨어져 나가는가 싶었는데 그렇지도 않을 듯싶어 울화통이 터졌다.

나는 그를 잔뜩 경계하면서 노려봤다. 가슴이 떨렸다. 나에게 또 새로운 실망을 안겨주는 그가 미워서 가슴이 떨렸다. 가슴이 떨리니까 목소리도 떨렸다.

"그럼 도대체 뭐예요? 서방님과 저 이정호 씨의 정체가 대관절 뭐냐 말예요? 내게 또 무슨 재난을 주려고 두 분이 찾아 오셨어요?"

그러자 철진은 내 손을 잡더니 얄밉도록 침착하게 거창한 말을 꺼냈다.

"죄송합니다, 형수님. 우리는 조선의 지식인입니다. 많지 않은 지식인들인데 지금 이 시국 하에서 개인의 집안살림이나 돌보고 있을 수는 없잖습니까. 민족의 권리를, 잃어진 국토를, 짓밟힌 인간의 존엄성을, 우리 모두가 상실해버린 생명의 의미를, 그런 것을 되찾아야 하지 않습니까. 우리 지식인들은 그 일에 헌신해야 합니다. 우리 지식인이야말로 남의 인권을 짓밟아가며 자기네의 야욕만을 충족시키려는 일제 전제주의자들과 감연히 싸워야 하지 않겠습니까. 조선 민족 앞날의 꿈을 실현하기 위하여 우리 지식인들은 그 초석이 돼야 하지 않겠습니까. 형수님, 일본의 군국주의자들은 머잖아 망합니다. 저들의 야망이 만주 중국의 대륙으로 저처럼 거침없이 번져나가다간, 침략의 판도를 저처럼 무모하게 넓혀 나가다간 반드시 한쪽에 공백이 생겨, 힘의 공백이 생겨, 그 공백이 점점 확장되고 커져서 곧 망하게 됩니다. 우리는 그들의 멸망을 재촉해야 합니다. 그들이 멸망한 폐허 위에다 우리의 꿈과 낙원을 건설해야 합니다. 우리의 적은 일본이 아니라 그들의 전제주의입니다. 침략적인 국수주의입니다. 군벌주의입니다. 독선적인 저들의 정부입니다. 민족 위에 군림하는 저들의 정부입니다. 우리는 생각하는 일본인들과는 협력·제휴하고 있습니다. 저들의 침략주의 정부를 타도하기 위해서 그들과 손을 잡고 있습니다. 사랑에 있는 이정호 동지와 나는 아나키스트란 말씀입니다. 형수님, 이젠 저의 정체를 아셨습니까. 죄송합니다."

나는 조용히 말했다.

"지식인들은 참말로 장하시네요. 그처럼 이상이 높고 힘이 강하시니. 나 같은 예편네는 그런 일은 꿈에도 생각하지 못해요. 나는 고작 고아원이나 경영하여 불우 아동들이나 돕는 게 꿈인데 서방님은 차원이 다르시군요. 하긴 그래요. 세계의 모든 전제주의자들은 멸망해야 되겠죠. 정부 위에 민중이 있어야 하겠죠. 권력의 횡포에서 인간의 자유를 수호해야 되겠죠. 세계에는 너무 많은 정부가 있어서, 그것들이 횡포를 부려서 인류의 평화를 파괴하구 있는 건지도 모르죠. 서방님, 하시고 싶은 일을 하세요. 서방님은 남자고 지식인인걸요. 일본 정부를 없애는 일에 힘을 쓰세요. 모든 인간들이 정부 없이도 자율적인 생활을 즐길 수 있도록 해주세요. 우리의 무정부주의자들은 언제 여길 또 떠나시죠? 내일 아침?"

"형수님!"

"서방님의 말씀은 구구절절 옳아요. 많은 민족은 자기네 정부 때문에 흥하고 망하는 건지도 몰라요. 우리나라도 눈 귀 가려진 내 아버님〔高宗皇帝〕과 그의 조정 때문에 망한 셈이죠. 일본이 흥한 것은 그 민족의 힘이고, 그들이 만일 망한다면 그 정부 때문일지도 모르겠군요. 그러니까 무정부주의라는 사상이 생겨나는군요? 서방님, 자금이 필요하시겠네요? 얼마나 마련해 드리면 되시겠어요? 그 문제 때문에 나를 찾아주셨죠?"

"형수님!"

"고단하실 텐데 고만 나가 쉬시도록 하세요. 같은 무정부주의자 이정호 씨가 심심해하시겠어요."

나는 실컷 그를 비아냥거려주고는 야멸찰 만큼 냉연한 태도로 먼저 자리에서 일어났다. 어서 그를 사랑으로 내쫓기 위해서였다. 내 신경을 쉬게 하기 위해서다. 기대가 허물어졌을 때 느끼는 허망한 심사를 안위하기 위해서다.

나는 부엌으로 나갔다.

서모 안악댁이 부엌으로 따라 나왔다. 몸종 언년이도 부엌으로 들어섰다.

"뭘 하시려구요? 아씨."

언년이가 물었다.

"귀하신 손님들이 오셨는데 밤참을 내가야지."

"무슨 밤참을 장만하시려구요?"

"도토리묵이나 쑤자꾸나. 서방님은 어렸을 때부터 묵이램 사죽을 못 쓰신다. 도토리 앙금 말린 것 있지?"

"있어요, 광에."

"가져 온."

세 여자가 도토리묵을 쑤느라고 밤늦도록 수선을 피우다 보니까 마음이 한결 가라앉았다.

지나가는 후조처럼 나래를 쉬려고 잠시 들른 사람들이다. 하루를 묵을지 이틀을 묵을지 아직 알 수 없지만, 또 훌쩍 떠나가면 언제 다시 만날 것인지 모를 나의 친지들이다. 끝내 야속한 생각이 들었다. 하지만 나는 그들을 이해한다. 그들을 도와야 하는 줄도 알고 있다.

민족주의자거나 좌익이거나 또는 무정부주의자거나 우선은 독립운동을 하는 사람들임엔 틀림이 없다. 전폭적으로 도와야 한다.

그러나 지금의 심정은 솔직히 말해서 그들이 자꾸만 미웁고 야속했다. 오랫동안을 두고 철진의 귀향에 대한 기대를 너무 크게 가졌던 까닭이 아닌가 싶다.

철진만 돌아오면, 그만 돌아오면 하는 기대로 살아왔던 것이 사실이다.

그런데 돌아온 그가 그런 식이라서 너무도 내 기대에 어긋났고 나를 허망하게 만들었다. 이정호도 그렇다.

아직까지도 그가 나의 무엇인지를 나는 모른다. 낮에 그를 만난 이후 지금까지 제대로 시선 한 번 마주쳐보지를 못했으면서도 그의 존재와 출현이 내 가슴 한구석을 묵직하게 차지하고 있다.

그런데 그도 시동생과 함께 뭐 무정부주의자라나 그런 거란다. 그도 동지 따라 친구의 집엘 들르게 돼서 들른 것이지 나를 보러 온 것이 아니다. 미웠다. 그따위 주의도 사상도 좋지만 저들도 사람이라면 감정의 비늘을 때로는 번뜩여야 하지 않겠는가. 언젠가 들렀을 때도 그가 남기고 간 선물은 경찰의 실랑이뿐이었다. 이번인들 안 그렇겠는가.

그래도 나 이문용은 그들을 위하여 열심히 밤참 준비를 했다.

도토리묵은 물이 알맞았던지 아주 나긋나긋하게 쑤어졌다. 네모지게 썽 둥썽둥 잘라서 냉수 자배기에 담갔다. 껍질이 꾸덕꾸덕 엉겼다.

"서방님은 쫄깃거리는 묵 껍데기를 좋아하는데."

고르게 썰어서 얼근하게 무쳤다.

마실 사람이 없어도 해마다 송순주(松筍酒)는 담가두는 게 내 버릇이었다.

지난봄에 담근 묵은술이 있었다.

내 손으로 밤참 상을 내갔더니 철진이 상을 받으며,

"좀 들어오세요, 형수님. 내외할 처지도 아니잖습니까."

하는 바람에 나는 뒤따라온 서모한테 눈짓을 해서 함께 사랑으로 들어갔다. 전 같으면 어림도 없겠지만 나이를 먹어서 배짱이었다.

"우리 형수님께선 사회사업이 꿈이시죠. 언제고 그 숙원을 풀어드려야 할 텐데."

이정호가 그 말을 듣고는 고개를 끄덕이며 입을 열어 한마디 했다.

"저도 늘 그것을 꿈꾸고 있습니다. 이것도 저것도 뜻대로 안되면 이 여 사 모시고 고아원이나 차려야겠군요, 하하하."

내 소망이 고아사업이라는 얘긴 그가 전에 들렀을 때도 내가 지껄인 기억이 있는데 그는 그런 식으로 능청을 부렸다.

"도대체 장가들은 안 가실 작정이세요?"

내가 두 사내한테 엉뚱한 소리를 묻자,

"우리들과 같은 보헤미안이 장간 들어서 어떻게 합니까. 오다가다 정분 나는 여자라도 있으면 순간적으로 불태우는 게 고작이죠."

이정호가 무심히 그런 고백을 털어놓는 바람에 나는 정이 가시고 서모는 얼굴을 붉혔다.

"제게도 술 한잔 주세요."

나는 나이 든 촌 여편네의 배짱으로 나갔다. 왠지 그래보고 싶었다. 이정호 앞이라서 그랬는지도 모른다. 그의 말이 귀에 거슬려서 그랬는지도 모른다. 시동생도 서모도 옆에 있어서 그럴 수 있었을지도 모른다.

"아, 제가 따라 올리지요."

이정호가 주전자를 들고 내게 술을 따라줬다. 내 손이 가냘프게 떨리는 것을 나도 그도 그리고 다른 사람들도 보았다.

나는 그가 따라준 술을 겁 없이 홀짝 마셨다. 정말 취해보고 싶은 충동을 느끼면서 안쓰럽고 계면쩍은 심정을 감추기 위해 안악댁을 돌아봤다.

"서모두 술 좀 마셔봐요."

"서모한텐 내가 따르지요."

철진이 서모한테 술을 권했다.

안악댁은 술잔을 받아 상 위에 놓았을 뿐 마시려 하지는 않았다. 술이라면 나와 비길 수 없는 안악댁인데도 나와는 반대로 마실 생각을 하지 않았다. 아마도 감정의 발효가 나만큼은 못됐기 때문이 아닌지 모르겠다.

나는 자리에서 일어났다. 잠깐 그런 감정의 외도를 해봤으면 됐지, 그 이상 사내들 술자리에 앉아 있는 것은 천박한 짓이라고 생각했다.

안악댁도 일어났다.

"송순주는 얼마든지 있어요. 누가 마셔주는 사람이 있어야 봄마다 빚죠. 봄마다 솔잎은 새로이 푸르른데."

나는 그런 시큰둥한 말을 지껄이고는 밖으로 나왔다. 안악댁도 뒤따라 나왔다.

달이 뜨고 있었다. 강아지가 내 치맛자락을 물고 재롱을 떨었다. 그것이 가뭇가뭇 달그림자에 비쳤다.

밖에서 누구네 개인지 숨넘어갈 듯 짖어대기 시작했다. 컹컹 소리가 지축을 흔들 만큼 우람스럽게 들렸다.

"웬 개가 저렇게 짖는대요?"

안악댁이 마당가로 가서 쭈그리고 앉았다. 하품이 옮는다지만 요의(尿意)도 옮는다.

두 여편네가 마당가에 나란히 쭈그리고 앉아서 달을 쳐다봤다.

강아지가 내 앞뒤를 맴돌며 콩콩 짖어보다가 안악댁 쪽으로 갔을 때 대문 밖에서 때 아닌 인기척이 나는 것 같았다.

안악댁이 발딱 일어섰다.

나도 발딱 일어섰다.

강아지가 대문 쪽으로 쪼르르 달려가며 캉캉캉 암팡지게 짖어댔다.

"누가 왔나봐요."

안악댁이 불안해하는 언투로 말했다. 그러자 대문을 난폭하게 두드리는 사람이 있었다.

"누굴까, 이 밤중에."

안악댁도 나도 예감이 이상해서 몸을 후들후들 떨기 시작했다.

독립운동자들은 늘 경찰을 발뒤꿈치에 달고 다니는 꼴이 되어 그들이 다녀가면 으레 경찰아 나타나는 게 순서임을 나도 안악댁도 잘 알고 있었다.

"문 좀 여시오, 문 열어요."

밤중에 그처럼 큰 소리를 치며 남의 집 대문을 두드릴 사람은 경찰 아니고는 없다.

나는 발이 땅바닥에 얼어붙었다.

안악댁은 치맛자락을 들었다 났다 하면서 어쩔 줄을 몰라 했다.

안으로 난 사랑문이 벌컥 열렸다.

철진이 튀어나왔다. 허겁지겁 신발을 발에 꿰었다.

이정호가 뒤미처 뛰어나왔다.

대문이 부서지는 것 같았다. 발길질들을 해대며 호통들이다.

"문 열어라! 빨리 대문 못 열겠나!"

바깥으로 난 사랑방이 부서지는 모양이었다.

이정호와 철진은 뒤란으로 튀었다.

안으로 난 사랑문으로 괴한 넷이 쏟아져 들어왔다. 정복 둘과 사복 둘이었다. 정복은 사벨을 뽑아 들었다.

사복들은 권총을 빼 들었다.

"김철진 어디에 숨겼느냐 말이다. 바로 대지 않으면 공범으로 몰 것이니어서 그놈을 내놔라!"

나는 침착하게 대답했다.

"김철진 씨는 서전에 가 있는 내 시동생인데 언제 귀국했나요?"

"이 망할."

사복은 나를 버럭 밀쳐버리고는 대청마루 밑에다 권총을 들이대고는 호통을 쳤다.

"철진이 거기 있으면 손 들고 나오라. 말 안 들으면 쏠 테다."

안악댁은 내 팔을 붙잡고 벌벌벌 떨었다.

"이놈의 집 몽땅 야반도주를 하려구 했나. 짐을 꾸려놓은 걸 보니."

안악댁이 꾸려놓은 짐이 그들의 그런 판단을 뒷받침해줬다.

그때 뒷담 밖에서 호루라기 소리가 요란하게 터졌다.

세 발의 권총 소리도 들렸다.

집 안으로 들어왔던 두 명의 사복 경찰이 대문을 열어붙이며 밖으로 튀어나갔다.

개들은 안팎에서 미친 듯이 짖어댔다.

마악 떠오른 달빛에 구름이 근심걱정처럼 갈기갈기 찢어져 일렁이고 있었다.

온 집안은 삽시간에 난장판이 된 채 갈팡질팡했다.

사벨이 달빛에 번득였다.

대문으로 한 무더기의 사람들이 몰려 닥쳤다.

"개새끼!"

이정호가 정복 두 사람한테 양쪽 팔을 뒤로 비틀린 채 끌려 들어왔다. 안마당에 동댕이쳐졌다. 욕설이 쏟아졌다. 주먹질을 당하고 따귀를 얻어맞고 구둣발길에 채였다. 두 명의 경관이 번갈아가며 그렇게 두드려팼다. 두 사람 다 동족이었다.

"도망친 새끼의 이름이 뭐냐? 그 새끼 이름 뭐야?"

이정호는 피투성이가 돼서 둥그러졌다. 그래도 묵비권을 행사하고 있었다.

그들은 이정호를 잡아놓고 그가 철진인 줄로 아는 모양이었다. 나머지 녀석들은 도망친 철진을 추적하고 있을 것이었다.

그러나 얼마 뒤에 한 녀석이 빈손으로 돌아왔다.

"잡았나?"

"그 새끼 산으로 치뛰었는데 어둬서 잡을 수가 있어야지. 놓쳤어."

"추적하고 있나?"

"추적중이지만."

나는 툇마루 쪽에서 그 소리를 듣고는 안심했다. 하지만 철진 대신 이정호가 잡힌 게 더 안된 것 같았다. 그렇다고 이정호는 도망치고 철진만이 잡혔다면 마음이 편했을까. 그건 그렇지 않다. 이정호나 철진에 대한 비중이 내게는 별로 차이 지는 것 같지 않았다.

"아, 이건 김철진이 아니잖나."

한 녀석이 그런 소리를 비명처럼 터뜨렸다. 품속에서 꺼낸 사진과 이정호를 플래시 불빛으로 대조해보더니 그런 소리를 외쳤다. 철진은 지명수배 중이던 것 같다.

"이 새끼 너 김철진이 아니로구나! 뭐냐? 네 새끼 이름은."

"이정호다."

"이정호."

다른 한 녀석이 나섰다.

"아아 쌔끼, 네가 이정호냐? 잘됐구나. 너도 지명수배 중이지? 네놈 작년에 이 집에서 묵어 갔나?"

이정호는 대답하지 않았다.

사복 하나가 내게로 다가왔다.

"저 이정호란 새끼는 당신의 정부 아닌가? 그렇지?"

나는 가슴이 떨리고 머리끝이 곤두섰다. 정부 소리가 그처럼 싫었다. 심장이 떨릴 만큼 천박하게 들렸다.

밖에선, 안에선 계속해서 개들이 짖어댔다.

"그렇지? 당신 정부 놈이것다? 저놈이."

나는 앙칼지게 대답했다.

"나한텐 그런 사치품이 없소."

"사치품이라구?"

"내 팔자에 그런 사치품이 있을 리 없잖소!"

"그럼 이제부터 연놈들 정분나게 해주랴?"

그들은 나를 이정호한테 끌고 갔다. 이정호에게 채운 수갑을 열었다.

그들은 수갑 하나로 이정호의 왼손과 내 오른손을 한데 채웠다.

"이신동체로구나. 천생연분이야."

"얼씨구 좋아하는구나, 계집이."

"함께 끌구 가라!"

한 녀석의 명령이 떨어졌다.

"저 여잔 어떻게 할까요? 부장님."

"그냥 연행해!"

안악댁은 포박되지 않은 채 연행되는 모양이었다.

"가자!"

우리는 주춤주춤 걷기 시작했다.

나는 이제 35년 평생에 처음으로 한 남자와 공공연하게 랑데부를 시작하는 것이다. 내 오랜 사모 끝에 이정호 그 사람과 랑데부를 하는 것이다. 손에 손을 잡고 나란히 랑데부를 하는 것이다. 그가 오래간만에 나를 찾아와서 정답게 나와 살갗을 마주대고 여러 보디가드를 거느린 채 랑데부를 하는 것이다.

"미안합니다, 이 여사."

이정호 그가 나직하게 속삭였다.

미안하다니, 눈물 날 만큼 고마운데 미안해하다니 말도 안된다. 그와 내가 이렇게 같은 처지와 심경으로 낮도 아닌 달밤에 산책을 하게 됐는데 미안해하다니 말도 안된다.

"고맙습니다, 이 선생님."

나는 나도 모르게 그런 말을 지껄였다. 말소리가 입 밖에 나갔는지 안 나갔는진 알 수가 없다.

싫지 않은 남녀가 함께 나란히 걷는 것은 정말 싫지가 않다. 사랑하는 사이인들 어떻게 이처럼 나란히 걸을 기회가 있을까. 손에 손을 걸었으니 어느 한쪽이 앞서거나 뒤질 수가 없다. 도저히 따로 떨어지지 못한다. 만약 이정호 그가 갑자기 심한 요의라도 일으킨다면 나도 옆에서 지켜봐야 한다. 그가 발을 잘못 디뎌 쓰러지면 나도 쓰러진다. 그가 뛰면 나도 따라 뛰고 내가 방향을 바꾸면 그도 방향을 바꿔 나를 따라 올 것이다. 이런 찰떡 같은 남녀의 랑데부가 어디 흔히 있겠는가. 여러 장정들이 우리를 호위한다. 안악댁이 시녀처럼 내 뒤를 따른다. 봄의 향훈이 들판에 가득 차 있다. 달빛이 교교하게 우리를 비춰준다. 내가 내 어처구니없는 신세를 생각하고, 이정호 그가 저들의 사업을 생각하고 하는 것은 아무래도 좋다.

중요한 것은 그도 나도 오래 전부터 마음을 두었으면서 오늘날까지 이렇게 나란히 걸으며 마음을 촉촉이 적실 기회를 갖지 못했던 사이다. 그런대로 즐겁지 않은가.

"이웃에 아마 사냥개가 있었던가 봅니다."

"사냥개요?"

"사냥개 말입니다."

나는 아직까지도 극성스럽게 짖어대고 있는 동네 개들 중에서 사냥개가 있었는지 없었는지를 잠깐 생각해보다가 어쩌면 그게 다른 뜻인지도 모를 것 같아,

"관세음보살." 하고 부처님에게 그 '사냥개'를 제도해달라고 빌었다.

"요새는 어느 곳 어느 마을에든지 사냥개가 있게 마련이라는군요."

"시끄럽다, 이 새끼!"

뒤따르는 순사의 주먹이 이정호의 등가죽을 후려쳤다.

이정호가 그 바람에 앞으로 고꾸라질 듯이 몸의 중심을 잃고 비틀거렸다.

두 사람의 비틀거리는 모습이 밭틀길에 어룽거렸다.

마치 달빛 아래서 춤을 추고 있는 것 같았다. 춤추는 그림자처럼 보였다. 달빛 아래서 실의의 춤을 춘다, 처용(處容), 그래 처용.

이런저긔 處容아비옷 보시면
熱病神이아 膾ㅅ가시로다
千金을 주리여 處容아비
七寶를 주리여 處容아비
千金七寶도 말오
熱病神을 날자바 주쇼셔
山이여 믹히여 千里外에
處容아비 를어여녀거져
아으 熱病大神의 發願이샷다.

나는 달빛에 비친 나의 그림자를 보며 걷는다. 이정호 그의 그림자를 보며 걷는다. 처용의 열병과 같은 춤을 눈앞에 보면서 걷는다. 처용이 혼자 추는 춤이 아니라 아내와 더불어 추는 춤 그림자를 보면서 걷는다. 개 짖는 소리를 들으며 걷는다. 개 짖는 소리에 장단을 맞춰가며 처용아비와 더불어 춤을 춘다. 달빛 아래서 실의의 춤을 춘다. 그래, 처용이 춤을 춘다.

나는 히쭉히쭉 웃는다. 이정호 그이와 손을 한데 묶인 것이 우습고 대견하고 어이없어서 히쭉히쭉 웃는다. 아으, 열병대신한테 발원한다. 이대로 이렇게 그와 더불어 십 년이고 천 년이고 춤추며 걷다가 죽으리랏다. 매에 지치고 피로 목을 축이며 그와 함께 달빛 아래서 춤추다가 내 인생을 끝맺고 싶다고 발원해본다.

"여우가 우는군요."

그가 자기 손을 잡아당기며, 내 손을 잡아당기며 말했다.

"금계산에선 여우 승냥이가 많이 울어요. 여우는 봄 겨울에 울고 승냥이는 여름밤에 많이 울어요."

"이 여사! 죄송합니다. 나 때문에 이런 봉변을."

"괜찮아요. 정말 괜찮아요."

나는 백유경(百喩經)의 한 이야기를 생각한다.

죄인 한 사람이 있었다. 범법을 했다. 하여 관에서 가죽채찍으로 심한 매질을 가했다. 피가 튀고 살이 찢어졌다. 죄인은 방면됐다. 죄인은 눈앞에서 말이 오줌을 흘리는 것을 보았다. 죄인은 그 말의 오줌을 손으로 받아 상처에다 발랐다. 신기하게도 상처는 즉석에서 치유됐다.

옆에서 그 광경을 지켜본 사람이 있었다. 그는 자기 집으로 돌아가자 자기 아들에게 말했다.

"내 잔등을 가죽채찍으로 때려라! 사정 보지 말고 때려라!"

아들은 가죽채찍으로 자기 아버지의 잔등을 사정없이 후려갈겼다. 살이 찢어지고 피가 냇물처럼 흘렀다.

"말 오줌을 받아 오너라!"

아들이 말 오줌을 받아다가 아버지의 상처에다 발랐다. 상처는 신기하리만큼 치유됐다. 아버지는 좋아서 어쩔 줄을 몰라 했다.

"어허 됐다, 어허 됐어. 내 상처가 나았구나."

나는 이정호 그에게 나직이 말했다.

"심한 고통을 받게 되면 법화경을 외우세요. 저도 열심히 외우겠어요."

법화경을 말의 오줌과 비유하는 것은 죄스럽다.

"저는 불경을 모릅니다."

"관세음보살을 열심히 외우세요, 그럼."

"고통이 심하게 되면 그러지요. 관세음보살……."

"저도 관세음보살을 열심히 외우겠어요. 고통이 심하면……."

관세음보살을 말의 오줌과 비유하는 것은 죄스럽다.

"시끄럽다. 웬놈의 얘기들이 이렇게 많아."

사복형사가 내 잔등을 쳤다.

내가 비틀 춤을 춘다.

이정호도 비틀 춤을 춘다.

달빛 아래서 춤들을 춘다.

나는 그의 팔을 잡는다.

아으, 千金七寶도 말오

熱病神을 날자바 주쇼셔

개천가에 이르렀다.

나무다리에 올라섰다.

내가 앞에 서고 그가 뒤에 섰다. 나란히 좁은 나무다리를 건널 재간은 없었다. 그와 나는 개천 상류를 향해 옆으로 섰다. 가재처럼 옆으로 걷기 시작한다. 왼발 옆으로 오른발 옆으로 가재걸음을 걷는다.

"엄마!" 나는 흐르는 개천물을 들여다봤다.

금계산 쪽에서 여우가 울었다.

"필한아!"

물속에 잠긴 달이 내게로 다가오고 있었다. 자꾸 다가오고 있는데 나와의 거리는 가까워지지를 않는다.

"필한아!"

"가자, 어서."

뒤따르는 정복순사가 호통을 치는 바람에 나는 찔끔했다.

마을 쪽에서는 동네 개들이 아직도 극성스럽게 짖어댄다. 나는 생각했다.

'정말 사냥개가 있었던가?'

내가 한 발 떼어놓으면 이정호도 한 발 떼어놓는다. 그럴 때마다 그와 나를 연결한 쇠붙이가 조금씩 죄어드는 것 같아 손목에 심한 통증을 느끼기 시작한다.

"여보시오. 이 손목이 아파 못 걷겠소. 수갑을 늦춰주시오."

이정호가 발을 멈췄다. 나도 멈췄다.

금계산 쪽에서 또 여우가 운다. 시동생 철진이 지금 그 산속을 헤맬 것을 생각하며 기원한다. 무사히 이 고장을 빠져 나가기를 기원한다.

"어서 다리나 건너가! 수갑 늦춰줄 테니. 쩨끼, 애인 손 잡으려구 손을 요동치니까 수갑이 조여들잖나."

"한 발짝도 더는 걸을 수 없다. 손목이 끊어지는 것 같아서."

"……개쩨애끼."

사복형사 하나가 위태롭게 우리의 옆으로 나선다. 키를 가지고 수갑을 열려고 든다.

키가 수갑 구멍에 꽂혔다. 순간 이정호의 어깨가 옆으로 움직였다.

철벙 하는 소리와 함께 사복이 냇물로 떨어졌다.

달이 산산조각으로 부서졌다.

뒤에서 저들 동료들이 폭소를 터뜨렸다.

이정호는 재빨리 수갑에 꽂힌 키를 비틀었다.

"좀 괜찮죠! 이 여사. 자, 다리를 건너가시죠."

그의 음성이 필요 이상으로 컸다.

나는 앞에서 빠른 걸음으로 걸었다.

그도 빠른 걸음으로 나를 따랐다.

물에 빠진 녀석은 한동안 달빛을 부수며 철벙거리다가 다리 위로 기어오르고 있었다.

그의 동료들이 떠들썩하게 웃어대며 녀석을 다리 위로 끌어 올리고 있었다.

"저 새끼가 고의로 나를 밀어 떨어뜨렸단 말야, 쌔끼 어디 두고 보자!"

뒤켠에서 그렇게 투덜거리는 소리가 들렸다.

"빨리 건너세요!"

이정호가 나를 재촉했다.

나의 가재걸음은 성큼성큼 빨랐다.

금계산에서 여우는 울지 않았다.

뒤를 돌아다봤다. 그제야 불구속으로 연행되고 있는 안악댁의 존재를 발견했다.

안악댁의 동작은 고의인지 아닌지 퍽 굼떴다. 저들의 앞길을 방해하는 것 같았다.

"빨리 빨리 건너지 못해! 비켜 서라."

녀석들이 안악댁한테 호통을 치고 있었다.

그때 나는 다리 끝까지 왔다. 순간 내 손이 아래로 툭 떨어졌다. 수갑이 내 오른손에 대롱 매달렸다.

"죄송합니다, 이 여사. 심한 박해를 받으실 텐데 용서하세요."

이정호가 날쌔게 뛰기 시작했다. 굉장히 빠른 동작이었다. 달빛을 뚫고 어둠 속으로 맹렬하게 돌진해 갔다.

다리 위에서 호루라기 소리가 터졌다.

"저 새끼 도망친다!"

그러나 그때 그들은 다리 중간에 있었다. 차례를 찾아 질서정연하게 나무다리 위를 뛸 수밖에 없었다.

나는 모래밭에 털썩 주저앉았다.

"관세음보살, 관세음보살."

녀석들은 모조리 내 앞을 지나 이미 멀리 사라져 가고 있는 이정호를 다급하게 추적해 갔다.

호루라기를 마구 불어댔다. 사벨들을 절컥거렸다. 권총을 쏘아댔다. 동네 개들이 더욱 요란하게 짖었다.

"필한 엄마!"

안악댁이 나를 부둥켜안고 뒹굴었다.

"서모!"

두 여편네가 부둥켜안은 채 달빛을 통해 어둠 짙은 산 쪽을 지켜봤다. 계속되는 호루라기와 총소리로 그쪽이 소란했다.

"필한아!"

나는 관세음보살을 부르고 있었다. 관세음보살의 자비를 감사했다. 합장하면서,

"필한아! 필한아!"

입으로는 필한이고 마음속으로는 관세음보살이었다. 내 아들 필한이와 관세음보살을 혼동했다. 혼동하는 줄을 모르고 혼동했다.

"필한이가 보살펴준 거예요, 필한 엄마."

"관세음보살."

필한이가 관세음보살이고 관음이 우리 필한이었다. 정말 나는 구별을 못한다.

"잡히지 않을까요?"

안악댁이 턱을 덜덜덜 떨며 뇌까렸다. 달빛에 그 얼굴이 박덩이처럼 희었다.

"안 잡혀. 잡힐 리가 없어."

나는 자신 있게 말했다.

물에 잠긴 달이 내 아들 필한이었다. 필한이는 냇물 속에 있다.

나는 물가로 가서 두 손으로 달을 떠올렸다. 필한아! 목을 축였다.

저들의 야망이 만주 중국의 대륙으로 저처럼 거침없이 번져 나가다간, 침략의 판도를 저렇게 넓혀 나가다간 반드시 한쪽에 공백이 생겨, 힘의 공백이 생겨 그 공백이 점점 확정되고 커져서 곧 망하게 됩니다. 우리는 그들의 멸망을 재촉해야 합니다. 그들이 멸망한 폐허 위에 우리의 꿈과 낙원을 건설해야 합니다. 우리의 적은 일본이 아니라 그들의 전제주의입니다. 침략적인 국수주의입니다. 군벌주의입니다. 독선적인 저들의 정부입니다. 민족 위에 군림하는 저들의 정부입니다. 우리는 생각하는 일본인들과는 협력 제휴하고 있습니다. 저들의 침략주 정부를 타도하기 위해서 손을 잡고 있습니다. 우리의 이상은 아나키즘입니다.

나는 시동생 철진의 열변이 아직 귓가에 맴돌고 있는 듯했다.

나는 공산주의와 아나키즘을 구별할 만한 정치적인 상식을 가지고 있지 못했다.

그러면서도 즉석에서 그를 비아냥거렸다.

지식인들이란 참말로 장하시네요. 그처럼 이상이 높고 힘이 강하시니……. 세계의 모든 전제주의자들은 멸망하게 되겠죠. 정부 위에 민중이

있어야 되겠죠. 권력의 횡포에서 인간의 자유를 수호해야 되겠죠. 세계에
는 너무 많은 정부가 있어서, 그것들이 횡포를 부려서 인류의 평화를 파괴
하고 있는 건지도 모르죠…….

나는 내 식견에 비해서 아무래도 어디서 빌려온 듯한 그런 당돌한 말을
즉석에서 지껄일 수 있었던 것을 이해하기 어렵다. 따지고 보면 철진의 논
리를 뒤집어서 지껄인 것에 불과하지만 어쨌든 그의 그런 어려운 이야기에
그만큼 대거리를 할 수 있었던 것이 신기하게 여겨진다.

어쨌거나 나는 나의 지식으로는 저 아나키스트들을 존경해야 하는 건지
아니면 경원해야 될 대상인지를 알 수가 없었다.

그러나 단지 명확한 사실은, 그 한 사람이 내가 아끼는 시동생이고 다른
또 한 사람은 그가 나의 뭔지를 모르면서도 텅 빈 내 가슴속 여백의 일부를
오랫동안 메우고 있는 이정호 그였다는 점에서 그들에게 무한한 애정을 보
낼 수 있으며 그들의 신변이 무사하기를 간절히 바라는 마음에 추호의 의
념을 갖지 않는다.

하지만 나는 주먹으로 땅을 친다. 소리는 없어도 통곡을 터뜨린다.

나는 나 이문용을 저주한다.

"아으, 박복한 계집!"

누구의 죄도 아니고 누구의 불운도 아니고 오로지 내 박복으로 말미암아
오늘밤의 사건이 일어났다고 나는 나의 박복함을 저주한다.

그들이 나를 찾아왔기 때문에 그런 위험하고 불행한 일을 겪는다고 나는
생각한다. 내 박복 때문에 나와 연관이 있는 사람들은 늘 그처럼 곤경을 겪
게 마련이라고 나는 나를 저주한다.

"그래두 다행이에요. 저놈들이 왜 오라를 묶지 않았을까. 수갑만 채웠
길래 망정이지 오랏줄로 두 분의 몸을 꽁꽁 묶었더면 꼼짝 못했을 거 아녜

요?"

안악댁이 열쇠를 조작해서 내 손에서 수갑을 풀어줬다. 그리고 그런 말을 했다.

"철진 서방님이라면 오랏줄로 묶었을 게야."

"여자와 함께라서 수갑만 채웠을 거예요. 그분은 필한 엄마의 덕을 톡톡히 봤어요."

"다 필한이가 보살펴준 덕이지."

어둠 저쪽에서 수런거리는 소리가 났다. 달빛 뿌려지는 모래밭으로 내려서는 두 검은 그림자를 보았다.

안악댁이 속삭였다.

"도망가야 되잖아요?"

"우리가 어디로 도망칠 수 있겠수."

"하긴 죄 없이 도망치면 정말 죄인이 되겠죠?"

"두고 봅시다. 설마 죄 없는 예편네들을 잡아다 죽이진 않겠지."

두 사람만이 우리에게 돌아왔다.

"이 쌍년들!"

사복 한 녀석이 그런 험한 욕을 하며 구둣발로 내 엉치를 찼다. 세 번 거듭해서 찼다. 엉치뼈가 부서지는 것 같았다.

"잡혔어요?"

내가 물었다.

"일어서!"

나는 또 발길에 채였다. 관세음보살. 내 손목과 안악댁의 손목과 연결하여 수갑을 채운 정복순사가 안악댁의 볼기를 슬슬 만지며 씨부렁거렸다.

"그냥 이것들을 이 모래밭에다 뉘어버릴까."

그러나 사복형사가 그에게 명령했다.

"잔소리 말고 오랏줄로 엮어!"

나와 안악댁은 오랏줄에 꽁꽁 묶였다.

"가자!"

나는 달빛에 비친 내 그림자를 밟기 시작했다. 이번엔 처량하기만 했다. 발이 허공을 밟는 것 같았다. 처음은 춤을 추지 않았다. 그래도 인간과 인간 사이엔 대화가 오고가게 마련이었다.

"10년씩은 먹겠다."

순사가 말했다.

안악댁이 대거리했다.

"우리한테 무슨 죄가 있다구요."

"사상범의 방조범 아닌가."

"방조범요? 그 사람들 오래간만에 찾아왔길래 저녁 한 끼 해 먹인 일밖에 없어요. 김철진은 자기 집에 왔을 뿐이구요. 그것도 죄가 되나요?"

"그놈들이 어디서 왔는지 아나?"

"어디서 왔어요?"

"만주에서 독립운동 자금 얻으려구 국내로 잠입했어."

"그래요?"

"능청 떨지 마라!"

"우리가 그런 내막을 어떻게 알아요? 자기네가 그런 말 하지 않았는데."

"몰랐어도 죄가 성립돼. 범인은닉죄루."

"범인인 줄 몰랐어두 범인은닉죄예요?"

"내가 판사야? 나한테 덤벼 들어봤자 소용없다!"

경찰서에 도착하자 나와 안악댁은 서로 떨어진 잡범 감방에 따로따로 던져졌다. 심한 매를 맞아가며 혹독한 고문을 받으며 사흘 동안에 여섯 차례의 신문을 받고 철원 검사국으로 넘어갔다가 한 이레 만에 기소유예라는 고마운 처분을 받고 풀려나기까지 내가 외운 관세음보살은 자그마치 2만 1천 번이었다. 하루 3천 번씩 관세음보살을 외었던 것이다.

"나가도 되나요?"

내가 검사에게 물었다.

"그자들이 다시 나타나면 경찰에 즉각 연락해야 돼."

밖에 나오니 눈을 뜰 수가 없었다. 일월이 너무도 밝았다. 심호흡을 하다가 정신이 어찔해져서 벽에 손을 짚었다. 무르익은 봄의 대기가 너무나 싱그러웠다.

안악댁과 나는 걸음걸이가 창피해서 얼굴을 들 수가 없었다. 어기죽어기죽 걸으면서 나눌 대화가 있었다.

"그분들 잡히지 않았나봐요."

"잡혔다는 소식 없지."

그렇게 해서 내가 오래도록 기다리는 그리웠했던 그들은 훌쩍 다녀갔다. 언제 다시 만날 수 있을지 없을지는 알 길이 없다.

"미안해요, 서모."

"뭐가요?"

"한나절만 일찍 김씨 집을 떠나게 해드렸어도 이번 고생은 모면했을 건데. 지겹게도 겪을 일 다 겪구 떠나게 되는군."

나는 기어코 길바닥에 쓰러지고 말았다. 빈혈을 일으켰다. 병원으로 업혀 가고 있는 자신을 몽롱하게 의식할 수 있었다.

몽롱하게 의식할 수 있었다. 팔이 걷혀지고 있었다. 고무줄에 묶이는 것도 알았다. 주사 바늘이 내 살을 뚫고 있다는 사실도 어렴풋이 깨달았다.

"어떠시겠어요?"

누군가가 묻고 있었다. 아마 의사한테 내 용태를 묻고 있을 것이었다.

"글쎄요……."

의사의 대답일 것이다.

나는 몽롱한 의식 속에서도 '글쎄요'라는 말의 의미를 분석하고 있었다. 정말 애매한 말이었다. 글쎄요. 낫느냐 안 낫느냐, 글쎄요인 모양이었다. 죽느냐 사느냐, 글쎄요인 모양이다.

나는 몽롱한 의식 속에서도 나를 확인해보고 싶었다. 내 생명을 확인해보고 싶었다. 생명이란 움직임이라는 사실을 알고 있었다. 움직임이 없으면 생명이 아님을 알고 있었다. 스스로의 의사로 움직일 수 있어야 산 생명이라는 것을 알고 있었다. 남의 힘에 의한 움직임이란 생명과는 관계없는 것임을 알고 있었다. 나는 내 생명을 확인해보고 싶은 충동을 느꼈다. 힘껏 몸을 뒤틀면서 팔을 휘저어봤다.

심한 자극을 느낄 수 있었다. 팔인지 어딘지 신경인지 몹시 따갑고 아팠다.

"어머나, 몸을 움직이셨어요."

나는 그런 소리를 들을 수 있었다.

누군가의 완력으로 내 몸이 꼼짝 못하도록 짓눌려지고 있었다.

오른쪽 팔이 계속해서 몹시 따끔거렸다. 팔에 꽂힌 주삿바늘의 자극임을 알 수 있었다. 저녁놀을 보는 것처럼 안막이 불그스름해지고 있었다. 솟아오르는 아침 해를 볼 때처럼 눈이 부신 것 같기도 했다. 고개를 돌려보려 했으나 천근 같이 무거웠다. 눈을 뜨려 했으나 뜻대로 되지 않았다.

나는 내가 누군가를 몽롱한 의식 속에서 확인해보려고 했다. 내가 나라는 사실 이외는 알 길이 없었다. 누구냐에 대한 나였다. 어떤 개체냐에 대해서는 전연 아는 바 없었다. 어떻게 살고 있는 누구냐에 대해선 전연 아는 바 없었다. 더군다나 어떤 뜻으로 살고 있느냐에 대해서는 대답할 말이 있을 듯싶지 않았다. 그저 내가 누구냐, 나다를 알 뿐이었다.

"정신이 좀 드시나베."

"환자를 흥분시키지 마십시오. 계속 절대 안정이 필요합니다."

찬바람이 내 피부에 닿는 것을 느꼈다. 문소리도 들을 수 있었다. 팔이 좀 더 따끔거렸다. 아픔을 느낄 수 있는 것은 살아 있는 생명의 원시적인 감각임을 나는 생각하지 않았다. 슬프고 사랑스럽고 밉고 기쁘고 한 그런 감정의 비늘이 내 가슴속에서 꿈틀대지 않는 이상 나는 산 생명일 뿐이지 인간이 아니라는 사실도 깨닫지 못한다.

오른팔에 좀 더 심한 아픔을 느꼈다.

나는 나도 모르게 눈을 번쩍 뜰 수 있었다. 구름 속에서 눈을 부릅뜨면 어떤 것인지 경험해보지 못했다. 그러나 짙은 구름 속에서 눈을 부릅뜬 것과 같다고 나는 생각했다. 그저 눈앞이 희뿌옇게 보일 뿐 다른 아무런 실체도 동공에 비치지 않았다. 움직이고 있었다. 희뿌연 구름이 서서히 움직이고 있었다. 점점 엷어지면서 여러 색상이 나타나기 시작했다.

불그레한 색상이 먼저 나타났다. 눈을 자극하는 색상이었다. 그것은 색상이 아니라 빛임을 알았다. 전등불의 빛임을 알 수 있었다. 차츰 여러 실체가 눈앞에 그 형체를 뚜렷이 해가고 있었다. 귀가 텄다. 나의 귀가.

"할머니!"

"하나님, 감사합니다, 감사합니다. 은총을 베풀어주셔서 감사 감사하나이다."

여러 개의 모아진 손끝들이 불쑥불쑥 내 눈앞에 세워지고 있었다.

"주여, 새벽의 찬송을 올리겠나이다. 착한 당신 따님의 어둡고 괴롭고 긴 밤을 무사히 헤쳐주시고 이 찬란한 은총의 새 아침 새 빛을 맞게 해주시니 감사 감사하나이다, 아멘."

"살고자 하는 당신의 따님에게 기적적인 힘을 불어넣어 주셔서 고맙습니다. 이 세상 모든 사람들의 죗값을 대신 받아가며 착하게 진실되게 주님을 섬기는 거룩한 신도한테 새로운 삶을 주시니 그 은총 본인의 영광이요 하늘의 영광입니다, 아멘."

삐죽삐죽 모아 세운 수많은 손들이 내 눈앞으로 기울어져 돌진해 오다가 땅으로 슬쩍슬쩍 사라져 갔다.

간호사가 내 팔에 꽂았던 주사기를 뽑아 들며 예쁜 웃음을 내게로 가져왔다.

"정신이 드셨군요? 할머니."

그 하이얀 잇속이 아름다웠다. 보다도 그 웃음이 복되었다.

"할머니, 저 누군지 아시겠어요?"

언젠가부터 같은 말을 거듭거듭 들어온 것처럼 느껴진다.

"아, 구(具) 선생, 구미혜 선생."

나는 분명하게 그 서양 여자를 인식하고 그의 이름마저도 뇌까릴 수 있었다. 그리고 한결같던 그의 친절과 호의와 사랑을 아득히 먼 옛일로 회상하며 다시 한 번 그네를 실감할 수 있었다.

"저 하(河)봉임이에요, 할머니."

"저 여(呂)부장이에요, 아시겠어요? 할머니."

"누님, 누님. 절 알아보시겠습니까? 면용(沔鎔)입니다, 누님."

아아 나는 그들을 다 알 수 있었다. 내가 알 수 있는 사람들이라는 것을 알고 고개를 끄덕였다. 그러나 누구 한 사람 빠진 것 같다. 오헌(梧軒) 선생이라던가. 실상 나는 그를 모르면서 환상적인 인물인 듯싶은데 또 그를 머릿속에 그려본다. 그러면서도 나 자신은 내가 그들을 아는 만큼 내가 누구라는 것을 깨닫지 못한다.

본다는 게 중요하다. 눈으로 실상을 본다는 게 그처럼 중요한 것 같다. 보지 못하면서 인식하는 것은 실상이 아니라 허상인 모양이다. 허상은 인식에 나타나는 가정이고 실상은 눈으로 확인할 수 있는 실체인지도 모른다. 본다는 것과 인식한다는 것은 손으로 만져보는 감각과 코로 냄새를 맡아보는 후각의 차이처럼 전연 성질이 다른 것인지도 모른다. 나는 그들을 알면서 나를 알 수가 없었다.

나는 어린애처럼 중얼거리고 있었다.

"구 선생, 여 부장님, 하 여사, 면용 씨, 나 다 알지?"

"어머나, 우리 다 알고 계십네다."

캐나다 연합교회의 구미혜가 억양 높은 말투를 폭발시키듯 그렇게 터뜨렸다. 나는 그녀에게 물었다.

"나는 누구야?"

"뭐라구요? 할머니."

"나는 누구냐 말야?"

그들의 얼굴이 굳어져 갔다.

천장에 달린 전등불이 좀 전보다 희뿌옇게 퇴색해져 있었다.

나는 아주 길고 긴 잠에서 깨어난 것을 깨닫는다. 뒤숭숭한 꿈으로 고생했고 심한 가위에 눌려 몹시 시달렸음을 어렴풋이 깨닫는다. 내 힘이나 의지로는 그 잠에서 깨어날 수 없었고, 그 지겹도록 험한 꿈과 그 괴롭고 답답하던 가위눌림에서 벗어나지 못하다가 어느 조그마한 순간적인 자극으로 그 모든 것에서 해방됐음을 분명하게 깨닫는다. 그 조그마한 자극이란 방금 간호사가 내 오른팔에서 뽑은 가느다란 주삿바늘이 아닌지 모르겠다.

"할머니! 할머니! 정말 할머니가 누구신지 모르겠어요?"

얌전한 여 부장이 내 손을 잡으며 그런 말을 간절하게 물어왔다.

나는 대답했다.

"몰라, 내가 누군지. 누구야?"

자기들은 알까? 자기가 누군지 자기들은 알고 있다는 것일까. 뭣을 하는 사람이라는 따위나 알지, 그 이상 그들이 자신의 뭣을 알고 있을까. 자신이 뭐라는 것을 어떻게 안다는 겐가. 저들은 자기의 실체가 뭐라는 것을 정말 인식의 체에다 걸러서 샅샅이 가려낼 수 있단 말인가. 그런 것을 아는 사람들이 좀 전에처럼 하나님을 찾을까. 내가 잠에서 깨어났다는 하찮은 일을 가지고 하나님을 찾고 주님을 불러 감사의 기도를 드린단 말인가.

나는 그처럼 선명치는 못했어도 그와 비슷한 생각을 하고 있었다.

누군가가 창의 커튼을 젖혔다. 무한대의 희뿌연 하늘이 네모진 창 앞에서 흔들렸다.

나는 그들을 향해 손을 내밀며 물어본다.

"안악댁은 어딜 갔어?"

여 부장이 되묻는다.

"안악댁이라뇨?"

나는 육촌 이면용을 보고 다시 묻는다.

"안악댁은 벌써 서울루 떠났어?"

누구도 대답을 하려 하지 않는다.

네모진 창에는 구름이 흐르고 그 구름밭에 노랑 장미 한 떨기가 화려하게 피어 있었다.

"가자!"

내 입에서 그런 말이 새어 나왔다.

"어딜 가세요?"

"가자!"

나는 다리 위에서의 일을 머릿속에 펼치고 있었다. 그 '가자' 소리는 나의 말이 아닌 것이다. 누가 내게 명령하는 소리였다.

"가자!"

제19장

"가자!"

어디로 가느냐, 가라느냐, 다들 그것을 모르는 모양이지만 실상은 나도 모르면서 가자 가자 하고 뇌까릴 뿐이다.

간다는 것은 향방이 있어야 한다. 그리고 목적이 있게 마련이다. 그런데 나 이문용은 목적도 행방도 모르면서 가자 가자 하고 뇌까리는 것이다. 현재의 위치가 없이는 간다는 말이 성립되지 않는다. 그런데 나는 지금 현주소를 모른다. 현주소를 인식 못하면서 어디로 간다는 것은 방황일까. 영혼의 방황일까. 방황은 향방이나 목적이 불분명한 데에 뜻이 있을지도 모른다. 그러기 때문에 방황은 정착을 위한 모색일지도 모른다. 영혼의 방황은 영혼의 정착을 위한 몸부림이다. 그렇다면 방황 자체에도 진실된 의미가 있다. 나는 내가 뭔지를 모르면서, 나의 현주소를 모르면서, 향방과 목적도 모르면서, 가자 가자 하고 외친다. 뒤에서 누구의 손이 나를 밀고 있다. 나는 더욱 가야 한다는, 가지 않을 수 없다는 강박관념에 사로잡힌다.

외나무다리 위에서 가야 한다는, 가지 않을 수 없다는 초조감에 사로잡힌다. 어쩌면 침대 위에서 그런 강박관념에 사로잡힌 것 같다. 어디로 가나. 왜 가야 하나.

"어딜 가신다는 거예요? 할머니."

아마 여(呂) 부장의 음성 같다. 그네의 체온을 느낀다. 여간수복을 입은 단아한 그네의 모습이 안막에 떠오른다. 흔들린다. 구름 저쪽으로 멀어져 간다. 못 가게 잡고 싶다. 잡으려고 손을 휘젓는다. 누가 내 손을 꼭 쥐어 준다.

"아무 데도 가시면 안됩니다. 누님을 지극히 공경하는 사람들이 여기 이렇게 모여 있는데, 어딜 가신단 말씀이세요?"

남자의 음성, 아우님인 면용 씨일지도 모른다.

"비록 하나님의 뜻일지라도 사랑하는 사람과의 이별만은 슬픔임에 틀림 없습니다. 우리에게서 슬픔을 덜어주시옵소서. 누가 할머니로 하여금 가자 가자 하고 외치게 하고 있습니다. 사람 비록 80을 살았다 할지라도 영겁에 비하면 순간에 지나지 않습니다. 3년을 더 살아도 10년을 더 이 세상에 있게 해도 영겁에 비하면 순간일 뿐인데 누가 할머니로 하여금 가자 가자 하고 간절히 외치게 합니까. 착하게 진실되게 주님을 섬기는 사람은 하루 한 시라도 이 세상에 더 두어주십시오. 그리하여 어둠을 비추는 빛이 되게 하소서. 거짓과 사악을 정직한 선행으로 바꿔놓는 힘이 되게 하소서. 미움을 사랑으로 돌려놓는 목자 노릇을 좀 더 하게 하소서. 그러한 주님의 은총을 저 당신의 충실한 신도에게 좀 더 길이 베풀어주소서. 아멘."

언제나 간곡하고 절실한 기도를 잘하는 하 여사의 음성이 조용조용 내 귓전을 흘러갔다.

그러는 동안에 내 손을 꼭 잡은 채 자기의 체온으로 내 체온을 녹여주고 있는 사람은 구 선생인 것 같다. 구 선생은 입으로 기도를 하지 않는다. 기도문으로 기도를 하지 않는다. 가슴으로 체온으로 나를 위하여 기도하고 있는 듯싶었다. 그것이 내 잠자려는 영혼을 따스하게 어루만져주고 있는 것 같다.

나는 지금 사고능력을 잃고 있는 게 분명하다. 한데도 어떤 사유가 내 영혼을 자주 흔들어대고 있다. 아마도 내 영혼이 곧 나의 사유인 모양이다. 나는 지금 가자, 간다 하는 강박관념에 쫓기고 있지만 불안하지가 않다. 향방과 목적은 끝내 모르겠으나 설마하니 못 갈 곳으로 끌려가리라는 의념은 갖지 않는다. 내가 갈 곳은 이미 정해져 있으며, 그곳은 나를 위한 안식처임을 믿는다.

나는 전에도 지금도 죽음을 두려워하지 않는다.

죽음은 신의 뜻이라고 생각한다. 죽음은 인생이 가진 목적이며 목표가 아닌지 모르겠다. 불교를 믿고 기독교를 믿어오는 동안에 그런 생각을 하게 됐다. 인생의 목적은 자기 당대로 열매를 맺지 못한다. 자자손손 이어지는 동안에, 열매를 맺고 하는 동안에, 그 목적은 차례로 이어진다. 그리고 새로운 이상과 목적을 낳아 놓는다.

때문에 사람에겐 죽음이 있어야 한다. 죽고 낳고 다시 죽고 또 낳고 하는 동안에 인간도 진화되고 목적도 진화되어 하나님의 뜻으로 접근해가는 것이 아닌지 모르겠다.

따라서 사람의 죽음은 신의 자비이며 사람을 사람답게 만들기 위한 수단이 죽음이 아닌지 모르겠다.

나는 지금 죽음을 어렴풋이 의식한다. 죽음을 의식하다 보니 비로소 미래를 볼 수 있는 심안이 눈을 뜬다.

사람은 늘 과거만을 볼 수가 있다. 과거는 있었던 사실이기 때문에 돌이켜 볼 수가 있다. 과거가 불우했으면 자신은 불우했다고 규정짓는다. 과거는 현재와 연결되지만 현재는 순간이기 때문에 과거와 다름이 없다. 그래서 과거나 현재는 이미 결정된 시간이다. 움직일 수도 뜯어고칠 수도 없다.

그러나 죽음은 미래에 속한다. 과거와 현재를 통해 뿌린 씨에게 싹이 나고 열매가 맺히는 것이 미래다. 사람이 기대해볼 수 있는 시간은 오로지 그 미래뿐이다. 죽음으로써 새로이 전개되는 미래의 영지(領地)만이 인생의 꿈이 될 수 있는 게 아닌지 모르겠다.

나는 지금 그 새로운 나의 영지로 가기 위하여 죽음이라는 다리를 건너려 한다. 두려움보다는 희망에 가득 차 있다. 이미 형성되고 결정된 나의 과거와 현재가 나를 어떤 영지로 인도해주는가에 큰 관심을 가지고 있다.

그런데 지금 나의 친지들은 자기네와의 이별이 서럽다 해서 새로운 길을 떠나려는 나를 자꾸 만류하려 든다. 지금 내가 떠나려는 길은 신의 목적이며 나의 희망인데 뭣 때문에 말리려 드는지 모르겠다.

"가자!"

지금 나의 몽롱한 의식은 그런 사유의 열매를 맺고 있다. 지금 나는 그런 사유를 하고 있는 게 아니라 그런 사유의 열매를 보고 있을 뿐이다. 육안으로 보는 게 아니라 심안으로 보고 있다. 심안으로 보는 데는 의식의 작용이 필요 없다. 심안은 영혼이기 때문이다. 두뇌의 사유는 지식이 낳지만 영혼이 볼 수 있는 사유의 열매는 신이 당신의 눈으로 대신 보아준다.

"주님이시여, 여기 차마 먼 곳으로 보낼 수 없는 당신의 딸이 있습니다. 좀 더 여기 있어서 착함이 무엇인가를 모르는 어리석고 불쌍한 무리들에게 착함이 무엇인가를 좀 더 널리 가르쳐줄 수 있도록 당신께서 보살펴주시기 바랍니다. 언제고 당신이 필요하시어 다시 부르시면 기꺼이 당신 발 앞으로 가서 충성을 다할 당신의 신도입니다. 그러나 지금은 안됩니다. 그네를 불러 가시기엔 이 세상엔 사탄이 너무 발호하고 어둠이 너무 짙지 않습니까. 주여, 그네의 착한 성령에 다시 새로운 활기를 불어넣어 주십시오. 아멘."

하 여사의 기구는 더욱 간절했다.

그러자 따스한 체온으로 내 손을 꼭 쥔 채 속삭이는 음성이 들린다.

"지금 가실 수 있겠어요?"

나는 서슴없이 대답한다.

"갑시다!"

별안간 어디서 저런 장중한 소리가 들려올까. 하늘에서 들려오는 것 같다. 천사들이 노래하는지도 모른다. 눈에 보인다. 심안이 보고 있다. 흰옷을 입은 천사들이, 머리 위에 원광이 빛나는 신의 아들딸들이 구름 위 구름밭에서 노래를 부르고 있다.

즐겁고 경건하게 노래를 부른다.

헨델이 직접 지휘를 하고 있다. 무슨 곡인가?

나는 음악을 전연 모르면서도, 그런 곡명을 단 한 번도 귀에 담은 일이 없으면서도 안다.

왕이여 기뻐할지어다, 그 중에서 주의 크신 은혜.

온 우주가 그 노랫소리에 용해돼 가고 있는 느낌이다.

주의 크신 은혜, 나로 하여금 나의 길을 가도록 인도해주시는 주의 크신 은혜.

하늘에는 새들이 모여든다. 크고 작은 온갖 새들이 모여들어 노래 부른다.

땅 위에는 짐승들이 모여든다. 크고 작은 온갖 짐승들이 모여들어 함께 노래 부른다.

주의 크신 은혜, 삶도 뜻이 있고 죽음 또한 뜻이 있지 아니하냐, 모두 다 주의 크신 은혜.

노랫소리가 뚝 그친다. 천사들이 퇴장한다. 하늘의 새, 땅 위의 짐승들이 흩어진다.

텅 빈 하늘 그리고 땅, 합해서 우주, 공허만이 남는다. 하늘엔 구름이 모여든다. 땅 위엔 나뭇잎들이 떨어진다. 천사들의 대합창은 다시 들릴 것 같지 않고, 그래서 그것은 과거의 사실로 결정지어진다.

작곡가 헨델도 과거의 인물이다. 경을 칠 놈, 왜 그런 노래를 남겨주고.

라디오를 꺼라.

"갑시다!"

나는 눈을 번쩍 뜨고는 사면을 둘러본다.

어둠침침한 실내였다. 그러나 공기는 달고 싱싱했다. 유리창이 열려져 있었다. 꽃향기가 짙게 풍겼다. 창 밖엔 꽃나무가 없는데 꽃향기가 짙게 풍긴다. 생명의 향기인지도 모른다는 생각이 들었다.

"일어나실 수 있겠어요?"

내 손을 잡고 있던 서모 안악댁의 아름다운 두 눈이 환희에 빛나고 있다.

"그럼 갈 수 있지 왜 못 가."

나는 안악댁의 부축을 받긴 했지만 비교적 가벼운 동작으로 병원 침대에서 내려섰다. 초라한 병원이었다.

머리가 허연 늙은 의사가 고개를 끄덕이며 나에게 묻는다.

"가실 수 있으시겠소?"

"네, 아주 정신이 말짱한걸요."

철원읍에 그런 병원이 있었던 것을 나는 몰랐었다. 검사국에서 멀지 않은 지점에 그런 병원이 있었다.

그렇게 검사국에서 놓여난 지 며칠 후에 안악댁은 예정대로 내게서 떠나갔다. 내가 서울까지 따라가서 짐을 풀어주고 하룻밤을 함께 자주고 돌아왔다.

세월이 아무리 수상해도, 사람들의 마음과 생활이 제아무리 찌들어도 들에 산엔 무르익는 봄이 화사하기만 했다.

개나리 진달래가 피고 지고, 복사꽃 배꽃이 피고 지고, 하는 동안에 나는 맹서방과 언년이를 달고 치며 밭일 논일에 그악을 떨어댔다.

잠시도 몸이 한가로우면 공상과 시름이 고개를 든다. 그래서 몸이 부서지라고 일에 열중했다.

춘잠(春蠶)을 또 쳤다. 하루갈이 산 너머 밭엔 목화를 함빡 심었다.

가을 겨울에는 명주실 뽑아 명주 짜고 목화씨 뽑아 물레질해서 무명 짜느라 또 시름을 잊게 될 것이다.

봄이 다 가는데, 낙조가 꿈처럼 흐리멍텅한 어느 저녁나절인데, 나에게도 진객이 찾아왔다.

금강산 백련암에서 아도(阿道) 스님이 노란 산나리와 빨간 병꽃을 한아름 꺾어 안고 내려왔다. 그는 낯모르는 승려 한 분과 함께 왔다.

"이 스님 해인사 원당암에서 오셨습니다. 누구신지 짐작하시겠습니까?"

아도 스님은 함께 온 몸이 건장한 스님을 가리키며 그렇게 말했다.

나는 해인사라는 절 이름만 들어도 정신이 얼떨떨해졌다. 얼른 대답을 못하자,

"임환경(林幻鏡) 스님이십니다."

하는 바람에 나는 너무도 놀랍고 반가워서 어쩔 줄을 몰라 했다.

말로만 들어오던 이모 임 상궁의 당질이 되는 임환경 스님이란다. 전에 임 상궁의 부음을 듣고 해인사에 찾아간 일이 있긴 하지만 어쩐 일인지 그 때 그를 만난 기억이 없다.

"우리 백련암엘 오셨길래 모시고 왔습니다. 진작 서로 내왕이 있어야 할 사이신데 그럴 수가 있습니까?"

나는 지친(至親)을 만난 것처럼 반가워서 임환경 스님에게 합장을 하자니 눈물이 펑펑 쏟아졌다. 그의 고모가 되는 임 상궁이 그리워서 통곡을 터뜨리고 싶은 심정이었다.

"마님, 그동안 퍽 기다렸습니다."

아도 스님이 그런 말을 했다.

"저를요?"

"다시 중 되시려고 벽련암엘 오시나 해서 삭발 연장을 준비해놓구 기다렸습니다. 하하하."

함께 지난 일을 생각하고 웃었다.

"이젠 중 안되겠어요."

"왜요?"

"때를 놓쳤지 않습니까?"

"그럼 준비했던 가위를 없애버립니다."

봄에는 그 두 스님이 진객이었다.

여름엔 좀 더 가슴이 벅찬 귀한 손님을 맞이했다.

7월 백중을 며칠 앞둔 어느 날인데 소나기가 한 줄금 잘 쏟아지더니 불볕이 쨍쨍 쬐기 시작했다.

금계산을 배경으로 무지개가 더할 수 없이 선명하게 나타나서 넋 잃고 바라보는데 아침 일찍 읍에 나갔던 맹서방이 비를 함빡 맞은 채 대문을 들

어서며,

"손님이 찾아오셨습니다."

하는 바람에 나는 가슴이 덜컥 내려앉았다.

나는 손님이라면 겁에 질리는 버릇이 생겨 있었다. 언제나 뒤끝이 좋지 않아서였다. 시동생 철진을 연상했다. 아니면 이정호 그분을 연상했다. 그렇잖으면 시뉘 숙진일까. 소식이 끊긴 이지용 그 사람인가. 모두가 반가운 나의 친지들이면서, 그러나 나타났다면 겁이 나는 것이다.

"손님이라니 누군가? 찾아올 손님이 누가 있다구."

"글쎄요, 처음 뵙는 점잖은 분이시던데요. 동구 밖에서 만났는데 그 심한 소나기를 쪼루루 맞으셨더군입쇼."

"처음 뵙는 점잖은 분이셔?"

나는 혼자 중얼거리며 불안한 마음이 된 채 대문간으로 나가 조심스럽게 바깥을 살피다가 정신이 멍해질 만큼 놀랐다.

세상에 그런 존귀한 분이 이 벽지로 나를 찾아오시다니 꿈에도 생각 못할 노릇이라서 나는 혼이 나간 사람이었다.

"어머나, 선생님께서……."

나는 대문을 활짝 열어붙이면서 그 한 마디를 외쳤을 뿐 말끝을 맺지 못했다.

나는 누구한테도 존귀한 분이라는 형용을 써 본 일이 없다.

그것은 나의 타고난 교만임에 틀림이 없다. 내 아버님이 존귀한 분이라해서 나 자신을 존귀한 신분으로는 추호도 생각한 일이 없지만 그런데도 불구하고 남의 인격이나 존재를 존귀하게 보는 눈이 없었던 까닭은 뭣일까. 아무래도 내 핏속에 흐르고 있는 헤모글로빈에 왕족이라는 색소가 섞여 있어서 그런 교만성을 지니고 있는지 어떤지는 모르지만 하여간 남의 존재를 존귀하게 여기는 데에 인색했다.

아마도 나 이문용을 형성한 유전 인자가 황제 고종(高宗)에게서 어쩌다가 '쬐끄만큼 흘려진' 것이기 때문에 그런지도 모르지만 어쨌든 내게는 그런 교만한 일면이 있었다.

그러한 내가 왠지 소설가 이광수(李光洙) 씨의 돌연한 심방(尋訪)을 받자 그가 존귀한 분이라는 외경에 사로잡힌다.

그는 회색 아루빠까 양복을 입고 있었는데, 소나기를 고스란히 맞아서 물이 뚝뚝 듣고 있었다.

그는 상해에서 만났을 때보다 얼굴이 퍽 여윈 듯했지만 그게 오히려 지성인다운 풍모를 상징하는 것 같았다.

그는 좀 피로해보였던 까닭에 그의 뜻과 세상일이 너무도 배치(背馳)되고 있다는 사실을 쉽게 짐작할 수가 있었다.

나는 그를 안사랑으로 인도했다. 바깥사랑은 남의 이목이 있어서 피했다.

나는 급히 안방으로 들어와 장롱을 뒤지기 시작했다.

예전에 남편이 한 번쯤 입었든가 안 입었든가 불분명한 옥양목 중의적삼을 장롱 밑바닥에서 꺼내었다. 모시 두루마기도 있었다.

오랜 세월을 깊이 간직해 왔기 때문에 다리미질을 해야 하겠지만 그럴 사이가 없었다. 사랑으로 내보내 비 맞은 양복과 잠시 바꿔 입도록 권했다.

나는 화채를 내가 않고 금강산에서 땄다는 석청꿀을 냉수에 타서 쟁반에 받쳐 들고 직접 안사랑으로 나갔다. 꿀은 몸을 덥히고 과일은 식히기 때문이었다. 아무리 삼복 여름이라 하더라도 소나기를 맞은 뒤끝엔 속을 차게 하는 게 좋지 않을 듯싶어서였다.

그는 마루에 앉고 나는 뜰에 서서 대화를 했다.

"중국에선 언제 오셨어요? 선생님."

"꽤 됩니다. 진작 찾아 뵈야 할 텐데 하는 일 없이 바빠서 늦었습니다. 그래 그동안 얼마나 고생이 심하셨습니까?"

"저야 무슨 고생이겠어요. 그보다도 선생님께서……."

"시부모님께선 작고하셨대구, 철진 군은 방랑아고, 김한규(金漢圭) 선생이 남기신 유자녀는 퍽 많은 듯싶구, 참 고생이 많으시겠습니다."

"그게 다 제 팔자가 아니겠어요! 선생님."

그도 웃고 나도 웃었다.

제비 떼가 마당 빨랫줄에 올망졸망 열려 있었다.

그의 눈길이 내게 오래도록 머물러 있는 것을 나는 느낄 수 있었다. 가슴이 두근거려서 오래 그와 마주 있을 수가 없었다.

전에도 그런 생각을 한 일이 있다. 이광수 그분은 그 눈총에 정기가 있으며 그 눈길에 자애가 있으며 그 눈동자에 지혜가 있으며 그 시선에 품위가 있다는 생각을 한 일이 있다.

다시 봐도 그의 눈은 그의 인격을 상징하고 있었다.

그러한 그의 눈총이 나를 더듬고 있다. 무엇을 생각하며 어떤 뜻으로 나를 관찰하고 있을까. 소설가의 눈, 그것은 사람의 심장을 꿰뚫어보는 눈인지도 모른다. 영혼의 실상을 자기 주관대로 관조하는 그런 무서운 눈인지도 모른다.

그러한 그의 눈총을 오래도록 받고 서 있을 수가 없어서 발길을 돌려 세웠다.

"이 여사!"

"네?"

"지금 입으신 흰옷은 누구의 복〔喪服〕이십니까?"

"아니에요. 하도 여러 번 복을 입다가 보니까 버릇이 돼서 15년을 한결같이 흰옷으로 지냅니다."

"중국에 오셨을 때도 흰옷이더니."

"돌아와서도 흰옷으로 지냈어요. 앞으로도 쭈욱 흰옷을 입을 것 같아요."

"그건 왜요?"

"그저 흰색이 좋아서요."

"이 여사!"

"네."

"신라엔 마의태자가 있었습니다. 신라조의 비극성을 상징하는 존재지요."

"그 마의태자가 금강산으로 오셨다죠?"

"마의태자의 영혼은 지금도 금강산을 배회하고 있을 것입니다. 자기가 슬픈 존재였다는 사실을 아는 이상엔 금강산을 떠나지 않을 것입니다. 왜냐하면 금강산의 품은 그런 것을 초월하게 하는 이 민족의 어머니니까요. 어머니의 품입니다. 금강의 숲은 보리(菩提)의 숲이지요. 구도자가 한 번 들면 떠날 수 없지요. 이 여사!"

"네."

"신라엔 마의태자가 있었는데 이왕조에는 백의공주가 계십니다그려."

"네?"

"마의태자도 국말(國末)에 태어난 왕손이고 이 여사도 국말에 태어난 왕손입니다. 삼베옷과 무명옷이 다르고 남자와 여자가 다를 뿐이지요. 실제로 신라는 남자의 기상이었으나 이씨 조선은 여자의 나약성을 방불케 합니다. 두 분이 다 망국의 슬픔을 상징하는 존재구요. 신라의 역사가 마의태자를 잊지 않는 것처럼 이왕조의 역사는 백의공주를 잊지 않을 것입니다. 이 여사!"

"저, 선생님 옷을 어서 말려 드려야 하겠어요."

나는 도망치듯 그의 앞을 떠났다. 갑자기 어떻게 점심상을 차리나. 무엇을 즐기는지 그 구미와 기호를 알 수 있나. 안다 하더라도 금방 장만할 수가 있겠나. 정말 상을 차리기가 어려웠다.

나는 뒤울안에 늦된 상추를 한 바가지 뜯어다가 고갱이만 골라서 정성들여 씻었다. 물에다 참기름을 진하게 치고는 세 번 다섯 번 씻었다. 고추장에 된장을 섞어서 마늘종과 실파를 잘게 다져 넣고 기름, 깨소금을 뿌려 열심히 버무렸다. 실파와 마늘종은 길게 썽둥 썰어서 상추 옆에 곁들여놓았다.

그가 상추쌈을 그처럼 즐길 줄은 몰랐다.

비 맞은 그의 양복을 정성들여 다려 말렸다.

나는 정말 신나게 바빴다. 곧 저녁 반찬을 준비해야 하고 간간이 그의 말벗이 돼야 하고 먼 길을 온 그를 하룻밤 머물게 하면 또 나한테 욕이 될까 화가 될까에 대해서 신경을 써야 했지만 그러나 '소설가 이광수 선생'이 나를 찾아줬다는 사실에 너무 감격한 나머지 몸과 마음은 구름을 탄 것만 같았다. 우화등선(羽化登仙)은 이런 경우에 쓰는 말이 아니겠는가.

다시 양복을 갈아입은 그는 관전리 마을의 지세를 한 바퀴 둘러보고 돌아와서는 말했다.

"철원이란 고장은 어딜 봐도 지세가 맺힌 곳이 없군요. 허하고 살벌해요. 산은 많으나 험할 뿐이지 진산(鎭山), 안산(按山)이 못되구. 난리통엔 피난을 떠날 곳이지 올 곳은 못될 듯싶습니다. 영산(靈山) 금강을 이웃에 만들어놓느라고 온갖 정력을 기울인 신이 지쳤던가보죠? 아마. 철원엔 신경을 도통 안 쓴 것 같아요. 하하, 이 여사!"

"네."

"만약 전쟁이 나면 곧 이곳을 떠나도록 하십시오."

"전쟁이 날 듯싶은가요? 선생님."

"글쎄올시다. 만약 난다면이라는 가정일 뿐입니다. 그런데 이 여사님."

"네."

"실은 이 여사님께 청이 있어서 왔습니다. 들어주시겠습니까?"

"선생님께서 저 같은 여자에게 무슨 대수로운 청이 있으시겠어요."

"들어주시겠습니까?"

"선생님의 청이시라면 뭔들 못 들어 드리겠어요? 선생님."

설마하니 애정의 고백은 아닐 것이고, 독립운동의 자금조달 문제일지도 모르긴 하지만 그분의 인격으로 보아 나에게까지 그런 금전문제를 들고 올 듯싶지도 않고, 혹시 시동생 철진이나 아니면 이정호 그 사람에게 대한 무슨 어려운 문제가 제기되고 있는 것은 아닐까. 그들에게 나의 도움이 필요하게 됐을까. 아나키스트. 그럼 이광수 저분도 그 축에 끼는 것인가.

"사실은 오래 전부터 생각해 왔습니다만 이 여사의 인간과 생애를 소설로 써볼까 하는데 승낙해주시겠습니까?"

"어마, 선생님께서 저를 소설로 쓰세요?"

나는 또 새로운 성질의 놀라움으로 흥분해버린다.

"말을 함부로 하겠습니다. 이 여사께선 정말 어떤 분들의 가벼운 실수로 이 세상에 태어나셨습니다. 실수를 저지른 주인공은 초연했으나 태어난 한 생명은 이 인간세의 모든 업고를 숙명처럼 걸머지고 살아갑니다. 아버지는 제왕인데 딸은 거렁뱅이로 출발합니다. 한 여인은 한 생명을 낳았다는 업보로 참혹한 죽음을 당했습니다. 인간은 태어날 때부터 환경의 지배를 받긴 합니다만, 이 여사는 정치악과 인간악의 소용돌이 위에 맴도는 허망한 거품이 되어 가장 비정적인 여자의 일생을 살고 계십니다. 이 여사의 인생엔 윤리적인 하자와 인간적인 오뇌와 사회적인 당착이 가시덤불처럼 뒤얽혀 있습니다. 다행히 이 여사껜 착함이 있고, 인간의 마음엔 종교라는 신앙이 있어서 기구한 한 생명을 구원하고 있습니다. 나는 그동안 여러 편의 작품을 썼습니다만, 대개는 불만을 품고 있습니다. 나로선 여러 가지 문학적인 전기(轉機)의 뜻으로 이 여사님을 작품으로 쓰고 싶은 것입니다. 허락해 주실 수 있겠지요?"

이광수 그분은 진지하게 그런 말을 했다.

나는 그의 말뜻을 어느 정도는 알아들을 수 있었지만 그가 말하는 '문학적인 전기'에 대해선 쉽게 이해하기 어려웠다.

그러나 어쨌든 그의 그런 제안은 나를 몹시 흥분시키고야 말았다. 내가 가장 존경하는 작가가 이광수다. 『흙』이니 『무정』이니 하는 그의 소설을 아마 두세 번씩은 거푸 읽었다. 『마의태자』도 읽었다. 그러한 그가 나 이문용을 소설로 쓰겠단다. 신라의 '마의태자'에 견주어 나를 이씨 왕조의 '백의공주'라고 비유했다. 그렇다면 나를 모델로 쓰는 소설의 제목은 『백의공주』가 아닐는지 모르겠다. 이광수의 소설은 이 세상에 영원히 남을 것이다. 『백의 공주』, 그렇게 되면 나 이문용의 인생도 이 세상에 영원히 남게 되겠지. 팔자가 기박하다는 것은 문제되지 않을 것이다. 천년 만년의 세월을 두고 어느 때 어디메에 이러저러한 인생이 태어나 이러저러하게 살다가 간 일이 있다는 이야기를 남긴다면 얼마나 좋을까. 어쩌면 나 이문용은 그 이야기를 남기기 위해서 이 세상에 태어난 게 아닐까. 내가 왜 태어나서 이 서러운 인생을 살고 있는가에 대한 해답을 영영 못 얻고 죽어갈 듯싶었는데 이제야 내 존재의 의미를 발견했나. 이광수의 소설이 되어 남기 위해서 나는 이 세상에 태어났구나. 그러기 위하여 그처럼 기구한 인생을 시작했어.

그러나 나는 그에게 물었다.

"그렇게 되면 저의 존재가 공공연하게 노출되는 게 아니에요? 선생님."

"끝내 숨겨야 할 인생이란 이 세상에 단 한 사람도 없는 것입니다, 이 여사."

"좀 생각해보겠어요, 선생님."

"사실은 반드시 이 여사의 승낙을 얻어야만 되는 것은 아닙니다. 한 작가가 어떤 실재 인물을 연상하며 창작을 한다는 것은 그 작가의 창작적인 자유행동입니다. 실명을 써서 프라이버시를 손상시키는 일만 피한다면 말이지요."

그것은 그가 내 승낙을 얻기 위한 말일 것이라고 나는 생각했다. 사실이 그렇다 하더라도 그가 내 승낙을 얻기 위하여 먼 길을 찾아온 것을 보면 그의 도덕적인 사고방식이 내가 승낙을 거부하는데도 나를 모델로 소설을 쓰게 하지는 않을 것이라고 생각했다.

나는 대청 툇마루에서 언년이와 함께 맷돌질을 시작했다.

소나기가 지나가더니 불덩이 같은 땡볕이 불을 뿜듯 쏟아지고 있었다. 언제 비가 왔느냐 싶게 삼복더위가 한낮을 불태우고 있었다. 마당 앞 미루나무에선 말매미가 시끄럽게 울어대기 시작했다. 빨랫줄에 열렸던 제비 떼들은 간 곳이 없었다. 나는 이광수 그를 위하여 별식거리를 만들고 있었다. 콩에 깨를 섞어서 맷돌에 갈고 있었다. 시원한 깨콩국을 장만할 작정인 것이다.

나는 맷돌질을 하며 그 문제를 곰곰이 생각했다. 심한 유혹과 함께 두려움을 느꼈다. 나의 이 지지리 궁상인 인생은 아무리 그의 화려한 필치를 빌린다손 치더라도 아름다운 문학작품이 되리라곤 여겨지지 않는다. 그뿐이 아니라 지금은 없는 왕실을 위해서도 안될 말이라고 생각한다. 아버님의 체면을 생각하면 천부당만부당한 일인 것이다. 그분은 이 나라의 비극적인 황제였다. 내 존재가 백일하에 노출된다면 이미 없는 그분일망정 체면에 먹칠을 하는 결과가 된다. 그리고 다른 왕족에게도 심한 충격을 줄 것이 뻔하다. 더군다나 나의 생모라는 염 상궁을 그처럼 처참하게 죽인 배후세력이 있다면 지금도 엄연히 존재하는 왕족의 일원들일 것이다. 그분들에게 새삼스러운 피해를 주기 십상이다.

그렇게 되면 요로에선 나 이문용의 존재를 강경히 부인하고 나서게 될 것이다. 그런 존재가 있을 수 없다는 주장이 나올 것이다. 있을 수 있다는 주장과 맞설지도 모른다. 시끄럽게 될 것이 뻔하다.

총독부의 입장으로도 나의 출현이 달갑지 않을 것이다. 없는 것으로 만들기 위하여 온갖 책략을 꾸밀 것이다. 새로운 괴로움을 맞을 것이다.

나는 여러 갈래로 조사를 받게 될 것이다. 협박을 당할 것이다. 결국엔 그들에게 굴복하고 말 것이다. 왕실과 총독부의 이해가 일치되는데 나 따위가 내로라한들 별수 없을 것이다. 일반의 웃음거리나 되고 말 것이다. 새로운 박해가 가해질 것이다. 결국 내가 소설화된다면 조용한 호수에 돌을 던지는 격이 될 것이다. 그 파문이 여러 가지 복잡하고 더러운 갈등을 낳게 할 것이다. 그렇게 해서 내게 무슨 이로운 일이 있을 것인가. 남에게 피해를 주고 나도 피해를 입을 뿐이다.

나는 낳을 때부터 숨겨진 생명이다. 그것은 아버님의 뜻이고 하늘의 뜻임에 틀림이 없다. 철저하게 숨어 살다가 아무도 모르게 이 세상을 뜨는 것이 나에게 안겨진 숙명일 것이다. 그 숙명을 거역할 수는 없다.

나는 깨콩국을 만들어 안사랑으로 내간 길에 조심스럽게 입을 열었다.

"선생님! 저 곰곰이 생각해봤지만 용서해주셔야겠어요."

작가 이광수는 나를 그윽한 눈초리로 쏘아보면서 반문했다.

"무슨 뜻이십니까?"

"저를 이 세상에 없는 존재로 쳐주세요. 처음부터 없는 것으로요."

"작품화하지 말라는 말씀이신가요?"

"네."

"이유를 말씀해보시지요, 이 여사."

"부처님의 뜻이 아니겠어요. 저는 낳을 때부터 죽을 때까지 제 신분을 감추고 살라는 게 부처님의 뜻인 줄로 믿고 있습니다."

이광수는 잠자코 나의 언동을 관찰하고 있었다.

"선생님!"

"네."

"이 이문용의 진실을 알고 있는 분들은 이미 다 타계하셨어요. 저는 저를 잘 모릅니다. 제가 이 세상에 있다는 사실은 알지만 어떻게 해서 있게 됐고 왜 있어야 하는가에 대한 진실을 저 자신이 잘 모릅니다. 다만 알고 있는 것은 저 이문용이라는 인생은 끝내 왕실과는 아무 인연이 없는 촌 여편네로 살다가 가야 된다는 사실만을 알고 있어요. 물론 선생님은 제가 동의하지 않더라도 제 얘기를 쓰실 수 있고 그럴 권리도 가지셨을 것입니다. 하지만 선생님, 쓰지 마세요. 죄송한 부탁입니다, 선생님."

나의 간청은 그의 결심을 움직인 것 같았다.

그는 밭은기침을 몇 번 쿨룩거리고 난 다음 조용히 대답했다.

"그럼 기다리지요. 이 여사께서 다시 생각하실 때까지 몇 해고 간에 기다리지요."

"선생님, 저는 이 나이가 되도록 민적(民籍=戶籍)이라는 게 없어요. 아버님 그 어른을 생부로 올릴 수도 없는 노릇이고 생모를 날조할 수도 없고 또 어려서부터 없느니만 같지 못한 생명이라서 감히 민적에 올릴 생각을 안 하고 지냈어요. 혼인을 했을 때 시아버님은 여러 가지 방법을 연구하셨고 어떤 형식으로나마 혼인신고를 하게 하려고 하셨는데 남편이 덜컥 죽으니 그럴 필요마저 없어진 셈이죠. 아마 늙어 죽을 때까지 저는 민적 없는 백성으로 살다가 자취 없이 갈 것입니다. 그런 제 인생이니 관심을 가지시지 말도록 하세요, 선생님."

나는 나도 모르게 코허리가 찡해졌다.

이광수, 그는 한숨을 쉬면서 고개를 끄덕이다가 또 기침을 터뜨렸다.

그는 계속해서 밭은기침을 하고 있었다.

나는 그의 건강이 보기보다도 좋지 않음을 알고 마음이 쓰여졌다. 그가 가슴을 앓는다는 말을 어디서 들었는지 읽었는지 얼른 기억은 나지 않았으나 아마 그런가보다고 생각했다.

"선생님, 감기 드셨나봐요. 어떻게 했으면 좋겠어요? 약이라도 지어 올까요? 필요하신 약을 말씀하시면 얼른 읍내에 다녀오도록 하겠어요."

"아니, 괜찮습니다, 괜찮어요."

"괜히 찬 음식을 만들었나보죠? 선생님."

그러자 그는 깨콩국을 퍽 달게 들기 시작함으로써 내 마음을 안위시켜줬다.

그는 네 시간쯤을 내 집에 머무르고는 간다고 나섰다.

"서울로 가시나요? 선생님."

나는 그가 혹시 하룻밤쯤 유숙하게 될지도 모른다는 전제하에 차렵이불에다 새 홑이불을 시치고 있었다. 그에게 정결한 침구를 제공하기 위해서였다. 그런데 그는 가겠다고 나섰다.

아쉽고 섭섭하지만 여자 혼자 살고 있는 처지라서 만류할 계제도 못된다.

"철원읍에서 친지 한 사람 만나보고 금강산이나 한 바퀴 돌아볼 작정입니다. 서울은 하도 덥고 답답해서요. 하하하."

그의 웃음은 좀 공허하게 들렸다.

마침 그때였다. 냄새들도 참 잘 맡는다. 아니면 정보망이 그처럼 완벽한 것인가. 형사 둘이 찾아왔다. 고등계의 사찰형사들일 것이었다.

그들은 마악 떠날 준비를 하고 있는 이광수의 앞으로 다가서더니 공손하게 인사를 했다.

"춘원 선생님이시죠?"

내 가슴에선 두방망이질 소리가 났다.

저 고귀한 분이 내 집에 들렀다가 무슨 봉변이라도 당하면 어쩌나 싶어서 또 내 박복한 운명을 저주하지 않을 수 없었다.

"네, 나 이광수요."

"철원경찰서 고등계에 있습니다."

"내게 용건이 있으시오?"

"고명한 선생님께서 우리 철원엘 들러주셔서 영광으로 생각합니다."

이광수는 대꾸하지 않았다. 그의 얼굴엔 당황해하는 빛이 없었다.

"그래서요?"

"철원엔 부랑자들도 많고 해서 선생님의 신변을 보호해 드리라는 상부의 지시를 받고 왔습니다. 선생님."

"하긴 내 주변엔 부랑자들이 뒤따르게 마련이지요. 그리고 그 부랑자들이 늘 내 신변을 보호해주지요."

이광수의 위트는 형사들을 침묵시켜버렸다.

"나 이 댁 김한규 씨와 친분이 좀 두터웠는데 오래간만에 찾아와 보니 이미 작고하셨군요. 아무리 친분이 두터워도 서로 내왕을 하지 않으면 그렇게 소원한 사이가 됩니다그려."

그는 내가 겪게 될지도 모를 뒤탈을 염려해서 그런 말을 하고 있는 게 틀림없었다.

"자아, 그럼 철원읍으로 나가는데 신변을 좀 보호해주시려오?"

내가 그분을 철원읍에까지라도 배웅하려 했는데, 그 소망마저 무산돼버렸다.

"그럼 부인, 안녕히 계십시오."

"선생님……."

"그 콩국의 풍미, 잊지 않겠습니다, 부인."

나는 아무래도 마음이 놓이지 않았다.

"선생님, 저 철원읍에 볼일이 있어서 나가려던 참인데 배웅해 드려도 괜찮겠습니까?"

나는 이광수를 보고 말했지만 실제로는 형사들에게 묻는 것이나 다름이 없었다.

"일부러 나오실 필욘 없습니다만 이왕 나가시는 길이라면."

이광수의 말에 형사들은 침묵했고 나의 제안에 형사들은 거부반응을 일으키지 않았다.

나는 그들을 따라 철원읍으로 나갔다. 저녁때까지 철원 읍내를 배회하면서 이광수 그가 경찰서로 연행되는 기맥이 없는 것을 확인하고야 집으로 돌아오는 극성과 성의를 보였다.

그 후 나 이문용에게 있어서는 그저 그렇고 그런 세월이 흐르고 있었다.

청진의 시뉘 내외는 병원이 곧잘 된다면서 1년에 한 번쯤 서울을 내왕하는 길에 잠시 들러주곤 했다.

이지용이 소식도 행방도 묘연한 것을 보면 어디로 어떻게 돌아다니며 거렁뱅이 노릇을 하다가 아편중독으로 끝내 세상을 떴는지도 모른다.

시동생 철진은 당국에 자수해서 일주일이나 취조를 받더니 석방이 됐다. 그 후 보도연맹(輔導聯盟)인가 하는 단체에 들었다. 반일을 하다가 전향한 사람들의 선도단체라고 했다. 물론 총독부에서 만든 것이다.

이정호도 그 보도연맹의 멤버라니까 그 후의 경위는 뻔하다. 서울 어느 학교에서 교편을 잡고 있다는 소식이었다. 가장들인지 그처럼 무력한 사람들인지 판단이 가지 않았다.

여러 가지 세상 소식에도 나는 큰 관심을 갖지 않았다. 그러나 몇몇 사건은 흥분과 충격을 나에게 안겨줬다.

손기정이 베를린 올림픽에서 우승했다는 소식은 퍽 통쾌했다. 1936년 8월이다.

이듬해에 만주 노구교에서 중·일 두 나라의 군대가 충돌해서 만주사변으로 진전됐다.

일본은 물론 조선도 전시체제로 들어가 살기가 어려워지고 있었다.

미나미 지로(南次郞)라는 사람이 조선 총독으로 부임해 오더니 소위 내선일체(內鮮一體)의 정책이 극성을 부렸다. 1938년 3월부터는 모든 중고등학교에서 조선어 과목을 폐지하는 횡포를 부렸다.

중일전쟁이 가관이었다. 중국의 국민정부가 중경으로 천도할 지경에 이르렀다. 중국 천지가 일본군한테 짓밟히자 일본의 기세는 하늘을 찌르고 있었다.

1938년 3월에 안창호가 대학병원에서 그 영걸스럽던 일생을 마쳤다는 소식은 우리 민족에게 큰 충격을 줬다.

나는 그날 밤 〈매일신보〉의 기사를 읽고 밤새도록 그를 위하여 불경을 외웠다.

독일의 히틀러가 구라파 전토에 불을 질러 2차대전을 일으켰다. 중일전쟁과 세계대전이 병행되면서 전 지구가 전화로 휩싸였다.

총독부에 의해 조선인은 제 성명마저도 잃게 됐다. 소위 창씨개명령이 반포·시행됐다. 황국신민(皇國臣民)이라나, 조선인을 일본인화해야 한다는 운동이 총독부에 의하여 강력히 추진됐다. 1940년이다.

조선 청년들을 싸움터로 몰아넣기 위하여 지원병 제도를 발표한 조선총독부는 미·일 전쟁을 일으켜놓고 차츰 진구렁에 빠져들기 시작한 저들 정부에 협력하기 위하여 한반도의 황폐화 작전을 감행한다.

그런 어지러운 세태라 나는 시골 촌부로서 직사하게 일만 했다. 세상이 어떻게 돼가는 것인가에 대해선 마음을 쓰지 않으려고 노력했다.

그러한 세월 10년 사이에 내가 개인적으로 가장 큰 충격을 받은 일은 소설가이면 민족의 지도자인 이광수가 친일파로 전향했다는 소식을 들었을 때다.

세상도 인간들도 이젠 다 될 대로 돼버린 느낌이었다.

모두들 그렇게 낙착돼 가는 것인가 싶어서 분개하는 마음도 없었지만 그러나 충격은 컸다.

이광수, 그의 말이 맞았다. 전쟁이 나거든 철원을 뜨라고 하더니 전국에서 오직 철원만이 B29의 폭격으로, 두 차례의 폭격으로 수라장이 돼버렸다.

철원역을 중심으로 시가지가 온통 불바다가 됐을 때 나는 이광수의 신기한 예언을 회상하고는 그가 지세를 볼 줄 아는가 싶어 감회가 컸다.

철원역을 통과하는 경원선의 기차 레일이 엿가락처럼 꿈틀거리다가 끊겨서 하늘로 쭉쭉 뻗친 광경을 본 나는 서울로 이사 가야겠다고 시동생 철진에게 말했다.

"가셔야지요. 우리 모두 서울로 가야지요."

철진은 무엇을 생각했던지 고개를 끄덕이며 그렇게 뇌까렸다.

그처럼 미군의 철원 폭격이 있은 지 며칠이 안됐는데 하루는 이광수 그분이 또 나를 찾아왔다.

그는 중국 생활을 하는 동안에 시동생 철진과도 사귄 사이여서 이번엔 시동생을 통해 내 이야기를 작품화하자고 다시 제의해왔다.

"이젠 이 여사의 이야기를 써도 괜찮을 때가 됐습니다. 쓰게 해주시지요."

철진도 거들었다.

"춘원 선생의 말씀이신데 승낙하세요, 형수님. 춘원 선생이 어디 보통 작가이십니까."

하지만 나는 엉뚱한 소리를 지껄이고 있었다.

"지금 어디서 사세요? 선생님."

"서울 동교(東郊) 사릉(思陵) 근처에서 지내고 있습니다. 인심 좋고 한적한 곳이라 글쓰기에 안성맞춤이지요. 허허허."

그의 웃음소리는 전보다 더 공허하게 들려서 왠지 가슴이 아팠다. 친일로 전향하느라고 마음의 갈등이 심했던지, 옛 모습을 찾아볼 수 없을 만큼 얼굴이 수척해 있었으나 그 눈만은 맑았다.

"선생님, 저는 이대로 그냥 묻어주세요. 영영 묻어두세요, 죄송합니다."

나는 이번에도 그의 제의를 거절했다. 먼젓번보다는 훨씬 수월하게 거절할 수 있었다.

그가 다녀간 지 얼마 안돼서 나는 다시 한 번 놀라운 일을 겪는다.

철원경찰서에서 정복 순사가 찾아왔다. 그는 나를 잘 아는지, 안녕하십니까, 그동안…… 하는 식의 인사를 하더니,

"김화에서 전화가 왔는데요. 김형규라는 아편쟁이가 그곳 거리에서 죽어 있었다는군요. 철원서에서 전근해 간 순사가 전화를 해와서 알았습니다."

라고 시숙의 비참한 죽음을 통보해왔다. 사람을 보내 그의 시신임을 확인했다.

시신을 운반해서 시가의 선산에다 장사 지내는 동안에 나는 그를 위하여 열심히 염불을 외우며 명복을 빌었다. 나를 너무도 괴롭혔던 사람이기 때문에 나의 슬픔은 더했다. 인색하지 않은 통곡으로 그를 떠나 보냈다.

나는 그의 죽음으로 말미암아 더욱 외로워진 것 같았다. 괴롭혀주는 사람마저 떠나고 나니까 여간만 허전한 게 아니었다. 다식판으로 그의 머리통을 깠던 일이 실소와 함께 회한으로 남았다.

그의 장례를 치른 지 얼마 안돼서 8·15 해방을 맞이했다.

10월초에 나는 서울로 이사를 온다.

이태 전부터 관전리로 와서 집안일을 맡아온 큰시동생 철진이 해방이 되니까 서둘러 나를 서울로 이사시킨다. 두 차례인가 서울엘 내왕한 철진은 명륜동에다 집을 한 채 마련해놓고는 나를 이사시킨 것이다.

아마도 김씨 일가의 서울 근거지로 그 집을 사서 나를 이사시킨 다음 서서히 기회 보아 철원의 재산을 정리해 가지고 온 집안이 서울로 올라올 계획이었던 것 같다.

그러나 38선이 막히는 바람에 그의 그러한 계획은 완전히 좌절되고 만다. 더구나 공교로운 비운은 서울에서 학교에 다닌 시동생들마저 모조리

철원으로 가 있다가 길이 막힌 사실이다. 솔가해서 이사 오기란 점점 더 어려워진다.

그래도 큰시동생 철진은 용케 몇 번 서울에 나타났다. 나타날 때마다 패물이며 금붙이를 가져다준다. 내 살림 밑천을 하라는 것이다.

나는 그것을 고스란히 모아두기로 했다. 모아두었다가 세월이 좋으면 평생의 꿈인 고아사업을 시작하는 자본으로 삼겠다는 결심이었다.

철진은 여섯 차례를 내왕하는 동안에 금괴도 세 덩어리나 가져다주었다. 전부터 집에 간직했던 물건이 아닌데 어디서 마련했는지 그런 것을 갖다주었다.

그러한 해방 후의 3년 동안이 내 일생에 있어서 가장 소강 상태였다고 본다. 민족의 해방과 더불어 나 이문용도 그 기구한 운명의 쇠사슬을 끊고 해방이 되었는가 싶어 차츰 안일한 생활에 젖어들고 있었다.

해방이 되었으니 일본에 가 있는 영친왕(英親王)이 곧 귀국해서 이 나라의 대통령이 된다는 소문이 퍼졌었다.

그렇게 되면 나는 어떻게 될 것인가를 공상해본 일이 있다. 내가 표면으로 부상해서 서출이지만 당신의 동기요, 한다면 어떻게 되는 것인가를 골똘하게 공상해보다가 '이제 와서 내가 왜 나서?' 하고 자신을 타박한 일이 있었다.

그 영친왕도 귀국의 길이 막혀버리자 해방은 이씨 문중의 해방이 아님을 깨달았다.

세상은 총독부 시절보다 더 소연하고 어지러웠다. 여운형(呂運亨) 장덕수(張德秀) 김구(金九) 같은 지도자들이 턱턱 암살돼버리는 판국이니 총독부 시절보다 더 소연했다.

그러자 나에게도 또 새로운 시련이 닥친다.

정말 지겹게도 불운한 이 이문용에게 그 어지러운 세월이 다만 몇 해 동안만이라도 정신적인 안식을 할애해준 점에 대하여 나는 감사할 줄을 알아야 할 것 같다.

그렇더라도 나 이문용을 관장하고 있는 운명의 신은 그동안 나에게 대해서 가혹할 만큼 낙자 없는 계산을 하고 있는 것 같다.

3, 4년 동안 나에게 휴식을 준 대신 이번에는 정말 가당치도 않은 엄청난 누명과 형벌을 나에게 안겨주게 된다.

1949년 봄 어느 날 아침, 나는 명륜동 집에서 눈을 비비자마자 손에 수갑이 덜컥 채워지는 것이었다.

네 명의 수사 요원들이 나를 잡으려고 명륜동 집을 기습했던 것이다.

나는 검은 찝차 속에 던져지기 전에 안간힘으로 그들에게 물었다.

"내가 무슨 죄를 졌나요?"

"너 빨갱이 간첩 아닌가?"

나더러 빨갱이 간첩이란다. 말이란 하기에 따라 빨갱이와 간첩과 나를 연결 지을 수도 있는 것이었다.

사람은 눈은 떴다고 해서 보이는 것이 아니었다.

하늘은 구름이 없다 해서 푸른 것만은 아니었다.

다리는 성하기만 하면 걸음이 걸리는 게 아니었다.

눈앞이 캄캄하고 하늘이 노랗고 두 다리가 후둘거려 나는 단 한 발짝도 옮겨놓을 수가 없었다.

나는 걸레쪽처럼 차 안에 꾸겨 처넣어졌다.

두 사내가 내 몸을 마구 만졌다.

"권총 안 가졌겠지?"

무슨 대답을 할 수가 있을까. 나더러 권총을 안 가졌느냐다.

"눈 가려줘라!"

앞자리에 탄 사내가 내게 선심이라도 쓰듯 명령했다.

내 양옆엔 두 사내가 바짝 붙어 앉아 있었다. 왼켠 사내가 수건으로 내 눈을 가렸다.

찝차가 부르릉 하고 재채기를 하더니 무서운 속력으로 질주하기 시작했다.

"저리 좀 비켜 앉아요!"

나는 내 양옆 사내에게 호통을 쳤다. 그들의 체온이 내게 옮겨왔기 때문이었다.

"지가 뭐 처녀라구."

왼쪽 사내가 말했다.

"지가 뭐 귀부인이라구."

오른쪽 사내가 말했다.

"정말 내가 빨갱이 간첩이라구 잡아 가나요?"

내가 물었다.

"아니라구 할 텐가?"

오른쪽 사내가 반문했다.

"거물 여간첩이라 좀 미인인 줄 알았지."

왼쪽 사내가 지껄였다.

나를 어디로 끌고 가는지 나는 궁금해하지도 않았다. 간첩이라는 바람에 너무도 당혹하고 절망했던 까닭이다.

나는 내가 견딜 수 없을 만큼 미워졌다. 하다못해 이제 와선 간첩으로까지 몰리는 이 걸레쪽보다 더 구지레한 인생이 서럽지가 않고 미웠다.

조국은 해방됐고 모든 사람들은 생기와 의욕으로 나날의 생활이 벅차기만 한 세월이 됐는데도 나는 한결같이 이런 사고뭉치의 인생으로 일관하고 있는 게 억울하지가 않고 밉기만 했다.

나는 가리운 눈을 조용히 감고 마음의 안정을 얻기 위하여,

"관세음보살, 관세음보살……."

하고 마음속으로 되뇌었다.

사람은 오뇌하기 위하여 있다는 말이 성립된다면 나는 누구보다도 인간적이 아닌지 모르겠다. 불교에는 삼세삼천(三世三千)의 제불(諸佛)이 있단다. 3세란 과거와 현재와 미래를 뜻한다.

그 3세에 각각 천불(千佛)씩 합해서 3천 불이 있어서 제각기 맡은 바대로 우리 중생을 제도하고 있다니까 정말 인간의 오뇌와 죄업은 많기도 하다. 적어도 3천 가지가 넘는 것만은 틀림이 없다.

하지만 인간에게 있어서 3세는 틀림없이 있어도 불교가 말하는 3천 불이 정말 실재하느냐, 그런 것은 아니다. 모두가 인간의 마음속에 살고 있는 상징적인 존재다. 오로지 석가세존만이 이 세상에 있었다. 그만이 과거를 살고, 현재를 살고, 미래를 살고 있다. 육신을 가지고 이 세상에 태어났다가 저 세상으로 떠나간 유일한 실재의 존재다.

그렇다고 해서 그 밖의 존재는 허구며 우상일까, 아니다. 사람들 마음속에 살고 있는 실존하는 불심이다. 상징이다. 불심이란 뭐냐. 시간과 공간을 초월한, 유(有)와 무(無)를 초월한, 너와 나를 초월한, 내재적인 것과 외재적인 관념을 초월한, 사람이 의식하지 못하는 의식이다. 따라서 불성이란 초인간적인 인간성이며 번뇌를 초월한 하나의 무의식적인 의식이란다.

나는 보잘 것 없는 인간이다. 온갖 번뇌 속에서 허덕이고 있는 속되기 짝이 없는 인간이다. 그렇기 때문에 나는 마음이 번거로워지면 열심히 불경을 외운다.

불경을 외울 때만은 나도 모든 번뇌를 초월한 무의식의 의식 속에서 마음의 안도를 얻는다. 그렇게 되면 나도 불성을 지녔다고 할 수 있는 게 아닌지 모르겠다.

열심히 외자. 반야심경, 2백76자의 반야심경을 외자. 나를 잊기 위해서 외자.

"관자재보살 행심반야바라밀다시 조견오온개공 도일체고액 사리자 색불이공 공불이색 색즉시공 공즉시색……."

차가 몹시 흔들린다. 가솔린 냄새가 코를 찌른다. 도시의 소음이 고막에 꽉 찬다. 박스형의 차 속은 밝지가 않다.

나는 그런 것을 의식하지 못한다.

향방이 어디냐. 내가 왜 간첩으로 몰렸느냐. 장차 내게 어떤 가혹한 형벌이 내려지느냐. 어떤 결말이 나느냐. 내가 정말 간첩이냐. 이 사람들이 뭘, 어떻게 잘못 알고 나를 간첩으로 모느냐.

나는 그런 일을 생각하지 않는다.

이모 임 상궁이 있다면, 이 사실을 안다면 얼마나 비통해할까. 내가 떳떳이 고종황제의 딸로 황녀로 행세할 수 있었대도 지금의 이런 처지가 됐을까. 시동생 철진이 이 사실을 알면 나를 구출해낼 수 있을까. 예전엔 없었는데 공산당이 뭐냐. 간첩이란 뭐냐.

나는 그런 생각을 하지 않는다.

오직 반야심경을 외운다. 외움으로써 일체의 번뇌를 초월한 경지에 있다. 얼마나 고마운 일이냐. 이 공포스러운 시간을 초연히 흘릴 수 있으니 반야심경이 얼마나 고마운가.

"……아제아제 바라아제 바라승아제 보리사바하."

동서남북 어느 방향으로 내가 가고 있는지 알 길이 없다. 얼마큼 시간이 걸렸는지도 알 수가 없다.

"내려!"

차가 급정거를 하자 앞사람이 뛰어 내렸고 왼켠 사내가 내렸고 오른편 사내가 내 팔을 잡아 툭툭 흔들면서 그렇게 명령했다. 내려!

나는 가리어진 눈을 떴다. 이제까진 광명도 어둠도 의식하지 못했는데 광명도 어둠도 아닌 의식의 시계가 나에게 무서운 공포를 일깨워준다.

"가자!"

나는 추적추적 걷기 시작한다. 밟는 것은 흙이 아니고 땅이 아니고 시멘트 바닥인 거 같았다. 문으로 들어서고 층계를 오르자 앞선 사람이 명령했다.

"수건 벗겨!"

내 팔을 잡은 사내가 내 눈에서 수건을 벗겨냈다.

새하얀 회벽이 눈앞을 가로막았다.

나는 사람들을 보지 않았다. 네모진 실내로 들뜨려졌다. 역시 새하얀 벽 앞으로 밀려갔다.

"거기 꿇어 앉어!"

나는 무릎을 꿇는다. 비로소 손목에 무거운 중량을 느낀다. 수갑의 딱딱하고 차가운 감촉을 의식한다. 부자유스런 팔의 동작을 깨닫는다.

"벽을 향해서 바짝 붙어 앉어!"

무릎을 뭉칫거려 새하얀 벽으로 접근한다.

"꼼짝 말구 벽만 보구 있어!"

보지 말래도 눈앞이 벽인데 안 볼 재간이 없다.

"여기가 어디예요?"

반야심경을 안 외우니까 나는 그런 것이 궁금해졌다.

"경찰서다."

옆을 돌아다보지 않았지만 꽤 여러 사람이 나처럼 벽을 향해 꿇어앉아 있는 것 같았다.

제복 입은 경찰관은 보이지 않았다. 창살이 있는 것 같지 않았다. 경찰서의 유치장이라면 창살이 있을 것이다. 철원경찰서에도 창살이 있었는데. 벽이 이렇게 깨끗할 리가 없다. 인간들의 시큼한 냄새도 나지 않는다. 그리고 유치장치고는 너무 넓다. 유치된 사람들도 너무 적다.

"이게 그 여잔가?"

누가 뒤에 와서 누구한테 묻는다.

"네, 그렇습니다."

나는 그들에게 말한다.

"조갈이 나요. 물 좀 주세요."

"참어! 여기가 네 집인 줄 아나."

어떤 사람이 어떤 사람에게 말한다.

"물 좀 줘라!"

발자국 소리들이 사라진다.

발자국 소리가 다가온다.

"고개 발랑 젖혀. 그대로."

나는 고개를 발랑 젖힌다.

"입 벌려!"

나는 입을 벌린다.

주전자가 얼굴 위에서 기울어진다. 아구리로 물이 쏟아진다. 졸졸졸 얌전하게 쏟아진다. 나는 숨이 콱콱 막힌다. 코로 입으로 턱으로 물이 흐른다. 주전자에서 물이 왈칵 쏟아진다. 나는 얼른 고개를 숙여버린다.

"이제 됐나?"

그때 요란스러운 발짝 소리들이 또 들린다. 수사원들인 것 같다.

"증거품들을 압수해 왔습니다."

"뭐야?"

"패물과 금괴들이 나왔습니다."

"다른 건 없구?"

"다른 건 대수로운 게 없습니다."

"어디 보자, 그건가?"

"금괴가 세 덩어리나 됩니다."

"영치해 둬!"

나는 나와는 아무 관련도 없는 이야기인 것처럼 멍청하니 그런 대화들을 귓속에 주워 담고 있을 뿐이다.

어떤 사람이 내 등 뒤에 와 선다.

"어디 얼굴 좀 보자!"

그는 내 정수리를 턱 짚더니 뒤로 벌렁 젖힌다.

나는 눈을 감은 채로 발랑 젖혀진 고개를 내버려둔다.

"보살 같은 얼굴을 하구 있구나."

그는 구둣발로 내 엉치를 한 번 세게 걷어차고는 사라져간다.

"너 일어서!"

새로이 나타난 한 사내가 내 오른켠에서 호통을 친다.

옆에 꿇어 앉혀졌던 사내가 일어난다.

"가자! 저쪽으로."

그는 걸음을 제대로 걷지 못하는 것 같다. 몹시 쩔룩거리고 있었다.

"이번에두 바른 말 안하면 넌 죽는 거야!"

해방이 됐는데, 내 나라가 독립이 됐는데 왜 이렇게 서로 원수진 사람들이 있어야 하나 싶어서 나는 가슴이 아팠다. 민주주의, 공산당, 마치 일본과 조선이 싸웠던 것처럼 공산당과 민주주의의 싸움판이 돼버린 내 나라의 운명이 서러워서 가슴이 아팠다. 옛날부터 공산당이 어떻다는 이야기는 간간이 들어왔다. 이념과는 달리 그들이 얼마나 가혹하게 당이라는 것을 위하여 개인을 무참하게 희생시키고 있는가를 들어왔다.

나는 그제야 문득 깨닫는다. 증거품들이 나왔습니다. 패물과 금괴들이 나왔습니다. 금괴가 세 덩어리나 나왔습니다. 좀 전에 사내들이 주고받던 대화가 바로 나와 관련이 있는 것임을 깨닫고는 잔등이 오싹해진다.

시동생이 내 생활비에 보태 쓰라고 갖다준 것들인데 그걸 집에서 찾아냈구나. 그게 증거품이라는구나. 무슨 증거품.

'간첩 활동의 자금?'

나는 고개를 가로젓는다. 그런 게 아닌데, 그건 내 생활 밑천으로 삼으라고 내 시동생이 갖다준 건데, 그 시동생의 정성이 그런 오해를 받게 되다니, 그럴 수가 없는데.

오해란 있을 수 있다. 그러나 풀 수도 있다. 내게 간첩혐의를 걸 수 있다면 그 금품은 그런 오해를 받을 수도 있다. 하지만 나는 간첩이 뭔지도 모른다. 분명한 것은 나는 간첩이 아니다. 따라서 그 금품들도 그런 불순한 게 아니다. 오해란 풀리게 마련이겠지. 나는 아무것도 아니니까.

나는 눈을 감는다. 정적일순이 된다. 나를 잊어야 하겠다. 이곳을 잊어야 하겠다. 타인을 인식하지 말아야 하겠다. 아무것도 생각하지 않아야 하겠다. 단순한 노력으로는 그런 경지를 얻을 수 없다.

나는 다시 반야심경을 되뇌기 시작한다.

부처님 앞에 꿇어앉은 심경이 된다. 심안에 석가모니의 자비로운 모습이 보인다.

인욕(忍辱)은 덕행의 시초다. 덕행을 인식하면서 인욕함은 덕이 될 수 없지만 인욕으로써 마음의 안정을 얻으면 자연 덕이 되는 것이다. 욕을 참고 고통을 참는 것만이 인욕은 아니다. 미운 사람을 사랑하려고 노력함으로써 인욕이 된다.

'부처님은 나를 또 시험해보시려 드는구나.'

나는 갑자기 육신이 찢어지는 아픔을 느낀다. 그 아픔은 고막을 통해 내 육신을 통해 영혼의 감각대를 찌른다.

옆방인 것 같다. 어쩌면 가리게 하나 사이의 저쪽인지도 모른다. 듣는 사람의 영육이 자지러지는 듯한 비명 소리가 터진 것이다. 그게 인간이 지르는 인간의 소리라니 일찍이 들어본 일이 없어서 믿어지지 않는다.

"으아악."

보지 않고 듣지 않고 말하지 않음으로써 자신을 구원하라는 것은 불교의 교리에도 있으나 실제로 사람이 살아가는 데엔 그럴 필요성을 느낄 때가 자주 있게 마련이다.

나는 눈을 감고 귀를 막고 입을 다물었다. 그리고 불경을, 화엄경을 외웠다.

남의 비명소리를 듣고 내 몸의 아픔을 느끼며, 남을 위하여 불경을 외움으로써 나를 구원하려고 했다.

사람이 가장 답답한 것은 자기가 무슨 죄를 겼는지 모르면서 죄인이 됐을 경우라는 것을 나는 새삼스럽게 깨닫는다.

전에는 경찰에도 드나들었고 검사국으로 송청됐던 체험을 가졌지만 그래도 그때는 그 원천적인 이유를 알고 있었다.

그런데 이번엔 나 자신이 국사범으로 몰리는 이유를 알 수 없으니 맹랑하기만 하다. 뭣을 어떻게 대답해야 하나. 정직하게 바른대로 대답해야 할 텐데 그래도 저들이 꼬투리가 잡히지 않는다면 나에게도 저런 비명을 지르게 하겠지. 으아 으악. 무슨 죄의 대가로 저런 고초를 겪는 것인가를 생각하기 전에 나는 옆방에서 벌어지고 있는 상황을 상상해보느라고 가슴을 오그렸다.

마침 식사 때인 것 같았다. 보리투성이의 주먹밥 한 개씩이 나뉘어지고 있었다.

나는 받아서 옆에다 놓았다.

옆에 사람들은 허겁지겁 그것을 먹어대기 시작했다. 예전의 귀족들은 아름다운 춤이나 음률을 들어가며 식사를 했다. 지금은 음악을 들어가며 식사를 하는 것이 보편화되어 있다.

그러나 저 소리는 음률일 수가 없다. 도저히 음악일 수가 없다. 듣는 사람의 오장이 오그라드는 가락이란 있을 수가 없다.

하지만 수인들은 그 인간의 고통을 호소하는 부르짖음을 들으면서 태연하게, 아니 흥겨운 듯이 창자를 채우기에 정신이 없는 것이다.

어느 틈에, 누구의 것인지는 몰라도 옆에 받아놓았던 내 모가치의 주먹밥이 감쪽같이 없어져 있는 줄을 나는 알지 못했다.

"물 좀 주시오!"

목이 메어 물을 달라고 외치는 사람도 있었다. 그렇게 해서라도 먹어야 사는 사람들.

나는 또 자지러지는 소리에 귀를 막는다. 얼결에 염불을 외운다.

이번엔 응답 소리가 옆방에서 들려오기 시작한다.

"인제 바른대로 자백할 테냐?"

"네."

"그래, 말해봐!"

"경무대에서 자동차가 나오면 말입니다."

"나오면?"

"적당한 자리에서 내가 차 앞으로 뛰어듭니다."

"뛰어들면?"

"높은 사람의 차가 스톱을 할 게 아닙니까."

"하겠지."

"그때 다른 동지가 저격을 하기로 돼 있습니다."

"그래 너는 차 앞으로 뛰어드는 역할뿐이냐?"

"그게 중요한 역할 아닙니까?"

나는 옆방에서 들리는 그 무시무시한 문답 소리를 듣자 몸이 자지러지는 느낌이었다.

무서운 암살 음모 사건이 사전에 발각됐다 싶어서 가슴이 떨렸다. 물론 공산주의자들일 것이다. 사실이 그렇다면 그들은 무거운 형벌을 받아 마땅하다. 벌써 여러 날째 취조를 받아온 범인인 것 같다. 자백하기 시작하자 거침없이 경위를 불고 있는 것을 보면 꼬임에 빠져 돈에 매수됐거나 폭력적인 위협 때문에 일을 저지르려던 무지한 녀석인지도 모르지만 어쨌든 소름이 끼친다.

나는 정신이 어찔거려서 이마를 벽에다 댔다. 딱딱한 회벽의 차가운 감촉이 전신으로 전류처럼 흘렀다.

나는 몽롱한 정신으로 착각을 하기 시작했다. 내가 그 사건의 연루자로 잡혀 온 것처럼 착각을 했다. 꼼짝없이 이젠 죽었구나 싶어 조용히 두 이름을 불렀다.

관세음보살을 먼저 불렀다. 다음에는,

"이모!"

임 상궁을 불렀다. 슬픈 일이다. 그런 극한적인 상황 아래서 간절히 부르는 이름이 있다면 어머니나 아버지여야 하지 않겠는가. 남편이나 자식을 불러야 되지 않을까. 그런데 그 누구도 아닌 관세음보살과 이모 임 상궁이었으니 세상에 나처럼 외로운 사람이 또 있을까. 50년을 살아온 인생인데.

나는 사흘 후에야 내가 이북의 간첩 혐의를 받고 있는 이유를 알았다.

시동생 철진이가 간첩 혐의를 받고 있었다. 그러한 그가 38선을 넘어 금품을 가지고 내 집엘 드나들었으니 나도 그와의 연루자로 지목이 됐던 것이다.

나는 시동생을 인간적으로 믿지만 그의 사상 문제만은 신념을 가지고 보장하지는 못한다. 어제까지는 믿었더라도 오늘 현재는 알 수가 없다. 일제시대엔 그가 독립운동가였다. 그러나 현재는 무슨 운동가인지 그 가슴속을 알지 못한다.

더군다나 그는 현재 체제가 다른 이북에 있다. 이북에 있다고 다 알짜 공산주의자로 보기는 어렵지만 그게 아닐 거라고 단정하기엔 아무리 그 개인을 믿는다 치더라도 그쪽의 상황이 지나치게 험하고 각박한 줄을 나도 알고 있는데, 당국에서 그를 간첩으로 보았다면 일단 그렇게 수긍할 도리밖에 없는 것이다.

정말 그는 형수인 나의 생활 기반을 돕기 위한 정리와 목적만으로, 또는 제 가족을 남하시킬 계획 때문에 그 어려운 38선을 몇 번이고 넘어왔을까.

그렇게 믿고는 싶지만 그렇지 않을 수도 있다는 생각이 들기도 했다. 왜냐하면 그는 전부터 얌전하고 충실한 생활인이 아니었기 때문이다.

오랜 시달림과 매일 똑같이 거듭되는 신문을 받는 동안에 나는 차츰 죄의식을 느끼기 시작했다.

아무것도 몰랐고 아무런 작위적인 언동도 한 바 없으면서 나는 간첩과 접촉을 했다는 사실을 스스로 인정하지 않을 수 없었다.

나는 그에게서 받은 금품에 손을 대지 않았다. 그 금품이 불순한 것인 줄은 전연 모르고 인간관계로나 인과관계로나 응당 받을 수 있는 것이어서 받았다.

그것이 죄가 될 수 있느냐 없느냐에 대하여는 당국이 가려주겠지만 그렇더라도 나는 내가 지금 겪고 있는 고초의 필연성을 인정하지 않을 수 없으나 그렇더라도 나의 이 지겹도록 꼬리를 잇는 불운만은 야속하고 서러워서 가슴이 떨린다.

나는 나를 꾸며가며 나를 발뺌하고 싶지는 않다. 그래 아무것도 숨기지 않으려니까 매일 똑같은 내용의 문답을 조사관과 거듭해야 했다.

언제 매듭이 지어질는지 예견할 재간이 없었다.

심한 육체적인 고통을 거듭 받았으나 나는 부처님에게 의지함으로써 능히 그것을 참아냈다.

연일 음식이라곤 들지 않았기 때문에 내 육신은 지칠 대로 지쳐서 허물어져 가는 골격과 멍든 피부만이 엉겨붙어 있었다.

당국에서도 결론을 내리기가 어려운지 시일만을 질질 끌고 있었다. 무제한 끌어갔다.

어느 날 나는 조사관에게 애원하듯 말했다.

"내게 죄가 있건 없건 죽을 수는 없을까요? 살아봐야 이 세상에 아무런 도움도 되지 않고 죽는댔자 조금도 애석할 게 없는 인생이에요. 죽을 수는 없겠습니까?"

젊은 조사관은 어이가 없는지 조서 용지를 똘똘 말면서 대답했다.

"그렇게 서두르지 않아도 죽게 될걸. 조금만 기다려."

젊은 조사관은 담배를 피워 물고는 여담과 같은 엉뚱한 말을 묻기 시작했다.

"당신, 존경하는 사람은 누구요? 성이 민(閔)가니까 민충정공인가?"

나는 민덕연(閔德姸)이라는 가명을 쓰고 있었다. 내 신원에 대한 자료가 없기 때문에 그대로 통용이 됐다.

"김구 선생을 존경해요."

"김구 씨를?"

"그저 존경할 뿐이에요."

"존경하면 존경할 만한 이유가 있어야 하지 않나?"

"평생을 독립운동하다가 보람 없이 흉탄에 쓰러진 분이라서 존경하게 됐을지도 모르겠어요."

나는 입에서 나오는 대로 지껄였으나 미상불 그런 충격적인 사건 때문에 그를 더욱 경모하게 됐는지도 모른다.

나는 눈을 감고 회상했다.

김구 씨가 흉탄에 쓰러졌다는 소식을 듣고 그날 나는 온종일 화엄경을 외웠다.

경교장에 조문객이 쇄도하고 있는 신문 사진을 보고는 저녁 무렵에 거길 찾아갔었다. 장사진을 이룬 일반 조객들 틈에 끼여 그의 잠든 듯한 시신 앞에 합장을 하며 인파의 흐름을 따르다 보니 뒷문에 나와 있었다.

높은 대좌에 시신이 안치돼 있었다. 정말 거구라고 여겨졌다. 시신은 백포로 덮여 있었다. 그러나 거무틱틱한 얼굴을 드러내고 있었다. 두터운 입술을 꽉 다문 채 잠든 듯 평화로운 그 세모꼴의 얼굴엔 곰보자국이 있었던지 없었던지 기억이 없다.

그날 나는 정말 대담했었다. 어떻게 거기에 가서 그의 주검을 목격할 생각을 했던 것인지를 알 수가 없다. 내가 상해에 가 있었다는 데서 그러지 않을 수 없는 어떤 친근감이 생겼던 게 아닌지 모르겠다.

"김구를 존경하는 여간첩이라……."

젊은 취조관은 그렇게 중얼거리며 하품을 늘어지게 했다.

"김일성인 존경하지 않나?"

나는 대답하지 않았다.

"이북으로 보내줄까?"

나는 대답하지 않았다.

젊은 조사관이 피우던 담배를 시멘트 바닥에다 버리고는 발로 쓱쓱 비비며 벌떡 일어섰다.

상관이 나타난 눈치였다.

나는 고개를 돌려버렸다.

"뭐야? 이건."

상관이 물었다.

"여간첩 민덕연입니다."

"여간첩?"

"그렇습니다."

"늙은 게 무슨 놈의 간첩질이야."

발자국 소리가 뚜걱뚜걱 내 주위를 맴돌고 있었다. 아무리 취조실이라 하더라도 부드러운 것이라고는 너무도 없이 살벌하다. 창에는 커튼도 없다. 창밖엔 풍경이 없다. 옆 건물은 콘크리트 벽이다. 넓은 방 사면 벽엔 액자 하나 걸려 있지 않다. 방 한가운데에 테이블 하나가 놓여 있고 딱딱한 나무의자가 있을 뿐이다.

테이블 위엔 꽃 한 송이 꽂혀 있지 않다. 취조 받는 사람은 콘크리트 바닥에 꿇어앉아야 한다. 부드러운 것이라고는 무엇 하나 없다. 취조관의 말소리는 언제나 호통이고 욕설이다.

때로는 웃음을 안 보이는 게 아니지만 그것은 가장이며 조소다. 그의 표정은 차라리 맞바라보지 않는 게 좋다. 무엇 하나 부드러운 것이라고는 없다.

불의에 나타난 듯싶은 상관은 심심풀이로 나의 조사 서류를 뒤적여보는 듯하더니 그 발소리가 내 뒤켠을 접근해왔다. 그러고는 그의 발길이 내 엉치를 걷어찼다. 두 번 거듭해서다. 역시 심심풀이인지도 모른다.

"일어나봐!"

나는 또 채일까봐 비실비실 일어났다.

뚜걱뚜걱 그 딱딱한 발소리가 다시 내 주위를 맴돌더니 저편에서 멈췄다.

그의 손끝이 내 턱을 치켜올렸다.

나는 눈을 감은 채로 가슴속에서 부르짖었다. 관세음보살.

그러나 그것은 침묵, 침묵이 흘렀다. 상대는 한동안 아무 말도 하지 않았다. 어디로 옮겨가지도 않았다. 무척 오랜 시간이 흐르고 있는 것 같다.

전차 소리가 아주 먼 곳에서 들려오고 있었다.

처녀 시절이든가 새댁 시절이든가, 이모 임 상궁과 전차를 타본 일이 있다. 둘이 손을 꼭 잡은 채로 종로 거리의 잡다한 풍경을 바라보며 땡땡거리는 전차와 경음을 듣고 있던 기억이 난다.

"이 사람이 여간첩이야? 자넨 나가 있게! 내가 좀 취조해볼 테니까."

상관이 부하에게 그런 명령을 하고 있었다.

구둣발 소리가 방 쪽으로 사라져 가더니 도어 여닫는 소리가 요란했다.

나는 눈을 뜨지 않고 서 있었다. 치켜졌던 턱이 툭 떨어지듯 아래로 수그러졌다. 몸이 한쪽으로 기울고 있었다. 곧 쓰러질 것만 같이 기울고 있는데, 내 힘으로는 어떻게도 바로잡아지지 않았다.

"이 여사!"

나는 어렴풋하게 나를 이 여사라고 부르는 음성을 들었다. 민덕연이가 아니고 이 여사였다.

이년이 아니고 이 여사였다. 하지만 나는 이번에도 나의 착각인 줄만 알았다. 머릿속이 핑핑 돌아가고 있었다. 속이 느글거렸다. 현기증이 심해지면서 몸을 가눌 힘이 완전히 빠져버렸다.

"이 여사가 아니십니까?"

또다시 그런 소리가 들렸을 때 나는 누군가의 팔에 의지하여 간신히 졸도를 면했다.

나는 정신을 잃지 않으려고 이를 악물며 감았던 눈을 떴다.

"미안합니다."

나는 쓰러지려던 자신이 부끄러워서 상대방에게 먼저 사과를 했다. 그리고 그제야 나를 누가 이 여사라고 불렀다는 것을 분명히 깨달았다.

"이 여사가 아니십니까?"

나는 조용히 앞에 있는 사나이를 바라봤다. 나에게 발길질을 했던 사내를 바라봤다. 내 정신이 정말 어떻게 된 게 아닌지 모르겠다.

환각에 사로잡힌 것이라고 생각할 수밖에 없다.

좀 전에도 이모 임 상궁의 옛 모습이 머릿속에 꽉 차 있었다. 김구 씨의 데드마스크가 뇌리에서 지워지지를 않았었다.

그러니 지금 눈앞에 보이는 영상인들 그게 현실의 존재라고 어떻게 단정할까. 멍청하게 그를 바라볼 뿐 실감이 나지 않는다. 만지거나 가까이하면 꺼불꺼불 멀리 사라져갈 환상이 아닌지 모르겠다. 어쩌면 팍싹 허물어져버릴 환각이겠지. 그렇더라도 저 사람은 누군가.

"누구세요?"

나는 분명치 못한 어음으로 묻는다.

"나 이정홉니다, 이 여사."

"아아."

"아니, 이 여사가 어떻게 이런 꼴루⋯⋯."

"저는 민덕연이에요."

"이름이야 아무래도 좋습니다."

나는 내 허벅지를 몰래 꼬집어본다.

"똑똑히 보십시오, 나를. 이 여사!"

"저는 민덕연이오."

"그럼 민씨라고 부릅시다. 어쩌다가 그렇게 되셨소?"

"이 선생님!"

"그럴 수가 없는데⋯⋯."

"저더러 간첩이래요."

나는 헛소리처럼 중얼거렸다.

"하여간 남의 눈이 있으니 다시 앉으십시오."

"저더러 간첩이라는군요. 정말 이 선생님이군요?"

"앉으시오."

나는 허물어지듯 콘크리트 바닥에 주저앉는다.

나에게 발길질을 했던 이정호, 그는 테이블 위에 펼쳐 있는 취조 서류를 다시 뒤적이기 시작했다.

충격을 받은 심각한 그의 표정, 하지만 생기 있는 얼굴빛, 서류를 훑어보는 그 선한 눈총, 그는 틀림없이 이정호 그 사람이다.

어느 고등학교에서 교편을 잡고 있다는 풍문을 들었었는데 그게 아니고 그는 이곳의 만만찮은 우두머리 노릇을 하고 있었던가. 우연이든 인연이든 하여간 공교로운 곳에서의 해후다.

나는 내 서류를 세밀하게 들춰보고 있는 그를 바라보자 뺨과 목줄기가 척척해진다. 눈물이 마구 흘러내리고 있었다.

'세상에, 그를 이런 곳에서……'

이정호, 그는 몰라보리만큼 얼굴에 살이 올라 있다. 몸도 나 있다. 피부엔 윤기마저 흐른다. 그는 아주 진지하게 차근차근 내게 관한 조사 서류를 검토한다.

그러나 그는 의자에 앉아 있고 나는 콘크리트 바닥에 꿇어앉아 있다. 그는 취조관이고 나는 국사범의 혐의자다. 그는 어금니를 자주 씹었고 나는 가엾게도 그의 표정의 명암을 읽으며 이 숙명적인 해후를 반길 일인지 저주해야 할 것인지 몰라 애간장을 태운다.

네모진 실내에 담긴 공간이 심한 진동을 일으킨 것은 헬리콥터가 하늘을 지나가고 있기 때문이다.

나는 병든 병아리처럼 눈꺼풀이 무겁게 내려진다.

삐이꺼덕 의자를 뒤로 밀어붙이며 이정호가 일어났다.

"일이 우습게 됐군요. 심각하구."

나는 그를 잠자코 바라본다. 함께 고아사업이라도 하자던 그의 말을 아직 잊지 못하고 있는데, 은근히 믿고 있었는데 지금 그는 취조관이고 나는 피의자다.

"내가 간첩예요? 정말."

"그렇게 보도록 돼 있군요."

"징역을 살게 되나요?"

"그렇게 되겠죠."

"선생님은 여기서 뭐예요?"

"그런 걸 묻고 싶으시오?"

누군가가 실내로 들어오는 것 같았다.

이정호는 나를 보고 호통을 쳤다.

"할 말이 없댄다고 혐의가 풀릴 줄 아는가!"

그는 나에게 눈알을 부라리며 호통을 치고 자기 부하한테 명령한다.

"오늘은 됐다. 이제 그만 가자!"

나는 그날 밤 잠을 도통 못 잔다. 무서운 가위에 눌려서 혼자 신음을 한다.

내 아들 필한이가 물에 빠져 허덕이는 꿈을 꾼다. 웅덩이인지 연못인지는 분명치 않은데 꼴깍거리는 바람에 내 눈이 뒤집힐 지경이 된다.

어려서 장님이 된 사람은 그 무렵의 정경만을 기억한단다. 50년 후에도 머릿속에 그리는 자기 부모의 모습이 새파란 젊은 부부의 영상이란다.

장님 된 이후의 모든 변화는 알 턱 없이 오직 자기가 예전에 본 그대로의 영상만을 인식 속에 간직하고 있다는 것이다.

나도 장성한 필한이의 모습을 상상하지 못한다. 필한이가 죽은 지 30년이나 되고 내 나이 50이 됐을망정 내 아들 필한이는 한 살짜리 그 어린 모습으로 오늘날까지 내 인식 속에 살아 있을 뿐이다.

남편에 대한 기억도 마찬가지다. 그가 살아 있다면 마흔일곱 살이다. 장년 신사로 머리가 희끗희끗하지 않겠는가. 배가 나오고 그래서 걸음걸이가 삐딱삐딱하는지도 모른다. 어쩌면 금테안경을 썼을지도 모른다.

그러나 내 머릿속에는 전문학교에 갓 들어간 동그란 얼굴의 청년, 그런 앳된 모습만이 남아 있다. 살아 있는 나는 이미 늙었어도 죽은 사람들은 그처럼 영원히 죽던 그때의 모습 그대로를 간직하고 있다.

그래서 아마 죽음은 영겁의 삶이라고 하는지도 모른다.

시동생 철진이나 저 이정호는 저토록 변했다. 그 밖의 내가 알 수 있는 모든 사람들은 한결같이 변해버렸다. 이광수 그도 상해 시절의 그가 아니었고 신문 사진으로 본 조봉암도 몰라보리만큼 달라져 있었다.

그러나 어려서 죽은 내 아들은 꿈에 보아도 한 살짜리 그대로의 천진난만한 모습이었다. 아무래도 사람은 죽는 게 영원히 사는 것인가보다. 사람의 존재가 인정된다는 것은 사람의 인식에 의해서가 아니겠는가. 그러니까 모든 사람들은 사람들의 기억 속에서 살고 있는 것이다. 인식 속에서 살고 있다.

꿈에 나는 어린 필한이를 구출하기 위하여 물로 뛰어들었다. 어린것을 부둥켜안고 함께 구정물 속에서 허덕이다가 뜻밖에 나타난 어떤 사람의 도움으로 간신히 익사를 모면했는데 그러자니 밤새도록 가위에 눌려 헛소리를 질렀던 게 아닌가 싶다.

이튿날 나는 그 꿈을 되새기며 생각했다.

어쩌면 내가 놓여나게 될지도 모른다. 물에 빠져 허덕이다가 구출된 꿈이 뭔가를 예언해주는 건 아닐까. 한창 허덕이고 있을 때 둔덕에 나타나 손을 내민 사람이 있었는데 그 사람이 바로 저 이정호일지도 모른다.

나는 석 달이나 그곳에 갇혀 있었고, 수효를 알 수 없을 만큼 많은 닦달질을 겪었는데도 그날 이후로는 단 한 번도 이정호의 모습을 보지 못했다.

그러나 내가 일단 놓여나게 된 것은 뒷전에서 나의 무고함을 알고 애를 써준 이정호가 있었던 까닭임을 의심할 여지가 없다.

놓여나는 날에야 비로소 이정호 그가 나를 보러 왔다.

그는 한동안 나를 바라보더니 싸늘한 언투로 나에게 말했다.

"그동안 심한 고생을 하셨지만 다 잊으셔야 합니다. 우리 국운이 비색해서 이런 일들이 일어나니까요. 혹시 수상한 자가 나타나면 지체 없이 당국에 알리셔야 합니다. 그게 민 여사의 의무입니다. 여기서의 일은 잊으십시오. 모두 다 잊으십시오."

나는 그를 멍청하니 바라봤다. 그가 말하는 '수상한 자'란 누구를 가리키는가에 대해서 쉽게 납득이 갔다. 그리고 모두 다 잊으라는 말은 자기마저도 잊으라는 뜻은 아닌지 모르겠다.

'수상한 자'란 바로 철진이를 지칭하는 것이 아니겠는가. 결국 그 다정했던 동지들도 이젠 서로 적이 돼 있구나 하고 생각하니 인생이 서글프고 세상이 미웠다.

친분이란 뭔가. 마음의 교환이다 이해를 떠난 순수한 마음의 사귐이다. 그러나 사람들의 이해 문제에 얽혀 흔히 자기 마음의 향방을 결정한다. 그래서는 안되는데 그렇게 되기 쉽다. 그래서 사람끼리의 친분이란 가변적인 거래 행위로 타락된다.

어떤 조건보다도 서로 다른 사상의 충돌로 이별을 고하게 될 때 의리나 친분은 헌신짝처럼 버려지는 것을 본다. 당연하긴 하다. 개인 사이의 의리나 친분보다는 다중의 공동 이익이 더 소중하기 때문이다. 사상이란 그것이 철학적인 것이건 정치적인 것이건 간에 순전한 개인의 향유로 끝나는 게 아니라 대(對)사회적인 본질을 가지고 있는 까닭이다.

예전엔 어쨌든 간에 이정호가 현재 자유 민주주의자임에 틀림이 없다면 그들의 과거 의리나 친분이 제아무리 자별했던 사이라 하더라도 그 서로의 신봉 사상이 근접해서 공동의 합일점을 발견하지 못하는 이상엔 그들은 당분간 서로 적이 될 수밖에 없다.

특히 한국적인 현실에 있어서는 더 무슨 이론이 제기될 수 있겠는가.

이정호는 분명히 옛 친구 김철진을 가리켜 '수상한 자'라고 서슴없이 말했다. 표현은 '수상한 자'지만 그 수상한 자에 대한 적의는 서로 죽느냐 죽이느냐에까지 직결해 있는 농도 짙은 것이다.

결국 그는 나더러 내 시동생이 나타나면 고발하라고 명령한 것이다. 시동생이니 형수니 하는 인간관계보다는 자유 민주주의와 공산주의자라는 이질적인 사상의 대결이 훨씬 대사회적으로 중요한 뜻을 가지며, 후자의 이해(利害)를 전자의 인연 관계보다 우위에 놓아야 된다고 은연중에 일깨워준 것이다.

나는 그의 명령이 당연한 것이며, 내가 그의 명령을 따르는 것 역시 당연한 것임을 의심치 않는다. 그만큼 체제의 대립은 우리에게 있어서 현실적으로 가장 심각한 것임을 내가 왜 모를까.

"약속하시겠소?"

이정호가 그윽한 눈초리로 나를 내려다보며 다시 한 번 다짐을 해왔을 때 나는 당황했다.

"뭘요?"

"수상한 자가 나타나면 즉각 고발하겠다고 약속을 하셔야 합니다."

"약속보다도 그건 당연한 일이 아니에요?"

"당연한 일인데 자칫 당연하지 않은 일로 여겨지기가 쉽습니다. 우리는 이제 그만큼 저들과는 타협의 여지가 없게 된 것을 인식해야 합니다. 일반은 잘 모르지만 당면한 실정이 그렇게 돼 있어요."

이정호는 내 앞으로 슬쩍 다가서더니 나직하게 속삭였다.

"당분간 감시를 받으실 겁니다. 내가 그렇게 지시했어요."

그 한 마디를 남기고 그는 어디론가 사라져갔다.

명륜동 집엔 서모 안악댁이 와 있었다. 그동안 집을 지켜줬던 것 같다.

알고 보니 안악댁도 조사를 받았다는 것이다. 우연히 내 집엘 들렀다가 끌려 가서 여러 날을 문초받았다면서,

"산 너머 산이라더니 세월이 또 왜 이래져요?"

하고 소녀처럼 울먹였다.

당국은 뭘 어떻게 생각했는지 모르겠다. 내 집에서 몰수해 갔던 패물이며 금붙이 등속을 그날로 되돌려 보내 왔다.

낯선 젊은 수사관이, 그것들을 내놓으며 내게 일일이 점검 영수하라 하면서,

"혐의가 풀리셨으니까 이것은 민 여사의 사재(私財)입니다. 돌려드리는 게 당연하지 않겠습니까."

그렇게 말하는 바람에 나는 당연한 일이 당연하게만 통용되지 않는 게 이 세상인 줄을 알고 있기 때문에 그를 보고 퉁명스럽게 말했다.

"그런 불순한 재물, 나한텐 필요 없으니 다 가져가세요."

"위의 명령입니다. 나 개인은 명령에 따를 뿐입니다.

"반환증엔 도장을 찍어드리겠으니 마음대로 처분해주세요."

"그렇게 할 수 없습니다."

"제발 아무한테나 갖다 나눠주세요. 이런 게 아쉬운 사람들도 많지 않겠어요? 나는 이런 게 인제 꼴도 보기 싫으니까요."

"글쎄, 처분은 민 여사 임의대로 하십시오. 나는 반환해 드릴 의무가 있을 뿐입니다."

젊은 수사관이 돌아가자 나는 서모 안악댁을 보고 말했다.

"안악댁도 돌아가요. 나는 혼자 살 팔자야. 나와 인연을 갖는 사람들은 잘되는 일이 없어. 앞으로는 무슨 일이 있더라도 내 집엔 오지 말아요."

그러나 안악댁은 나를 끌어다가 입원시킨 다음 열흘 동안이나 성의껏 시

중을 들어줬다.

내가 기운을 차리자 안악댁은 병상머리에 앉아 뜨개질을 하면서 야실야실 지껄였다.

"나 애기를 가졌어요. 애기 아빠가 누군지 궁금하시죠?"

"정말? 경사났네. 누구야? 애기 아버지는."

"미군 사령부에 다니는 사람인데 아주 착해요."

"그럼 혼인을 해야겠네?"

"처자가 있는 사람인걸요."

나는 놀라며 안악댁을 바라봤으나 그네는 태연한 기색으로 뜨개질을 하고 있다. 여름철에 뜨개질을 하는 안악댁은 퍽 행복해보이기도 해서,

"아니 또 처자 있는 사람의 애기를 낳으면 어쩌려구?"

했더니 그 대답이 어이가 없다.

"처자야 있건 없건 내게 애기를 낳게 해준 것만은 고맙죠. 나두 애기를 낳아 기른다는 사실이 소중하지 않아요. 전엔 못 낳았는데 이번엔 금방 애기가 생겼어요. 필한 엄마두 애기 하나⋯⋯."

하다가 안악댁은 내 나이를 생각한 것 같다.

"50 마루턱에서 애기를 뺐으니 내가 생각해두 신기해요. 그렇잖아요?"

"부럽군."

"부럽죠?"

나는 뜨개질하는 안악댁의 손을 끌어다가 꼭 쥐었다. 젊어서는 고작 그 상상임신이나 해서 사람을 놀래킨 안악댁이 이제 늘그막에 아기를 가졌다니 부럽기도 하고 딱한 생각도 들었다.

그 안악댁이 또 야실거린다.

"필한 엄마는 꼭 그 이정호라는 분과 어떻게 될 줄 알았는데⋯⋯ 아마

그분 죽은 게 아닐까. 살아 있으면 무슨 짓을 해서든지 찾아왔을 게 아녜요? 소식두 모르죠?"

"몰라."

"아니면 이북에 있는지. 공산당이 됐을지도 모르죠?"

"모르지."

"늦었지만 필한 엄마두 누구 의지하고 지낼 분을 하나 마련하세요. 역시 여자구 남자구 혼자 살 것은 아냐. 나두 이 나이에 순정은 아닐 텐데 남녀의 정이 갈수록 살뜰해져서 못 견디겠어요. 아무 생각 없이 그저 그런 재미로나 여생을 사는 거죠, 뭐."

"내 인생은 재미나 즐거움이라는 것관 인연이 머니까."

"만들어야죠. 가만히 있는데 자진해서 찾아와 주는 건 괴로움뿐이래요. 즐거움은 자기 자신이 만들어서 받아들이지 않으면 접근해 오지를 않아요. 그러니까 행복이란 기다리는 게 아니라 만들어 차지하는 거예요."

정말 그런 말을 지껄이고 있는 안악댁의 모습은 행복해보였다. 그네도 수사당국에 끌려 가서 여러 날을 고생했다면서 그런 어두운 일을 깨끗이 잊고 오직 마음을 즐겁게 가짐으로써 자신을 행복하다고 믿는 듯싶은 그 얼굴이 아닌 게 아니라 퍽 행복해보였다.

나는 그 안악댁한테서 심오한 진리라도 배운 것 같이 여겨졌다.

나는 늘 나를 재수 없는 여자라고 여겨온다. 그래서 늘 재수가 없었던가.

나는 내 인생처럼 기구한 것은 없다고 생각한다. 그래서 평생을 두고 기구한 운명과 싸워오는 게 아닐까.

"앞으로 무슨 좋은 일은 없을까, 하고 생각하기 전에 무슨 짓을 하든지 좋은 일을 만들겠다구 노력해야 해요."

안악댁의 입에서 그런 말이 나오고 있다. 그네는 그동안 많은 인생을 공부한 것처럼 보인다. 실사회에 뛰어들어 새로운 눈으로 인생을 터득하고 여자의 실재를 관조한 결과로 그런 말이 나오고 있음이 분명하다.

『인형의 집』을 읽도록 권했더니, 한 번 읽고 나더니 생각하는 각도가 딴판으로 달라지던 안악댁이었는데 서울로 와서 아무 거리낌 없는 혼자 생활을 10여 년이나 하고 났다면 예전의 그네가 아닐 것이 뻔하다.

별일 없이 여름이 무르익고 있던 어느 일요일 늦은 아침이었다. 정확하게는 열한 시쯤인데 바깥 거리에서 스피커 소리가 요란하게 들려왔다.

— 외출중인 모든 국군 장병들은 즉각 귀대하라!

— 외출중인 모든 장병들은 소속 부대로 즉시 돌아가라!

찦차에 고성능 스피커를 달고 거리를 누비는 게 틀림없었다.

나는 나뿐이 아니라 대부분의 시민들이 그건 군부의 일일 뿐 자기네와는 아무런 관련도 없는 것처럼 그 스피커 소리를 흘려들었다.

그런데 그게 전쟁의 시초였다니 어처구니가 없다. 특별방송은 이날 미명을 기하여 공산군이 38선 전역에 걸쳐 대대적으로 침범을 해왔다는 것을 발표했다.

자주 있던 일이라서 시민들은 또 그러다 말려니 하고 크게 걱정하지 않다가 신문 호외들이 거리에 뿌려지며 위급을 알리는 바람에 비로소 본격적인 전쟁이 아닌가 하고 당황하기 시작했다.

오정이 좀 지나니까 군대의 트럭들이 꼬리를 물고 미아리 쪽으로 질주해 가고 네 시쯤 되어 북녘에서 내리밀리는 피난민들이 명륜동 앞 큰 길을 메우며 홍수같이 흐르는 것을 보고서야 이건 정말 전쟁이 터진 것이고, 이쪽이 밀리는 게 아닌가 하는 불안으로 전전긍긍했다.

이틀 낮밤을 나는 집에 묻힌 채 떨었다. 설마 서울이야 어떨라구 어떨라구 하다가 나는 피난할 기회조차 놓치고 말았다.

6월 27일, 비가 억수같이 쏟아지고 있다. 한결 가까워진 포성이 덜미를 치는 것을 보면 의정부 일대까지 적군이 진출한 것임을 쉽게 짐작할 수 있었는데도 나는 피난을 가야 하는 것인지 안 가도 되는 것인지에 대한 지식이 전연 없었다. 전쟁 때는 누구나 피난을 가야 되는 것일까.

그런데 저녁때가 되자 누군지 내 집의 대문을 두드리는 소리가 다급했다.

"납니다."

하고 황급하게 대문 안으로 들어선 사람은 뜻밖에도 이정호 그 사람이다.

나는 반가움이 앞서고 겁이 뒤를 따랐다.

"피난을 떠나십시오!"

이정호는 무뚝뚝하게 그런 말을 터뜨린 다음 집안을 한 바퀴 둘러보더니,

"아무래도 서울이 위험할 것 같아요. 한강을 건너 남하하시는 게 좋겠습니다."

하고는 뭔가 할 말이 퍽 많은 듯한 눈초리로 나를 쏘아봤다.

"그럼 이 선생님두 피난을 가시나요?"

"그렇게 될 것 같습니다. 하여튼 서울에선 벗어나는 게 좋을 듯싶어 일러 드리려구 왔습니다. 나는 시간이 급해 이대로 갑니다. 우선 수원 근처까지에라도 가 계십시오."

이정호는 그 몇 마디를 남기고는 허둥대며 급히 발걸음을 돌리다가 얼굴의 땀을 닦아냈다.

그리고 내 손을 꼭 쥐었다.

"도와드리지 못해 미안합니다."

나는 안악댁의 소식이 궁금해서 사간동으로 찾아가 볼까 했으나 그쪽에

서 먼저 찾아올 것만 같아 기다리고 있었는데 밤이 돼도 모습을 나타내지 않았다.

비는 하늘이 열린 것처럼 밤새도록 퍼부었다. 포화인지 번개인지 분간이 가지 않았으나 그것도 밤새도록 계속됐다.

하룻밤을 더 그 공포 속에서 지새우고 나니까 침략군이 서울에 진주했다고들 수군댄다.

호다닥거리는 공포 소리가 큰 한 길을 행진하고 있었다.

그날 정오가 넘어서야 안악댁이 초췌한 모습으로 나를 찾아왔기에 아기 아빠와 함께 먼저 피난을 간 줄 알았다고 했더니 그네는 눈물이 글썽해지며,

"그 새끼가 제 처자새끼만 앞세우고 도망쳤지 뭐야."

난생 처음 들어보는 그네의 상스런 욕설이 터졌다.

"세상인심이 다 그런 거예요. 어느 때구 오직 나 하나를 믿구 살아야지 누굴 믿겠어."

나도 이정호 그 사람을 연상하면서 같은 외로움과 설움에 잠겼다.

세상이 어떻게 돌아가는 것인지 몰라서 두 여편네가 문 꼭꼭 잠근 채 두문불출을 하고 있는데 30일 밤에 누가 또 대문을 요란하게 두드려댔다.

얼굴이 익은 듯도 하고 선 듯도 한 동네 여자들 대여섯 명이 들이닥치며 하는 말이 대뜸 나더러,

"동무가 누군지 우리는 다 알구 있었어요. 미 제국주의자들 치하에서도 공산주의를 위하여 용감히 투쟁하다가 잡혀가서 진탕 고생하신 동무를 우리 마을 여성동맹의 지도자로 선출했으니 어서 앞장을 서주셔야겠어요."

하는 바람에 나는 물론, 안악댁조차도 어안이 벙벙해서 벌린 입을 다물지 못했다.

"다 들었습니다. 민동무께서 우리의 '영용스런 지도자 김xx 수령님'을 위해 투쟁하다가 간첩으로 몰려 놈들한테 심한 고초를 겪었다는 사실을 다 알고 있어요. 우리 동네에 민동무와 같은 당원이 살고 계셨다는 사실을 우리 동민들은 무한의 영광으로 알아요. 우리들 여성동맹원은 민동무를 이 마을의 지도자로 추대합니다. 그렇지요, 동무들."

"그렇소."

그렇소, 그렇소, 그렇소.

나는 언제까지나 입을 다물고 있을 수도 없어서 그들에게 애원하듯 말했다.

"나는 아무것도 모르는 무식한 예펜네예요. 뭔가 잘못 아시는군요. 나는 그런 자격자가 아니니 돌아들 가세요."

"민동무! 사양하셔도 소용없어요. 장차는 인민위원회에서 동무를 높은 자리로 모셔 가겠지만 그때까지만도 우리 여성동맹을 위해 앞장서서 투쟁해주셔야 돼요. 그렇지요? 동무들."

"그래요. 그 말이 옳소."

옳소, 옳소, 옳소.

"정말 나는 아무것도 아니라니까요."

"사양하신다고 당에서 민동무를 몰라보겠어요? 그러지 말구 지금 여성동맹 사무실로 가시도록 합시다. 우리는 우리 고장의 여성 동무들을 대표해서 민동무를 모시러 왔으니까요."

사람이 살다 보니 참 별의별 착오도 다 있다. 하룻밤 자고 나니까 이 이문용이 지도자가 되고 영웅이 됐다는 것인가. 이건 또 무슨 착오냐 말이다. 나를 또 어떻게 하려고 이런 착오가 일어나고 있는가.

간첩 혐의를 받았던 것도 하나의 착오다. 그럴듯한 착오였다. 그런데 이번엔 그것이 하나의 용감한 투쟁이었단다. 세상에 이런 착오도 있을까. 제국주의자들과 투쟁을 했단다. 세상에 그런 것이 투쟁이란 말인가. 나를 뭐 무슨 동맹인가의 우두머리로 앉히겠단다. 세상에 그런 착오도 있나. 내가 군중의 히로인이라고 된 것처럼 환호성을 올린다. 이 이문용을 그렇게 착오를 하다니 뭐가 또 어떻게 되려는 것인지 알 수가 없다. 정말 세상이 뒤집힌 것만은 틀림이 없다. 그렇더라도 지도자나 영웅이란 그렇게 엉터리로 만들어지는 게 아닐 텐데 도대체 이 무슨 잘못이 나에게 또 덮치려고 이런 광경이 벌어지는 것인지 모르겠다.

그네들은 나를 강제로 끌고 자기네 사무실이라는 곳으로 갔다. 엊그제까지 무슨 회사 간판이 붙었던 이층 건물로 끌려갔다. 벌써 간판이 받쳐져 있다.

'여성동맹 OO동 위원회'라는 간판이 층계 옆에 걸려 있다.

나는 그 이층으로 끌려 올라갔다. 텅 빈 실내에는 큼직한 책상에 회전의자 하나만이 뎅그러니 놓여 있는데 나를 거기다가 밀어 앉힌다. 나는 눈을 감아버린다. 세상에 이런 착오가 또 있나. 나 이문용이 가죽으로 싼 고급 회전의자에 앉아보다니 이런 착오도 있는가. 브라운 빛깔의 가죽 회전의자는 정말 너무 크다. 쿠션도 너무 잘 든다. 그래서 5척 단구의 나는 그 의자 속에 폭 파묻혀버린다. 뒤켠에서 보면 빈 의자로 보일 것이다.

열 번 죽었다 다시 태어나도 내가 앉을 자리는 아닌 것 같아 얼른 일어나려고 하니까 모두들 내 팔을 잡고 그 의자에다 꾸겨 박는다. 그 사품에 회전의자가 옆으로 빙글 돌아간다. 세상이 돌아가는 것 같았다.

전에 안면이 있는 듯싶기도 하고 아닌 것 같기도 한 젊은 여자가 목소리를 높였다.

"동무들! 여러 동무들."

언제 모여들었을까. 10여 명은 됨직한 부녀자들이 웅성거린다. 팔에는 완장을 둘렀는데 역시 무슨 동맹 무슨 위원회원이라고 씌어져 있다.

나는 두 손으로 얼굴을 가리고는 의자에 묻혀 있다. 차마 사람들을 바라보기가 어려워 고개를 자꾸 숙인다. 꾸어다놓은 보릿자루라더니 내 꼴이 꼭 그렇지 않을라구.

"동무들, 우리의 민덕연 동무를 소개합니다. 민동무는 일찍이 공산주의 운동을 하다가 '남조선 압제자들'한테 잡힌 몸이 되어 모진 고초를 겪으면서도 '김XX 수령님의 딸'로 용감히 저들과 싸운 보람이 있어 오늘의 영광스러운 날을 맞이한 것입니다. 이제 우리의 수도 서울이 놈들의 압제에서 해방이 된 것은 물론 영용스런 그리고 위대한 우리 수령님의 은혜지만 한편으로는 우리의 민덕연 동무처럼 과감하게 적과 싸운 당원 동무들의 힘이 뒷받침을 했기 때문이 아니겠습니까. 동무들, 우리 동맹의 위원장으로 민덕연 동무를 추천합니다. 이의 없으면 만장일치의 박수를 쳐주십시오."

박수 소리가 터졌다. 옳소, 좋습니다. 소리가 합창이라도 하듯 일제히 터졌다. 옳소, 박수. 좋소, 박수.

"그럼 민덕연 동무를 우리 여성동맹의 위원장으로 여러분이 추대 선출했습니다. 그렇죠? 이의 없지요?"

"없습니다."

"네. 네. 없어요."

네 네, 옳소 네. 세상에 이런 수가 있을까. 사람을 놀려먹는 것도 때와 정도가 있는 것이지 이처럼 맹랑하게 나를 병신을 만들면서 그저 '옳소'와 '네'만을 연발하고 있다. 웬놈의 박수는 또 저렇게 쳐대는가.

나는 나를 보고 싶어졌다. 내가 뭐며, 도대체 본체가 뭐며, 지금 어떤 모습을 하고 있을까 궁금하다.

보통 거울에 비춰보면 늘 봐 온 내 모습이 비칠 것이고, 그것은 별게 아닌 나의 겉모습뿐일 것이고, 정파리(淨玻璃)의 거울에나 비춰본다면 내 본체를 알 수가 있을까.

파리(玻璃)는 범어(梵語) 스파티카의 속어형에서 나온 유사음으로서 수정이나 유리를 말하는 것으로 알고 있다. 정(淨)은 뭔가. 한 점 티도 없이 맑다는 뜻이다. 염라대왕이 있는 지옥 염마청(閻魔廳) 현관에 그 정파리의 거울이 절려 있단다. 망자가 그 거울 앞에 가면 이승에서의 행장(行狀)이, 선악의 모든 행장이 그 거울에 낱낱이 비친다고 한다.

그런 거울이라면 나의 본체며 이승에서의 업보며를 비춰볼 수 있을 게 아닌가. X레이처럼 내 속속들이를 비춰볼 수 있을 게 아닌가.

그러면 지금 내가 왜 이곳에 끌려왔으며, 왜 이런 굉장한 회전의자에 앉아 있으며 그것은 지난날의 무슨 업으로 얻어진 보(報)이며, 앞으로 그게 어떻게 진전될 것인가를 알아낼 수 있을지도 모른다. 도대체 나 이문용의 본체가 뭐길래 지금 또 이런 꼭두각시놀음의 히로인으로 등장하게 됐느냐 말이다.

하여간 나는 뭐가 또 크게 잘못돼 가고 있음을 깨닫는다.

"민덕연 동무!"

극성을 피우던 좀 전의 그 여자가 입을 내 귀에다 대다시피 하고는 지껄였다.

"민덕연 동무! 위원장 수락 연설을 한마디 해주십시오."

"뭐라구요?"

내가 놀라거나 말거나 박수는 터진다. 짝짝짝짝. 소나기 소리처럼 요란하게 내 고막을 울려대는 박수 소리, 나는 정신이 멀어간다.

"위원장 동무! 어서 수락 연설을 하세요."

끊이지 않고 계속되는 박수 소리, 그 박수 소리도 38선을 넘어 온 것인 모양이다. 리듬이 있다.

"위원장 동무! 지금까지의 투쟁 경력을 얘기하세요. 이젠 그런 영광을 감춰 둬선 안됩니다. 어서 일어나시라니까."

회전의자가 옆으로 핑그르르 돌아갔다.

나는 그 의자 속에서 나오지 않을 수 없었다. 나는 차마 여러 사람의 얼굴을 바라보지 못한다. 그러면서 나는 뭔가 한마디 하지 않고는 못배긴다고 깨닫는다. 침을 꼴깍 삼키면서 나는 고개를 옆으로 돌린 채 입을 열었다.

"나는 아무것도 아닌 예편네예요. 나는 위원장이 뭐하는 것인지도 모르는 무식한 여자예요. 나는 여기 서 있을 수가 없습니다. 부끄럽고 죄스럽고 무지해서 이런 자리에 잠시라도 서 있을 자격이 없어요."

나는 그 이상 할 말이 없어서 몸을 돌려 세웠다.

그러자 또다시 소나기 같은 박수 소리가 터진다. 그 박수 소리, 나는 귀를 막고 싶다.

옆에서 극성을 부리던 그 젊은 여자가 또 내게로 다가서면서 큰소리로 떠들기 시작한다.

"그만하면 수락 연설로는 훌륭하게 됐어요. 저 박수 소리를 들어보세요. 위원장 동무의 그 겸손한 연설에 큰 감명을 받은 증거지요. 세상이 바뀌니까 어중이떠중이 꼴뚜기 망둥이가 모두 잘났다고 제각기 날뛰는 판국인데 민동무의 그런 겸손이 뚝뚝 듣는 수락연설을 듣고 누가 감격하지 않겠어요. 아, 하다못해 양갈보 뚜쟁이 노릇하다가 경찰서 신세를 졌어두, 시아버지 땅문서 훔치구 감옥에 갔다 온 여자두 그런 데만 다녀왔으면 무슨 훈장이라두 받을 투쟁이나 한 것처럼 으스대는 판인데 민동무처럼 그런 진짜

투쟁경력을 가지고두 '수령님의 위대하심'을 생각해서 그처럼 겸손을 하시니 우리 위원회는 정말 영광스런 위원장 동무를 맞이한 게 아니구 뭡니까? 동무들 그렇지 않습니까? 내 말이 옳지요?"

"옳습니다."

"옳구 말구요."

짝짝짝, 또 터지는 저 지겨운 박수 소리. 서울에 언제부터 그런 공산당 풍속에 익숙한 여자들이 있었던지 모를 일이다. 불과 2, 3일 사이에 그런 격식을 척척 해내는 여자들의 재간, 밥술이라도 먹던 얼굴은 별로 없는 듯싶고, 무식하고 극성스런 여자들의 그 재빠른 적응력엔 놀라지 않을 수가 없다.

새파랗게 젊은 말상을 한 여자 하나가 내게로 다가와서 손을 불쑥 내밀었다.

"위원장 동무, 그럼 앞으로 우리 '위대한 수령님'을 위하여 수고 많이 해야 되갔수다. 부탁하오. 앞으로의 과업을 연구해놓으시오."

나는 그제야 그동안의 사정을 짐작할 수가 있다. 지금 그 여자야말로 진짜임에 틀림없다. 그 여자가 미리 그런 격식과 순서를 동네 여편네들한테 가르쳐줬음이 분명하다. 그리고 저 맹원(盟員)이란 여자들도 강제로 끌려온 게 틀림이 없다. 그들은 하라는 대로 하고 있을 뿐일 것이다.

그날 밤 나는 안악댁과 의논했다.

"여기 있다간 뭐가 어떻게 될지 모르겠어. 어디로 도망을 칩시다."

안악댁은 다소의 미련이 없잖아 있는 것 같았다.

"좀 기다려보는 게 좋지 않겠어요?"

"뭘 기다려요?"

"철진 씨가 나타날지도 모르잖아요?"

나는 대답하지 않는다. 그것은 내가 먼저 생각해본 문제다. 시동생 철진이 나타나면 나야 어떻게든지 안정이 될 것이지만 그럼 그도 나도 공산당원이 돼야 하지 않는가. 그는 이미 공산당일지도 모르지만 나야 태생이 왕족인데 왕족 공산당원이 있단 말은 들어보지도 못했다. 그리고 아무것도 모르지만 생리적으로 공산주의라는 것에 대하여는 심한 반발을 가지고 있다. 이유는 모른다. 그저 생리적으로 싫고 무섭다.

그런데 철진이 나타나기를 기다려 그의 비호 아래서 살아간다면 정말 나는 지난날에 붉은 여간첩이었다는 것으로 낙착되고 만다. 그것은 더욱 싫고 무섭다.

"안악댁! 난 괜히 저것들의 하는 짓이 싫고 무서워. 벌써 하는 꼴들을 보아하니 숨이 막혀요. 안악댁은 그게 좋수?"

"나두 무서워요. 여기저기서 인민재판을 한답시고 사람을 개 잡듯 죽이구 있대요."

"그렇죠? 나하구 떠납시다."

"한강다리가 끊겼다잖아요? 아무도 강을 못 건넌다는데."

"그렇다구 이 세상에 길이 오직 하나란 법은 없지 뭐. 길은 가면 길이래요. 갑시다."

"필한 엄마가 가신다면 나두 따라 나서겠어요."

이튿날 새벽 일찍 우리는 집을 빠져 나왔다. 패물류를 몸속에 감추고 서울을 빠져나갈 작정인데, 빈 몸으로는 수상하게 보일 것 같아 방법을 연구한 끝에 방물장수를 가장할 것에 합의를 보았다.

빨랫비누 스무 개씩을 구해서 두 여편네가 머리에 였다. 그리고 왕십리 쪽으로 방향을 잡았다.

그러나 나는 머리에 짐을 여본 일이 없다. 목이 눌려서 걸음을 걸을 수가 없었다. 가슴에 안고 걸었다. 몇 번 조사를 받았지만 식량을 구하러 시골 친척집엘 나간다는 핑계가 그런대로 통해서 광나루로 빠져 배 한 척을 잡았다. 물론 밤중이다.

비가 많이 와서 한강물은 검붉은 탁류였다. 범람하고 있었다. 30명쯤의 남녀가 조그마한 목선을 탔는데 모두가 제 나름대로 가장은 했으나 서울을 빠져 나가는 피난꾼들임에 틀림없었다.

누구 하나 공포에 떨지 않은 사람이 없고 누구 하나 입을 열려고 하지 않았다.

물살이 세어서 배가 몹시 기우뚱거렸다. 강심(江心)에 가까워졌을 때에야 비로소 한숨들을 쉬고 사공과 대화를 나누는 사람들이 생겼다.

"정부는 어디 있답니까?"

"수원에 있다지요, 아마. 곧 대전으로 갈 모양이랍니다."

"그럼 수원까지 가도 소용이 없겠네."

사람들은 희망 속에서 또 다른 절망을 느끼고는 뱃전을 두드려대는 시커먼 강물을 내려다봤다.

옆에 한 아낙네가 세 아이한테 시달림을 받고 있었다. 두 갓난쟁이가 한쪽 젖 하나씩을 물고 늘어져 있었다. 쌍둥이로 보였다. 왼쪽에 안은 아이는 어둠 속에서도 눈만 걸려 있는 게 보였다. 그리고 몹시 보챘다.

"성치가 않나봐요? 애기가."

내가 말을 걸어본다.

"쌍둥이인데 이건 땅에 떨어지자마자 줄곧 병치레예요."

"가엾게두. 무슨 병이길래요?"

"원체가 시원찮은데 봄에 홍역을 앓더니 이 꼴이지 뭐예요."

아이는 극성스럽게 칭얼댔다.

"아일 달래시오. 저놈들이 눈칠 채면 따발총을 쏘아댑니다. 잘못하다간 모두가 물귀신이 되구 만단 말예요."

사공이 호통을 쳤다. 그는 얼마나 사공 노릇을 했는지 노 소리도 내지 않고 도도한 격류를 헤치며 교묘히 배를 몰았다.

보채는 아이가 그런 사정을 알 턱이 없다. 까르르 까륵 울어붙였다.

"아일 못 달래겠소! 웬 애새끼가 지겹게두 울어쌌는군."

승객 중에서 어떤 여자가 소리쳤다.

나는 울어붙이는 아이의 손을 흔들어줬다.

그때 방금 떠나온 서울 쪽 강안에서 서치라이트가 강물 위를 더듬기 시작했다.

"저놈들이 눈치를 챘나보군."

"저 애새끼 때문이야!"

어떤 아낙네가 욕설을 떼붙였다.

서치라이트의 빛이 물위를 훑으며 뱃전을 스치며 지나갔다.

사공이 당황한 모양이다. 노 소리가 몹시 삐거덕거렸다. 배가 자꾸 기우뚱거렸다. 사람들이 중심을 못 잡고 쩔쩔맸다. 강바람이 세게 몰아붙였다.

보채는 아이는 좀 더 까르르 까륵 울어붙였다.

"그 애새끼 강물에다 던져버리쇼!"

누군지 화가 나서 그렇게 소리쳤다.

서치라이트가 다시 접근해 오고 있었다.

배는 어둠 속에서 다급하게 방향을 바꾸었다. 그 바람에 배는 심하게 기우뚱거리고 보채는 아이의 울음소리는 좀 더 높게 밤하늘에 메아리쳤다.

"이 웬수!"

발작적으로 터진 애 엄마의 짜증 소리가 강바람에 흩날리는가 했는데 순간적으로 벌떡 일어선 그네의 몸이 왼켠으로 기울었다. 철벙 소리가 사람들을 놀래켰다.

눈이 휘둥그레진 남녀노소 선객들이 험하게 흐르는 시커먼 강물을 쏘아보았다.

"아니, 저 여자 미쳤나."

"여보시오! 자식을 생으로 물에 던지는 어머니가 어디 있소?"

"눈이 뒤집혔나보군."

"뱃머리를 돌려요. 아이가 물에 빠졌으니."

한바탕 소란이 일다가 그대로 잦아들었을 뿐 배는 계속 전방으로 진행하고, 도도히 흐르는 물결은 한결같이 거세고, 어둠은 짙고, 사람들은 그 처절하고 엄숙하기까지 한 극한적인 분위기 속에서 묵묵히 제 권속을 지키느라고 몸을 도사렸다.

"아흐!"

나는 소용돌이치는 격류를 들여다보다가 옆에 앉은 안악댁의 팔을 잡으며 입술을 떨었다. 이 무서운 범죄, 자식을 물에 던지고 저 혼자 살기를 원하는 저 여심도 과연 모정일까 해서 심한 분노를 느꼈다.

"아니, 제 자식을 물에 던지다니."

절대로 정상적인 모정이 아닐 것이다. 아무리 쌍둥이라 하더라도, 병약해서 살기 어려운 자식이라 하더라도 강물에다 던져버리다니 그런 모정이란 있을 수가 없다.

"어차피 살지 못할 자식인걸요. 성한 놈이나 살려야죠."

애엄마는 독백처럼 혼자 뇌까리고 있다. 그 목소리엔 울음도 섞이지 않았고 회한도 깃들지 않았다.

"아마 정신이 어떻게 된 여잔가봐요."

안악댁이 내 귀에다 대고 속삭였다.

"아아."

나는 그 소리를 듣고서야 나 자신이 구제된 것처럼 몸을 제대로 가누며 일어나 앉았다.

"그래, 머리가 돈 여잘 거야."

그렇다면 모르지만 그렇지 않고 정상적인 여자의 행동이었다면 나는 내 자신이 미칠 것만 같았다.

"돈 여자임에 틀림없어요. 보세요, 저렇게 태연한걸요."

안악댁의 그 말을 듣고서야 나는 그 여자의 팔을 다시 잡을 수가 있었다.

"어쩌자구 그런 짓을 했어요? 어쩌자구."

애 엄마는 남은 아이를 추스리며 대답했다.

"두 새끼 다 죽이느니 한 새끼라두 살려야잖겠어요?"

"그렇더라두……."

"남이 보면 내가 죽일 년이겠지만 나두 자식 소중한 줄은 알아요."

"그런데 차마 어떻게 그런 짓을."

나는 내 아들 필한이를 생각했다. 비슷한 또래의 아기다. 또 착란을 일으킨다. 지금 탁류 속에 떠내려가고 있는 어린 생명이 내 아들 필한이로 착각한다. 얼마나 숨이 답답할까. 얼마나 허우적거릴까. 용(龍)이 있을까. 용궁이 있을까. 괜한 소리겠지. 신이 있을까. 있겠지. 저 어린 생명을 구원해줄까. 괜한 바램이겠지. 하긴 죽는 게 영원히 사는 것, 사람들 인식 속에서 영겁을 사는 것, 저 이름 모를 어린것도 제 어미 가슴속에서 영원히 살 게야. 내 아들 필한이처럼.

"가슴에 박힌 못을 어떻게 참구 견디려우? 쇠털같이 허구헌 날."

나는 애 엄마의 손을 끌어당긴다.

아무런 대답도 얻지 못한다.

삐거덕거리는 노 소리가 새삼스럽게 신경을 자극한다. 서치라이트는 꺼졌다. 총소리는 나지 않는다. 주검처럼 흐르는 강물과 어둠과 침묵만이 30여 명 가슴에 납덩어리를 얹어준 듯 그저 조용하기만 했다.

"그 애기가 우리 모두를 살렸어요."

나는 여러 사람들에게 들으라는 듯이 큰 소리로 말했다.

늙수그레한 음성이 호응해왔다.

"그럴지도 모르지요."

그제야 애 엄마가 킥! 하고 울음을 터뜨렸다. 남은 젖먹이가 극성스럽게 그네의 젖무덤으로 파고들며 갓난 아기돼지처럼 낑낑거렸다.

"죽임도 사랑일 수가 있는 게지요. 모정이란 원체 깊고 큰 거니까. 남은 애기한테 더 정성을 쏟으려구 그런 게 아니겠소?"

내가 말했다. 무슨 변명을 지껄여주더라도 가슴 아픈 일이다. 비정상적인 전쟁이 빚어내기 시작한 가치관의 전도라 치더라도 한 어린 생명은 지금 강물에 떠내려가고 있다. 그리고 많은 어버이들은 그것을 되도록 외면하려고 애를 쓴다.

나는 그 애 엄마한테 물었다.

"어디루 가시우?"

"정처 없지요."

"그럼 우리하구 갑시다."

"어디루 가시는데요?"

"우리두 정처 없이 떠난 길이지만 동행하지 않겠수?"

그 밤을 도와 우리 일행은 어둠 속을 뚫고 수원 쪽으로 걸었다. 많은 사람들이 임시 수도가 됐다는 수원을 목표로 강행군을 하는 바람에 동서남북 방향도 모르면서 그들의 뒤를 따르기에만 급급하다 보니, 산마루를 넘고 밭 들길을 헤치며 어둠을 뚫다 보니, 물소리가 좔좔 나는 어떤 내 앞에 이르러 있었다. 정말 모두 억척스러웠다. 어둠 속이라 그 개천의 깊이가 얼마나 되는지도 모르면서 사람들은 거침없이 물로 뛰어들기 시작하는데 남자들한테도 넓적다리 위까지 차는 탁류 속을 이제는 마음 놓고 떠들어대며 너나없이 덤벙거리는 것이다.

애엄마는 머리에 보따리를 이고 등에 큰녀석을 업고 가슴에 남은 애기를 안고, 그러고는 개천으로 덤벼들었다.

안악댁은 머리에 비누상자를 였으나 나는 임질을 할 줄 몰라서 가슴에다 안고 물로 들어섰다. 치마를 걷어올렸으나 이내 놓쳤다. 물살이 어지간히 세어서 발을 옮길 수 없었다.

안악댁은 쩔쩔매는 내 손을 잡고 앞으로 한 발 전진했다. 조심조심 발을 옮겨 놓는데 한쪽 발이 밑으로 한없이 들어가면서 아무것도 밟히지를 않았다.

나는 아름에 안은 비누상자를 물에 빠뜨리며 앞으로 곤두박혔다. 그 사품에 안악댁도 머리에 인 비누상자를 떨어뜨리고 물속에서 허우적거렸다.

한동안 두 여편네가 물속에서 허우적거리다가 간신히 일어서 보니 물은 고작 무릎 아래에 차는 얕은 곳이었는데 내가 그처럼 멍충이짓을 했었다.

"비누상자를 건져야지."

내가 물속을 들여다본다.

"비누장수질도 할 팔자가 아냐. 그대루 갑시다."

다시 두 여편네가 손을 맞잡고 물살을 헤친다. 치맛자락이 종아리에 휘감겨서 걸을 수가 없다.

좔좔거리는 물살이 나를 조롱하는 것만 같았다.

두 번이나 더 물속에서 넘어졌는데 그때마다 하늘엔 유성이 흐르고 있었다. 어쩌면 포화인지도 모른다. 그리고 또 어쩌면 내 착각일지도 모른다.

— 위원장 동무! 지금까지의 투쟁경력을 얘기하세요. 이젠 그런 영광을 감춰 둬선 안됩니다.

나는 어이없게도 그 어떤 여자가 나를 다그치던 그 말을 그 순간 생각해 냈다. 그 지겹게 쏟아지던 짝짝짝 박수 소리가 귓전에 선하다. 그리고 그게 쫄쫄거리는 물소리로 변하자 나는 허겁지겁 개천을 건넌다.

이렇게 해서 나의 비누장수 행각은 어이없게 끝장이 난다. 나는 그처럼 성품이 야무지지가 못했는데 그 후의 내 행적을 보면 스스로도 놀라우리만큼 억척스러운 일면을 보인다.

제21장

　주어진 생명, 산다는 것은 집념이며 투쟁이며 끊임없는 몸부림이다. 그것은 그래서 마땅하다.

　추한 본능 같기도 하지만 그것은 도덕적인 욕구의 발현이고 신과 태양과 영혼의 공동적인 작업이 낳아 놓은 생명의 본성인지도 모른다. 산다는 것은 죽음을 향한 행각이다.

　죽음 그것은 삶에의 시발이 아니겠는가. 전쟁 그것은 생명의 대량 살육을 뜻하는 것이지만 그러나 살기 위한 투쟁이라는 점에 그 본질적인 뜻이 있는 줄로 알고 있다.

　나 이문용은 전쟁이 터진 것을 계기로 삶에 대한 집념이 더해졌다. 많은 주검을 보면서, 자신의 죽음을 늘 목전에 예견하면서 나는 전에다 비길 수 없는 생명에의 애착으로 나날을 살아가게 된다.

　거북이가 토끼를 쫓아가는 형국이었다.

우리가 수원에 도착했을 때 정부기관들은 벌써 대전을 향해 떠난 뒤였다.

우리가 대전에 이르렀을 때엔 정부는 이미 대구로 옮겨가 있었다.

우리가 대구에 당도해보니 그들은 부산에 있다는 것이었다.

우리가 부산엘 가면 그때 저네들은 또 그곳을 버리고 어디에 가 있을까.

뒤쫓는 침략자들은 언제나 우리의 발뒤꿈치를 바싹 따라붙고 있었다.

우리의 뒤켠에는 공포의 소나기가 쏟아지고 앞엔 절망의 벽이 가로막는다.

사람들이 씹는 것은 실의와 자기(自棄)였고, 입은 욕설을, 눈은 미움을 위해 있었다. 귀에 들리는 것은 뭐였나. 코에는 무엇이 맡아졌나. 절망의 악다구니와 그리고 양심과 육신의 썩는 냄새뿐이었다.

사람들의 이목구비는 그처럼 그 기능이 변질돼 가고 있으면서, 그러나 적과 싸우는 일에만은 완강했으며 이권과 권력에 대한 애착은 더욱 더 강렬해져 가고 있었다.

점촌은 경상북도겠지, 문경 땅으로 알고 있다.

우리는 틀림없이 대전에서 대구를 목표로 피난 행각을 계속하던 중이었는데 왜 엉뚱한 점촌 부근에 가 있었던 것인지를 알 수가 없다. 피난길이란 본시가 그처럼 방향 감각을 잃게 마련이라면 그게 이유일 것이다.

"저어기 보이는 고장이 점촌이래요."

안악댁이 산모롱이 서낭당 마루〔嶺〕에다 지친 다리를 팽개치며 누구에게 들었는지 점촌이라는 촌읍의 이름을 말했을 때 나는 석양 하늘에 비낀 찬란한 햇살을 바라보며 풀숲에다 오래도록 참았던 소피를 보고 있었다.

"점촌읍엔 국군이 몰려 있대나봐요."

어디서 들었는진 몰라도 아기엄마가 석양 햇살에 신선한 젖통을 드러내놓고 갓난쟁이한테 젖을 물린 채 그런 말을 지껄였다.

지금 이 지점으로 몰린 피난꾼들은 남녀노소 30여 명쯤 되는 수효다. 유난히 걸음이 굼뜨고 수단마저 없는 패거리들이 모인 대열이었다. 왜냐하면 공산군이 뒤쪽 30리 밖에까지 뒤쫓아오고 있다는 소문이니까 가장 굼뜬 패거리들임엔 틀림이 없다.

지금 내가 '우리'라고 말하는 사람들은 안악댁과 나와 그리고 한강을 건널 때 병든 아기를 물에 던졌던 그 '아기엄마'다. 그리고 그 아기엄마의 다른 갓난쟁이와 네 살 난 사내아이가 우리들의 일원이다.

아기엄마가 지친 듯이 중얼거렸다.

"점촌읍에 군인들이 있대면 그리로 갈 수도 없겠네요."

"언젠 어디로 꼭 가야 된다는 목표가 있었나. 그저 남쪽을 향해 가면 되는 게지."

내가 말했다.

안악댁이 말했다.

"대구는 아직두 멀었대는데 그리루 가면 뭐하겠어요? 곧장 부산까지 가는 게 낫지."

우리는 제각기 답답한 한두 마디씩을 지껄여보다가 하늘을 쳐다봤다.

미군 비행기 두 대가 우리의 머리 위를 지나 북쪽으로 날아가는데 손을 뻗으면 손가락이 떨어져 나갈 듯싶도록 아주 저공비행이었다.

"공산군을 찾나보죠? 정찰기인가본데."

"벌써 이 근처까지야 왔을라구."

아기엄마와 안악댁이 그런 한 마디씩을 주고받았다.

"뭔지 있길래 저렇게 낮게 떠가겠지. 이 근방에서도 한바탕 붙을라나?"

내가 그런 말을 지껄였을 때였다.

점촌읍 쪽 팡파짐한 구릉에서 불이 번쩍하더니 포성이 터졌다. 여러 곳에서 일제히 터지는 게 보이더니, 포탄들이 머리 위로 지나가더니 곧 멀리서 작렬하는 파괴음이 들렸다. 전방의 국군이 접근해 오는 북쪽 공산군에게 포격을 가하기 시작한 것이다.

"우린 독 틈에 끼었나봐."

창백한 얼굴로 벌떡 일어난 안악댁이 보따리를 머리에 이며 외쳤을 때 벌써 다른 피난꾼들은 남쪽을 향해 앞을 다투어 뛰기 시작했다.

"애기엄마, 어서 서둘러요!"

창자도 제대로 채워 오지를 못했건만 아기엄마의 젖통은 탐스럽게 불었고 희멀겋기만 했다. 동작이 느렸다. 느릿느릿 적삼 앞섶을 가리며 아기를 등에 엎느라고 꾸물대는 게 퍽이나 답답해서 나는 종수(鍾洙)라던가 그 여자의 큰녀석을 들쳐업고 먼저 달음질을 치기 시작했다.

그러나 종수 녀석은 두 손으로 내 등을 뻗대면서 발버둥을 쳤다. 제 엄마를 부르며 내려달라고 야단인 것이다. 하지만 나는 못 들은 체하고는 숨을 헐떡이며 뛰고 있었다. 뛰어도 걸어도 상황은 마찬가지일 텐데 걷는 것보다는 뛰는 편이 불안을 덜어주는 것이다.

불과 20여 미터쯤이나 뛰었을까 싶은데 바로 뒤쪽에서 포탄 터지는 소리가 고막을 찢었다. 공산군이 쏜 박격포탄이 방금 우리가 자리를 뜬 그 서낭당 근처에 떨어진 모양이다. 계속해서 두 발인가 세 발인가가 작렬하더니 이번엔 우리가 가려는 훨씬 앞쪽에 또 낙하하여 불을 뿜었다.

그렇게 되니까 앞을 다투던 피난꾼들은 향방을 잡지 못하고 갈팡질팡 흐트러졌다.

나는 안악댁을 부르며 땅바닥에 풀썩 주저앉고 말았다. 그 사품에 등에 업었던 남의 아이 종수란 녀석이 뒤로 벌렁 나자빠지며 어리둥절 눈알을 굴렀다.

"안악댁! 안악댁! 애기엄마가 변을 당했나봐."

나는 땅바닥에 터벌썩 주저앉은 채 코를 찌르는 화약 냄새를 맡으면서 그렇게 외치고 있었다.

앞섰던 안악댁이 내게로 돌아와서 역시 두 다리를 내던지며 죽어도 같이 죽자는 시늉이다. 서로 부둥켜안은 채로 한동안 눈을 감고 있었다. 피난길을 떠난 이후 별별 고초를 다 겪어가며 겨우 충청도 땅을 벗어난 우리였지만 피아간의 포탄이 마구 터지는 중간 지대에 들어보기란 처음이어서 혼이 날아간 것이다.

종수란 녀석이 제 엄마를 부르며 오던 길을 되돌아가고 있었다. 아직 네 살짜리 걸음걸이가 배착거렸지만 그래도 아이놈이라서 우리의 동작보다는 훨씬 빠른 것 같았다.

"저 녀석을 잡아 와야 해, 저 녀석을."

"종수야! 그리 감 안돼."

비행기 소리, 박격포탄 터지는 소리, 포 쏘는 소리, 사람들의 외침 소리, 소리 소리로 온 공간이 꽉 찼는데도, 그렇기 때문에 나는 오히려 적막하기 물속만 같은 순간 속에서 지금 내가 할 수 있는 가능한 행동이 뭣인가를 궁리했다.

"애기엄마가 안 보인다니까. 애기엄마! 애기엄마!"

허공에 메아리치는 나의 외침일 것 같았으나 실제로는 내 입에서 그런 큰 음성이 나가지 않았다.

그래도 안악댁은 나보단 야무지고 담이 컸다. 좀 전에 우리가 앉아 쉬던 서낭당 쪽으로 엉금엉금 기어간 안악댁이 별안간 절망적인 기성을 터뜨리는 바람에 나도 정신없이 그리로 기어갔다.

우리는 그곳에서 기막힌 정경을 목격하고는 몸을 도사려야 했던 것이다.

아기엄마는 풀숲에 반듯이 누워 있었다. 얼굴에는 피 한 방울 묻지 않았다. 그러나 좀 전에 본 그 희멀건 가슴에선 선지피가 울컥울컥 솟구치고 있었다. 뒤에서 터진 박격포의 파편이 그 젊고 싱싱하던 가슴에다 구멍을 뚫어놓은 것이다. 그뿐이 아니다.

배가 터져 창자가 꿰어져 나왔다. 피와 범벅이 된 채 그 창자가 꿈틀꿈틀 움직이고 있었다.

그만하면 전쟁의 비정이 충분하게 노정됐는데도, 그러나 좀 더 잔인한 참상을 또 보여주고 있었다.

삶과 죽음을 너무도 리얼하게 대비시켜 주고 있었다. 인간들의 잔혹성과 삶의 허무와 그리고 생명의 집요함을 너무도 리얼하게 제시해주고 있다.

고대 아기엄마가 아기를 등에다 업는 것을 보았는데 어떻게 된 일인지 알 수가 없다.

아기는 자의로 움직이고 있었다. 엄마의 배로 극성스럽게 기어오르고 있다.

파편을 맞고 쓰러지는 순간 아기는 엄마의 등에 깔렸으련만 어떻게 빠져 나왔는지 지금은 엄마의 배 위로 한사코 기어오르려는 중이었다.

울지도 않고 물론 웃지도 않고 그저 열심히 엄마의 배 위로 기어오르는 어린것의 허우적거리는 왼쪽 손이 종교보다는 훨씬 진지하게, 남사당보다는 월등 극성스럽게 허공에 대고 주먹질이라도 하듯 휘젓고 있어서 정말 목불인견이다.

그렇게 휘젓던 어린것의 왼손은 엄마의 창자를 쥐고 붙들고, 그 위켠에 위치한 늘 만지던 유방을 향해 더듬어 올라가다가 깊고 질척이는 수렁에 빠지고 말았다.

수렁 속은 엄마의 뱃속이었다. 창자가 쏟아져 나온 허공처럼 텅 빈 뱃속이었다. 아기의 손은 그러한 수렁에 빠진 채 허우적거리고 있었다. 질척거리는 것은 물이 아니라 피고, 어린 손에 잡힌 것은 탱탱하게 팽창한 볼륨 있는 엄마의 유방이 아니라 미끈거리는 내장이었다.

아기가 엄마의 유방을 찾는 것은 일종의 본능이다. 입으로 찾는 것도 손으로 더듬어 조물락거리려는 것도 본능에 속한다.

본능적인 행동이란 쉽게 좌절되는 게 아니다. 아기의 손은 쉴 새 없이 더듬어대고 있었다. 손이 이따금씩 움칠움칠하는 것은 엄마의 텅 빈 뱃속이 아직은 뜨거운 까닭이 아니겠는가.

그렇더라도 본시 손이란 뭣인가를 조물락거리려는 속성이 있다. 손에 잡힌 것이 비록 엄마의 유방은 아니라 하더라도 조물락거리기엔 불편할 게 없는 모양이다.

"으악, 아악."

안악댁이 등을 돌린 채 구역질을 하기 시작했다.

임신을 했다더니 그 생리적인 현상인지도 모르긴 하지만 아마도 그렇지가 않을 것이다.

돌아서서 한 손으로 소나무 밑동을 짚고는 연신 구역질을 하고 있는 그네의 이마에는 파아란 힘줄이 볼룽 돋아나 있다.

고향을 찾아가 방황하고 있다는 생각이 들었다. 아기가 말이다. 아기는 물론이고 모든 사람의 고향은 어머니의 뱃속인 것이다. 아기는 저도 모르게 엄마의 뱃속인 고향을 방황하고 있는 것이다.

아기는 기어코 엄마의 한쪽 젖꼭지를 입에 물고는 세차게 빨아대기 시작했다.

젖이 나올 것인가, 안 나올지도 모른다. 어떤 경우거나 빨기만 하면 젖이

나올까. 젖이 나오는 것도 일종의 생리 기능이고 생명의 조화일 것인데 이미 목숨이 끊어진 엄마의 젖을 아무리 힘 있게 빨아댄들 젖이 나올까. 젖줄은 이미 끊어졌을 것이다. 젖줄이 끊어지면 모든 생명이 죽음을 기다려야 한다. 거기엔 절망이 있을 뿐이다.

젖꼭지를 빠는데도 입에 고이는 젖이 없으니 아이는 조바심을 할밖에 없다. 엄마의 배 위로 기어오르며, 발장구를 치며 빨아대기만 하면 배가 불러지던 엄마의 젖줄을 좀 더 믿어보려고 애를 쓰는 것이다.

집요하다. 붉은 피로 뒤범벅이 된 한쪽 손이 엄마의 다른 유방을 찾아 새로운 방황을 시작하는 이 아기의 집념은 정말 집요하다.

아기의 손이 더듬어 올라가며 남기는 붉은 흔적, 그것이 어미 자식 사이의 혈연을 상징하는 것이라면 인류는 차라리 멸망해버리는 게 나을 것이다.

피라는 것은 신성하기도 하고 흉하기도 했다. 어느 쳔이건 붉은 빛깔의 조화이겠으나 그것은 다분히 관념적인 인식이 아닌지 모르겠다. 피의 본질은 신성한 것인데도 그 볼품만은 흉한 것이다. 본질이란 다분히 관념적인 것이고 볼품이란 현상적인 것이기 때문에 그럴 것이다. 어머니의 피처럼 자식에게 있어서 신성한 것은 없다. 하지만 어머니의 피라도 그 육신을 떠나 다른 물체에 묻어 있는 그 볼품만은 아름답지가 않고 소름이 끼칠 만큼 흉하다.

정말 어린 생명의 욕구는 밉도록 집요했다.

피투성이의 자그마한 손으로 엄마의 가슴을 더듬다가 끝내는 그 새하얀 유방을 찾아내고야 말았다. 엄마의 유방은 단박 붉은 언덕으로 변해버렸다.

거기 석양 햇살이 금가루를 뿌리듯 반짝이며 부서져 내리고 있다. 그리고 바람에 흔들리는 소나무 가지의 그림자가 그 위에 한가로이 일렁이고 있었다.

아기는 점점 더 극성을 부리고 있었다. 한쪽 젖을 아무리 빨아대도 입에 괴는 것이 없으니까 이번엔 빨아댈 대상을 바꾸는 것이었다.

선혈로 얼룩진 왼켠 유방을 찾아가 빨기 시작했다.

죽은 자의 무관심과 산 자의 끝없는 투쟁이며 집념이었다. 산 생명의 그 악이며, 그리고 모든 것을 초월한 죽음의 참모습임에 틀림이 없다.

그것은 내가 전장에서 목격할 수 있었던 가장 엄숙했던 생과 사의 진면목이었다.

신이 차지 않았던지 아기는 칭얼대기 시작했다. 산 생명의 욕망은 그렇게 해서 불만으로 발전해갔다.

전쟁은 나에게 그런 구체적인 사상(事象)을 보임으로써 죽음과 삶에 대한 종교적인 신앙을 내 가슴속에 심어 주었다. 그리고 아기를 물에 던진 어미의 말로(末路)를 그런 식으로 귀결지어준 것이다.

나는 그것을 신의 오해라고 생각한다. 아기엄마는 그런 보상을 받아야 할 이유가 미약하다고 생각한다.

병든 아기를 물에 던진 것은 어린것에게 괴로움을 덜어주자는 모성애라고 보는 게 옳다고 생각한다. 다른 자식들이 너무도 소중하기 때문에 병들어 시들고 있는 아기를 물에 던진 것이다.

그것이 비록 극한적인 상황 아래에서 순간적으로 저질러진 행동이라 하더라도 그 아기엄마의 판단엔 자식에 대한 미움보다는 사랑이 맥박치고 있는 것이다. 그런데 신은 그 아기엄마를 왜 오해했을까. 차라리 나를 죽여도 되는데, 딸린 것이 없는 이 늙은 것을 죽여도 될 텐데 왜 그 아기엄마를 그처럼 참혹하게 죽였을까. 사람끼리의 오해거나 신의 오해거나 오해란 그처럼 수습하기 어려운 일을 저질러놓게 마련이다.

한동안 넋을 잃었던 안악댁과 나는 조용히 호흡을 조절하며 공포에 떠는 젖은 눈길을 서로 교환했다.

단 한 마디의 말도 나누지 않으면서 우리는 완전히 합의를 보았다.

안악댁은 엄마를 그런 식으로 잃은 큰녀석을 치마폭에 감싸고 있었다.

"저어기 엄마한테루 가자!"

안악댁이 큰녀석을 끌고 그 자리를 뜬다. 나는 주검에 엉켜 붙은 갓난쟁이를 안고 일어났다. 엄마의 치맛자락으로 아기의 손을 얼추 닦아 준 다음 들쳐안고 그 자리를 떴다.

웬일인지 포성은 잠잠해져 있었다. 대신 석양 햇살이 더욱 황금빛으로 빛나고 있었다. 메마른 목화밭을 지나 무성한 담배밭 둑으로 올라섰다.

"엄마한테루 가는 거야?"

종수란 녀석이 두 다리를 버팅겨보다가 발길을 떼놓으면서 안악댁에게 물었다.

"그래 엄마한테로 가는 게다. 착한 아이니까 어서어서 엄마한테루 가야지."

"엄마 어디 갔는데?"

"저어기 저 산 너머로."

"혼자? 아기는 여기 있는데 혼자 갔어?"

"아가두 엄마한테루 가구 있지 않으냐. 엄마는 저 산 너머에 볼일이 있다구 먼저 갔어요."

나는 길섶에 핀 나리꽃을 따서 가슴에 안은 갓난아기의 손에다 쥐어 줬다.

담배밭에서는 독하고 역겨운 냄새가 풍기고 있었다. 까투리가 길만한 산모롱이인데 도마뱀조차도 기지 않았다. 비둘기라도 울 듯 깊건만 먼 영 너머에서 우르르 하늘이 울었다.

논두렁에는 쑥과 질경이가 웃자라 있었다. 봇도랑엔 줄풀이 싱싱하게 무성했다.

시골 전지(田地)의 풍경은 아무것도 변해 있지 않았다. 들판엔 벼가 잘 자라고 있었다.

콩밭에는 수수이삭이 탐스럽게 무거웠다. 수수밭엔 콩그루가 바람을 타고 있었다. 뜸부기가 뜸 뜸북 울 듯싶은 벌판을 가는데도 눈에 띄는 것은 울음을 모르는 메뚜기 떼뿐이었다.

쌍붙은 메뚜기가 오지랖으로 기어오르다가 쌍붙은 채로 푸르르 날아갔다. 개천가엔 물오리나무가 둔덕을 기는 듯한 생김새로 해묵었다.

징검다리가 장맛비에 용케도 떠내려가지 않고 건재했다. 조심조심 건너는데도 금방 무너져 내릴 것처럼 낡아 있었다. 그 개천 둔덕에는 엉겅퀴가 피어 있었다. 보랏빛 꽃이 외롭게, 화려하지 않게 피어 있어서 아무도 꺾지를 않았다. 피라미들이 떼 지어 물속을 헤엄치고 있었다. 석양 햇살이 무지개 색으로 빛나는 놈이 섞여 있었다. 철원 아이들은 그 고기를 불거지라고 부르던데 이 고장에서는 어떻게 부르는지 알 길이 없다.

"업으셔야지 안고는 못 가세요."

안악댁이 나에게 말했다.

나는 보따리를 끌러 대화단 치마 한 벌을 꺼냈다. 다른 갑사 치마 한 벌을 작살내서 띠를 만들었다.

대화단 겨울치마로는 처네를 삼아 아기를 들쳐업었다. 힘겨운 보따리를 가슴에 안고 다시 향방 모를 고난의 길을 가기 시작한다.

함께였던 피난꾼들은 벌써 아주 멀리 가고 있었다. 수수밭에 가로막혀 그들의 모습이 잘 보이지 않는다.

"애를 또 둘씩이나 맡게 됐으니 이것두 내 팔자 소관인가봐."

나는 독백처럼 중얼거리며 등에 업은 아이를 추스렸다. 계집애니 착하게 순결하게 정성껏 길러내야지. 부처님이 내게 주신 내 자식이며 사명인걸.

"소원 성취를 하신 셈이지 뭐예요."

안악댁이 걸음걸이를 늦추며 비아냥거리듯 그런 말을 지껄였다.

"소원 성취를 했다니?"

"늘 고아사업을 하시겠다구 하셨잖아요. 나는 보모 노릇을 할 테니 원장님이 되세요."

"원생이 둘인데 원장 한 사람과 보모 선생 한 사람이 매달린다면 그야말로 이상적인 고아원이 되겠네."

"원장님이 아들을 맡으세요. 정말 아들이 필요하신 처지니까."

"아니, 내가 계집애를 맡을래."

"계집앤 길러서 남에게 줘버리잖아요? 아들이 좋으실 거예요."

"정성껏 길러서 남에게 주는 편이 즐겁잖은가베. 나는 늙어 죽는 순간까지 나 혼자야. 내 것이라곤 아무것도 없어요."

그것은 이문용의 진정이다. 50년을 살아오도록 나는 나 혼자 뿐인 것이다. 이제 와서 내게 필요한 것이 있을 수 없다. 나를 위해 살고 나를 위하여 어떤 실리적인 욕망을 갖는다는 것이 지나친 사치에 속한다. 내 것, 나를 위한 자식, 재물……. 나는 그런 것이 필요 없다.

이 세상은 빈손으로 와서 잠시 기탁해 지내다가 다시 빈손으로 떠나는 잠정적인 기착지에 불과하다. 내 것에 대한 욕심을 부리다니 바보짓이다. 돈을 주고 재보(財寶)를 장만하거나 집을 사서 문서를 해 갖거나 어쨌거나 그것은 모두 일시적으로 맡아 가지고 있을 뿐이다. 도로 내 놓고, 손 툭툭 털고 떠나게 마련이다. 열흘을 지나든지 60년을 소유하든지 모두가 잠시잠깐 맡아 가지고 있을 뿐인데 물욕이나 소유욕에 집착한다는 것은 정말 바보짓이다.

"원장 선생님."

"아아."

"그 애긴 아무래도 기를 맛 안 날 것 같잖아요?"

"무슨 보모 선생이 그런 말씀을 하시나. 어린 아기는 그저 천진스럴 뿐인 걸 왜 미워한단 말야? 어른들의 제 기분으로."

"생각하면 무뜩 문득 무서워질 것 같잖아요? 그 애의 손이 그렇잖아요? 원장님."

나는 정말 원장이 된 기분이다.

"잊고 지내야지. 잊어버립시다."

"잊는 게 어디 뜻대로 되는 거예요? 원장 선생님은 잊구 싶음 잊구 생각하구 싶음 생각하구 하세요? 세상만사를."

"하긴 그렇지만."

"그래 그게 어미 자식 사이의 모습일 수가 있었느냐 말예요. 웬수지간의 처절한 싸움이었지."

하긴 나도 뭐가 뭔지 몰라서 딴소리를 지껄일 수밖에 없다.

"애기엄마가 지금 뒤에 오구 있는 것 같잖수? 사람, 만남과 헤어짐이란 어차피 그런 거라우."

큰길로 나서자 군용 트럭 두 대가 앞을 질주해간다. 유유히 남하하고 있는 것을 보면 낙오병의 수송이 아니라 소단위 부대가 이동을 하는 것인지도 모른다.

뽀얀 먼지가 연기처럼 길을 따라 연연히 피어오르고 있다. 오랜만에 젊은 병정들의 모습을 본다. 정답기도 하고 한편으로는 밉기도 하다. 왜 패전만 거듭하느냐 말이다. 왜 쫓기기만 하는가.

아까 날아갔던 정찰기 한 대가 북녘에서 날아오고 있었다. 역시 저공이라서 미군의 마크가 선명하게 보였다. 머리 위를 지날 때 고개를 옴츠리고 쳐다보니까 비행기는 벌써 그 자리에 없고 하늘만 짙푸르다.

점촌읍을 옆으로 비껴가며 이름 모를 산을 넘었다.

"난 애 안 낳을까봐. 아무래도 무사하게 낳아 기를 수 있을 것 같지가 않아요."

안악댁이 오랜 침묵 끝에 그런 말을 했다.

나는 그 심정을 이해할 수가 있어서 잠자코 있었다.

너무도 충격적인 엄마와 아기의 패덕을 목격한 직후니까 안악댁이 자기 뱃속에 들었다는 아이에 대하여 어떤 공포감을 갖는 것은 당연한 것이다.

"전쟁터에서 겪는 일은 말짱 잊어버리는 게야. 그렇잖은가베. 전쟁을 하는 저 병사들이 만약 두고두고 전쟁터에서의 일을 잊지 못한다면 어떻게 되겠수? 그렇게 되면 싸움엔 이기고도 정신이 황폐해져서 멸망하지 않을라구. 다 잊읍시다."

8월 열흘께나 돼서야 우리는 피난 수도가 돼 있는 부산에 닿았다. 늘 아슬아슬하게 공산군의 판도를 벗어나면서, 낙동강 전선이 새로운 움직임을 보이기 시작했을 때 부산에 당도한 것이다.

용케도 두 아이를 무사히 부산까지 데리고 왔다. 큰놈은 큰놈대로 갓난쟁이는 갓난쟁이대로 몹시 애를 먹였다. 네 살이라면 엄마에 대한 정과 인식이 뚜렷할 나이다. 간헐적으로 엄마를 찾으며 우는 아이에게 거짓말로 속여만 대는 일이 죄스러워 가슴이 아프곤 했으나, 어쨌든 전장에서 어미를 잃은 두 어린것들을 부산에까지 무사하게 데리고 왔다는 사실은 퍽 대견한 일이었다.

"어딜 가야 고아원 차릴 장소를 얻는다죠?"

안악댁이 부두 쪽을 바라보며 말했다.

"아무 집 헛간이라도 찾아냅시다. 빈민촌을 뒤져보는 편이 수월하지 않겠어? 방다운 방은 남아 있을 리 없을 게니까."

용두산 일대의 움막촌을 뒤지기로 했다. 그러나 무엇보다도 다급한 것은 갓난쟁이의 배를 채워 주는 일이다. 부산에까지 오는 동안에도 심봉사 심학규처럼 젖 구걸을 하는 게 가장 절실한 문제였다. 젊은 아낙네만 눈에 띄면 염치를 돌보지 않고 아기를 내밀곤 했었다. 처음엔 우유를 구해서 먹였으나 그것만 먹이면 영락없이 설사를 해서 겁이 났다. 다른 아이들도 우유로만 키울까 싶어 좀 무리인 줄 알면서도 며칠 계속해 먹였더니 아기는 눈이 하가마가 된 채 맥을 못 쓴다. 겁도 짜증도 났으나 하여간 유난별떡한 이상 체질의 아이이니 남의 젖이나 구걸하는 길밖에 없었다.

부산에 와서도 먼저 아기의 배 채워 줄 일이 급했다. 생선시장을 헤매 봤으나 젖을 얻을 만한 아낙네는 눈에 띄지 않았다.

생선시장은 악취와 소란과 무질서의 수라장인데도 그곳처럼 삶에 대한 의욕이 싱싱한 곳은 없었다.

한여름의 해가 기울어 가자 등에 업힌 아기는 몹시 보채댔다. 뒷골목으로 들어섰더니 음식점이 즐비했다. 아직 끼니때는 아니라서 보기보다는 한가로운 편이지만 집집마다에서 풍겨 나오는 역한 냄새 때문에 비위가 뒤집혀 걸을 수가 없었다. 또 흉한 꼴에 부딪쳤다.

길을 가로막은 채 개를 잡고 있는 것을 보았다. 깊숙한 골목 속의 길이어서 피해 지나갈 수도 없었다.

누런 황구(黃狗)였는데 아직 다 자라지도 않은 어린 것이었다. 목에다 올가미를 걸고 밧줄을 대문 문지방 밑으로 뽑아 내외인 듯싶은 남녀가 힘을 다하여 잡아당기는 광경이 목격됐다. 목을 맨 올가미는 바짝바짝 당겨지는 데 문지방이 가로막혔으니 어떻게 되겠는가. 강아지는 몸을 퍼덕거리며 처절한 비명을 지르다가 킥킥 숨이 끊어져 가는 중이었다. 꽁무니로는 배설물을 질질 흘렸다. 입 마구리엔 피와 거품이 부글부글 끓어오르고 까뒤집힌 두 눈은 허공을 노렸다.

그렇게 해서 사람들은 버젓이 먹고사는 것이다. 아무도 그것을 이상하겐 생각하지 않는 눈치들이었다.

마침 그 올가미를 잡아당기던 아낙네의 젖통을 보자 나는 눈이 번해졌다. 퍽은 탐스러워 보였다. 젖먹이 아이가 있어서 젖이 퉁퉁 불어 있는 게 틀림이 없다.

그렇더라도 그 개백정 아낙네에게만은 차마 젖을 빌려달랄 수가 없어서 우리 일행은 골목을 그대로 빠져나갔다.

잡화시장이 이어지고 있었다. 헤매다 보니 어른들도 아이들도 지쳐버렸다. 우는 아기의 볼기짝을 꽤 매몰스럽도록 때려줬지만 그것도 가슴 아픈 짓이었다.

"안되겠어. 아까 그 개장국집으로라도 가 봅시다."

나는 그 개장국집 아낙의 젖통을 생각했다. 젖이야 불순할 리 없다는 생각으로 더듬어 찾아갔더니 벌써 개는 가마솥에 들어간 모양이다. 비린내가 왈칵 비위를 뒤집어 놓는다. 그래도 나는 그 아낙을 보고 조심스럽게 호소해 본다.

"미안스럽지만 이 아이한테 젖 좀 물려주실 수 없는지요? 미안스럽습니다."

뒤따르던 안악댁은 멀찌감치에 서서 눈치만 본다. 종수의 손을 잡은 채

기웃기웃 눈치만 본다.

"내 새끼 멕일 것두 없는데 어떻게 남의 아이한테꺼정 젖을 줘요."

표독스러운 말투이긴 해도 예상보다는 덜한 듯싶어서,

"좋은 일 하시는 셈치고 조금만 먹여주세요. 어떻게 된 애가 우유만 먹이면 설사를 해서 이 꼴이에요."

"손녀시우?"

"네 손녀예요. 에미가 함께 내려오다가 그만……."

"피난 오다 잘못됐군요."

"네네, 그랬어요. 이런 핏덩이를 두고 잘못됐어요."

"남의 일 같지두 않구……."

그러자 마침 주인 남자가 안에서 나오며 버럭 소리치는 것이었다.

"안됩니다. 비싼 밥 먹구 왜 남의 애한테 젖을 거저 빨린단 말요? 어서 다른 데나 가보슈!"

"여기저기 다녀봤지만 마땅치가 않아서요."

"어쨌든 안돼요. 짐승 젖두 돈 주고 사 먹었다면서 사람 젖은 거저 달랠 수 있소? 비켜요! 난 애 우는 소린 질색이니까."

내 등을 난폭하게 밀어붙이는 주인 사내의 두 눈은 핏발이 서 있었다.

나는 무서운 생각이 들어 다리가 후들거렸으나 그대로 물러나올 수도 없다. 아기에게 젖 맛을 보인 것이 어제 오후 구포다리를 건너서였으니까 벌써 24시간이 지난 셈인데 이제 또 어디로 가서 누구에게 떼를 쓰겠는가 싶었다.

"그럼 우유 값을 드릴 테니 조금만 먹여주세요."

나는 아낙한테가 아니라 그 남편한테 애원을 했다.

"우유 값을 주겠다구요?"

"드리겠어요. 이 아이는 우유를 멕이면 삭이질 못하거든요."

"그럼 내 처가 젖소란 말이오?"

"하여간 사례는 좀 하겠으니 좋은 일 좀 하세요. 이렇게 애원합니다. "

나는 합장을 하며 호소했다.

그제야 눈에 핏발이 선 주인 남자는 자기 아내에게 명령조로 말했다.

"당신 맘대루 하구려. 정말야, 쇠젖두 팔구 사는데 사람의 젖을 공짜루 줄 수는 없어."

나는 아기를 그 아낙한테 건네주고는 몸을 돌려 세워 안악댁에게 성공했다는 눈짓을 했다.

나는 어느 틈에 새로운 버릇이 생겨 있었다.

아기에게 젖을 물리고 있는 여자를 바로 바라보지 못하는 버릇이 생겨 있었다. 점촌에서의 그 광경이 연상되어 누구의 유방이든 피투성이로 보이기가 일쑤였다. 잠시 후 나는 지전(紙錢) 몇 장을 아낙한테 쥐여준 다음 내 아기를 되돌려 받았다.

자, 이제부터 이 아기를 어떻게 키워가고 자신은 또 어떻게 연명해가야 하나. 나도 급해지면 저 사람들처럼 개라도 잡을 수가 있을까. 좀 더 다급해지면 아무렇지도 않게 올가미를 졸라 잡아당기게 될지도 모르지. 저 사람들도 전쟁이 안 났다면 그런 일을 상상조차 못했을 게 아닌가. 개백정, 비록 남의 아기긴 하지만 개백정의 젖을 얻어 먹여야 하는 이문용.

이제 머잖아 이 이문용의 두 눈에도 핏발이 서게 되지 않을라구. 만일 대구가 적에게 떨어지는 날엔 바닷속으로 들어가야 될 판국인데 눈에 핏발을 세우지 않고 어떻게 생명을 부지할 수가 있어.

용두산 허리에 다닥 붙은 움막들은 바닷바람이 세차서 아삭아삭 부서져 갈 것처럼 위태로워 보였다. 벽채는 대부분이 궤짝 널판으로 엮었으며 지붕은 레이션 박스로 덮고 그 위에다 '타마고' 칠을 한 게 고작이었다. 길도 없었다. 마당이 길이고 길이 처마끝이기도 했다. 뚫린 골목 같아서 가다 보면 막혀 있고 막힌 것 같은데도 산 위로 올라가는 길이 이어지기도 해서 도대체가 풀리지 않는 미로(迷路)의 연속이었다.

바다에 바람이라도 일면 맨 첫 번째로 와 부딪는 곳이 용두산이다. 아침에 해가 뜨면 역시 맨 먼저 그 빛이 용두산에 뿌려진다. 그래서 바람은 언제나 거세고 햇빛은 진종일 움막촌을 불태우려 든다. 나무가 있어야지, 높은 집이 섞여야지 바람을 막고 땡볕을 가려줄 게 아닌가. 사막처럼, 흡사 세워진 사막처럼 공평하게 태양열과 풍진을 골고루 맞게 마련인 용두산이다.

그 용두산 중허리에다 우리의 고아원을 개설했다.

방 두 개가 있는 집의 방 하나를 세 들 수가 있었던 것도 다행이라면 다행이다. 한 평 반쯤 되는 넓이였다. 바다가 내려다보이는 요강 아구리 만한 창이 나 있는 것도 풍류적이라면 풍류적이다. 두 원생과 보모 선생과 원장님, 합해서 네 식구가 우선 우로(雨露)를 피할 수가 있게 된 것이다.

이튿날부터 이웃을 수소문하기 시작했다. 아기를 가진 여자를 사귀어두어야 하는 것이다. 우리 꼬마 원생을 굶기지 않기 위해서였다.

한 달에 쌀 두 말을 주기로 하고 유모 한 사람을 결정했다. 첫아기를 낳았다가 잃었다는 강원도 춘성 출신의 여자였다. 남편은 국민학교 교사였는데 지금은 부두에 나가 노동을 하고 있다는 사연이며 바로 두 집 건너에 살고 있어서 여러 가지로 편할 듯싶었다.

사흘째 되던 날 아침 나는 문방구점에 나가 붓과 먹물 한 통을 사 왔다.

내 옥양목 치마 한 벌을 꺼내 허리를 뜯고 주름자국을 빤빤하게 다렸다.

안악댁은 두 손으로 천을 누르고 나는 붓에 먹물을 듬뿍 찍었다.

"글씨를 쓸 줄 알아야지."

"낙관도장을 찍어 누구한테 물려줄 것두 아닌데 왜 글씨타령을 하세요? 원장 선생님."

나는 손이 떨리는 바람에 천에다 쉽게 붓을 대지 못했다.

"명필이시던데 어서 쓰세요. 그 궁체 글씨루."

나는 마음먹고 일필휘지하기를,

― 싹바누질하는집.

"자아 이만하면 우선 멋진 간판이지? 어서 바깥에다 겁시다. 고아원 간판이 못돼서 좀 서운하긴 해두."

두 여편네가 내 치마쪽에다 쓴 그 헝겊 간판을 들고 나가 방문 옆에다 매달았다.

"저녁때 나가서 헌 재봉틀이나 한 대 사옵시다."

패물을 팔면 그런 거야 몇 십대라도 살 수 있는 재벌인 것이다. 다 옛날 찌꺼기지만 아직도 재벌인 것이다.

한낮이 되자 유모 춘성댁이 약속대로 아기에게 젖을 물리려고 왔다.

춘성댁은 창문 밖에서 우리 업체의 그 당당한 간판을 읽고 있더니 갑자기 자지러지게 웃어제친다.

"웃긴 왜 웃어요? 남의 회사 간판을 보구 웃는 법이 어디 있수?"

안악댁이 핀잔 같기도 하고 농담 같기도 한 한마디를 하자 춘성댁은 방밖 댓돌에 궁둥이를 걸치며 묻는다.

"저 간판 누가 쓰신 거예요?"

"누가 쓰긴 누가 써, 내가 썼지."

"글씨를 아주 잘 쓰시네요."

"잘 쓴 글씨를 보고 왜 웃소? 감동해서?"

"다시 쓰세요! 저게 뭐예요."

"아 잘 썼다면서 다시 쓰란 말이우?"

"글씨는 잘 쓰셨는데 내용이 틀렸잖아요?"

"삯바느질하는 집이라는데 내용이 틀리고 자시고가 있을라구."

춘성댁은 교사의 아내라서 잘 아는가 싶었다. 가르쳐주는 것을 보니 정말 내가 썼어도 웃긴다.

"싹이 뭐예요, 삭이지. 삭이지만 쓰기는 삯이라고 써요. 바누질도 바느질이구요."

"그러니까 몇 군데나 틀렸소?"

"그러고 바느질하는 집이라고 길게 쓸 필요도 없잖겠어요? 간판이니까."

"간판은 짧아야 하나?"

"짧아야 읽기가 쉽지 않겠어요?"

"그럼 어떻게 고쳐야 되겠수?"

"삯바느질집……이면 돼요."

"그래 그게 좋겠군. 삯바느질집. 그렇지만 어떻게 써 붙인대도 들어오는 것은 바느질감이 아닐까? 그럴 바엔 내버려둡시다. 고치기가 아까워서 그래요."

"다시 쓰시면 되는데 뭐가 아까우세요? 다시 써 붙이세요."

안악댁이 깔깔 웃으면서 말했다.

"다시 쓰시려면 또 옥양목 치마 한 벌을 없애야 돼요. 그게 아깝지 않단 말예요?"

어떤 환경에서거나 어느 계층에나 게으른 사람들은 있는 것이었다.

그 움막촌에다 그 멋진 간판을 달아놓았더니 이튿날부터 바느질감이 심심치 않을 만큼 밀려들기 시작했다.

안악댁은 열심히 재봉틀을 돌려대고 나는 마름질과 다리미질에 신바람을 냈다.

어느 날 아주 예쁜 아가씨가 눈이 부신 세모시 한 필을 가지고 와서 치마 적삼을 해달란다. 보아하니 교양도 있어 보이고 얼굴도 몸매도 퍽 잘 생겼다.

"이런 세상에서 모시옷을 장만하시는 걸 보니 가정이 퍽 좋은가보군요."

안악댁이 재봉틀 의자에 앉아서 그런 말을 물었다.

아가씨는 배시시 웃음을 흘리며,

"바느질은 잘 하시는 거죠? 잘해주시면 일거리를 많이 드리겠어요."
하고는 돌아갔다.

"서울 사람인가봐요. 움막촌에 살고 있을망정 입성이 화려한 걸 보니."

"처녀일까?"

"노는 여자 같아요. 요정에라도 나가겠죠, 뭐."

드디어 건곤일척의 낙동강 작전이 성공해서 국군과 유엔군이 한숨을 돌렸다는 호외가 돌았다.

며칠 있으니까 맥아더 장군 지휘 하의 연합군이 인천으로 기습상륙을 하는 데 성공했다는 특별방송이 거리에 뿌려졌다.

낙동강 전선에서 진출한 부대가 벌써 평택까지 치닫고, 인천으로 상륙한 해병대는 서울 탈환 작전이 막바지에 있다고 했다.

그러자 벌써 성급하게 짐을 꾸리는 피난민들이 늘어났다. 자연 피난수도 부산의 흥분과 소란은 바다의 파도보다도 그 소용돌이가 높았다.

서울이 수복됐다. 38선을 무찌르고 북진 중인 부대가 개성을 점령했다는 뉴스가 전해지자 사람들은 미친 듯이 좋아했다.

용두산 일대에서도 피난민들이 빠져 나가기 시작했다. 경부선이 복구되어 기차가 서울까지 통한다고 했다. 부산역과 초량역엔 서울로 돌아가려는 성급한 사람들로 말미암아 큰 혼잡을 이루고 있다는 소문이었다. 아직은 한강을 터주지 않아 특수층이 아니면 시내로는 들어가지 못한다는데도 사람들은 그렇게 서둘러댔다.

"우리는 예서 겨울이나 나서 갑시다. 서울이나 부산이나 사람 살긴 매일반일 테니까."

나는 혼자만의 속셈이 있어서 되도록 능장을 부리기로 했다.

서울로 돌아가면 또 귀찮은 일이 생길 듯싶은 예감이 들었다.

간첩 혐의가 완전히 벗어진 것이 아니다. 일단 석방은 해주면서도 당분간 감시를 하겠다던 이정호 그 사람의 말을 잊을 수가 없는 것이다.

그런데다가 또 큰 죄를 거듭 진 것이 아닌지 몰라 불안한 것이다.

명륜동에서 여맹원들에게 강제로 끌려가 한 20분쯤 그 팔자에도 없는 회전의자에 앉혀졌던 일이 몹시도 마음에 걸리는 것이다.

그렇잖아도 수복지구에선 그동안 공산당에 협력한 사람들을 모조리 잡아 죽인다는 소문이 파다한데 뭣을 믿고 서둘러 서울로 돌아갈까보냐 싶은 것이다.

나더러 무슨 위원장이 되라기에 나 같은 무식한 여편네가 뭘 하겠느냐고, 나는 그런 일 못 한다고 몇 마디 지껄였더니, 옳소 짝짝, 동무 짝짝이었는데, 내 마음과 세상은 그처럼 다른 것인데, 서둘러 서울로 올라가 무슨 좋은 꼴을 보겠느냐 싶은 것이다.

안악댁은 원체 마음이 착해서 예나 이제나 나 하자는 대로 처신을 하겠단다.

연합군이 평양을 점령하고, 이승만 대통령이 평양의 군중 앞에 나타나서 일장 열변을 토하고 하는 신나는 나날에도 우리 '삯바느질하는집'에서는 재봉틀 바퀴만을 굴리기에 여념이 없었다.

머잖아 백두산에 태극기가 꽂히게 되리라는 전황 뉴스가 계속 들어오고 있는 섣달 초순이었다.

바닷바람이 연일 세차게 불어 며칠 사이에 한결 쓸쓸해진 용두산 움막촌을 홀랑 흩날려버릴 기세였다. 그런 나날이 이어지고 있었다.

그러한 어느 아침이었다. 그동안 여러 차례 고급 옷감을 가져와서 바느질을 해 간 바 있는 그 서울 색시가 오랫만에 또 찾아왔다.

"아니 색신 서울로 떠나지 않으셨수? 안 보이길래 떠난 줄 알았지요."

내가 반가워 하니까 또 그 입을 살짝 벌리며 배시시 웃는 독특한 모습으로,

"아주머닌 서울루 안 가세요?"

하기에,

"내년 봄에나 올라갈까 해요."

했더니,

"그럼 됐어요. 여기서 이사 안 하실래요? 광복동으로요."

라고 뜻밖의 제의를 해 왔다.

"광복동으로 이사를 하다니 그게 무슨 소리지요?"

"지가 광복동에다 집을 한 채 마련했는데요, 너무 커서 혼자 살기가 쓸쓸할 것 같아요. 널찍한 방을 거저 드릴 거니까 함께 이사하시지 않을래요? 바느질집으로는 길목두 좋아요."

이야기치고는 반가운 이야기지만 여자의 정체나 알아두는 게 좋겠다 싶어서 넌지시 물었다.

"그럼 색시는 아주 부산에서 사실라구? 아직 혼인두 안 한 모양인데."

"우리 그이가 홍콩에 가 있어요. 당분간 부산에서 살랬거든요."

"아, 그럼 혼인을 하셨군."

우리는 그 색시의 호의적인 제안을 거절할 아무런 이유도 없었다.

한옥이고, 아주 크고, 퍽 으리으리한 집이었다. 방이 일곱 개나 된다니까 아마 30여 간 쯤 되는 듯한 집의 행랑채로 우리는 이사를 했다. 광복동 뒷전에 위치한 주택이었다.

이번엔 간판집에 맡겨서 크지는 않지만 근사하게 새로운 간판을 만들었다.

간판집에 가서 내가 누누이 주의를 시켰다. 삯바느질집이라고 쓰되 '사' 밑에 'ㄱ'이 붙고 '바누질'이 아니라 '바느질'이니 틀리지 않게 써야 된다고 단단히 일렀다.

그날부터 우리는 그 주인 색시를 배 여사라고 부른다.

알고 보니 나이도 제법 들어서 서른하나라는데 아직도 처녀 색시로 보일 만큼 앳된 얼굴이었다. 배 여사는 정말 그 큰 집에 혼자 사는 것이다. 중년 여자를 가정부로 뒀는데 먼 친척뻘이 된다는 이야기였다. 말만한 세퍼드를 사다가 현관 옆에다 맸으나 좀체로 짖는 일이 없었다.

그래서 넓은 집 안은 늘 텅텅 비어 있는 것 같았다. 남자가 드나들어야 어느 집 안이고 쓸쓸해보이지를 않는다. 아무리 많은 여자들이 들끓어도 집 안에 남자의 숨결이 없으면 쓸쓸하고 막막하게 여겨지니 남자란 아무래도 여자들보다는 잘난 존재인 모양이다. 가끔 신랑 회사의 사원이라는 고수머리의 청년이 배 여사를 찾아오곤 했으나 번번이 마루 끝에서 몇마디 이야기를 주고받고는 돌아간다. 그 배 여사는 돈을 물 쓰듯 하며 좀 역겨울 만큼 화려한 생활을 하고 있었다.

우리는 외부의 일거리를 맡을 필요조차 없었다. 양장을 많이 입으면서도 배 여사는 가지각색의 고급 한복감을 끊어다가 우리 업체를 바쁘게 만들어 주는 것이다. 행랑채의 넓은 방을 둘씩이나 거저 쓰게 해 준 것도 고맙건만 바느질삯마저 남보다 곱이나 후하게 치르곤 한다.

그러는 사이에 전세는 다시 뒤집힌다. 중공군 백만 명이 압록강을 건너 침공해 왔다는 소식이 전해지자 초산(楚山)까지 올라갔던 전선은 급속도로 후퇴에 후퇴를 거듭했다. 평양 개성을 내어주고, 청진 흥남 원산을 버리고 후퇴만을 거듭하던 연합군은 또다시 서울을 뒤로하고 남하하기 시작했다.

그러한 판국을 맞았으니 어떻게 되겠는가. 성급하게 북상하고 있던 피난민들은 다시 대구 부산으로 내려밀리고 있었다. 이번엔 북녘에서마저 피난민이 쏟아져 내려오는 바람에 남도로 몰려 닥치는 그들의 수효가 먼젓번보다 배도 더 될 것이라는 소문이다.

그래도 전세는 먼젓번처럼은 일사천리로 밀리지를 않아서 다행이었다. 기호(畿湖) 지방에서 전선은 고착된 채 일진일퇴를 거듭한다.

또다시 임시수도가 된 부산항은 정치와 경제의 중심지가 되어 흥청대기 시작한다. 실의와 극한 의식의 산지가 된 채 아우성이었다.

전쟁이 빚어내는 모든 악덕이 소용돌이치는 전시수도의 전형으로 전락한 부산항은 이번 전란이 너무도 처절한 동족상잔이며 절망과 희망이 교차되는 극한전이기 때문에 그 희비가 엇갈리는 복잡한 양상이란 실로 말이 아니었다. 지도자들은 침략을 당하게 된 죄의식을 느끼는 것 같지 않았다. 그러면서 국내 정치의 수법은 일종의 전투였다. 수단과 방법을 가리지 않는 전투적인 양상이 짙어갔다.

그러니 사람들의 살아가는 자세도 잔혹하고 지저분한 싸움이 됐다. 사기

횡령 공갈 탈취 등 모든 악덕이 공공연히 자행되는 가운데 사회 풍조는 자포자기와 패배 의식과 그리고 금전만능의 시대로 타락했다.

그러한 부산 바다 한복판에서 내가 끄떡없이 나날을 영위할 수 있었던 것은 실로 믿어지지 않는 기적에 속하는 행운이었다.

우리의 두 꼬마 원생들은 그런대로 별 탈 없이 잘 자라고 있다. 아이들이란 정직한 것이어서 어른들의 정성을 크게 배반하는 일이 드물다. 큰녀석 종수는 퍽 영악한 편이고 갓난쟁이도 재롱이 늘어가서 우리를 즐겁게 했다.

일손이 바쁠 때는 제대로 신경을 써주지를 못했지만 유모 춘성댁이 착해서 한결 마음이 놓였다.

우리는 생활이 그처럼 안정되자 점점 우울해지기 시작했다. 안악댁은 서울에서 사귄 남자를 생각하는 것 같았다. 뱃속에 그의 아기를 가졌으니 무리는 아니었다. 자주 외출을 했다. 막연하게 거리를 헤매며 그와의 해후를 노리는 모양이지만 그게 쉬울 턱이 없다.

어느 날 밤 안악댁은 혼자 울고 있었다. 나란히 자리에 누웠었는데 잠결에 들자니까 훌쩍이는 소리가 들렸다.

"울고 있수?"

손을 잡아주며 물었다.

"보고 싶어서 미치겠어, 그이가."

"왜 제 처자만 몰고 피난을 갔대서 그 새끼 저 새끼 욕하던 땐 언제구?"

"밉지만 뱃속에서 그의 씨가 꿈틀거리니 어째요."

안악댁은 내 손을 끌어다가 자기 배에다 얹으면서 힘을 주는 것이다.

따스한 체온과 부드러운 촉감과 구릉을 이룬 배의 융기, 그러한 안악댁의 몸을 만지면서 나는 남자처럼 흥분을 느낀다. 새 생명이 자라고 있는 하나의 소우주를 나는 여기저기 눌러보았다. 아닌 게 아니라 안악댁의 뱃속에선 아기가 꿈틀거린다. 첫아기라서 그런지 예상보다도 배가 더 크고 단단하다.

나는 퍽 흐뭇한 마음이 되어 새 생명의 맥박을 음미하듯 조용히 지킨다.

성인(成人)의 배를 이렇게 자세히 만져본 일이 없다. 손바닥에 느껴지는 그 온기가 황홀하기만 하다. 하나의 생명이 들어 있는 구상세계(具象世界)를 나의 영혼과 그리고 내 손끝이 한가롭게 소요하고 있는 것이다. 곤혹과 유열이 내 손끝을 통해 영혼에로 전달돼 온다.

그것은 신선한 미소처럼 내 영혼을 흐뭇하게 했으나 한편으로는 나에게 내 외로운 인생을 새삼스럽게 확인시키는 코허리가 찐한 자극이기도 했다.

나는 안악댁의 높고 둥근 배를 만지면서 비로소 그네와의 정이 좀 더 밀도 있게 두터워지는 것을 인식한다.

사람과 사람의 육체적인 접촉이란 그처럼 중요한 것이었다.

남자와 남자끼리든지 여자와 여자끼리든지, 또는 남자와 여자의 사이든지 하여튼 사람과 사람 사이의 정은 서로 육신을 접촉시킴으로써 비로소 완전하게 밀착될 수 있는 것임을 깨닫는다.

누구나 어머니와의 정이 가장 두터운 것은 낳아주었다는 그 관념적인 의리보다도 서로 몸을 만지며 생성한다는 그 구체적인 사실 때문인지도 모른다.

이모 임 상궁을 나는 물론 형이상(形而上)의 어머니로 알고 있다. 그 다음엔 멋도 모르면서 불과 한두 번 잠자리를 함께 한 사이지만 남편에 대한 정이 결코 만만치 않은 것이다.

서로 살을 댔던 사이인 까닭인가보다. 마음속으로 가장 오래도록 생각을 했다면 남편보다도 이정호 그 사람이지만, 그러나 그에 대해서는 살뜰한

정이 느껴지지 않는다. 서로 살을 대보지 않아서일까.

"아기가 쉴 새 없이 꿈틀대고 있어."

나는 차분히 젖은 눈으로 천장을 쳐다보며 새로운 생명의 고동을 경건한 마음으로 내 심장의 벽에다 기록하고 있었다.

나는 안악댁의 손을 슬며시 끌어다가 내 배 위에다 올려놓았다.

"내 배는 늙은이지?"

머리맡에서 재깍거리는 시계 소리가 유난히 크게 들려왔다.

"내일 병원에 갈래. 하긴 이미 늦었죠?"

안악댁이 말했다.

"늦다니? 애긴 잘 노는 것 같은데."

"애비 없는 사생아를 낳아 뭘 하겠어요?"

"무슨 소릴 해요? 그리고 사생안 왜 사생안구. 인제 만나게 되겠지. 살아 있는 사람끼린 언제구 만나게 마련이야."

"그래서 필한 엄만 이정호 씨를 만나 보셨수?"

나는 눈을 껌벅거리다가 대답했다.

"그 사람은 죽었을 거야. 죽은 사람은 못 만나."

"하여간 에미 뱃속에서부터 애비한테 버림을 받은 생명을 낳아서 뭣해요. 죄악을 낳아놓는 거지. ……추한 것 같기두 하구."

나는 또 눈을 껌벅거리다가 대답했다.

"딴 얘기지만 가령 우리 저 원생들이 이담에 커서 큰 인물이 될 수도 있잖을까. 지금 저애들을 보면 에미 애비가 없어두 자식은 자라게 마련인데 아무리 내 자식이라 하더라도 마음대로 해서야 쓰겠어?"

"하긴 거리에 널린 슈샤인 보이두 인생은 인생이니까요. 그애들도 축복 받으며 탄생했겠죠?"

안악댁은 어쩌면 우리의 원생 종수란 녀석의 내일을 연상하며 그런 말을 흘린 것인지도 모른다. 나도 순간적으로 좀 더 자란 종수를 머리에 떠올린다. 그래서 거리에 널려 있는 불우한 소년들과 연관을 시켜보다가 스스로 마음이 상한다.

나는 속으로 그동안 생각해 온 문제를 입 밖에 내본다.

"우린 이제 생활도 제법 안정이 됐구 방두 널찍한 게 여유가 있어요. 배여사한테 얘기하면 행랑채의 뒷방 하나쯤 더 빌려 쓸 수가 있을 게야."

"본격적으로 고아원을 차리구 싶으시군요?"

"불우한 소년 몇 명 더 데려다 기릅시다. 우리가 뼛골 빠지도록 일하는 목적이 뭐야. 좋은 일 좀 더 해서 이 세상에 보답을 해야지. 너댓 명 데려다가 돌보기로 합시다. 전쟁도 돼가는 꼴이."

피난수도에도 봄은 왔다. 그리고 그 혼란 속에서도 봄은 사람들의 마음을 들뜨게 했다.

그러한 3월이 다 간 어느 날 안악댁이 병원에 갔다. 난산은 아니지만 순산도 아니었다. 계집애를 낳았다. 난산도 아니었는데 산후가 시원찮았다. 두 주일이나 병원에 있다가 나왔는데도 맥을 못 쓰더니 점점 병색이 두드러져 갔다.

그렇다고 앓아누울 정도는 아니어서 본인이나 나나 크게 신경을 쓰지는 않았다.

"노산(老産)이라 그렇겠지. 젊은 사람들 같겠수."

젖이 시원찮아 처음부터 우유로 키울밖에 없었다.

한 집에 갓난쟁이가 둘이 되자, 거기에 종수까지 아이가 셋이나 되자 제법 사람 사는 집안처럼 떠들썩한 분위기였다. 그리고 떼버린다 떼버린다 하던 아기를 낳았으면서 안악댁은 어찌 보면 주착스러울 만큼 좋아했다.

"이 새끼가 시집을 갈 땐 내 나이 일흔이 넘은 늙은이겠지? 그때까지 내가 살까?"

나이가 나이라서 남 보기에 좀 무색하련만 안악댁은 그런 눈치마저 없었다.

"둘 중에 한 사람은 살아 있을 게야. 나나 안악댁이나 공동의 딸로 만듭시다."

그러던 어느 날 안집이 수런거렸다. 집주인인 배 여사의 신랑이 홍콩에서 돌아왔다는 것이다.

보기에도 아주 개성적인 생김새의 키가 팡파짐한 중년 남자였다.

이른바 마카오 무역을 해서 돈을 엄청나게 벌었다는 그는 불과 사흘을 배 여사와 함께 찰떡같이 지내더니 또 훌쩍 떠났다. 홍콩으로 갔다는 것이다.

그가 다녀가자 배 여사의 정체가 좀 더 두드러졌다. 정식으로 혼인을 한 사이가 아니란다. 어딘가에 가정이 있는 사람의 소실인 셈인데 지금 살고 있는 집도 그가 사준 것이고 생활비도 그가 대주고 있긴 하지만 그들의 사이가 앞으로 어떻게 진전될 것인지는 예측하기 어렵다는 말이 들린다.

왜 그들의 내일을 그처럼 의심스럽게 보는 말이 나온 것인지 그 진원은 알 길이 없다. 서울의 X여대를 졸업했다는 배 여사라면 가정도 괜찮을 텐데 자기 가정에 대한 이야기는 입 밖에 내는 일이 없는 모양이고 또 서로 내왕이 있는 것 같지도 않았다.

어쨌거나 남의 사생활 문제에 지나친 관심을 가질 필요는 없다. 요는 배 여사가 나에게 극진한 정성으로 대해주는 데에 대한 의리를 지키면 되는 것이다.

그 의리를 내가 구태여 노력해 지키지 않아도 될 희한한 사건이 벌어지고야 말았다. 정말 그것은 웃을 수도 울 수도 없는 희한한 사건이랄밖에 없다.

봄이 가고 여름이 무르익는 동안 다시 혼자 지내게 된 우리의 배 여사는 외출이 퍽은 잦아졌다. 이따금씩은 이틀 사흘씩 비울 때도 있었다. 심심해서 친구들과 여행을 했다는 것이다.

그런 일이 잦더니 가끔 남자 손님이 드나들기 시작했다. 그것도 밤이면 찾아와 몇 시간씩 안방에 있다가 돌아가곤 했다. 술자리가 벌어지는 날도 있고, 때로는 그저 조용하게 몇 시간 놀다가 돌아가는 배 여사의 손님은 현역 국회의원이라는 말이 떠돌았으나 나는 그의 얼굴을 한 번도 본 일이 없다.

"아무리 남의 소실일망정 좀 난잡한 처신을 하나봐."

안악댁이 그런 말을 할 때는 지난날의 자신과 견줘서 배 여사의 소행을 퍽 못마땅하게 여기는 눈치였다.

하긴 남의 소실이었을망정 안악댁만큼 깨끗한 처신을 한 여자도 드물 것이었다.

미상불 배 여사는 점점 우리가 보기에도 좀 민망하게 놀고 있었다. 밤중에 제 집으로 돌아가려는 남자를 잡느라고 안마당에까지 나와 실랑이를 벌이기가 일쑤였다. 그렇게 해서 남자를 재운 이튿날 아침엔 닭찜을 만든다 갈비를 굽는다 하고 소란을 피웠다.

"남자를 무척 바치는 여자예요."

"한창 나이니까."

시큰둥한 투로 비아냥거리는 두 여편네의 심성이 스스로 생각해도 고운 것은 못된다.

비가 구질거리는 밤인데 그 국회의원이라는 남자가 또 온 모양이었다.

주안상이 들어가고 가정부는 뻔질나게 밖엘 나들고 하는 눈치였다.

우리는 안집에 대해선 관심을 갖지 않으려고 자정이 지날 무렵까지 어느 혼인집의 바느질을 해치우기에 정신을 쏟았다.

"고만 잡시다. 애기가 찡얼거리잖수?"

옆방에다 재우고 있는 안악댁의 아기가 칭얼거리는 것 같아서 귀를 기울이는데 마침 대문을 흔드는 소리가 요란하게 들린다.

배 여사를 찾는 목소리가 왠지 좀 험했다. 안에서 가정부가 나와 대문을 열 듯싶었건만 그러는 기맥이 없다.

"안방에선 아직 자지 않고 있을 텐데."

안악댁이 방문을 빠끔히 열고 안방 쪽을 엿보며 연신 혼자 중얼거린다.

"불이 환한데두 아무도 안 나오네요. 청춘사업을 하고는 깜빡 잠이 들었나?"

"불이 꺼지네요. 배 여사가 나오려는 모양이군."

안악댁은 꽁무니를 하늘로 치킨 채 문틈에다 눈을 대고 그렇게 지껄였다.

그러자 대청에서 배 여사의 목소리가 들려왔다.

"누구세요? 누구세요?"

배 여사가 직접 그러는 것을 보면 가정부는 어디로 내보내 놓고 있는지도 모른다.

"전보요! 홍콩에서 지급전보요!"

대문 밖에선 분명히 좀 장난스럽게 들리는 말투로 그런 소리를 지르고 있다.

홍콩에서의 지급전보라는 바람에 나는 주인집 심부름이나 해줄 생각으로 방문을 열고 나갔다.

"전보 왔습니다. 문 좀 여십시오!"

"홍콩에서 전보가 왔어요?"

나는 홍콩이 배 여사와 연관 있는 곳이라서 의심 없이 대문 빗장을 따 주고는 어둠 속으로 몸을 비켜 세웠다.

그 순간이었다. 나 이문용은 눈에서 불이 번쩍 났다. 정신이 아찔해지는 바람에 뭐가 어떻게 된 것인지 몰라 불시에 도망을 치려 하는데도 뜻대로 되지 않았다.

"이 쌍 화냥년아!"

이번엔 주먹이 내 볼기를 치는 것이다. 거듭해서 세찬 주먹이 날아왔다.

나는 어둠 속에서 비명도 제대로 지르지를 못하고 그 자리에 쓰러졌다. 만만찮은 폭력이었다. 내 허리를 걷어차는 발길질은 사정을 두지 않는다. 두 사내인 것 같았다. 뭐라고 입에 담지 못할 욕설을 퍼붓고 있었으나 귀에 들어오지 않는다.

"어디 안방에 좀 가 보자! 현장을 검증해야겠다."

우르르 대청 쪽을 향해 달려가는 무법의 발소리가 요란했다.

"이게 무슨 짓들야! 깡패들이냐!"

대청 쪽에서 터지는 배 여사의 호통이 퍽은 날카로웠으나 몹시 당황한 것 같다.

"너들 뭔데 밤중에 남의 가택엘 침입해서 폭력을 휘두르냐! 뭐야? 너들."

다그치는 배 여사의 언성은 더욱 여문 것 같으면서도 비명에 가까웠다.

"어머나 이 피!"

다급하게 달려나온 안악댁이 나를 추스려 일으키다 말고 소리친다.

"느들 강도냐, 뭐냐?"

이제 배 여사의 호통은 맥이 빠져 있었다.

"아니 이게 뭐 어떻게 된 거야?"

안방을 휘둘러 본 괴한 중의 한 사람이 그런 소리를 흘리고 있었다.

"그래, 안방에 뭐가 있다구 검증을 한대는 거냐? 자 봐라! 너들 뭘 찾구 있는 거야? 뒷 책임질 각오 단단히 하라구."

배 여사의 고함은 자신이 없으면서 좀 전보다는 날카로웠다. 괴한들의 정체를 아는 것 같았다.

그러는 사이에 나는 안악댁의 부축을 받으며 방으로 끌려 들어온다.

"어머나 이 피."

안악댁의 설명에 따르면 나는 정수리에서도 이마에서도 피를 흘리고 있다. 정수리는 몽둥이에 맞은 것 같지만 이마는 어떻게 돼서 찢어졌는지 모르겠다.

나는 방에 끌려 들어가자 곧 의식을 잃었다.

눈을 떠보니까 집 안은 고요하고 도수 높은 안경을 낀 늙은 의사가 내 팔에다 주사를 놓고는 막 돌아서는 중이었다.

배 여사가 나를 지켜보고 서 있다.

"미안해요, 아줌마."

나는 그런 소리를 듣자 나도 모르게 히쭉 웃는다. 왠지 고마운 생각이 든다. 나에게 미안하다고 사과를 하는 배 여사를 보자 이상하게도 그네가 고마운 생각이 든다.

"저 때문에 봉변을 당하신 거예요, 아줌마 미안해요."

나는 눈물이 날 만큼 정말 배 여사가 고맙다. 그리고 내 자신이 대견해진다.

내가 신세를 많이 지고 있는 주인 배 여사의 위난을 대신 나서서 막아 준 것이 대견하게 여겨진다. 무슨 공갚음을 했대서가 아니라 남이 위급해진 순간 내가 몸을 던져 대신 그 어떤 재화를 당함으로써 남에게 좋은 일을 했다는 사실이 퍽은 흐뭇한 것이다.

나는 머리며 이마에다 붕대를 감고 있었다. 두 눈만 남긴 채 붕대를 감고 있는 것이다. 상처가 여러 군데인 모양이다. 엉치도 아프고 오른켠 정강이에도 심한 통증을 느끼지만 구태여 그것을 호소하지 않고 참는다.

"난 괜찮으니 어서 들어가세요."

나는 손을 휘저어 배 여사에게 안심을 시키려 든다.

배 여사가 나가고 의사를 배웅한 안악댁이 돌아오고 하자 나는 또 히쭉히쭉 웃는다. 엉치와 정강이의 통증을 참느라고 히쭉거리며 웃는다.

간통하다가 현장을 습격당한 여자를 대신해 피를 흘려준 나를 위하여 나는 연신 대견한 웃음을 터뜨린다.

나 자신의 액운을 겪어 나가기에도 지쳤으면서 남의 액땜을 해주느라고 머리통이 깨지고 이마가 찢어진 이 이문용이가 대견해서 흐뭇한 웃음이 터진다.

"글쎄, 이게 무슨 꼴이냐 말예요. 세상에 벨일두 다 많네."

안악댁은 어이가 없어서 눈물이 글썽해진다. 아마도 억울한 흉변에 머리통이 깨진 나를 불쌍히 여기면서 눈물을 흘리는가보다.

"글쎄, 안방에 있던 국회의원은 너무도 다급했던지 뒷문으로 빠져나가 변소간에 숨어 있었지 뭐예요. 아까 그 사람들은 홍콩에 있는 그 남자의 동생들이래요. 불량자인데 어떤 증거를 잡아가지구 배 여사한테 뭘 요구할 작정이었나봐. 일 더럽게 됐다구 투덜거리며 돌아갔대요. 그러니까 배 여사는 필한 엄마 때문에 위기를 모면한 거예요."

안악댁은 배 여사가 간부와 놀아나다가 들켜서 좀 더 구체적으로 혼이 나는 꼴을 보지 못한 게 못내 아쉬운 눈치였다.

"포탄 속을 뚫고 피난을 올 때도 생채기 하나 없이 오셨는데 글쎄 이게 뭐예요. 그런 것들의 액맥이 노릇을 하느라구 이마가 다 찢어졌으니."

안악댁은 두고두고 생각해도 분통이 터지는 모양인지 두 눈이 빨개진 채 푸념을 하고 있는 것이다.

"글쎄, 저것들은 다시 엉켜 붙었어요. 안방에서 이제 오늘밤은 다 팔아 두 내 땅이라는 기분일 거예요."

그런 줄 몰랐는데 안악댁은 배 여사에 대한 감정이 아주 좋지 않은 것 같다. 전부터 그랬는지 요새 갑자기 그래졌는지 어느 쪽인지 알 수는 없지만 아마도 배 여사의 자유분방한 사생활에 대한 반발일 것이다.

그러고 보니 나는 그동안 전쟁이 몰고 온 여러 가지의 인간 본성을 눈으로 확인한 셈이다.

한강에서 극한에 처한 변질된 모정을 보았다.

점촌에선 죽은 자와 산 자의 처절할 만큼 천연덕스런 비정을 보았다.

이제 여기서는 전쟁 따윈 아랑곳없이 화려한 옷을 입고 좋은 집에서 하는 일없이 편안한 생활을 하고 있는 한 여자의 내면세계를 똑똑히 목격했다.

그밖에도 많이 보았다. 시장 속에서 사는 사람들의 그 악다구니도 보았고, 그리고 이제는 늙어 속돼버린 안악댁도 보았고, 그리고 또 나 이문용의 이 한결같이 희극적인 인생을 다시 한 번 확인한 셈이다.

나는 통증을 참으며 안악댁에게 조용히 말한다.

"이제 고만 이 집에서 나갑시다. 그동안 너무 호강을 하며 지냈어요. 난 호강을 해선 안되는데 말야."

사실이다. 나는 호강을 해선 안되는 사람이다. 호사다마라는 말이 있지 않은가.

나는 호강을 해선 안된다. 그동안은 과분한 호강을 하며 지내왔다. 마음 편하게 지냈으니 호강이다. 나는 그런 호강이 갑자기 무서워진 것이다. 도대체 전쟁이 났기 때문에 내 생활이 편해지고 마음도 몸도 안일한 호강을 했다는 게 이상하지 않은가. 왜 잠시나마 나에게 그런 호강을 던져줬을까. 누가 무슨 속셈이 있어서.

나는 불안해진 것이다. 이 대단치 않은 호강에서 빨리 탈출하지 않는다면 다시는 구원받을 수 없을 시지푸스의 바위 굴리기와 같은 시련이 누군가에 의해서 내 앞에 풀쩍 던져질 게 뻔한 것이다.

"비가 또 쏟아지는가보지?"

정말 밤비 소리가 요란해지고 있다. 태풍이 상륙하고 있는지도 모른다.

아주 난폭하고 심술궂은 태풍이, 폭우를 먼저 보내오고 있는지도 모른다.

제22장

묘하게도 우리의 생활은 날이 갈수록 안정이 돼갔다.

나는 그처럼 안정돼가는 나의 생활이 불안해서 조바심을 했다. 그 불안을 잉태한 안정에서 탈출하기 위해서도 이사를 해야지 해야지 벼르면서 그대로 새로운 봄을 맞이했다.

종수란 녀석은 물론이거니와 갓난쟁이도 안악댁의 아기도 별 탈 없이 잘자라고 있었다. 우리는 밀려드는 일거리로 눈코 뜰 사이가 없는 나날을 보내는 동안에 돈도 꽤 모았다.

그러던 어느 날 밖에서 돌아온 안악댁이 싱글벙글 기쁨을 감추지 못하는 것이다.

"뭐 좋은 일이라도 생겼수?"

"글쎄 채(蔡)씨를 만났지 뭐예요."

"채씨라니?"

"우리 애기 아버지 말예요."

나는 남의 일 같지가 않아서 안악댁의 손을 덥썩 잡고는 내 일 이상으로 기뻐했다.

이제 안악댁은 산후의 주접이 가셔가고 있는 중이다.

그런데도 몰골은 앙상했다. 그동안 못먹은 것도 아니건만 아마 아기에게 모체의 영양을 너무 뺏겼던 것이 아닌가 싶다.

어쨌든 안악댁은 어깨에서 뼈마디가 삐걱삐걱 울 것처럼 깡말라 있었다. 그래서 허리가 한 줌도 안될 만큼 가늘었다.

그런 몰골이었는데도 안악댁은 틈만 있으면 어린것을 나에게 맡기고 거리로 나가 헤매더니 기어코 그 사람을 만났다는 것이다.

"경사 났네. 어디서 어떻게 만났다는 게야?"

"글쎄 광복동 네거리를 지나려는데 누가 길을 딱 가로막잖겠수?"

"놀라 졸도 안한 게 다행이군?"

"누가 아니래요."

"좀 데리고 오지 그랬어."

"둘이 붙잡구 한바탕 울었어요."

"광복동 네거리에서?"

"그이 하숙으로 가서."

"하숙은 또 왜 하숙이야? 처자가 있다더니만."

"자기 떨거지들만 데리구 피난한 줄 알았는데 그런 게 아니래요. 처자 소식을 모른다는걸. 전에 경찰 간부를 지냈대요. 겁이 나니까 먼저 서울을 뜬 모양이야."

"그렇기로서니."

사실이라면 앞으로 안악댁이 어떻게 될 것인가를 생각해보지 않을 수 없었다.

"애기 낳았단 얘길 했수?"

"의외루 좋아하데요. 역시 나쁜 사람이 아니었어요. 짐 싸가지구 자기 하숙으로 옮기래요."

"그럼 옮겨야지. 다행이유, 일구월심 그리워하던 애기 아버지를 다시 만났다니. 아마 애기가 복덩이인가보지?"

이튿날 저녁 무렵 안악댁은 그 채씨를 데리고 와서 나에게 상면을 시켰다.

첫눈에도 서투르지가 않은 희멀겋게 잘 생긴 장년이었다. 어쩌면 이정호 그 사람과 비슷하지 않은가 싶어서 나로서는 초면인데도 남 같지가 않았다.

나는 안악댁의 보호자나 되는 것처럼 그에게 당부하기를,

"우리가 다 이제 나이도 있고 하니 점잖게 살아야 하지 않겠어요? 모두 외로운 처지인데 서로 깊은 애정으로 의지해가며 지내도록 하세요."
라고 훈계하듯 했더니,

"여부가 있겠습니까. 그렇잖아도 피난 떠날 때 연결을 갖지 못한 것을 두고두고 후회하며 가슴 아파해 왔습니다. 원래는 마산에 가 있었는데 아무래도 부산에 오면 만날 듯싶은 예감이 있어서 왔더니 마치 광복동 네거리에서 어느 날 어느 때 만나기로 약속이나 돼 있었던 것처럼 딱 마주쳤습니다."

그의 그런 얘기로 미루어보면 그게 헛소리는 아닌 성싶어서,

"다 자비로운 부처님의 가르치심이겠지요. 어느 날 어느 시에 어디로 가면 두 분이 만나게 되리라고 계시를 하신 거예요. 마음이 있으면 통한다잖아요?"

내가 내 일 못잖게 기뻐하는 것을 보자 안악댁은 눈물을 찔끔거리면서,

"인제 보세요. 필한 엄마두 곧 그분을 만나게 될걸요, 뭐. 이정호 씨 그분 말예요."

정말 듣고도 싶지 않은 엉뚱한 소리를 꺼내는 바람에,

"그 사람은 죽었다니까 그러는군."

나는 아주 언짢은 기색으로 말을 잘라버리며 마침 가슴으로 파고드는 갓난쟁이 종수 동생의 주먹을 송충이 털 듯 떨어버렸다.

그런데 그러한 나의 무심했던 동작은 안악댁에게 전에 없이 심각한 충격을 주고 말았다.

"저 주먹, 저 저."

얼굴이 새파랗게 질린 안악댁이 손으로 허공을 저으면서 계속,

"저거, 저거, 저거……." 라고 기묘한 헛소리를 흘리다가 뒤로 벌렁 나자빠지며 두 눈을 까뒤집는 것이었다.

나는 안악댁과 30년을 같이 지내는 동안 일찍이 그네에게 그런 흉한 지병이 있다는 사실을 알지 못한다.

다행히 안악댁은 곧 진정이 되고 정신을 차리긴 했으나, 그러나 나도 채 씨도 너무나 놀라고 당황했기 때문에 그저 멍하니 앉아 있을 뿐이었다.

나는 안악댁을 위하여 통곡을 해주고 싶었다. 호사다마, 세상에 그럴 수가 없는 것이다.

"채 선생님."

나는 조용히, 그러나 비통한 심정으로 입을 열었다.

"제 얘기엔 손톱만치의 거짓도 없다는 것을 믿어주세요."

나는 안악댁의 손을 끌어다 꼭 쥐면서 눈물을 펑펑 쏟았다.

"30년을 저 서모와 같이 사는 동안에 오늘과 같은 일은 처음 겪었어요.

오매불망이던 선생님을 만나게 된 충격이 너무 컸던 게 아닌지 모르겠습니다. 나는 저이가 왜 별안간 실신을 했던 것인지, 그 또 다른 원인을 알고 있어요. 이 애기의 주먹을 보는 순간 충격을 받은 것이에요."

"주먹을 보고 충격을 받다뇨?"

채씨는 실망과 경악이 한데 엉킨 착잡한 심정으로 담배를 빨고 있었다.

"이 애기의 주먹을 보면 저이도 나도 아주 참아내기 어려운 충격을 받곤 해요. 지금 내가 무심히 이 아기의 주먹을 떨어버린 게 탈이 됐어요. 전 같으면 그런 일까진 없었으련만 산후에 몸이 쇠약해진데다가 낮이나 밤이나 그리워하던 선생님을 만났기 때문에 신경이 극도로 날카로워졌던 게 분명합니다. 채 선생님, 잘 좀 위해주세요. 불쌍한 분이니."

나는 열심히 채씨에게 애원을 하고 있었다.

"애기 주먹을 보면 두 분이 다 충격을 받는단 말씀입니까?"

"이 애기의 주먹엔 그럴 만한 사연이 있습니다. 도저히 잊어버릴 수 없는 사연이 있어요."

나는 어쩔 수 없이 점촌에서 겪은 그 참상을 채씨에게 자세히 설명해주느라고 진땀을 흘렸다.

정말 그것은 지난날의 화제로 지껄이기엔 너무나 부담스러운 이야기다.

나는 그 이야기를 하는 동안에 나 자신을 지탱하기 위하여 어린것의 바로 그 피투성이였던 주먹을 꼭 쥐고 있었다.

"이런 바보 양반. 전쟁 땐 그보다 더한 꼴을 얼마든지 보게 마련인데."

채씨는 안악댁의 손을 잡으며 어색한 실소를 터뜨리는 것으로 긴장했던 자기의 마음을 풀어버리는 것 같았다.

"천성이 너무 어질고 착해 빠져서 그래요. 이제부턴 채 선생님의 힘과 보살핌 없인 못살 사람이니 그렇게 아셔야 합니다."

"염려 마십시오. 저도 산전수전 다 겪었습니다. 사람이 소중하다는 것을 뼈저리게 느꼈구요."

채씨의 말투는 진지했으나 그 표정엔 아무래도 허탈감이 깃들어 있었다.

다음날로 안악댁은 내 곁을 떠나면서 어린애처럼 울먹였다.

"또 잘못되면 돌아올래요. 받아주셔야 돼요."

안악댁은 농담처럼 말했지만 그것은 진심의 토로였을 것이다.

나도 안악댁도 오늘날까지 너무나 숙명적인 인생을 살아왔다. 잘됐다 싶은 일이 불행의 실마리가 됐고 고비를 넘겼다 싶으면 다시 새로운 고비가 닥치곤 하는, 한 마디로 불운의 불연속선상에서 방황해온 삶이었는데 안악댁이 이제 좋은 사람 곁으로 간다 하더라도 무슨 파탄이 다음 순서를 기다리고 있는 것인지 불안하기만 할 것이다.

— 또 잘못되면 돌아올래요.

정말 대수롭지 않게 입에서 튀어나온 말이 아닐 것이다. 이합무쌍(離合無雙)이었다. 우리 두 여편네는 헤어졌다간 다시 합치고 합쳤다간 다시 헤어지는 그런 인연으로 이 나이가 된 것이다.

"안 받을래. 절대로 안 받아요."

"각오는 굳지만 순탄한 길론 여기지 않아요. 어쨌든 사람의 일을 어떻게 장담할 수 있겠어요. 더군다나 이 박복한 위인의 일인데."

"그래도 이번엔 잘 되겠지."

"종수는 내가 데려다 기를까요?"

"왜?"

"정도 들구 했으니."

나는 고개를 가로저었다. 필시 내 짐을 덜어주려고 그런 생각을 한 모양이지만 그게 어디 될 말인가.

"안악댁이 가면 우리 고아원도 문을 닫아야겠어."

"제발 그렇게 하세요. 이젠 좀 홀가분하게 지내시는 게 좋아요."

안악댁은 나를 염려하고 나는 안악댁의 장래를 걱정하면서 헤어졌다.

짐이라야 피난 보따리 몇 개이지만 그렇더라도 여자가 잠자리를 옮기려면 여러 가지 짐과 준비와 뒤처리가 필요했다.

안악댁은 그렇게 해서 내 곁을 떠나갔다.

나는 갑자기 무변광야에 외로이 팽개쳐진 것 같은 심정이었다.

이틀 동안을 일도 안 하고 소일하면서 생각해낸 것이 안악댁과의 헤어짐을 계기로 삼아 내 안정된 생활을 파괴해버려야겠다는 다짐이었다.

그러지 않는다면 이번에야말로 어떤 수습할 길 없는 재난이 덮칠 듯싶은 것이다.

나는 그날로 서둘렀다. 아이들을 고아원에다 맡기기로 하고, 우선 종수란 녀석을 설득했다. 고아원의 실정을 알아봤다.

서면(西面)에 있는 동산고아원이 외국 재단의 운영이기 때문에 시설도 좋고 아이들에게 장래성도 있다는 바람에 그리로 찾아갔다.

잘 생긴 목사 부부가 외국 종교 재단의 원조로 운영한다는 동산고아원은 바닷가라서 파도 소리가 시원했다.

60대의 백발이 아름다운 목사 원장은 나의 청원을 진지한 태도로 들어 줬다.

"지금 우리 원생은 3백 명이 넘습네다. 더 맡기 어렵지만 사정이 그러시다면 어쩔 수 없군요. 그동안 좋은 일 많이 하셨습니다. 부인에게 하나님의 가호가 있기를 빕네다."

인정이 철철 넘쳐흐르는 말투여서 마음이 놓였다.

"제게 그동안 모인 돈이 좀 있어요. 많지는 않지만 두고 갈 것이니까 아이들 양육비에 보태주세요."

"그렇게 안 하셔도 괜찮은데……."

"내겐 돈이라는 게 필요 없습니다. 나 한 몸이구 열심히 꿈지럭거리면 나 하나 먹고 입을 만큼은 벌 수가 있어요."

나는 부산에 온 이후 바느질 품팔이로 여축된 돈을 몽땅 털어놓았다. 헌 돈을 다리미로 빳빳이 다렸고 찢어진 것은 풀로 붙여서 차곡차곡 재두었던 여러 뭉치의 지폐다발을 원장에게 내어주고 나오니까 몸도 마음도 날 듯이 홀가분했다.

바다가 보이는 운동장은 3백 평쯤의 넓이인데 화단이 제법 잘 가꿔져 있었다.

얼핏 보기에도 장미, 카네이션, 튤립, 글라디올러스 따위의 외래 화초와 더불어 진달래, 철쭉, 모란, 수선, 백일홍 등 우리 고유의 화초가 피고지고 자라고 있었다.

그 화단이 차지한 면적이 전체 운동장에 비해서 과분한 넓이였다.

"꽃을 많이 가꾸시네요."

배웅을 하려고 나를 뒤따르는 원장은 스스로도 대견한 듯이 대답했다.

"전쟁과 불우한 환경으로 마음이 살벌해진 우리 아들딸들에게 우선 꽃을 사랑하도록 가르치고 있습네다. 저 많은 꽃이 늘 모자라지요."

"모자란다뇨? 꽃장수들한테 팝니까? 카네이션이 가장 많군요."

"팔지 않습네다."

"그럼 왜 모자라나요? 저렇게 많은 꽃이."

"모든 원생들한테 사흘에 한 송이씩 꽃을 달아줍네다. 저 아이들을 보십쇼. 모두 가슴에다 꽃을 꽂았습네다."

"참말 그렇군요."

"가슴에 단 꽃을 누가 가장 사랑하고 시들지 않게 하나 경쟁을 시킵네다. 꽃을 잘 사랑한 원생들에겐 상을 주지요. 그런 생활을 하다 보면 살벌한 마음이 꽃 사랑하는 착한 마음으로 바뀝네다. 화단에 두고 잘 가꾸게도 합니다만 역시 가슴에 꽂고 식사할 때나 잠잘 때나 일할 때나 그 아름다움을 보면서 냄새를 맡으며 사랑하게 하는 것이 훨씬 교육적입네다. 아이들 가슴에 달아주기 위해서는 꽃 꺾는 게 아깝지 않아요."

운동장 한쪽에선 마침 야외 교습을 시키고 있는 중이었다.

30여 명의 조무래기들을 모아놓고 키가 껑청한 젊은 보모가 열심히 무엇을 가르치고 있었다.

그 보모는 조무래기들에게 아마 무슨 질문을 던졌던 것 같다.

갑자기 네, 네, 네, 하는 소리와 함께 여기저기서 햇감자만한 주먹들이 불쑥불쑥 솟구쳤다. 수십 개의 자그마한 주먹들이 네, 네, 네 소리를 곁들이며 솟아올랐다. 푸른 하늘과 구름과 파도를 배경으로 그 주먹들이, 수십 개의 어린 주먹들이 솟구쳐 올랐다.

나는 그것을 보는 순간 발길을 멈추고는 눈을 꽉 감았다. 잔등에서 식은 땀이 흘렀다.

피투성이의 주먹들로 보였다. 방금 엄마의 뱃속을 휘젓다가 쑥쑥 뽑은 피투성이의 주먹들로 보였다.

그 피투성이의 어린 주먹들이 일제히 나한테 주먹질을 하고 있는 것만 같았다. 배신자라고 외치는 게 아닌지 모르겠다. 네, 네, 네가 아니라 배신자, 배신자, 배신자가 아닌지 모르겠다.

아직 이름조차 짓지 않은 채 그 특수한 인연의 어린 아기를 고아원에다 맡겨버리려는 내 소행을 배신자로 규정한 게 틀림이 없다. 포기는 배신일 수가 있는 것이다.

그동안 나는 여러 차례 안악댁과도 의논을 하고 했으면서 아직껏 아기의 이름을 정하지 않은 까닭이 있다.

아기의 이름도 덕이 있고 복이 있는 사람이 지어줘야 할 것이라는 생각이 있었기 때문이다. 나나 안악댁이 명명해선 안될 것 같았다. 그런데 그 아기를 이제 와서 고아원에다 떠맡기려 하는 것은 어린 영혼에 대한 나의 배신인지도 모른다. 그것을 항의하는 것이 아닐까.

저 조무래기들은 하나의 동지 의식으로 나나 안악댁이 도저히 머릿속에서 지워버릴 수 없는, 그 피 묻은 주먹을 휘두르며 강경한 항의를 하고 있는 게 아니냐 말이다. 나는 머릿속에서 피가 싹 내려갔다.

네, 네, 네. 배신자, 배신자, 배신자. 피 묻은 주먹, 주먹, 주먹의 데먼스트레이션.

나는 도저히 나 자신을 지탱해낼 재간이 없다. 두 눈을 꽉 감고, 저들에게 등을 돌리고, 이를 악물고, 그렇게 해서 피살되려는 찰나의 나 이문용의 의식을 꼬집어주곤 있지만 그러나 저 주먹, 솟구치는 저 시뻘건 주먹들의 의미를 도저히 묵살해버릴 재간이 없다.

정말 나는 그 어린 주먹들에게 피살되는 것만 같았다. 내 가슴이 헤쳐지고 배에 큰 동공이 생긴 것 같았다.

나는 눈을 부릅뜨고 그 조무래기들의 붉은 주먹을 응시하기 시작한다. 햇감자알 같은 주먹이 붉어졌다 희어졌다 하고 있었다. 나는 더욱 눈을 부릅뜬다. 그렇지만 나의 눈총은 망원경이나 현미경의 렌즈와는 다르다. 마음 없는, 자의로는 조작되지 않는 무기물의 눈총이 아니다. 핀트를 맞추거나, 거리를 조정하거나, 빛의 강약을 가감함으로써 비로소 어떤 대상을 포착할 수 있는 그런 광학 렌즈와는 다르다.

나의 눈은 내 의지의 작용으로 가시물의 성격을 결정할 수가 있다. 만약 내가 보려는 대상이 무기물이라면 내 눈총은 그 내부에까진 투시하기가 어렵겠지만, 그러나 대상이 영혼을 가진 생물인 경우엔 능히 상대의 인식을 발기발기 찢어버릴 만한 힘을 가졌다.

나는 알고 있는 것이다. 나뿐이 아니라 모든 사람들은 어떤 대상을 뚫어지게 응시하고 있노라면 이미 인식하고 있는 그 대상에 대한 개념이 차츰 바뀌어진다는 사실을 알고 있다.

거울 속에 비친 자기 모습을 뚫어지도록 노려보고 있으면 어느 틈에 그것이 나 아닌 다른 존재로 변해버리는 수가 있다. 다른 사람의 실제 얼굴을 그런 식으로 쏘아봐도 마찬가지다. 차츰 내가 알고 있는 상대와는 어딘가 다른 존재로 변해버린다. 장미꽃을 오래도록 보고 있으면 그것이 모란과 어떻게 다른지 해당화와 뭐가 틀리는지 분간이 가지 않게 되기 십상이고, 잔뜩 흐린 하늘을 쳐다보며 햇빛 반짝이는 푸른 하늘을 연상하면 어느 틈엔가 하늘에서 구름은 간 곳이 없다. 웃는 얼굴을 오래도록 쏘아보라. 우는 얼굴과 구별이 되지 않게 된다. 적을 노려보라. 오래도록 노려보라. 동지로 보일 수도 있다.

그것은 사람 저마다 자신의 무의식적인 의식으로 눈의 초점을 조절하는 것이기 때문이 아닐까.

나는 오늘날까지 주검을 수없이 봐온 여자다. 필한이가 죽었을 때 오래도록 그 귀여운 얼굴을 보고 있으려니까 금방 생글거리며 웃는 것 같았고, 식어가는 손을 쥐어주고 있으려니까 차츰 온기가 더해지면서 금방이라도 내 젖가슴을 더듬을 듯싶었다. 상대를 응시한다는 것은 그만큼 자의식을 강하게 만드는 유일한 방법임을 알고 있다.

헛것이, 환각이 눈앞에 어른거릴 때 두 눈을 감아버린다는 것은 결국 자신의 자의식을 팽개치는 결과가 되어 꼼짝없이 그 환각에 휘말려버리기 십

상이다. 나는 오랫동안의 경험으로 내 흔들리는 심상이 벽에 부딪쳤을 때
그 벽을 어떻게 해야 허물 수 있다는 것을 알고 있는 것이다.

나는 그 피투성이의 수많은 주먹들을 노려보기 위하여 두 눈을 계속 부
릅떴다.

그러자 그 색깔의 요지경 속이던 주먹들이 차츰 안정된 살 색깔로 변하
기 시작했다. 더욱 더 쏘아보는 사이에 그 많던 주먹들이 모두 자취를 감추
고 말았다.

나는 결국 그 햇감자알 같은 주먹들의 의지를 해체시키는 데 성공했으며
자칫 잃어버릴 뻔했던 나의 의지를 소생시키는 데도 성공했다.

나는 크게 한숨을 뽑으며 귀를 기울여봤다.

"얘들아, 비는 어디서 오나. 구름에서 오지? 구름은 어디서 생기나. 비가
다시 하늘로 올라가서 구름이 되지? 그러니까 구름과 비는 어른들과 아이
들 같단 말야. 어른들한테서 아이가 생기구, 아이가 자라서 어른이 되구."

젊은 보모는 실로 묘한 이야기를 목청 높여 지껄여대고 있었다.

조무래기들한텐 그 뜻이 전달될 듯싶지도 않은데, 그 말이 이해될 것 같
지도 않은데, 그래도 혼자 목청을 높여가며 그런 소리를 지껄이고 있는 젊
은 보모의 속셈이 뭔지 모르겠다.

그러나 나에게는 그 말이 큰 교훈으로 들렸다. 보모는 아이들에게가 아
니라 나한테 그런 윤회의 법칙을 구체적으로 설명하고 있는 느낌이다. 내
가 존재하는 것은 아이들이 있기 때문이고 아이들이 있는 것은 내가 있기
때문이라고 일깨워줌으로써 이 허망해진 내 영혼에다 어떤 연대의식을 불
어넣어 주려는 것이 아닌지 모르겠다.

그러나 나는 나에게 말한다. 내가 종수 오누이를 데리고 있으면 그 아이
들이 어떤 보이지 않는 음영에 묻혀 시들어 갈지도 모른다. 물속에 푸른 이

끼가 끼면 바둑돌도 모래알도 같은 빛이 되고 비슷한 모양으로 변한다. 나의 몸에선 그런 보이지 않는 뭣인가가 발산한다. 아이들을 그러한 내 그늘 밑에다 둬 둘 수는 없다. 거기다가 나는 결심한대로 최근의 내 안정돼버린 생활을 파괴해야 하지 않겠는가. 그것을 파괴하지 않으면 쌓이고 응결된 어떤 불운이 눈사태처럼 나를 덮칠 것만 같은데 어쩌라는 것이냐. 나는 다른 것은 못 믿어도 내 운명만은 믿는다.

장마철의 강우전선처럼 파상적으로 몰아닥치는 불운의 비바람이 항상 대기하고 있는 게 내 운명이라는 사실만은 오랜 체험으로 확실히 믿고 있는 것이다.

내가 한 자리에 너무 오래도록 서 있었던 모양이다. 원장이 옆에서 말했다.

"그럼 부인 안녕히 가십시오."

"안녕히 계세요. 내일 아침에 아이들을 데려오겠습니다, 원장님."

원장은 등을 돌려 걷기 시작했고 나는 운동장 한쪽에서 야외공부를 하고 있는 아이들의 무리를 뒤로 하며 걷다가 다시 한 번 내 눈에 비치는 정경을 확인해본다.

이제는 아이들의 모습이 지극히 정상적으로 보인다. 주먹들이 별로 눈에 띄지 않았으며 간혹 그것이 보여도 피가 묻거나 어떤 환각을 연상케 하거나 하지를 않았다.

나는 천천히, 그러나 확실한 보조로 걷기 시작했다.

꽤 요란한데도 파도 소리를 의식하지 못했다.

무적(霧笛) 소리가 뚜우뚜우 간단없이 들려올 뿐이다.

이튿날 일찌감치 나는 내 두 원생들을 동산고아원으로 이주시켰다. 종수란 녀석은 나이가 있어서 눈물이 글썽해졌지만 갓난쟁이는 새로운 젊은 엄마에게 안긴 채 즐거운 듯이 주먹을 흔들었다.

신기하게도 나는 그 참담한 전설로 얼룩진 어린 주먹일망정 퍽은 귀엽고 정갈해보여서 여러 차례 그 주먹에다 입맞춤을 해주었다.

"아기의 이름을 곧 지어주세요, 선생님."

당연히 확인할 듯도 싶건만 젊은 보모는 아기의 출생에 관한 자료나 성씨마저도 화제에 올리지 않았다.

"이 애 오빠가 종수니까 종(鐘)자 돌림으로 짓는 게 좋을지도 모르겠군요."

"성은요?"

"글쎄요. 성은 나도 잘 모르겠으니 선생님한테 일임하겠어요."

"가끔 들러주십시오."

"보고 싶을 땐 와봐도 되겠지요?"

"오십시오, 자주 오시는 걸 환영합니다."

나는 매몰스럽게 등을 돌려 도망치듯 동산고아원을 빠져나왔다.

나는 이제 또 홀홀단신이 된 것이다. 이 세상에서 누구 하나 나에게 관심을 가질 필요도 없으며 나 또한 누구에게도 마음을 쓸 필요가 없게 됐다.

며칠 후 나는 광복동 배 여사의 집을 버리고 다시 용두산 꼭대기의 움막으로 거처를 옮겼다. 먼저 살던 동네보다도 훨씬 높은 지대인데다가 원체 빈민굴이기 때문에 거기선 삯바느질집 간판도 걸 수가 없었다.

나는 방랑에 대한 강렬한 유혹을 느꼈다. 광주리를 마련했다. 굴비 댓 두름을 그 광주리에 사 담아 이고는 시내에서 벗어났다.

그날 이후 나는 주로 농촌 농가를 찾아다니며 생선 장수를 하는 것이다. 닷새 열흘씩 집을 비우기가 일쑤였다. 임질에 서툴러서 머리밑이 헐고 고개가 한쪽으로 삐뚤어지곤 했으나 차츰 익숙해져 갔다. 시작은 굴비 장수였으나 상품은 멋대로 바뀌어갔다.

무엇이건 다 팔리면 아무 시골장에서나 눈에 띄는 물건을 다시 받아 이고 발 가는 대로 돌아다니곤 했다. 2천 원어치를 사서 팔아보면 천오백 원도 되고 천 원도 되곤 했으나 어떤 때는 3천 원이 될 때도 있어서 그렁저렁 밑천은 잘라먹지 않았다. 삼천포에도 가고 마산 진해까지도 진출했다.

물론 장사만이 목적일 수는 없었다. 그런 식으로 정처 없이 방랑을 하는 자신이 신기하기도 하고 발전한 것 같기도 해서 마냥 즐거웠다.

도대체 일정한 거처를 정하고 그것을 떠나지 못한다는 그런 생활 자체가 이상하게 여겨질 정도였다.

무주처(無住處)의 인생으로 세상 인정을 편력하면서 하늘과 땅 사이를 허허로이 방랑하다가 아무데서나 누구의 관심도 끌지 않고 흙이 돼버릴 수 있다면 죽어서도 마음이 편할 듯싶었다.

왜 갑자기 그런 허무주의적인 생각을 하게 됐는지는 알 수가 없다.

누구보다도 가장 집요하게 살아온 50평생이기 때문에 그런 허허로운 인생관에 정착해버린 것이라면 나도 해탈한 게 아닐까, 그럴 만한 나이도 됐다.

나는 그날그날이 즐거울 수 있었다.

한두 끼씩 끼니를 굶어도 대수롭지가 않았으며 오다가다 심한 비바람을 만나도 뛰거나 비를 피하려고 바둥거리지를 않았다. 저녁에 잘 곳이 없을 때도 허다했으나 번번이 거릿잠을 자지 않도록 되는 것이 신기할 지경이었다.

단골도 생겼다. 여름엔 푸성귀나 과일을 팔기도 했고 겨울엔 방물장수로 둔갑을 해서 돈 대신 잡곡이나 콩 팥 등속을 받기도 했다.

돈 대신 받은 곡식이 무거워지면 그나마도 없는 집을 찾아다니며 털어주곤 하기도 했다. 그런 식으로 떠돌아다니니까 나를 담당하고 있는 마귀조차도 지쳐버린 모양이었다. 쫓아다니기에 지쳤는지 1년이 훌쩍 갔는데도 나에게 새로운 재화(災禍)를 안겨주지 못했다.

신기하게도 나는 재복만은 타고난 것 같다. 돈에 대해선 욕심을 낸 일이 없건만 곧잘 여축이 됐다. 두 번인가 동산고아원에 들러 모인 돈을 털어줬다. 세 번째 들렀을 때 원장 목사는 찾아간 나를 보자마자 퍽 침울한 표정을 짓는 것이었다.

"아주 미안한 말씀을 드려야 하겠어요."

나는 잠자코 그의 '아주 미안한 말씀' 을 기다렸다.

"종순이가 주님 곁으로 갔습네."

나는 그게 무슨 말인가 해서 어리둥절했다.

"잘 길러 보려고 최선의 노력은 했습네다만 제 명이 짧았던지 갔습네다."

나는 한참 만에 입을 열었다.

"미안스럽습니다."

"홍역을 앓다가 그렇게 됐습네. 고비를 넘긴 줄 알았는데 어느 날 갑자기 주님 곁으로 가 버리더군요."

"미안스럽습니다."

"그게 하나님의 뜻이겠지만 아무래도 우리의 성의가 부족했었겠지요."

"미안스럽습니다."

"부인을 볼 면목이 없습네."

"미안스럽습니다."

"그러나 종수는 잘 크고 있구, 머리도 아주 영리합네. 전연 말썽이 없어요."

"미안스럽습니다."

나는 계속 다섯 번을 미안스럽다는, 별로 감정도 의미도 없는 말을 반복했다.

젊은 보모가 종수를 원장실로 데려왔다.

"종수야!"

내가 팔을 벌리니까 그 녀석은 멀뚱멀뚱 눈만 꿈벅거릴 뿐 제 의사표시를 하지 않았다.

"내가 누군지 모르니? 내가 누구야?"

젊은 보모가 종수의 등을 밀었다.

"할머니 몰라? 할머니 오셨어요, 하고 인사를 해야지, 어서."

숫기가 꽤 좋던 아이인데 바보처럼 눈치만 보고 서 있는 게 측은해서 나는 녀석을 끌어안고 손으로 머리를 쓰다듬다가 질겁을 했다.

뒤통수에 커다란 부스럼 딱지가 있었고 그것은 아주 지저분하기 이를 데 없는 것이다.

"부스럼이 났구나. 약을 발라두 안 났니? 바보, 할미를 보구 왜 인사도 못해?"

"어서 할머니 오셨어요, 하구 인사드려, 종수야!"

젊은 보모의 명령이 날카롭자 녀석은 퀭한 눈알을 한두 번 굴리더니,

"와아."

하고 울음을 터뜨렸다.

"울긴 바보. 울긴 왜 울어, 할미 보구 왜 울어?"

나도 울고 있었다. 녀석이 나를 보자 말도 못하고 서 있다가 갑자기 울음을 터뜨리고 만 그 이유를 나는 안다. 제 동생이 죽었다는 혈연 간의 아픔 때문일 것이다. 제 책임이라도 되는 것처럼 어린 마음에도 나를 보자 동생

생각이 복받쳤을 것이 뻔하다. 나이 여섯 살이나 된 녀석이니 속이 멀쩡하지 않을라구. 뭔가 나에게 할 말이 많아서 가슴이 뿌듯해졌는지도 모른다.

나는 그러한 종수란 녀석의 심정을 충분히 이해할 수가 있다.

"잠깐 데리구 나갔다가 와두 괜찮겠습니까? 원장님."

그러나 원장은 조용히 고개를 가로저었다.

"안됩니까?"

"안됩니다. 외부 사람과 자주 만나면 곧 이곳을 탈출하게 되는지도 모릅네다. 그렇게 되면 내가 책임을 질 수 없습네다."

나는 젊은 보모를 돌아다봤다.

"이 머리 부스럼에 약이나 사 발라주고 싶어서 그러는데요."

"약은 사무실에 얼마든지 있어요. 자주 발라줬기 때문에 그 이상은 더 번지지 않고 있잖습니까."

젊은 보모가 그런 말을 했다.

나는 그들의 기분을 건드려주고 싶지 않아서 조용히 말했다.

"미안스럽습니다."

나는 그날도 가지고 간 돈을 모조리 털어놓고 여섯 번째의 미안스럽다는 말을 남긴 채 동산고아원을 나섰다.

바닷가를 향해 걷고 있었다. 바람은 자고 그러니까 풍랑이 없었다. 강렬한 폭양이 내리쬐고 있었다. 굴껍질이 다닥 붙은 바윗돌 위에서 벌거숭이 아이녀석들이 즐겁게 장난질을 치고 있었다. 모터보트 한 척이 물살을 헤치며 쾌속으로 크게 원을 그리고 있었다. 알록달록한 무늬의 파라솔을 받친 젊은 여자가 나에겐지 누구에겐지 손을 흔들어보였다.

나는 눈물이 울컥 솟구쳤다.

고아원에 들어가 고작 종순이라는 이름만 얻어놓고 세상을 버린 어린 생명에게 보상할 수 없는 죄를 진 것 같아서다. 저세상에 갔으면 내 아들 필한이를 만났는지도 모르겠다는 생각을 해본다.

"제 누이동생처럼."

"아니 조카딸년과 같겠지."

죽은 자식이란 언제고 죽을 때의 나이와 모습만이 연상된다. 필한이가 살았다면 구레나룻 시커먼 30대 청년인데 돌잡이 어린애로만 내 가슴속에 살아 있다.

"할머니!"

그때 열너덧 살 난 소년 하나가, 언제부터 뒤에 따라붙었는지, 옆에서 다가왔는지 알 수는 없지만 내게로 바싹 붙어섰다.

"종순인 이틀두 아프지 않구 죽은 거예요."

나는 눈을 휘둥그렇게 뜨고는 그 정체 모를 소년을 쏘아봤다.

얼핏 보기에 고아원 아이임이 분명한데 어떻게 내 뒤를 밟아왔는지 모를 일이다.

"넌 누구니?"

"동산고아원에 있어요."

"그래? 종순이가 어쨌다구?"

"별로 아프지두 않았는데 죽었대요."

"네가 그걸 어떻게 알지?"

"죽기 바로 전날두 아무렇지 않게 노는 걸 본걸요."

"그럼 왜 죽었나?"

이런 대화를 이 정체 모를 소년과 해야 하는 것인가 싶으면서도 나는 차츰 흥분하고 있었다.

"갓난애들은 가끔 그렇게 갑자기 죽는걸요."

"그렇게 갑자기 죽다니?"

"아무렇지두 않았는데 죽었다구 밤에 내다가 묻어요. 종순이두 밤중에 파묻었어요."

"죽었길래 파묻었겠지? 화장을 안하구 땅에 파묻나?"

"큰 애가 죽으면 관에 넣어서 화장하러 가지만 꼬마들은 뒷동산에 몰래 파묻는걸요."

나는 입술이 탔다. 입술이 말라 빡빡해졌다.

소년의 말로 추리해 본다면 짙은 의혹이 생긴다. 나이 어린 꼬마들은 앓지도 않고 갑자기 죽는 수가 있단다. 정식으로 화장하는 것도 아니고 밤중에 몰래 뒷동산에다 묻는단다.

의혹을 품을 수밖에 없는 이야기가 된다.

소년도 그런 일을 한두 번 아니게 목격을 했기 때문에, 그래서 어린 생각에도 어른들이 뭔가 무서운 짓을 한다고 판단한 까닭에 일부러 쫓아와 그런 제보를 해주는 것임에 틀림이 없다.

판단력은 미숙하겠지만 저런 소년의 눈은 어른들보다 순수하고 정직하다. 어린 마음에도 의혹이 너무 짙었고, 또 어떤 의분 같은 것을 느껴오지 않았다면 이름도 성도 모를 할망구(나)를 따라와 그런 말을 지껄이지는 않을 것이다.

"넌 언제부터 그 고아원에 들어갔니?"

"3년 됐어요."

"그럼 너두 피난 온 아이냐?"

"우리 집은 개성에 있어요. 피난 오다가 식구를 다 잃어버렸어요. 모두 죽었나봐요. 할머닌 서울 사람이죠?"

"그래, 서울 사람이다."

"인제 서울루 가시겠죠?"

"가게 될 게다. 그건 왜?"

"나두 좀 데려다 주세요. 서울엔 큰아버지가 살구 있었거든요."

"집을 안단 말이야? 큰아버지의 집을."

"가본 일은 없지만 동대문 어디라는 어른들의 얘기를 들은 것 같애요."

"몇 살이냐?"

"열다섯 살이에요."

나는 어떻게 해야 할지 몰라서 소년의 머리만 쓰다듬고 있었다. 착잡한 심경이었다. 비록 내 속으로 낳은 자식은 아닐망정 종순이의 죽음이 가슴 아프건만 거기 또 짙은 의혹마저 풍긴다. 나는 그 충격으로만 해도 눈앞이 어찔거리는데 소년은 저를 서울까지 데려다달란다.

"너 고아원에서 도망치려는 게로구나?"

나는 무심히 동산고아원 쪽을 돌아다보며 지껄였다. 그러자 소년의 눈엔 단박 공포의 빛이 어렸다.

"저기 있으면 밥 주고 옷도 주는데 왜 도망을 치려는 게냐?"

"무서워요."

"왜? 왜 무섭지?"

"그냥 무서워요."

"말해봐. 뭐가 어때서 도망치고 싶을 만큼 무서운가 말해봐요."

"그냥 무서워요."

소년은 필시 뭔가를 눈치 채고 있는 듯싶었다. 고아원에선 남몰래 어떤 비리비정(非理非情)을 저지르고 있는 게 분명하다. 소년은 왜 무서워할까. 왜 그 이유를 밝히려 하지 않는지 모르겠다.

"할머니, 나 서울에 데려다주실래요?"

"너만한 나이라면 너 혼자서도 갈 수 있을 게다. 이 녀석아, 열다섯 살이나 먹었는데 왜 고아원 같은 델 들어갔어? 하다못해 슈샤인 보이질을 하든지 껌이나 양담배라도 팔아서 제 힘으로 살아갈 수 있는 나인데. 네 또래의 그런 아이들이 좀 많으냐? 자그마치 열다섯 살이나 먹구."

"고아원에 들어갈 땐 열 두 살이었는걸요."

"너 종수를 아니?"

"종수요? 잘 몰라요."

이왕 서울로 데려간다면 종수란 녀석이지 지금 처음 보는 이 소년일 수가 없다.

그렇지만 종수도 이 소년도 다 같은 내 핏줄이 아니면서 다 같은 내 아이들로 여겨진다.

"네가 정 서울에 가고 싶으면 가자. 나하구."

"고맙습니다, 할머니."

퍽은 똑똑하고 밝은 성격의 소년이었다.

"네 이름이 뭐냐?"

"서종훈이에요."

"서종훈? 종훈이야, 네 이름이."

"네, 종훈이에요. "

서종훈이라, 서종훈. 누군가가 내게 수수께끼를 던져 준 느낌이다. 서종훈이라? 종수, 종순. 종순은 제 오라비가 종수라서 '종' 자 밑에다 '순' 자를 붙여준 것에 불과하긴 하나 하여간 종수 종순인데 이번엔 종훈이란다.

나는 종수란 녀석의 성을 알 길이 없지만 어쩌면 서씨 성을 가졌을지도 모른다는 생각이 들었다.

서종수, 서종훈. 종훈, 종수.

'혹시 사촌 간은 아닐까?'

지나칠 만큼 공교롭긴 하나 그런 비약이 적중하지 말란 법은 없다. 세상엔 그만한 우연성이 얼마든지 있을 수 있는 것이다. 종훈, 종수, 거기다가 '서' 자만 같다면.

"가자, 그래. 나하구 서울에 가자."

나는 즉석에서 승낙하고는 소년의 손목을 잡았다.

소문에 의하면 곧 휴전이 돼서 서울로 올라가게 될 것이라고 했다. 불과 며칠 사이에 그런 사태가 온다는 것이다.

막상 서울로 올라 갈 것을 결정하고 보니 나는 안악댁의 그 후 소식이 몹시 궁금해진다.

안악댁은 나를 원망하고 있을 것이다.

행방을 알리지 않은 채 이사를 해버리고는 시골로만 돌아다녔으니 서로 거처도 소식도 모르는 사이가 돼 있었다. 그동안 문제의 갓난쟁이 종순이가 고아원에서 원인을 모르게 죽었다.

그 한 가지 사실로 미루어봐도 사람들의 신변엔 뭔가 추측하기 어려운 변화가 있을 수 있는 것이다. 안악댁은 자기 아이를 잘 키우고 있을까. 채 씨와는 원만하게 지내고 있는지를 모르겠다.

안악댁도 나이 50이 돼서야 간신히 손아귀에 넣은 행복인데 잘 유지하고 있는지 궁금하다.

꼭 만나봐야만 서울로 떠날 수가 있을 것 같은 심정이다.

나는 새로 인연을 맺은 종훈 소년을 집에다 둬둔 채 거리로 나섰다.

그날과 그 이튿날 온종일을 두고 나는 도떼기시장 일대를 배회했다. 안악댁이 시장에라도 나오면 우연히 맞닥뜨리게 될지도 모른다는 막연한 기대를 안고 이틀을 헤매봤으나 우연의 해후란 찾으면 없는 것인가보다.

나는 내 변덕에 코침을 주고 싶다.

언제는 남과의 모든 인연을 스스로 끊고 홀홀단신이 되어 낯선 고장을 거품처럼 흘러다니더니 이제 와선 또 안악댁을 찾아 거리를 헤맨다.

그러한 전쟁은 38선 근처에서 밀고 밀리는 혈전을 거듭했고 한편으로는 휴전회담이 곧 조인된다 된다 하더니 기어코 그게 성립되어 전 전선에서 총성이 멋었다고 했다. 정말 모두들 민감하고 민첩했다.

정부도 피난민들도 서울로 복귀하기 시작했다. 이번엔 먼젓번과는 다르다는 것이다. 정식으로 휴전협정이 조인되고 싸움을 중단했으니까 이젠 모두 안심하고 제 고장으로 복귀한다는 것이다. 나도 조바심이 났다. 그러나두 가지의 일이 마음에 걸린다. 안악댁을 한번 만나봐야 하겠고 고아원에도 가서 종수란 녀석과도 이별해야 하는 것이다.

나는 동산고아원을 찾아가 그쪽의 사정을 먼저 물었다. 서울로 올라가느냐고 물었다.

"우리는 여기 그대로 있을 것입네다. 원래 부산에서 발족한 것이고 서울로 간다 해서 고아원 자체의 운영이나 원생들에게 유리할 것도 없으니까요."

원장의 대답이었다.

젊은 보모가 또 종수를 데려다 대면을 시켜줬다. 이번엔 녀석이 꾸뻑 머리를 숙여 인사도 하고 묻는 말에 대답도 하곤 했으니 눈총도 얼굴빛도 맑거나 밝지가 않고 고아 특유의 음산한 그늘이 퍽은 짙어보이는 게 가슴 아팠다.

"참, 지난주에 어떤 부인이 찾아 오셨더군요."

젊은 보모가 그런 말을 꺼내는 바람에 나는 정신이 번쩍 들었다.

"어떤 부인이 찾아왔다구요?"

"종수라는 아이가 이 고아원에 있느냐고 왔길래 만나게 해줬더니 붙잡고 우시더군요."

"혹시 안악댁이라는 여자가 아니던가요?"

"그래요. 안악댁이라면서 민할머니 얘기를 하셨어요. 혹시 들르시면 드리라구 주소를 적어놓구 가셨습니다."

안악댁 역시 나를 찾아 헤매고 있었구나 생각하니 미치도록 보고 싶어졌다.

그네는 부산진 산 밑 마을에 살고 있었다.

찾아갔더니 통곡을 터뜨리며 반가워하는데 그 얼굴 꼴이 말이 아니었다.

"웬일이우? 얼굴에 상처투성이니."

"허구헌 날 매를 맞아서 그래요."

"애기 아버지한테?"

평생에 단 한 번 자기 행복을 찾은 안악댁인 줄로 알았더니 그것도 시원찮구나 싶어 나는 한탄이 나갔다.

"사람 사는 꼴이 왜 모두 이 모양 이 꼴이야."

"즐겁게 잘 사는 사람들도 있데요."

"애기는 어쨌수?"

나는 그 순간 가슴이 섬찍해졌다.

안악댁이 히쭉히쭉 야릇한 웃음을 웃었기 때문이다. 얼핏 보기에도 가벼운 정신이상의 증세였다.

"애긴 죽였어."

나는 반문해볼 용기도 없었다. 아기 얘기를 피했다.

"어디 다니시나. 안 계신 걸 보니?"

"그이는 감옥에 가 있는걸."

이번에도 나는 재우쳐 반문해볼 용기가 나지 않았다.

"사기죄로 징역 2년을 먹었어요."

갑자기 어두워진 안악댁의 얼굴을 보자 병증이 만만치 않다고 생각했다. 사리 판단과 기억력엔 큰 이상이 없는 것 같지만 그러나 병증은 가볍지 않은 모양이다.

"우리 애긴 내가 죽였어요. 저 솥에 빠졌어. 물이 펄펄 끓고 있었는데 이 문지방에서 넘겨박혔단 말예요. 잘 뒈졌지 뭐. 난 그놈의 손만 보면 미칠 지경이었는걸. 피투성이의 손으로 보여서. 그 손으로 내 배나 가슴을 더듬을 땐……."

더 무슨 설명을 들어야 하나. 싸움터에서 겪었던 참상은 잊어야 되는 법이라고 늘 내 입으로 지껄였던 나 자신도 가끔 그 환각이 되살아나면 미칠 지경이었다. 착하고 용해빠진 안악댁은 그때 나보다 더 심한 충격을 받았을 것이 뻔하다. 끝내는 그게 고질병이 되어 자기 아이의 주먹을 볼 때마다 그 점촌에서의 장면과 착각을 일으켜 정신에 이상을 가져왔을 것을 쉽게 짐작할 수가 있는데 더 설명을 들어 뭘 하나. 직접 어린애를 길러본 경험이 없는 여편네라서 아이를 그런 꼴로 죽였을 수도 있는데 더 무슨 설명을 들을까.

살림이라고 시작하자 그런 병증에 허덕이고 그런 끔찍한 일을 저질렀으니 어느 남자가 정이 가시지 않겠는가. 사기죄로 2년씩이나 징역형을 먹는 남자였다면 그 성미 유순할 리가 없다. 구박이 손찌검이 되고, 그것이 끊일 날 없었을 것이라면 아직껏 살아 있는 안악댁이 대견할 정도다.

"애 아버지의 허우대가 너무 좋더라니."

나는 그 한 마디를 지껄였을 뿐 한동안 할 말을 잃고 멀리서 땡땡거리는 전차 소리에 귀를 기울였다.

"서울로 갑시다. 훌훌 다 떨어버리구."

"난 죽어야 해."

"죽긴 왜 죽어. 악착같이 살아야지."

"울 밑에 선 봉선화야. 네 모양이 처량하다……."

피난길에 우연히 배를 함께 탔던 어느 미지의 여인이 안악댁을 저 꼴로 만들어 놓았다 싶으니 세상 인연이란 참으로 묘하고 심술궂기만 하다.

그 여자는 안악댁이나 나한테 무엇 하나 작위적인 행동을 한 게 없다. 그런데도 불구하고 그 여자는 우리에게, 특히 안악댁한테 저런 잔혹한 피해를 입힌 것이다.

그것이 누구의 보이지 않는 뜻이며 어떤 목적이나 섭리를 가진 작희(作戱)인지 알 길이 없다. 결국엔 그 여자의 허물도 죄도 아니고 안악댁 자신이 원천적으로 지닌 숙명에의 귀결일까.

나는 안악댁이 불쌍해서 소리 없이 오열했다. 세상엔 이 이문용이가 동정을 하지 않을 수 없는 인생도 있다니 참말로 희한한 일이다.

"모두 고향을 찾아가는데 우리도 갑시다. 전쟁으로 입은 마음의 상처를 훌훌 떨어버리구. 여길 하루 빨리 떠나야만 그런 악몽에서 깨어날 수가 있어요."

나는 실의에 빠진 안악댁의 손등을 쓸어주면서 어린애 타이르듯 말했다.

손마디가 올강거렸다. 안악댁은 그동안 힘에 겨운 노동이라도 한 모양이다. 손마디가 툭툭 불거져 있다. 백발이 성성했다. 눈자위가 움푹 들어가 있다.

고귀한 생김새였는데 광대뼈가 나오도록 살이 빠지고 보니까 별수 없는 마누라쟁이다. 나 이문용인들 뭐가 다를까. 본시부터 안악댁만한 외양이 못됐었으니까 내 꼴은 그만도 못하련만, 그러나 안악댁의 그런 초라한 몰골을 바라보며 나는 가슴에 된서리라도 내리는 것처럼 마음이 아픈 것이다.

"내 말대로 해요. 떠날 준비나 하구 있어요. 환경을 바꾸면 지저분한 머릿속이 싹 가실 테니까."

"난 안 가."

"안 가다니? 무슨 소리야?"

"난 여기 있을래요."

완강하게 거부하는 안악댁의 눈동자가 허공을 응시한다. 허공에서 무슨 환상이라도 찾아내려는 듯이 눈동자가 핑 핑글 돌아간다.

"말두 안되는 소릴. 서울로 갑시다."

"우리 그이는 어떻게 하구?"

"출옥하면 서울로 찾아오지 않을라구. 그보다도 이제 그 사람과는 인연을 끊는 게 어때요? 이미 끊어진 인연 같구면. 다시 만난다는 게 원수스럽지두 않수?"

안악댁의 표정이 무섭게 일그러졌다. 이를 악물며 나에게 쏘아붙인다.

"필한 엄마나 서울로 가요. 난 여기서 기다릴 거니까. 그인 감옥에서 나오는 대루 나를 찾아올 거야."

"안 찾아오면 어쩔래?"

"찾아왔다가 내가 없으면 어떻게 해요. 난 기다리구 있어야 돼."

나는 더 이상 강요할 생각이 없었다. 안악댁의 곧은 마음을 꺾어줘선 안되겠다는 생각이다. 채(蔡)씨가 비록 악인이라 치더라도, 안악댁의 신세를 망쳐주는 악마적인 존재라 하더라도 이야기는 마찬가지다. 그가 감옥에서 나오자마자 안악댁의 존재 따위는 까맣게 잊은 채 제 처자를 찾아가는 한이 있더라도 안악댁의 저 기다리는 마음 자체는 여자에게 있어서 가장 소중한 아름다움이다.

"종수를 데리구 가세요?"

"아니 서울 가서 불러올릴 수도 있으니까. 종수 말고도 데려 갈 아이가 생겼는걸."

"종수 동생은 죽었대죠?"

"잘 죽었지. 극락에 가서 좋은 세상 살려고 일찍 떠났을 게니까. 참 어떻게 그 고아원엘 찾아갔었어?"

"필한 엄마를 찾아 댕기다가 괜히 고아원 생각이 났어요. 우리 아가두 극락에 갔을까."

"그럼. 그 어린 것들에게 무슨 죄가 있다구 극락문이 안 열렸겠어."

순간 눈이 희멀개진 안악댁은 방문을 화닥닥 열어붙이면서 소리쳤다.

"윤진아! 윤진아."

안악댁은 부엌으로 뛰어내리며 두 손으로 부뚜막을 더듬었다.

발작인 것이다. 아기의 이름이 윤진이었던 것 같다. 참변을 당하던 광경이 머리에 떠오르자 그런 발작을 일으킨 것 같다. 눈뜨고 못 볼 광경이다.

한 다리를 저는 안집 부인이 달려와서 혀를 끌끌 차다가 말없이 돌아갔다.

이따금씩 겪는 일이라는 그런 태도다.

방으로 끌어들여 간신히 안정을 시킨 다음 나는 안악댁에게 물었다.

"애기의 이름이 윤진이었수?"

"윤진이 그 자식이 나를 마다구 갔어. 그렇게 갔어요."

심한 허탈에 빠진 안악댁은 눈물만 주룩주룩 흘리고 있었다.

'윤진이라?'

나는 더 묻지 않아도 시서모 안악댁이 자기 아이의 이름을 윤진이라고 지어준 이유를 안다.

내 시아버님에 대한 정을 잊지 못하는 나머지 그런 이름을 생각해냈을 것이다. 내 남편의 돌림자가 진(鎭)이다. 철진(哲鎭)이, 상진(詳鎭)이의 진자를 따서 윤진(潤鎭)이라고 했음이 분명하다면 그 정리가 고맙다.

"그럼 내 먼저 서울 가서 자리잡구 데릴러 올 게니 기다리도록 해요. 내 생각엔 매일매일 뭔가 하는 일이 바빴으면 좋을 텐데. 시장 속에 가서 장사를 해보면 어떨지 모르겠군. 그 악다구니 속에 뛰어들면 산다는 게 뭔지를 알게 돼요. 남들이 얼마나 열심히 살고 있는가를 볼 수 있어요. 정말 모두 열심히 살고들 있습니다."

서두르긴 했으나 나는 종훈이를 데리고 남 나중 서울로 올라왔다.

나는 폐허가 되다시피한 서울 거리를 보면서 가슴이 후련한 기분이었다.

기존했던 질서가 여지없이 파괴돼버린 저 폐허 위에 어떠한 새로운 질서가 들어 설 것인가를 생각하자니 그게 곧 나 자신과 연관이 되어 저절로 흥분이 되는 것이었다.

과거의 나 이문용이도 저 파괴된 서울의 질서처럼 완전히 폐허가 된 채 돌아온 것이다.

새로운 이문용이를 건설하여 정착시켜야 된다는 그런 생각으로 혼자 흥분을 한다.

파괴된 질서는 파괴되지 않을 수 없는 필연적인 요인을 자체가 지니고 있었다. 비록 무법적인 힘에 의하여 파괴됐다 하더라도 파괴된다는 사실 자체엔 스스로 책임을 질 수밖에 없는 것이다. 어떠한 힘이 외부에서 작용하더라도 끄떡없을 만큼 스스로의 내실(內室)이 있었다면 저처럼 흉하게 파괴됐을 리가 없다.

어쨌든 파괴될 운명을 지니고 있었다면 일단 파괴되는 것도 좋다. 그 파괴된 폐허 위에 다시는 파괴되지 않을 새로운 것을 건설할 수 있는 모티브가 형성된다면 파괴 또한 미덕이 아니겠는가.

이젠 내 50평생도 완전히 파괴돼버린 셈이다. 나머지 생애가 몇 해나 될는지는 기약할 수 없지만 단 하루를 더 살더라도 이제부터는 새로운 이문용인 것이다. 과거와는 완전히 단절된 폐허 위에다 새로운 설계를 하여 이번에야말로 밝고 뜻 있고 의욕적인 나를 탄생시키는 것이다.

실로 어쭙잖긴 하지만 나는 그러한 흥분으로 명륜동 내 집을 찾아 길을 재촉했다.

창경원 앞을 지나면서부터 보따리 속을 뒤져댔다. 그동안 소중하게 간직해 온 대문 열쇠를 손에 쥐었다. 날은 벌써 어두워오고 있었다.

"저게 바로 우리 집이다."

나는 앞세운 종훈이 녀석에서 손가락을 해보이면서 눈물이 글썽해졌다. 별수가 없었다. 제 집으로 돌아왔다는 감격이었다. 나로선 잘 모르지만 오래도록 떨어져 있던 어머니의 품으로 안기려는 순간의 감격이 아마도 지금 내 감격과 비슷할 것이다.

놋쇠로 만들어진 큼직한 열쇠를 주먹 속에 잔뜩 움켜쥔 채 집 앞에 이르렀을 때 의당 잠겨 있어야 될 대문이 활짝 열려 있었다.

그동안의 세월이 3년이긴 하지만 내 집 대문엔 큼직한 무쇠 자물쇠가 채워진 그대로 있어야 되는데 그 대문이 활짝 열려 있는 것을 보고 나는 내 상식과 현실 사이의 심한 괴리를 발견한 느낌이어서 가슴이 텅 빈 것만 같았다.

남의 집엘 들어가듯 나는 조심조심 내 집 대문 안으로 들어섰다.

어떤 젊은 아낙네가 부엌에서 나왔다.

"누구를 찾으세요?"

나는 졸지에 나간 대답이,

"이 집을 찾아왔어요."

그런대로 슬기로웠다.

"아빠를 찾으시나요?"

"아빠요?"

"우리 애기아빠를 만나시려구요?"

"애기아빠께선 계신가요?"

"안 계셔요."

"어떻게 여기서 살게 되셨나요?"

"뭐라구요?"

"이 집은 내 집인데요."

그제야 눈꼬리를 바싹 올린 젊은 아낙네는 내 행색을 오래 오래 훑어봤다. 그리고 그 눈꼬리가 좀 더 샐쭉해지며 얼음장같이 싸늘한 음성으로 묻는 것이다.

"그럼 민씨군요? 댁이."

말버릇이 막됐다.

"네. 내가 민덕연이에요."

"아아 그렇군."

남의 집에 살면서도 집 주인한테 저래도 될까.

"아아, 당신이 민덕연이군요? 네에 그래요?"

'저런 젊은 것이.'

나는 밸이 났지만 너그럽게 용서해주기로 결심한다.

나는 그런대로 잘 보존된 내 집이 대견해서 선 자리에서 한 바퀴 둘러봤다.

"아직 서울에 남아 있었군. 여성동맹 위원장질을 했다면서두. 좀 앉으시지. 당신 집을 찾아왔다니."

그제야 나는 눈앞이 캄캄해졌다. 기가 막혀서 온몸이 덜덜덜 떨린다.

가슴속에선 드럼을 친다. 좀은 마음에 걸리기는 했었지만 그 동안 나는 지나치게 지난날의 나를 잊으려고 했다. 과거는 현재와 단절되는 게 아닌 줄은 모르고 나 혼자 앞으로의 설계에만 신경을 썼다.

그러한 나에게 그런 날벼락이 내렸다. 이건 정말 날벼락이다. 이럴 수가 있는가.

이런 현실이 나를 기다리고 있었구나. 정말 이래야 되는 것인지 모르겠다.

"좀 앉으시지?"

젊은 아낙네는 대문을 덜컹 닫아걸었다.

장독대 옆엔 내가 심었던 것인지 누가 심었는지 노랑 국화 몇 송이가 댕그마니 피어 있었다.

"이 집은 역산(逆産)이라 해서 우리가 들었죠. 우리 쥔은 경찰에 있구요. 다 조사하고 들었는데 뭐가 잘못됐나요? 정말 아주머니가 이 집 쥔이라 그거죠?"

나는 있는 용기를 내어 한 마디 했다.

"그럼 내가 공산당이란 말인가요?"

"아니세요? 아닌데 왜 요새두 심심치 않게 수사기관에서 다녀가죠? 그저께두 와서 민덕연이라는 여자가 안 돌아왔느냐구, 혹시 돌아오면 알려 달라구 그러더군요. 왜 그럴까요?"

왠지 그걸 내가 어떻게 아나. 내가 어떻게 알아.

"동네방네 파다합디다. 당신이 여성동맹 위원장질을 했다구. 그뿐이 아니라 6·25전쟁 전에두 수사기관에 끌려댕기던 여자였다구요. 그렇지 않은 가요?"

도대체 나더러 어떻게 대답을 하라는 건가. 뭐가 아니고 뭐가 그렇다고 해야 하나.

"나 악한 여자가 아니란 말야. 같은 여자끼린데 악하게 하구 싶지 않단 말야. 나만 알구 있을 거니까 어서 어디로 뺑소니나 치라구. 지금이 어느 땐데 여길 나타나는 거야. 이 동네에서도 빨갱이들이 얼마나 많이 잡혀 죽었는질 모르나."

담장 밖 골목으로는 찝차가 지나가는 모양이다. 재채기를 하듯 부릉부릉하는 엔진 소리가 차츰 멀어져 가고 있었다.

"지금 내가 딴 맘만 먹음 당신 신센 끝장일걸. 원 참. 어떻게 여길 와서 이게 제 집이라고 할 수가 있담."

방 안에서 갓난쟁이가 까르륵 울어붙였다. 나는 두 귀를 손으로 막았다. 나는 눈도 감았다. 그러나 그것은 잘못이었다. 눈을 감자 그 햇감자 알 만한 붉은 주먹이 머리에 떠올랐다.

몸이 오그라들었다. 저 울음, 그 주먹. 싸움터에서 겪는 모든 기억을 다 떨어버리고 서울로 왔는데 또 그 지겨운 환각이 머릿속에 소생했다.

나는 허겁지겁 종훈이의 손을 잡았다. 그러나 잡지 않고는 몸을 지탱할 재간이 없었다.

내가 너무 몸을 떨어대서 종훈이의 몸도 함께 떨리고 있었다.

"맘대로 해요. 이 집에 다시 들어와 살겠다면 당장이라두 내 줄 거니깐. 당신이 민덕연이랬죠?"

지독한 협박. 나의 몸은 차츰 방향을 바꿔 세우고 있었다. 안방에선 갓난쟁이가 또 까르르 까르르 울어붙였다.

"길게 얘기할 시간이 없을걸. 내 바깥을 살펴볼 거니까 알아서 하시지."

길게고 짧게고 무슨 얘기를 할 수가 있나. 가겠다 안 가겠다고도 할 수가 없지 않나. 지독하게도 떨려대는 것은 몸이 아니라 심장인 것 같다.

대문을 열어 바깥을 기웃해본 젊은 아낙네가 혼자 중얼거렸다.

"밖엔 마침 아무도 없군."

제23장

나 이문용은 실로 중대한 결정을 내려야 할 순간에 있다.

그 결정은 잠시 동안의 유예를 허락하지 않으며, 누구의 자문도 용납 않으며, 양단간에 하나이지 엉거주춤한 상태를 단연코 배제하는 더할 수 없이 심각한 것이었다.

밖에는 아무도 없단다. 그러니까 아낙네는 나에게 도망칠 수 있는 기회라고 선언한 것이다. 선택의 자유는 나에게 있다는 것이다.

어서 얼른 도망을 치든지 아니면 집에 대한 소유권을 주장하며 자기네와 싸워보든지 그 처신의 선택은 나의 자유라는 것이다.

나는 나를 안정시키려고 조용히 눈을 감았으나 가슴이 떨려서 현기증이 날 정도였다.

나는 아낙네를 똑바로 쏘아봤다. 선량한 여자인가 아니면 심술을 부릴 성품인가를 가늠해보기 위하여 내 집을 차고앉은 그 아낙네를 쏘아봤다.

"뭘 보는 거야. 누굴 노려봄 어쩐다는 거지. 지금이 어느 세상인데 빨갱이가 서울 복판에서 맴돌구 있어. 나두 자식을 기르니까 악한 짓 하기 싫어서 못 본 체하려는 건데 누굴 노려봄 어쩔 테야. 맘대루 하라구요. 안방을 내줄까? 집을 몽땅 비워 줄까?"

아낙네의 매서운 눈초리는 내 온몸을 핥고 있었다. 가슴, 어깨, 등, 배 할 것 없이 핥고 있었다. 붉고 길고 꺼칠꺼칠한 혓바닥이 내 모든 감각대의 구석구석을 핥고 있는 것처럼 나는 몸이 마구 오그라들었다.

나는 잠시도 그 자리에 버티고 있을 재간이 없었다.

종훈이의 팔을 잡았다. 신음하듯 뇌까렸다.

"가자! 종훈아."

나는 종훈이만이 나의 구세주인 성싶었다.

"왜 가시려구요? 자기 집에 왔다가 앉지두 않구 가시려구? 쉬어 가세요."

나는 종훈이의 손을 으스러지라고 움켜잡은 채 걸음마를 하듯 발길을 옮겨놓았다.

— 나 악한 여자가 아니란 말야.

나는 젊은 여자의 그런 호의에 감복하면서 그 집, 그러니까 내 집의 대문을 나섰다.

"가자! 종훈아. 어서 가!"

나는 제정신이 아니면서도 나보단 종훈이를 근심했다. 나는 종훈이란 녀석의 등가죽을 쳤다.

큰길로 나와 돈암동 쪽을 향해 달음질을 치고 있는 나 이문용. 그러나 실제로는 비슬비슬 걷고 있었다.

불이 환하게 켜진 라디오 가게에선 귀에 익은 군가가 흘러나오고 있었다.

"종훈아!"

종훈이란 녀석이 보이지 않아 두리번거린다. 어디에도 보이지 않는다.

"가자! 어디 있어, 종훈아!"

— 이 동네에서 빨갱이가 얼마나 많이 잡혀 죽었는 줄 모르나.

"종훈아! 종훈아!"

나는 목청이 터져라고 종훈이를 불렀지만 실제로는 입속으로 중얼거렸을 뿐이다.

라디오 가게의 스피커만이 부산한 거리에다 귀에 익은 군가를 꽝꽝 울려 퍼뜨리고 있었다.

— 나 악한 여자가 아니란 말야. 같은 여자끼린데 악하게 하구 싶지 않단 말야.

고마운 여자. 착한 여자야.

나의 두 다리는 차츰 기계적으로 움직이기 시작했다. 허방을 밟는 것처럼 땅에 발바닥이 닿는 것 같지 않게 기계적으로 허청허청 움직이고 있었다. 그러다가 기계가 고장으로 규칙적인 작동을 않듯이 나는 잠깐씩 길바닥에 다리를 못박으며 싱겁게 외쳐본다.

"어딜 갔어? 날 버리구…… 종훈아!"

그러나 나는 종훈이가 내 앞에 다시는 나타나지 않으리라는 것을 예감한다.

그 어린 것도 '빨갱이'가 얼마나 무섭다는 것은 알고 있을 것이었다. 제 내력이 공산당과 어떤 함수 관계를 가졌다는 것쯤은 알고 있을 것이었다.

그렇다면 나 이문용이가 빨갱이라는데, 그것이 밝혀졌는데 잠시인들 내 옆에 있으려 하지 않을 것이 당연한 것이다. 그 녀석이라고 나에게 박해를 가해오지 말란 법은 없다.

그러나 그렇더라도 나는 지금 목청이 터져라고 부르짖는 것이다.

"종훈아! 종훈아! 어딜 갔냐?"

그 부르짖음이 비록 내 목구멍 속에서 그대로 잦아들고 있긴 하지만 그러나 지금 내가 목마르게 찾고 의지하려는 대상은 종훈이라는 특정된 소년이 아닌 것이다. 누구라도 좋다. 나를 이해해 줌직한 한 인간을 찾는 것이다. 내가 공산당이 아니라는 사실을 알아주는 어떤 진실된 마음을 간절하게 찾고 있는 것이다.

내 집이야 어느 누가 차지해서 살아도 좋고 나에게 어떤 형벌을 내려도 좋다. 단지 진실 아닌 것이 진실로 행세하는데 그것을 밝혀 줄 어떤 힘도 방법도 없다는 사실만이 가슴 아프게 안타까울 따름인 것이다.

내 가슴속엔 비가 주룩주룩 내리고 있었다. 끈적거리는 뜨거운 눈물의 비가 내리고 있었다. 어둠도 내리고 있었다. 빛이라곤 섞이지 않은 어둠이 내리고 있었다.

거리에도 짙은 어둠이 내리고 있었다. 도저히 걷힐 것 같지 않은 어둠의 장막이 내리고 있었다.

나는 향방도 모르고 행선도 정하지 않은 채 기계적으로 발길을 옮겨 놓았다.

아직 어둠이 깔리기 시작한 무렵이라 거리에는 사람들이 널려 있었고 잡다한 노점 장사치들이 적당한 판자대기에 너절한 물건들을 늘어놓은 채 촛불을 밝히고 있었으나 거리는 그래도 어두웠다.

나는 비탈길을 가고 있었다. 그것이 미아리 고개라는 사실조차도 깨닫지 못했다.

고갯마루에 내 나이쯤 돼 보이는 여자가 떡 목판을 펼쳐놓고 앉아 있다가 나에게 말을 걸어왔다.

"떡 좀 잡숫구 가세요."

동부고물을 두텁게 버무린 인절미 목판이 내 눈을 끄는 바람에 나는 심한 허기증을 느꼈다.

"얼마씩이오?"

"한 개에 10원이에요. 여기 물도 있으니 잡숫구 가세요."

떡장수는 플라스틱 컵에다 주전자 물을 따라 놓고는 목판에서 먹음직스러운 인절미를 접시로 옮기기 시작했다.

"몇 개나 드릴까요? 먼데서 오시나, 무척 지치신 것 같수."

나는 대답하지 않고 엄지와 검지로 인절미 한 개를 집어 뭉턱 베어물었다.

"물 먼저 마시구 잡수세요."

"잘 팔리나요?"

"찌꺼기 남으면 손주새끼들 먹이는 게 고작이에요. 낮부터 나와 앉았는데 아직두 이렇게 남은걸요."

촛불에다 신문지를 똥그랗게 접어 씌워 바람막이를 해 놓았지만 바람이 불 때마다 불은 자지러지듯 하다가 다시 소생하곤 했다.

"인절미가 왜 이리 차지질 않지요?"

시장기가 심한데도 나는 찰 것이 차지지 않음을 말했다.

"멥쌀을 좀 섞었더니 그래요. 다들 모르던데 유별난 입이군요?"

떡장수는 나를 찬찬히 바라보다가,

"먼 길을 온 것 같은데 어디서 오슈?"

하고 물었다.

"경상도에서 와요."

"경상도 말이 아닌데 피난을 갔던가보죠?"

"가을이니 황화전병(黃花煎餠)이 좋으련만."

"황화전병이 뭐예요?"

"국화전병을 황화전병이라지 않아요?"

"그런걸 아시는 걸 보니 전엔 그렇지 않은 살림을 하셨나보군."

"예전엔 9월 9일에 황화전병을 붙여 먹는 풍속이 있었어요. 5월 단오에 익모초전(益母草煎)을 붙여 먹듯. 몸에 좋대요."

글쎄, 내 기억이 어느 만큼 정확한지 지금은 의심스럽지만 예전에 임 상궁한테서 배운 옛 가사가 머리에 떠올랐다.

9월 9일에

아으 약(藥)이라 먹논

黃花고지 안해 드니

새셔가 만ᄒ애라

아으 動動다리.

먹논은 먹는 이고 황화고지는 황화꽃이고, 안해는 안(內)에고 새셔는 세서(歲序)고, 만ᄒ애라는 만(晚)해여라로 배웠는데 글쎄 그 기억이 정확한 것인지 어떤지는 지금 알 길이 없다.

"그래도 먹는 장사가 낫겠지요?" 내가 묻는다.

"날 것 같지만 안 팔린 것은 식구들이 먹어 치우는 바람에 밑천이 자꾸 오그라든다우."

정 급하면 나도 떡장수나 시작할까 생각하며 인절미 다섯 개를 게 눈 감추듯 먹어 치운 이문용의 몰골이 생각할수록 처량하게만 여겨진다.

"어디루 가슈?"

"양주로 가요."

"양주 어디?"

"의정부."

"의정부까지 이 밤에 가실라구?"

"어려울까요?"

"40리 길인걸요."

"그래두 가야지요."

"뭣하면 우리 집에 가서 나하구 하룻밤 지냅시다."

"고마우셔라."

"집은 지저분하지만 요새 세상에 그런 거 저런 거 가리게 됐수?"

세월이 제아무리 험난해도 인정은 메마르지 않은 것 같아 나는 떡장수 마누라의 호의를 받아들이기로 하고 한 시간 이상이나 함께 남의 떡 목판을 지키고 앉아 있었으나 밤이라 그런지 어떤 주정뱅이 한 사람이 떡 몇 개를 사갔을 뿐 다시는 거들떠보는 행인이라곤 없어서 파장으로 들어갔다.

"이대로 가지고 들어가면 손주새끼들만 좋은 일 시켜요. 하나씩 집어 먹읍시다."

"그게 재미가 아니겠어요?"

"돈 안 받을 테니 어서 몇 개 집어요. 늙으니까 시장기를 참는 게 퍽 어렵지 않아요?"

두 마누라쟁이가 인절미 두 개씩을 없애고는 일어섰을 때 머리 위 하늘에선 북두칠성이 제 위치를 안정시켜가고 있었다.

고개를 넘었다. 길음교 다리 밑 오른편 개천을 끼고 가다가 개천을 건너 산비탈로 한없이 기어올라간 곳에 떡장수 마누라의 오막살이가 있었다.

방 둘이 있는 판잣집인데 아들 내외가 갓난쟁이 하나와 큰방에서 기거하는 모양이고 초등학교에 다닌다는 손녀 하나와 한 살 터울씩의 사내아이 둘이 잠들어 있는 뒷방에서 마누라와 하룻밤을 드새게 된 것만도 나에게 있어선 부처님이 도우신 행운이었다.

　　"대주(大主)는 뭘 하나요?"

　　"상이군인이라우."

　　"저런. 이번 전쟁에서 그렇게 됐군요?"

　　"팔을 하나 잃었어요. 그러니 팔 없는 놈이 뭘해 먹구 살겠수. 새끼들은 줄줄이 달렸는데."

　　앞일을 생각하면 잠이 들 리 없건만 원체 마음도 몸도 시달려서 그런지 나는 곧 곯아 떨어졌다.

　　그런데 어느 때 쯤인가 옆방에서 후당탕 퉁탕 난리가 일어났다. 남편의 상스러운 욕설은 귀에 담기조차 부끄러울 정도고 여자도 어지간한 성미인 모양인지 퐁당퐁당 퍼붓는 말대꾸와 푸념이 예사 싸움이 아니다.

　　"아이후, 지겨워."

　　마누라는 잠이 깨었던지 옆으로 돌아 누으며 중얼거리고는 혀를 차는 바람에,

　　"왜들 싸운데요?"

하고 넌지시 물어보니까,

　　"지집 화냥질 못시켜서 저 지랄이라우."

하는 바람에,

　　"그게 무슨 소리예요?"

했더니,

　　"술집에 나가 돈 벌어 오라구 종주먹인데 굶어 죽어두 그짓만은 못하겠

다누만. 지집 쪽이 좀 낫지……. 술집엘 나가면 술만 팔겠수. 제 지집 화냥질하라구 족치는 거와 뭐가 다른지 모르겠어요. 저두 불알 단 놈이 오죽이나 답답해서 그러겠수만."

마누라는 그래도 자기 아들의 처지를 은근히 동정하는 말투였다.

벽 하나를 사이에 둔 내외 싸움은 한 시간도 더 끌더니 어느 틈엔가 방사(房事)로 이행되어 사람의 신경을 자극하는 것이지만 늙은 마누라는 습관이 돼 있는 것처럼,

"고단할 텐데 어서 잡시다!"

하고는 이내 코를 드르렁 고는데 그게 정말인지 위장인지는 알 수가 없었다.

이튿날 느지막해서야 나는 그 집을 떠난다. 떡장수 마누라가 또 떡을 만들러 방앗간에 간 틈을 타서 나는 그 집을 뜬다.

손가락에 끼고 있던 서 돈짜리 금가락지를 뽑아 마누라의 반짇고리에다 넣어놓는 것으로 하룻밤 인정을 사례하며 그 움막집을 떠나지만 떠난들 어디로 가야 할 것인지 몰라서 그저 망연자실한다.

사람의 행적이란 참으로 묘한 것이어서 가야 할 방향조차 설정 못하고 있던 나는 문득 어젯밤 미아리고개에서 떡장수 마누라에게 지껄인 말이 머리에 떠올랐다. 어디로 가느냐는 물음에 막연히 양주라고 했고, 양주 어디냐고 묻는 바람에 입에서 나오는 대로 의정부라는 대답을 했었다.

그렇다면 의정부에라도 가볼까. 의정부는 전혀 낯선 고장이 아닌 것 같이 여겨졌다.

기차로 철원엘 오가노라면 반드시 의정부라는 정거장을 거쳐야 했고 의정부만 오면 서울에 다 온 것 같아서 내릴 준비를 하곤 했었다.

의정부는 거의 폐허가 되다시피 파괴되어 있었다. 적군(赤軍)이 침공해

오노라면 의정부에서 국군의 가장 강렬한 저항에 부딪치게 되고, 도망칠 때면 그곳에서 일단 한숨을 돌리며 발작적인 심술을 부리는 바람에 의정부는 형편없는 폐허가 되어 있었으며 그런 군사적인 요충인 까닭으로 역 앞에는 대단위의 미군 부대가 주둔하여 그곳을 중심으로 새로운, 그러나 비정상적인 활기를 띠고 있는 중이었다.

의정부 읍내를 한 바퀴 어정거려본 나는 어느 길목 광주리 장수의 무더기무더기 지어놓은 지지렁이배[梨]를 보자 심한 갈증을 느꼈다. 형편없는 몰골의 배였다. 난리 통에 배가 열려 땄다는 사실만도 신기하게 여겨야 했을까.

나는 쭈그렁배 하나를 깎으며 대수롭지 않게 배장수 아낙한테 묻는다.

"이 배 이 근처에서 나는 건가요?"

"곧은골 배밭에서 받아와요."

"잘 팔리겠죠?"

"곧잘 팔리는데 배 꼴이 이 지경이니."

"이문이 꽤 남겠군요?"

"치레기 얻어먹는 게 고작이죠."

어제의 떡장수와 똑같은 대답이었다. 그처럼 나는 장사치들만 보면 장삿속의 내막을 물었다. 나도 뭔가 하지 않으면 안된다는 생각에서 자연 그런 질문을 던지곤 하는 것이다.

그런데 나는 마치 길거리에서 잘 아는 얼굴을 무심히 지나쳐 버린 것 같은 느낌이 들었다.

정신이 번쩍 났다. 배 껍질을 벗기던 손을 멈추면서 배장수 아낙을 보고 물었다.

"이 배 어디서 받아온다고 그랬나요?"

"곧은골 배밭이라니깐요."

"곧은골 배밭이요?"

"네에. 곧은골예요."

순간 나 이문용은 심한 가슴의 동계를 의식했다.

많이 들어오던 지명 곧은골, 곧은골.

임 상궁한테서도 곧은골 소리는 수없이 들었었고, 그래서 그 곧은골엔 내 할아버님 대원군(大院君)의 수많은 일화가 묻혀 있는 곳으로 머릿속에 박혀 있었다.

대원군은 권좌에서 물러날 때마다 곧은골 별장으로 내려가 한스러운 나날을 흘렸으며, 재기의 칼날을 벼렸으며 실의와 정열을 낚시 끝에 달아맨 채 세월을 기다렸다는 이야기를 귀가 아프도록 들었었다.

곧은골을 한자로 표기하면 직곡(直谷)이고 대원군의 '직곡별장' 하면 모르는 사람이 없을 만큼 유명했었던 것으로 알고 있다.

그 곧은골이 양주 땅에 있다는 말은 들은 기억이 있으나 우연하게도 그분 돌아간 지 56년 만에 그의 감춰겼던 손녀가 천하를 배회하다가 조부의 체취가 간직된 바로 지척에 와 있으니 이는 어떤 보이지 않는 힘이 조손(祖孫)을 대면시켜 그 피의 연결을 실증해주려는 원모(遠謀)가 아닌지 모르겠다.

그분이 돌아간 지 2년 만에 내가 태어났다. 그러니까 나의 아버님 고종황제는 상주의 몸으로 염 상궁에게 아이를 잉태시켰던가. 할머님 민부대부인(閔府大夫人)은 대원군 그분이 돌아가신 1년 뒤에 세상을 버렸으니까 황제는 어버이 양위분의 복중(服中)이었으면서 이 비극의 씨를 측근 여인에게 잉태시킨 셈이 된다.

어쨌거나 나는 곧은골 소리를 듣고 흥분하지 않을 수 없었다.

나는 배장수 아낙에게 물었다.

"곧은골엔 대원군 별장이 있다지요?"

"누군진 모르지만 옛날 아주 높은 어른의 별장이 있었어요. 이번 난리에 다 타버렸는걸요."

"그래요?"

"불타 없어지다시피 했어요."

나는 기도하는 자세가 되고 말았다.

전쟁은 그런 곳까지 샅샅이 찾아다니며 파괴하는 것인가 싶어 가슴이 아팠다.

"예서 먼가요?"

"멀긴요. 한 5리 돼요."

"미안스럽지만 남은 배 값은 내가 다 치러 드릴 게니 그곳까지만 같이 가주실래요?"

나는 배장수 아낙을 앞세운 채 할아버님이 울분을 달래며 불우한 시절을 지낸 곧은골 별장 자리를 찾아간다.

의정부의 서북쪽 벌판을 가로질러 한동안 가니까 큰 연못이 있고 둑이 높은 그 인공 연못 저켠에 별장이 있었던 흔적이 남아 있었다.

나는 그 곧은골 마을에 하루이틀쯤 묵고도 싶었으나 좁은 농촌 사람들의 이목이 싫어서 혼자 별장 자리를 배회하며 화상(畵像)으로만 보아 온 조부의 그 날카로운 모습을 머릿속에 그렸다.

며느님[閔妃]에 의하여 권좌에서 쫓겨났을 때마다 이곳에 와서 울울한 심정을 달랬던 불세출의 영걸은 낮이면 연못에 낚시를 드리운 채 재기의 꿈을 익혔고, 밤이면 몰래 찾아오는 운변인물(雲邊人物=雲峴宮 주변인물)들과 별장 깊숙이 들어앉아서 탈정(奪政)의 계략을 짜고 하던 그분의 모습이 눈에 선했다.

　서울로 돌아오라는 아드님〔高宗〕의 간곡한 전갈을 받고도 왕이 직접 '모시러 오지 않으면' 그곳을 뜨지 않겠다고 끝내 고집을 부린 그 호기도 지금은 세월의 이끼가 되어 이 근처 고로(古老)들의 한화제(閑話題)로서 남아 있을 뿐이다. 아침저녁으로 그분이 거닐던 연못 둔덕에는 그분의 발자국이 아직 남아 있을 것만 같고 물가에 가지를 늘어뜨린 늙은 수양버들 밑동에는 그분의 손자국이 보일 듯만 싶어서 나는 그 나무 밑동들을 하나하나 손으로 쓰다듬어보곤 했다.

　기구한 팔자는 우리 집안 내력인지도 모른다. 79년이라던가, 그분의 생애가 그 얼마나 파란만장했느냐 말이다. 아드님의 일생도 또한 그만 못지않다. 그 후대들 역시 기구하기 그지없는 인생을 살고 있다. 오라비 영친왕(英親王)도 그렇고 동생 덕혜옹주(德惠翁主)는 더 말할 나위 없고 나 문용인 더 또 무슨 말로 그 기막힌 인생을 표현하랴.

　나는 밤이 늦도록 혼자 그곳을 배회하다가 의정부로 돌아왔다.

　이튿날 나는 의정부 시장에서 광주리 하나를 사서 옆에 끼고 다시 곧은골로 갔다. 어젯밤 돌아본 곳을 다시 한 번 둘러본 다음 가까이에 있는 배밭으로 가서 모두가 병신스럽게만 생긴 늦배 반 접을 받아 머리에 였다. 예나 이제나 임질은 서투르기만 해서 머리밑이 눌리고 목이 꺾여 발을 옮기기 어려웠다.

　그래도 나는 길을 돌아가며 대원군 별장 터를 밟고 연못 둔덕으로 나섰다.

　눈물이 저절로 쏟아진다.

　"내가 당신의 손녀딸이란 말입니다."

　대원군이 거기 어디 살아 있는 것처럼 나는 혼자 중얼거렸다.

목이 아파서 고개가 자꾸 옆으로 꺾였다. 몸의 중심을 잃고 비틀거렸다.

— 나는 이제부터 어떻게 처신해야 합니까. 당신의 손녀더러 공산당이라니, 이 억울함을 어찌 해명해야 합니까.

값싼 푸념을 흘리며 나는 비척비척 연못 둔덕을 걷다가 왼켠 무릎이 꺾이고 말았다.

배 광주리가 저만큼 팽개쳐졌다. 우르르 쏟아진 쭈그렁배들이 연못물로 굴러 떨어져 둥실둥실 떴다.

넘어진 김에 쉬어 가랬다던가. 나는 넋을 잃은 채 두 다리를 던지고 앉아 있는 것이다.

물속에선 할아버님의 손이 불쑥불쑥 솟아올라 이 미지의 손녀딸이 굴린 쭈그렁배나마 하나하나 챙겨들이는 그런 환상에 사로잡힌다.

호면에 파문이 수없이 번지고 있었다. 그 파문은 거기 잠긴 흰 구름을 마구 흔들어댔다.

철벙하는 물소리가 났다. 붕어인지 잉어인지 물위로 떠오르다가 구름 그늘에 놀라 몸을 뒤챈 것이 틀림없다.

"맙시사. 저를 어째."

어제 그 배장수 아낙이 광주리를 무겁게 이고 뒤에 와 섰다.

"아니 어느 틈에 배 장수루 둔갑을 하시다니."

나는 물속에 잠긴 그녀의 모습과 내 몰골을 멍청하니 들여다봤다.

"저걸 모두 어떻게 건지나. 물이 깊은데."

나는 일어나서 둔덕에 널려 있는 쭈그렁배를 광주리에 주워 담기 시작한다. 스무 개쯤 남아 있었으니까 연못에 빠진 수효는 반도 더 될 모양이다.

"아까울 것 없으니 그대로 가십시다."

나는 배장수 아낙을 재촉하며 그녀의 뒤를 따라 논틀길을 걷기 시작했다.

짐이 덜어져서 좀 전보다는 아주 수월하게 걸을 수 있는 것이 할아버님의 은혜라고 생각했다.

들판에는 군데군데 볏단들이 쌓여 있었다. 이삭 자른 수숫대가 그대로 서 있는 밭에는 삭아빠진 정애비가 팔을 벌린 채 꽂혀 있었다.

그러나 들판의 대부분은 묵어 자빠진 전답이어서 그야말로 황량한 벌판이었다.

"이 고장 분이 아닌 모양인데 왜 이런 짓을 시작하셨어요? 고향으로 돌아가시잖구."

"돌아갈 고향이 없다우."

"그럼 이북에서 내려오셨나요?"

"그렇진 않소만."

"밭에 남은 배가 몇 개나 된다구 이제 이 짓을 시작하세요?"

"한두 번 해보다가 끝장이 나면 또 딴 일을 시작하지요."

"고추 마늘이 천세가 나는데, 있어야죠."

무거운 짐을 머리에 일수록 쉴 새 없이 지껄여대는 게 여자들의 습성이다. 그래야만 목을 짓누르는 무게를 잠시라도 잊게 된다.

아낙은 뭔가 쉴 새 없이 지껄여대고 있었지만 나는 한 귀로 흘려버린다. 그러다가 문득 머리에 떠오른 생각이 있어서 정신이 번쩍 든다.

'그게 어쩌면 그분이 아닌지 몰라⋯⋯.'

엊그제 명륜동 내 집엘 들렀다가 쫓겨날 때의 대화가 불쑥 머리에 떠오른 것이다.

나를 공산당으로 몰면서 경찰의 아내를 자칭하던 젊은 여자.

— 그럼 빨갱이가 아니세요? 아닌데 왜 요새두 심심치 않게 수사기관에

서 다녀가죠? 그저께두 와서 민덕연이라는 여자가 안 돌아왔느냐구, 돌아오면 알려달라구 그러더군요. 왜 그럴까요!

그런 무서운 소리로 협박하는 바람에 나는 얼이 빠지고 말았지만 이제 생각하니 그게 사실이라면 그 수사기관원이 혹시 '그분'이 아닐까. 이정호.

한 번 그런 생각이 들자 나는 흥분과 회한으로 머릿속이 어지러워진다.

'내 소식이 궁금해서라도 자기가 한두 차례 안 들렀을라구. 안 들러봤다면 사람도 아니지 뭐.'

피난살이에선 내 거처를 알 길 없었을 테니까 서로 소식을 끊은 채로 지냈지만 서울에 와서는 그가 내 주소와 집을 알고 있으니 지나는 길에라도 한두 번쯤 들러보지 않았다면 그게 어디 사람의 의리라구.

신분이 수사기관원이니까 수사기관에서 나왔다고 했을 것이다. 아직 내가 집에 와 있지 않은 줄을 알자, 나타나면 알려달라는 부탁을 하고 갔을지도 모른다.

그게 진상일 것만 같았다. 이정호 그가 개인적인 일로 찾아온 줄을 알고 있었다 하더라도 그 젊은 것은 그런 식으로 나를 협박하여 다시는 저 사는 집에 집 주인이 발그림자도 못 비치도록 만들어버린 게 틀림이 없어.

그러니까 나는 미리 겁에 질려 제 집 마루에 엉덩이도 걸쳐보지 못하고 제 발로 도망을 친 게 아닐라구.

한번 그렇게 생각하자 경위는 명명백백해진 것처럼 여겨졌고 나 자신의 행동이 이 세상엔 둘도 없을 바보천치의 짓으로 굳어져버린 것이다.

이제라도 다시 내 집으로 가서 그 젊은 것한테 진상을 캐봐야 한다.

내 집을 뺏고 싶다면 뺏겨주겠다. 집이란 어차피 잠시잠깐 몸담고 있는 곳인데 네 소유 내 소유 따진들 뭘 하며, 이미 들어가 살고 있는 사람들을 내쫓아서 내 속이 뭐가 시원할 것이며, 오죽한 처지길래 남의 집을 차지한 채 못 내놓겠다고 버틸까. 집은 주마. 나도 내가 뼛골 빠지게 벌어서 장만한 게 아니라 시동생이 마련해준 재산인걸. 전쟁이 휩쓸고 가서 백만 명이라든가 얼마의 생목숨들이 턱턱 죽어간 이 마당에 집이라는 게 뭐 그리 소중하다구.

그런 건 대수로운 문제가 아니니 오직 진실을 나에게 실토한다면 그 여자 역시 나에겐 퍽이나 고마운 존재라고 생각해줄 수 있다.

이정호라는 수사기관원이 이문용, 아니 민덕연이라는 여자의 안부가 궁금하다면서 세 번인가 두 번인가 들른 바 있다는 그런 진실만 나에게 말해준다면 나는 그 자리에서 명륜동 집을 그네에게 미련 없이 줘버릴 수가 있다니까.

'이제라도 다시 가보자.'

그러나 나는 잠시 후 의정부 시장 어귀에 쭈그리고 앉아 있었다. 병충이가 아니면 까막까치들이 파먹다 만 쭈그렁배 몇 알을 헌 양회부대 위에 벌여놓고, 칼 한 자루 광주리 전에 꽂아놓고 타월을 머리에 쓴 채 꾀죄죄해진 옥양목 치마저고리에 날아와 앉는 황토 흙먼지를 털려고도 하지 않은 채, 그 배 얼마씩이요? 묻고는 껍질 썩썩 벗길 사람 기다리며 시름없이 앉아 있는 것이다.

만에 일이라는 말이 있다. 만에 일이라도 정말 수사기관원이 나를 체포하려고 찾아왔던 것이라면 호랑이 굴로 자진해서 기어드는 꼴이 아닐까 싶어 명륜동 집엘 다신 찾아가지 못하는 나, 앉아 있어도 등허리가 자꾸 꾸부러지는 까닭은 허기가 진 탓도 있겠으나 보다는 나이 먹은 증좌일 것이다.

나는 그날 밤도 싸구려 여관방에 몸을 뉘인 채 이 생각 저 생각으로 전전반측을 해야 했다.

이튿날 조반 한 술을 뜬 나는 빈 광주리를 여관집에다 맡겨두고 서울로 들어온다.

내 누명을 벗기 위해서도 그대로 잠적하거나 도피 행각을 해선 안된다는 결론을 얻은 까닭이다. 차라리 끝내 오해가 풀리지 않으면 벌을 받자. 설마 10년 징역이야 할라구. 한두 해 살다 나오든지 정상이 참작돼서 놓여나오든지 하겠지.

나는 용기를 내어 명륜동 내가 살던 동네로 접근해 간다.

성균관으로 뚫린 큰길로 접어섰을 때 마침 맞은편에서 걸어오고 있는 여자가 낯이 익어 나는 얼굴에 웃음을 함빡 띠고는 두 손을 앞으로 내밀며 반기려 했다.

내 이웃에 살던 변호사 집 부인이었기 때문이다.

"어머니나 이게 누구세요?"

진심으로 반가워하면서 내가 쭈루루 달려들자 그 변호사 집 부인은 걸음을 딱 멈추더니 눈을 휘둥그렇게 뜨고는 옆으로 슬쩍 비켜 섰다. 그리고 내민 손을 잡기는 고사하고 행여 그 손이 자기 몸 어디에라도 닿을까봐 그 뚱뚱한 몸뚱이를 잔뜩 도사리는 것이다.

그래도 나는 내 마음만 믿고 소리친다.

"이게 누구셔? 변호사댁 사모님."

그 순간 나의 등허리엔 식은땀이 쭉 흐른다.

차갑기 얼음과 같은 상대의 눈총과 맞부딪친 까닭이다. 차라리 차갑기만 했다면 다행이다.

졸지엔 사람을 몰라볼 수도 있는 것이니까 차갑기만 한 눈초리라면 대수로운 문제가 아니다. 적의가 번뜩이는 눈초리였다. 만나서는 안될 상대거나, 원수는 외나무다리에서 만나게 되는구나, 하는 그런 적의에 찬 눈초리였다.

"부인, 나를 몰라보시나베."

"왜 모르겠어."

"그동안 다 안녕하세요? 나 어제 부산에서 올라왔어요."

"평양으로 가는 길이군요?"

"네?"

"여성동맹의 위원장 동무는 평양으로 가야지 여기가 어디라구."

나는 입이 얼어붙었으나 그래도 안간힘을 쓰듯 말하기를,

"그건 오해예요. 나 그런 사람이 아닌 줄을 부인께선 아시잖아요? 내가
어떻게 공산당일 수가 있어요."

했으나 변호사 집 부인은 입을 삐쭉거리며 사면을 두리번거리는 것이 경찰
이라도 찾는 눈치여서,

"나 정말 그런 사람이 못돼요. 그러니까 그날 밤으로 도망을 쳤지 않습
니까. 나는 강제로 끌려나갔던 피해자예요. 오해를 풀어주세요, 부인만이
라두."

라고 애원을 했지만,

"나 공산당입니다, 하는 빨갱이가 있을라구. 죽을 때두 김일성 만셀 부
르며 쓰러진다는데. 혹시 빨갱이 중에서두 사과라면 모르지만 도마도니 더
말할 수 없겠지."

"사과는 뭐구 도마도는 뭡니까?"

"사과는 겉만 빨갛지만 도마도는 속속들이 빨갛잖은가베."

입으로는 그런 말을 지껄이며 눈은 경찰을 찾고 있는 변호사 집 부인, 그
네는 전쟁 전보다 더 젊고 뚱뚱하고 피둥거리는 살결이었다.

"어떡하나. 모두들 나를 그렇게 오해하시니."

"그게 어디 오해요, 진실이지."

"그런 진실은 없어요. 그게 진실이라구요? 좋아요. 나는 내 집에 가서 기다리겠습니다. 경찰이 잡으러 오면 잡혀 가겠어요. 차라리 그러면 진실이 밝혀지겠지요."

"그렇게 해보라지."

비아냥거리는 투의 한 마디를 남기고 빠른 걸음으로 전찻길을 향해 걸어가는 변호사 집 부인의 둔부는 입성이 양복이라 미련스럽게 뒤룩거렸다.

나는 다시 안되겠다는 생각이 들었다. 이웃 사람 누구도 내 말을 곧이들으려 하지 않을 모양인데 경찰이나 검찰관만이 나의 말을 믿어줄 까닭이 없는 것이며, 변호사 집 부인 말마따나 나 공산당이요 하고 나설 빨갱이가 없을 바엔 나에게서 어떤 자백을 받기 위한 수단으로라도 무슨 모진 짓을 해올는지 알 수가 없으며, 설혹 그런 고역을 겪어낸다 치더라고 반드시 내게 대한 의혹이 풀린다는 보장은 없다.

내가 집으로 가서 경찰이 오기를 기다리겠다는 말을 변호사 집 부인은 그대로 믿은 모양이다.

내 집이 있는 골목 쪽으로 걸어가는 나를 힐끔힐끔 돌아다본 그네가 지금 급히 찾아가는 곳은 뻔하다.

안되겠구나.

나는 성균관 뒷산으로 도망치기 시작했다.

지금 잡히면 살아남지 못한다.

나는 내가 왜 살아남아야 되는가를 알지 못하지만 그러나 죽을 수는 없다고 생각한다.

더구나 남의 오해로 억울한 죄인이 돼선 단연코 안된다.

이제까지 어떻게 살아온 인생인데.

나는 공산주의자가 아니다. 그러나 지금은 공산주의자로 몰리고 있다. 그 진실을 밝히기 위해서도 나는 살아야 한다. 사는 길은 우선 도망치는 길이다.

나는 성균관 뒷산 빈민촌 골목을 신바람이 나게 달음질친다.

어디서 그런 기운이 나는지 신기할 정도로 몸과 다리가 가벼운 것이다. 이제 나에게는 새로운 목적이 생겼다. 절실한 목적이 생겼다. 지금은 절망 속을 달리고 있지만 그 절망 속에서 발견한 뚜렷한 목적이 있다. 그 목적이 나에게 그런 용력(勇力)을 안겨준 게 틀림없다. 사람은 누구나 그런 게 아닐까.

목적이 흐려진 생활은 권태롭고, 목적이 뚜렷하면 그게 비록 살인이나 겁탈이라 하더라도 생기가 나서 눈동자가 빛나게 되는 것이 아닌지 모르겠다.

나는 지금까지 끝없이 이어지는 실의와 절망 속에서 살아왔으나 늘 부처님에게 감사를 했다.

부처님이 나에게 그런 실의와 절망을 안겨주시는 것은 나를 죽이려는 뜻이 아니고 미워하는 마음이 아니고 오로지 나에게 살아야 한다는 의지와 용기를 주기 위한 방법임을 알고 있는 나는 어떤 절망 속에서도 부처님 그 자식 소리를 입 밖에 내본 일이 없다. 정말 어떤 절망과 고초 속에서도.

나는 생각하기를 사람은 절망하기 위하여 있는 게 아니고 그 절망을 극복하기 위하여 산다는 사실을 그동안의 생활 체험으로 알고 있다. 절망을 극복하기 위하여는 부단히 절망이라는 벽에 부딪치는 도리밖에 없음을 안다. 살벌하게 모가 진 돌이 원만한 바둑돌이 되기 위하여는 모난 돌끼리 부딪치는 길밖에 없음과 같은 것이다.

나는 태어나서 오늘날까지 뭇 사람들의 오해와 무지와 박해 속에서 살아왔다.

나는 생각하기를 그 오해와 박해는 그들 자신을 위한 것이 아니고 나 자신을 위한 것임을 알고 있다.

나는 오늘날까지의 그런 생활 체험이 맹랑한 것이라고는 여기지만 나를 위해 저주스러운 것으로는 생각한 일이 없다. 나는 그러한 타인의 오해나 무지나 박해가 나에게서 잠시잠깐 멀어져 갈 때마다 심한 슬픔과 해후했고, 내 존재에 대한 회의를 느꼈고, 그래서 산다는 것 자체를 저주하곤 했다.

나는 욕심꾸러기의 여자인지도 모른다. 그래서 지금은 그러한 타인의 오해나 무지나 박해 따위의 어느 것 하나도 버리고 싶은 생각이 없는 것이다. 오히려 나 이문용을 형성하고 있는 본질은 그런 외부적인 박해임을 알고 감사한다.

만약 나에게서 이제 누가 혹은 부처님이 그런 외부적인 심술을 걷어간다면 내 영혼과 육신은 고체가 기체로 변해버리듯 허망하게 무(無)로 소진돼버릴 것이 뻔하다.

나 이문용에게서 불안과 공포를, 억울함과 피해의식을 뺏어가려는 존재가 있다면 나는 그가 부처님이라 하더라도 저주할 것이다.

그것은 나에게서 생존 의욕을 박탈해가는 강도 행위와 다름이 없기 때문이다.

'나는 이래야 하는 여잔걸.'

원인이나 책임이 나 자신한테 있건, 다른 누구에게 있건, 나는 항상 뜻하지 않은 어떤 수난이나 하자로 말미암아 나의 인내력과 성실성과 그리고 집요한 끈기로 대결하지 않으면 안되는 그런 여자다.

나는 그러한 시련과 싸우기 위하여 이 세상에 태어났으며, 그러한 시련을 멀리하고는 살아야 한다는 의의마저 상실하는 것이다.

내가 나도 모르게 구하는 것은 안일도 아니고 만족도 아니다. 평화도 아니고 정착은 더욱 아니다. 내가 구하는 것은 오직 살기 위한 집착이고 투쟁이다. 그 집착과 투쟁이 필요 없게 된다면 나 이문용은 이미 사멸한 거나 다름없는 고목이며 그러한 고목엔 한여름에 매미조차도 날아와 울지 않을 것이니 오직 한 공간을 차지하고 있는 무의미한 존재가 되고 말 것이 뻔하다.

나는 성균관 뒷산을 타고 정릉 쪽으로 도망치는 동안에 머릿속이 한결 시원하고 발길도 가볍기만 했다.

"모두들 나를 오해한다. 10년 20년이 걸리더라도 나는 그 오해를 없애고야 말 것이다."

나는 달아나는 동안 한 번도 불심검문을 받지 않았다. 그만큼 나는 이단자의 외양(外樣)을 하고 있지 않은 게 분명하다.

의정부로 돌아갔다. 여관에 들러 맡겨뒀던 광주리를 찾았다.

시장으로 가서 싸구려 일용잡화를 흥정했다. 비누, 타월, 설탕, 미제 껌, 초콜릿, 유액(乳液), 국군용 건빵, 화랑담배, 여자들의 브래지어, 양말, 그 밖에 눈에 띄는 대로 손에 잡히는 대로 계통도 없이 주워 모아 광주리를 채웠다.

머리에 이고 한동안 신작로를 가다가 길을 앞지르는 젊은이에게 물어본다.

"이게 어디로 가는 길인가요?"

"어딜 가시는데요?"

"이리로 가면 어디가 나오나요?"

"산도 나오고 강도 나오고 마을도 있지요. 휴전선도 나오고 동해바다도 나오고요."

"재미있는 분이시군."

"어디로 가시려구요?"

"바다가 나올 때까지 가지요."

"강원도가 고향이시군요?"

"네 그래요."

"강릉인가요? 주문진입니까?"

"네 그래요."

젊은이는 껄껄 웃으며,

"아주머닌 참 재미있는 분이군요. 포천으로 가시는가보죠?"

나도 웃으며,

"그래요, 포천읍은 아직 멀었죠?"

"한 10리 더 가야 합니다."

그는 훨훨 멀어져 가고 나는 아기죽아기죽 뒤로 처지며 두 손으로 광주리 밑을 받친다.

군용트럭이 다섯 대 아니면 일곱 대가 줄을 이어 북쪽으로 지나갔다. 구름 속을 가는 것 같았다. 뽀얀 먼지가 구름처럼 눈앞을 가로막았다. 뚫고 가자니까 파란 하늘이 트이고 산이, 단풍진 산이 신기루처럼 나타나곤 했다.

그 산과 하늘을 노려보며 나는 구름처럼 이는 먼지 속을 줄기차게 뚫고 있었다.

축설령 고개를 넘는 동안에 나는 아흔아홉 번은 쉬었는지도 모른다. 그렇게까지는 쉬지 않아도 되련만 나는 다시 출발해서 걷는다는 의욕을 잃지 않기 위하여 자주 쉬었다. 휴식은 휴식을 위한 것이 아니라 다음 행동에 의욕과 힘을 주기 위한 것이다.

이렇게 시작되는 옹주(翁主) 이문용의 도피 행각은 실로 세월 4년을 흘리게 된다.

무대는 강원도 일대고 연대는 1954년 가을부터 1958년 겨울 사이이다.

기본적인 행장은 방물 장수였지만 경우에 따라서는 사흘이 멀다고 탈바꿈을 한다. 끼니는 하루에 세 번이라는 습관을 무시했고 잠자는 곳은 지붕 밑이라는 사실을 도외시했다.

무슨 죄가 있길래 그처럼 철저한 도피행각을 했느냐고 묻는 이가 있다면 나는 대답할 것이다.

"아무런 죄도 없기 때문이지요."

왜 용기 있게 자신의 참모습을 석명(釋明)하고 나서지 않았느냐.

"고행을 하면 보살이 될 줄로 알았지요."

겁이 많고 무지했던 까닭이 아니냐고 묻는다면 대답할 것이다.

"그야 그렇지요."

그런저런 이유가 한데 복합돼서 나의 도피행각은 그처럼 줄기차게 이어질 수가 있었을지도 모른다.

왜들 한국은 땅이 좁다고 하는지 모르겠다.

나는 가을 겨울을 지나 이듬해 3월 하순에야 강원도 삼척 땅 어느 바닷가에 설 수 있었다.

거의 반 년 동안을 산 속과 들판을 헤매며 남의 눈치만 살펴온 나의 눈은 삼척에 와서 바다를 보는 순간 시야가 갑자기 탁 트이는 바람에 심한 좌절감을 느낀다.

하늘이 왜 바다보다 좁을까. 그러나 하늘은 하늘이기 때문에 망연히 바라볼 수 있었으나 바다는 바다인 까닭에 나 자신이 초라하고 허망해졌다.

아마도 하늘은 머리에 가까워 이성이고. 눈앞에 있는 바다는 가슴에 가까워서 감성이 아닌지 모르겠다.

나는 밀려와 기슭에서 뒤채는 파도를 바라보는 사이에 자살에 대한 강렬한 충동을 느꼈다.

갈매기의 울음소리를 듣는 순간 나는 죽음에 대하여 유혹을 받았고 그 나래짓에서 천사의 손짓을 발견했다.

나는 무사히 이 먼 곳에까지 도피할 수 있었다는 사실로 일단 안도감을 느끼는 순간 삶에 대한 의욕을 잃고 말았다.

'저 파도를 인 바닷속이 내가 찾아 헤맨 안주처야.'

나는 신발을 벗고 버선을 뽑아 시새밭에다 깊숙이 묻었다. 허리에 찼던 괴나리봇짐도 묻었다.

시새밭은 멀리 물가로 이어져 있었다. 맨발로 그 시새밭을 후벼파듯 하면서 한발 한발 바다를 향해 걸어가기 시작하는 나의 옥양목 흰 치맛자락은 바람에 퍼득퍼득 흐느껴 울었다.

원산에 갔을 때 명사십리를 걸어본 이후 처음으로 밟는 바닷가의 시새밭이다. 명사십리의 시새보다는 덜 고운지 어떤지는 알 수 없지만 발바닥이 간지러워 온몸의 감각이 키들거리는 것을 보면 삼척의 시새도 어지간히 고운 게 틀림없다.

이따금씩 굴껍질이 발바닥을 찌르곤 했으나 꼬옥꼭 밟으면 시새 속으로 쑤욱 묻히는 바람에 오히려 알맞은 자극이 될 정도였다. 태양 빛이 더할 나위 없이 강렬하게 내리쬐고 있었다.

멀리 어선 한 척이 파도 위에 떠 있는데 황포 돛을 달고 있었다.

가물거리는 수평선 저쪽은 나의 미래로 여겨지고, 그것은 일체의 내 과거를 불문에 부쳐주겠다는 보장으로 보였다.

이제 나는 모든 인간관계가 소멸된 느낌이고 모든 사회적인 의리는 물론 도덕도 사랑도 포기할 것을 명령받은 순간인 양 마음과 몸이 홀가분하기만 했다.

그가 갑자기 나타나서 거기 그렇게 자리 잡은 것도 아닐 텐데 나는 비로소 발견했다.

한 어부가 시샛밭에다 큰 그물을 펼쳐놓은 채 뚫어진 부분을 수선하고 있는 광경을 발견했다.

아주 늙어빠진 어부여서 잔등이 굽어 있고 머리터럭이 아름답게 희었다.

그 흰 터럭이 강렬한 햇빛을 받아 은실처럼 은은한 빛을 발산하고 있었다.

나는 발작적으로 사람이 그리워지면서 그 낯모를 늙은 어부에게 말할 수 없는 친밀감을 느꼈다.

어쩌면 임 상궁보다도 나와 인연이 있던 남편 아들 시부모 안악댁 시동생들, 그리고 조봉암, 이광수, 이정호 그 누구에게 느꼈던 것보다도 더 진한 친밀감이 가슴에 서렸다.

나는 나도 모르게 그 늙은 어부에게로 접근해가고 있었다.

이 세상 끝에 와서 내가 마지막 만나는 사람이라는 점으로 해서 참고 견딜 수 없는 애정이 그 미지의 늙은 어부를 보자 왈칵 솟구쳐오른 것인가 보다.

"그물이 많이 뚫어졌군요."

지극히 자연스럽게 나는 처음 만나는 노인에게 말을 걸었다.

"예에, 온체 낡아빠진 그물이라서요."

70, 어쩌면 80이나 돼보이는 늙은 어부는 낡은 실로 낡은 그물 눈을 한 바늘 한 바늘씩 뜨고 있는데 뚫어진 부분은 큰 맷방석 넓이만큼이나 컸다.

노인의 손은 몹시 떨리고 있었다.

뼈마디가 툭툭 불거진 손이었다. 살이라곤 붙어 있지 않은 막대기 같은 손가락에 쥐어진 댓가지 바늘이 마치 신장대 떨듯 하다가 잠깐씩 멈추는 순간을 포착, 한 바늘 뜨고는 또 한동안씩 떨어대는 노인의 양쪽 손등엔 콩짜개만큼한 노반이 미구에 닥쳐올 그의 죽음을 예고하고 있었다.

"그걸 다 수선하시려면 퍽 여러 날 걸리겠어요?"

"글쎄요, 한 달이나 걸릴지 모르지요."

"수선하다가 고기 철을 놓치시겠네요."

"자식놈이 다른 그물을 가지고 나갔지요. 돌아오면 또 그 그물을 기워줘야 합니다."

"끝이 없도록 할아버지께선 그물코만 뜨시겠군요?"

"죽는 날까지 이렇게 할 일이 있는 것만도 다행이지요."

"춘추가 어떻게 되셨나요."

"올이 아홉수요. 일흔아홉. 죽겠지요, 올해엔."

"오래오래 사시며 그물을 기우셔야죠, 할아버지."

노인은 침묵했고 그의 은빛 머리 위에선 갈매기가 깩깨그르 울었다.

"처음 보는 부인네군?"

"오늘 이 고장에 왔습니다."

"어디서요?"

노인의 손은 심하게 떨고, 구름은 하늘에서 움직이지 않았다.

"잡아 드릴까요?"

"괜찮소."

나는 그물 한쪽을 팽팽하게 잡아주었으나 노인은,

"그렇게 캥기면 어떻게 뜨겠소."

하면서 내 얼굴을 슬쩍 훔쳐봤다.

나는 오히려 그의 작업을 방해한 것에 불과했으나 그는 그래도 고마워하는 눈치였다.

"아드님이 여러 분이시겠군요?"

"둘이었는데 작은놈은 전쟁에 나갔다가 죽었지요."

"할머니는 계세요?"

"웬걸. 환갑도 못 살고 먼저 간걸."

"손주들이 장성했겠죠?"

"한 놈은 국군에 가 있지요."

"다른 하나는 바다에 나갔겠군요?"

"웬걸."

"그럼요?"

"이북으로 넘어갔지요."

밀려와 뒤채며 모래기슭을 핥은 파도가 흰 거품을 남긴 채 멀리멀리 사라져가고 있었다.

노인은 간신히 또 그물코 한 눈을 뜬 다음 옆에 놓인 물주전자로 목을 축이는 것이었다.

"자식은 둬 뭘 하겠소. 모두 다 이렇게 저렇게 뺏겨버리는걸."

바다에 뺏기고 군대에 뺏기고 전쟁에 뺏기고 이북 공산당에 뺏기고. 노인은 그것을 생각했나보다.

"그래도 자식은 많이 둬야 하잖겠어요? 할아버지."

"그럴까?"

태양 빛에 조개껍데기가 여기저기서 반짝이고 있는 시새밭에선 건건한 비린내가 물씬 풍기고 있었다.

나는 바닷바람을 가슴 깊이 들이마시며 일어섰다.

"할아버지, 오래 오래 사세요."

나는 그런 한 마디를 남기고는 그 자리를 뜬다.

황포 돛에 바람을 잔뜩 포태시켰던 어선 한 척은 벌써 까마득한 수평선 위에 있었다. 전연 움직임이 없는 것 같았는데 그 위치는 그처럼 달라져 있었다.

나는 다시 한 번 그 은빛깔로 빛나는 노인의 벌벌한 머리터럭을 돌아다보았다.

그처럼 떨어대는 손으로, 떠도떠도 끝이 없을 그물코를 얽고 있는 늙은 어부와, 뒤챌 때마다 거품을 남기고 사라지는 파도와, 수평선과, 황포 돛대와, 또 갈매기 소리와 그런 것들을 나는 가슴속에 차곡차곡 간직하면서 발 바닥을 간지르는 고운 시새밭을 한 발 한 발 후벼파며 걷기 시작했다.

나는 소리 내어 혼자 중얼거린다.

"밀려가고 밀려온다. 밀려간다, 밀려온다. 그 영원한 반복, 파도."

저 노인의 작업도 그런 반복이다. 그리고 그가 그물바늘을 쥔 채 내일이라도 저 자리에서 덜컥 세상을 버린다면 그 아들이 또 그 자리에 와서 그 일을 잇게 될 게야. 늙어 죽을 때까지. 그 아들이 아니면 그의 손자나 또 다른 어떤 어부라도.

사람은 사람이 그 존재의 뜻을 설정해주게 마련이다. 그러면서 어쩌다가 자연이 그 뜻을 일깨워주면 옴쭉 못하고 지금까지 지니고 있던 개념을 던져버린다. 결국 사람은 자연이 그 뜻을 일깨워주게 마련인 것 같다. 자연의 소리를 듣기 이전엔 사람끼리 어떻다 저떻다 할망정.

나는 오랜만에 바다 앞에 서자 강렬한 죽음에의 유혹을 느꼈으며 늙은 한 어부의 좌절될 줄 모르는 의욕을 보고는 삶에 대한 애착과 살기 위한 새로운 용기를 얻을 수 있었다.

나는 바다를 등진 채 타박타박 시새밭을 걸어 나오고 있었다.

3월도 이제 저물었으니 곧 4월이다. 봄이 무르익는 4월인 것이다. 생명 있는 모든 생물들이 가능한 모든 활동을 개시한다. 그 모두의 활동은 진화인 것이다. 진화는 전진, 과거에로가 아니고 미래를 향한 전진이다. 내 비록 하잘 것 없는 존재일망정 생명을 가진 이상엔 나대로의 진화를 목표로 살아야 한다.

그것은 나의 자기 극복인 동시에 남에게 대한 의리인 것이다.

함성을 지르며 밀려오는 파도 소리는 나의 등을 밀 듯 나를 물가에서 쫓아내고 있다.

갈매기가 끼륵끼륵 울었다. 그것은 분명 삶의 환희이며 생명의 원초적인 함성이었다.

태양은 머리 위에서 모든 것의 본체 그대로를 비쳐주고 있다. 바다도 갈매기도, 그리고 늙은 어부나 실수로 태어난 옹주 이문용이 가지고 있는 실체의 모습 그대로를 비쳐주고 있다.

"할아부지! 점심진지요."

어디서 나타났는지 소녀 하나가 고함을 지르며 바닷가로 내닫는다.

"오오냐."

기다리고 있었다는 듯 늙은 어부가 몸을 일으키며 마주 고함을 질렀다.

그런 소녀의 목소리도 노인의 음성도 쏴아쏴아 하는 파도 소리에 삼켜지고 오직 휑한 공허만이 가없는 공간에 충만했다.

나는 시새밭에 깊숙이 파묻었던 내 괴나리봇짐과 버선과 고무신을 파냈다.

다시는 찾지 않으려던, 영원히 그 땅 속에 묻혀 누구의 눈에도 띄지 않기

를 바랐던 나의 흔적이었으나 다시 보니 가슴이 뭉클할 만큼 정겨워지고
만다.

그것들을 가슴에다 소중스럽게 안고는 제자리에서 몸을 핑 핑글 돌리며
흡사 철부지 아이보다도 더 호들갑스럽게,

"오오냐, 오오냐. 오냐."

하고 흰 머리털이 은빛으로 빛나는 노인의 흉내를 내보는 이문용의 나이는
자그마치 쉰 하고도 다섯 살이다.

노인은 나에겐 관심도 갖지 않은 채 손녀를 앞세우고 산기슭에 있는 자
기네 오막살이를 향해 걸어가고 있었다.

그들이 그렇게 사라지자 나는 시새밭에 털썩 주저앉으며 괴나리봇짐을
끌렀다. 삼척으로 오는 길에 어느 화전(火田)에 숨어들어 후벼판 햇감자 알
이 아직 남아 있었다.

껍질도 까지 않은 날 것 그대로를 어적어적 깨물기 시작하는 이문용의
어금니가 몹시 시큰거리는 것은 풍치 때문일 것이다.

제24장

역사는 반복한다든가, 반복하지 않는다든가. 아무래도 좋다. 단지 저기 저 시새밭에 바닷물이 넘나들 듯, 늙은 어부가 그물눈을 뜨고 있듯 저렇게 단조로운 반복만은 하지 않아 줬으면 좋겠다.

가사 이왕 반복을 할 양이면 변화 있게, 변화도 전향적인 변화가 있게 반복해주었으면 좋겠다.

사람 한평생에도 너무 변화 없는 반복이 거듭되는 수가 있어서 인생을 권태롭게 만들기 쉽다.

나는 날감자를 어적어적 씹는 동안 옛일을 회상한다.

여섯 살부터 아홉 살까지의 일이 머리를 스쳐간다.

유모 내외를 잃고 거러지 노릇을 하던 김천에서의 내 모습이 생생하게 연상이 된다.

창자를 메우기 위하여 남의 밭으로 숨어들어 날감자, 풋고추, 생마늘 등

씹어 삼킬 수 있는 모든 것을 함부로 훔쳐 먹던 그 처절한 시절이 연상된다.

그 후 다시는 그런 삶이 없을 줄 알았는데 이제 나이 50이 넘어서 또다시 남의 밭으로 기어들어 날감자를 훔쳐다가 창자를 채우고 있다니, 하필이면 이런 일이 반복되다니, 나 이문용을 관장하고 있는 신의 심술을 차라리 껄껄 웃어주고 싶은 심경이다.

나는 풋감자 세 개를 단숨에 먹어버렸는데 마지막 놈은 햇빛을 보았던지, 그 맛이 어찌도 아린지, 입안이 뿌듯해져서 퉤퉤 침을 뱉아야 했다.

만약 동물원 원숭이한테 날감자를 던져준다면 어떻게 할까. 이빨로 껍질을 까서 어적어적 씹으며 누가 볼까봐, 누구든 보라는 듯이 눈알을 굴려댈 것이다.

지금 나의 모습은 그와 어떻게 얼마나 다른지 모르겠다. 그 원숭이와 사람은 또 뭐가 어느만큼 다를까.

"할아부지, 저 여자 날감자를 먹구 있네요."

마침 늙은 어부 조손(祖孫)이 그런 소리를 지껄이며 수평선을 등진 채 앞으로 지나가고 있었다.

"엄마, 저 원숭이 날감자를 먹구 있단 말야."

청경원에서라면 어떤 소녀가 그런 소리를 지껄이며 신기해하는 눈총을 반짝일 것이다.

나는 혼자 히쭉거리며 웃을 수밖에 없었다.

나는 훔친 날감자로 포식을 한 다음 하늘을 쳐다보고 바다를 바라봤다. 하늘도 바다도 그리고 파도 소리도 나를 너무나 초라하게 만드는 것 같아서 그처럼 히쭉이 쭉 웃었다.

철들면서부터 여자는 소리 내어 웃는 게 아니라는 훈육을 받았기 때문에 나는 소가 먼 산을 바라보며 웃듯이 그저 히쭉히쭉 소리 없이 웃는 것이다.

나는 그 웃는 일조차도 싱거워졌다. 그래 왼손을 시새 속에 묻고 오른손으로 시새를 손 위에 쌓아 꼭꼭 다지고 다듬다가 모래 속에 묻힌 손을 조심스럽게 뽑아냈다. 구멍이 뻥 뚫린 모래집이 생겨났다. 왼손 오른손을 번갈아가며 그 구멍 속에 넣어보다가 주먹으로 쾅 쳐서 모래집을 허물어버리고는 또 히쭉이 하늘을 바라본다.

어린 시절 김천 개천가에서도 똑같은 짓을 했다. 그때는 철모르는 소녀였는데 지금은 60의 턱을 쳐다보는 노녀인 것이 다를 뿐이다.

나는 모래 위에다 손끝으로 열십(十)자를 크게 쓴다. 그 십자의 생김새대로 동서남북을 차례로 짚으면서 가락이 있게 흥얼거린다.

— 이리로 갈까

저리로 갈까

동서남북

어디로 갈까.

동엔 청룡(靑龍) 서엔 백호(白虎)

남엔 주작(朱雀) 북엔 현무(玄武)

나 어디로 갈까.

나는 열십자마저도 발끝으로 쓱쓱 비벼버린 다음 벌떡 일어선다.

무심히 눈길을 돌리던 나는 멀리 보이는 외딴집 앞에 옹기종기 모여 선 한 무리의 아낙네들을 본다.

그 아낙네들이 모두 나를 바라보며 쑤군덕거리고 있는 것 같고, 그 축엔 좀 전에 늙은 어부를 불러간 소녀가 끼어 있는 게 보인다.

나는 그러한 그들을 보자 가슴이 덜컥 내려앉는 바람에 더할 수 없이 심각해지고 만다.

소녀는 날감자를 깨물어 먹고 있는 나를 보고 갔다. 그네들 눈엔 내가 정체불명의 수상한 여자일 것이다.

거러지도 아니고 장사치도 아닌 경계할 만한 여자로 보였을 게다. 하긴 낯선 여자가 바닷가에 홀연히 나타나서 날감자로 창자를 메우고 있다면 마을 사람들에게 화젯거리가 될까, 되겠지. 뭐하는 여자냐, 어디서 왔을까, 바닷가에 나타나서 날감자로 시장기를 메꾸고 있는 여자의 정체는 뭐냐, 하긴 그런 게 화제가 될 수 있겠지.

공산당이 아닐까! 누군가가 싱겁게 그런 말을 지껄일 수도 있다. 여간첩인지도 모른다고 아낙네들이 저렇게 모여서 지켜보고 있을지도 모른다.

경찰이나 군인한테 알려라. 어떤 소년이 관가를 향해 달려가고 있을지도 알 수 없다. 그렇게 해놓고는 나의 동태를 저네들이 저렇게 지켜보고 있는 것인지도 모른다.

나는 가슴을 오그리며 슬금슬금 행장을 수습해가지고는 바닷가를 급히 떠난다. 허겁지겁 바위를 기어올라 산속으로 숨어들어 마구 달린다. 길도 찾지 못하고 방향도 잡지 못하고 숨을 헐떡이며 땀을 흘리며 마구 도망을 친다. 뒤를 돌아다보지 못한다. 되도록 험한 곳을 골라가며 마구 뛴다. 포수에게 쫓기는 토끼나 오소리처럼 그저 음침한 데로만 뛴다.

수없이 넘어진다. 역발산 기개세(力拔山氣蓋世)라던 항우(項羽)조차도 댕댕이 덩굴에 발을 걸고 넘어졌다는데 하물며 이 알량한 나랴. 미끄러져 넘어지고 돌부릴 차서 쓰러진다. 손바닥에 피가 흐르고 무릎이 까져서 얼얼한다. 그렇더라도 이처럼 다급할 때의 나는 맹랑할 만큼 동작이 날쌔다.

어린 시절에 머슴애처럼 산야를 치뛰고 내리뛰고 한 보람인지도 모른다. 남의 곡식밭에 숨어들었다가 주인한테 들키면 정말 잘도 뛰곤 했다.

아홉 살 때 이모 임 상궁이 서울에서 데리러 왔을 적에도 허겁지겁 신바람나게 도망을 쳤다. 밭틀 논도랑으로 잘은 도망을 쳐서 애를 먹였다. 거렁뱅이가 된 옹주를 상궁이 모시러 왔는데도 겁이 나서 그처럼 도망질을 쳤다.

잡히면 어디론가 끌려간다는 공포……. 그것은 그때나 지금이나 마찬가지다.

누구든 내게 간섭 말고 제발 좀 내버려뒀으면 좋겠다. 그저 제멋대로 지내게 아무도 거들떠보지 말았으면 좋겠다. 거지아이가 호강을 하러 잡혀가게 됐을 적에도 그처럼 줄행랑을 친 까닭은 틀이 잡혀진 제 생활이 남에게 파괴되기가 싫어서였다. 그때는 그때대로 절박했지만 지금은 지금 나름으로 또 절박한 상황이다. 도저히 잡혀서는 안되는 것이다. 그때나 지금이나 죽자사자 도망치는 길밖에 없다.

나는 사흘 낮밤 동안 산속을 헤맨다.

방향도 가리지 못하고 헤맨다. 산속에서 화전(火田)만 만나면 감자와 날콩을 훔친다. 풋고추도 딴다. 칡씨를 따고 솔잎을 훑어야 한다.

낮에는 숲 속이나 바위틈에 숨어 잠을 자고 밤이면 별빛을 보며 쉴새 없이 이동을 한다. 무서워지면 금강경을 외운다.

참담한 생각이 들면 그물 뜨던 늙은이의 그 기막히게 단조로운 반복보다야 얼마나 멋있는 자극이며 변화냐고 자위해본다.

배가 몹시 고파져야 날감자를 깨물어 먹는다. 허전할 때는 솔잎을 쉴새 없이 씹는다. 송충이를 터뜨리면 시퍼런 물이 나오는데 내 몸에도 그런 시퍼런 피가 흐르지 않을까 두렵다.

그러는 사이에 나는 나 자신을 착각하기 시작한다.

모두들 나를 공산당이라고 하는데 정말 나는 그게 아닐까 하는 의심이 생겼다. 시동생 철진은 공산당이 됐을지도 모른다. 다른 여러 시동생들도 그렇게 돼 있을 것만 같다. 나도 거기서 살고 있다면 그렇게 돼 있을 것이다. 여기 살면서 철진이가 보내 준 돈과 재물을 받았다면 나 역시 공산당인지도 모른다.

강제거나 자의거나 단 10분 정도일망정 6·25전쟁 때 나는 여성동맹 위원장 의자에 엉덩이를 붙였었다.

그렇다면 공산당이 아닌지 모르겠다. 10년을 했거나 10분을 했거나 그게 그걸는지도 모른다. 서울 집에 들렀다가 혼쭐이 나서 도망을 쳤다. 지금 또 도망을 치고 있다. 그게 아니라면 도망을 칠 필요가 없다. 도망을 치는 이상엔 그걸는지도 모른다.

남이 나더러 이문용이라고 부르면 나는 이문용이다. 민덕연이라고 부르면 민덕연이다. 공산당이라고 부르면 공산당이 아닐까.

나는 차츰 내가 공산당이라고 생각하기 시작한다. 그런 생각이 차츰차츰 굳어져간다. 아무도 내가 그게 아니라고 증명해줄 사람은 없다.

'나는 공산당이야.'

점점 그렇게 믿기 시작한다. 더욱 산속으로만 파고든다. 사람들을 만나는 게 무서워서 깊숙이 깊숙이 숨으려는 속성이 생겼다.

삼척에서 북평으로 갔다. 북평에서 이기령을 넘어 월탄리 토산리를 거쳐 정선으로 갔다. 정선 벽도령 쪽으로 빠지다가 산속에서 누가 벗어놓았는지 모를 나무지게를 발견한다. 살금살금 접근해 가서 주위를 살폈으나 지게 임자가 없다.

나무지게를 걸머멘다. 빈 지게를 등에 메고 도망을 친다. 대화리 뒷산으로 빠져 삭정이를 딴다. 죽어 자빠진 나뭇가지들을 뭉뚱그려서 엉성한 나뭇짐을 만든다. 빈 몸으로 숨어 다니는 것보다 잔등에 짐을 지니까 훨씬 마음이 편하다. 나는 차츰 마음의 평화를 되찾아가고 있다. 환경에 순응하는 것이 마음의 평화며 안식이다.

봄이 가고 한여름이 됐을 때 나는 다시 삼척 축치령에 와 있었다. 방향을 모르고 봄여름을 산속에서 헤매다보니 몇 달 전에 떠난 삼척 근방으로 되돌아와 있다.

더 이상 산속으로만 헤맬 수가 없어서 나는 묵호로 나가 생선장수를 시작했다. 방물장수도 됐다.

그런 식으로 나는 4년 동안이나 강원도 일대를 헤맨다. 북으로는 인제까지 갔다가 양양으로 나갔다.

그동안 안 해본 것이 없고 못 먹어본 게 없고 안 당해본 일이 없는 4년 세월이다.

백봉령이 어느 고을 땅이던가. 아흔아홉 구비를 넘는 데 닷새나 걸렸다. 산딸기를 따 먹다가 살모사한테 오른쪽 발목을 물려 온몸이 짚동처럼 부어올랐다. 눈도 뜰 수가 없었다. 아픔의 감각을 느낄 만한 기력도 없었다.

소나기를 고스란히 맞으며 상수리나무 밑에 누워 신음을 하다가 정신을 잃었다. 뻐꾸기가 울길래 눈을 뜨니까 싱그러운 새아침이었다.

나는 그러한 몰골이었지만 그러나 어쨌든 이 세상 어느 지점에 있는 것이다. 이대로 육신이 썩어버리거나 돌이라도 되어 뭇 사람들에게 짓밟히더라도 나 이문용은 거기, 그렇게 있는 것이다. 지금 여기 이렇게 있는 것이다.

1900년에 태어나서 55년 뒤에 여기 이렇게 있는 것이다. 이런 모습으로 이런 심경으로 이 지점에 분명히 있는 것이다. 사람으로서의 가치가 있거나 없거나 저주받은 인생을 살거나 말거나 여기 이렇게 있으면서 하늘을 쳐다보고 뻐꾸기 소리를 듣고 내 살아온 역정을 회상하며 만나고 헤어진 사람들을 그리워하며 착하게 산다는 것이 무엇이고 인정이라는 것이 어떤 것이었음을 머릿속에 되새기며 여기 이렇게 있는 것이다. 그뿐이 아니라 지금 눈에 보이는 하늘도 태양도 나무나 뻐꾸기도 그 밖의 모든 것이 다 나를 위하여 존재한다는 사실을 깨닫는 것이다. 언제고 그 모든 것들이 나를 버리는 게 아니라 나 자신이 그것들을 버리는 날 내 존재는 스러지는 것이라고 생각하며 여기 이렇게 나는 있다.

그러나 나는 아직 그 모든 것들을 버리고 싶지가 않은 것이다. 안간힘을 쓰면서, 몸부림을 치면서 아무것도 버리려 하지 않고 이렇게 부르짖어보는 것이다.

"야아 호!"

야호 야호 야호. 메아리치며 되돌아오는 나의 절규가 나의 처절한 존재를 나에게 확인시켜주고 있는 것이다.

"나는 죽지 않는다. 죽어 없어지지 않아."

나의 신음은 그런 언어가 되면서부터 무서운 집념으로 변하는 것이다.

나는 사흘인지 이틀인지 그 자리에서 꼼짝을 못하고 있었다. 가사 상태였다.

잠을 잤는지 꿈을 꾸었는지 죽었던 것인지, 아니면 거기 그렇게 던져져 있었을 뿐인지 분간이 가지 않았으나 오직 기억에 생생한 것은 끊임없는 싸움을 했다는 사실이다.

그것은 정말 줄기차고 결사적인 싸움의 연속이었다. 호랑이와도 엎치락뒤치락했으며 구렁이란 놈이 온몸에 칭칭 감겨 와서 그것을 떨어버리느라고 무진 애를 쓰기도 했다. 여우란 놈이 꼬리를 끌며 핼끔거리며 눈앞에서 약을 올리는 바람에 미칠 지경이었고, 험상궂은 귀신들한테 쫓기고 쫓기다가 어떤 낭떠러지에서 덜미를 잡힌 채 천길 아래로 던져지기도 했다. 아들 필한이가 대통령이 된 것도 보았으며 생각지도 않은 춘원(春園)의 품에 안겼다가 더욱 생각지도 않은 염상섭(廉想涉)에게 시비를 당하기도 했는데 나에겐 당치도 않은 소설가 염상섭이 불쑥 등장한 까닭은 이모 임 상궁과의 연관 때문인 것 같았다.

염상섭이 일본 유학을 할 때 임 상궁은 그에게 기회 있는 대로 경제적 지원을 해준 것이다.

왜냐하면 나의 생모라는 염 상궁과 염상섭의 집안이 어떤 친척 관계가 되어 염 상궁 생존 시절엔 두 집안이 서로 내왕을 했던 모양이라 임 상궁이 불쌍하게 죽은 염 상궁을 생각해서 그 후 일본 유학생 염상섭한테 은근한 호의를 베푼 줄을 내가 알고 있었다. 그 염상섭마저 나를 괴롭혔다.

어쨌든 나는 그처럼 그 꼴로 산속에 나둥그러져 있는 동안에도 무기물이 아니어서 생각하고 싸우고 흥분하고 공포에 떨고 사랑에 빠지고 남을 미워할 줄도 아는 한 인간이었다.

그러다가 나는 어느 한 순간 눈이 가볍게 떠졌고 강렬한 햇빛을 볼 수 있었고, 다시 뻐꾸기 소리도 귀에 담을 수가 있었다. 그뿐 아니라 나는 나의 몸에서 부기가 빠져 있는 것을 발견했다. 그동안 무슨 풀, 어떤 열매를 먹어 왔길래 자연 치료가 됐는지 모르겠다. 하여간 나는 통증마저도 한결 가셔 있는 것을 알았다.

나는 내가 살아 있다는 환희로 가슴이 뿌듯해져서 눈에 띄는 모든 것에게, 내가 알 수 있는 모든 사람에게, 그리고 부처님한테 산신령한테 감사하는 마음으로 머릿속이 꽉 찼다.

나는 내가 살아 있다는 사실을 나에게 증명해주고 싶었다.

사람이 살아 있다는 것은 다른 여러 사람들과 어떤 유기적인 관련을 맺고 있다는 사실을 확인하는 일이다.

나는 내가 알 수 있는 모든 사람들의 이름을 하나하나 불러보며 그들의 생김새와 마음과 그들이 나에게 남겨준 기억을 더듬어보는 것이다.

나는 실성한 사람처럼 내가 알 수 있는 모든 사람들의 이름을 하나하나 불러보며 그가 착했거나 악했거나를 가리지 않고 한결같이 그리움과 감사하는 마음으로 재회의 기쁨을 미리 나눠보는 것이다.

그 순간 나는 내가 누워서 쳐다보는 하늘에 솔개 한 마리가 맴돌고 있는 것을 보고는 질겁을 해서 몸을 일으켰는데 용케도 나는 내 힘으로 움직일 수가 있었다. 움직이니까 심한 시장기도 느꼈다. 보따리를 끌렀다.

날감자는 썩어서 문들문들했다. 늘 지니고 다니던 콩가루를 입안에 넣고 우물우물했다.

"훠이, 이놈의 솔개새끼!"

손을 휘저었으나 마음뿐이고 입에 든 콩가루만이 확 풍겨나갔다.

조갈이 나서 계곡 쪽으로 기어가 흐르는 물속에 코를 박았다. 그 다음엔 싱싱한 솔잎을 훑어 씹기 시작했다.

산속에서 나오고 싶었다. 사람들이 그리워 미칠 지경이었다.

죽을힘을 다해서 헤매도 있는 곳은 산속이었다.

아무리 그리워도 사람들은 눈에 띄지 않았다.

빨간 싸리꽃이 잘 피어 있었다. 그 향기가 퍽은 독했다. 도마뱀들이 많이 눈에 띄었다.

고기 생각이 나서 잡아먹고 싶었으나 나에게 잡힐 도마뱀이 있을 리가 없다. 개암을 따서 딱딱 깨물었다. 이빨이 약해졌는지 어금니가 시어 견딜 수 없었다.

나는 짐승과 같았다. 옷 입은 짐승이었다. 먹을 것만 찾기에 정신이 없었다.

그런데도 무뜩 머리에 떠오른 것은 정말 그 지겨운 '사상 문제'였다.

'내가 참 공산당이라구? 그래서 이렇게 쫓겨 다니게 됐것다?'

언제부터 사람이 산다는 것과 그 사회의 체제가 그처럼 밀접한 함수관계를 지니게 됐는지는 몰라도 이건 정말 지나치게 절박한 문제로 나를 괴롭히고 있다.

나는 아무래도 알 수가 없는 것이다. 내가 왜 공산당이며, 왜 나를 남이 나보다 더 잘 안다는 얼굴로 나를 그렇게 규정하고 있는지 그 이유를 알 재간이 없다.

당신들이 나를 그렇게 보면 나는 그런 건지도 모른다. 나보다도 당신들이 나를 더 잘 알고 있는 모양이니까. 만약 그게 아니라면 내가 지금 이 산속에 있을 이유가 없다. 나는 아무래도 공산당인 게야.

세상엔 관념적인 귀족도 있고 정신적인 대통령도 있다지만 나는 관념적인 공산당이 돼 있었다.

남이 나를 공산당이라니까 그런지도 모른다는 그런 식의 공산당이 이 세상엔 있었다. 과업도 없고 지령도 못 받고 접선할 상대도 없으면서, 그것을 저주하면서 나는 공산당인 것이다.

그러나 그런 착각은 강릉에 내려와 한 해 봄을 지내는 동안에 차츰 가시어지기 시작했다.

나는 강릉에서 미역 장수 노릇을 했다. 길이가 내 키만큼씩한 마른 미역을 척척 접어서 어깨나 팔에 걸고는 시골 농가로 찾아다니며 팔았다.

죽현리든가 어느 농가엘 들어갔더니 마침 나이 쉰이나 다 된 아낙이 혼자 아이를 낳느라고 신음하는 중이었다.

나는 꼼짝없이 붙잡혀서 그 아이를 받게 되었는데 시종 부처님한테 축원을 해가며 그 일을 도왔다.

나 같은 여자가 바야흐로 축복 받으며 태어나는 새 생명을 받아내는 게 사위스러울 것 같아서 정말 죄스러운 마음으로 조심조심 했다.

드물게 보는 노산(老産)이라 힘이 들었지만 태어난 아기는 고추였고 산모는 정신이 맑았다.

나는 그 집에서 미역 세 뿌리를 팔았고 손포가 없다는 바람에 하룻밤을 묵으며 산모 시중을 들어주기로 했다.

"애기 아버지는 어딜 가셨나요?"

집안이 너무 쓸쓸한 것 같아서 물으니까,

"어디 가서 노름이나 하구 자빠져 있는 게죠."

내뱉듯이 대답하는 아낙의 말투로 보아 속깨나 썩여주는 영감인 것 같아서,

"농사철에 노름을 하신단 말인가요? 쯧쯧."

했더니, 어디서 굴러온 영감태기한테 20년 수절을 뺏기고 이 꼴이 됐으니 그 원수를 어떻게 해야 하느냐고 하소연하는 바람에,

"이런 귀여운 대장군감을 낳았으니 꾹 참고 받들면 다 옛 얘기할 날이 있을 게 아니겠어요?"

나는 제법 그럴싸한 말을 하고 있는데 사립문 밖에서 칵칵 가래침을 뱉는 소리가 들려왔다.

"누가 오시는 것 같아요."

"그 웬수겠죠 뭐. 또 노름 밑천이 떨어졌나보군. 기어 들어오는 걸 보면."

나는 얼른 방문을 열고 마당으로 나갔다가 내 눈을 의심해야 했다.

주인 영감이라는 사람을 얼핏 보니 낯이 익은 것이다.

어디서 만난 사람이던가 하고 기억을 더듬어보는데 상대편에서도 흠칫 걸음을 멈추며 놀라는 것이다.

나와 그는 동시에 입을 열었다.

"아니 맹 서방 아닌가베?"

"아니 이거, 마님이 아니세요?"

두 사람은 한동안 얼떨떨해서 말을 못했다.

철원 집에서 데리고 있던 하인 맹 서방인 것이다. 그 충실했던 맹 서방이 어떻게 흘러흘러 이 강릉 땅에까지 와 있는 것이다.

나는 맹 서방을 보는 순간 그가 내 부탁으로 어린 필한이의 무덤을 파헤치고 백골을 골라내던 일이 머리에 떠올랐다. 시끄러운 일 궂은 일 싫다 않고 도맡아 해주던 맹 서방, 이제 나이 60이 훨씬 넘었을 것이지만 그때보다는 더 늙은 것 같지가 않았다.

나는 너무도 그가 반가워서 손이라도 마주잡은 채 통곡을 터뜨리고 싶은 심정이었다. 그런데 그는 나를 노려보며 이상한 말을 묻고 있었다.

"아니 어떻게 아시구 여기까지 찾아오셨죠?"

나는 졸지에 한다는 소리가,

"세상은 넓고도 좁은 게 아닌가베."

그랬더니 맹 서방 그의 얼굴에선 핏기가 싹 가시는 것이었다.

"맹 서방!"

그는 나를 정면으로 쳐다보지 않았다.

"맹 서방 부인이 업두꺼비 같은 장군감을 낳으셨어요."

아기가 시원스럽게 울어붙였다.

"영감 들어오셨수?"

부인의 음성은 산모답지 않을 만큼 카랑했다.

"어!"

맹 서방은 분명히 겁에 질린 눈으로 방 쪽을 흘끔거린 다음 한다는 소리가 "인줄을 꼬아야 되겠군"이었다.

그 맹 서방이 몸을 홱 돌리며 나에게 명령하듯 말했다.

"저리로 나가 얘기 좀 합시다!"

이번엔 내가 겁에 질렸다.

그와 나는 토담 모퉁이에 마주섰다.

"몇 달만 참아주시오. 그동안 내 벌어서 갚을 게니."

나는 그를 멀건히 바라본다.

"저놈들이 서울을 점령했다는 소식을 듣고는 마님의 안부가 궁금해서 견딜 수 있어얍죠. 명륜동댁엘 찾아갔더니 빈 집이지 뭡니까. 뭐 두고 가신 게 있으면 잘 보관해 드릴라구 장롱 속을 뒤지니까 그런 패물과 현금이 남아 있지 뭐예요. 잘 간수했다가 돌아오시면 드릴랬는데 그만 탕진해버렸습지요. 내 눈에 흙이 들어가기 전엔 갚아 드려요. 아무 때고 갚아 드린단 말씀이에요."

나는 어이가 없어서 계속 입이 떨어지지 않았다. 패물과 현금이 집에 남아 있었다는 사실조차 모르고 있었다. 그러고 보니 시동생 철진이 맨 먼저 갖다준 몫을 장롱 깊숙이 감춰뒀었던가.

처음 가져다준 몫이라면 돈 액수도 많고 패물도 짭짤했다는 기억이 되살아났다.

한참만에 내가 물었다.

"철진 서방님은 어찌 되셨소? 다른 시가솔(媤家率)은 어떻게 지내구?"

"모르죠. 그 후엔 모두 뿔뿔이 헤어졌으니까요."

"헤어지다니?"

"그렇게 됐어요."

"그 많은 가산은 모두 압수됐겠군요?"

"그렇게 됐었습니다."

"그럼 식구가 모조리 철원 집에서 쫓겨났단 말이요?"

"그렇게 됐습지요. 그놈들이 옛 지주 계급을 그대로 두나요, 어디?"

"그럼 철원 집엔 누가?"

"제가 한동안 맡아가지구……."

나는 그 이상 자세한 이야기를 묻지 않았으나 맹 서방은 배은망덕한 사람임을 직감했다.

그 맹 서방의 눈초리가 갑자기 이상해졌다. 그는 나를 무섭게 노려봤다.

"참 서울에서 듣자니 마님께썬…… 여성동맹 위원장 노릇을 하셨다구요?"

나는 먼 산을 바라봤다.

고대 내가 받은 아기가 까르르 까륵 울고 있었다.

"하긴 지난 이야긴 서로 덮어두는 게 좋겠습죠? 저도 흘러흘러 여기까지 왔습니다. 이렇게 장가두 들었지만 혼자 살던 놈은 혼자가 편해요. 그런데 어떻게 제가 여기 살고 있는 줄을 아셨습니까?"

몰랐다고 대답한들 맹서방이 곧이들을 것 같지가 않아서 나는 역시 입을 다물고 있었다.

'모두들 내 말은 믿지 않는걸.'

사람들은 거짓말은 곧잘 믿어도 진실은 믿지 않으려는 경향이 있다. 그만큼 거짓말은 진실 같고 진실은 거짓말처럼 여겨지는 세상이 돼 있는 모양이다.

"이왕 저 애새낄 받아주셨으면 하루이틀 뒷바라질 해주고 가셔야죠. 아시다시피 제가 뭘 할 줄 압니까. 이 나이에 애새끼가 생기다니 고생문이 또 훤히 열렸어요."

"왜 입이 그렇게 험해졌어요? 맹 서방."

"제가 언젠 고상한 인간이었습니까, 하하하."

그 웃음이 내 신경을 몹시 건드렸다. 나를 놀리고 있는 것 같았다. 그 눈이 무서웠다. 나를 자주 노려보곤 했다.

"잠깐 안으로 들어가세요, 마님. 여편네가 해산을 했다니 쌀말이라두 장만해 와야지요. 애를 낳았으니까 벅적벅적 먹어댈 게 아닙니까. 잠깐 들어가 계세요, 마님."

그러나 그를 뿌리치고 그곳을 뜰 수도 없어서 나는 사립문을 밀고 안으로 들어갔고 맹 서방 그는 어디론가 횅하니 사라져갔다.

그날 저녁 무렵 나는 급습해온 수사원들에게 체포됐다. 포승에 꽁꽁 묶인 채 그 언젠가처럼 또 찝에 실려 어디론가 연행되면서도 나는 맹서방을 원망하지 않으려고 입술을 깨물었다.

나는 여러 수사기관으로 옮겨 다니며 견디어내기 어려운 고초와 심문을 당했다. 그리고 스스로 결론을 얻게 된다.

결론은 내가 그들이 생각하는 인물이 되면 되는 것이다. 나는 나 이문용이 아니고 그들이 소망하는 공산당이며 여성동맹 위원장이며 간첩 김철진과 접선한 일이 있으며 간첩의 금품을 받은 바 있으며 간첩 김철진을 숨겨준 일이 있으며 자그마치 동란 중의 3년과 그 후의 4년 도합해서 7년 동안이나 지하에서 암약한 사실을 자백하면 되는 것이다.

나는 그렇지 않다는 반증을 제시할 방법이 없었다. 그럴 성의도 없다.

부산 3년 동안만은 안악댁이나 아니면 다른 몇몇 사람을 증인으로 내세워 나의 피난생활을 밝힐 수가 있지만 그렇게 되면 안악댁을 비롯한 여러 무고한 사람들이 나와 같은 고초를 겪게 될 것이기 때문에 그렇게까지 해서 반증을 제시하고 싶지가 않았다.

강릉에서 석 달 남짓 취조를 받다가보니 나는 내가 생각했던 이문용이 아니라 남이 생각하는 민덕연으로 완전히 변질돼버렸다. 나 자신 민덕연이지 이문용이가 아닌 것으로 믿어졌다. 그만큼 내가 나를 모르고 살아온 것처럼 여겨지기도 하고, 또 민덕연이면 어떻고 이문용이면 어떠랴 싶은 자포자기적인 생각도 들었다.

나는 심문이 끝난다는 날 조사관 앞에 꿇어앉은 채 입을 쫑긋거리며 웃고 있었다. 머리도 가슴도 아프고 사지도 아파서 웃고 있다가 물었다.

"저는 이제 서울 압송이 되나요?"

"서울에 가고 싶은가?"

"몇 년 징역이나 먹겠어요?"

"징역이 아니라 사형일 게야."

나는 또 웃었다. 사형이 되리라는 말을 들으면서도 마음이 아주 편안했다. 그 지겨운 취조가 끝났다고 생각하니까 가슴이 후련했다. 앞으로의 일이 어떻게 되든지 그런 것엔 전연 신경이 써지지 않았다.

"죽을 각오는 돼 있겠지?"

삐삐 말라서 결핵환자처럼 보이는 취조관이 나에게 약간은 동정하는 투로 물었다.

"어떻게 죽이나요? 목을 매게 합니까? 총으로 쏩니까?"

"어떻게 죽었음 좋겠나?"

"약을 마시게 해주셨으면 좋겠군요. 조용히 잠들 수 있도록."

"사형 선고가 내리면 판사한테 부탁해보시지."

"들어주실까요? 판사님이."

"약값은 늘 지니고 있어야겠군."

"비쌉니까? 독약이."

취조관은 담배를 피워 물고는 조서 끝에다 내 무인(拇印)을 찍게 했다.

"후회 않나?"

"뭐를요?"

"빨갱이짓한 것을."

"태어난 것 자체를 내내 후회합니다."

"그럼 왜 진작 못 죽었어?"

"한 번 생겨난 인생 죽는다 해도 처음부터 없었던 것과는 다르지 않아요? 하늘을 나는 새도 물속에 있는 송사리도 길가의 돌멩이도 생겨난 이상엔 어떤 뜻이 있는 게 아니겠어요? 처음부터 없는 것과는 다를 것입니다. 죽는다는 것과는 다를 것입니다. 이 세상 모든 게 제 임의대로 있음과 없음을 선택할 수는 없어요."

"유식하군. 그건 유물사상(唯物思想)이 아니잖아?"

"세상을 살다보니 그런 생각을 하게 되었어요. 죄송합니다."

엉망으로 일그러져버린 나의 오른컨 어깻죽지가 쑤시고 아파서 나는 몸을 둥개기 시작했다. 발목 복사뼈엔 장못을 두드려 박는 것처럼 통증이 심해서 입이 딱딱 벌어졌으나 그래도 마음은 안정이 되는 것이다.

흔히 낙천적인 사람일수록 미래를 생각하면서 인생을 즐거워하게 마련이다.

나는 예나 이제나 미래라는 것을 생각하며 즐거워해 본 일이 없다.

나에겐 살아온 과거가 있을 뿐이고 과거만이 나의 모든 것을 형성하고 있어서 언제나 비애의 감정으로 그날그날을 지내왔다. 앞일을 아무리 보려고 해도 보이지 않았으며 오로지 지내온 불행과 시련만이 심안(心眼) 그득히 고착되어 있어서 늘 음울한 인생이다.

그러나 미래를 생각하며 즐거워하는 사람들에겐 욕심과 갈등이 심해서 마음의 안정을 얻을 날이 없지만 나처럼 과거만을 인정하는 사람은 욕심도 갈등도 없기 때문에 마음이 편하고 조급한 게 없고 반사동작 같은 것도 필요 없고 해서 그런대로 심상(心像)이 안정될 수가 있다.

흔히는 살고 보니 내 인생은 그런 것이었다는 사람과 반대로 나는 이러저러한 인생을 살아야겠다는 사람과는 그 사고방식의 기본 자체가 다르다.

나는 지금 미래를 생각지 않고, 모르겠고, 지금 현재만은 소중하게 알고 있다. 그러니까 그동안의 그 더러울 만큼 참담했던 고초는 이미 아릿한 회상의 세계로 뒷전에 물러가 있고 지금은 당면했던 무서운 시련을 극복했다는 안도감으로 해서 심신이 다 함께 안식을 얻은 느낌이다.

취조관은 나에게 마지막으로 호의를 베풀고 싶은 모양이었다.

"서울에 누구 유력자라도 있으면 말해봐. 나 개인으로 연결을 시켜줄 테니까."

"없습니다."

"가령 정부 요인이나 국회위원이나 그런 분 중에서 직접 또는 간접으로 통할 만한 사람이 없느냐 말야?"

"없습니다."

"군의 장성이나 수사관원 중에선?"

"없어요."

"그 밖의 저명인사도 아는 사람이 없단 말인가?"

"없습니다."

"큰 사업가나 재벌 중에서두 알 만한 사람이 없어?"

"없어요."

"물론 판검사 아는 사람두 없을 테지?"

"없습니다."

"죽어라! 철저한 독종이구나!"

"죄송해요."

며칠 후 나는 서울로 압송돼 왔고 서울에서의 임시 주소는 서대문 감옥으로 결정이 됐다.

병원엔 병자가 많은 것처럼 감옥에 들어가보니 죄진 사람도 많았다.

그 중엔 죄 없는 사람들도 꽤 섞여 있을 것처럼 여겨졌다.

10월 중순이어서 날씨가 제법 쌀쌀한데도 여사(女舍)에 들뜨려지는 순간 숨이 꽉 막힐 만큼 후텁지근한 냄새가 코를 찔렀다.

그러나 막상 들뜨려져 쭈그리고 앉으니까 몸이 후둘후둘 떨리기 시작했다. 육량이 나고 사개가 뒤틀린 내 몸뚱이, 안 아픈 데가 없어서 간절하게 눕고 싶었다.

"좀 드러누울 순 없을까요?"

감방에 처박혀진 나의 첫마디였다.

아무도 거부하지 않았다. 대신 아무도 승낙해주지 않았다. 열세 명인가의 눈초리들이 나를 노려볼 뿐 누구도 어떤 반응을 보이지 않았다.

사람의 눈이, 여자들의 눈초리가 그처럼 심술궂고 험상스러운 것을 나는 일찍이 본 일이 없다. 고양이의 눈들이었다. 발 앞에 던져진 쥐 한 마리를 일제히 노려보는 고양이의 눈초리가 있다면 그럴 것이었다. 물론 선량한 눈길도 있었겠지만 그런 눈은 얼핏 두드러지지 않았다. 나는 몸서리가 오싹 처졌다. 아수라가 들끓는 수라장에 떨어진 것 같았다.

문간 쪽에 앉았던 40대의 말상을 한 여수가 나에게로 슬쩍 다가앉더니 손끝으로 내 턱을 툭 건드린다.

"늙었군? 몇 살이야?"

나는 대답하지 않았다.

"죄목이 뭐지? 그 나이에."

나는 상을 찌푸리며 쑤시는 오른쪽 어깨를 주물렀다.

"내가 누군 줄 모르는가보군. 이런 덴 처음 들어왔어?"

어디서 호루라기 소리가 났다. 옥사 옆 소나무에서 까치가 까악 비명과 같은 소리를 터뜨렸다.

"교육 좀 시켜야겠어. 얘들아!"

말상은 다른 수인들에게 묘한 의견을 물었다.

"어때? 좀 벗겨볼까?"

그 말에 모두들 키들거렸다.

"늙어서 쭈그렁 밤송이겠어요."

"그래두 살갗은 제법 깨끗한데."

대개는 2, 30대의 여자들이었다. 나를 에워싸고 조여들기 시작했다.

"이것 봐! 저고리 벗어보라구. 젖통 좀 내놔봐! 사내들에게 얼마큼 빨린 젖인가 보자구."

나는 눈을 감은 채 숨도 쉬지 않았다.

"벳겨!"

말상을 한 여자가 명령했다.

뒤켠에 있던 여자가 내 수인복 윗도리를 강제로 벗겨냈다.

모두들 눈살을 찌푸리며 침묵했다. 그 많은 눈초리들이 내 엉망이 된 상반신을 목격한 순간 정나미가 떨어진 모양이다.

"이건 빨랫비누 몇 장 훔친 얌생이꾼이 아닌가보다. "

"사상범 아냐?"

"그런가봐."

"김수임이의 속곳이라두 빨아준 게지."

나는 법화경을 외기 시작했다.

옆 감방에선지 노랫소리가 들려오는데 구성진 〈정선 아리랑〉이었다.

"이런 건 우리 손으로 죽여야 해. "

말상이 이를 갈 듯 말했다.

"재판을 해 뭘 하는 거야. 그냥 여기서 요절을 내지. 이것들한테 난 자식 두 뺏기구 서방두 잃었어. 되놈한텐 강간두 당했단 말야."

수많은 주먹이 나에게로 박아져내렸다. 여기저기서 발길질이 들어왔다. 오만 군데를 꼬집혔다.

나는 또 무슨 무서운 가위에 눌린 것으로 여겼다.

"쥑여!"

"살려는 둬야 밥을 뺏어 먹지."

간수가 나타났다. 꽤는 뚱뚱한 여자였다.

"조용히들 하지 못해!"

"이보담 더 어떻게 조용히 한대지?"

"그 아가리에 솜방맹일 쑤셔박기 전에 닥뜨리질 못할까."

"좋아하네, 솜방망일."

간수가 사라져갔다. 꽤는 느린 동작이었다.

"할머니! 어려운 청이 하나 있어요."

"또 어려운 청이 나왔구나, 해 해."

"할머니!"

나는 나를 다정하게 불러주는 여수를 돌아다봤다. 코허리가 좀 죽었지만 본 모습은 퍽 예쁜 30대의 여자가 생글생글 웃고 있다.

"할머니, 제 청 들어주시는 거죠?"

나는 그 고운 말씨에 호감이 가서,

"무슨 청이유?"

하고 처음으로 입을 열었다.

"거웃 세 올만 뽑아주세요, 할머니."

"네?"

나는 반문하다 외면을 했다. 발끝을 주무르기 시작했다.

모두들 키들거렸다. 멀리서 또 호루라기 소리가 났다.

"보살을 깎았어요. 젓가락짝으루. 보살님을 맨바닥에야 모실 수 있어요? 방석을 만들고 있는 중이에요. 털방석을. 할머니가 아마 아흔여덟 명쩰 거예요. 방석 재료를 시주하는 신도루."

나는 버릇인양 불경을 외우려다가 말았다.

눈을 조용히 감으며 어떤 일이 있더라도 그네들을 미워하지 말아야겠다고 나에게 다짐한다.

정말 그 젊은 여수는 손가락 두 마디만한 크기의 목각 불상을 나에게 보여줬다. 제법 정교한 조각인데 표정마저 자비롭게 보일 정도였다. 연장이 있을 턱 없으련만 무엇으로 그렇게 깎을 수 있었던 것인지 경이로울 지경이었다.

"이 보살님을 모실 방석을 짜고 있어요. 도와줘야 하겠어요, 할머니 두."

나는 숨이 답답해졌다. 얼굴로 함빡 피가 모였음을 깨닫는다.

"108명 것을 모아서 짜기로 했단 말예요. 인제 열 명한테서만 얻으면 될 텐데, 할머니 더두 말구 세 개만."

"나는 강제루 뽑혔는데 한번 당해보구 싶은가봐."

"덤벼들어 뽑아! "

그런 장난들이라도 해야 지루한 시간을 메울 수가 있는 모양이다. 그런

짓궂은 짓이 아니고는 권태와 불안과 욕구불만을 해소하기가 어려울지도
모른다. 이해해줘야 하겠다.

여류 조각가는 집요한 애원을 했다.

"할머니, 선심 쓰세요. 그래야만 형도 가볍게 받을 수가 있어요. 할머니
세 올만 슬쩍."

말상을 한 여자가 내게로 좀 더 다가앉는다.

"여기 들어오면 반드시 그걸 헌납해야만 되는데 소식을 모르는가 보군?
대신 머리털이라두 내놓구 싶겠지만 머리털이란 깔구 앉는 게 아닌 걸. 자,
본인이 안 내놓겠다면 우리가 슬슬 작업을 해야겠어. 실례해유."

그때 마침 간수가 나타나서 외쳤다.

"빨래 시간이다. 모두 빨랠 가지구 나와."

감방 문이 열려졌다. 뭉뚱그려 놓았던 빨랫감들을 가지고 전원이 수돗가
로 몰려갔다.

여학생처럼 단발을 한 여간수가 뒷전에 서서 작업을 감시했다.

"2323호! 이것 좀 빨아줘여."

빨랫감이 내게로 던져졌다. 내 가슴을 내려다봤다. 2323의 숫자가 적혀
있었다.

"이것두."

"내 것두."

나한테로는 여섯 사람 분의 빨랫감이 던져졌다.

단발머리 간수는 못 본 척했다.

나는 그네들의 것을 빨기 시작했다.

남자 간수 한 사람이 사무실 쪽에서 나타나 넓은 마당을 건너가고 있었
다.

"보이소! 미남자. 이리 좀 오시소."

"잡아다가 우리 모두 윤간이나 할까."

까르르 웃고 키들거리며 차마 입에 담지 못할 소리들을 지껄인다.

"지랄들이 나는가보구나."

단발머리 여간수가 그런 한 마디를 흘렸다.

"우리 간수님한테도 그것 헌납 좀 하래지."

말상이 또 그 이야기를 꺼냈다.

여류 조각가는 고개를 가로저었다.

"부정 타서 그런 건 못 써요."

나는 빨래하는 데에만 몰중했다. 비누거품이 구름처럼 피어올라 하늘을 가리고 온 우주에 꽉 차는 그런 착란에 사로잡혔다.

별안간 어떤 여자가 꺼이꺼이 울기 시작했다.

"또 미치누나. 제 새끼 제 손으로 쥐이구 툭하면 울긴 왜 울어."

"그게 왜 제 새끼야. 전실 자식이었대는데."

"저기 또 송충이들이 극성이군."

감방 옆 방파짐한 소나무 가지에 네 여자가 다닥 붙어 있었다. 솔잎을 훑어대고 있었다. 그러고 보니 아래쪽의 가지들은 잎이 말끔히 뽑혀서 삭정이가 돼가고 있었다.

속이 허전할 때 솔잎을 씹으면 한결 시장기가 덜해지는 줄을 잘 알고 있는 나는 그들의 그런 행동을 충분히 이해할 수 있었다.

"제 것은 제 손으로 빨라구! 저들 어머니 같은 사람을 부려먹다니 얌통머리가 없구나."

단발머리 간수가 나를 동정하듯 씨부렁거렸다.

말상이 그 간수를 보고 말했다.

"간수님 즈로스 벗으시우. 빨아 드릴 거니."

좀 전에 지나갔던 남자 간수의 모습이 다시 또 나타나자 그네들은 눈알이 벌개지는 것 같았다.

"잡아 올까?"

"잡아 오자구."

"잡아다가 잡아먹자."

말상을 한 여자가 명령했다.

"좋았어. 잡아 오라구."

7, 8명의 여자 죄수들이 슬금슬금 움직이기 시작했다. 남자 간수의 앞길을 가로막았다. 그를 에워쌌다. 번갈아가며 이쪽저쪽에서 몸으로 그를 툭툭 건드렸다. 그래서 그의 발길이 여감방 쪽으로 향해 오도록 방향을 유도하는데 마치 하동(河童)들이 물고기 한 마리를 몰고 오는 형국이었다.

단발머리 여간수는 빈들빈들 웃으며 남자 간수를 놀렸다.

"인제 큰일 나셨소. 그것들이 정 간수님을 잡아먹겠다고 했단 말예요. 유언이라도 있으면 나한테 전하세요."

정 간수라고 불리운 젊은이의 넉살도 만만치가 않았다.

"이왕 이 이리떼한테 잡혀 먹힐 바엔 우리 함께 먹힙시다."

"내가 무슨 의리루."

"남녀 간의 의리루죠."

남자 간수는 여자 감방 근처엔 접근하지 못하게 돼 있다.

그는 여자 죄수들에게 손을 싹싹 비는 시늉을 했다.

"집엔 늙으신 부모님과 허리 잘룩한 예펜네와 눈깔 똥그란 자식새끼들이 나를 기다리구 있사오니 좋은 일삼아 놓아주시게. 여러 천사님들이시여."

그의 볼기를 쓸어주는 여자도 있고 뺨을 건드리기도 하고 손을 잡아주는 여자도 있었다.

"그럼 협상을 합시다."

말상이 제안했다.

"하지요."

"차입물 좀 빼돌리란 말예요. 오늘 저녁에 갈비탕 셋 육개장 두 그릇만 보내준대면 잡아먹지 않을 용의가 있다 그 말이에요. 간수님은 끓여두 구워두 비린내가 날 것 같아서."

"지랄한다. 어쨌든 협상이란 조건에 수정이 있게 마련. 갈비탕 하나와 육개장 하나 정도라면 응낙할 용의가 있음."

"갈비탕 둘에 육개장 하나로 수정 제의함."

"응낙하겠음."

"또 한 가지 추가 조건이 있음."

"뭔가?"

"귀하의 머리털이 아닌 비슷한 것 세 올을 무상 공여할 것. 그것을 승낙하면 귀하의 마누라가 한눈을 안 팔도록 부처님께 축원해주겠음, 오바."

"알았다, 오바."

기강이 문란해져 있었다.

간수와 죄수들 사이는 엄격해야 하고 더구나 여자 죄수들과 남자 간수와의 거리는 멀어야 되게 돼 있는데도 이처럼 문란한 장난을 하는 것은 어쩌면 좋은 현상이 아닌지 모르겠다.

왜냐하면 그들의 사이가 그런 인간적인 유머로 연결될 수 있다면 오히려 그 사회의 분위기도 살벌하지가 않아서 좋은 것이기 때문이다.

저녁 식사 때가 되자 보리와 콩을 얼버무린 주먹밥 한 개씩이 분배됐다.

말상이 실장의 자격으로 나에게 말했다.

"2323호는 어떻게 할 테야? 아랫수염을 제공하든지 배급된 밥을 우리에게 희사하든지 둘 중의 하난데 어떤 쪽을 택할 것이오?"

나는 망설이지 않고 내 주먹밥을 여류 조각가에게 내주었다. 그것을 본 말상이 이죽거렸다.

"고귀한 부인께서 그것 대신 밥을 내놓으셨다. 가위 바위 보를 해서 이긴 사람이 그 혜택을 입도록 할 것이다."

편을 짜서 승자를 결정했다. 전연 두드러지지 않고 있던 머리에 새치가 희끗거리는 처녀아이에게로 내 몫의 주먹밥이 돌아갔다.

그때 육개장 한 그릇과 갈비탕 하나가 배달돼왔다.

어떤 가족이 남자 감방으로 차입한 음식일 텐데 엉뚱한 곳으로 배달돼 온 것임에 틀림이 없다.

"두 가지를 차례로 세 숟가락씩 떠 먹읍시다."

고기 냄새를 맡은 암고양이의 눈빛들이 됐다.

순서에 따라 미결 2323호인 나에게도 차례가 돌아왔다.

"거긴 건너 뛰어!"

말상이 눈알을 헤번덕이며 명령했다. 나는 막 받아 들려던 갈비탕 그릇을 옆 사람에게 넘겨줬다.

"두구 보라지. 까마귀 속에 뛰어들면 백로도 까마귀야. 자기가 무슨 공주나 되는 것처럼. 우리도 왕년엔 이런 인간들이 아니었다구."

심술이 뚝뚝 듣는 말상의 아랫입술은 누가 봐도 좀 두꺼웠다.

나는 배고픔보다도 훨씬 심각한 문제에 부딪쳐 있음을 깨달았다.

그것은 생리적인 문제가 아니었다.

저네들과 동화되어야 하느냐, 내 생겨먹은 대로 처신해야 하느냐, 당면

한 문제는 그것이었다. 사람은 남을 미워하기 위해 있는 게 아니고 사랑하기 위하여 있는 것이다. 만약 저네들만이 천박한 인종이고 나는 고귀한 옹주님이라고 생각한다면 그야말로 나의 천박한 교만이 아닐 수가 없다. 누구도 미워하진 말자.

그렇다 해서 그네들과 똑같이 놀 수도 없는 일, 그것은 나의 생리로서 불가능한 일인 것이다.

밤 취침 시간이 임박하자 감방 안의 풍경은 좀 더 야릇해졌다.

가족과 자식이 보고 싶다면서 혼자 훌쩍이는 여자도 있고 계가 깨어지는 바람에 집안 파탄 나고 몸 망친 경위를 털어놓는 중년도 있었다. 우울증에 걸려 무릎 사이에다 고개를 박은 채 앉아 있는 젊은이도 있는가 하면 성욕의 화신처럼 옆 사람을 지근덕거리며 기성(奇聲)을 발하는 망나니도 있고 해서 감방 안은 마치 여인들의 원색 풍속도와 같았다.

나는 허물어질 듯한 육신을 되도록 단정히 가눈 채 눈을 감았다.

내가 할 일이란 나 자신을 위해서, 그리고 그네들을 위하여 열심히 불경을 외우는 것뿐이다.

나는 나 자신에게 씌워져 있는 죄가 어떻게 판가름 나며 장차 나의 신세가 어떻게 될 것인가에 대해서는 생각하지 않는다.

나는 지금 감방에 갇혀 있다는 사실 그것만을 인식하면 되는 것이다. 이 시점에서 어떤 생각을 해야 하며 어떻게 처신해야 하며 지금의 나에게 어떤 뜻이 있는가를 규명할 수 있다면 그건 규명해봐도 좋다.

"이봐! 동무."

밑도 끝도 없이 말상은 나를 그렇게 불렀다.

얼결에 나는 그녀를 노려봤다.

"앙하, 정말 동무는 동무군. 동무 하니까 반가워한다 그거지? 이봐! 간첩이야? 전쟁 때 빨갱이짓을 했어? 어느 쪽인 거야?"

"그 어느 쪽도 아니오."

"동무는 아니란 거지? 그럼 뭐야? 전실 자식을 물에라도 떠밀었어?"

"내겐 남편도 자식도 없어요."

"영감은 잡아먹구 애는 낳아보지두 못하구 그랬다는 게야? 그런데 여긴 왜 기어 들어왔지? 도둑질을 했소?"

"나도 모르지요."

"죄가 없는데 들어왔다 그거군? 아니면 영감이 공산당인가?"

비록 그게 우연일지라도 말상이 나에게 동무라고 부른 것은 정말 이상한 노릇이다. 왜 저런 아무 예비지식도 없는 사람마저 나와 공산당을 연결시키는지 그 까닭을 알 수가 없다.

나에게는 그런 그림자가 따라다니는 것이 아닌지 모르겠다. 남만이 볼 수 있는 공산당의 그림자가.

"흥, 넉 장 가지구 짓구 지었군그래."

이번엔 말상의 뒷전에서 충혈된 눈으로 나를 노려보고 있던 여자가 그런 괴상한 말을 지껄였다.

"무슨 소리야?"

말상이 반응을 보였다.

"2323이면 넉 장 가지구 지었지 뭐야. 저런 게 젤 재수가 없어요. 짓구 짓는 숫자가."

"눈에 띄는 게 모조리 화투장으로 뵈나보군."

그제야 나는 알았다. 내 가슴에 붙은 미결수 번호를 보고 화투노름의 '짓고땡'이라던가를 연상한 그 여자는 큰 노름판을 벌이고 한판 단단히 보려다가 잡혀온 여자 도박사라고 했다.

"저런 숫자에다 한 장 더 뒤집으면 영락없이 단풍이야. 다섯 장을 이리 저리 맞춰봐두 짓구 짓는 거지. 화투장 던질 수도 없구, 버티자니 불안하구, 맥 빠진단 말야. 재수가 없어, 저런 숫자는."

나는 나도 모르게 그 여자한테 사과를 한다.

"미안스러워요."

내 죄수 번호가 2323이라서 미안스럽다고 사과를 하자 모두 까르르 웃었다.

말상이 또 명령했다.

"변호사 판사검사 나서라구. 2323호를 재판해보자."

그네들은 번갈아가며 나를 심문하기 시작했다.

정말 검사도 있고 변호사도 있다. 손발이 척척 맞게 나를 심문했다.

재판장은 말상 그 여자였는데 다음과 같은 선고를 나에게 내렸다.

"피고는 묵비권을 행사해서 신성한 재판을 궁지에 몰아넣으려 하고 있는데 그 수법이 지극히 가소롭다. 피고의 죄질은 어느 개인이 증언할 수가 없는 우리 민족 전체에게 피해를 입힌 악질인 만큼 본 법정은 피고에게 정상을 참작할 여지도 없이 사형을 선고하는 바이다. 피고는 할 말이 있으면 해보라. 역시 묵비권을 행사하는구먼. 딱 딱 딱."

나는 이튿날부터 그네들에게 '사형수 2323호'로 불리운다.

나는 정말 재판이 끝난 사형수가 된 것으로 착각을 한다.

한 달가량 지나니까 나도 제법 감방 생활에 익숙해졌다. 전에라고 감방엘 안 들어가 본 게 아닌데도 이번처럼 서투르기란 처음이다. 아마도 정식으로 형무소에 수감됐다는 절망과 중압감 때문인 듯싶다.

겨울이 왔다. 어느 첫눈이 내린 아침, 면회 시간도 아닌데 나는 면회실로 불려나갔다.

나는 그 순간처럼 나 이문용에겐 늘 운명의 그림자가 따라붙어 다닌다는 사실을 절감해 본 일도 드물다.

운명적이란 별것이 아니다. 자신의 작위(作爲)도 아니고 객관적인 필연도 아닌 어떤 유기적인 현상에 부딪치면 운명적이라는 표현이 퍽 자연스럽게 붙여질 수 있는 것이다. 정말 운명적이다.

나는 어두컴컴한 면회실 창살 저쪽에서 나를 향해 접근해오는 두 얼굴을 보는 순간, 어쩔 수 없이 그런 운명의 그림자를 보면서 고개를 깊게 숙이고는 아랫입술을 깨물었던 것이다.

그때 간수가 면회 내용을 기록하려고 철제의자를 책상 앞으로 우악스럽게 잡아당겼기 때문에 찌익 하는 그 독특한 소리가 여러 사람의 신경을 강렬하게 흔들어버렸다.

제25장

　나는 그 순간 왜 그런 연상을 했는지 알 수가 없다.

　지구 끝까지 뻗쳐 있는 듯한 두 줄기의 기차 레일.

　산모퉁이를 돌아 돌진해오는 기차. 갑자기 레일선상에 뛰어든 장애물을 발견하고 경적을 울리는 기관수. 다급하게 브레이크가 걸리는 바람에 일어나는 차륜과 레일의 찌익 하는 도저히 참고 들을 수 없는 마찰음.

　동시에 눈을 감으며 무엇인가 일어났고, 모든 게 끝났다는 흥분과 체념으로 자신의 존재를 까맣게 잊어버리는 기관수와 레일 위의 한 생령(生靈). 그 철도 연변엔 새하얀 몇 떨기의 들국화가 난만하게 피어 있고, 거기 찌익 하는 그 최초의 소리 같기도 하고, 마지막 소리 같기도 한 온몸이 오그라드는 마찰음의 여운.

　간수가 철제의자를 끄는 바람에 일어난 그 찌익 하는 마찰음을 듣자 나는 왜 그런 엉뚱한 장면을 머릿속에 연상하게 됐는지 알 수가 없다.

하여튼 나는 그 참고 견딜 수 없는 마찰음을 듣는 순간 두 눈을 감아버린 채, 막대기처럼 한자리에 못박혀 있었다.

그리고 잠시 후 안악댁이 내 손을 잡았을 때, 나는 쇠창살 앞에 서 있었다.

안악댁의 뼈만 앙상한 뺨엔 눈물이 좔좔좔 흘러내렸다. 해골 위에 빗물이 흐르는 것 같았다.

나는 눈물을 흘리지 않았다. 히쭉히쭉 웃고 있었다. 그것은 웃음 같기도 하고 안면 근육의 경련 같기도 할 것이다.

그때 이정호는 한 발 뒷전에 기둥 토막처럼 서 있었다.

내 가슴에 붙여진 미결수 번호 2323을 읽고 있는 성싶은 그의 눈총은 전에 못 보던 테 굵은 안경이 가리고 있었다.

"이럴 수가 없어요, 이럴 수가."

안악댁이 울부짖었다.

"서울루 왔수?"

내가 물었다.

안악댁은 어린애처럼 고개를 끄덕였다.

"애기 아버지와 함께?"

안악댁은 고개를 가로저었다.

나는 모두가 보기 싫어서 고개를 외로 꼬았다.

안악댁이 물러나고 이정호가 다가섰다. 그도 창살 사이로 내 손을 잡았다. 그 옛날 젊은 시절 그가 창경원에서 내 손끝을 슬며시 잡아준 일이 회상됐다.

30년을 훨씬 지난 지금에 와서 감옥살이를 하는 나의 손을 그가 또 잡아주는 것이다. 30년, 앞으로 다시 30년이 흐른 다음에도 이 세상 어디에서 그가 또 내 손끝을 잡아주게 될지도 모른다.

모두 말없이 시간을 흘렸다.

"시간 됐소!"

간수의 철제의자가 또 찌익 하는 소리를 냈다. 면회 시간이 끝났음을 알려 줬다.

간수, 그는 무엇을 기록할 수가 있었을까.

— 면회인 A…… 이럴 수가 없어요, 이럴 수가.

— 2323호…… 서울로 왔수?

— 면회인 A……

— 2323호……. 애기 아버지와 함께?

간수가 기록할 수 있었던 우리들의 대화는 고작 그 세 마디였을 것이다.

감방으로 돌아오자 모두들 나에게 물었다.

"누구야? 면회 온 게 누구예요?"

나는 그네들을 궁금하게 해줄 필요가 없었다.

"우리 영감이 면횔 왔어요."

"영감님이 뭘 하는 분인데요?"

그렇게 묻는 말상은 어디서 구했는지 꽤 긴 담배꽁초를 빨고 있었다. 손으로 연기를 흩뜨리고 있었다.

"나두 한 모금 빨게 해주실래요?"

나는 세 모금째를 빨다가 사레가 들려서 쩔쩔매야 했다. 난생 처음으로 빨아본 담배다.

그 후 2년 동안 나는 미결수로 서대문 형무소에 있으면서 심문과 재판을 받았다.

나는 검사 앞에서도 재판정에서도 그들이 원하는 대로 척척 답변을 해줬다.

그들은 기왕에 꾸며진 나에 대한 조서에 허위가 발견되는 것을 원치 않을 것이었다.

나도 새로운 사실을 진술해서 저 지겨운 사회로 복귀하거나, 그래서 다시 귀찮아지는 것을 원치 않았다. 뿐만 아니라 나는 내가 공산당이 아니라는 사실을 입증할 만한 근거를 가지고 있지 못했으며, 실제로 나와 같은 불분명한 처세와, 그리고 나의 주위 환경 그런 것을 가리켜 공산당으로 규정하게 마련인지도 모른다는 생각이 굳어져 있었다.

거기다가 나는 지금의 내 생활이 나의 생애에 있어서 가장 안정된 무충지대임을 발견했다.

이 생활에서 벗어나면 또 새로운 불운과 고통이 나를 기다리고 있을 것이라는 공포를 떨어버릴 수가 없었다.

나는 어떤 경우와 환경에 처하든지 현재에 충실하는 것만이 뱃속 편하다는 처세 철학을 정립하고 있었다. 따라서 나는 이른바 무죄방면을 원치 않았으며, 벌(罰)의 경중에 신경을 쓰고 싶지 않았다. 늙은 관선 변호사가 나를 위해 애를 써주지 않는 게 아니지만 나는 그가 오히려 귀찮은 존재로 여겨질 뿐이어서 되도록 기소장에 나타난 대로 답변을 하고 핀잔도 받곤 했다.

6·25전쟁을 겪은 자유당 정권이었다. 거기다가 10년 집권을 한 그 말기여서 부패가 극도에 이르러 있었다. 3·15부정선거로 말할 수 없는 사회 혼란이 일고 있었다. 형무소가 전례 없이 흥청거리고 검사정과 재판정이 배우개 시장바닥처럼 붐비는 세태였다.

세상 망한다는 소리가 형무소 안에도 오래 전부터 떠돌고 있었다. 돈이면 안되는 일이 없고, 올바른 사람은 발을 붙일 수 없는 사회풍조가 풍미하고 있었다.

　그런 판국인데 다른 죄인도 아니고 '여자 빨갱이'라는 중죄수이니 동정의 여지가 있을 수 없는 풍토였다.

　세 번째 열린 공판에서 재판장은 힘 안 들이고 선고를 끝냈다.

　10년형이 내려졌다. 미결일수를 체감해주지 않는 정미 10년형을 선고받았을 때, 나 이문용은 조용히 눈을 감고 수갑 찬 두 손을 모두어 가슴 앞에 세웠다.

　"나무관세음보살. 관세음보살."

　나는 부처님이 아니더라도 정말 아무한테나 감사하고 싶어졌다. 판사한테, 검사에게, 나는 진심으로 고마워했으며 그들의 호의로 말미암아 앞으로 10년 동안은 불안 없이 조용하게 살 수 있게 된 것을 신(神)에게 감사했다.

　그동안 나를 자주 끌고 다녔던 단발머리 최 간수가 법정 밖으로 나를 끌어내면서 동정어린 투로,

　"10년은 너무 과한데, 난 한 2, 3년쯤 먹을 줄 알았어."

라고 혼자 중얼거렸을 때도 나는 히쭉이 웃으며 담담하게 말할 수가 있었다.

　"난 사형이 될 줄 알았어요. 감방 재판에서두 난 사형을 먹었는걸요. 10년은 나를 많이 봐주신 거예요."

　감방으로 돌아오자 나는 영웅이 된 기분이었다.

　"사형 멕인 우리 재판이 아주 공정무사한 건데, 봐줬구나."

　감방의 실장인 말상은 내가 10년을 먹었다고 보고하자 첫마디로 그렇게 갈파했다.

　"영감님이 뒤에서 동분서주한 덕택일 거야. 하지만 10년 뒤에두 당신 영

감일 수가 있을는진 두고 봐야 할걸. 일반 잡범이 아닌 사상범인 만큼 감형두 쉽진 않을 거구 말야."

나는 그 말상에게 대답해줬다.

"30여 년을 함께 지내온 영감인데 앞으로 10년이 뭐 길다고 딴짓을 하겠어요."

"10년이 문제가 아니라 빨갱이 마누라라서 문제가 복잡하지."

그동안 나는 이상하다 이상하다 하고 궁금히 여기고 있다.

미결로 자그마치 2년이나 지내는 동안에 단 한 번 면회를 왔던 안악댁이 다시는 발그림자도 나타내지를 않은 것이다.

어디로 생각해보거나 그럴 리가 없고, 그럴 안악댁이 아닌데 웬일인지 까닭을 알 수가 없는 것이다.

더욱 이상한 것은 이정호였다. 그도 다시는 내 앞에 나타나지 않았다. 그때 안악댁과 함께 면회 온 것을 보면 필시 그가 안악댁을 안내해서 함께 왔던 것이 분명한데 어찌된 셈인지 그마저 전연 소식이 없었다.

하긴 그가 수사기관의 간부라놔서 나를 아는 체하는 게 여러 가지로 출세에 지장을 받을는진 모른다. 그렇더라도 간접적으로나마 무슨 연결이 돼야 하지 않겠나. 처음부터 모르는 체했다며 몰라도 전에도 잠시 잡혔을 때 그는 틀림없이 나를 석방시키느라고 뒤에서 애를 써준 줄로 알고 있다. 이번에도 어떻게 알았던 것인지, 안악댁과는 어떻게 연결이 됐는지, 어쨌든 함께 면회를 와줬었다. 그 후 간접적으로나마 무슨 연줄을 안 대줄 까닭이 없는 것이다. 나는 그것이 궁금한 것이다.

그네들 두 사람 신변에 어떤 큰 변화가 있지 않으면 도저히 생각할 수 없는 일이다. 내게 누가 있는가. 이 세상 천지에 마음을 주고받을 사람이라곤 오로지 그 둘뿐인데 그네들이 약속이나 한 것처럼 소식을 끊어버린 것이다.

"그러고 보니 그 후로는 영감님이 마누라 면회 왔단 말 없잖나."

여류 조각가가 나를 쏘아보며 그런 말을 지껄였다.

"벌써 새 계집으루 바꿔쳐 재미를 보구 있으니까 그렇겠지. 사내들이란 새 계집 맛을 보면 미친개처럼 눈깔이 뒤집히잖나. 이런 늙은일 어느 하가에 찾아와."

말상이 그런 말을 했다. 감방은 신진대사가 심해서 대부분은 새 얼굴들이고 오직 말상과 여류 조각가가 내 사정을 잘 안다는 듯이 자주 지껄였으나 나는 그네들의 죄목조차도 아직 모르고 지낸다.

나는 이정호의 부인은 어떻게 생긴 여자일까를 가끔 상상해본다. 굉장한 미인을 상상하고 싶지는 않았다. 몸이 호리호리한 여자일 것이라고 생각했다. 얼굴이 걀쭉걀쭉한 여자로서 성미가 암팡질지도 모른다. 어쩌면 남편과 자주 싸움이라도 벌이는 그런 후덕하지 못한 아낙이 아닐까 싶기도 한 것이다. 아이들은 어떻게 생겼을까. 제 아버지를 닮았다면 눈이 시원한 사내다운 놈들일지도 모른다.

졸린 듯이 두 눈을 감는다.

나는 10년형을 선고받은 중죄수.

봉익동(鳳翼洞) 시집.

전에는 이른바 고래등 같은 한식 기와집이었는데 지금은 2층 양옥집, 응접실이 넓고 호화롭다. 샹들리에의 전등이 현란하게 켜졌다. 왼켠이 응접실의 출입문. 오른켠이자 동쪽에 브라운빛 가죽으로 된 고급 응접세트가 놓여 있다. 객석에서 정면으로 바라보이는 북쪽 벽에는 마티스의 화풍을 닮은 작자 미상의 유화가 테 넓은 황금빛 액자 속에 담긴 채 약간 오른켠으로 기울어져 있다. 그 액자 밑에는 그랜드 피아노가 놓여 있고, 피아노 왼켠 뚜껑 위에는 백장미 몇 떨기가 싱싱하게 살아 있는 청조식 푸른 화병이 고혹한 옛 향취를 풍기고 있다.

새까만 비로드인 것 같다. 네클라인에만 새하얀 레이스가 달린 드레스 차림의 이문용 여사가 응접실로 들어선다. 진주 목걸이가 불빛에 은은한 빛을 튀긴다. 응접 소파로 가서 앉는다. 가지런하게 세운 각선미가 아름답다.

또 한 사람이 응접실로 들어선다. 기품 있는 탯거리로 소파를 향해 걸어간다. 그는 점잖은 신사다. 이문용 여사 앞에 가서 허리를 굽힌다. 이문용 여사는 앉은 채로 오른손을 가볍게 내민다. 신사는 그 손등에 경건히 입맞춤을 한다. 이 여사의 부군 김희진(金羲鎭)이다.

또 사람들이 등장한다. 숙진과 민병철이 전후해서 들어선다. 박수동이라는 의사 남편은 보이지 않았다. 그들도 전후하여 이 여사의 손등에다 정중히 입맞춤을 한다. 시립하듯 그네들은 뒷전에 선다.

철진 내외가 들어온다. 먼저 사람들과 같은 동작을 끝낸다.

이문용 여사가 그녀들 내외에게 뭐라고 한 마디 하자 그네들은 감격한 듯이 머리를 조아린다. 성년이 된 필한이가 등장한다. 역시 같은 방법의 인사를 끝낸 그는 피아노 옆으로 가서 선다.

많은 인원이 한꺼번에 나타난다. 정말 여러 사람이다. 백발이 아름다운 김한규가 부인 박씨와 나란히 앞장을 섰다. 뒤엔 수많은 젊은 남녀가 따른다. 그들 내외의 자녀들이다. 해사하게 아름다운 안악댁도 거기 보인다. 호복을 맵시 있게 입은 진사모 여인도 그 틈에 끼여 있다. 김형규도 섞여 있고, 이지용의 모습도 보인다.

옥색 도포를 입은 이재곤이 그의 아들 면용과 함께 등장한다. 구식양복을 입은 민영익이 나타난다. 그는 스틱을 현관에다 세우고는 응접실로 들어선다. 스님 둘이 나타난다. 불가에 귀의한 임 상궁과 그녀의 조카 임환경 스님이 등장한다. 뒤미처 금강산 백련암 스님도 모습을 보인다.

이광수가 모시 두루마기에 검정 고무신을 끌고 나타난다. 조봉암과 윤치호가 들어선다. 이상재도 뒤미처 등장한다. 마지막으로 여주댁을 비롯한 안잠자기들과 맹서방이 나타나더니 복도에 늘어선다.

순간 무대 뒤에서 징이 은은하게 울린다.

주홍빛의 육중한 막이 중간쯤에서 서서히 내린다.

관중석에 불이 켜진다.

다시 징이 울린다.

주홍빛 막이 느릿느릿 올라간다.

관중석의 불이 꺼진다.

뒤늦게 이정호가 허겁지겁 뛰어드는 게 반쯤 올라간 막 아래로 보인다. 또 지각한 사람이 있다. 민병석이 아들의 손을 이끌고 유유히 등장한다.

자세히 보니 무대 위는 응접실이 아니라 홀 같기도 했다. 홀보다는 대접견실이었다.

갑자기 카메라맨들의 플래시가 여기저기서 터지기 시작한다.

드디어 이문용 여사가 자리에서 일어난다. 조용히 품위 있게 입을 연다.

— 나는 여러분에게 진심으로 감사해요. 나는 신이나 부처님이나 그 밖의 모든 성자(聖者)는 저주할망정 여러분에게만은 감사하는 마음으로 가슴이 벅차답니다. 내가 오늘 여러분을 모이시도록 한 까닭은 무슨 이야기를 많이 하기 위해서가 아니라 앞으로는 더욱 침묵을 지키겠다는 것을 밝혀두고 싶어서입니다. 왜 침묵을 지키느냐고 묻고 싶나요? 침묵이라는 말이 있으니까 마땅히 그것을 지켜야지요. 내가 만일 침묵을 지키지 않고 앞으로

자주 입을 놀리면 이 세상은 파멸합니다. 사람은 누구나 세상을 파멸시키기 위해서 존재한다고는 생각지 말아야 해요. 나도 마찬가지지요. 나는 함부로 지껄이지 않아야 합니다. 마신(魔神)이 누군가의 지시로 내 입을 벌리려고 애를 쓴다 하더라도 나는 지껄이지 않겠어요. 저기 계신 춘원 선생이 나를 소설로 써 보시겠다고 여러 차례 제의해오셨으나 나는 끝내 사양했습니다. 침묵을 지키기 위해서예요. 여러분들은 정말 많은 말들을 하면서 살고 계시지요. 그렇기 때문에 내가 침묵하겠다는 뜻을 충분히 이해하실 것입니다. 나는 무엇을 봐도 즐겁지가 않아요. 또 무엇을 봐도 슬프거나 미웁지가 않지요. 그저 감사하는 마음뿐입니다. 여러분에게 감사할 뿐이에요. 내 과거도 미래도 감사할 따름입니다. 내 잠재의식 속에는 죄인이라는 생각이 꽉 차 있어. 무슨 죄인지는 나도 모릅니다. 단지 분명한 것은 남을 미워하거나 세상일을 원망치 말고 오직 감사하는 마음으로 침묵을 지키는 게 나의 바람직한 자세라는 사실이지요. 여러분 감사해요. 정말 감사합니다. 지금 저 하늘엔 달이 밝군요. 우리 모두 저 달빛을 바라보지 않겠습니까?

이문용 여사는 일장연설을 하듯이 열심히 지껄이고 있다.

그러나 무대 위에 모인 사람들은 답답해서 견딜 수가 없는 표정들이다.

입만 연신 벙긋거릴 뿐 한 마디의 말도 못하고 계속 침묵을 지키는 이 여사를 바라보고 있기가 퍽은 지루하다.

그때 이정호가 앞으로 나선다. 고개를 갸우뚱해보다가 입을 연다.

— 본시 침묵이란 죽음과 같은 것입니다. 죽지 않고는 침묵을 지킬 수 없습니다. 남에게 감사한다는 마음은 무능력자나 열등감에 사로잡힌 사람의 자기합리화를 위한 수단이며 핑계입니다. 타인에게 굴종하는 것을 의미합니다. 저기 산이 보입니다. 산은 침묵하고 있습니다. 때문에 산은 활동을

모릅니다. 바다를 보십시오. 바다는 늘 소연합니다. 까닭에 바다는 활동을 멈추지 않습니다. 피아노는 소리를 내야 합니다. 소리를 안 내는 피아노는 저기 저렇게 아까운 공간만 점령하고 있습니다. 침묵은 배척돼야 합니다. 감사하다는 마음으로 지내는 것보다야 늘 남에게 감사를 받으며 지내는 편이 유쾌합니다. 침묵을 깹시다. 그것은 위선입니다. 도금(鍍金)이지요.

안악댁이 이정호에게로 다가간다. 그와 나란히 선다. 현기증을 일으켰는지 그의 품으로 쓰러진다. 이정호가 안악댁을 안고 빙글빙글 돌아간다.

임 상궁이 이문용 여사의 팔을 잡는다. 부축한다. 속삭인다. 다정스럽게 속삭인다.

— 그동안 많은 사람들을 만나셨지요? 여러 세계를 살아보셨지요? 어떠세요? 아무리 많은 사람들과 만났어도 남은 끝내 남이지요. 아무리 여러 세계를 살아보셔도 거기 융화되지 않지요? 그래서 공허하기만 하시지요? 항상 외로우시지요? 침묵보다 감사하는 마음보다 더 소중한 게 있지요. 저 사람들을 한껏 멸시해보세요. 모든 사람을 사람 같지 않게 멸시해보세요. 저주해보세요. 배반해보세요. 속이고 피해를 입혀보세요. 세상에서 말하는 패덕만을 저질러보세요. 음탕하세요. 간악해보세요.

— 아 이모! 어머님.

— 왜? 왜? 사람들을 저렇게 모아놓고 침묵만을 지키다니, 저들을 보고 감사하다니, 우애를 표시하다니, 그리워하다니, 정말 바보시군요.

— 누가 뭐래도 저들은 고마운 존재예요, 이모.

— 분노해보세요. 팔과 다리와 입술을 경련시키며 분노를 폭발시켜보세요. 저들을 입에 담지 못할 욕설로 매도해보세요.

갑자기 무대 위는 뒤죽박죽이 되기 시작한다.

사람들이 제멋대로 움직이면서 이리 가고 저리 붙고, 웃는 자, 우는 자,

주먹질, 춤추는 포즈, 그리고 어떤 남녀는 계보도 없이 포옹하며 혼음(混淫)의 현장처럼 엉망으로 뒤얽힌다. 누가 누군지도 분간이 되지 않는다. 어지러운 사이키의 조명이 그 혼란을 조장해준다.

관중석도 심한 동요를 일으킨다.

그러자 이문용 여사가 미친 듯이 외친다.

— 여러분 이제 모두 퇴장해주세요, 제발.

혼란은 더욱 심해진다. 무대 위의 그 수많은 사람들은 아무나 붙잡고 연신 소곤거린다. 열변을 토한다. 손짓을 하고 몸짓을 하고. 무슨 소리를 그처럼 지껄여대는지 알 수가 없다.

무대는 극도의 혼돈과 수라장으로 변해 있다. 그야말로 아귀다툼이다. 환각적이다. 쓰러지고, 넘어뜨리고, 무대 아래까지 혼란이 번진다. 피아노 위에서 백장미를 살린 그 청조풍(淸朝風)의 화병이 떨어져 산산조각이 난다. 마티스풍의 그림액자도 사람들 발에 형편없이 짓밟힌다.

필한이는 피아노를 마구 울려댄다.

— 여러분 제발 조용하시오. 그리고 감사하세요, 제발.

이문용 여사가 다시 외친다. 애원하듯 절규한다.

깨어진 듯한 징이 꽈릉꽈릉 울리기 시작한다.

관중석에선 야유가 터지지 않고 박수갈채다.

주홍빛 막이 내린다. 완전히 내린다. 관중의 박수 소리는 그치지 않는다. 그러나 그 모든 드라마는 침묵 속에 진행되고 있었다.

"뭘 감사한다는 거야? 10년씩이나 먹은 게 그렇게도 고마우냐 말야?"

말상이 내 엉치를 마구 흔든다.

나는 새우처럼 몸을 오그린 채 잠들어 있던 중이다.

감방에 새벽이 동트고 있었다. 가로 세로 누워서, 앉아서, 껴안고, 포개고, 걸레처럼 모두 잠들어 있는 여수(女囚)들의 몸에선 말 못할 악취가 풍기고 있었다.

4월 초의 어느 맑은 날 아침이었다. 1960년인 것이다.

단발머리로 유명한 최 간수가 감방으로 다가오더니 소리쳤다.

"박순이!"

여류 조각가를 부른다.

"네에!"

전에 관세음보살과 그 깔방석을 만들었던 여류 조각가는 학교의 어린애처럼 큰소리로 대답했다.

"이원경!"

"야아!"

"이원경!"

"네!"

"너두 나와!"

실장인 말상도 그렇게 호명됐다.

"왜요? 간수님."

"잔소리 말구 나오라니까."

단발머리의 목덜미가 섹시하게 하얘서 인기 있는 최 간수는 열쇠로 감방문을 열기 시작했다.

두 여자가 나가자 감방문은 다시 잠겼다.

최 간수가 돌아서며 중얼거렸다.

"가만있자, 한 명쯤 더 있어두 되겠구나."

"뭘요?"

"너희는 장기수에다 악질인 만큼 특별조치다."

최 간수는 말상에게 타박을 주고는 다시 감방 안을 기웃거렸다. 나는 무심결에 몸을 약간 옆으로 틀었다.

"거기 돌아앉은 건 누구냐?"

"2323홉니다."

누군가가 나를 대신해서 응답했다.

"왜 돌아앉아? 나와! 2323."

나는 덤으로 끌려 나가는 모양이다. 뭔진 모르지만 '한 사람쯤 더 있어두 되겠다'는 그런 이유로, 그리고 그 순간 내가 잠깐 몸을 틀었다는 그런 이유 때문에 나는 덤이 되어 묻어나가는 모양이다.

최 간수는 잠갔던 감방 자물쇠를 다시 열더니 호통을 친다.

"뭘 꾸물대는 거야? 2323. 저 할망군 왜 저리 답답하다지! 좀 때록때록하라고."

감방 밖으로 나서자 나는 등가죽을 얻어맞았다.

"너흰 다 선고재판이 끝났지?"

"공소를 재기했잖아요?"

말상이 퉁명스럽게 대거리했다.

나는 정말 말상에 대해서도 여류 조각가에 대해서도 죄명은 물론 그네들이 재판에서 어떤 판결을 받았는지 아직껏 모르고 지낸다. 그러면서 내 죄명과 형량은 그네들이 잘 알고 있는 것이다.

의례히 그렇게 돼 있었다. 감방 선배들의 죄명이나 형량에 대해서는 되도록 화제 삼지 않는 것이 통례였다. 나중 들어온 죄수들만이 선배에게 신고를 하기 때문에 후배의 그것은 선배들이 잘 알고 있지만, 새로운 후배들 앞에선 중간 후배도 이미 선배라서 그런 것을 서로 지껄이지 않게 돼 있었다.

"왜 불러내요?"

여류 조각가가 물었다.

"시집보내 주시려오?"

말상이 한 마디 했다.

"그래, 시집보내 준다. 왜 시집 소리만 들어도 사지가 비비 꼬이냐? 너희 같은 악질들에겐 사내새끼라도 하나씩 앵겨줘야 얌전히 굴 것 아냐?"

"저런, 고마우셔라!"

말상은 등가죽을 얻어맞으면서도 계속 이죽거렸으나 나는 겁이 나서 걸음이 걸리지 않았다. 간수의 말대로 남자 죄수 하나씩 짝지어 주려는 게 아닌가 싶어 제정신을 차릴 수가 없었다.

여러 감방에서 도합 여덟 명의 여자 죄수들이 끌려나와 간수장 앞에 세워졌다.

"너희들은 오늘 저녁차로 전주 형무소로 이감한다. 그동안 보관시킨 각자의 소지품을 찾아 정리하고 떠날 준비를 해라."

주먹코의 간수장은 죄수들의 기록장을 들여다보다가 나를 흘끔 쏘아봤다.

"민덕연은 왜 불려왔지?"

나는 망설이다가 대답했다.

"모르겠어요."

그러자 최 간수가 대답했다.

"열 명 내외의 인원이라구 했는데 그래야 모두 여덟 명밖에 안돼요."

"그래? 하지만 2323은 귀찮은 존재라든지, 개전의 정이 전연 없는 건 아니잖아?"

"그렇긴 해두 하나둘쯤 더 묻어간들 어떨라구요?"

주먹코의 간수장은 그것도 괜찮다는 듯 고개를 끄덕였다.

"간수장님. 우린 가족이 서울에 삽니다. 자식들도 있구요. 제발 여기 있게 해주세요."

말상이 그네답지 않게 애원을 했다.

"전주도 대한민국이야!"

"그래두 간수장님. 우리가 뭘 잘못했다구 시골루 내쫓습니까?"

"여긴 만원이 아닌가? 전주는 여기보다 대우도 환경도 좋다."

"그래두 여기 있게 해주세요."

"법무부의 명령이야."

"법무부에서 우리 셋을 지명한 건 아니잖아요, 간수장님."

그러자 최 간수가 날카롭게 핀잔을 줬다.

"저 예펜넨 늘 저렇게 말이 많아요, 간수장님."

"데리구 나가!"

같은 감옥이긴 해도 서울을 떠나기 싫어하는 데엔 그럴만한 이유가 있다.

아무래도 수도 서울에 있는 형무소라는 점에서 상부 당국이 여러 가지로 신경을 더 쓰는 게 사실이다. 굵직굵직한 정치범들도 있고, 세상을 온통 말아먹으려던 거물 경제사범들도 있고 해서 아무래도 서울 형무소는 그들의 후광 덕을 본다고 보는 게 옳다.

거기다가 지명도가 높은 여러 가지의 미결수들도 많다.

그들은 무죄 석방될 가능성도 있고 유죄라 하더라도 무슨 명목으로든지 곧 사회에 복귀할지 모르기 때문에 그들 눈에 비치는 형무소의 관리를 더욱 소홀히 할 수 없는 게 사실이다.

그런 만큼 지방형무소로 이감된다는 사실은 당사자들에게 있어선 또 하나의 가중처벌인 셈이니까 되도록 안 가려고 바둥대는 게 당연한데, 그렇다고 이미 간수장 앞에까지 불려간 지금 그 결정이 변경될 수야 있겠는가.

그렇더라도 여류 조각가는 항의하듯 암팡지게 덤벼들었다.

"해필이면 우리 셋만 그리루 가야 합니까. 우리가 뭐 미운 털이 박혔길래. 우리 셋을 인선한 근거를 대달란 말예요."

"근거?"

"뭣을 기준으로 우리 셋을 골랐느냐 그겁니다."

"시끄러!"

단발머리 최 간수가 고함을 빽 지르는 바람에 나는 몸을 움찔하면서 자라처럼 목을 움츠렸다.

"2323두 가기가 싫은가?"

간수장이 나에게 물었다.

"저는 서울을 떠나고 싶어요. 되도록 멀리 멀리 아무도 모르는 곳으로 가 있구 싶습니다."

"이런 병신 마누라!"

말상이 내 옆구리를 힘껏 꼬집어 비트는 바람에 나는 입을 딱 벌리며 비명을 질렀다.

"저봐라! 멀리 가 있기를 원하는 사람두 있잖으냐."

"그럼 그런 년들을 골라 보낼 것이지 왜 서울에 있겠다는 사람을 보내는 거예요?"

말상이 계속 간수장에게 덤비고 있다.

"다시 말한다. 5년 이상의 장기수에다 개전의 정이 없고 감방 안의 물을 흐려놓는 저질들을 보내기로 한 거다. 너희들은 그 기준에 뽑혔어. 영광스럽게두."

"누가 우리를 저질로 규정했습니까? 저질의 기준을 어디다 두고 있죠? 개전의 정이 없다니, 그럼 내가 이 감옥 신세를 지게 된 걸 기뻐하구 있다는 거예요? 그리구 그게 말도 안되는 것이, 여기 이 2323호는 얌전하구 착하구 조용한 모범수가 아닙니까? 거기다가 언제 죽을지 모르는 늙은이구. 그런 사람은 왜 걸려들었어요?"

여류 조각가의 그 말은 정당하다.

최 간수가 툭 쏜다.

"이것 봐! 그런 사람을 하나쯤 섞어 보내야 받아들이는 저쪽에서두 불만이 없지 않겠어? 잔소리 말구 나가 준비나 해. 영치물 찾을 수속이나 하라구."

최 간수가 우리를 호송하는 모양이었다.

남수(男囚)는 30여 명쯤 되는 것 같았다. 남녀 근 40명이 서울역으로 실려가 한 객차에 들뜨려졌다. 전세 낸 객차에 실린 것이다. 밤중에 서울역을 출발했다. 앞쪽엔 남자 죄수들이고 뒤켠 좌석에 여자 여덟 명이 자리를 잡았다. 경계선 좌석 네 개엔 남녀 간수들이 총을 들고 앉아서 지켰다.

그러나 남자 죄수들은 중학생들의 수학여행처럼 들떠 있었다. 간수들의 제재가 아무리 심해도 눈 깜짝할 사이에 우리 여자들 좌석으로 눈총을 쏘며 희롱을 시도하다가 총대로 등가죽을 얻어맞고도 윙크를 보내곤 했다.

여자들도 그것이 재미있고 즐거운 모양이다. 노골적으로 색정적인 티를 내며 입에 담지 못할 소리들을 지껄이고는 킬킬거렸다.

새벽녘엔 모두 잠들어버렸다.

나는 어젯밤의 꿈을 생각했다. 그런 거창한 연극무대가 형성됐는데도 주제(主題)가 선명치 않았던 게 이상하다. 오늘날까지 나 이문용과 인연이 있던 거의 대부분의 인물들이 한 무대에 등장했다는 그 사실 자체에 무슨 의미가 있는 게 아닌지 모르겠다. 그 많은 사람들 중에서 누구 한 사람도 지금의 나와는 인연이 남아 있지 않아 차라리 홀가분한 기분이다.

그렇더라도 아직 친교가 지속돼야 할 안악댁과 이정호의 소식마저 끊긴 까닭은 지금도 이해할 수가 없다.

그 무대엔 오직 나의 아버님만이 등장하지 않았다. 하긴 생모라는 염 상궁의 환영도 보이지 않았다.

그러니까 내 핏줄인 어버이만이 등장하지 않았다. 거기에도 무슨 뜻이 있는 게 아닌지 모르겠다.

어쨌든 그 호화로운 무대와 그 많은 등장인물과 그리고 관중석을 메운 듯싶었던 관심에 비해서 연극은 알맹이도 없고 극적인 서스펜스나 클라이맥스도 없이 막을 내렸다.

무엇을 말하려는 무대였을까. 아마도 의식의 공허와 그리고 혼돈을 상징화시킨 무대가 아니었는지 모르겠다. 무가치한 침묵과 무표정한 허탈, 그리고 환각적인 혼돈만이 무대를 메웠다가 퇴장해버린 것이다.

혹시 나의 이번 이감과 관련이 있는 환상이었는지도 모른다. 아마 그 모든 사람들과의 영원한 단절을 뜻하는 게 아닐까.

지금도 그 무대를 생각하면 자색(姿色)이 유별나게 선명히 떠오르는 사람, 그것은 승복을 입은 나의 임 상궁이 아니고 호복 차림의 진사모 그 여자다.

나는 진사모 그 여자를 회상할 때마다 가슴에 비가 내린다. 만주 안동(安東) 역 플랫폼에 서서 화석이 된 것처럼 나를 전송하던 그 슬픈 눈을 나는 잊을 길이 없다. 나는 그때 압록강 강물을 내려다보며 죽음이라는 것을 응시했다. 나의 죽음이 아니라 진사모 그 여자의 죽음을 응시한 것이다.

지금 기차는 어느 조그만 역구로 들어섰다. 마침 비가 내리고 있다. 쓸쓸한 시골역의 플랫폼을 파수 보는 전등불이 비에 젖고 있다. 한두 사람이 내렸는지 탔는지 다시 움직이기 시작한다. 가속되는 속력과 함께 차창에 흘러내리는 빗물이 바깥의 어둠을 진하게 얼룩지어주고 있다.

나도 눈을 좀 붙여야겠다고 생각하며 하품을 한다. 우리가 탄 찻간 완충지대를 경비하는 간수부대도 졸고 있었다.

나는 창가에 앉아 있었기 때문에 차창에다 머리를 대며 몸을 틀었다.

그때 내 옆에서 졸고 있던 여류 조각가가 괴상한 소리를 터뜨리는 바람에 눈을 뜨고 무심히 바라보다가 나는 소스라치게 놀랐다.

어느 틈엔지 도둑고양이처럼 완충지대를 돌파해온 남자 죄수 한 사람이 기차 바닥에 무릎을 꿇은 채로 우리 여류 조각가의 입술을 덮치고 있었다.

졸고 있다가 놀란 여류 조각가는 여자의 본능으로 가벼운 저항을 시도한 모양이지만 이내 남자의 목덜미를 얼싸안으며 상반신을 내게로 실려 오는 것이다. 남자를 안고 뒹굴고 싶은 자세였다. 하는 수 없이 나는 여류 조각가의 몸을 뒤에서 받쳐줬다.

그때 좌석 밑에서 또 한 사람의 얼굴이 불쑥 솟아올랐다. 그는 나를 노리고 목을 쑥 뽑는 것이다. 눈을 찡긋해 보이며 재미 좀 보자는 것 같은데 마침 내 몸은 조각가 여사에 짓눌려 있다.

그러나 그들의 그런 원정(遠征)은 이내 발각이 나고 말았다. 완충지대에서 남자 간수 한 사람이 눈을 화경같이 부릅뜨고는 그들의 덜미를 잡아낚았다.

"이 개새끼들!"

개머리판에 호되게 어깨를 얻어맞으면서도 개선장군처럼 유유히 통로를 걸어가는 그들 두 사람의 손엔 한데 수갑이 채여 있었다. 그래서 그 둘은 함께 행동은 했던 것이다.

기맥을 알아차린 객차 안이 술렁거리기 시작했다.

여류 조각가가 내게 말했다.

"참 바보구려. 그런 천재일우의 기회를 놓치다니."

그게 그런 거다.

앞좌석에서 어떤 죄수가 크게 떠들었다.

"새애끼들, 이왕이면 여간수님을 모셔볼 것이지."

"와 하하하."

그러자 우리를 호송하는 최 간수가 씹어뱉었다. 여류 조각가에게 씹어뱉듯이 화풀이를 했다.

"쌍! 정말 화냥년이구나."

단발머리 최 간수는 주먹으로 우리 여류 조각가의 입을 후려갈겼다.

"지저분한 그 아가릴 쭉 찢어 놓을까부다."

어떻게 때렸는지 단박에 여류 조각가의 입술은 피를 흘리고 있었다.

말상이 그것을 보고 지껄였다.

"월경을 하는구나."

나는 손수건으로 여류 조각가의 입 언저리를 열심히 닦아주고 있었다.

새벽녘에 목적지에 왔다.

전주 형무소에서는 트럭 두 대를 가지고 나와 우리를 주워 담았다.

전주 형무소도 그 규모가 만만치 않았다.

수감돼 있는 죄수의 수효가 일천 명이 넘는다고 했다.

남녀 간수들만도 130여 명이며, 시설도 전국에서 손꼽을 수 있는 곳이라고 했으나 글쎄 사실인지는 알 수가 없었다.

여사(女舍)는 완전히 독립돼 있는데, 남사(男舍)와의 거리가 퍽 멀고 중간에는 벽돌담장으로 구획되어 있어서 풍기에 관한 사고 염려가 없도록 돼 있었다.

우리는 여사 앞에 늘어서자 인원점호(人員點呼)를 받았다.

젊고 예쁘게 생긴 간수부장이 새로 인수한 죄수들의 인사기록을 들여다 보며 재차 호명을 하고 그 인물을 하나하나 확인하더니 큰소리로 명령하는 것이다.

"여기는 전주 형무소다. 나는 간수장이다. 전주형무소에 온 이상 서울의 때는 모조리 벗어버려야 한다. 모두 입고 온 수인복을 벗어라. 내의도 벗어라. 팬티도 벗어야 한다. 여기 것으로 말끔히 갈아입도록 하라."

우리가 전주로 이감돼 와서 맨 처음으로 받은 명령은 옷을 말끔히 벗으라는 것이었다. 우리가 이감돼 와서 취한 첫 행동은 걸치고 온 옷을 모조리 벗어 팽개치고 알몸이 되는 일이었다.

"안심하고 말끔히 벗어라. 여긴 어디서도 보이지 않는다. 안심해도 좋다. 뭐 마릴린 먼로처럼 멋진 체격들도 아닐 텐데 비싸게 굴 것 없다."

2차 대전 때 독일군에게 잡힌 유대인 여자들이 발가벗은 채 집단으로 가스실에 끌려가는 사진을 어디선가 본 일이 있는데, 꼭 그와 흡사한 광경이 벌어졌다.

숫자는 그와 같이 많지 않더라도 여덟 명이 일제히 완전 나체가 되어 옥사 마당에 늘어선 정경이란 그런대로 가관이 아닐 수 없었다.

"누가 좀 봐줬음 좋겠다. 아무도 안 보는 데서 벗다니 싱겁지 뭐야."

말상이 그런 소리를 지껄이는 바람에 분위기가 떠들썩해졌다.

'소지' 둘이 바께쓰에 물을 길어 왔다. 네 바께쓰를 길어다 놓았다. '소지'란 소제를 뜻한다. 모범수 중에서 골라 감방 심부름을 시키는데 간수들의 조수 노릇도 하고, 심부름도 하지만 때로는 소제도 하기 때문에 그냥 '소지'라고 부른다.

그 두 사람의 소지가 국자로 물을 퍼서 서울에서 온 여덟 명 여수(女囚) 들의 앞뒤에다 한 바가지씩 끼얹었다. 그리고 수건 하나와 비누 한 장씩을 나눠줬다. 마당에 서서 몸에 비누칠을 하고 수건으로 몇 번 문지르면 소지 가 앞뒤에서 물 한 바가지씩을 끼얹어주고는 그 국자로 볼기를 철썩 때리 는 것이다.

"목욕 다했으며 새 옷을 입어라!"

전주 형무소에서 주는 새 옷으로 말끔히 갈아입는다.

"서울 옷은 서울로 반송한다. 제각기 차곡차곡 개켜서 끈으로 묶어놔 라."

여사(女舍)의 구조는 ㄷ 자 모양인데 안으로 향해서 왼켠으로 감방이 일 곱 개, 오른쪽으로 9실인가 10실 정도가 이어져 있었다.

사무실은 왼쪽 끝방이고, 간수들의 숙직실은 오른켠 끝방에 위치해 있었 다. 변소는 오른켠 모퉁이 ㄱ 자 부분에 있고, 변소 옆은 통로로 터져 있는 그런 여사의 구조라서 당국의 입장으로 보면 관리하기가 아주 편리하게 돼 있었다.

이 여사(女舍)엔 백여 명의 죄수들이 수용돼 있다가 우리의 합류로 말미 암아 감방 배정을 새로 받느라고 불난 집처럼 수선을 피웠다.

나는 왼켠 2호실 감방에 수감됐으며, 우리는 여러 감방으로 나뉘어 현지 죄수들과 섞여졌다. 다행히 나와 함께 있게 된 것은 여류 조각가였다.

조각가 여사는 감방이 배정되자 우선 자기의 짐 속에서 그네의 걸작 예 술품인 목각 관음보살을 꺼냈다.

밤이 되자 조각가 여사는 새로운 작업을 시작하는 것이다. 어디서 구해 왔는지 큰 장못[長釘]으로 시멘트벽을 깔쭉거리기 시작했다. 거의 하룻밤 을 꼬박 깔쭉거린 끝에 불상을 안치할 만한 홈을 파기에 성공했다.

이튿날 밤 우리 2호실 동지 열 한 명은 관음보살 봉안식을 거행하는 것이다.

저녁에 들뜨려진 주먹밥의 일부를 남겨두었다가 공양하는 것으로 제법 분위기가 잡혔다.

"보살님 엉덩이가 배길 텐데 방석을 깔아드려야지."

조각가 여사는 문제의 털방석을 손가락 두 마디만한 보살상 밑에 깔면서 그런 말을 했지만 나 이외엔 그 괴상한 털방석의 내력을 모르니 모두 덤덤할밖에 없다.

"이 관음상한테 열심히 빌면 형량도 가벼워지고 집안이나 자식들한테도 탈이 없어요. 서울 형무소에선 간수년들까지 한 달에 한 번씩 이 부처님한테 불공을 드렸다니까."

우리의 여류 조각가는 그런 거짓말을 능청스럽게 늘어놓음으로써 2호실 수인들한테 인기 작전을 펼치기 시작한 것이다.

"이 부처님의 영험은 대단해요. 특히 부부의 금슬이 좋지 않은 사람에겐 찰떡 같은 정이 솟게 하구 처녀한텐 애인이 생기게 해주신단 말예요. 왜 그런지 아나?"

나는 그네가 무슨 이야기를 하려고 그런 포석을 하는지 쉽게 짐작할 수가 있어서 외면을 했다.

"이 보살님이 깔고 앉으신 방석 때문이에요. 이 방석을 자세히 보란 말야. 털방석인데 무슨 털로 짰는지 모를 거야."

"처녀들의 머리털인가?"

"머리털 같지만 그게 아니야. 백팔번뇌를 씻게 하기 위하여 백팔 명 여자들의 바로 그 귀중한 털로 짠 방석이에요."

"어마아."

어느 감방이고 죄수들이란 그런 섹시한 화제를 가장 즐기는 것이다. 나도 처음엔 그런 화제가 천격하기만 해서 외면을 했으나 차츰 만성이 되더니 이젠 그런 게 다 싫지 않게 들리는 것이다. 사실 먹고 입는 의식생활을 걱정하지 않게 되면 사람 누구나 남녀를 막론하고 생각하는 게 모두 그런 색정적인 면으로 흐르게 마련인 모양이었다.

"여기 이 민씨 아주머니두 보셨지만 말예요. 나는 늘 이 보살님한테 빌어온 덕택으루 이번에 기차를 타고 오면서까지 그럴싸한 연애를 했다니까. 남자 죄수와 멋떨어진 키스를 했어요. 아흐, 정신이 얼떨떨하구 몸이 하늘로 둥둥 뜨는 것 같더라."

그날 우리는 새로운 수인번호(囚人番號)를 받았는데, 나는 29호고 여류 조각가는 28호였다. 그리고 우리의 말상은 우리와 뚝 떨어진 10호 감방에 들었다는데 번호는 44번이라던가, 4자가 둘씩이나 겹친 숫자라서 재수 없다고 항의를 했다는 소문이니 44호임에 틀림이 없다.

이튿날 아침 우리 여덟 명은 소장실로 불려갔다.

얼굴이 비교적 후덕하게 생긴 소장은 우리를 하나하나 눈여겨 훑어보더니 회전의자를 빙글 돌렸다.

"나는 권 소장이오. 당신들에게 당부하고 싶은 것은 모범수가 되어 제발 형기 이전에 출옥하도록 하시오. 그땐 정말 새로운 인생이 되어 건실한 사회인으로 탈바꿈하기를 빌겠소."

권 소장은 기록장을 들여다보면서 한 사람 한 사람의 그 죄명과 형기를 확인하기 시작했다.

"44호!"

"네에."

"방화와 살인미수인가? 형기는 12년."

"네, 그래요."

"누구 집에다 왜 방화를 했나?"

"남편이 제 제자라는 기집애와 몰래 살림을 차렸다기에 찾아갔다가 지독하게 맞았어요."

"누구한테?"

"남편 그 새끼한테죠."

"그래서?"

"분풀이루 그 연놈의 집에다 불을 질렀더니 기집애가 참새새끼처럼 까맣게 그슬렸지 뭡니까."

"28호!"

"네."

"자네는 살인방조와 시체유기군? 형기는 7년."

"저두 얘길 해야 하나요?"

"경위를 얘기해 봐!"

"남편이 사업을 하다가 실패했어요. 빚 받으러 온 사람이 지독하게 악질이었습니다. 이래저래 눈이 뒤집힌 남편은 그자를 때려 죽였어요. 죽이려구 한 건 아닌데 하여간 죽었습니다. 어떻게 합니까, 부부는 일신인데. 둘이서 그 시체를 암매장했다가 발각이 난 거죠. 이만하면 됩니까?"

"29호! 자네는 이게 뭐야? 빨갱인가? 10년이구나."

그는 내게 대해서는 경위마저 묻지도 않았고 들으려 하지도 않았다. 빨갱이라는 바람에 그럴 필요조차 없는 모양이다.

"늙은 게 무슨 놈의 빨갱이짓이야."

그는 그 한 마디로 끝냈다.

전주로 이감된 지 열흘쯤 지나니까 형무소 안의 분위기는 몹시 술렁거리기 시작했다.

3·15 부정선거로 혼란을 거듭하던 정정(政情)이 극도로 악화돼버린 것임을 쉽게 짐작할 수 있었다.

여자 감방 쪽은 그렇지도 않았으나 들리는 말에 의하면 남자 쪽엔 특별 경계로 들어갔다는 것이다. 그러더니 드디어 4·19혁명이 일어나서 자유당 정권이 몰락하고 이승만 대통령이 하야했다는 소식이 들렸다.

세상은 그처럼 바뀌었으나, 형무소 안은 대단한 변화가 일어나지 않는 나날이 계속되고 있었다. 단지 죄수의 수효가 부쩍 늘어났을 뿐인데, 여자 쪽도 어느 틈엔가 수십 명의 인원이 불어나서 내가 있는 2호실 감방만 하더라도 갑자기 서른 두 명의 몸뚱이들이 겹치게 됐다.

두 평 남짓한 방에 30여 명이 들뜨려졌으니 다리마저 뻗을 공간이 없었다.

밤에 오줌을 누러 가지를 못했다. 변소가 밖에 있는데다가 잠시라도 자리를 뜨면 다시는 발 들여놓을 데가 없게 되기 때문이다.

낮에는 공장으로 가서 작업을 하기 때문에 편했다. 주로 전주 형무소에 갇힌 죄수들의 옷을 만드는 것이 여수들의 작업이지만 그밖에도 바깥 사회에서 주문 맡는 바느질감이 적잖았다.

나는 나이 많은 늙은이이기 때문에 좀 쉬운 일을 시킨다는 게 시장에서 파는 버선 바느질이었다.

하루 종일 열심히 하면 버선 스무 죽을 재봉틀에 둘러대곤 했다.

아침 아홉 시에 공장으로 나가 오후 네 시 반이면 일을 끝내고 저녁엔 자유 시간이 허락되는 비교적 편안한 생활이 계속되고 있었다.

감방의 신진대사는 퍽 심한 편이었으나 가장 외로워하는 사람들은 아기를 떼놓고 들어온 여자들이다.

밤에 잠을 못 자고 훌쩍거리는 여자는 으레 아기 엄마였다. 취침 시간은 여름 겨울 없이 밤 여덟 시로 돼 있다. 겨울에야 여덟 시면 잠자리에 들 수도 있지만, 여름 여덟 시라면 해도 지지 않은 시각인데 취침 시간이란다.

잠들을 잘 턱이 없다. 장난질과 신세타령으로 시간들을 흘린다. 툭하면 싸움이 벌어진다.

머리채를 끄들고 버둥거리는 쌈박질이 끊일 날 없다. 때로는 사랑싸움과 질투싸움이 벌어지는 것을 보면 어설픈 동성연애가 심심치 않게 성행되고 있는 것인지도 모른다.

그러는 사이에 우리의 여류 조각가는 2호 감방 안에서 움직일 수 없는 비중을 차지하는 데 성공했다.

서울처럼 실장이라는 이름은 없었으나, 그러나 어느 틈엔지 여류 조각가는 실장 행세와 그 대우를 톡톡히 받고 있었다.

남자 죄수들처럼 지나친 장난이나 폭력 같은 것은 쓰지 않았지만 우리의 조각가 여사는 좀 색다르게 자기 권위를 확립해 갔다.

신입생이 들어오면 으레 자기 앞에 꿇어앉힌 다음 간단한 심문 끝에,

"예수를 믿나?"

"안 믿어요."

"그럼 부처님을 믿어야지. 이 부처님한테 세 번 절을 하라구. 빌란 말이다. 소원성취가 될 거니까."

차입되는 음식이 있을 때마다 먼저 부처님한테 공양하게 하고는 밥 한 숟가락이 되든지 빵 한 조각이 되든지 공평하게 골고루 나눠 먹는 풍속을 길렀다.

이 조각가 여사는 나에게만은 특별한 호의를 베풀어주었다.

"우리 민 할머니는 생불(生佛)이시니까 잘 받들어 모셔야 한다. 그 대신

민 할머닌 자네들의 어려운 뒷바라질 잘해주셔. 병이 나면 돌봐주시고 더러운 빨래도 잘해주시고, 그런 분을 받들어 모시지 않으면 죄 받는다, 죄 받어."

아마 서울에서 함께 내려왔다는 동지의식이 강렬하게 작용하고 있어서 그렇겠지만 사실은 내가 자기의 빨래를 자주 해주는 까닭이 아닐까.

어느 날 새로운 죄인이 들뜨려진다. 30이 갓 넘은 여자인데, 억센 가난으로 쪼들린 몰골이 보기에도 딱했다. 조각가 여사가 물었다.

"무슨 죄냐?"

여자는 훌쩍훌쩍 울기만 했다.

"왜 들어왔느냐 말야?"

여자는 입을 봉한 채로 말을 하지 않았다.

"예수 안 믿지?"

"안 믿어요."

"그럼 우리 부처님한테 절을 하라구. 부처님한테 제 죄를 고백하구 용서를 빌면 영락없이 자비를 베풀어주셔서 10년 살 징역을 단 3년에 끝낼 수가 있으니까 빌어! 빌어!"

어수룩한 시골 아낙인데 귀가 솔깃해하는 것은 당연하다.

손가락 두 마디만한 애기부처님 앞에 꿇어앉아 꾸벅꾸벅 절을 하더니 자기 죄상이라는 것을 고백하기 시작한다.

같은 마을에 사는 여자를 죽이려 했다는 것이다. 둘이서 쌀을 팔려 시장에 오다가 일을 저질렀다고 했다. 남편이 소에 받쳐서 앓아누운 지 반 년이나 된다는 것이다. 동네 여자와 쌀 한 말씩을 머리에 이고 시장에 팔러 오다가 삼례(三禮)다리에서 쉬었는데 한참 있다 보니까 동네 여편네가 다리 가장자리에 위태롭게 앉아서 꾸벅꾸벅 졸고 있더란다.

"쌀 한 말을 팔아 약 짓구, 한 말은 도루 갖다가 새끼들 이팝 좀 해맥이구 싶었어요."

그래서 순간적으로 그 졸고 있는 동네 아낙네를 떼밀어 다리 아래로 떨어뜨렸다는 것이다.

삼례다리는 콘크리트 다리인데다가 높고 길고 밑에는 물이 많아서 떨어지면 죽을 수밖에 없었다.

"그 여편네의 쌀자루를 가지고 도망쳐 장에서 팔고 내 쌀은 도루 집에 이고 갔더니요……."

어찌된 셈인지 집 안이 난리였단다. 다리 밑으로 떨어진 이웃 아낙이 죽지 않고 살아서 먼저 돌아가 있더라는 것이다.

그래서 쌀 한 말 때문에 살인미수의 중죄인이 되어 4년형을 선고받고 새로 2호실에 정착하게 된 그 여자의 코허리는 시늉만 생기다가 말아서 보기조차 민망할 정도였다.

조각가 여사는 그 신입생에게 말했다.

"그래, 쌀 한 말 때문에 살인을 하려 했단 말야? 정말 쌍것이구나."

나는 그 말에 나도 모르게 분격해버린다.

"없을 땐, 없는 사람에겐 쌀 한 말이 아니라 감자 한 알, 보리개떡 한 조각이 생명처럼 소중할 수도 있지요. 그런 사람에겐 쌀 한 말은 천(千)섬보다 더 큰 재물이에요. 오죽해서 그런 짓을 저질렀을라고."

그러자 유일한 처녀 수인이 내 말을 타박하고 나선다.

"그렇긴 해두 그래 쌀 한 말에 생사람을 죽인단 말예요? 악독하게시리."

또 누군가가 지껄인다.

"그런 사람은 나중에 바늘 한 개로 사람을 죽일지두 모르지."

나는 분연히 소리쳤다.

"여기서 누가 누굴 나무랄 수가 있겠소? 다 눈에 뭐가 씌어서 저지른 일을 죄는 미워두 사람은 미워하지 말래요. 우린 서로의 가슴을 달래가며 지내야 돼요."

내가 전에 없이 흥분하는 바람에 모두들 어이가 없는지 눈만 반짝거리고 있었다.

나는 퍽 심각하게 생각하고 있었다. 앞으로 10년 동안을 어떻게 살아야 할 것인가에 대해서 나대로의 자세가 마련돼야 할 텐데 옥살이라는 조건 아래서 내가 무엇을 할 수 있는가를 심각하게 궁리하고 있었다.

오늘날까지 나는 내일의 내 위치를 알고, 오늘을 살 수 없었다. 그러나 이제부터 10년 동안만은 내 인생이 그런대로 안정을 얻은 것이다. 따라서 앞으로 10년 동안은 주어진 환경에서, 던져진 위치에서 내일 또 내일을 어떻게 살 것인가를 궁리해볼 필요가 있다. 성실하게 최선을 다해서 내 위치를 지키자. 복역하는 죄수의 위치가 아니라 산전수전 다 겪은 노년의 한 인간으로서 그런대로 원숙해 있는 자기 발견을 해야 하지 않을까. 남을 돕고 용서하고 사랑하며, 내가 남에게 베풀어줄 수 있는 모든 일을 베풀어가며 지낼 수는 없을까. 그러면 이 10년이야말로 이문용이가 나 자신한테 가장 충실할 수 있는 인생의 황금기가 될 수도 있다.

가을이 되자 나는 공장이라고 불리는 작업장 뒷산에서 참싸리나무 한 그루를 뿌리째 팼다.

그것을 나의 2호실 감방 앞에다 공들여 심고는 주위에다 돌멩이로 울을 쳐놓았다.

"그까짓 싸리가지를 거기다가 심어서 어쩌겠다는 게요?"

간수부장 여씨는 그런 소리를 하면서도 나의 뜻을 짐작하겠던지 당장 패버리라는 명령은 내리지 않았다.

"길러서 빗자루라도 매려는 건가요?"

"마당에서 싸리가 자란다냐. 참싸리는 산에서나 자라는 건데."

그러나 나는 봄이 되면 그 싸리나무가 연하게 푸른 이파리를 반드시 내밀어 줄 것을 굳게 믿는 것이다. 강원도 산 속을 헤맬 때 낯이 익은 싸리나무였다. 한여름이면 빨간 꽃이 다닥 붙고 진하진 않으면서 은은한 풀향기를 풍기는 싸리순 밑에 몸을 쓰러뜨린 채 높푸른 하늘을 쳐다보던 그 허기지고 불안하던 세월을 나는 잊을 수가 없다. 남들은 한 그루의 싸리나무를 보고 빗자루를 생각하지만 나는 나의 그 고된 인생을 그리고 헤어날 수 없는 절망에 빠져 허덕이던 생령의 몸부림을 그 싸리 한 그루와 더불어 생각한다.

여름날 산 속을 헤매다보면 자주 살모사란 놈과 조우했다. 미리 발견했을 때는 피해버리면 되지만 잘못 실수로 그 꼬리라도 밟았다간 모가지를 바짝 쳐들고 혓바닥을 날름거리며 회초리처럼 홱 덤비는 그놈의 서슬 때문에 자주 혼비백산했던 일을 잊을 수가 없다.

그러다가 한 번 살모사에 물려 죽다 살아난 이후로는 웃자란 싸릿대를 꺾어 이파리를 훑어가지고는 풀숲을 툭툭 치면서 걷곤 했다. 살모사가 있으면 미리 도망치게 하기 위해서였다.

도망치지 않고 독이 올라 모가지를 뽑더라도 싸릿대로 후려치면 공간에서 뺑 쌩 소리가 나고 그래서 여지없이 놈을 뻗어버리게 할 수가 있었다.

그런데 이상하게도 살모사란 놈은 바로 그 참싸리 포기 밑에 숨어 있는 경우가 흔했다. 그래 시골사람들은 참싸리를 뱀싸리라고도 부르는 것을 보면 아마도 싸리꽃을 뱀이 좋아하는지도 모른다. 싸리꽃은 음력 7월 염천에 피어난다. 그 무렵의 산엔 새하얀 찔레꽃이 지고, 싸리꽃이 대신 핀다. 7월이면 살모사는 독이 오를 대로 오르는 시기다. 독 오른 살모사와 염천에 핀 싸리꽃과는 무슨 함수관계가 있는 게 아닌지 모르겠다. 그 무렵엔 산딸기도 빨갛게 붙는다. 산딸기도 시골서는 뱀딸기라고 부른다. 뱀이 산딸기 포기 밑에 서생하는 까닭인지 빨간 산딸기를 따 먹는다는 것인지 알 수는 없으나 뱀싸리와 뱀딸기는 우연한 호칭이 아닐 것이다. 그리고 보면 독 오른 살모사의 모가지도 빨갛다. 딸기 빛이다. 싸리꽃 빛과 같다. 약이 오르면 대가리가 강낭콩처럼 납작해지는 살모사, 더욱 약이 오르면 모가지를 수직으로 세우며 꿀벌의 나래짓처럼 혓바닥을 놀려대는 살모사의 동체(胴體)는 빨간 싸리꽃 가루가 묻은 것 같기도 하고 산딸기 물이 든 것 같기도 하다.

어쨌든 나는 싸리나무가 다른 어느 나무보다도 나와 인연이 있는 것으로 알았기 때문에 작업장 뒤 언덕에서 그 싸리순을 발견하자 내 집으로 옮겨 심을 착상을 하게 된 것이 아닌지 모르겠다.

"내년 봄에 저 옆에다 살구나무도 한 그루 꼭 심고 싶어요."

"감방살이하는 장기수가 나무를 심어 어쩐다는 거죠? 그것두 감방 앞에다 심겠다니?"

"그저 심어놓는 거지요. 내가 출옥할 때쯤엔 그놈들이 얼마큼 자라 있나 보는 게 대견하지 않겠어요?"

어느 날 나는 여 부장과 그런 대화를 나누며 어린애처럼 흐뭇해하기도 했다.

그때 나는 작업장에서 돌아오다가 내가 심은 그 싸리나무에다 물을 주고 있었다. 모든 초목이 이미 동면으로 들어간 가을인데 물을 줘봤자 소용이 없으련만 그래도 갓 옮겨 심은 뿌리가 흙 속에 활착(活着)하기 쉽도록 자주 뿌리를 적셔주는 것은 좋을 성싶기에 오다가다 자주 물을 주고 하는 것이 나의 성의였다.

그래 잘못이었을까. 여러 수인들이 보는 앞에서, 여 부장과 내가 그처럼 친밀한 대화를 주고받은 게 다른 수인들의 비위를 건드렸던 것 같다. 여자들한테서 질투를 빼버린다면 젖통밖에 남는 것이 없다더니 헛말이 아니었다. 그 싸리나무 하나로 여 부장과 내가 죄수와 간수 사이답지 않게 은밀한 대화를 나눈 것을 꼴사납게 본 사람이 있었던 모양이다.

이튿날 아침엔 그 싸리나무가 온 데 간 데 모르게 없어지고 말았다. 그 자리엔 대신 싸리비 한 자루가 거꾸로 꽂혀 있었다.

여자 죄수들은 남자들과 달라서 감방생활이 비교적 자유스럽다. 평상시에는 수갑을 채우는 일이 없다. 변소도 바깥에 따로 마련돼 있다. 용변 보는 시간이 정해져 있긴 해도 간수나 '소지'한테 말하면 쉽게 바깥으로 나갈 수 있는 자유가 허용돼 있기 때문에 때로는 밤중에도 감방 밖 출입을 할 수가 있다. 전주 형무소는 그런 편리한 점이 있어서 좋았다.

그런 만큼 누가 밤중에 변소에 갔다 오다가 숙직 '소지'나 간수의 눈을 피해서 슬며시 나의 싸리나무를 뽑아 멀리 팽개쳐버린 게 틀림없다. 실수로 빗자루를 거꾸로 꽂아놓았지 않겠는가. 빗자루를 그처럼 거꾸로 세우기도 쉽지 않을 텐데.

나는 이날 작업장에 나가서도 일이 손에 잡히지 않았다. 마음이 울적해서 견딜 수 없었다.

여자들 질투 때문에 당연히 살아서 잎 피고 꽃 피어야 할 멀쩡한 싸리나무 한 그루가 죽어간 사실에 대하여 마음속으로 호곡(號哭)했다.

이젠 가을이 제법 짙어 있었다. 숙직실 뒤켠에 있는 해묵은 은행나무의 이파리가 황금빛으로 물들어 있었다. 거기 낙조가 비끼면 가슴이 답답할 만큼 아름다웠다.

작업 종료의 벨이 울기 직전 여 부장이 나타나더니 연설조의 억양으로 말했다.

"오늘은 절에서 온 스님들이 불교 강화를 해주기로 돼 있어요. 작업장에서 나가는 대로 숙직실 앞뜰에 모이도록 할 것."

44호 말상이 또 영락없이 한마디 했다.

"부처님 말씀을 들을 양이면 목욕 재계하구 들어야지요. 부정한 몸뚱어리에 땀 먼지 묻은 손두 씻지 안구 무슨 놈의……."

"좋다. 그럼 먼저 세수들 하구 모여가! 단 44호만은 그 말투가 온건하지 않으니 벌로 사흘 동안 세수를 하지 말라! 알았어?"

"알았당께."

모두들 떠들썩하게 웃었다.

그러나 어쨌든 여 부장의 명령은 엄격히 지켜야 한다. 44호만은 수돗가로 가서는 안된다.

금산사 포교소에서 왔다는 40대의 보살이 우리 앞에 서자 다 함께 합장으로 인사를 교환했다. 따라온 또 한 사람의 여승은 합장한 손을 내리지 않고 그림같이 서 있었다.

조용히 저력 있게 말을 꺼냈다.

"여러분 중엔 혹시 부처님을 믿는 신도도 있고, 기독교를 믿는 신자도 있을 것이에요. 그러나 오늘은 다 함께 부처님의 가르침을 명심해보십시다."

"둘 다 안 믿는 사람은요?"

"모두 다 부처님의 가르치심을 들읍시다."

키가 몽탁한 스님은 예상보다 유창한 말투로 그렇게 전제를 한 다음 손에 든 염주알을 굴리며 잠깐 정신을 통일시키고 있는데, 마침 그의 까까머리 위로는 황금빛 은행잎 하나가 너훌너훌 떨어져 내리고 있었다.

"여러분뿐이 아니라 사바의 모든 중생들은 평생을 갈등과 후회 속에 살고 있어요. 말하기가 좀 곤란하긴 해도 여러분은 그 점에서 다른 중생들보다도 그 갈등과 후회가 한층 더 심하기만 한 인생을 살고 있는 게 사실이에요. 여러분, 그 갈등과 후회라는 것을 조용히 생각해본 일이 있습니까? 갈등이란 무엇에서부터 비롯되나요? 인간 오욕에서 비롯되는 거지요. 헛된 욕심이 없으면 마음의 갈등이 없어요. 욕심이 없으면 죄를 짓지 않아요. 모든 죄는 욕심 때문에 짓게 마련이에요. 마음의 갈등도 마찬가지지요. 욕심이 있기 때문에 갈등이 생겨납니다. 죄를 짓기 때문에 갈등이 심해집니다. 욕심이 없으면 죄도 없고 갈등도 없어요. 모든 악은 그 욕심에서 비롯해요. 그렇기 때문에 대자 대비하신 부처님께선 일찍이 십선설(十善說)을 제자들에게 설파해주셨어요. 열 가지 착한 일이 뭔지 아세요? 아셔야 해요. 첫째, 도둑질을 하지 말라. 둘째, 음탕한 마음을 갖지 말라. 셋째, 망령된 말을 하지 말라. 남에게 욕설을 하지 말라. 겉 다르고 속 다른 마음을 가져선 안된다. 짜증을 내지 말고 어리석은 짓을 하지 말라. 여러분, 죄란 뭐지요? 지금 말씀드린 그런 금기를 범하는 게 죄예요. 그게 다 욕심 때문에 일어나는 마음의 병이에요……."

스님은 쉽게 그리고 열심히 설법을 하고 있지만 수인들은 진종일의 노동으로 몸과 마음이 지쳐 있으니 그런 설법이 귀로 들어갈 리가 없다. 대개는 기지개로 저항을 하고 무관심으로 스님을 퇴장시키려 들었다.

그러나 키가 몽탁한 스님은 그러한 청중의 태도에 무관심했다.

"사람은 죄를 짓지 않고도 잘 살 수 있도록 돼 있어요. 욕심을 버려도, 나쁜 마음을 먹지 않아도 사람은 누구나 제 인생을 착하게 살아갈 수 있어요. 성급하게 무엇을 탐하거나 만족하려 하지 마세요. 알아야 할 일은 자연 알게 되고 필요한 물건은 탐하지 않아도 자기 앞에 돌아오게 마련이지요.

소승이 옛날 얘기 하나를 할까요…… 옛날에…… 고양이가 새끼를 낳았어요. 새끼는 어미의 젖으로 점점 자라났지요. 혼자 어디든지 돌아다닐 수 있을 만큼 자라났어요. 어느 날 새끼 고양이는 엄마 고양이한테 물었어요. 엄마, 나는 뭘, 어떤 걸 훔쳐 먹으면 되나요. 어미 고양이가 대답하기를, 내가 가르쳐주지 않더라도 알게 된다. 어떻게 알게 되나요, 엄마. 넌 걱정 안 해두 돼. 사람들이 네가 뭘 훔쳐 먹어야 하는가를 가르쳐줄 거다. 어미 고양이는 그렇게 가르쳐주었어요. 그래 그날 밤, 새끼 고양이는 옆집으로 몰래 나들이를 가서 숨어 있었더니 옆집 안주인이 며느리에게 말하는 거예요. 얘 며늘 아가야, 부엌 실큉에 있는 생선과 고기를 쥐가 먹을라, 닭의장에두 가봐라. 병아리를 물어 갈라. 제사에 쓸 밤 대추가 담긴 항아리 뚜껑은 덮었니?"

수인들은 그제야 까르르 하고 웃어제쳤다.

"여러분, 부처님께서는 모든 중생에게 자비로운 지혜를 심어주셔요. 여러분에게 어떤 욕심이 생기거나 갈등을 하거나 악이나 죄의 유혹을 받을 때 대자 대비하신 부처님께오선 아주 공명정대한 지혜를 빌려주십니다. 사람이 어떻게 살아야 하는가를, 무슨 목적으로 어떤 자세로 살아야 하는가를 가르쳐주시지요. 그리하여 여러분 가슴속에마다 관세음 보살님의 자비로운 마음이 깃들게 해주십니다. 여러분 중엔 혹시 집에다 젖먹이를 떼놓고 오신 분도 있을 게고 잠시라도 헤어질 수 없는 사람과 헤어져온 분도 있겠지요. 그런 분의 외로움과 그리움을 부처님께선 해결해주셔요. 또 죄 짓기 이전에 착한 인간성을 되찾아주시구요. 여러분, 부처님께 무릎 꿇읍시다. 귀의합시다. 괴로울 때나 슬플 때나, 그리고 즐거울 때라도 여러분, 관세음보살을 찾읍시다. 하루 백 번 천 번 관세음보살을 외웁시다. 눈이 떠집니다. 그렇게 하면 마음의 눈이 떠집니다."

여기저기서 훌쩍이는 소리가 났다. 아기엄마들임에 틀림이 없다.

스님의 법명은 의신(義信)이란다. 의신 스님이 다녀간 지 사흘만에 이번에는 기독교 선교사들이 질세라 찾아와서 역시 작업 끝낸 수인들을 한자리에 모아놓고 설교를 시작하는 것이다.

'캐나다 연합교회'라는 교파에서 왔다고 했다. 전에도 자주 와서 설교를 했던 모양인데 그동안 뜸했다가 오랜만에 나타났다는 것이다.

"여러분, 그동안 안녕하셨어요?"

원(元)목사라고 했다. 50대 가까운 나이인 듯싶은데 30대처럼 젊고 기품 있는 얼굴을 가진, 몸이 알맞게 호리호리하고 두 각선이 더할 수 없이 곧은 중년 여인이었다. 크게 곡선을 이루고 있는 은발이 태양에 빛나 보기에도 황홀한 원 목사는 출신도 캐나다라고 했다.

혼자가 아니고 세 사람이 왔다. 역시 캐나다 출신의 미스 캐논이라던가, 얌전하게 생긴 30대 후반의 여자가 한국인 부인과 함께 뒷전에 서 있었다.

"저 구 선생의 옷 좀 봐. 멋지지? 목덜미의 라인이 근사한데. 가슴에 단 장미꽃 액세서리도 좋구 말야."

14년형을 받고 3년 전부터 이곳에서 복역해온다는 여자가 그렇게 지껄였다. 미스 캐논을 구(具) 선생이라고 부른다는 사실도 고등학교까지 나왔다는 그 14년짜리가 설명을 해서 알았다.

"하 여사는 좀 뚱뚱해졌다."

"머리 짧은 건 여전하구."

함께 온 한국인 부인을 가리켜 하(河) 여사라고들 불렀다. 아닌 게 아니라 약간 뚱뚱한 체구에다 소년처럼 머리를 짧게 깎아 빗어 넘긴 게 하 여사의 특징이었다.

"여러분, 그동안 모두 안녕하셨습니까. 하나님 은총에 감사하는 마음으로 그 동안 아무 탈 없이 지내셨죠?"

원 목사가 꿈꾸는 듯한 눈으로 수인들을 바라보며 그런 허두를 꺼냈다.

그러자 마당에 늘어앉은 불제자들과 기독교도들도 무당 숭배자와, 그리고 그것저것을 모르는 무신론자들 중에서 턱을 치키고 하늘을 쳐다보는 사람이 하나둘씩 늘어나기 시작했다.

손바닥이 여기저기서 내밀어졌다. 수많은 손바닥이 하늘에서 떨어지는 뭣인가를 받으려는 듯 수평으로 쑥쑥 내밀어졌다.

그들뿐이 아니라 하 여사도 하늘을 쳐다봤다. 구 선생도 손바닥을 벌리면서 하늘을 쳐다봤다. 그리고 원 목사 자신도 고개를 젖혔다.

마침 황금빛으로 물든 은행잎이 리드미컬하게 바람을 타며 흩날리고 있었다. 은행잎은 낙엽 지는 모습이 맵시 있다. 나비의 비상처럼 경쾌하고 율동적이다. 석양 햇빛을 받으면 더욱 아름답다. 나무 위에서도 공간에서도, 그리고 땅에 깔려서도, 단풍진 은행잎은 시정(詩情)이 있고 전설이 있어 좋다.

제26장

"비가 온다!"

누군가가 환성을 올렸다.

"비 온다, 비야."

좀 더 많은 손들이 불쑥불쑥 튀어나오며 환성을 터뜨렸다.

그 일제히 터진 환성이 한데 복합되니까 그것은 곧 함성이 됐다.

"비다, 비. 전주 감옥이 떠내려가도록 쏟아져라!"

왜 을씨년스런 가을비를 그처럼 반기는 것인지 수인들이 아니고는 그 심정을 이해하기 어려울 것이다.

그들은 뭔가 변화를 기다린다. 생활이 너무 단조로워서 미칠 지경이기 때문에 뭔가 조그마한 변화라도 있으며 그처럼 기뻐하게 마련이다. 사흘만 아무런 화제나 사건이 없으면 일부러 조작이라도 해내야 한다. 거짓은 그들의 상투수단이다. 철학이며 생활이다. 거짓 소문이라도 퍼뜨려 남을 골리든지 그것도 시원찮으면 억지로 싸움을 벌여서라도 축적돼 있는 울분이나 욕구불만을 터뜨려야 한다.

작업이 끝나는 저녁 무렵부터가 문제다. 허탈해지기 쉽고 슬퍼지고 짜증이 나고 바깥세상이 그리워진다. 근심 걱정도 되살아난다. 제각기 지니고 있는 개성이 고개를 든다. 감방 경력이 얕은 여자들은 정신착란 직전에서 허덕인다. 무서운 고독에 빠져 자살을 꾀하는 것도 저녁시간이다. 히룽히룽 싱겁게 웃는 사람은 병이 이미 깊다. 독이 올라서 눈동자가 뒤틀리는 정도는 지극히 초기 증세다.

취침 시간 전후가 그 절정이다. 호모섹스로 눈들이 뒤집히기도 한다. 툭하면 할퀴고 물어뜯고 하는 역겨운 사랑싸움이 벌어지는 것이다. 그렇잖아도 남에게 욕설을 퍼붓거나 폭행을 해야만 직성이 풀리는 여자가 있다.

직사하게 폭행을 당하고 나면 오히려 안정이 되는 여자가 있다.

그게 모두 초년생들의 공통적인 생리현상이다. 입감 경력이 쌓이면 차츰 그런 반작용에도 권태를 느껴 그런대로 안정을 되찾는다. 누구하고도 대화를 회피하는 사람들이 있다. 신경이 약한 사람일수록 그런 침묵 속에 잠겨 있는데 그게 심해지면 정신착란이 된다.

그런 사람들이 공통적으로 호소하는 것은 인생에 대해서 자신이 없다는 것이다. 아귀다툼을 해가며 살아 뭘 하느냐고 한다. 그런 여자일수록 말 몇 마디하고는 눈물을 철철 흘린다. 신경이 약해지면 삶에 대한 의욕을 잃고, 의욕을 잃으면 죽음에 대한 유혹이 강해져서 기회만 있으면 자살을 꾀하기가 쉽다. 그런 사람은 영락없이 툭하면 눈물을 좔좔 흘린다. 병적으로 눈물이 많아지는 모양이다.

40대쯤 된 여자들이 인기를 얻는다. 음담패설로 한몫 보기 때문이다. 뭐니 뭐니 해도 사람들을 즐겁게 만드는 것은 그런 음담패설이다. 입에 담지 못할 이야기를 흉측한 동작까지 곁들여가며 재미있게 잘하는 여자들이 있는데 그럴 때 모두의 눈빛을 보면 신들린 사람들이다. 때로는 옆 사람을 붙잡고 기성을 발해가며 실감을 느껴보려고도 한다. 그것이 밤이면 예사로 실천된다.

그러나 그런 짓들도 이내 물린다. 뭔가 새로운 변화가 있기를 갈망한다. 그래서 눈이나 비가 오면 모두 미친다.

그들은 작업이 끝날 무렵, 간수부장의 특별한 지시가 없으면 맥이 빠진다.

승려(僧侶)들이 와서 불교 이야기를 해준다. 들어보면 번번이 따분해서 하품들을 하지만 우선은 일상과 다른 일이라서 환성을 질러놓고 본다.

기독교 측에서 설교를 한다고 해도 마찬가지다. 그들은 설교를 듣기보다는 선교사의 인물평이나 그 옷차림 머리 모양에서부터 체격의 장단까지 입초시에 올려가지고 희희낙락하기가 일쑤다. 물론 그중에는 자신의 죄과를 신앙으로 씻어보려는 진지한 사람들도 없지 않지만 그 수효는 결코 많지가 않다.

"원 목사도 구 선생도 다 숫처녀로 저 나이가 됐을라구."

으레 그런 화제로 입을 삐죽거리며 시시덕거리는 점은 여승들이 왔을 경우에도 마찬가지다.

하여튼 원 목사가 설교를 마악 시작하려는데 굵은 빗방울이 후두둑거리고 뿌려지기 시작했다.

수인들은 그게 재미있었다. 비가 쏟아져서 설교를 망치게 되는 게 재미있는 것이다. 설교를 듣는 것도 하나의 변화라서 그런대로 환성을 올렸지만 그 설교를 망치도록 비가 쏟아져서 이미 정해진 행사가 뒤죽박죽이 되는 것은 또 새로운 변화이기 때문에 모두들 환성을 올렸다.

"비가 온다. 막 쏟아진다."

"펑펑 쏟아져라!"

— 새야 새야 오지 마라

비야 비야 오지 마라.

속요 〈녹두 장군〉의 가락을 붙여 노래를 하는 수인들.

떠들지 말라고 호통을 치는 여(呂) 부장.

좀 더 밀도 있게 쏟아지는 가을비.

당황하며 하늘을 쳐다보는 원 목사.

— 비야 비야 오지 마라, 설교 때에 오지 마라.

설교 때에 비가 오면, 원 목사가 울고 간다.

"여러분! 조용합시다. 주님 은총에 감사기도 합시다. 여러분의 메마른 가슴에다 비를 내려주시는 주님의 은총을 아셔야 합니다. 비는 사람의 마음을 부드럽게 해줍니다. 아무리 감정 메마른 사람도 차분히 내리는 비를 맞으면 가슴이 후련해집니다. 사랑하고 싶은 마음이 생깁니다. 비 맞는 초목을 보면 그 율동하는 생명감을 사랑하고 싶어집니다. 친구가 그리워집니다. 아름다운 인생의 꿈을 머릿속에 그립니다. 비는 여러분 생명에다 활기를 심어주고 여러분의 꿈이 자랄 수 있도록 마음의 밭에다 물을 주는 것입니다. 지금 비가 오게 해주신 주님께 감사기도 드립시다……."

그 순간 빗발은 소나기처럼 굵어지면서 억수같이 쏟아지기 시작했다.

"와아, 사랑의 비다. 주님께 감사기도 드립시다!"

목청 높게 소리친 사람은 10호실의 말상이었다.

"감사기도 드립시다."

"사랑, 사랑, 우리 모두 아랫배 탱탱한 사내새끼와 하늘이 치잣빛이 되도록 사랑할 수 있게 기도드립시다."

"사랑의 비를 주룩주룩 내려주시는 하나님께 기도드리자, 아멘."

수인들은 제각기 한 마디씩 떠들어대며 불끈불끈 땅을 차고 일어났다.

"야아, 사랑이 쏟아진다. 사지가 짜릿짜릿하구나. 옷이 축축이 젖는다."

"가슴이 젖는다. 사랑으로 이것이 젖는다."

"뼈마디가 쏙쏙 쑤시는구나, 사랑의 모닥불이 꺼질라. 기도는 내일 합시다."

원 목사의 '사랑' 이 야유를 받고 있었다.

수인들은 후당탕거리며 뛰기 시작했다. 제각기 제 감방 쪽을 향해 뛰기 시작했다.

난장판이 되고 말았다. 여름날의 소나기와 같은 폭우가 쏟아지고 있는 것이다.

그래도 여(呂) 부장의 명령이 없어서 제자리에 남아 있는 사람들이 있었다. 10여 명쯤 돼보였다. 기독교 신자들임에 틀림이 없다.

나도 그 축에 끼여 있었다. 알짜 기독교 신자는 아닌데도 그 비를 고스란히 맞으며 여 부장의 명령을 기다렸다.

"중단할 수밖에 없군요, 원 목사님."

드디어 여 부장이 원 목사를 보고 그렇게 말했다.

원 목사는 머리에서부터 빗물이 줄줄줄 흘러내리는데도 서두르는 법 없이 그 잘생긴 얼굴에 미소를 잃지 않고 있었다.

미스 캐논도 하 여사도 마찬가지였다. 이미 맞은 비, 피해도 소용이 없다는 태도들이었다.

여 부장도 그랬다. 얼굴로 흘러내리는 빗물을 손으로 쓱 문대고는 남아 있는 수인들한테 명령했다.

"모두들 제 감방으로 돌아가 있도록 해요!"

그때 누군가가 나의 겨드랑을 부축해주면서,

"할머닌 주님에 대한 신앙이 아주 착실하십니다. 열심히 믿는 자에겐 반드시 빛과 은총을 내리십니다."

퍽은 다정스런 말투로 내게 그런 말을 해준 사람은 그 구 선생이라는 서양 여자였다.

나는 뭐라고 대답할 수가 없었다. 나는 비교적 독실한 불교 신자라고 자신을 믿는다.

그런데 서양 선교사한테 그런 오해를 받고 보니 얼떨떨해진 것이다. 그렇다고 내가 부처님을 믿는 사람임을 밝힐 필요까지는 없을 것 같다.

"무슨 비가 소나기처럼 쏟아지네요. 모처럼 오셔서 좋은 말씀 해주시려던 참에……."

"괜찮습니다. 비오는 것도 눈 오는 것도 다 하나님의 뜻입니다. 사람 저마다 주님의 은총을 생각하고 감사하면 됩니다. 그러면 누구나 착한 사람 되고 마음이 행복해집니다. 비 맞아도 우린 괜찮습니다. 할머닌 몇 호 감방에 계십니까?"

"2호 감방이에요."

"그럼 어서 그리로 가셔야죠. 감기 들면 안됩니다."

나는 저절로 웃음이 났다. 하나님의 은총이 소낙비가 되어 내리는 것이라면 그 비를 맞았다고 해서 왜 감기가 걸릴까. 내가 불교 신자이기 때문에 내게는 그 은총이 내리지 않아서 그렇다는 것인가, 웃음이 났다.

그러나 나를 2호 감방까지 데려다주고 돌아서는 구 선생의 그 환한 웃음을 목격한 나는 만만찮은 충격을 받은 게 사실이다.

동양 사람보다 키가 별로 크지 않고 머리도 유별나게 노랗지도 않고 눈동자는 거의 우리와 같게 검은 구 선생 미혜 씨의 갸름한 얼굴엔 발랄한 웃음이 환하게 피었는데, 그 위로 빗물이 좔좔 흘러내려 아주 섬뜩하리만큼 내게 대한 선의의 음영이 퍽은 짙어보였던 것이다.

그러고 보면 원 목사의 말대로 그네들의 사랑을 우리에게 좀 더 깊이 심어 주게 하기 위하여 하나님은 때를 맞춰 비를 내려주는지도 모른다는 그런 엉뚱한 생각을 해본다.

"그럼 또 오세요."

"안녕히 계십시오."

수인 중에서는 내가 가장 연장자라서 나를 부축해다 주고 돌아서는 구 씨의 계란빛 양복이 함빡 젖어 볼기의 윤곽을 그대로 드러내보였으나, 그러나 나는 기독교 선교사가 나에겐 이교도에 속하는 사람이고, 또 우리와는 피부색이 다른 서양 여자라는 점을 전연 깨닫지 못하고 오직 비에 젖는 그네들의 사심 없는 웃음들이 오래도록 내 뇌리에서 떠나지 않았다.

그동안 나는 새로 수감되는 몇몇 수인들에게서 4·19혁명에 대한 이야기를 간간히 들어서 세상이 뒤집힌 줄을 알고는 있었지만, 그러나 사람들의 입을 통해서 얻는 지식이란 비록 거짓말이 아니라는 것을 확실하게 믿으면서도 어딘가 신빙성이 부족한 듯한 어떤 의념을 떨어버릴 수 없는 게 사실이다.

내가 4·19혁명을 눈으로 본 것처럼 내 관념 속에다가 차곡차곡 개켜두기 시작한 것은 원 목사 일행이 다시 또 우리를 찾아줬을 때니까 혁명이 난 지 반 년이나 지난 어느 날이다.

그날도 원 목사 일행은 우리의 작업이 끝난 저녁 무렵에 역시 같은 장소에서 설교를 시작했는데, 공교롭게도 또 방해를 받아 이내 중단을 하게 됐다.

먼젓번처럼 비가 또 쏟아져서 중단된 것이 아니었다.

이번엔 여사(女舍)에 새로 10여 명의 죄수들이 들뜨려지느라고 그들의 행사가 또 중단된 것이다.

혁명에 뒤따르는 정치적인 죄수들인 것 같았다. 가난해서 남의 물건을 훔쳤거나 사람을 죽였거나 하는 그런 범죄자들이 아니라 너무 유복하고 지나치게 분에 넘치는 영화나 권세를 누리다가 죄를 범한, 말하자면 특수층의 여자들이 무더기로 들어왔다. 그 사품에 이번에도 원 목사 일행의 설교가 중지되고 말았다.

설교가 중지되게 되니까 원 목사 일행은 죄수들 배고픔을 덜어주기 위하여 마련해온 빵봉지를 허락을 얻고 감방마다에 차입해줬다.

내가 수용돼 있는 2호 감방에는 한 사람 앞에 자그마치 두 개씩이나 돌아올 분량이 '소지' 에 의하여 투입되어왔다.

온 감방 안이 불이라도 난 것처럼 발칵 뒤집힌 것은 당연하다.

"한 사람 앞에 두 개씩이다. 골고루 나눠 먹어라! 혹시 한 개만으로 되는 사람은 손들어봐."

나는 본시 밀가루 음식을 즐기지 않는 식성이기 때문에 한 개면 되리라고 생각했다. 그래서 정직하게 손을 들어보였다.

"그럼 민 할머니 것 하나는 이리 줘요."

무슨 죄명인지는 모르지만 서른이 될락말락한 나이에 6년씩이나 먹었다던가, 그래도 모범수라 해서 '소지' 라는 감투를 쓰고 거드럭대는 그 여자는 내게서 빵 한 개를 회수하는 게 퍽은 기쁜 모양이다.

그 '소지' 가 옆 감방으로 사라져가자 나는 어이없는 일을 당하고야 만다.

"29호, 이 멍청이 같은 할멈아! 저 안 먹으면 한 감방에 있는 동지들한테 줄 거지 왜 소지년한테 주는 거야?"

그런 핀잔과 함께 내 잔등을 후려치고 허벅지를 꼬집는 왈패가 있어서 나는 소리도 못 내고 입을 딱딱 벌리며 아픔을 참았다.

"저 할망군 언제든지 늙은 여우처럼 굴지 뭐야. 여 부장한테두 소지한테 두 잘 보이려구. 쥑여, 저런 배신자는."

두세 명이나 나에게로 덮쳐 와서는 꼬집고 쥐어박고 코를 비틀고 하기 시작했다.

나는 꼼짝없이 그런 폭행을 당할 수밖에 없었으나 신체의 고통보다는 '배신자'라는 낙인이 억울해서 참을 재간이 없었고 그래서 눈물이 찔끔 나왔다.

그렇게 되니까 28호 조각가 여사가 나를 비호하며 나선다.

"민 할머니는 그런 사람이 아니야. 모두들 잘못 알고 있어. 놓으라구, 누굴 보구 함부루 배신자야. 민 할머니가 배신자라니, 말두 안되는 소리다."

여류 조각가는 나에게 폭행을 가하는 사람들을 떼어놓으려 했다. 그렇게 되니까 그네들의 횡포는 더 심해져서 나를 깔아뭉갠 채 응골이 들도록 가슴을 쥐어박고 귓밥을 잡아채고 뺨과 배를 잡아뜯는 것이다.

나는 그때서야 나에게 그처럼 심술을 부리는 주동자가 쌀 한 말 때문에 삼례다리「三禮橋」에서 이웃 아낙네를 물로 떼밀었다는 55호임을 발견할 수 있었는데 정말 그럴 수가 없었다.

55호의 눈엔 핏발이 서고 그 입 마구리는 마구 씰룩대면서 흡사 발작을 일으킨 것처럼 내 배 위에서 마구 날뛰었다. 나중에는 뜯어말리는 28호 여류 조각가에게마저 주먹질을 했고 그래도 분이 풀리지 않았던지 이를 부등부등 갈면서 온갖 쌍소리를 퍼붓는 것을 보니 세상엔 남달리 심술궂고 악독한 여자도 있는 것임을 새삼스럽게 깨달을 수 있었다.

다행히 '소지'가 지나가다가 달려와서 호통을 치는 바람에 수습이 되긴 했으나 55호는 벌로 자기 몫의 빵 두 개를 몽땅 몰수당해버렸으며 닷새 동안 손도 씻지 말고 세수나 목욕도 하지 말라는 즉결처분을 받았다.

그런 소란이 사실은 떠들썩하게 벌어진 게 아니다. 옆 감방에서도 눈치 채지 못할 만큼 아주 은근하게 벌어졌었는데, 일단 수습이 되니까 배당된 빵을 먹어 치우느라고 핏발 선 눈알들이 번뜩이기 시작했다.

나는 매무새를 고치고는 55호에게,

"내가 잘못했소."

사과를 하다보니 그네만이 먹을 빵을 다 뺏기고는 더욱 암상이 나 있는 것이다. 내가 내 몫을 슬며시 건네주니까 검다 쓰단 말없이 뭉텅뭉텅 메어 물었다.

그것을 본 28호 여류 조각가가 자기 것 한 개를 내게 주면서,

"할머니도 잡수세요."

하는 바람에 세상엔 심술궂고 악독한 여자가 간혹 있긴 하지만 역시 우리 여류 조각가처럼 인정 많은 사람이 더 많을 듯싶어 가슴이 후련하긴 하면서도 나는 끝내 사양하고는 마구 꼬집힌 다리를 뻗어보려고 하다가 발치에 꾸겨져 있는 신문 쪽을 발견, 무심히 그것을 집어 손바닥으로 빤빤히 펴고 있던 중에 차츰 그 헌 신문지 쪽에 대단한 관심이 커졌다.

그것은 벌써 오래 묵어서 종이 빛깔이 누래진 〈전주일보〉였는데 특호활자들이 펄펄 뛰는 것처럼 나의 시선을 끌었고 온 신문은 4·19혁명과 자유당 정권의 몰락 과정을 보도하는 역사적인 기사로 꽉 메워져 있으며, 이승만 박사가 하야 성명을 발표한 뒤에 물결치는 군중을 헤치고 도보로 이화장(梨花莊)을 향해 걷기 시작하는 보도 사진이 일면 톱에 실려 있기도 했

다.

나는 주린 사람이 음식을 보고 정신을 못 차리듯 누렇게 바랜 헌 신문지의 활자들을 하나하나 읽어가기에 골몰했다.

정말 바깥 사회에선 상상조차 할 수 없었던 정변이 일어났었고, 그게 벌써 여러 달 전의 사건이고 보면 그 후 또 어떤 소용돌이가 어떻게 진전됐는지, 그래서 지금은 어떤 상태로 마무리가 돼가고 있는 것인지 나로서는 정말 상상해볼 수조차 없었다. 전에 마산에서 김주열이라던가 하는 학생이 부정 선거를 규탄하는 데모를 하다가 행방불명이 됐었는데 우연찮게도 시체가 바다에서 건져졌다던가, 그 시체의 신문사진을 본 일이 있다. 하필이면 오른켠 눈에든가 아니면 왼켠 눈이겠지만, 하여튼 한쪽 눈에 커다란 총탄이 박힌 끔찍한 몰골을 보고 나흘 밤인지 사흘 낮 밤인지를 그 참혹한 죽음을 위하여 금강경을 열심히 읽어 준 일이 있긴 하지만, 감옥 속에선 바깥 사정을 올바르게 알 길이 없고, 풍문이나 신참 죄수들 입을 통하여 수없이 들어본 4·19혁명 이야기만 하더라도 들을 때는 흥분도 되고 쾌재도 부른 게 사실이면서 하룻밤 자고 나면 어제 들은 풍문이나 견문담이 왠지 실감이 나지 않을 뿐 아니라 종아리를 보면 뭣을 봤다고 떠드는 게 사람들 특히 아낙네들의 입인데, 더군다나 입에서 귀로, 귀에서 다시 입으로 수없이 건너온 풍문이란 열이면 열 다 믿을 게 못되는 것일 게고, 또 그게 죄를 지었건 안 지었건 감옥에 들뜨려진 여자 죄수들의 입초시이니 만에 하나라도 곧이들었다간 이쪽만 바보 노릇을 할 것 같아 한 귀로 듣고 한 귀로 흘려왔던 것이나 이제 우연히 싸개종이로 들뜨려진 한 장의 헌 신문을 샅샅이 더듬고 나니까 이건 여자들의 입초시나 바람결에 들려온 풍문보다도 훨씬 크고 심각한 변화가 있었구나 싶어 이문용도 흥분을 억제할 길이 없었다.

나도 그랬지만 나와 함께 지면을 들여다본 28호 조각가 여사도 눈을 화

경같이 부릅뜨더니,

"가만있자, 이렇게 되면 뭐 좋은 소식이 있을지도 모른다."

하는 바람에 모두들 좋은 소식이 뭐냐고 우리의 여류 조각가한테 물었다.

"혁명이 나고 정권이 바뀌고 했다면 특사령이 내릴지도 몰라. 내릴 거야. 힘 안 들이고 새로 정권을 잡은 민주당이 한바탕 선심을 쓰지 않으면 맹꽁이 돌대가리들이지 뭐."

아무려나 교육도 많이 받은 것 같고 손재간이 특출하여 젓가락짝으로 부처님을 조각했는가 하면 문제의 특이한 재료로 털방석까지 그럴싸하게 짠 28호의 말이고 보면 그게 그렇게 되는 것일지도 모른다는 생각이 들어 나는 덩달아 한마디 한다는 소리가,

"고 녀석들 그렇게 그악을 떨더니 그여이 망하구 말았나보군. 생사람 때려 잡길 식은 죽 먹듯 했으니 벌을 받긴 받았을 게야."

하고 입을 씰룩거려보긴 했으나 좀 전에 몰매를 맞은 상처들이 통증을 일으키는 바람에 벽에다 몸을 기대며,

"호요, 관세음보살……."

나도 모르게 한숨 섞인 신음 소리를 내고 말았다.

그러나 그때 우리 여류 조각가는 헌 신문을 차곡차곡 접으면서 계속 희망에 부푼 눈을 반짝였다.

"출옥은 안되겠지만 감형은 될지도 모른다. 여보, 민 할머니."

나는 그네를 멀건히 바라본다.

"민 할머닌 10년이죠? 3년쯤 감형이 될 거예요. 나는 7년을 먹었으니까 3년쯤 감형이 되면 앞으로 3년이면 출옥할 수 있어요. 우리 그이는 어떻게 되나?"

그러자 여기저기서,

"아니, 영감두 콩밥 신센가?"

"부부일신이라니깐 감옥에 들어오는 데두 함께 들어왔나 보군."

다른 사람들이 뭐라고 지껄이거나 말거나,

"아흐, 그래두 그이는 10년 안으로는 떨어지지 않겠구나."

그네는 그렇게 뇌까리며 늘어지게 기지개를 켜더니,

"한 달 안에 세 번만 더 정권이 바뀌어지면 좋겠다. 그럼 난 내달쯤 출옥하게 되지 않을라구."

하면서 혼자 키들키들 웃는 것을 보고는,

'그게 그렇게 될 수도 있는 건가?'

나는 긴가민가해져서 그 헌 신문을 다시 뺏어 들고 글자 한 자 빼놓을세라 또 한 번 탐독하기 시작했다.

한 장의 신문을 두 번 세 번 거듭해서 읽고 나니까 비로소 4·19혁명이라는 엄청난 사건이 실감 있게 그리고 온 세계가 뒤집히는 것처럼 크고 장중한 스케일로 내 머릿속에 전개됐다.

그것은 다분히 환상적인 상상이긴 했으나 8·15광복의 그 큰 소용돌이를 겪은 경험이 있기 때문에 하나의 강력한 정권이 전연 타의에 의해서 붕괴되는 과정을 상상하기가 그다지 어려운 것은 아니었다.

귀에 들려오는 듯한 백만 명 이백만 명의 함성도 그렇고, 전국에서 일제히 외친 '부정선거 다시 하라'는 봉기도 그렇고, 그것은 어쩌면 기미만세 때와 같은 상황이 아니었겠느냐 싶기도 하지만, 그러나 기미만세는 민중봉기가 일제의 무력 때문에 좌절되면서 수백 섬의 피를 흘렸던 민족적인 비극인데 반하여 이번엔 민중 쪽이 승리하여 의거를 혁명으로 이끌었다니 우리 역사상에 없는 장쾌한 일이었음을 충분히 짐작해낼 수가 있었다.

형무소의 담장이란 그처럼 높은 것이었다. 같은 하늘 아래 같은 땅 위에 있는 인간 사회이면서 바깥세상과는 그처럼 철저하게 격리되는 형무소의 담장은 인위로 만든 벽 중에선 가장 완벽한 것인지도 모른다는 생각이 들었다.

나는 헌 신문 한 장으로 4·19혁명을 겪었고 민권이 승리하는 과정을 본 셈이다.

기막히게 멋지고 뜻있는 인생을 살고 있다는 생각을 했다.

오백 년 사직이 망하는 것을 보았다. 군국주의 일본이 어떻게 해서 어떤 과정으로 멸망해 가는가도 지켜볼 수 있었고, 그와 비슷한 세계의 독재자들과 그 독재자에게 맹종하던 민족이 어떤 처참한 운명으로 세계의 자유의지 앞에 굴복하는가도 2차 대전을 지켜보는 동안에 역력히 보았다. 그리고 민족상잔이라는 것이 얼마만큼 더러운 것인가도 체험을 했고, 사상적인 대결이라는 것이 그 얼마나 처절한 싸움인가도 경험할 수 있었다. 거기다가 이제 불의에 대한 자유 민중의 항거와 그 승리도 보았으니 일찍이 어느 세대가 이처럼 뜻 깊고 복잡다단한 세상을 살아봤느냐 말이다.

나 이문용의 인생도 그런 인류의 소용돌이 못지않게 복잡하기만 했다.

제왕의 피를 받았으면서 거렁뱅이로 출발한 인생이 60평생을 사는 동안에 겪어온 그 기구한 시련은 신이나 부처님이 이 세상 누구보다도 나 이문용을 사랑하시기 때문에 베풀어준 각별한 은총이거나 자비라고 돌려 생각할 수도 있다.

그래서 내 육신은 지금 옥중에서 온갖 수모와 단련을 받고는 있지만 마음은 이 나라 황녀로서의 존엄을 지키기에 안간힘을 쓰고 있는 게 아닌가 싶기도 하다.

최근 2호 감방에 새로 들뜨려진 여죄수에 대한 관심들이 컸다.

30이 훨씬 안돼 보이는 젊은 여자였는데, 감옥생활과는 인연이 멀 것 같은 드물게 보는 미모의 주인공인 것이다.

첫날은 밤이 늦어 취침 시간이 곧 닥쳤기 때문에 그 신참 죄수의 신고는 다음날로 연기할 뜻을 우리의 실장 여류 조각가가 선언했다.

이튿날 저녁식사를 끝내자 우리 여류 조각가는 새삼 인정이 뚝뚝 돋는 말투로 처녀 색시에게 말하는 것이다.

"여기 새로 들어오면 신참으로서의 의무를 이행해야 한다. 이제부터 내가 묻는 말에 정직한 대답을 할 뿐 아니라 내가 시키는 일이라면 무조건 복종해야 한다. 만약 그런 일에 불복하거나 간수에게 고자질이라도 하는 날엔 넌 네 명을 단축하는 거야. 알겠어! 알았으면 왼손을 들어 선서하라구."

처녀는 당돌하게 우리 여류 조각가를 쏘아볼 뿐 선서할 생각은 하지 않았다.

"이렇게 손들고 맹세하지 못해!"

벼락같이 덤벼들어 그녀의 손을 치켜준 사람은 55호 삼례다리 사건의 아낙네였다.

여류 조각가가 심문을 하기 시작한다.

"이름은?"

"김영애예요."

"나인?"

"스물여섯."

"학벌을 말해 봐. 대학을 나왔지?"

"네."

"이년 배웠구나. 쌍년, 배운 년 맛 좀 봬줘야겠다."

55호가 그렇게 별렀다.

"죄명이 뭐냐?"

"과실치상(過失致傷)이에요."

"자세히 설명해봐!"

"그럴 의무가 있나요?"

"있다."

처녀는 나를 바라봤다. 나는 말을 들으라고 눈짓을 했다. 처녀는 다른 사람들을 돌아다봤다. 모두들 야릇한 미소를 흘리고 있었다. 그 미소에 처녀는 기가 질린 모양이다. 오랜 침묵 끝에 체념한 듯 대답한다.

"혀끝을 잘랐어요."

"혀끝을 잘랐어? 누구의?"

"애인예요."

"야, 하하 그것 재미있다. 왜 혀끝을 잘랐냐, 칼로? 톱으로? 깨물었구나? 왜 같은 값이면 그걸 깨물지. 그건 아까웠냐."

55호가 또 주착을 부렸다.

"자세히 얘기해봐!"

"키스를 했는데 그의 혀끝이 뭉텅 잘라졌어요."

감방 안엔 폭소가 터지려다가 역시 야릇한 미소로 잦아들면서 제각기 괴상한 표정을 지었다. 간수한테 신고식 현장을 들키면 안되기 때문에 누구도 웃음소리를 내거나 필요 없는 말을 하지 않는 게 불문율이다.

"너무 좋아서 깨물었다 그거지? 남자 혓바닥을."

"깨물었대요."

"깨물었대요?"

"나도 모르게 깨물었다는 거예요. 내 입안이 뿌듯해서 칵 뱉으니까 그이의 혓바닥이었어요."

"야, 저년 한번 지독한 년이구나. 저게 배운 년이라는 거지! 배운 년들은 그것두 잘한대더구나!"

55호가 또 노닥거렸다.

"도대체 왜 그걸 깨물었냐? 그 좋은 걸."

"정신이 없었어요."

"너무 좋아서?"

"······."

"진저리 쳐질 만큼 좋더냐?"

"그년, 참 좋아하겐 생겨 먹었다. 사내새끼 혓바닥이 꿀맛 같더냐?"

55호가 눈을 헤번덕거렸다.

심문하던 여류 조각가의 눈에도 번들번들 윤기가 돌았다. 흰자위가 커졌다. 다른 여자들의 눈도 그랬다. 내 눈은 어땠는지 알 수가 없다.

"남자가 고발했구나?"

"부인이 고발했어요."

"아하, 처자새끼 딸린 놈과 그 짝짜꿍을 했었구나? 그러니까 천벌을 받지."

55호가 또 그렇게 지껄였다.

"재판 끝났냐?"

"아직······."

감방이 넘쳐 미결수도 기결수 감방에 들뜨려진 모양이다.

"물론 전에두 경험자지?"

"뭘요?"

"남자 말야?"

처녀는 대답하지 않았다.

"그게 그렇게 좋더냐? 정신이 까무러쳐지도록."

처녀는 대답하지 않았다.

"어떻게 되면 그렇게 정신을 잃지? 네 경험을 얘기해봐."

처녀는 대답하지 않았다.

모두들 흥분 상태에 있는 것 같았다. 금지된 욕구를 입과 귀와 상상으로 해소시키려 하는 것이다.

"지금도 그 남잘 사랑하냐?"

"네."

"예편네가 있는 새끼라면서?"

"한 사람의 남자를 사랑할 뿐이에요."

"남자의 환경은 문제 아니라는 거냐?"

"하여튼 그이를 사랑해요."

"그 인간을 사랑하는 거야? 그 인간의 그걸 사랑하는 거야? 어느 쪽이냐?"

"너무 가혹한 질문이에요!"

"그럼 좋다. 나는 남자를 무조건 사랑할 수 있는 그거 쎈 여자를 존경한다."

"당신한테 존경받고 싶지 않아요."

"네가 나를 존경하게 만들어주겠다. 오늘밤만 자고 나면 너도 나를 존경하게 될 거야. 저 부처님한테 절해라!"

"나는 크리스천예요."

나는 밤늦도록 나의 찢어진 내의를 깁고 있었다.

조각가 여사는 자신의 예술이며 신앙인 손가락 두 마디만한 문제의 관음상을 콘크리트벽을 갈아서 흡사 바위에 새긴 마애불처럼 안치해두고 있다.

희미한 전등불에 그 자그마한 윤곽을 드러내고 있는 조각품을 밤에 혼자 바라보고 있노라면 나는 저절로 내가 익힌 여러 불경을 입속으로 외우게 된다.

불경을 외우고 있노라면 그 장난스런 부처님이 큰 절 법당에 모셔놓은 대자대비한 관음상과 다름이 없게 보인다. 그럴 때면 나는 마음속으로 수없이 절을 하며 이 감방 안에 있는 죄 많은 중생에게 자비를 베풀어달라는 발원을 한다.

여류 조각가는 처녀색시를 자기 옆에서 자게 하고 있었다.

"할머니! 어서 자요, 그만."

"먼저 눈을 붙이시우."

"글쎄 할머니, 얼른 잠들래니까."

왠지 우리 여류 조각가는 나에게 짜증을 부렸다.

나는 늦게 자고 일찍 일어나는 습성이 있었다. 젊어서부터 서너 시간만 자면 되는 습관이 붙어 있었는데, 옥중에서도 그 습관은 고쳐지지 않고 있었다.

감방 안이 잠 속에 빠져들면 가관이었다.

코 고는 소리, 입맛 다시는 소리, 가위에 눌려 허덕이는 소리, 몸을 뒤채는 소리, 동성 연애하는 소리, 감방 안의 잠자리는 침묵도 정적도 아니고, 그런 잡다한 소리의 연속이 된다.

잠자는 모습은 더 말해 무엇 하랴.

숙직 간수는 좀체 순찰을 돌지 않는다. 여자 죄수들이라서 여간수들은 그만큼 태만해도 별다른 큰 사건은 일어나지 않기 때문이다.

"아이!"

김영애라던 신참 처녀가 나직하게 그런 소리를 냈다. 꿈을 꾸는 게로구나 하고 나는 등을 돌려 누웠다.

그러나 잠시 후 나는 지금 무슨 일이 진행되고 있는가를 짐작할 수 있었다. 꽤 오랜 실랑이가 은밀하게 벌어지고 있었다. 김영애의 거부 반응은 퍽 집요한 것 같았다. 우리 여류 조각가의 집착은 그럴수록 더 강렬해지는 모양이다. 후닥닥 몸을 뒤채는 듯싶은 처녀색시의 신경질이 눈에 보이는 것 같았다.

그러나 사태는 차츰 잘 진전돼가는 눈치여서 몹시 민망스러웠다.

"여봐요! 옆 사람 잠 좀 자게 해야 할 거 아냐. 아니면 재미 같이 보든지."

나 이외에도 잠들지 못하고 있는 사람이 있었던 것 같다. 퉁명스럽게 그런 소리를 쏘아붙이고는 기침을 둬 번 터뜨린 것은 영락없이 55호다.

28호 여류 조각가는 세상을 잘 알고 있는 여자여서 그 예측은 정확한 것이었다.

며칠 후, 아침 내가 수용돼 있는 2호 감방문이 '소지'에 의해서 활짝 열렸다.

"지금부터 호명하는 사람은 밖으로 나와!"

어디서 났는지 입술에 엷은 루주를 칠한 게 역력히 나타나 있는 '소지'는 가지고 온 종이쪽지를 들여다보며 그렇게 호기를 부리는 것이다.

네 사람의 수인번호가 불려졌는데 대개가 오래된 본바닥 사람들이고 오직 28호 조각가 여사만이 그 축에 끼여 사무실 쪽으로 끌려갔다.

다른 간수가 다른 감방에도 돌아다니며 몇 명씩의 수인을 불러내어 끌고 가는 것도 보였다.

"28호, 간밤에 잠두 안 자구 그 지랄만 하더니 걸려 들었나보다."

"혓바닥이 또 잘린 건 아냐?"

언제나 말을 함부로 하는 여자는 바로 삼례다리에서 쌀 한 말로 살인을 하려 했다는 55호 그 여자였다.

"벌을 받나보다. 간수장한테 불려갔을 거야. 감방마다에 고자쟁이가 하나씩 박혀 있는 게 틀림없어. 벌써 정보가 샜단 말야."

누군가가 그런 말을 했다.

"이 감방에도 지네가 있다!"

"누구냐?"

"여 부장과 쏙닥쏙닥한 게 누구지?"

나는 가슴이 덜컥 내려앉았다.

모두의 시선이 내게로 쏠린 것을 눈치 챘기 때문이다.

"저 29호 할망구가 아냐?"

삼례다리 사건의 55호가 나에게 손가락질을 하며 그 심술궂은 눈총으로 쏘아봤다.

"틀림없어. 저 할매가 지네다. 나잇값두 못하구."

"아니면 256이다."

"그럴지도 모른다. 256이 들어오자마자 일이 벌어졌으니 틀림없다."

"내가 봤어."

삼례다리 사건의 55호가 자신 있게 말했다.

"뭘? 뭘 봤다는 거야?"

"어젯밤에 28호가 저 계집애허구 짝짜꿍하는 걸 봤다."

256 김영애의 얼굴이 울그럭불그럭해질 것 같았으나 비교적 침착했다.

"또 봤다."

"뭘?"

"29호 할망구두 잠 안 잤다. 그렇지 할마이요?"

나는 잠자코 손가락 두 마디만 한 관음상을 바라봤다. 점점점 커지면서 금강산 백련암의 보살을 닮아갔다.

삭발하고 승복 입은 청초한 모습의 임 상궁이 머리에 떠올랐다. 옆모습이 차츰 정면으로 돌면서 임 상궁의 그 인자한 미소가 조금씩 조금씩 짙어가는가 싶더니 걀걀걀 임 상궁답지 않은 천격한 웃음을 터뜨렸다.

"변명 못하는 걸 보니까 틀림없다. 이 할망구가 지네야."

지네는 사람들이 미워하는 미물이다. 간수에게 감방 동정을 고자질하는 배신자를 지네라고 부른다.

"여 부장한테 뭘 어떻게 고자질했어? 28호가 256과 짝짜꿍했다구 고자질했지? 이런 건 죽여야 해."

삼례다리 사건의 55호가 황소처럼 또 나에게로 덤벼들었다. 내 배를 타고 앉아 또 그 짓이다. 가슴을 쥐어박고 허벅지를 꼬집고 코끝을 비틀고 볼을 쥐어뜯는다. 눈알이 벌개가지고 제 성미를 못 이겨 입에서 게거품까지 흘리기 시작한다.

"당신은 부모두 없소? 그게 무슨 짓이오? 노인네한테."

4·19혁명 후에 들어온 자유당 시절의 어느 고관의 아내라는 여자가 잠잖게 야단을 쳤으나,

"여기가 어딘 줄 알구 주둥일 놀려? 너나 나나 콩밥 먹긴 마찬가지야. 아가리 닥치지 않으면 네년의 그걸 찢어놓는다."

정말 천성이 심술궂고 악독한 여자가 있는 것이다. 병적인 발작으로 보이긴 하지만 하여간 욕설과 폭행을 한바탕 해야만 직성이 풀리는 그런 환자인 것 같다.

나는 가만히 누워 55호의 그런 폭력을 견디어냈다. 한 마디의 비명도 입밖에 내지 않았으며 고통스런 표정이나 눈물 따위도 보이지 않고 견디어냈

다.

그렇게 해줌으로써 그 여자의 답답한 가슴이 트이고 이미 시작된 발작이 식을 수만 있다면 내가 할 일의 하나는 가끔 그 여자에게 맞아주는 일이 아닌가 싶기도 했다.

55호는 제물에 지쳤는지 내 배 위에서 물러났다.

"너두 한번 당해봐, 이년."

55호는 곧장 처녀에게 들러붙었다.

"내 혓바닥두 좀 끊어봐라! 네년이 얼마나 그거에 미치는 년이길래 들어오자마자 놀아났냐?"

처녀는 억울할 것이다. 항거하다가 지쳐서 간밤에 그런 꼴을 당했을 것이다. 소리칠 수도 없고 뛰쳐나갈 수도 없어서 진땀을 뺐을 것이 뻔한데 지금 그런 억울한 욕설을 듣고 있는 것이다.

"그 애기가 뭘 잘못했다구 그래요? 대신 나를 더 때려주든지 꼬집어주든지 해요. 자아, 나를."

나는 처녀색시를 내 뒷전으로 몰아붙이며 서슬 푸르게 55호를 보고 야단을 쳤다.

"지랄한다. 지가 뭐라구 남의 매를 대신 맞겠다냐. 지가 뭐 부처님이라두 된 줄 아나."

이날따라 작업장에 갈 시간이 지났는데도 간수들은 나타나지 않는다. 정말 무슨 일이 생긴 것으로 보아야 할 것 같다.

"왜들 안 온대냐? 남사(男舍)에라도 던져졌나부다."

"그렇댐 얼마나 신바람이 날까. 앙흐……."

그저 입들만 벌리면 그런 면으로 흐르는 것이다. 남자 쪽에선 더 노골적이고 심하다는 말도 있지만 이보다 더하면 얼마나 더할까 싶다.

끌려갔던 사람들이 돌아왔다.

"무슨 일이야? 남사에라두 들어가 한바탕 치렀노? 재미 많이 봤나부다. 모두 싱글벙글 눈빛이 반짝거리는 걸 보니."

삼례다리 사건의 55호는 끝까지 독판을 치려고 들었다.

철문에 자물쇠를 걸던 키 몽탁한 '소지'가 한마디 지껄였다.

"그 사람들은 오늘부터 감형이 됐대요."

"감형?"

"민주당 정부에서 특별사면령을 내렸다잖나."

나는 우리 여류 조각가의 손을 덥석 잡았다.

"정말이유? 그게."

조각가 여사는 둘째손가락을 펴보이며 기뻐 어쩔 줄을 몰라 한다.

"1년? 1년 감형이군요?"

"난 한 3년쯤 될 줄 알았는데, 고작 1년이래요. 아직두 몇 년을 더 살아야 한다는 거야."

한동안 감방 안이 떠들썩했다.

감형에서 빠진 사람들은 뭣을 기준으로 했길래 자기가 빠졌느냐고 법무부에 대한 욕설을 퍼부었다.

"할머닌 왜 빠졌느냐구 간수장한테 물어봤어요, 내가."

여류 조각가가 내게 미안한 듯이 그런 말을 했다.

"밤에 짝짜꿍 잘하는 년은 감형시켜 주는구나. 나두 오늘밤부턴 모조리 해치울랜다. 제에밀."

삼례다리 사건의 55호가 그렇게 소리치자, 맞다 옳다 하는 외침이 여기 저기서 터졌다.

"민 할머니는 사상범이라 감형이 안되기루 돼 있대요."

조각가 여사는 내 귀에다 입을 대더니 그런 말을 일러준다. 여러 사람 앞에서 공산당 소리를 빼주는 것만도 그네의 호의임에 틀림이 없다.

나는 의외로 담담한 심경이었다. 나는 나의 죄목을 알고 있다.

그렇지, 나는 사상범이지. 내 사상이라는 게 뭐더라. 죄 짓지 않고 악하지 않게 죽는 날까지 살아보려는 게 그것이 내 사상인데. 또 있나. 그저 사정이 허락만 한다면 불쌍한 고아들이나 모아놓고 그 시중을 들어주는 것으로 내가 이 세상에 태어난 보답을 하려 한 그게 내 사상이지. 어쨌든 나는 사상을 가졌으니까 사상범인지도 모른다.

"자아, 작업장으로 갑시다."

다시 나타난 키 몽탁한 '소지'가 철문을 열었을 때 그 뒤엔 여 부장이 와서 있었다.

"민 할머니!"

내가 나가자 여 부장이 나에게 말을 걸어준다.

"섭섭해요. 민 할머닌 모범인데두 이번 사면령에 해당 안되는 건."

그때 55호가 여부장과 나 사이로 불쑥 끼어들면서 한마디 물었다.

"얼마 주면 되는 거예요, 부장님?"

"뭘?"

"징역살이 1년씩 줄여 받는 데 간수님한테 얼마 주면 된대요?"

등가죽을 호되게 얻어맞는 55호는 분명히 나보다 무식한 게 틀림이 없지만 나보다 약삭빠른 것도 틀림이 없다.

"쌀 한 말 주면 될 거다."

"부장님, 그럼 내 너 말 드릴 테니……."

여 부장 주먹에 턱을 얻어맞고 쫓겨가는 55호의 본바탕은 의외로 똑똑한지도 모른다.

그 후 캐나다 연합교회에서는 한 달에 한 번씩 어김없이 찾아와서 복음을 전하곤 했다.

스님들도 찾아왔으나 그들은 교회 쪽처럼 규칙적으로 오지를 않고 몇 달에 한 차례씩 나타나는가 하면 어떤 달에는 두 번씩 와서 지루한 설법을 하기도 했다.

두 종교의 포교 방법이 아주 다른 것을 발견했다.

불교 쪽에선 그야말로 공수래공수거(空手來空手去)였다. 목탁과 염주와 입만 가지고 와서 부처님께 공양하라고 했다. 섬기라고 했다.

마음속으로 섬기라는 거야 누구라도 받아들일 수 있으나 공양 소리가 나오면 딱했다. 물론 수인들에게 물질적인 공양을 하라는 것은 아니다. 마음을 바치는 것도 공양이니만큼 성심성의껏 부처님을 공양하라는 것은 경건하게 부처님을 섬기라는 뜻이다.

그러나 수인들은 입은 삐쭉거렸다.

"부처님은 우리들한테두 공양을 하란단 말야? 뭐가 있어야 공양을 하지."

모두들 시주하는 것과 공양을 혼동했다. 스님들은 제발 그런 오해받기 쉬운 말일랑 쓰지 않았으면 좋겠는데 불교란 본시 인도 말이 많고 그것을 직역해서 한자로 뜯어 맞춘 용어가 흔하기 때문에 일반 대중한텐 쉽게 이해되지 않는 점이 많았다. 일반 대중을 대상으로 설법을 할 양이면 대중이 알아듣기 쉽도록 그 용어부터 연구할 필요가 있으며 그들은 그런 노력이 부족하지 않은가 싶으며, 그리고 또 설법 내용이 현실과는 괴리된 지루하고 막연한 일면마저 있었다.

거기 비해 다른 한쪽은 좀 더 현실적이고 구체적이며 행동적인 면이 있었다. 그들은 복음을 전하는 시간을 짧게 잡았다.

그 대신 수인 하나하나를 상대로 그네들이 절실하게 원하며 갈구하는 문제를 파악하려고 했다. 그래서 어렵고 괴로운 처지에 있는 사람들을 위하여 뭔가 도움을 주려는 적극성을 보인다.

그들은 수인들이 부탁하면 그 가정을 찾아다니며 안부도 전하고 또 물질적인 도움이나 마음의 가난을 덜어주기에 그네들의 노력을 아끼지 않는 것 같았다.

그들은 자주 위문품을 가지고 왔으며, 특히 먹을 것과 여자 속옷 종류는 크게 환영을 받았다.

법칙으로는 그런 물질적인 도움을 외부로부터 받아들이게 돼 있지 않은 모양이지만 관급(官給)이란 어디서든지 어떤 경우든지 부족의 대명사가 돼 있는 실정이라서 형무소 당국은 알고도 모르는 체하고 있는 듯했다.

자연 기독교 쪽이 인기 있었다.

나처럼 평생을 불교적인 분위기에 휩싸인 채 살아온 사람도 차츰 선교사들과 친숙히 지내게 됐다.

원 목사는 나를 가리켜 언제부터인지 '퀸 민'이라고 붙인 모양이다.

여 부장이 그네에게 나를 과장해서 선정한 까닭이 아닌가 싶다. 규칙 잘 지키고 점잖고 착하고 인정 많고 남이 싫어하는 일과 남의 뒷바라지를 해주기 좋아하고 꾀 안부리고…… 뭐 그렇게 소개를 했다는 것이다. 그래서 나의 별명을 '퀸 민'이라고 붙인 모양이다.

사실 따지고 보면 '퀸'은 과만하지만 그 사촌이긴 하다 . 퀸 민이 아니라 '퀸 리'가 더 가까운 표현인데 어쨌든 우연히 내게 붙여진 별명으로서는 공교롭다 할 수밖에 없다.

원 목사와 늘 함께 오는 구 선생과 하 여사도 아주 자연스럽게 나를 '퀸 민'이라고 불렀다.

그네들은 2호 감방에선 특히 나를 선정해서 세례를 받게 하려고 했다.

내가 불교 신자라 해도 멀리하려 하지 않았다.

"그런 우상을 믿어선 안됩니다. 하나님은 우상을 믿지 말라고 하셨습니다."

유창한 우리말을 구사하는 원 목사의 양장 맵시는 늘 우리들의 화젯거리가 된다. 그 원 목사가 그런 말을 하길래 나는 항의하듯 말했다.

"왜 부처님은 우상이고 그리스도 그분은 우상이 아닙니까?"

늙어가는 외국 처녀 원 목사는 대답했다. 그 말투엔 평상시와는 달리 날카로움과 위엄이 깃들었다.

"하나님 이외는 다 우상입니다. 주님께서 그렇게 말씀하셨습니다. 주님께선 다른 우상을 믿는 사람들은 마음의 신앙이 아니고 제례(祭禮)나 허식적인 행사에 더 신경을 쓰고 있는 줄로 아셨습니다. 그리스도께서는 사람들이 옷을 어떻게 입거나 음식을 어떻게 먹거나 크게 걱정을 하시지 않은 분입니다. 다른 종교처럼 자기를 공경해 달래지도 않으셨고 오직 하나님만을 공경하라고 하셨습니다. 서로 사랑하고 용서하고 도웁는 일을 율법의 전부로 삼으셨습니다. 우리 인류는 현재 그 종말이 다가오고 있다 하셨습니다. 그 종말은 멸망이 아니라 혁명이며 혁명은 새로운 시작이라고 하셨습니다. 심판의 날이 가까워온다고 하셨습니다. 메시아는 그날 영광의 위엄을 갖추고 아름다운 천사들을 거느리시고 이 세상에 나타나시겠다고 하셨습니다. 그는 자기를 믿는 제자들 앞에 나타나서 축복을 내리시겠다 하셨습니다. 심판을 하신다고 하셨습니다.

착한 자와 사랑으로 남을 도운 자들을 골라 안락한 집에 들어가도록 하실 것이며, 그곳에선 찬란한 빛으로 몸을 감게 하시고 또 아브라함과 예언자들이 베푼 성대한 잔치에 참석하도록 하신다 하셨습니다. 우상을 믿거나 주님을 믿지 않아서 거기 뽑히지 못한 사람들은 예루살렘 동쪽에 있는 게엔나로 보낸다 하셨습니다. 게엔나는 쓰레기가 썩는 곳입니다. 아주 더럽고 빛이라곤 없는 어두운 곳입니다. 하늘나라에 못 간 사람들은 거기서 사탄과 반역의 천사들과 함께 불에 타고 뱀에게 물리고 벌레한테 파 먹힌다 하셨습니다. 〈묵시록〉의 첫머리엔 때가 가까워졌다고 기록되어 있습니다. 귀 있는 자들은 들으라고도 적혀 있습니다. 퀸 민께서도 들으셔야 합니다. 그때가 왔음을 아셔야 합니다."

나는 대답했다.

"불교에서도 그와 똑같은 얘기를 하고 있는걸요. 불교가 더 너그러워요. 다른 종교는 믿지 말라 하지 않았어요. 오직 착하게 서로 자비를 베풀어가며 살라고 하셨어요. 유대인인 예수는 우상이 아니고 가비라국에 태어나신 석가모니는 우상이라고 어떻게 말할 수 있어요? 내가 남을 비방하면 남도 나를 비방하는 게 아녜요? 스님들은 기독교인들에게 불교를 믿으라고 권하진 않아요."

그때 옆에 있던 구 선생 미혜 씨가 부드럽게 미소 짓고 있었다. 나에게 말했다.

"퀸 민도 주님을 믿게 될 것입니다. 지금 당장은 아니라도 언젠가는 하나님을 믿게 됩니다. 그때까지 우리는 열심히 권고하겠습니다. 기독교 신자로 만들고야 말겠습니다."

나는 어이가 없어서 실소를 터뜨렸다.

서양인과 동양 사람들의 차이점을 발견한 것 같았다.

저들은 그처럼 집요하고 현실적이고 투쟁적인데 반해, 우리 동양 사람들은 그저 양보하고 너그럽고 그래서 체념이 빠르고 소극적이 아닌지 모르겠다.

불교와 기독교의 포교 방법에서도, 그 열의와 논리에서도 그런 차이점이 명백하게 두드러지고 있다.

"하나님을 믿으십시오."

원 목사가 온화하게 웃으며 나에게 손을 내밀었다.

나는 무의식중에 그 손을 잡았다. 부드럽고 따스한 손이었다. 촉감과 체온이 내게로 옮겨와 내 핏속에 섞여 흐르기 시작하는 것 같았다.

"주님을 믿으십시오."

갸름한 처녀 선교사 구미혜도 똑같은 억양의 똑같은 말을 하고는 내게 손을 내밀었다.

그네의 손도 잡아줬다. 내 손아귀에 쏙 들어오는 아주 매끄럽고 자그마한 손이었다.

뒷전에 서 있던 하 여사도 둥근 얼굴에 함빡 웃음을 띠고는 내게 손을 내밀었다. 내 손도 큰 편인데 하 여사의 손도 듬직하게 컸다.

"민 여사님! 하나님을 믿으셔야 해요."

한국 사람인 하 여사도 그렇게 말했다.

"동양 우상을 버리고 서양 우상을 믿으라 하시는군요."

내가 가볍게 반발했다.

"하늘에 해는 하납니다. 하나님도 물론 한 분뿐입니다. 믿으세요. 종당엔 믿게 되실 겁니다, 할머니."

나는 무심히 하늘을 쳐다봤다. 해는 마침 구름에 가려 보이지 않고 햇빛만이 밝았다.

모두들 한결같이 철저하구나 싶어 나는 그네들이 사라져가는 뒷모습을 멀건이 바라봤다.

하늘은 늦가을처럼 푸른빛이 짙었다. 구름이, 뭉게구름이 피어오르고 있었다. 그 빛깔이 너무나 희어서 눈이 부셨다. 곧 구름 밖으로 나온 해는 하나뿐이었다.

"그 양녀들과 뭘 쑥덕거렸어? 나한테 얻어맞았다구 고자질했구나? 이놈의 할머이 지네처럼 징그럽게 굴지 말란 말야! 밟아 죅인다."

감방 옆 수돗가로 돌아온 나에게 그런 말을 한 사람은 또 그 55호였다.

"만만하냐? 보살님 같은 양반한테 왜 툭하면 심술을 부리냐? 만만하냐? 만만해? 배먹지 못한 쌍것 같으니!"

여류 조각가가 호되게 쏘아붙였다. 역시 그네의 일갈은 권위를 지니고 있었다. 꼴사납게 덤벼들 줄 알았건만 55호 그 여자는 눈만 헤번덕거리며 나를 어쩌지도 못했다.

"또다시 우리 할머니한테 손찌검을 해봐라. 가만 두지 않겠다."

먼젓번 정권 때 잘 지냈다는 그 부인이 옆에서 웃고 있었다. 그러나 대개는 무관심했다.

그저 제 설움을 참으려고 콧노래를 흥얼거리는 여자도 있었다. 아이들 그리움으로 먼 산 바라보며 눈물짓는 젊은 여자들도 눈에 띄었다.

저녁 식사 때는 기적이 일어났다.

"이게 뭐야?"

"아니, 이게."

모두들 눈이 휘둥그래지며 놀라움을 표시했다.

"이건 갈비탕 아냐?"

"갈비탕이다."

모두들 환성을 질렀다. 오늘따라 왜 그런 귀한 음식이 자그마치 한 감방에 열네 그릇이나 들어왔는지 영문을 몰라 어리둥절했다.

식사당번한테 조각가 여사가 물었다.

"이거 누가 차입한 거요? 혹시 잘못된 건 아닌가?"

"잠자코 잡숴나 두시지!"

한 사람 앞에 한 그릇씩 배당이 됐다.

"하나님 믿을 만하구나. 하나님이 우리에게 고깃국을 주셨으니 기도나 드리구 먹자!"

조각가 여사가 장난스럽게 어쩌면 기독교를 비아냥거리듯 기도를 시작했다.

"우리를 오늘도 무사하게 돌봐주시고 일하게 해주시고 편안한 감방 속에서 고깃국까지 먹게 해주신 하나님께 감사드립니다. 우리에게 오늘도 죄가 있다면 한 무식한 여자가 노인한테 까닭 없이 폭행을 가하고 욕설을 퍼붓고 한 일이거늘 그것도 용서해주시며 그에게마저 이런 푸짐한 고깃국을 먹게 해주시는 그 은총을 감사 감사하옵니다, 아멘."

아멘, 아멘, 아멘. 여기저기서 아멘 소리가 터졌다.

"부처님을 모시고 있는 보살님이 예수교의 기도도 잘 하오."

그 말을 한 사람은 바로 나다.

"어서 함께들 듭시다."

듭시다, 듭시다, 먹읍시다. 여기저기서 그런 소리가 터지더니 요란하게 모두들 먹어대기 시작했다. 나와 우리 여류 조각가의 시선이 마주쳤다.

우리의 시선은 동시에 이동해서 방금 '어서 함께들 듭시다'라고 말한 사람을 쏘아봤다.

먼저 정권 때 아주 잘 지냈다는 그 점잖게 잘생긴 여자를 쏘아봤다.

여류 조각가가 그 여자한테 고개를 까딱해보이며 고맙다는 뜻을 표시했다. 나도 목례를 했다.

다른 사람들은 먹기에 바빠서 그런 눈치를 채지 못했다.

음식을 그렇게 많이 차입시키게 한 부인은 국물만 좀 마시다가 내놓았다. 삼례다리 사건의 55호가 그걸 후딱 먹어치우고는 한다는 소리가,

"아줌마 고맙다. 그 대신 내 오늘 밤 끼구 자줄까. 잘 먹고 잘 지낸 예펜네니 서방 생각이 간절할 거야."

나는 그 점잖은 부인 귀에다 대고 말했다.

"저 사람을 용서해주세요."

잘못한 자를 용서해주라고 말하다가 나는 깨닫는다.

벌써 내가 기독교의 감화를 받고 있구나 싶어서 쓴웃음이 나왔다.

죄진 자를 용서해주라는 말이 불교엔들 없을까만, 그러나 기독교인들한테서 더 자주 들어온 다분히 기독교적인 말인 줄로 알고 있다.

그렁저렁 1년이 지나는 동안 나의 옥중생활은 틀이 잡히고 마음도 한결 안정이 되었으며 수인들끼리도 그 거센 성격의 모서리들이 부서지고 닳아져서 차츰 조화를 이루게 됐다.

처음 들어온 사람일수록 감정이 예민하고 울분과 초조를 이기지 못해 스스로를 파괴하려 하지만 차츰 감방생활에 순응이 되면 그 놓여진 환경에서나마 안정이나 즐거움을 찾으려고 드는 것이다.

전주로 이감된 지 1년 동안에 나 자신은 내부에 중대한 변화를 일으키고 있음을 자각했다. 캐나다 연합교회 사람들의 끈질긴 설교와 친절한 봉사 때문에 나는 차츰 기독교에 대한 신심이 싹트고 있음을 자각할 수 있었다.

미스 캐논 구미혜와 하 여사가 나를 담당하고 있는 것 같았다.

자기네의 손때가 묻은 성서를 갖다주면서 무조건 열심히 읽기를 권했다.

"자꾸 많이 읽으면 저절로 그 뜻과 진리를 해독할 수 있어요, 할머니."

하 여사의 웃음은 늘 소탈하고 밝았으며 구씨와는 서로 그림자처럼 붙어다녔다.

나는 〈묵시록(黙示錄)〉을 즐겨 읽었다. 읽으면 읽을수록 맛이 나고 재미있고 뭔가 터득하는 게 많았다. 그리고 불전과도 서로 통하는 면이 많아 거기서 일깨워지는 진리가 낯설지 않았다.

'내가 예수쟁이가 돼가는구나.'

밤에 꿈을 자주 꾸었다.

어느 날이던가 부처님과 예수가 함께 나타나서 나에게 손을 내미는 꿈을 꾼 일이 있었다.

처음엔 부처님이 나타나는 듯했는데 차츰 그 모습이 흐려지더니 예수로 탈바꿈을 했다. 그리고 나에게 손을 내밀었다. 나도 마주 손을 내밀어 그와 대등하게 악수를 했는데 자세히 보니까 그는 예수가 아니고 석가모니였다. 어느 틈에 다시 변신해 있었던 것이다.

내가 나무아미타불을 뇌우며 합장을 한 다음 다시 쳐다보니까 그는 예수였다. 하나님 아버지시여, 죄 많은 이 딸에게 은총을 베푸소서! 하고 기도를 드린 연후에 눈을 뜨니까 그는 미소 짓는 관세음보살이었다.

나는 갈팡질팡할 수밖에 없었다. 유행가의 가사대로였다. 스승을 따르자니 어쩌구…… 하는 식의 그런 처지였다.

하는 수 없이 슬기로운 꾀를 내어 두 손을 한꺼번에 앞으로 내밀어보았다. 한 손은 부처님한테, 다른 한 손은 그리스도에게 잡아달라는 시늉이다.

나의 뜻대로 양쪽 손을 다 잡아주길래 기뻐라 하고 그들을 쳐다보니까 양쪽 손이 동시에 동댕이쳐지면서 예수와 석가모니가 나란히 등을 돌린 채 내게서 사라져가고 있었다.

두 아버지를 모시려는 나를 두 아버지가 다 뿌리치는 것이라고 생각한 나는 어느 쪽이든지 택일을 해야 될 듯싶어 여러 날을 두고 심한 고민을 하던 끝에 감옥에 있는 동안엔, 그리고 원 목사 일행이 찾아주는 이상엔 그리스도를 섬길 수밖에 없다고 결심하기에 이르렀다.

5·16군사정변이 일어나 또다시 정권이 교체됐다는 소문이 비교적 빨리 형무소 안에 퍼졌다. 완전 무장을 한 군인들이 자주 형무소 안을 내왕하는 것을 보고 쉽게 믿음이 갔다. 이번엔 민주당 관계의 높은 사람들이 형무소에 수감됐다고 했다. 이래저래 번창하는 곳은 형무소인 것 같았다.

5·16군사정변이 일어났다는 소문을 듣고 가장 기뻐하는 사람은 우리의 여류 조각가였다.

이번에도 최소한 1년은 감형되겠지. 그렇게 되면 모두 2년이 줄어드는 것이니까 7년 중에서 5년이 남는데 벌써 1년 이상을 복역한 만큼 앞으로 4년 남짓만 살면 출옥이란 말인가.

여류 조각가는 그런 계산을 하면서 기뻐하다가 나를 보고는,

"민 여사두 이번엔 기대해 볼만해요. 모범수니까 어쩌면 한꺼번에 2년쯤 감형이 될지도 몰라요. 서너 달 뒤에 또 한 번 혁명이 일어났음 좋겠네요. 그러면 또 1년이 줄어들고, 내년에 또 세 번쯤 혁명이 일어나면 나는 내년 중엔 출옥하게 될 거 아냐."

그 말에는 나도 아련한 희망과 함께 전례로 보아 그게 터무니없는 말도 아닌 듯싶어 흥분하고 말았다.

나는 지난 4월 초순 식목일에 작업장 뒷산에서 도토리나무 한 그루를 패다가 2호 감방 앞뜰 싸리나무 꽂았던 곳에다 심어놓았었다. 이번엔 정성껏 물을 주어 가꾼 보람이 있었다. 연하고 발랄한 이파리들이 나와서 지금은 제법 어울리는 그늘까지 만들어주고 있었다. 한 주일쯤 전이던가, 저녁밥을 먹는데 그 나뭇가지에 참새새끼 두 마리가 날아와서 짹짹거리고 있었다. 부리가 아직 노란 것을 보면 분명히 새로 이 세상에 탄생한 새 생명이 길래 나는 밥알을 창살 위쪽에 얹어주고 입을 동그랗게 해서는 쫏쫏쫏 불

러보았다.

참새새끼가 나의 뜻을 알아볼 턱이 없는데도 나는 열심히 쫏쫏쫏을 거듭하다가 지쳐버렸다.

이튿날 아침에도 그 두 마리의 참새새끼가 그곳에 와서 또 짹짹거렸다. 나는 또 새로운 밥알을 창살 위에 얹어주고는 쫏쫏쫏 그랬더니 어디서 날아왔는지 어미 새 한 놈이 날름 창살로 날아와 앉아 대가리를 까딱거리며 눈치를 보다가 잽싸게 밥알을 물고 날아갔다.

나는 그것이 재미있어서 매일 아침저녁으로 새 모이를 창살 위에 얹어줬고 차츰 나의 뜻을 알아챈 참새들이 겁 없이 나타나서 모이를 물어가곤 하는 것이다.

그런데 그게 조류 사회에 소문이 퍼진 것 같다. 어제 아침엔 엉뚱한 산비둘기 한 마리가 나타나서 직전에 날아온 두 마리의 새끼참새를 쫓고 독차지를 한 채 모이를 말끔히 먹어치운 것이다.

"그러다간 민 할머니의 요식을 몽땅 바쳐두 모자라겠어요."

우리의 여류 조각가도 보기에 재미가 났던 것 같다. 그네도 자기 요식을 할애해서 참새 모이로 하게 했다. 저녁에도 새끼참새들이 날아왔다. 그러나 이내 또 나타난 비둘기한테 취득권을 뺏겨버리고는 슬픈 듯이 짹짹거리다가 날아가버렸다.

다음날 아침에도 상황은 같았다.

나는 어린 참새새끼들이 불쌍해서 속이 상했지만 여류 조각가의 생각은 나와는 달랐다.

"촐랭이 같은 참새새끼들보다는 의젓한 비둘기를 길들이는 게 얼마나 좋아요? 참새는 경망스런 짐승인걸."

어쨌든 나는 뜻하지 않은 즐거움을 얻은 것이다. 내가 심은 나무가 무럭

무럭 자라고 비둘기가 아침저녁으로 날아와서 나와 벗하고, 혁명이 또 일어났고…….

여름은 몹시 가물고 있었다.

나는 이미 단념 상태지만 그리고 간절하게 바라지도 않지만, 우리의 여류 조각가를 비롯한 몇몇 동지들의 감형 소식은 7월이 돼도 감감소식이어서 그들을 초조하게 만들고 있었다.

연일 불볕이 쏟아지고 있었다. 호남, 영남 지방의 가뭄은 대단한 모양이었다.

감방 안에서도 그 가뭄이 실감됐다. 먼지와 땀내와 더위와, 그리고 여자들의 지독한 신경질과 야릇한 체향이 뒤범벅된 채 연일 불쾌지수가 상승일로에 있는 형편이었다.

그런데 오늘은 오전중만 하더라도 어제와 다름없는 더위더니 점심때를 좀 지나니까 바람기가 달라지고 검은 구름이 낮게 배회했다. 두 시쯤 되자 시원스런 소나기가 쏟아지기 시작했다.

비가 온다. 비가 와. 작업장 안에선 언젠가처럼 백여 명의 환성이 터졌다. 일손들을 팽개치고는 창가로 몰려가 손으로 낙숫물을 받느라고 법석들이었다.

흙내음이 강하게 풍기는 것을 보면 그동안 어지간히도 가물었던 모양이다.

허락도 없이 밖으로 뛰쳐나가 비를 맞으며 킬킬대는 왈패들도 있었다.

작업장 사무실에 설비돼 있는 전화벨이 울었다. 나보다도 더 키가 안 자란 ‘소지’가 전화를 받고 나와서 제법 의젓하게 명령을 한다.

“자아, 이제부터 작업을 중단해요!”

모두들 어리둥절했다.

본동(本棟) 사무실 쪽에서 다른 '소지'가 뛰어왔다. 빨랫비누 여남은 장을 안고 달려왔다.

"뒷문 쪽으로 늘어서요!"

뒷문 쪽으로 우르르 몰렸다.

"모두들 발가벗고 뒷문 뒷마당으로 나가 두 줄로 늘어서요!"

너나없이 땀에 전 수인복을 훌훌 벗어 팽개치느라고 참새떼들처럼 떠들었다.

군중 심리란 묘한 것이어서 한 사람 한 사람씩 벗으라면 누구나 주저롭겠지만 백여 명의 젊은 여자들한테 동시에 일제히 옷을 벗으라니까 모두가 머리에 쓴 수건쪽 팽개치듯 그 동작이 간단했다.

크고 작은 벌거숭이들이 환성을 지르며 뒷마당에 두 줄로 늘어섰다.

"나무 떠들면 전주시의 대학생들이 구경하러 몰려온다. 조용히!"

'소지'의 명령은 그런대로 먹혀 들어갔다. 여남은 사람씩을 단위로 해서 빨랫비누 한 장씩이 던져졌다. 다시 명령.

"비누를 열 번씩 칠할 것. 가슴과 배에 한 번, 양쪽 다리에 한 번씩, 두 팔에 한 번씩, 목과 얼굴에 한 번씩, 머리에 한 번씩, 그리고 나머지 한 번은 소중한 곳에 칠하도록. 자아 내가 구령하는 대로 비누칠을 합시다."

키가 몽탁한 '소지'의 목소리가 제법 우렁찼지만 여자의 음성이니 별수는 없다.

"자아, 그럼 비누칠 시이작. 먼저 가슴, 다음엔 배, 잔등, 양쪽 다리에 한 번씩…… 마지막으로는 거기…….."

낄낄대며 뒤뚱거리며 구령에 따라 조금이라도 비누칠을 더하려고 난리들이었다.

샤워물은 하늘에서 얼마든지 쏟아진다. 사면은 콘크리트 담장. 흡사 물

잦아든 웅덩이 속에서 바글거리는 송사리 떼처럼 백여 명의 나부(裸婦)들이 그 담장 안에서 바글거리고 있었다.

신은 사람에게 옷을 참 잘 입혔다. 옷들을 벗으니까 그 몸매들이 정말 가지각색인데 잘생긴 사람들보다는 못생긴 사람들이 더 많고, 얼핏 보기에 모두가 그렇고 그런 것 같아 저마다의 인격이라곤 싹 말살되고 마는 것이었다.

그러나 몸에 걸친 것을 말끔히 떨어버리니까 모두 천진스런 동심으로 돌아가는 것 같다.

장난들이 심했다.

제27장

　여기저기서 기성을 지르고 볼기를 철썩철썩 때리고 원초적인 눈으로 서로를 바라보고…… 한결같이 자신들의 처지나 신분을 까맣게 잊어먹은 장난꾸러기들이다.

　세기적인 대욕장(大浴場)의 혼돈상이었다. 천장은 하늘이었다. 욕장 바닥은 타일이나 대리석이 아니고 대지였다. 흙냄새가 물씬거리는 대지였다. 쏟아지는 샤워물은 조작할 수가 없고 희희낙락거리는 천사들은 원색 그대로의 순수한 마음이었다. 욕망을 떨어버리고 죄의식을 잊은 채 오직 생명의 환희만을 만끽하려는 일대 향연이 돌연하게 벌어지고 있는 것이다.

　장중한 빗소리에는 선율이 있었다. 맵시 있게 나는 제비 떼들은 날렵한 발레리나고 춤추는 나뭇잎들은 그게 그대로 신바람이라 할 수 있었다.

　가나안에는 젖물이 흐른다더니 지금 이곳에는 비눗물이 흐르고 있다. 젖물이나 비눗물이나 다 성스럽기로는 매일반이다. 젖물은 생명의 물이고 비눗물은 영혼과 육체를 씻어주는 물이다. 모두들 서둘렀다. 해가 나기 전에 그 즐거운 향연을 끝내야 하는 것이다. 쏟아지는 비가 소나기고 보면 곧 해가 날 것이다. 환희란 어떤 경우고 간에 그처럼 제한된 시간에 얻을 수 있는 성찬이다. 계속되면 그 순수성을 잃고 잡스러워지게 마련이다.

"비누칠 고만!"

키 몽탁한 '소지'의 구령이 빗소리에 잦아들 때, 어디서 축포가 울려 퍼졌다.

이웃 돌산에서 남포가 연쇄적으로 터졌다. 소나기 때문에 사람의 왕래가 끊긴 틈을 타서 남포를 터뜨린 사람들의 지혜는 수많은 나부(裸婦)들에게 겁을 줌으로써 잠시 잊었던 현실을 되찾게 했다. 원치 않는데도 되찾게 했다.

그러나 그 축포 소리는 빗소리에 이내 지워지고 여자들의 야성적인 환성과 원색적인 동작만이 다시 흥건하게 펼쳐졌다.

그네들의 육체는 강렬한 자력(磁力) 덩어리인 것 같았다. 툭하면 서로 엉겨붙었다. 비눗물에 미끈둥거리는 젊은 육체들이다. 엉겨 붙으면 그 감촉에 이끌려 자연 섹시한 몸짓으로 변해버린다.

그네들은 그런 식으로라도 발산해야 한다. 몸과 몸을 서로 접촉시킨다는 것은 기초적인 감각 유희다. 미끈둥거리는 감촉은 그네들에게 신선한 자극을 주었다. 환성이 여기저기서 터졌다. 그런 환성이 장엄한 빗소리와 조화되어 이 세기의 대욕장을 더욱 현란하게 만들었다.

그것은 환희의 합창이며 생명의 율동이었다.

하지만 세상엔 규칙이라는 것이 있다. 질서가 유지돼야 한다. 몸과 마음에서 위장을 벗어던진 여자들일망정 규칙에 통제되고 질서라는 것을 지켜야 한다.

"야아, 이년들아!"

키 몽탁한 '소지'가 쏜살같이 그 무지개처럼 화려한 욕장으로 뛰어들었다. 손바닥으로 엉겨 붙은 여자들의 볼기를 마구 후려팼다. 그네들의 탐스러운 젖꼭지를 찾아 배틀어 뽑았다.

미친 듯이 닥치는 대로 폭행을 가했다.

그것은 그 키 몽탁한 '소지'의 발산 방법이다. 폭행으로 자신의 욕구를 발산하려는 게 틀림이 없다.

미친 듯이 날뛰던 키 몽탁한 '소지'가 비실비실 쓰러졌다. 그 위에 열 명도 더 되는 벌거숭이들이 우르르 덮치면서 몰매를 가했다.

그러한 그네들의 열띤 피를 쏟아지는 소나기가 시원스럽게 식혀주고 있었다. 이웃 돌산에서 축포가 또 지축을 흔들며 요란하게 터졌다.

"저년들이!"

환성과 같은 또 다른 호통 소리가 뒷전에서 울렸다. 창녀 출신이라는 '빼빼 소지'가 어디서 났는지 큼직한 널빤지 막대기를 휘두르며 무더기로 엉겨 붙은 여자들에게 덤벼들었다. 처음엔 대수롭지 않은 매질이었으나 차츰 가학적인 폭행으로 변하는 '빼빼 소지'의 눈빛이 쏟아지는 빗물을 탁탁 튀길 만큼 강렬한 것을 보면 그네 역시 자신의 토정(吐情)을 그런 식으로 폭발시킨 게 분명하다.

지독한 가학이었다. 누구를 가리지 않고 닥치는 대로 팼다. 얼굴이고 가슴이고 배고 어디고를 가리지 않았다. 철썩철썩 하는 소리가 장중한 빗소리와 잘도 어울린다. 도망치는 벌거숭이가 있으면 쫓아다니며, 찌르거나 난도질하듯 후리기도 했다. 무서운 폭행 본능이었다.

누군가가 그 가학자의 발을 슬쩍 걸었다. 그네가 앞으로 고꾸라지자 손뼉들을 치며 즐거워했다. 하늘을 향해 한껏 벌린 입, 수많은 입으로 빗물이 떨어지고, 그게 열띤 입김이 되어 뿜어지고, 그래서 그네들의 열띤 신열은 서서히 식어가고 있었다.

그러한 광경을 멀찍이서 지켜보고 있는 여 부장의 눈빛도 몽롱하지 않고 반짝였다.

그네도 가학의 쾌감을 만끽하고 있었다. 일매지게 꽉 다문 입 언저리에서 미소가 사라지지 않는 것을 보면 그네의 만족을 위하여 그 많은 벌거숭이들이 그처럼 매를 맞아야 했는지도 모른다.

"대강대강 끝내서 모두 감방으로 데려가!"

여 부장은 그런 싸늘한 명령을 남겨놓고 간수실 쪽으로 사라져갔다.

다시 판에 박은 듯한 일과가 계속되던 어느 날 밤, 나는 두 가지의 충격적이고 슬픈 소식을 들었다.

처음엔 좀 도도하고 거만해서 좀처럼 우리의 잡스런 화제엔 휘말리지 않던 그 '먼저 정권 때 아주 잘 지냈다는 점잖게 잘 생긴 여자'의 입에서 그런 충격적인 이야기를 들었다.

우리는 그 여자를 '말끔이'라고 부르고 있다. 툭하면 감방 안을 말끔히 치우지 않는다고 짜증을 내는 결벽성을 과시했기 때문에 그런 별명을 진정(進呈)했다.

그러나 우리는 그 '말끔이'를 경원하거나 멸시하지는 않았다. 그 여자의 금력을 무시할 수가 없었기 때문이다. 사흘이 멀다고 차입되는 고기반찬이나 갈비탕, 곰국의 국물이라도 얻어먹으려면 그 여자에게 아첨까지라도 떨어야 하기 때문이다.

그 '말끔이'가 4·19혁명 당시 이기붕 일가가 어떠한 말로를 더듬었는가를 나에게 소상히 이야기해줬다.

나는 그 참담한 이야기를 들으면서 열심히 법화경을 외웠다.

그 '말끔이'가 서대문형무소에서라던가 조봉암이 사형됐다는 사실을 알려줬을 때, 나는 그를 위하여 주님께 간곡한 기도를 드렸다.

"그럼 춘원 선생은 지금 어떻게 지내시나요?"

"춘원? 이광수 씨 말인가요?"

"네, 춘원 이광수 선생 말예요."

"잘 아슈? 조봉암일 아는 모양이니 이광수도 알겠네, 민 할머닌."

"어떻게 지내시는지, 그분은."

"춘원은 납치돼 갔으니까 죽었는지 살았는지 알 길이 없지요."

"납치돼 가다뇨?"

"아, 6·25전쟁 때 이북으로 납치돼 간 걸 모르세요?"

"아!"

나는 그를 위하여 반야심경을 외웠다. 한 이레를 두고 밤마다 그를 위하여 불경을 외었다. 6·25전쟁 때 납치돼 갔다면 벌써 10여 년이 지났는데 내가 그의 납치소식을 전연 모르고 있었을 리가 없었을 텐데도 어찌된 셈인지 금시초문인 것처럼 여겨지고, 그래서 새삼 그를 위해 열심히 염불을 외웠다.

나는 그것을 계기로 나의 신앙이 아직도 불교와 기독교에 양다리를 걸치고 있음을 다시 한 번 깨달았다.

이유는 나 스스로도 알 수가 없지만 조봉암을 위해서는 하나님께 기도를 드리고 이광수를 위하여는 부처님께 발원했다.

'말끔이'는 바깥 지식의 화수분 구실을 하고 있었다. 5·16군사정변에 대해서도 그네는 아주 자세히 알고 있었다. 거듭해서 이야기를 듣는 동안에 두 혁명이 사실과 과히 다르지 않은 실상으로 내 머릿속에 차곡차곡 간직돼갔다.

인식이란 직접 체험한 일보다도 간접적으로 전해 얻은 지식이 더욱 선명하게 형상화되었을 때 오히려 객관성을 띠게 되는 것이 아닌지 모르겠다.

4·19혁명과 5·16군사정변은 마치 우리 감방 안에서 일어난 일처럼 나는 인식하고 있는데, 그게 상당히 객관화되어 있었다.

제3공화국이 탄생하자 우리 여류 조각가가 그처럼 고대하던 사면령이 또 내렸다. 많은 동료들이 감형의 혜택을 입었으나 이번에도 나 이문용은 제외됐다. 빨갱이에겐 계속 그런 혜택이 있을 수 없다는 논리임을 알았다.

28호 여류 조각가는 그녀의 계산과 같지는 않았으나 또 1년이 감형됐다.

그 감형 소식이 알려지기 바로 전날 밤중에 2호 감방 안에서는 대판 싸움이 벌어졌었다.

그것은 부부 싸움이었다. 사실은 그 점잖게 잘 생긴 '말끔이'가 언젠가부터 여류 조각가의 부인 행세를 하고 있었는데, 무슨 사단인지 밤중에 사랑싸움을 벌인 것이다.

참으로 묘한 것이다. 사회에서의 신분도 신분이고 나이도 한두 살 여류 조각가보다 위이고 인간적인 비중도 금력도 여류 조각가의 윗길인데 어떻게 돼서 '말끔이'가 동성연애에선 여자 행세로 만족하는 것인지 알다가도 모를 일이다. 조각가 씨의 행동은 어디로 보거나 의젓한 남편이고 '말끔이' 여사는 애틋한 아내였다. 서로 위하고 다독거리는 광경을 보면 자다가도 웃음이 나온다. 부창부수(夫唱婦隨)로 작업장에서나 잠자리에서나 그네들은 얄미운 원앙 한 쌍이다.

그렇게 되니까 같은 감방의 동료들이 그네들을 귀엽게 볼 리가 없다. 말끝마다 눈꼴시고 지저분하다는 표현으로 그네들을 멸시하는데 그것도 아마 질투가 아닌지 모르겠다.

그러한 그네들이 별안간 부부싸움을 벌였다. 남편이 아내를 두들겨팼다.

꼬집고 할퀴고 하면서 매도했는데 그 사연이 기가 막힌다.

"쌍, 화냥년 같으니! 이년아, 서방을 옆에다 뉘어놓구 딴놈과 붙어먹어? 더럽다, 그 더러운 걸 싹 도려버리구 말 테다!"

남편은 눈이 뒤집힌 것처럼 여자를 쥐어박으며 쌔근벌떡거렸다.

아내는 변명 한마디 못하고 입술만 깨문 채 누워 있었다. 정말 간통이라도 한 모양이다.

별안간 싸움에 상대가 바뀐다. 삼례다리〔三禮橋〕 사건의 55호와 여류 조각가가 꼬집고 물어뜯고 하면서 엎치락뒤치락 싸우기 시작했다.

그러니까 결국 55호가 '말끔이' 여사를 겁탈했던 모양이다. 그네들이 온갖 입에 담지 못할 욕설을 해가며 싸워대는 바람에 감방 안은 발칵 뒤집혔다.

키 몽탁한 '소지'가 달려왔다. 숙직 간수도 쫓아왔다. 싸움을 한 세 여자가 불려나갔다.

여러 사람이 보는 앞에서 꽤 호된 매질을 당하고 다시 감방에 들뜨려졌다.

"너희들은 내일 아침을 굶는다."

숙직 간수는 그렇게 선언하고 돌아갔다.

"한 끼쯤 굶어 설마하니 죽을까."

55호가 투덜거리고는 '말끔이' 여사에게 말했다.

"이리 오라구. 다시 한 번 짝짜꿍 시작해보게."

사람들은 왜 그런 짓에만 눈을 밝히는지 모르겠다. 남자고 여자고, 그 일이라면 눈이 벌개지니 마치 식욕과 같은 본성이란 말인가, 감옥생활을 해보니까 모든 화제는 그리로 통하고, 틈만 있으면 저희들끼리 동성연애에 미치고 즐기고 싸우고 한다. 그 일로 말미암아 살을 베어 먹일 듯한 정들이 생기고 그 일로 말미암아 간이 뒤집혀 싸움질들을 한다. 그것만이 인생의 보람인 것처럼 눈에 충혈이 되는 것을 본다.

그런 분위기에 싸여 살자니 나는 더 할 수없이 외롭고 병신스럽고 무능하게 여겨진다.

똑똑하거나 영악한 사람들은 그 짓에도 남달리 집착을 갖는다.

나는 그것도 조것도 아니기 때문에 소외되어 구석자리로 밀려 앉는다. 실사회에서도 나는 그래서 불운했던가. 청상으로 늙은 건 무능의 탓이고 시가(媤家)에 대해 의리를 지킨 것은 성격이 따분해서였던가. 빨갱이 짓도 못했으면서 빨갱이가 됐고, 사회사업이 꿈이면서 감옥생활로 인생을 시달리는 까닭도 나의 피가 뜨겁지 못해서인가. 그래도 젊었을 적에는 부젓가락으로 내 허벅지를 지져가며 외로움을 다스렸다. 달을 보면서 눈물을 좔좔 흘렸고, 강원도 산 속을 헤매면서 불교의 고집멸도(苦集滅道) 사제(四諦)를 터득하려고 애를 썼는데, 그럼 그러한 정신적인 역정이 저네들의 저 동성연애만큼도 가치가 없는 짓이던가. 저 발랄한 성적인 집착에 비해서 착하게 열심히 살려는 집념 따위는 개발의 비단신이었나. 백정 머리에 얹힌 정자관(程子冠)의 구실도 못하는 건가.

잠을 설친 채 혼자 그런 생각을 하고 있는데 갑자기 '말끔이' 여사가 까르르 웃어붙였다.

모두들 흠칫 하고 놀랐다. 벌떡 일어나 앉으며 눈을 휘둥그렇게 뜬 것은 나 이외에도 두세 명이나 됐다.

어찌된 노릇인지 그 점잖게 생긴 '말끔이' 여사는 한동안을 혼자 웃어댔다. 실성이라도 한 게 아닌가 하고 내가 얼굴을 들여다보니까 혼자 중얼거리는 것이다.

"착각이야, 착각을 했어."

"뭘 착각하셨수?"

내가 궁금해서 물어본다.

"잠결에 착각을 했다니까요. 이쪽인지 저쪽인지 착각을 했어요. 잠결에."

"뭘? 뭐가 이쪽인지 저쪽인지라는 게요?"

"왼쪽인지 바른쪽인지……."

모두들 한바탕 웃어젖혔다. 자기는 간통을 한 게 아니라는 것이다. 잠결에 남편 조각가 여사인 줄 알고 55호 망나니를 껴안았다나. 그래서 그렇게 됐는데 실수건 착각이건 간통이 되고 말았다면서 웃었다.

"하긴 왼쪽 아니면 오른 쪽이니까 잠결에 잘못될 수도 있겠수."

착각에 대한 속죄라도 하려는 듯 '말끔이' 여사는 여류 조각가에게로 몸을 붙이면서 하품을 했다.

"미안해요, 여보."

다시 잠들이 들었다. 나도 잠이 들었으나 이내 깨었다.

'말끔이' 여사의 숨소리가 듣기에도 민망스러웠다.

나는 이미 늙은 여자지만 사고력은 아직 건재하다. 나는 생각한다.

나는 저들의 행동을 되도록 호의적으로 아름답게 보려고 노력할 때가 많다. 분명히 잡스럽기 짝이 없는 언동들이지만 이해해주려고 나 자신의 가슴을 활짝 열어본다. 나의 황량한 가슴에다 물을 주어본다. 그러지 않고는 나 자신을 지탱할 도리가 없는 것이다. 어두운 하늘에서 무지개를 찾듯 상념과 인식을 순화시켜본다.

나는 그들 동성애 부부들이 만끽하는 즐거움은 천혜(天惠)라고 여겨본다. 거기엔 종교적인 색조마저 띠고 있다는 생각을 해본다. 인간이 이성의 통제를 벗어나 생명의 광휘를 발산할 수 있다면 저들의 지금 저 순간의 즐거움이야말로 천혜의 은총이 아닐까 하는 순수한 이해심으로 나의 메마른 감정을 어루만진다.

저들은 지금 살아 있다는 사실에 대하여 누군가에게 감사하고 싶을 것이다. 비록 우연히 이 세상에 태어났다 하더라도 저 숭고한 자율기관의 육성에서 자기 생명의 존엄성을 인식하게 되기 때문에 저처럼 신선한 황홀감에 도취하는 것이 아닌지 모르겠다.

저들은 저 순간을 누구에게 감사할까. 부처님한테일까, 아니면 그리스도에겔까. 아니면 그저 막연히 신에게 자기 생명과 존재를 감사할까. 존재에 대한 감사가 있을 뿐인지도 모르겠다.

어떤 종교든지 인간의 음욕은 한결같이 혐오의 대상으로 삼는다. 서교(西敎)에선 신선한 동정(童貞), 영원한 처녀만을 주님의 제단 위에 올린다. 불교에서도 금색이 계율의 첫 조목이다. 인간의 신성함은 육욕을 버린 정결로서만 도덕적인 완벽과 합치시키려 한다. 예수는 동정녀를 어머니로 하여 초라한 말구유에서부터 출발했고, 싯다르타는 가비라국의 화려한 궁전에서 아들 낳은 잔치를 하다가 곤욕의 세계로 첫발을 내디뎠다. 싯다르타는 여색에 탐닉했던 경험을 가졌고, 예수는 그것을 동경했던 젊음을 거쳤다. 그러면서 그들은 한결같이 음욕을 죄업으로 규정하면서 수도사나 고행승을 순결의 상징으로 삼으려 한다. 그들은 생명의 자연스런 활동성을 극도로 억압시킴으로써 이성을 사랑하려는 인간 본연의 순결을 오로지 자기 자신에게로 집중시키려 한다.

그들은 이 세상 모든 사람들이 자기를 믿으며 계율을 지킬 것을 요구하면서도 인간들이 음욕을 버림으로써 멸종하는 것만은 원치 않고 있다.

그래서 신도에겐 혼인을 허락하고 사제나 승려에겐 그것을 금하여 순결을 요구한다. 잔혹한 명령이다.

"잔혹해, 순결이란 잔혹이란 말야."

나는 무의식중에 그런 말을 지껄이고 있었다.

28호 여류 조각가가 몸을 돌려 뉘었다.

"할머니! 뭐가 그리도 잔혹하죠?"

나는 대답했다.

"황당한 생각을 하고 있다가 나도 모를 소릴 지껄였나봐요, 착각이야."

"오늘밤엔 착각들이 참 많네요."

'말끔이' 여사의 말이었다.

그 순간이다. 이번엔 아악, 하고 자지러지는 비명 소리가 비단을 찢듯 높았다.

나는 또 공중잡이로 일어나 앉았다.

"뭐냐?"

조각가 여사가 비명이 난 쪽을 돌아보며 물었다.

"이년이 내 혓바닥을 물었네, 아, 이 쌍년이."

손으로 입을 가리면서 일어나 앉는 여자는 말썽꾸러기 55호다. 조각가 여사가 어이없다는 듯이 씹어 뱉는다.

"이것 찜쩍 저것 찜쩍 미친 개 같구나. 그 더러운 혓바닥 뭉턱 짤려서 개 한테나 던져주려무나……. 저년은 서방 여럿 잡아먹을 년이야. 툭하면 왜 서방의 혓바닥을 깨물어."

김영애라는 애송이는 자는 척하고 가만히 누워 있었다. 애인의 혓바닥을 끊었다는 죄목으로 감옥생활을 하면서도 그 짓을 버리지 못한다면 아닌 게 아니라 천성적으로 유별나게 음탕한 여자인 모양이다. 처음 들어와서는 감방장인 조각가 여사의 총애를 받더니 벌써 오래 전에 또 알쏭달쏭한 이유로 떨어져나갔다.

조각가 여사도 메별의 이유를 밝힌 바 있는데,

"저년은 미칠 때마다 혓바닥을 깨무니 내가 병신 안되려면 이혼을 해야
해."

그처럼 공공연히 선언했던 것을 기억한다.

어쨌든 내가 아무리 너그럽게 보려 해도 추한 것은 끝내 추한 것이다. 밤
마다 구지레한 사연들이 접종되고 있었다. 바깥세상의 상식과는 전연 다르
다. 여자로서 옥살이를 하고 있다는 자기모멸과 체관(諦觀) 때문에 그런 동
물적인 욕망을 거리낌없이 노출시키는 뻔뻔스런 속성들, 여자의 수치심이
나 도덕적인 자기 규제 따위엔 도통 신경을 쓰려 하지 않는 일면을 보인다.

창부 노릇을 하다가 들어오는 여자가 많이 있다. 그네들의 이야기를 들
어보면 여자의 본성이 얼마나 천박한 것인가를 짐작하기 어렵지 않다.

'창부의 방'의 풍속도를 펼치듯 털어놓는 이야기를 들어보면 그 난잡스
러움이란 말만 들어도 속이 뒤집힐 지경이었다.

감방 속도 그 '창부의 방'과 다름이 없다. 교양 있는 여자일수록 오히려
노골적으로 천박하게 구는 것이다. 처음엔 아이들 생각, 집안 일로 고개를
꼬고 눈물을 쫄쫄 흘리던 여자도 6개월쯤 지나면 먹는 일과 생리적인 욕망
만이 인생의 전부로 알게 된다.

여자의 정체를 정확히 알고 싶은 학자나 예술가가 있다면 '창부의 방'을
들여다보든지 여자 감방의 밤을 관찰하는 게 좋을 것이다.

그러한 여감방 안에서도 종교 문제가 곧잘 대립되게 마련이다.

기독교와 불교, 그것도 저것도 아닌 무종교의 세 갈래 그룹으로 갈려서
툭하면 서로 헐뜯는다. 기독교를 믿으라고 강요한다. 불교를 믿으라고 권
한다. 다 집어 치우라고 호통이다. 나는 양다리를 걸치고 있는 실정이다.

여류 조각가는 불교를 좋아하고, 그의 아내 구실을 하고 있는 '말끔이'

여사는 철저한 기독교인이다. 서로 툭하면 대립한다.

그 조각가도 '말끔이' 여사도 또 다른 여러 사람도 제3공화국 탄생의 은전을 입어 감형들이 됐다. 나만이 이번에도 제외됐다. 그들은 머잖아 나갈 것이고 나는 계속 처질 것이다.

하지만 나는 나의 형기 10년을 줄이고 싶지도 않고, 늘이고 싶지도 않다. 정해져 있는 것이 인생이고, 그 인생 속에서 또 정해져 있는 것이 나의 형기라고 체념을 한다. 더욱 열심히 나를 가다듬겠다고 결심한다.

하루에 버선 스무 죽, 2백 켤레를 재봉틀에 둘러대는 것은 쉬운 일이 아니다. 잡념을 버리고 잠시도 쉬지 않고 종교적인 자세로 열심히 둘러대야만 그 숫자를 먹어치울 수가 있다.

바느질이 꼼꼼하다 해서 시장에선 내 손을 거친 상품이 큰 환영을 받는다고 했다. 여자의 팬티와 나일론 속곳을 특히 많이 만든다.

나는 수(繡) 일도 했다. 베갯모가 주로 많고, 때로는 테이블보와 라디오 덮개 응접세트의 커버 등속이다.

2호 감방 안의 구지레한 빨래도 내가 도맡아 해준다. 남들이 해달래서가 아니라 내가 자진해서 해준다. 그것이 내 마음을 편안히 하는 길이다.

2호 감방 앞에 심어놓은 나의 도토리나무는 해마다 무럭무럭 자라고 있었다. 여름이면 제법 감방에다 조그마한 그늘을 던져주게끔 됐다.

창가에 날아오는 새들도 계절 따라 변했다. 참새에서 비둘기로, 비둘기에서 눈언저리가 하얀 멧새로, 멧새에서 솔새로, 솔새에서 가무족족한 굴뚝새로 그 종류가 바뀜에 따라 내가 주는 모이의 분량도 수시로 달라지곤 했다.

도토리나무에다 '퀸 트리' 라는 이름을 붙여준 것은 캐나다 연합교회의 구미혜 선교사다.

나를 '퀸 민'이라고 부르더니 내가 심은 그 나무를 '퀸 트리'라고 부르며 찾아올 적마다 대견한 듯 이파리를 만져보곤 한다.

그 '퀸 트리'에는 아침저녁으로 온갖 새들이 모여들었다. 잘 자랐다고는 하지만 내 키보다 조금 더 큰 편이다. 거름기가 부족해서 우죽도 대단치가 않다.

그런데도 그 나무엔 온갖 새들이 모여들어 지저귄다. 그 나무에만 오면 가까운 곳에 모이가 있기 때문이겠지만 원 목사나 구 씨의 말에 의하면 새들도 나의 사랑과 정성을 알기 때문이라는 것이다.

6년이 지나갔다. 판에 박은 듯한 세월이다.

그동안 원 목사는 나에게 세례 받기를 수없이 권해왔으나 나는 번번이 사양했다.

세례는 받지 않아도 나는 주님을 독실하게 믿는 신자가 돼 있었는데, 〈묵시록〉을 2백 번째 읽은 어느 날, 우리의 여류 조각가가 문제의 관음보살상을 싸가지고 출옥을 해버리는 바람에 나는 심한 허탈감을 느끼고 사양해오던 세례를 받기에 이르렀다.

그동안 감방식구들의 면모는 많이 달라져 있었다. 55호의 망나니도, 점잖게 잘생긴 '말끔이' 여사도, 키스만 하면 남의 혓바닥을 깨무는 김영애도, 맞은 편 10호 감방에 있던 말상도 다 출옥해버리고 이제 2호 감방의 구닥다리로는 14년형의 특징 없는 여자와, 그리고 이 이문용만 남아 있었다.

출옥한 사람엔 형기가 차지 않은 치들도 있었으나 여러 번의 감형으로 모두 몇 해씩 앞당겨 나가버리고 오직 이 이문용 혼자만 처음 형기 그대로를 마쳐야 한다.

근자에 와서는 아편쟁이와 절도범들이 범람해서 감방의 분위기는 더욱 지저분하고 살벌해졌다. 도둑질과 쌈박질과 신음 소리로 난장판이 될 때가 많다.

아편쟁이들은 두들겨패는 것만이 약이고 징벌이었다. 자연 간수들도 거칠어지고 얌전한 여 부장마저도 때로는 차갑고 매몰스럽게 굴었다. 대개는 도둑질을 하다가 잡혀온 아편쟁이들이기 때문에 손버릇이 나빴다. 정신 이상자들의 수용소와 다름이 없다.

식사 중에 남이 잠깐 한눈이라고 팔면 번개같이 남의 요식을 채다가 제 입에다 꾸역꾸역 쑤셔박는다. 그러고는 넙치가 되도록 동료에게 얻어맞으며 게거품을 흘린다. 때로는 시체가 돼서 나가는 것도 두 번이나 보았다.

나는 그네들을 볼 때마다 나의 시숙 김형규를 연상한다. 이지용 그분도 생각한다.

이지용의 죽음은 그 후 어디서도 확인됐다는 소식을 못 들었지만 시숙 김형규는 해방 직후 내가 철원을 떠나기 한 달 전에 장례를 치러줬다.

김화(金化)의 어느 집 처마 밑에서 초라한 시체로 발견됐었다. 추측이 맞을 것이다. 원산(元山) 시내를 배회하며 구걸 행각으로 아편쟁이 노릇을 하다가 돌아오던 길이 아니었던가 싶다. 왜 김화로 흘러들었는지는 모르지만 약기운이 떨어진데다가 굶주림으로 그렇게 된 게 틀림없다. 나는 그 시숙한테 너무도 시달림을 받았던 탓으로 오히려 그의 죽음이 더욱 충격적이었는지도 모른다. 나의 부모 못지않게 진심에서 우러나는 통곡으로 그의 시신을 맞았고 그리고 격식을 갖추어 산으로 보냈다.

1967년 봄, 내가 있는 2호 감방에는 이름을 대면 알 만한 옛 여가수 한 사람이 아편쟁이 죄수가 되어 들어왔다. 완전한 폐인인데도 옛날의 고운 티는 남아 있었다. 모두들 심심하면 노래를 시켰다. 시키면 사양하지 않고, 구성진 음성, 멋들어진 가락으로 향수 깃든 옛 노래를 불러서 모두의 가슴이 뭉클해지곤 한다.

"어쩌다가 아편을 하셨수?"

"초조해지길래요."

"뭐가 초조해지셨수?"

"애인이 떨어져 가려구 하잖아요."

"아편을 하면 가는 애인을 붙잡을 수가 있나요?"

"내 서비스가 시답잖아서 그러는 줄 알았지요. 그래 아편을 맞구 밤이나 낮이나 그걸 좋아하려 하니까 더 빨리 달아납디다."

"그 후엔 왜 또 그 주살 맞았수? 끊어야지."

"그담엔 인생이 초조해지길래."

"그래 아편을 하면 인생이 초조하지 않수?"

"한 번 맞아봐요. 황홀한 인생을 살 수가 있으니까. 불쌍해요. 아편 맛도 모르구 늙어가는 인생들을 보면."

"그럼 지금도 후회 않수?"

"후회를 왜 해? 아편을 모르는 인생이야말로 후회 덩어릴걸요."

이 왕년의 여가수는 감정이 섬세하고 눈물이 많았다.

"사람 한평생이란 삼십 년을 사나 백 년을 사나 짧고 허망하긴 마찬가지예요. 그럴 바엔 실컷 사내를 사랑하고 실컷 아편이나 맞다가 훌쩍 가는 게 좋지 않겠어요? 나두 이젠 50년을 살았으니 너무 지루해. 여기서 나가면 꼭 1년만 더 어떤 새낄 죽도록 사랑하다가 죽을 작정이에요."

"그렇게 사랑할 만한 사람이 있겠수?"

"얼마든지 있지요. 이 XX가 사랑하자는데 싫달 자식이 이 세상에 있나. 마지막으로 어떤 그저 싱싱한 새낄 실컷 사랑해주고 죽을래."

그 여가수의 눈 마구리엔 항상 눈곱이 구지레했다.

나는 손수건으로 그 눈곱을 씻어주면서 말한다.

"정말 행복한 인생을 살구 있군요."

여가수의 눈동자가 반짝 빛난다.

"이 세상에서 나처럼 행복한 여자는 없을 거야."

나는 정말 그게 행복의 정체일지도 모른다는 생각을 해본다. 역설이 아니다. 자기 자신이 행복하다고 믿으면 그게 행복이 아닐까. 막연한 인생의 가치나 사회적인 기준, 철학적인 통념, 그런 객관적인 것은 행복과는 무관한 것이다. 행복이란 철저하게 주관적인 것임에 틀림이 없다.

말하는 것이나 마음 쓰는 것은 그렇게 멀쩡하면서도 이 왕년의 인기가수는 정신적인 면은 백치에 가깝고, 오로지 육체에 대한 애착과 집념만이 강하다.

저녁마다 아침마다 옷을 훌훌 벗고, 북어처럼 말라비틀어진 자기 육체를 팔등신이나 되는 듯이 과시하는 게 일과인데, 툭하면 팬티바람으로 물구나무를 선다. 벽을 의지하여 물구나무를 선다. 온갖 시늉의 이른바 미용 체조를 하는데, 더할 수 없이 진지하고 열심이다.

"이렇게 운동을 해야 허리의 선이 부드럽고 각선미가 멋지단 말예요."

좋은 노래는 좋은 몸에서 나온다나. 그럴는지도 모르지만 정말 보기에 안됐어서,

"나이 50이 넘었다면서 아무리 그래 봐야 무슨 소용이 있겠수?"

내가 그렇게 비꼬아주니까,

"남이 눈으로 보고 아름답다고 느낄 수 있는 것은 내 육체뿐인걸. 죽을 때까지 아름다워야죠."

라면서 나더러도 아침저녁으로 미용 체조를 하라고 권하는 것이다.

나는 그네의 그런 집념이 대견한 것 같게도 여겨져서 남다르게 온갖 뒷시중을 들어줬으나 역시 그러한 여자의 집념도 한계가 있는 것인지 그네의

건강은 점점 최악의 상태로 시들어가는 게 날이 갈수록 눈에 띄었다.

3년 동안 한 감방에서 지낼 모양인데, 그 여자는 눈물과 콧물로 범벅이 된 모습인데다가 몸에선 악취가 대단해서 아무래도 그 보배로운 생명도 머지않을 것처럼 여겨졌건만 그래도 새우처럼 허리 운동만은 포기하려 하지를 않는 집착성을 보였다.

그러던 어느 날이던가, 나는 여 부장한테 불려나가서 뜻하지 않은 말을 듣는다.

"민 할머니를 모범수로 표창하기로 했어요. 그리고 이번 기회에 형 집행을 정지해달라고 법무부에 상신할 작정이니까 머잖아 기쁜 소식이 있을지도 모르지. 법무부 장관도 민씨야."

"민 누군데요?"

"민복기 씨."

"민복기 씨라면 옛날 민병석 씨의 아드님인가요?"

그러나 나는 기뻐하지 않았다. 이제 남은 형기가 2년 몇 개월일 텐데 그렁저렁 무사히 채우고 나가면 됐지, 새삼스러운 특혜를 입은들 무슨 소용이랴 싶어서,

"저보다도 우리 감방 여가수의 건강이 말이 아니에요. 그 여잘 봐주는 게 좋겠어요."

했더니 여 부장은 고개를 느릿느릿 가로젓는 것이다.

"양보할 게 따로 있지, 그런 것까지 남에게 양보하려는 바보가 어디 있나. 물론 양보되는 일도 아니지만. 하여튼 할머니한텐 내가 특별히 신경을 쓰고 있으니까 기다려보도록 해요. 물론 법무부에의 수속은 우리 간부회의에서 만장일치로 의결이 돼야 소장님 명의로 서류를 내는 것이니까 아직 어떻게 될 진 모르지만. 캐나다 연합교회에서도 의견서를 붙이면 유리할

것 같아 원 목사님한테 얘길 해놨어요."

"고맙습니다, 부장님. 하지만 저는 여기서 나가게 돼도 걱정인걸요."

"왜?"

"이 하늘 밑 어디에도 내 궁둥이를 들여놓을 만한 거처가 없거든요. 그리고 저는 아시다시피 남한엔 호적도 없는 인생이에요. 이곳이 내 본적지고 주소고, 사는 집인데 여기서마저 내쫓기면 어쩌라구요. 전에는 젊었으니까 무서운 게 없었지만 이젠 그렇지도 못해요. 나 대신 불쌍한 우리 여가수를 내보내주도록 해주실 수는 없을는지요?"

"그럼 당신이 그 아편쟁이 가수년을 모범수로 만들어봐요. 아마 다시 태어나기 전엔 무슨 일에도 모범 소리는 못 들어 볼 인간인걸."

"본성은 퍽 착한 듯해요. 어쩌다가 병이 들어 그럴 뿐이에요."

"알았으니 가 있어!"

여 부장은 기분이 언짢아진 것 같았다. 자기의 특별한 호의를 얼른 받아들이지 못하는 이 천치바보에게 정나미가 떨어진 모양이다.

그러나 나는 모범수로서 소장의 표창장을 받은 이후 그날을 은근히 기다렸다. 언제고 불쑥 불려나가면 법무부에서 내린 형집행 정지 명령서가 내 코밑에 내밀어질 듯싶어 은근히 그날을 기다리는 것이지만 감감소식일 뿐이었다.

아침저녁으로 하나 둘, 하나 둘 하고 미용 체조를 하던 우리 왕년의 여가수는 여름이 되자 그 집념마저도 시들어갔다. 몸이 말을 듣지 않는다고 비관을 하면서 늘어져 있는 날이 많았다.

아편쟁이들이 감방에 있는 동안에는 나의 새들도 '퀸 트리'나 또는 창틀에 전처럼 많이 모여들지를 않게 됐다. 눈 깜짝할 사이에 새 모이를 그네들이 집어 삼키는 까닭이다. 그러나 언제부터인지 참새 두 마리만은 빠짐없이 날아왔다. 모이가 없어도 창틀에 앉아 재재댔다.

자세히 관찰해보니까 고놈들은 다른 데서 벌레를 잡아가지고 와서 그 창틀에 앉아 쪼아대는 것이다. 고놈들은 다 알고 있는 것 같다. 나는 변함없이 저희들에게 모이를 주지만 저희들 차례가 가지 않는 까닭은 아편쟁이들 때문임을 알고 있기 때문에 다른 곳에서 얻은 모이를 물고 와 나 보는 앞에서 먹곤 하는 모양이다.

나는 그놈들의 정과 의리가 사람들보다 훨씬 고마워서 참새들만 오면 쭈쭈쭈 쭈쭈쭈 반겼다.

1967년 7월이다.

나는 또 돌연히 여 부장한테로 불려나갔다. 불려나가는 이유가 뻔한 것 같아 나의 발길은 퍽 가벼웠다. 묻지 않아도 법무부에서 나에 대한 형 집행 정지를 명령해 왔을 것이 뻔하기 때문이다.

"민 할머닐 왜 불렀는지 아시오?"

여부장의 기분은 대단히 좋다. 그만하면 왜 불러냈는지 정말 뻔하지 않은가.

"무슨 소식이 왔습니까?"

"소식이라니?"

"법무부에서 말예요."

뜻밖에도 여 부장은 고개를 가로젓는다.

"그 대신 좋은 소식이 있소, 민 할머니한테."

"그 밖에 무슨 소식이라는 게 있겠습니까. 저 같은 사람한테."

"원 목사님이 소장님한테 특별 허가를 얻어냈어."

"특별 허가라뇨?"

"원 목사님이 책임을 지고 민 할머니를 하루 초대하기로 했어요, 교회루."

"시내 교회로 말씀인가요?"

"이리(裡里) 교회루."

"그래요?"

"내일 아침 아홉 시부터 만 스물 네 시간 동안이야. 모레 아침 아홉 시까지 돌아오면 돼요."

"제가 어떻게 혼자 나가요? 길도 모르고 이리 읍내가 어느 방향인지도 모르는데."

"이리는 읍이 아니라 시(市)야. 내일 아침 아홉 시 정각에 원 목사님이 오시기루 됐어요. 그리고 내가 따라 나가게 될 거구. 주님께 감사기도 드려요."

철저한 기독교 신자인 여 부장이 먼저 기도를 하기 시작했다. 나도 따라했다.

"주님의 은총에 감사하나이다. 불쌍한 당신 종에게 은총을 베풀어주셔서 특별 휴가를 맡을 수 있도록 주선해주시고, 이 기회에 더욱 주님의 사랑과 교회의 은혜를 감사하게 해주시고, 그리고 오랜 옥살이에서 해방되어 선한 당신의 종복들과 어울려 이야기하고 음식을 먹고 즐거움을 함께 하도록 해주신 주님의 은총에 감사하나이다, 아멘."

"……아멘."

"아무한테도 이야기하지 말아요. 민 할머니 한 사람만이니까."

"알겠어요."

계율이란 별 것이 아니다. 아무한테도 그 이야기를 하지 말라는 여 부장의 명령도 그것이 내가 깨뜨려서는 안될 약속이라면 엄연한 계율이다.

그러나 나는 경솔하게도 그 계율을 지키지 못해서 화를 자초하고 말았다.

작업장에서 하루 종일 흥분해 있던 나는 저녁이 되자 입이 간지러워 견딜 재간이 없었다.

왕년의 여가수를 보고 귀띔을 해준다.

"나 내일 여기 없어요. 바깥 세상에 나갔다 올 것이니 그리 알아요."

그 말에 왕년의 여가수는 지나친 반응을 나타냈다.

"그럼 탈옥? 할머니가 탈옥을 한다는 거예요?"

나는 당황한 나머지 여러 사람에게 들으라는 듯이 이야기한다.

"비밀이지만 특별 외출이 허락됐어요. 내일 이리에 있는 교회에 가서 하룻밤 자구 모래 아침에 오게 될걸."

나는 자랑스럽게 그런 말을 지껄임으로써 쓸데없는 말을 삼가라는 계율을 깨뜨렸다. 파계자에겐 벌이 내리도록 돼 있는 것이 종교인의 통념이다.

"저놈의 할멈, 여 부장한테 잘보이려구 꼬리를 치더니 외출 허가를 따냈구나."

"겉으론 얌전한 척하면서 밤낮 우리들을 감시하는 '지네' 야. 우리가 툭하면 왜 매를 맞는지 아나?"

"저 할망구의 고자질 때문이지."

"두들겨줄까?"

"실컷 두들겨주자. 저 엉큼스런 지넬!"

여기저기서 그런 말이 불쑥불쑥 튀어나오더니 이내 나에게로 덮쳐들어 꼬집고 물어뜯고 쥐어박고 옷을 찢고…… 삽시간에 감방 안은 난장판이 되고 말았다.

나는 이를 악물고 참아냈다. 경솔히 입을 놀린 내 잘못을 알고 있기 때문이다. 그래도 우리 왕년의 여가수가 내 편을 들어줬다. 그것도 화근이 됐다. 여가수도 직사하게 두들겨 맞았다.

"누구 누가 때렸다고 여 부장한테 고자질해라. 그땐 쥑여버릴 테다."

나는 그네들에게 열심히 사과를 했다. 왜 무엇을 사과하는 것인지는 몰라도 사과를 했다. 그것은 나 자신에게 대한 사과였는지도 모른다. 나의 경솔을 나에게 사과하는 것인지도 모른다.

"내가 잘못했어요, 잘못했어요, 미안스러워요."

나의 바지는 마구 찢어져 있었다. 사시사철 앉아만 있기 때문에 나의 방광은 형편없이 넓어져 있다.

나뿐 아니라 감옥살이를 오래 한 여자들은 엉덩이가 옆으로 퍼진다. 운동 부족인데다가 늘 앉아 있는 시간이 많아서다.

나는 그 넓적한 볼기가 그대로 드러날 지경이 됐다. 속곳이 두 군데나 찢어져 벌름거렸다. 7년째 입는 속곳이다. 깁고 또 깁고 해서 형편없는 누더기지만 늘 정갈하게 빨아 입는다. 며칠 전 세탁 끝에 그 속곳의 쪼가리를 세어 본 일이 있다. 여든일곱 군데가 누덕누덕 기워져 있었다. 이제 또 두 군데가 크게 나갔으니 여든아홉 군데의 상처가 될 것이다. 3년 전에 원 목사가 내의 한 벌을 가져다줬다. 크리스마스 선물이지만 아깝지 않게 여류 조각가한테 양보했다. 작년엔 여 부장이 자기가 입던 속바지 한 벌을 몰래 주었다. 나는 그것 역시 누군가에 주어버렸다. 그래서 나는 미결 2년, 기결 7년, 도합 9년 동안을 두고 두 벌의 속곳을 가지고 번갈아가며 기워 입는다. 그 중 한 벌의 상처가 이제 여든아홉 군데다.

다른 갈마들이 한 벌은 좀 성한 편이어서 60여 군데쯤 될 것이다. 이젠 두 벌이 다 삭아서 조금만 힘을 써도 원 바탕은 뭉턱뭉턱 나가고 새로 댄 헝겊이 서로 얽혀 힘을 받고 있다.

나는 어이없게 맞아댄 상처도 아프고, 마음도 아프고 해서 잠을 못 이루

다가 이튿날 아침을 맞이했다.

원 목사 일행이 예정대로 자동차를 가지고 와서 여 부장을 데리고 전주 시내로 나갔다.

나는 예치해 뒀던 옥양목 치마저고리를 찾아 입었는데 오래도록 창고 속에 처박아뒀던 것이라 곰팡내가 풍풍 풍겼다.

전주 시내의 어느 음식점에서 송진 향기 짙은 잣죽으로 요기를 하고 이리(裡里)로 갔다.

교회 구내에 원 목사가 살고 있는 집이 있었다. 터가 넓고 나무와 잔디가 잘 가꾸어져 있었다.

튤립 꽃이 청초하게 피어 있었다.

구 선생은 하 여사와 함께 뒤쪽 별채에 살고 있었다.

"우선 목욕을 하십시오. 더운 물을 받아놨습니다."

구 여사가 욕실로 나를 안내했다. 여염집 안방보다도 깨끗한 목욕탕이었다. 분홍빛 타일 욕조에는 마시고 싶도록 맑은 물이 듬뿍 담겨 있었다.

나는 그 맑은 물에 땀내 나는 더러운 육신을 담글 수가 없어서 욕조 바깥에 쭈그리고 앉아 몸을 씻었다.

아홉 살까지 김천(金泉)에서 거지 노릇을 하다가 하루아침에 서울로 붙들려 온 날 가장 먼저 목욕을 해야 했는데, 그 시절이 회상됐다. 임 상궁이 그리워서 가슴이 아팠다. 간밤에 꼬집히고 물린 상처들도 아프고 쓰라리다.

목욕을 끝내고 나온 나는 하 여사의 귀에다 속삭였다.

"변소가 어디예요?"

하 여사는 미소를 흘리며 나의 손을 잡고는 방금 나온 목욕실로 데리고 들어가더니 커다란 사기그릇의 뚜껑을 젖히면서,

"여기서 용변을 보세요. 다 보시면 이 쇠 꼭지를 비트시구요."

하고는 나가 버린다.

나는 어리둥절할밖에 없다. 새하얀 사기그릇이다. 깨끗하기가 말할 수 없는 괴상한 모양의 사기 항아리 같기도 하다. 밑바닥엔 커다란 구멍이 뚫려 있건만 마셔도 될 성싶은 맑은 물이 고여 있으니 희한한 노릇이다. 거기다가 변을 보란다. 세상에, 그런 깨끗한 물에다 변을 보라니 뭐가 잘못된 것은 아닐까 하고 생각해보다가 옳지, 이게 바로 서양 요강이구나 싶어 그 변기 위로 올라갔다. 두 발로 변기 가장자리를 딛고 올라앉으려니까 몸이 뒤뚱거리고 위태로워서 일을 볼 수가 없다. 안되겠다고 내려와 분홍색 타일 바닥에 쭈그리고 앉아 간신히 일을 마쳤다. 바닥에 노란 액체가 흐른다. 욕조 옆에 달린 수도꼭지를 틀어 물을 끼얹었다. 나오려다가 하 여사가 일러준 생각이 났다. 변기에 달린 쇠 꼭지를 비틀어봤다.

와르르 왈칵 물이 쏟아지기 시작하는 바람에 기겁을 해서 바깥으로 튀어나와 하 여사에게 호소했다.

"저기 물이 막 쏟아지네요. 뭐가 깨졌는지 나는 그 꼭지를 비틀어봤을 뿐인데요."

하 여사는 온화한 미소를 흘리며 내 어깨를 잡고 속삭이듯 말했다.

"괜찮아요, 괜찮아. 할머니."

물이 막 쏟아져서 집 안에 물난리가 날지도 모르는데 괜찮다고 태평이니 나는 안절부절 화장실의 물소리에만 신경을 썼다. 어느 틈엔가 화장실은 조용해져 있었다.

불고기 백반으로 푸짐한 점심식사를 하게 됐다. 하 여사가 요리사가 되어 장만했다.

"주님이시여, 고맙습니다. 여기 불쌍한 당신의 딸과 함께, 서로 사랑하는 마음으로 정을 주고받게 해주시고, 즐겁게 이야기하게 해주시고, 맛있는 음식을 먹게 해주시고, 지난날의 죄를 뉘우치게 해서 사해주시고, 착한 마음을 되찾아 생명의 존엄함을 알아, 이 세상을 충실하게 살아가려고 마음을 다지는 불쌍한 당신의 딸과 이렇게 함께 뜻 깊은 한때를 갖도록 해주신 것을 당신의 이름으로 감사하옵니다, 아멘."

원 목사가 아니고, 구 선생이 아니고, 하 여사가 아주 나긋나긋한 음성으로 그런 기도를 올림으로써 즐거운 식사가 시작되는 것이었다.

여러 부인 교우들도 만났다.

이리 시내도 두루 구경을 했다.

원 목사는 내의 두 벌을 사서 나에게 주기도 했다. 그네들은 나를 귀공녀처럼 대접해주었다. 사랑과 우애가 넘쳐흐르는 인정을 보여줬다.

원 목사의 물결치는 은발과 몸매는 볼수록 아름다웠다.

구 선생의 손과 각선이 예뻤다. 갸름한 얼굴에는 화기가 넘쳐흘렀다.

두 여자가 다 서양 사람이고 결혼을 하지 않은 노처녀라서 그런지 새삼 정결하고 신선하게 보였다.

동포인 하 여사의 명랑한 화술은 나를 시종 즐겁게 웃겨주었다.

그들은 신앙 이야기는 되도록 삼가고 오직 나를 즐겁게 해주려고만 애를 썼다. 어떤 환경에 있든지 사람은 희망을 잃지 말아야 한다는 말을 은연히 강조했다. 남에게 봉사하는 일처럼 보람 있는 인생은 없다고도 했다. 봉사란 남에게 대한 사랑이고, 그 사랑은 종당엔 자신을 사랑하는 길임을 이야기했다. 결론은 신앙으로 돌아가는데, 그게 퍽 자연스런 세상 이야기로 시종되고 있었다.

이튿날 아침식사를 끝냈을 때 원 목사가 나에게 슬픈 표정으로 말했다.

"퀸 민, 나는 이제 이곳을 떠납니다. 서울 본부로 옮겨 가게 됐습니다.

앞으로는 구 선생과 하 여사가 내 대신 퀸 민을 돌봐드릴 것입니다. 건강하게 지내시다가 기쁜 날을 맞으십시오. 하나님께서 사랑과 은총을 베푸실 것입니다."

나는 눈물이 글썽해지는 바람에 고개를 숙였다.

여 부장도 처음 듣는 말인 모양이었다. 섭섭하다면서 인사말이 길었다.

감방 동료들에게 선물하라고 빵을 한 보따리 사주었다. 자가용차로 전주까지 데려다줬다. 그런데 이 일이 있은 지 이틀 뒤 작업이 끝나자 여 부장이 나를 부른다고 했다.

무슨 까닭인지 여 부장은 나를 대하면서 눈을 부라렸다. 입 언저리에 경련을 일으켰다. 몹시 노해 있는 얼굴이었다.

"부르셨어요? 여 부장님."

"할머니가 그런 입을 놀렸대지?"

나는 잠자코 그네의 노한 얼굴을 외면했다.

"저번 밖에 나가보니 내가 남의 첩이더라면서?"

"네?"

"시장에서 푸줏간을 하는 사람의 첩 노릇을 하고 있더라고 했다면서, 내가?"

"여 부장님……."

"도대체 하루 동안 바깥에 나가 있는 사이에 내게 대한 정보를 어떻게 그처럼 자세히 조사를 해왔다는 거지요?"

"무슨 말씀이셔요, 여 부장님?"

"할머니가 2호 감방년들한테 그런 소리를 지껄였다는데 왜 시치미를 떼는 거야? 대관절 내가 고깃간 하는 남자의 첩인 줄을 어떻게 알아냈나?"

나는 잠자코 있었다.

"잘도 조사를 했군그래? 천재적인 능력을 가지구 있군, 남의 내력 조사엔."

"여 부장님……."

"그 고깃간 하는 남자가 나보다도 다섯 살이나 아래구 처자두 있다면서? 내가 그런 사람의 첩질을 하고 있는 줄을 용케도 알아냈군그래. 그 남자는 절름발이라지?"

나는 잠자코 있었다.

여러 간수들이 흥미로운 눈초리로 나를 지켜보며 싱글벙글 웃고 있었다.

여 부장의 책상에는 새하얀 장미 세 송이가 화병에 꽂혀 있었다. 그 향기가 유난히 강렬하게 풍겼다.

"그 사내는 절름발이에다 한쪽 눈이 애꾸라는데 잘도 조사를 했군. 내가 그 사내한테 반해서 미쳐 돌아가고 있는 줄을 어떻게 그처럼 자세히 알아냈다는 거야? 2호 감방에선 모르는 년이 없다더군."

"여 부장님?"

나는 어떻게도 해명할 수가 없어서 그저 여 부장님 소리만 거듭했다.

여 부장은 자기 자리에 앉았다.

나는 그네의 눈을 바라봤다.

그네는 내 눈을 쏘아봤다.

"가 있어요!"

여 부장의 음성이 한결 부드러워졌다.

나는 해명을 하지 않았고, 그네는 나의 해명을 들어보려 하지 않았다.

화병에서 백장미의 화판 한 잎이 떨어져 내리고 있었다. 강렬한 하오의 햇볕과 함께 땡땡 튀기는 지열이 간수실을 불사르듯 쏟아져 들어오고 있었다.

"그럼 돌아가겠어요."

나는 여 부장에게 허리를 굽혀 인사를 했다.

순간 여 부장의 입가엔 잔자로운 미소가 깃들었다.

나는 그 미소를 보자 오해는 풀렸다고 안도의 한숨을 쉬었다.

처음부터 나를 오해하지는 않았을 것이다. 그런 터무니없는 모함을 당했더라도 백전노장의 여 부장이 나를 오해했을 리가 없다.

감방 안은 그처럼 시기 질투와 모함투성이이다. 간수들한테 곱게 보이는 죄수는 동료한테 미움을 받는다. 그네들은 기기묘묘한 수단과 방법으로 골탕을 먹이려 든다.

내가 특별 외출을 했었고 모범수고 여러 사람의 특별한 보살핌을 받고 있다 해서 나를 골리기 위한 장난들이다. 여 부장이 그걸 모를 리 없고 나를 의심할 턱 없다. 그저 불러 물어봤을 뿐일 게다.

2호 감방에 벌이 내렸다. 일주일 동안 식사를 반으로 줄인다는 통보가 내렸다. 사흘 동안 세수를 못하는 벌이 병과(倂科)됐다.

나 때문에 그런 징벌을 받게 됐다고 했다. 이틀 동안 나는 그 반요식을 또 반으로 박탈당하는 앙갚음을 당했다. 아편쟁이들의 등살이 그런 식이다. 밤이면 내가 잠들지 못하도록 꼬집어댄다. 귀신바가지 같은 아편쟁이 둘이 내 양옆에 찰싹 붙어 앉아 잠도 안 자고 그 작업을 계속하는 수고를 했다. 우리 왕년의 여가수만은 그러지를 않았다. 내가 밖에서 가지고 온 내의를 선물했기 때문이기도 하겠지만 그래도 마음씨 탓일 것이다.

하루 동안 바깥 구경을 한 죄로 여러 날을 두고 그렇게 시달린 나는 몸에 심한 열이 오르기 시작했다.

정말 심했다. 온몸이 사시나무 떨 듯 떨려댔다. 입이 마르고 목이 타고 눈알이 벌겋게 두통이 났다. 그래도 참으면서 작업장에 나가 온종일 재봉틀을 둘러댔다.

그게 무리였던 것 같다.

작업을 파하고 나자 나는 눈앞이 핑핑 돌고 다리가 후들거려 혼자서는 기동할 수가 없었다.

"나 좀 잡아줘요. 어지러워 걸을 수가 없으니."

키 몽탁한 '소지'에게 애원을 했다.

"열이 심하군요, 할머니."

'소지'는 내 이마를 짚어보고는 나를 부축해서 2호 감방으로 데려다줬다. 의무실에서 약도 갖다줬다.

그러나 내 신열은 내리지 않았다. 엄동설한처럼 추워서 견딜 재간이 없었다.

"할머니, 학질에 걸렸나봐."

왕년의 여가수가 내 증세를 보고 말했다. 그럴지도 모른다고 나도 생각했다. 밤새도록 떨고 신음했다.

이튿날은 멀쩡했다. 기운이 없을 뿐이다. 작업장에 나가 또 재봉틀을 돌려댔다.

다시 하룻밤을 자고 나니까 또 열이 오르고 떨렸다. 머리통이 빠개지는 것 같다. 분명 하루걸이에 걸렸다.

"저놈의 마누라, 바깥에 나가더니 옘병 학질에 걸려 왔구나. 우리한테 옮아만 봐라."

구박들이 자심했다. 왕년의 여가수만이 나에게 계속 동정을 했으나 저도 폐인이나 다름없는 환자다.

출옥해버린 여류 조각가의 생각이 간절했다. 그네만 아직 함께 있다면 덜 외로울 것 같다.

의무실로 옮겨졌다. 학질로 진단이 내렸다. 키니네 두 알을 먹었다. 그곳에서 그날을 지내고 나니까 이튿날은 정신이 났다. 또 작업장엘 나갔다. 다시 하룻밤 자고 나니 증세는 더욱 심해진다.

천장에 매달린 전등갓이 빙글팽글 돌면서 점점점 커진다. 커지면 안될텐데, 돌면 안되는데 커진다. 정지하지 않았다.

"안된다, 안돼. 돌아가면 큰일이야, 저것 좀 봐."

헛손질과 헛소리가 심했다. 목이 타는데도 냉수를 주지 않는다. 진통제를 먹어도 두통은 멎지 않는다. 신음 소리가 내 귀에도 들린다. 정신을 잃는다.

"뱀, 뱀이다!"

누군가가 고함을 쳤다. 순간 무슨 물체가 철썩 하고 내 얼굴에 떨어졌다.

"뱀이다, 뱀!"

나는 그 고함 소리와 섬뜩한 감촉에 소스라치도록 놀랐다.

얼굴에 철썩 떨어진 뱀을 힘껏 움켜잡고 공중잡이로 일어나 앉았다.

내 손아귀엔 물에 적셔진 썩은 새끼 오라기가 꼭 쥐어져 있었다.

왕년의 여가수가 옆에서 웃고 있다가 내 어깨를 감싸안아 다시 뉘어줬다.

나를 위문 온 것이다. 학질 앓는 사람은 그런 식으로 놀래켜주는 습관이 있다. 놀라는 순간 하루걸이 귀신이 떨어져 나간단다.

"인제 나을 거예요, 뱀을 잡았으니깐."

아편쟁이들은 작업도 못 시킨다.

할 일이 없는 왕년의 여가수는 오래오래 내 옆에 앉아 노래를 들려줬다. 용변을 핑계로 나와서 의무실로 달려온 모양이다. 나를 간호할 사람이 없으니까 간수들도 묵인하고 있는 게 틀림이 없다. 옛날에 유행했던 노래는 모르는 게 없다. 대단한 간호사였다.

학질 여덟 죽을 앓고 나니까 나는 자신을 잃었다. 다시 살아날 가망이 없는 것 같았다.

예순여덟 살을 살았으니 그만 죽을 때도 됐다는 생각이 들었다. 정신도 육신도 까부라질 대로 까부라져서 다시는 소생할 가망이 없을 듯싶다.

공교롭게도 왕년의 여가수는 윤심덕의 〈사(死)의 찬미〉를 부르고 있었다.

나는 눈물을 주르르 흘렸다.

이렇게 이문용의 인생이 끝난다고 생각하니 허망해서 견딜 수가 없다.

억울했다. 빨갱이가 뭔지 모르면서 빨갱이가 된 채 감옥에서 쓰러져버리다니 너무나 억울하다. 성도 이름도 밝히지 못하고 엉뚱한 민씨 행세를 해오다가 소리 소문 없이 이 세상을 하직하는 게 억울한 생각이 들었다.

누군가 한 사람에게는 나의 정체를 밝힌 다음 세상을 하직하고 싶어졌다.

나는 옆에 있는 왕년의 여가수한테 애원한다.

"여 부장님을 만나게 해줘요, 여 부장님을."

왕년의 여가수는 들은 척도 하지 않고 노래만 흥얼거린다.

나는 심한 고열 때문에 정신이 깜빡깜빡해진다. 몸이 불덩어리가 돼 있다.

천장의 전등갓을 쳐다본다. 역시 돌아간다. 커진다.

눈을 감아도 떠도 의식이 몽롱해도 뚜렷해도 천장에 매달린 전등갓은 쉴 새 없이 핑글핑글 돌아간다. 파문처럼 점점점 커지다가 스러진다. 다시 생기고 커지고, 나는 소리를 지르고 하다가 늘어지며 또 애원을 한다.

"여 부장님…… 여 부장님을 만나게 해줘요."

여가수의 노랫소리가 차츰 멀어져간다. 아주 먼 곳으로 멀어져간다.

나는 몸을 뒤틀어본다. 다리팔이 천근이나 되는 것처럼 무거워서 옴쭉달싹이 되지 않는다.

심장의 동계 소리를 의식하기 시작한다.

목이 탄다. 입 속이 껄껄 한다. 자신의 **빳빳한** 육신을 인식한다. 전등갓의 회전이 느려지고 있다. 파문이 커지다가 작아진다. 전등갓은 서서히 자전을 중지한다.

"열이 식으셨군요."

누군가 그런 말과 함께 내 이마를 짚어본다.

"여 부장님을, 여 부장님을 만나게 해주세요."

나는 손을 휘저으며 다시 호소해본다.

나의 손에 잡히는 따스한 손길이 있다.

"여 부장 여기 있습니다, 할머니. 저 여 부장이에요."

나는 귀가 번쩍 뜨인다.

"아, 여 부장님, 오셨군요?"

"왜 나를 찾으세요, 할머니?"

"내가 마지막으로 여 부장님한테만 꼭 할 이야기가 있어서 그래요. 나는 이제 살아나지 못해요. 죽음이 임박했어요. 여 부장님한테만 꼭 할 이야기가 있어요. 다른 사람들은 물러가게 해주세요."

나는 깡마른 입으로 열심히 지껄인다. 말이 되는지 안되는지는 모르지만 혀는 제대로 돌고 있다는 생각이 든다.

"인제 정신이 좀 드시는가보군요, 할머니? 하루 한 나절을 정신없이 주무시고 나더니."

"여 부장님, 내 이야기를 믿어주셔야 해요."

"무슨 이야긴데요, 할머니."

"여 부장님한테만 처음으로 밝혀드리는 말인데요. 저는 왕족입니다. 임금의 딸, 황제의 딸, 황녀예요."

"내가 왜 그걸 모르나요? 알고 있잖습니까."

"어떻게 아시겠어요? 나는 아무한테도 내 본색을 밝히지 않았는데. 나는 오늘날까지 민씨로 행세해 왔잖아요. 하지만 나는 민씨가 아니라 전주 이씨예요. 내 피에는 황제의 피가, 정말이에요, 내 피엔……."

"글쎄, 알고 있다니까요."

"어떻게 아시겠어요. 나 실성하지 않았어요, 여 부장님."

"할머니, 정신이 좀 드시면 눈을 떠보세요."

내가 눈을 감고 있나보다. 나는 눈을 감은 채로 지껄이고 있다. 눈을 떠보자. 그래 눈을 똑바로 뜨고 이 중대한 이야기를 해야 된다.

나는 눈알을 움직여 본다. 뻑뻑하다. 눈꺼풀을 벌려본다. 무겁다.

"할머니!"

"할머니!"

"할머니!"

"누님!"

일시에 그런 말들이 내게로 쏟아져내린다.

"여 부장님!"

나는 눈을 뜬다. 안개가 짙다. 안개가 흔들린다. 서서히 안개가 엷어진다. 물상이 나타난다. 흔들리는 물상이 나타난다. 점점점 뚜렷하게 나타난다.

"나는 고종황제의 딸이에요, 여 부장님."

여 부장의 얼굴이 그 안개 속에서 드러난다.

여러 얼굴들이 보인다. 흔들린다. 정지한다.

나는 기억의 실마리를 더듬는다.

얼굴 윤곽이 움푹움푹 팬 서양 여자가 기쁜 듯 웃고 있다. 구 선생이다. 하 여사도, 내 육촌동생 면용 씨도 있다.

나는 눈을 부릅떠본다.

"할머니, 정신이 나셨습니까?"

"서른 시간을 주무셨군요, 할머니."

"정신이 드시나보군요? 할머니. 제가 여 부장이에요, 알아보시겠죠?"

나는 뭐가 뭔지 알 수가 없다.

연합교회에서 또 설교를 하러 왔나 싶은데, 얼토당토않게 면용 씨가 그 축에 끼어 있으니 이해가 되지 않는다.

누워 있는 곳도 다르다.

네모진 유리창도 없고, 창살도 없는 아늑한 장판방이다. 2호 감방이 아니다.

전주 감옥에는 이런 아늑한 방이 없는데, 도대체 뭐가 뭔지 모르겠다.

"여기가 어디야? 의무실이 아니구 어디야?"

"의무실이라뇨, 할머니?"

"내 학질이 나았나베."

"학질요?"

"할머니, 꿈을 꾸셨죠?"

"꿈?"

"전에 옥에 계실 때 학질을 되게 앓으셨죠? 열두 죽이나 앓으신 일이 있죠? 그땐 꼭 돌아가시는 줄 알았는데 그 꿈을 꾸신 게 아녜요?"

여 부장의 말이다.

나는 심한 혼돈 속에서 방황하고 있었던 것 같다.

창살 없는 창으로 맑은 공기와 밝은 햇살이 범람하고 있다.

나는 크게 숨을 토해내면서 머리맡 걸대에 댕그마니 매달려 있는 빈 링거 병을 응시한다.

천장을 쳐다본다. 둥그런 전등갓이 정지돼 있다. 네모진 천장도 움직이지 않는다.

고개를 돌려 여기저기를 두리번거린다. 왕년의 여가수가 보이지 않는다.

나의 의식은 서서히 혼돈을 정리해가며 현실로 되돌아오고 있다.

주인집 안방에서 유행가 소리가 들려오고 있다. 라디오임을 안다. 흘러간 옛 노래를 방송하고 있는가보다.

나는 심한 요의(尿意)를 느끼며,

"므, 무, 물."

하고 애타게 조갈을 호소한다.

나는 내 혀가 제대로 말을 듣지 않는 것을 의식한다. 그렇다면 좀 전까지도 뭔가 많이 지껄인 것 같은데, 그게 모두 입 밖으로 나간 언어가 아니었던가 하고 입술에다 침을 발라본다.

나는 잠시 후 여 부장에게 물었다.

"내가 여 부장님을 자꾸 불렀나요?"

"글쎄요, 여, 여, 하신 것 같기두 하구요."

"나더러 옛날 학질 앓던 꿈을 꾸지 않았느냐고 물으셨소?"

"제가요?"

지독한 의식의 혼돈에서 아직도 나는 헤어나지를 못한 것 같다.

창살 없는 창으로 범람하는 맑은 공기나 햇살도, 그대로 고정돼 있는 전등갓도, 걸대에 매달린 링거병도 모두가 그대로인데, 좀 전에 본 대로인데,

그래도 아직 나의 의식이 혼돈상태라면 나는 지금 내 생명을 불신할 수밖엔 없는 게 아닌지 모르겠다.

"므, 물, 물."

어디 정신을 가다듬어 이젠 나 이문용의 영혼과 육신을 꼬집어 봐야겠다.

육신과 영혼의 존재를, 과거와 현재를, 미래를, 그 착도된 의식과 시공을 면밀하게 천착해볼 마지막 기회임을 인식하면서, 꺼지기 직전의 촛불처럼 반짝해진 내 생명을 부릅뜬 눈으로 응시해봐야 하겠다.

제28장

"죽으려구 했지만 나는 아직 죽지 않아요. 이대로 죽는다면 너무나 억울해."

이문용, 나는 눈앞에 있는 친지들의 손을 하나하나 잡아보며 몸부림을 치듯이 뇌까린다.

이문용……. 어떻게 이대로 죽음을 맞이할 수가 있나. 세상에 태어난 보상으로 무엇 하나 해놓은 일 없이 죽어간다면 너무나 무의미한 인생이다.

세상 학대도 많이 받았고, 신세도 많이 지긴 했으나 그리고 이 세상 누구도 이문용을 뜻있는 인생으로는 인정해주지 않겠으나 그래서 더 살면 뭘하고 당장 죽은들 아쉬울 게 뭐 있을까만, 그러나 이미 지나온 세월은 생각하지 않더라도 현재 이 시공(時空)에 하나의 생명으로 존재하는 이상엔 체념할 수 없는 집념과 소망이 있는데, 그것을 성취하지 못하고 무의미한 죽음을 맞이할 수야 있나.

"이대로 나는 죽을 수가 없어요. 주님께선 나를 이대로 데려가시진 않을 게야. 주님께선 내게도 사명을 주셨어요. 이웃을 사랑하라는 사명을 주셨어요. 누구라도 좋으니 불쌍한 사람들, 의지가지할 데 없는 노인이나 어린애, 다만 한 사람이라도 좋으니 그들을 내가 도우며 사랑함으로써 내 영혼을 안식시킬 수 있게 해야 하잖아요. 평생소원이었고 마지막 소망이니 나보다 더 불쌍한 사람, 영혼이 폐허 속을 방황하고 있는 사람, 질병에 시달리고 있는 누구라도 좋으니 그런 사람을 위하여 단 하루라도 봉사하며 살아보지 못한다면 죽을 수가 없어요. 그게 하나님이 내게 맡기신 사명입니다. 구 선생님, 나에게 그런 힘과 생명을 빌어주세요."

이문용, 나는 열심히 신앙적인 그런 말을 지껄이고 있었으나 아마도 입만 벙긋거렸을 뿐 그게 남이 알아들을 수 있는 언어는 되지 못했던 것 같다.

육촌동생 이면용이 내 손을 꼭 쥐면서 지껄인다.

"누님이 뭔가 자꾸 얘길 하구 싶어 하시는데 뜻대로 안되시는 것 같군."

나는 그를 마주보며 고개를 끄덕여줬다.

선교사 구미혜가 내 눈을 들여다보며 말했다.

"할머니는 요한의 〈묵시록〉을 수없이 읽으셨습니다. 2백 번을 더 읽으셨습니다."

나는 그네를 마주보며 고개를 끄덕여줬다.

"할머니, 묵시록에선 인류의 종말이 곧 온다고 했습네다. 종말은 혁명이라고 하셨습네다. 분만의 고통과도 같다 하셨습네다. 현재가 파괴되는 것은 고통이고 재앙이지만, 예수께선 그것을 신생(新生)이라고 하셨지요. 하나의 질서가 종말을 고하는 순간, 하늘에선 뇌우가 구름을 찢고 번개가 동에서 서쪽으로 뻗칠 것이라 하셨습네다. 할머니, 하나의 질서가 종말을 고하는 순간이란 하나의 낡은 생명이 새로운 생명을 잉태하면서 죽는 순간을 말합네다. 그 순간 메시아는 천사들을 거느리고 찬란한 구름 위에 나타나신다 하셨습네다. 그때 죽은 자들은 살아나서 메시아의 심판을 받게 된다고 했습네다. 그 심판에서 죄 많이 진 사람은 불에 타거나 벌레에 파먹히고, 사랑으로 삶을 산 사람은 밝은 빛과 영광을 얻어 못다 한 사랑의 삶을 살기 위하여 이 세상으로 다시 온다 하셨습네다. 할머니는 그 묵시록을 2백 번도 더 읽으신 줄 알고 있습네다."

이문용, 나는 고개를 끄덕이며 대답한다.

"……그 묵시록 첫머리와 끝머리에는 ……때가 다가왔도다……라고 힘차게 선언하고 있지요."

이번엔 하 여사가 내 손을 잡으며 소곤거린다.

"……그리고, 귀 있는 자들은 들을지어다……라고 거듭 외치고 있지요, 할머니."

이문용, 나는 조용히 외쳐본다.

"……우리 주님 오시네."

캐나다 선교사 구미혜도 나와 똑같이 외친다.

"……우리 주님 오시네."

하봉임 여사도 외친다.

"……우리 주님 오시네."

구미혜가 허리를 굽혀 내 귀에 속삭인다.

"할머니, 저 장중한 나팔 소리가 들리십니까?"

나는 고개를 끄덕인다.

이번엔 여 부장이 나를 내려다보며 속삭인다.

"천사들을 거느리시고 구름을 타고 나타나시는 메시아가 보이세요, 할머니?"

나는 고개를 끄덕인다. 그러나 이내 고개를 옆으로 절레절레 흔든다.

"……아무것도 안 보여. 나는 아직 안 죽어."

이문용은 육촌동생 면용의 손을 더듬는다.

"동생! 해인사에 한 번 다녀오고 싶어. 임 상궁이 거기 계신데."

"만나실 날이 있습니다, 누님. 부처님께서 두 분을 만나도록 해주실 겝니다. 두 분은 곧 다시 만나시어 극락에서 영겁(永劫)을 하시도록 부처님께서 자비를 베풀어주실 게니 마음 푹 놓으세요, 누님."

"동생!"

"네, 누님."

"그분은 아직도 안 오셨나?"

"그분이 누굽니까, 누님."

"오헌(梧軒) 선생 있잖아? 아직 안 오셨어?"

"아하, 화가 오헌 말씀이군요? 글쎄, 그 친구 연락이 됐으며 달려올 텐데, 아직 소식이 없군요. 정말 그 사람을 못 잊으세요, 누님? 옛날에 그런 사이셨어요?"

"뭐 하는 분이셔? 오헌 선생이."

"화가가 아닙니까? 그것두 모르시면서 그 사람을 그리워하세요? 누님두."

가만히 생각해보니 오헌이 누군지를 알 수가 없다. 어떻게 하다가 요새 며칠 계속 오헌이라는 이름이 입 밖으로 나갔는지도 모르고 그가 화가인지 뭣 하는 사람인지 어떻게 생겼는지 나와 어떤 인연이 있는지 혹시 이정호의 관념적인 분신이 아닌지 나는 그 오헌이라는 사람에 대하여 아무것도 모르면서, 그러면서 그를 간절히 기다리고 있다. 어쩌면 죽음을 앞에 둔 사람이 누군가를 그리워해보는 순전히 관념상의 기사(騎士)인지도 모른다.

영원히 안 올 사람이 아닌지 모르겠다. 내 머릿속에서 창조해낸 인물 같기도 하다.

"동생!"

"네, 누님."

"무상게(無常偈)를 알지?"

"알지요. 외워 드릴까요, 누님."

— 만상 가운데 누가 주인인가?
연당과 지옥이 마음뿐이로다.

나도 함께 외운다. 그와 내가 함께 외운다.

— 중생이 저절로 윤회 길을 걷건마는 죽음이 닥쳐오면 누가 능히 대신하랴.

이면용이 그 걸걸한 음성을 높인다.

— 자식과 어미가 서로 사랑하나 모자간에 같이 죽기 어렵도다.

내가 목청을 높인다.

— 내가 너를 대신하여 황천길을 걸어볼까. 밝은 새벽 이른 아침 그분을

가 뵈리라.

"나무관세음보살……."

이면용이 합창을 한다.

나도 합창을 한다.

"나무관세음보살."

"관세음보살……."

나는 서양 선교사 구미혜를 본다. 등을 돌린 채 그네는 서 있었다.

하 여사와 여 부장도 돌아서 있었다. 하 여사는 장미꽃잎을 만지고 있다. 여 부장은 바깥 하늘을 바라본다.

구미혜가 나를 향해 몸을 돌려 세운다. 무슨 말을 하려다가 만다. 나는 그 말을 귀에 담는다.

"다른 우상을 믿으시면 안됩니다. 하나님은 인생이 왜 그처럼 허망한 것이라곤 말씀 안하셨습네다."

이면용이 나선다.

"무상이란 허망한 게 아니라 해탈이라는 뜻입니다. 해탈이 뭔지 아세요? 신식말로는 초월(超越)의 경지입니다. 누님은 이제 삶도 죽음도 초월하신 경지에 이르셨습니다…… 나무관세음보살."

나는 빙그레 웃는다.

서양 여자가 웃는다. 조용히 말한다.

"신앙의 정점은 다 같은 한 곳이겠지요. 그러나 정점으로 이르는 길은 여럿입네다. 할머니의 신앙은 오직 하나인데 두 길을 번갈아 가려 하기 때문에 힘들고 퍽 더딥네다. 예수께서 말씀하시기를……."

나는 손을 젓는다. 자꾸 휘저었다. 그 바람에 구미혜의 말이 중단됐다.

석가모니가 눈앞에 나타난다.

예수가 눈앞에 나타난다.

그들이 서로 상대를 노려본다. 입을 열면 아귀다툼이라도 할 듯만 싶다. 다퉈서는 안되는데 다툴 것만 같다. 표정들이 굳어진다. 험해진다. 입술이 움직인다. 무슨 욕설이 곧 튀어나올 모양이다.

나 이문용은 아 아 아 하고 반벙어리 소리를 낸다. 그것은 애원이며 호소이며 비명이다.

몸을 뒤틀며 고통을 호소한다.

"할머니! 왜요? 왜 그러십네까?"

구미혜가 내게로 다가왔다.

모두들 내게로 무너져내렸다.

나는 눈을 부릅뜨려고 애를 쓴다.

화병에 꽂힌 백장미 화판이 한두 잎 떨어져 내리는 창 너머로 간수복을 입은 여 부장이 나타난다.

그 저쪽으로 전주 감옥의 붉은 벽돌담이 보인다.

그 저쪽으로 교회의 십자가 구름을 헤치며 흐른다.

아직 이름을 확인 못한 산이 흐른다.

왕년의 여가수가 앞장을 서서 병감(病監)으로 들어온다. 그 뒤를 따라 여 부장이 들어섰다.

왕년의 여자 가수가 뼈만 앙상한 한쪽 어깨를 으쓱 치키면서 말했다.

"여 부장님을 모셔왔어요. 여 부장님 오시게 해달라구 성화를 했잖아요? 오셨으니 끌어 안구 키스를 하든지 잡아먹든지 맘대루 해봐!"

눈동자가 흐릿한 것을 보면 또 발작할 주기가 된 모양이다.

저럴 때 아편이라도 한 대 맞으면 생기가 반짝 돌겠지만 그대로 참아내는 수밖에 없는 까닭으로 해서 저런 고비가 되면 반미치광이가 되곤 하는 게 아편쟁이들의 속성이다. 욕설과 폭력과, 심지어는 성적인 충동으로 난 잡하게 미쳐버리기가 일쑤이기 때문에 경계를 요하는 순간이다.

"넌 감방으로 가 있어!"

여 부장이 왕년의 여가수를 보고 호통을 쳤다.

어디서 나타났는지 키 몽탁한 '소지'가 여가수의 등가죽을 치며 밖으로 내몰았다.

나는 정신을 바짝 차리면서, 여 부장을 만날지이다 하고 급히 불러오게 한 목적을 나 자신에게 일깨운다.

"긴히 여 부장님께만 드릴 말씀이 있어서 오시라 했어요. 미안스러워 요."

여 부장은 나의 손을 잡으며 딱딱한 나무걸상을 당겨 앉았다. 그 손의 감촉이 퍽 싸늘했다.

"무슨 얘긴데?"

나는 쉽게 말문이 트이지 않아 창 아래 화병에서도 한 잎 떨어지는 백장미의 꽃잎을 아주 슬픈 심경으로 바라봤다.

"무슨 얘긴지 어서 말해봐요."

"믿지 않으시려 하겠지만 제 얘긴 진실이에요. 여 부장님만은 믿어주시기 바랍니다."

"글쎄 무슨 얘긴데 그래요?"

"사실은 오늘날까지 내가 민씨 행세를 해 왔지만 제 성본(本姓)은 이씨예요. 전주 이씨(全州李氏)입니다."

"이씨야? 왜? 왜 성을 속였죠?"

"제 아버님은 태황제(太皇帝)세요."

"태황제?"

"고종황제, 그분이 제 아버님이셔요."

여 부장은 잠자코 나 이문용을 노려봤다. 어이가 없다는 눈초리다. 입가엔 조소가 떠올랐다. 내가 열에 달떠서 헛소리를 하고 있는 줄로 아는 것 같았다. 학질을 열 죽이나 앓고 있으니 그렇게 생각하는 게 당연하다.

"무슨 뚱딴지같은 소릴 하구 있어요?"

"저는 이제 살아나지 못해요. 죽기 전에 어느 분에게든지 제 신상 얘길 밝히고 싶어서 그럽니다. 학질 때문에 헛소리를 하고 있는 줄 아시죠? 아녜요. 제 본명은 이문용입니다. 용(鎔)자가 구황실 돌림자예요. 대원군의 손자 되는 분이 준용(埈鎔) 씨예요. 신황제(新皇帝) 순종(純宗) 그 어른의 항렬입니다. 이지용(址鎔)은 대원군의 셋째형님이신 흥인군(興寅君)의 손자이시구요. 이면용(李沔鎔)·달용(達鎔)은 대원군의 둘째형님 흥완군(興完君)의 손자들이구, 첫째형님 흥령군(興寧君)의 손자 되시는 분은 이기용(李埼鎔)이십니다. 대원군은 4형제 중의 막내시거든요. 숙종대왕의 직손인 남연군(南延君)의 아드님이 대원군 형제분들이십니다. 영친왕 아시죠? 그분은 저와는 배다른 오라버니세요. 덕혜옹주(德惠翁主)도 아시죠? 역시 저와는 배다른 동생입니다."

나의 설명은 길고 복잡했던 것 같다.

여 부장은 어리둥절하면서 뭐가 뭔지 알아들을 수 없다는 표정이 됐다.

"영친왕이 세 살 적에 내가 태어났어요. 영친왕의 어머님은 잘 아시는 엄비(嚴妃) 그 어른이 아닙니까. 을미년에 명성황후(明成皇后)께서 왜놈들한테 그런 참변을 당하시자 고종황제께서는 비분의 나날을 엄 상궁과 더불어 견디어 내셨던 게 아녜요? 그 엄비께서 영친왕을 낳으시고 한참 득세할 무렵에 제가 어떤 상궁의 몸에서 태어났어요. 제 어머니는 염(廉)씨라는 궁인이었대요. 그러니 제가 떳떳하게 옹주 노릇을 할 처지가 됐겠어요? 세상에 나온 지 사흘만에 강보에 싸여 궁 밖으로 **빼돌려졌대요**."

그제야 여 부장은 내 이야기에 조금은 뭐가 있는 게 아닌가 하고 생각하기 시작하는 눈치를 보였다.

그러나 여 부장은 너무나 엄청난 화제라서 자기 혼자는 들어도 알 수가 없고, 이해도 못할 듯싶은 모양이었다.

"할머니, 그럼 하여간 할머니가 왕녀라 그 말인가요?"

"믿어지지 않으시겠지만 저는 그렇게 태어나서 기구한 일생을 살고 있는 여자입니다."

"그럼 덕혜옹주와 같은 신분인데 왜 세상에 알려지지도 않고 왕가에서도 모르고 있다는 거죠?"

"그 얘기를 하자면 깁니다. 하긴 그 얘기를 여 부장님한테 하려는 거지만요."

"믿어지지 않아요. 나로선 뭐가 뭔지 모르겠구. 할머니, 지금 정신은 말짱하세요?"

"여 부장님, 내가 지금 죽는 마당에 뭣 때문에 그런 황당한 거짓말을 늘어놓겠어요. 제 얘긴 믿기 어렵더라도 틀림없는 사실이에요."

"하긴 그런 얘길 꾸며낼 재간두 없겠군요."

"여 부장님, 저는 아직 좀 더 살고는 싶습니다. 젊어서부터의 꿈이 고아원이나 양로원 같은 사회사업이었어요. 나처럼 불쌍한 인생들의 영혼을 다독거려주면서 이 세상에 태어난 보답을 하고 갈 작정이었어요. 그 소망을 못 이루고 가면 저는 끝내 잘못 태어난 생명입니다. 하지만 이 세상에 존재하는 생명 치고, 생명만이 아니라 모든 삼라만상이 이 세상에 존재하는 이상엔 처음부터 불필요한 것은 하나도 없습니다. 창조주께선 필요 없는 존재를 창조하시진 않으셨어요. 저 이문용도 뭔가 뜻이 있어서 영혼과 육신을 받았습니다. 그런데 지금까지 저는 제 생명의 뜻을 찾지 못했어요. 시련의 연속이었지요. 하나님께서 한 생명을 창조하시고 부단한 시련을 주신 까닭이 있지 않겠어요? 영혼의 결정을 보려 하심이 아니겠어요, 여 부장님. 저에게도 뭔가 사명을 주시기 위해서 오늘날까지 그런 가혹한 시련으로 닦달질을 하셨을 텐데 어떻게 이대로 죽습니까."

"죽긴 왜 죽습니까? 학질 앓다가 죽었다는 사람 못 봤어요. 할머니는 죽지 않아요."

여 부장은 나의 손을 꼭 쥐면서 그렇게 장담을 해줬으나 나는 다시 살아날 자신이 없었다.

여 부장은 자기 혼자서는 감당할 수 없는 화제라고 판단했던 것 같다.

자신이 최남용(崔南容) 형무소장을 병감에까지 안내해왔다.

최 소장은 여 부장한테서 미리 대강 이야기를 듣고 끌려온 모양이었으나 물론 그저 이야기가 신기하니 심심풀이로 들어나 보자는 것이었음이 분명했다.

그는 내 병상으로 다가오면서 대수롭지 않게 지껄였다.

"한국판 아나스타샤가 나타나셨다 그 말인가?"

죄수 이문용은 잠자코 그에게 경의를 표했다.

형무소장이 일개 복역수의 병상을 찾아주기란 그리 쉬운 일이 아니기 때문이다.

그는 걸상을 당겨 앉으면서 나에게 물었다.

"학질을 열 죽째 앓고 있다지? 29호."

"미안스러워요, 소장님."

"지금 제정신이라고 생각하나?"

"네, 정신은 말짱합니다."

"아나스타샤가 누군지 아나?"

"제정 러시아의 마지막 황녀가 아닙니까?"

"알고 있구먼. 그 흉내를 내보겠다 그 말야? 29호."

나는 창밖의 구름을 바라봤다.

"자네가 고종황제의 딸이라 그 말인가? 29호."

"여 부장님께 말씀을 드렸습니다."

"그런 왕녀라면 무식하진 않겠군. 한문을 배웠나?"

"좀 배웠습니다."

"〈사서삼경〉을 읽었겠군?"

"좀 읽었습니다."

"그래? 사서란 뭐지?"

"대학·중용·논어·맹자입니다."

"대학 첫머리를 아나? 29호."

제발 29호 소리를 떼줬으면 좋겠다.

"……대학(大學)의 도(道)는 명덕(明德)을 밝힘에 있으며, 백성을 일깨우는 데 있으며, 지선(至善)에 머무름을 근본으로 한다……고 했습니다."

최 소장은 고개를 끄덕였다.

"논어의 첫머리도 외울 수 있는가? 29호."

"기억이 흐립니다만…… 자 왈(子曰), 학이시습지(學而時習之)면 불역열호(不亦說乎)요 유붕자원방래(有朋自遠方來)면 불역낙호(不亦樂乎)아, 인부지이불온(人不知而不慍)이면 불역군자호(不亦君子乎)아……."

"맞는 것 같기도 하구먼. 학교두 다녔나? 신학문도 익혔겠지?"

"서울 진명여학교를 나오고 남경(南京) 휘문대학(徽文大學)에 잠시 적을 됐습니다.”

“어허, 그래? 그럼 피타고라스의 실존철학론도 배웠겠군?”

“피타고라스는 수학자가 아녜요?”

“아, 그랬던가? 육당(六堂)은 어디에 있는 당집인가?”

“최남선 씨의 아호입니다.”

“최익현(崔益鉉)은 전북지사였나, 전남지사였나? 일제시대에.”

“국망시(國亡時)의 가장 두드러진 반골충현(反骨忠賢)이었습니다.”

“고종황제의 이름이 뭔지 아나? 29호.”

“희(熙)자입니다. 아명(兒名)은 재(載)자, 황(晃)자시구요.”

“덕혜옹주는 누구의 소생인가? 29호.”

“복령당 양씨(福寧堂梁氏)의 소생이지요.”

“많이 연습해놨군 그래, 29호.”

말은 그렇게 하면서도 최남용 소장은 속으로 감탄하는 모양이다.

“본명이 뭐야?”

“이문용입니다.”

“누구의 딸이라구?”

“고종황제가 제 아버님이십니다.”

“어머닌?”

“상궁 염씨라고 해요.”

“고종황제의 할아버지는 누구지, 29호?”

“남연군(南延君)이십니다.”

“잘 외워뒀구나. 맞는지 안 맞는진 모르지만 말야.”

이문용은 그의 그 말이 불쾌해서 짜증스럽게 말했다.

“소장님, 저는 옥살이를 10년씩이나 하고 있어요. 이제 형기도 끝나가고 있습니다. 그리고 죽음이 임박한 70 노파예요. 뭐가 답답하고 아쉬워서 그런 엄청난 거짓말을 지껄이겠습니까. 죽음 직전에는 어떤 악인도 선해진대지 않아요, 소장님."

"그래, 그럼 죽음 직전에 구태여 평생을 숨겨온 내력을 왜 밝히려 드는가? 29호."

제발 29호 소리는 좀 작작해줬으면 좋겠다.

"비밀이란 누군가에게 밝히고 싶어지는 게 인지상정(人之常情)이 아닙니까, 소장님. 아무런 목적도 없어요. 그저 이젠 죽는다 생각하니 누구 한 사람에게만은 지껄여보고 싶었습니다."

"죄수들은 거짓말을 떡 먹듯 하니까. 무슨 핑계라도 지껄여서 감형되고 싶어 하는 줄을 알잖나? 29호두."

"저는 감형을 원한 일이 없습니다. 이제 형기두 마쳐가구요."

최 소장은 고개를 끄덕이며 일어났다.

옆에 있는 여 부장을 보고 명령했다.

"29호의 이야기를 기록으로 정리해보도록 하시오!"

"알겠습니다, 소장님."

여 부장은 퍽 기쁜 얼굴로 최 소장과 함께 병감에서 나갔다.

이튿날 하오에 내 신상에 대한 기록이 여 부장에 의해 세밀하게 작성됐다.

이문용, 나는 학질 두 죽을 더 앓았다. 도합 열두 죽을 앓았으니까 거의 한 달 동안을 병감에서 신음했으니, 산송장과 다름없는 몰골이건만 이번에도 끝내 죽지는 않았다.

그 이후부터 여 부장은 내게 대하여 말씨까지 조심하는 것 같았다. 최 소장의 지시가 있었는지도 모른다. 쇠약할 대로 쇠약한 몸을 회복시켜주려고 온갖 호의를 베풀어줬다.

정말 내 목숨은 잡초처럼 모질고 끈질기다.

다시 작업장에 나가 바느질일을 했다. 아편쟁이들의 더러운 치다꺼리도 해줬다. 툭하면 그네들에게 두드려맞기도 했다.

2호 감방 창틀에는 전과 다름없이 나의 귀여운 친구 멧새들이 날아와 지저귀었다. 그동안은 왕년의 여가수가 내 대신 모이를 주어왔다는 것이다.

'퀸 트리'도 제법 녹음을 이루어 바라보기에 눈이 시원했다. 햇빛을 받으면 그 잎이 빛났다. 비가 쏟아지면 그 빗소리가 이파리에서 굴렀다.

아무것도 달라진 것이라곤 없었다.

다시 전과 똑같은 생활을 이어가면 되는 것이다.

"할머니, 이번에야말로 특별 감형 신청을 법무부에 내게 될 것 같아요."

입추가 지난 어느 날 여 부장이 나에게 귀띔해줬으나 나는 아무런 기대도 걸지 않았다.

입동이 지난 어느 날, 왕년의 여가수가 병감으로 옮겨갔다.

병감에 옮겨 간 지 여섯 시간만에 그 여자는 덜컥 죽었다고 했다. 사인이 뭔진 죄수들에겐 밝혀지지 않았으나 병사인 것만은 틀림이 없었다.

바로 전날 저녁에도 그 왕년의 여가수는 〈사의 찬미〉를 구성지게 부르기에,

"죽음이 그렇게 아름다울까. 그 노랜 부르지 말아요."

했더니,

"난 죽을라나봐. 이 노래가 좋아서 죽겠어."

하면서 쓸쓸히 웃었는데, 이튿날 싱겁게 죽어가는 것을 보고 그 아름답게 생긴 여자, 그런 고운 목소리를 가지고 태어난 여자가 그런 말로를 더듬게

하는 창조주의 뜻이 어디에 있는가를 곰곰이 생각해봤으나 나로서는 도무지 알 수가 없었다.

나는 여 부장에게 간청했다.

"내가 죽은 사람과 가장 친히 지냈어요. 육친의 심정으로 염습이라도 해주고 싶어요."

"허락을 얻어볼까? 연고자도 쉽게 나타날 것 같지 않으니."

"그렇게 해주세요."

최 소장의 허락이 내려서 나는 병감으로 갔다. 여가수가 죽은 다음 날 아침이었다.

밝은 햇살이 초라한 주검 위에 쏟아져 내리고 있었다.

감긴 눈자위가 좀 더 움푹 패여 있을 뿐 평시에 보던 얼굴과 그다지 다른 게 없었다. 싸늘하게 굳어져 있는 육신은 나무 등그럭과 같았다.

수의(壽衣)로 갈아입히는 동안 내 귀에는 그네의 〈사의 찬미〉가 은은히 들려오고 있었다.

그 왕년의 여가수가 그런 고운 목소리를 타고난 것은 죽을 때 〈사의 찬미〉를 노래 부르기 위한 것이었던가 싶어서 가슴이 아팠다. 이상했다. 죽은 지가 여러 시간이 됐는데 눈자위가 젖어 있는 것 같았다. 정말 이상했다. 손끝으로 가볍게 눌러주니까 이슬처럼 맑은 눈물 한 방울이 쏙 솟아나는 것이었다. 육신 어디에도 수분이 남아 있는 것 같지 않은데 그 한 방울의 맑은 눈물이 눈 마구리에 남아 있다가 뿔끈 솟아올라 찬란한 햇살에 아롱지다니 정말 이상했다.

나는 열심히 기도를 했다. 나는 많은 주검을 봐왔지만 직접 내 손으로 주무른 것은 아들 필한이뿐이다. 죽은 여가수가 내 동기처럼 여겨졌다. 왜 그런 생각이 머리에 떠올랐는지 알 수가 없다.

갸름한 여가수의 얼굴이 꼭 안악댁을 닮은 것만 같았다. 이제 보니 그래서 정이 갔던 것인지도 모른다.

안악댁은 지금 어디에서 어떻게 지내고 있을까. 죽지는 않았겠지. 늙어 쭈그러진 안악댁을 생각할 수가 없다. 그네도 70이 가까운 나이건만 젊고 예쁜 모습만이 내 머릿속에 살아 있다.

그 안악댁도 무료할 때는 혼자 콧노래를 곧잘 흥얼거렸는데, 어쩌면 그 음색도 이제 생각해보면 이 왕년의 여가수와 비슷했던 것 같다.

"빨랑빨랑 해치우지 않구 뭘 꾸물대세요?"

나의 굼뜬 작업을 지켜보고 있던 여 부장이 답답해진 것 같다.

"이 여잔 왜 〈사의 찬미〉를 즐겨 부르다가 갔는지 모르겠어요. 처음부터 기박한 운명을 타고났기 때문일까요? 여 부장님."

여 부장은 대답하려 하지 않았다. 내가 인생이라는 것을 실감 있게, 허망하게 생각한 나머지 그런 말을 지껄이는 줄 알았을지도 모른다.

더욱 이상한 것은 이 여가수의 주검을 주무르면서 나는 또 임 상궁의 모습을 회상하는 것이다. 정말 이상했다. 임 상궁 역시 얼굴이 갸름했는데 역시 그 모습을 닮은 것 같다. 흡사하게 여겨진다. 저 간곡하던 임 상궁의 정이 지금 눈앞에 있는 주검의 가슴속에도 있는 것 같았다.

나는 속으로 법화경을 외기 시작했다. 내 눈물이 주검 위에 고드름 녹은 물처럼 떨어졌다.

진사모(陳師母) 그 여자의 모습으로도 변했다. 진사모는 철원 집에도 한 번 찾아왔는데, 그보다는 만주 안동역 플랫폼에서 보여준 그 애상(哀傷)의 표정을 잊을 길이 없다. 역시 늙은 할머니가 됐겠지만 진사모의 늙은 얼굴을 상상할 재간은 없다. 여가수의 얼굴이 그 이방녀 진사모와도 비슷하다고 생각했다.

왕년의 여가수는 그 세 여자의 변신(變身)처럼 여겨져서 자꾸 눈물이 났다.

나는 참다 참다가 터뜨리고 말았다. 요란스럽지 않게 통곡을 터뜨렸다.

"안되겠구먼, 할머닌."

여 부장이 나를 일으켜 밖으로 밀어냈다.

싸늘한 바람이 형무소 마당을 휩쓸며 지나갔다. 낙엽이 세 잎인가 몸부림을 치듯 땅바닥에 구르고 있었다.

"퀸 민!"

캐나다 선교회의 구미혜가 내 앞을 가로막는다.

"여 가수가 세상을 떠났습니까? 퀸 민."

"가서 극락왕생하라고 기도 좀 해주세요, 구 선생님."

옆에서 하 여사가 웃으며 말했다.

"할머니, 극락왕생이라뇨?"

나는 나의 실언을 깨달았다. 극락왕생은 불교에서 하는 말이다.

"미안스러워요." 나는 사과했다.

서양 여자 구미혜는 내 사과의 뜻을 모르는 것 같았다. 나에게 말했다.

"할머니두 함께 가십시다."

"난 싫어요."

그네들은 병동 쪽으로 총총히 사라져갔다.

나는 초겨울의 썰렁한 아침 하늘을 쳐다보며 입을 삐쭉거렸다.

"그 아편쟁이년, 지난 여름엔 할머니를 간호해주더니……."

키 몽탁한 '소지'가 관(棺)을 걸머멘 늙은이를 데리고 내 옆을 지나다가 그런 말을 흘렸다.

까악! 깍깍, 하며 까치 한 마리가 내 머리 위를 날렵하게 스쳐갔다.

까치의 울음은 상서로운 징조라 하더니 그렇지만도 않은 것 같다.

나는 성급하게 몸을 돌려 세웠다.

관을 진 늙은이가 배착배착 걸어가고 있었다.

나는 그 늙은이의 뒷모습을 멀건히 바라봤다.

시커멓게 타마구칠을 한 싸구려 관곽(棺槨)이 늙은이의 잔등에 한쪽으로 기우뚱 매달린 채 멀어져 가다가 옆으로 핑그르르 돌았다.

관을 진 늙은이가 나를 되돌아봤다. 흰 턱수염이 벌벌한 초라한 얼굴이었다.

나도 그 늙은이를 마주 바라봤다.

나는 황급히 몸을 돌려세우며 뇌까렸다.

"저게 길수 녀석이 아닌가베."

첫눈에도 틀림없는 길수라고 여겨졌다.

어린 시절 김천 방앗골에서 함께 자라난 망나니 녀석 길수. 진명여학교에 다닐 때 효자동 길에서 만난 길수. 공부를 하기 위해 서울로 올라왔다고는 했지만 뭔가 서글픈 정감이 그 눈에 어렸던 길수. 원동(苑洞)진 골목을 엿목판을 지고 가위를 째깍거리며 배회하던 길수. 학자금에 보태 쓰라고 얼마간의 패물을 선심 쓰기 위하여 경복궁 동십자각 근처에서 언약하고 만난 일이 있는 길수. 그야말로 소꿉친구에 대한 회정(懷情)과 청운(靑雲)의 뜻을 품고 대담하게 상경해왔던 시골 소년 길수. 얼핏 보기에 그 사람인 것 같다.

그럴 수가 있을까. 그가 저런 추레한 늙은이가 되어 관을 짊어지고 남의 시체를 치우러 다니다니, 그러한 그를 50여 년만에 해후하다니, 10년 형기를 마쳐가는 늙은 여수(女囚)의 몸으로 형무소 담장 안에서 만나다니, 이건 너무도 심술궂은 인간 인면이 아닌가.

"길수인 게야! 저 늙은이가……."

나는 주먹을 불끈 쥐고는 이빨 사이로 부르짖었다.

"저 인생 죽지두 않구 왜 살아 있어. 나이 70이나 돼가지구 남의 송장 치우러 댕기느라 여적 살아 있나."

나는 그가 미워서, 미워서 견딜 수가 없었다. 지금 마주섰으면 온갖 입에 담지 못할 욕설로 매도(罵倒)해주고 싶은 충동 때문에 주먹을 부르르 떨었다.

사지가 떨렸다.

돌아다봤다. 그는 보이지 않았다. 숨지는 않았을 텐데 보이지 않았다.

병감에서 찬송가 소리가 흘러나왔다.

구미혜의 음성이 가장 높고 맑았다.

…………

며칠 후, 며칠 후

요단강 건너서 만나리.

며칠 후 며칠 후

요단강 건너서 만나리이.

나는 쫓기듯 2호 감방으로 돌아왔다.

"정말 죽었어요? 여가수."

누군가가 물었다.

나는 찬송가 나는 쪽을 눈으로 가리켰다.

"제년이 뭐라고 먼저 뒈진다는 거야."

함께 입감됐던 다른 아편쟁이 여죄수가 그런 욕설과 함께 제 이야긴지 남의 이야긴지 알 수 없는 소리를 지껄인다.

"그년 사내 맛본 게 백 명두 넘는다구 자랑해 쌌더니, 그런 얘길 할 땐 눈깔이 샛별처럼 반짝이더니 그렇게 싱겁게 뒈졌단 말야."

그러나 그런 욕설을 퍼부은 동료 환자는 갑자기 꺼이꺼이 울기 시작했다.

작업장으로 떠나려는 여수들이 각 감방문을 나와 정렬했다.

그때 병감 문이 열리면서 검은 관이 나왔다.

관의 앞머리는 선교회 여자들이 들었다. 뒤쪽엔 여 부장과 두 명의 '소지'가 매달렸다.

병감 앞마당에 검은 관이 놓여졌다.

관을 지고 가던 늙은이가 죽은 사람의 지저분한 옷가지를 휘휘 말아들고 나타나더니 관 옆에다 그것을 올려놓고는 손을 툭툭 털고 있는 게 보였다.

나는 염불도 기도도 할 생각을 하지 못했다. 한쪽에 웅크리고 앉은 채 허탈에 빠져 있었다. 그런데도 그 추레한 늙은이의 동태를 열심히 지켜보고 있었다.

다시 찬송가 소리가 드높아졌다.

형무소의 트럭이 나타났다. 반트럭인데 낡은 차라서 엔진 소리가 요란스러웠다.

모든 죄수들의 시선이 그 트럭의 움직임과 검은 관을 에워싼 사람들 사이를 수없이 오락가락하고 있었다.

찬송가 소리는 하늘에 메아리쳤다.

서양 선교사 구미혜의 음색은 더욱 맑고 높았다. 트럭은 먼지를 일구며 돌격하듯 달려갔다.

트럭 소리와 찬송가 소리가 한데 어울렸다. 먼지도 거기 어울려버렸다.

검은 관곽과 찬송하는 사람들을 가운데에 두고 한 바퀴를 돈 반트럭이 꽁무니를 관쪽으로 대고 섰다.

찬송가 소리가 더 한층 높아졌다.

서양 선교사 구미혜의 음색은 좀 더 맑고 슬펐다.

감방 앞에 정렬한 여자 죄수들은 숨을 죽인 채로 그 광경을 지켜보고 있었다.

감방 안에 남은 아편 중독자들은 쇠창살을 붙잡고 서서 그쪽을 노려봤다.

아침인데 여자 감방촌이 이처럼 조용하고 엄숙한 침묵 속에 잠긴 순간을 일찍이 본 일이 없다.

나 이문용은 2호 감방 안에 웅크리고 앉은 채 창살을 잡고 서 있는 아편쟁이들의 지게다리처럼 벌어진 가랑이 사이로 멀리 그 광경을 노려본다.

트럭 꽁무니의 널빤지가 덜컥 내려졌다.

찬송가 소리가 하늘로 메아리쳤다.

길수, 그 늙은이가 관머리를 번쩍 들더니 트럭 꽁무니로 치켜올렸다.

"저놈의 늙은인 기운두 세구먼."

나는 무의식중에 그런 소리를 지껄였다.

감방 앞에 도열한 여죄수들도 찬송가를 부르기 시작했다.

쇠창살을 잡고 선 아편쟁이들의 다리가 후들거리는 게 보였다. 그 눈들이 무슨 구멍처럼 퀭했다. 그네들은 침묵 일관이었다.

나는 한결같이 그네들 가랑이 사이로 주검이 든 검은 관과 찬송가를 부르는 여사제(女司祭)들과, 특히 장의사 늙은이인 길수 영감을 묘한 적개심을 가지고 노려봤다. 검은 관이 트럭 위로 완전히 흡수돼버렸다. 트럭 꽁무니의 널판이 다시 치켜졌다.

길수 그 늙은이가 벌벌한 흰 수염을 햇살에 번뜩이며 검은 관이 실린 차 꽁무니로 올라가자 트럭은 서서히 움직이기 시작했다.

여사제들이 그 뒤를 따르고 간수들도 따른다.

감방 앞에서 죄수들의 찬송가 소리가 좀 더 우렁차게 울려 퍼졌다.

창살을 잡고 선 아편쟁이들의 다리는 계속 떨어대고 있었다.

재채기를 하듯 부르르릉 하고 트럭이 속력을 냈다.

먼지가 뽀얗게 일고 그 먼지 너머로는 초겨울의 푸른 하늘이 물기를 머금은 것처럼 아침 햇살에 빛나고 있었다.

트럭은 형무소 뒷문 쪽으로 빠져나갔다. 화장터로 갈 것이었다.

감방 앞에 도열했던 수인들은 아무 일도 없었던 것처럼 키 몽탁한 '소지'에 이끌려 작업장 쪽으로 움직이기 시작했다.

여 부장을 비롯한 간수들은 간수실 쪽으로 사라져갔다.

캐나다 선교회의 두 여자는 내가 있는 2호 감방을 향해 접근해왔다.

당직 간수에게 교섭을 했던지 나를 밖으로 불러낸 그네들은 나한테 뭔가 긴히 할 이야기가 있는 눈치였다.

"저두 작업장으로 가야 해요."

"할머니!"

하봉임, 하 여사가 먼저 입을 열었다.

서양 여자 구미혜는 내 왼팔을 잡았다.

"여 부장님한테서 할머니 얘기를 들었어요. 그런 분이신 줄 몰랐습니다."

"무슨 얘기세요?"

"할머닌 민씨가 아니시라 이씨라면서요? 옹주님이시래죠?"

나는 그 소리를 듣는 순간 생리처럼 가슴이 덜컥 내려앉았다.

"아녜요, 아녜요. 그런 얘기 다 거짓말이에요. 난 작업장에 나가야 해요."

"할머니, 여 부장님과 굳게 약속했습니다. 아무한테도 소문 안 내기로. 그러니까 그렇다, 아니다 한 마디만 말씀하세요."

"아녜요, 말짱 내가 꾸며낸 거짓말이에요. 혹시 감형이라두 될까 하구 거짓말을 꾸며 지껄여봤을 뿐이에요."

"할머니, 우리를 믿으세요. 주님께 맹세하고 비밀을 지키겠습니다."

"사실이라면 왜 비밀에 부치겠어요. 거짓말이니까 소문나는 게 무섭지요. 난 보잘 것 없는 빨갱이 복역수일 뿐이에요. 놓으세요, 작업장으로 가야 하니까."

"오오, 할머니한텐 하나님의 은총이 내려야 합네다. 주님이 내리신 시련이 곧 끝날 겁니다. 할머니는 그런 귀한 분일 줄 알았습네다."

이것은 서영 여자 구미혜의 말이었다.

나는 하 여사에게 물었다.

"아까 그 관을 날라 왔던 늙은이 나이가 몇이나 돼보였어요?"

"글쎄요. 자세힌 보지 않았지만 많은가 보던데요."

"한 70 돼보이던가요?"

"그쯤 된 것 같았어요. 그건 왜 물으시죠? 할머닌 아무나 할아버지만 보면 관심이 가나봐."

하 여사의 농담이 너무 지나친 것 같아 나는 얼굴을 붉히며 입을 다물었다.

나는 내 입으로 그네들에게 내 이야기를 털어놓지 않았다.

이 세상에서 누구 한 사람한테만 이야기했으면 됐지 그 이상 마구 지껄일 의사는 추호도 없었을 뿐 아니라 사실은 여 부장한테 고백했던 일도 지금은 후회를 하고 있다.

그때는 당장 죽을 것처럼 여겨졌기 때문에 마음이 변해서 그랬지만 이제 또 살아나서 기동을 할 수 있게 되니까 괜한 짓을 했다고 뉘우쳐지는 것이다.

나는 내가 그런 핏줄이라는 사실을 자랑으로 여겨본 일이 없다. 언제나 곤욕(困辱)으로 느껴져 짐스럽게는 여겨왔을망정 이날 이때까지 단 한 번도 그것을 영광스럽게 생각한 일이 없다. 아마도 영원히 그런 생각은 갖지 않을 것이다.

그런데 왜 이제 와서 남에게 그 사실을 털어놓아야 하나. 무슨 잇속을 바라고 어떤 목적으로, 그 주체스런 내 신분을 남에게 공개하랴.

사람이 죽을 때가 되면 마음이 변한다더니 그게 사실인가 싶다. 꼭 죽을 것만 같아 불현듯 여 부장을 불러달래가지고 열에 달뜬 말투로 그 이야기를 꺼냈었지만 이제 건강을 회복하고 나니까 나 자신 그게 말짱 거짓말 같아서 부질없는 짓을 저질렀다는 뉘우침뿐이다.

하 여사는 그 이상 집요하게 굴지는 않았다. 눈치로 보아, 그리고 그동안의 내 행적으로 보아, 틀림이 없다고 단정한 모양이다.

"퀸 민이라는 별명, 그게 우연한 게 아니었군요? 할머니. 어딘가 보통 사람들과는 달라보여서 저희들도 할머니한텐 각별한 정과 존경심을 품어왔었지 뭐예요."

"정말 나는 아무것도 아니라니깐요. 보시다시피 팔자 기박한 시골 마누라에 지나지 않아요. 학질 열 두 죽을 앓고 죽을 듯싶으니까 별의별 허튼 소리를 지껄인 모양인데, 제발 그런 거짓을 저지른 저를 주님의 이름으로 용서해주세요. 주님의 이름으로 이 늙은이의 허물을 사해주시도록 해주세요."

나는 손을 모두어 기도하는 자세로 왼쪽의 하 여사한테, 오른편의 구 선생한테 번갈아가며 당부를 했다.

겨울은 예년에 없이 추웠다.

눈이 자주 많이 내리는 겨울이 됐다.

크리스마스 이브를 하루 앞둔 아침에 모든 여죄수들은 마당에 나가 눈을 치우고 있었다. 10센티 이상이나 쌓인 강설량이었다.

70여 명의 여죄수들이 동원되어 넉가래와 빗자루와 삽으로 눈을 치는데 바람은 살을 에듯이 매웠다. 쌓인 눈은 꽁꽁 얼어 있었다. 아침 햇빛에 누리를 덮은 억천만 개의 은입자(銀粒子)가 찬란하게 광채를 발해서 눈이 부셨다. 발로 밟으면 빠드득 소리가 머리끝으로 전류처럼 통해오는 굳은 눈이었다.

즐거운 작업이다. 사람들은 눈발이 흩날리는 것만 봐도 즐거워한다. 감상적이 된다. 온 세상이 하얀 눈으로 뒤덮인 것을 보면 누구나 미칠 듯이 뛰놀고 싶어진다.

자유인들도 그런데 하물며 옥살이를 하는 죄수들이야 오죽하랴. 내가 목격한 이야기는 아니지만 전에 어떤 죄수가 있었단다. 일본 유학까지 한 인텔리 여성인데 남자관계에 뭔가 잘못되어 옥살이를 했단다. 30년 만의 대설(大雪)이라는 눈이 내렸다. 공간 뿌듯이 흩날리는 눈송이들을 바라보고 있다가 갑자기 그 여자는 미쳐버렸다는 것이다. 정신병원으로 옮겨갔는데 역시 눈 내리는 날 자살을 했다고 한다.

탐스럽게 잘 내리는 눈은 자유를 잃은 죄수들에게 그처럼 큰 충격을 안겨준다. 그 눈과 어울릴 수 있는 제설 작업은 마냥 즐겁다. 자유를 얻은 것처럼 즐겁다. 젊은것들은 눈 위에 마구 뒹굴며 시시덕거린다. 생명의 즐거움을 만끽하는 순간들이었다. 영락없이 싸움을 벌인다. 간수들한테 두들겨

맞는다. 맞는 것도 더없이 즐거운 것 같았다.

　이 즐거운 아침에 기쁜 소식이 전해졌다. 각 감방에서 두 명씩 스무 명을 뽑아 크리스마스 이브 특별 외출을 시키는데 초청자는 이리(裡里)에 있는 캐나다 선교회라고 했다. 물론 나도 뽑혔다. 다음날 정오에 모두들 옷을 갈아입고 대기했다. 여 부장을 비롯한 네 명의 간수 인솔 하에 이리 교회로 떠났다. 차편은 마이크로 버스였다.

　나는 무심히 창 밖 거리의 풍경을 내다보고 있었다. 구미혜 선교사가 옆에 붙어 앉아 내 손을 꼭 쥐고 있었다. 그 따스한 체온으로 내 심장을 녹여주고 있었는데, 마침 형무소에서 번화가로 들어가는 길가에 장의사 간판이 붙어 있는 것을 발견했다. 생나무 흰 관, 싸구려 검은 관이 한켠에 쌓여 있고 짚신 거상막대 등속도 아무렇게나 놓여 있는 게 보였다.

　나는 그 을씨년스런 장의사 안으로 등을 돌린 채 들어가고 있는 늙은이를 목격하자 첫눈에 그가 길수 녀석임을 알았다.

　나는 눈으로 그런 늙은이를 보면서도 머릿속에는 청운의 뜻을 품고 시골에서 갓 상경한 소년 길수 녀석의 영상이 있을 뿐이었다.

　"구 선생님."

　"네, 퀸 민."

　"나 내일 전주에 나와 잠깐 볼일 좀 보게 해주실 수 있을까요?"

　"무슨 일입네까?"

　"개인적인 일이에요."

　"중대한 일입네까?"

　"안 중대하지도 않아요. 퍽 중대할 것두 없지만서두."

　"좋은 일입네까, 할머니?"

　"좋은 일이 뭐 있겠어요. 좋지 않을 것두 없구요."

"그럼 내일 여 부장님한테 허가를 얻어보도록 하지요. 여 부장님이든지 나든지 따라가야 할 테니까."

"나 혼자였으면 좋겠어요."

"혼자요? 그건 안됩네다. 규칙 위반이 아닙네까."

"형기를 다 채워가는, 도망칠 염려도 없는 사람은 혼자두 특별 외출을 시킬 때가 있어요. 전엔 그런 제도가 없었지만 요새는 간혹 있는 것 같아요."

"그래요? 그럼 허가를 얻어보지요, 할머니."

그날 밤, 이리교회에서의 찬송 모임과 크리스마스 파티는 퍽 경건했고 즐거웠다. 밤을 꼬박 새우며 흥겹게 즐기고 먹어대고 했다. 새벽엔 무리를 지은 찬송대가 되어 골목을 누볐다.

이튿날 나는 허락을 얻어 혼자 전주로 나왔다.

어제 차창 밖으로 훌쩍 지나친 그 장의사를 찾느라고 애를 먹었다. 형무소에서 나오는 길가였기 때문에 찾기가 어렵지 않을 텐데도 전주 시내의 지리를 전연 모르는 데다가 버스를 너무 일찍 내려서 그 거리가 만만치 않았다.

10여 년이나 두고 걸음이라곤 작업장을 내왕하는 게 고작이었던 탓으로 다리가 아프고 발가락이 부르터서 완전히 병신 구실을 해야 했다.

중국 부인들의 전족처럼 발이 몸을 지탱하지 못해 뒤뚱거렸다. 많이 헤맨 끝에 먼발치로 그 장의사를 확인하자 나는 발바닥이 땅에 붙어버렸다. 고생고생 찾아놓고 보니 괜한 짓을 했다는 생각이 든다.

뭣 때문에 그 구지레한 늙은이를 만나느냐는 것이다. 저 자신이 송장 다 된 몰골로 남의 송장이나 치우러 다니는 길수 녀석을 만나본 들 뭘 어떻게 하자는 것이냐고 자신에게 묻는다.

무슨 대화를 나눌 수 있는가. 구지레한 눈으로 고작 지내온 이야기나 서로 주고받을 수 있을까. 그건 들어서 뭘 할까보냐 싶다.

사람의 환경이란 지금 현재가 중요하고 보람이고 뜻이 있는 것이다. 지난 일은 묻어버리는 게 속 편하다. 과거란 지금 현재가 있기 위한 것일 뿐이기 때문이다.

그런데 지금 현재 그는 뭐냐, 나는 뭐냐. 결론은 나 있다.

그는 현재 장의사에서 송장 다루는 송장 다 된 인부다.

나는 미결 기결을 합산 도합 12년의 옥살이를 치르고 있는 늙은 마누라 죄수다.

그의 과거 세월은 오늘 남의 송장이나 만지는 인부가 되기 위한 것이었다.

나는 10여 년의 옥살이를 하기 위한 처절하고 지루한 인생살이였다.

미래는 없다. 그에게도 이 이문용에게도 보장된 밝은 미래는 없다. 70 나이에 오늘을 가진 그나 나고 보면 이제 남은여생이 얼마나 되겠기에 새로운 미래가 있으랴 싶다.

이제는 내일을 위한 오늘이 아니다. 남의 송장을 치우는 궂은일을 하는 게 그게 그의 마지막 인생일 것 같고, 옥살이를 끝내면 내 인생도 끝나는 것이라 보아야 한다. 그도 나도 오늘 현재가 내세를 위한 공덕일 성싶지도 않다.

나는 평생을 신앙의 세계에서 살아왔는데도 그런 실신앙적(失信仰的)인 허탈감에 빠져버렸다.

그가 죽이고 싶도록 미웠다. 50년이라는 세월을 격했다가 만났는데 내게 보여주는 몰골이 장의사의 인부다. 왜 살았느냐 말이다.

그도 이 이문용을 보면 죽이고 싶도록 미울 것이다. 여자의 몸으로, 70

늙은이로 옥살이를 하고 있다니, 그것도 인생이랴 싶어 침이라도 뱉어주고 싶을 게 아니냐 말이다.

길은 차도나 인도를 가릴 것 없이 몹시 질퍽거렸다. 새벽에 내린 눈이 녹아 질퍽거리고 있다.

너절한 자동차가 내게로 지저분한 물을 튀기며 지나갔다.

눈도 녹아 잡탕물이 되니까 낭만이 아니었다.

"저놈의 늙은이가……."

나는 또 중얼거렸다.

장의사에서 나온 늙은이가 입술 사이에 끼워지지도 않는 꽁초를 손끝으로 쥐고 쪽쪽 빨다가 발 앞에 툭 떨어뜨리더니 가겟방에 쌓아놓은 싸구려 관곽 하나를 잡아 뽑는 것이다.

어지간히도 가난한 집에 초상이 난 모양이다. 타마구칠도 하지 않은 허연 널판 관을 길바닥으로 끌어냈다. 새끼 오라기로 중간을 엉성하게 묶어 멜빵을 만들더니 어깨에 걸머메고는 좌우의 비중을 잡기 위하여 두세 번 추슬렀다.

그가 어느 틈에 그 위에 얹었는지 사자 짚신 한 켤레가 관곽 위에 댕그마니 달려 있었다.

"지나 어서 그 관 속으로 들어가지 못하구."

나는 서쪽으로 몸을 돌려세웠다.

그는 동쪽으로 방향을 잡았다.

나는 발바닥이 아파 몹시 절름거린다.

그는 등에 진 게 한쪽으로 기울어져서 몸이 옆으로 기운다.

"하나님은 왜 저 늙은이를 내 눈에 띄게 해주셨누."

나는 뒤도 돌아보지 않고 아기죽아기죽 걷는다.

산도 들도 지붕들도 쌓인 눈이 두텁다. 햇빛에 보석가루처럼 빛나고 있었다. 나는 길옆에서 우연히 어떤 고아원의 간판을 발견한다. 정문 콘크리트 문기둥은 근사하지만 둘레에는 가시철망을 쳤다. 주변엔 인가가 없다. 논바닥을 약간 돋구어서 터를 마련한 모양인데 시멘트 블록 벽에다 슬레이트로 지붕을 이은 싸구려 건물이 멀찌감치 들여다보인다.

나는 나도 모르게 그 고아원 안으로 들어간다. 아무도 제지하는 사람이 없다. 뭘 어쩌자고 그리로 들어가는지 나는 모른다. 배착거리는 걸음으로, 몽유병자처럼 아이들 소리가 나는 쪽을 향해 가고 있다. 문득 어떤 소년이 머리에 떠오른다.

'종수라구 했던가?'

부산 고아원에서 그 녀석을 수복 때 서울 명륜동 집까지 데리고 왔다가 집엔 들어앉아보지도 못하고 쫓겨나 돈암동이든가 어디선가 잃어버리고만 그 영악하게 생긴 고아의 이름이 종수였던가.

'아들로라도 삼고 싶었는데, 그 녀석이 벌써 40대의 장년이겠지.'

나는 썰렁한 고아원 마당으로 들어가면서 며칠 전에 계산해본 예금 액수를 생각한다. 출옥할 때는 6천 몇백 원의 돈을 타가지고 나가게 된다고 한다. 10년 동안의 인권과 노동의 보상금인데 이것저것 제하고 나면 그쯤 될 것이라고 누군가가 계산해줬다.

"6천 원이면 어디 허름한 땅을 몇백 평쯤 장만할 수 있겠지. 한 5백 평만 있으면 우선 조촐한 고아원 터전은 될지도 모르는데."

나는 물가 시세를 알지 못한다. 10여 년 동안에 뭐가 어떻게 달라졌는지를 요량 못한다. 6천 원이 쌀 한 가마 값인지 두 말 값인지 따져본 일도 없지만 하여간 6천 원, 그게 10년 동안에 모아진 돈인 만큼 엄청나게 큰 거액으로 여겨질 뿐이다. 나는 그 돈을 자금으로 고아원을 설립해볼 작정을 한다.

집 질 돈이 모자랄까. 우선은 아이들이 많지 않을 테니까 자그맣게 출발해서 차츰 늘여가도록 하지 뭐.

갑작스레 아이들 여남은 명이 우르르 몰려나왔다. 눈싸움들을 시작했다.

나는 발길을 멈춘다.

내 눈두덩에서 물이 탁 튀겨 나갔다. 주먹만한 눈뭉치가 날아와 내 눈두덩을 때리는 바람에 눈앞이 뿌얘지고 흔들리고, 산도 건물도 전신주도 모두 흐릿하게 흔들리고, 그리고 와르르 무너져 내렸다. 나는 더는 한 발짝도 앞으로 나가지 못했다.

정신이 아찔했던 것이다.

잠시 후에 나는 원아들의 횡포스런 부축을 받으며 간신히 그곳을 빠져나오고 있었다.

나는 예정된 귀소시간보다 훨씬 빨리 형무소로 돌아왔다.

수위 간수에게 호소하듯 말했다.

"나 외출 나갔던 재소자예요. 2호 감방 29호예요."

나는 내 집으로 무사히 돌아온 것만이 퍽 대견스러워서 히쭉히쭉 웃음마저 흘리고 있다.

제29장

　햇살은 풋솜처럼 포근하고 따스했으며 밝고 부드럽게 빛나고 있었다. 아지랑이가 아물거리는 먼 산의 그 이름을 나는 10년 동안이나 보아오면서 아직도 누구에게 물어보지 않아서 모르고 있다. 꽤 높은 바위산이건만 부드러운 능선과 아늑한 골짜기를 안고 있다. 겨울이면 눈이 하얗게 반짝이고, 여름이면 그 봉우리에 구름이 걸려 유난히 검푸르게 보인다.

　지금은 아지랑이가 가물거린다. 곧 푸른 기운을 회복하면서 봄의 싱그러운 생기를 뿜어줄 모양이다.

　나는 그 산을 바라볼 때마다 언제고 한 번 꼭 그 정상엘 등반해보리라고 염원해왔다. 여름이면 머루 다래덩굴이 무성하겠지. 너구리 오소리 같은 짐승은 없을까. 골짜기 안에는 산사도 있어서 아침저녁으로는 목탁이 울리고 쇠북 소리가 사바를 정화하겠지. 주변에는 암자가 있을 것이고 암자에는 나이 젊은, 또는 나이 든 여승이 수도하고 있을걸. 그 능선 너머는 어디

일까? 또 산이 있고 산 너머에는 강물이 흐르는 게 보이진 않을까? 화전(火田)도 있을 것이고 가난한 농부들이 그곳에서 낳아서 늙어가고 있을지도 모른다. 내일이라도 저 산엘 올라가 보고 싶다.

나는 시선을 거둬들인다. 내 손아귀 속에 있는 차디찬 시신(屍身)을 들여다 보며 혼자 중얼거린다.

"네 고향이 저 산일 게다. 네 고향에 갖다가 묻어주마."

나는 죽은 멧새의 싸늘한 시체를 다시 손아귀로 꼭 쥐여주면서 그 죽음을 슬퍼하고 있었다.

언제부터인지는 모르지만 지난 초겨울 이후일 것이다. 창틀에 내놓은 모이를 먹기 위하여 매일 아침저녁으로 날아오던 멧새 세 마리가 있었는데 오늘 아침 원인도 모르게 그 한 놈이 죽어 있었다. 창틀 모이통 앞에 죽어 있었다.

"모처럼 시집간 딸년의 집엘 찾아갔었지요. 딸년 부부가 대판 싸움을 벌이고 있었어. 딸년두 사위놈두 성미가 지독했다우. 내가 보는 앞에서 글쎄 사위놈이 내 딸의 코를 뭉텅 물어뜯었어요. 사위놈 그놈, 뭉텅 비어문 내 딸의 코를 내 얼굴에다 탁 뱉으면서 퉤퉤, 딸년어멈 다 뒈겨라, 그러지 뭐야. 난 슬며시 밖으로 나왔어요. 부엌으로 가서 도끼를 찾아 들고 방으로 들어갔다우. 사위놈은 입 언지리가 피투성이가 된 채 씨근벌떡 자빠져 있습디다. 도끼루 그 면상을 내리 찍었어요. 23년 먹었으니까 죽기 전엔 감옥에서 나가지 못할 거야."

한 달 전에 그런 신입신고를 하던 주먹코의 마누라쟁이가 오늘 아침 그 멧새의 주검을 발견하고는 혀를 끌끌 찼다.

"가엾어라, 쯧쯧. 모이통 앞에 와서 죽어 있으니 굶어 죽은 건 아닐 텐데……."

나는 마귀할멈 손에 있는 내 아기를 뺏듯 그 멧새의 주검을 낚아챘었다. 언제 죽었는지 이미 싸늘하고 빳빳한 시체였다.

나는 지금 그 멧새의 죽음이 내 새로운 앞날을 상징하는 것 같아 몹시 불안한 것이다.

1970년 3월 1일이다. 3·1절 아침이다. 형무소 담장 밖 산비탈 집집마다엔 태극기가 펄럭이고 있었다. 그리고 날씨는 더할 수 없이 화창하다.

나 이문용은 오늘 정오를 기해 전주 형무소에서 출감한다. 10년 형기를 완전히 마친 것이다. 엄격히 따지면 내일 정오가 만기지만 오늘이 3·1절 국경일이라 해서 이왕이면 경사스런 날을 택하여 새 세상으로 내보내 준다는 형무소장의 비공식 특전이 내려 있었다.

경절(慶節)날이라서 수인들은 작업장에 나가지 않았다. 그러니까 그네들이 쉬는 날, 그네들의 전송을 받으며 출옥시킨다는 여 부장의 배려인지도 모른다.

그러한 좋은 아침인데 나는 내가 사랑하던 멧새의 주검을 손에 쥐고 있으니 신경이 착잡할 수밖에 없다.

이제 두 시간 후엔 출옥을 한다. 미결 기결을 합한 12년의 옥살이를 끝내고 자유로운 몸이 되어 바깥세상으로 나가게 된다.

나는 그러한 감격을 안고 있으면서도 먼 산을 바라보며 자꾸 눈물을 흘린다.

이제 또 누구 하나 아는 사람이 없는 낯선 고장에 풀썩 던져지는 것이다. 아무도 나를 반겨줄 사람이 없고, 알아줄 마음이 없고 내로라하고 나 자신을 과시할 건덕지가 없다. 모두가 나와는 상관이 없는 타인들만이 살고 있을 뿐이다. 내게 대하여 관심을 가져줄 까닭도 의리도 없다. 그러한 고장에 호적도 주민증도 없는 내가 던져지는 것이다. 전과자라 해서 이웃이 경원하고 백안시할는지도 모른다. 아무짝에도 쓸모없는 늙은이에게 정을 줄 사람이 있을 듯싶지가 않다. 누구를 찾아가 내가 이문용이니 반갑게 알은 체를 해달랄 수가 있는가? 당장은 '길수 녀석'이 코앞에 살고 있으니 그 늙은이나 찾아갈까. 자기가 송장이 다 됐으면서 남의 송장이나 주무르러 다니는 그 늙은이나 찾아가서 내가 김천에서 살던 '간난이'라고 외치며 값싼 눈물이나 낙숫물처럼 철철 흘려 볼까.

안악댁은 어딘가에 살아 있을지도 모른다. 수소문하면 해후하게 될 수도 있을지 모르지만 겁이 난다. 공부해서 법관인가 뭘로 성공하겠다던, 그런 큰 뜻을 품고 서울로 왔던 길수의 말년이 고작 저 모양인데 안악댁인들 어찌 돼 있을지, 어떤 꼴을 하고 목숨을 이어나가는 것인지 아무래도 만나면 환멸을 느낄 듯만 싶어 차라리 찾지 않기로 마음을 굳히고 있다.

이정호 그 사람은 뭐가 돼 있을까 안 궁금한 건 아니다. 그는 뭐든지 돼 있을지도 모르지만 도대체 그가 나와 무슨 관계란 말인가. 아무리 따져봐도 남남이니 궁금해하는 게 바보스럽다. 달리 또 누가 있는가. 시동생과 시누를 비롯한 시집 식구들은 이북에 있을 것이고, 임 상궁의 조카분인 임환경(林幻鏡) 스님이 해인사(海印寺) 원당암에서 수도하고 있겠지만 여적 살아 있을지 나이로 보아 의심스럽다.

이광수. 조봉암. 이상재. 윤치호. 민병석 등의 나와 크건 작건 인연 있던 이름과 모습들이 머리에 떠오르나 그들도 모두가 추억 속에나 남아 있을 과거의 인물들이 아닌가.

정말 나는 천애 늙은 외톨이로서 저 황량한 벌판에 내던져지는 것이다. 외롭고 불안할 뿐이다.

신앙으로 여생을 보내겠다는 다짐은 돼 있으나 그게 현재의 나를 위안해 줄 수는 없다.

나는 간밤에 지금 갈아입고 있는 문제의 속곳을 열심히 기웠다. 세어보니 열두 해 동안에 백스물여덟 번째의 쪼가리를 대고 기워 입는다. 나는 그 속곳을 앞으로도 소중히 아낄 것이다. 내 육신의 상처럼, 영혼의 누더기처럼 아끼면서 소중히 간직할 것이다.

나는 그런 누더기가 되어 이제 바깥세상으로 나가는 것이다. 영혼이나 육신에 또 새로운 흠집이 생기더라도 더는 기울 재간이 없고 새로 댈 헝겊 쪼가리마저 없는 것이다. 불안하지 않을 수가 없다.

"할머니!"

여 부장이 나타나서 조출한 음성으로 나를 불렀다. 함께 온 키 몽탁한 '소지'가 감방문을 열었다.

"나와요!"

나는 움직이지 않았다. 막상 감방에서 나오라니까 몸이 꼼짝도 되지 않는다.

"나오라니까요!"

2호 감방의 수인들이 부러워하는 눈초리로 나를 바라보고 있었다.

"할머니, 어서 나가세요."

"인제 아주 나가는 거예요."

"옥살이를 끝내고 영영 이 궁전을 나가시는 거야, 할머니."

"좋겠다!"

"꼬마 할머니 만세, 만만세다!"

모두들 한마디씩 지껄였으나, 내 귀청만이 시끄럽게 왕왕 울리고 있을 뿐이었다.

키 몽탁한 '소지'가 감방 안으로 들어와서 내 팔을 잡고 밖으로 끌어내려 했을 때, 나는 도수장에 안 들어가려고 갖은 힘을 다해 발을 버티는 황소처럼 완강한 저항을 하고 있었다.

힘이 딸리게 되자 창살을 움켜잡은 채 버티었다.

"할머니! 왜 이래요? 인제 아주 감옥에서 나가는 거예요. 소장님한테 가서 하직 인사 여쭙고 출옥하는 거야, 할머니."

키 몽탁한 '소지'가 그런 설명을 하지 않아도 내가 왜 그 사연을 모를까만, 그러나 나는 나도 모르게 그처럼 몸을 도사리며 필사의 저항을 시도했다.

이유는 모른다. 이유는 없을지도 모른다. 있다면 10여 년 동안의 생활 터전에서 쫓겨나간다는 허탈감일 것이다.

"저 할매, 한 10년 더 옥살이를 하구 싶은가보다."

"지렁이가 시궁창을 떠나면 죽구, 맹꽁이가 더러운 두엄발치에서 나오면 못 살지."

"싫다는 늙은일 내쫓을 게 뭐람. 나가구 싶어 하는 사람 내보내주지."

"시끄럽다!"

소리를 꽥 지른 키 몽탁한 '소지'는 황소 같은 기운으로 나를 끌고 감방 바깥으로 나섰다.

"할머니두 딱두 하시우!"

여 부장이 잔자로운 미소를 흘리며 내 팔을 잡더니 소장실 쪽으로 끌고 갔다.

나는 소장 책상 앞에 섰다.

큼직한 소장 책상 위에는 자개박이 명패가 놓여 있었다. '이유근'이라는 이름이었다. 새로 갈려 와 여기저기 감방을 초도순시할 때 본 그 얼굴과는 생판 딴 사람으로 보였다.

나에게 대한 소장의 마지막 훈시는 길지 않았다. 나는 감동을 받았다. 아마 그가 나에게 저주하는 말을 했다 하더라도 그게 마지막 훈시라면 감동을 받을 텐데 그는 아주 차근차근하게 각박한 세상에 나가면 어려운 일이 많을 것이니 마음을 굳건히 갖고 착하게 남을 사랑하며 하나님의 뜻대로 잘 살라는 훈시이고 보면 구구절절 감동을 받아야 내 오장이 바로 박힌 증좌가 아니겠는가.

"민 할머니는 드물게 보는 모범수였기 때문에 특별히 재봉틀 한 대를 상으로 드리게 됐어요."

정말 손재봉틀 한 대가 책상 옆에 놓여 있었다.

"그리고 이건 그동안 민 할머니 앞으로 저금돼 있던 돈입니다."

소장은 하얀 봉투 하나를 내게 주었다. 아마도 6천8백 몇십 몇전의 돈이 들어 있을 것으로 짐작이 된다.

"듣자니 민 할머니는 바깥에 나가도 당장 기거할 집이 없다구요? 그래서 갱생보호소의 윤 소장님한테 부탁을 해놓았습니다. 당분간 그곳에 가서 지내도록 하시오. 여 부장이 안내해 드릴 겝니다."

"고맙습니다, 고맙습니다, 소장님."

"전임 소장님 때부터 민 할머니에 대해선 감형 신청도 여러 번 냈고 또 특별한 신분임을 소명(疏明)하는 공문을 띄워서 가출옥하실 수 있도록 하려고 노력은 해온 모양이지만 상부에서 번번이 묵살당하고 말았다는군요. 그 점 미안하게 생각합니다."

"고맙습니다, 고맙습니다, 소장님. 모두가 다 주님의 거룩하신 뜻대로 되는 게 아니겠어요? 아무도 원망하지 않습니다. 죄 많고 덕 없는 몸이 모든 분에게 귀염 받고 신세 많이 지고 떠나갑니다. 하나님의 은총에 오직 감사하는 마음으로 여생을 살아가겠습니다. 참, 소장님."

"네, 뭐든지 말씀해보세요."

"이 봉투에 든 돈이 얼맙니까?"

"6천 몇백 원이라죠, 아마."

"이 돈으로 땅을 몇 평이나 살 수 있을까요? 5백 평쯤은 사겠죠?"

"땅 5백 평을 사요?"

"못 사나요?"

이유근 소장은 기가 막힌다는 듯이 여 부장을 바라봤다.

여 부장은 미소짓고 있었다. 그 입 언저리의 미소가 밝은 햇살을 받아 한결 더 부드러워 보였다.

"이 돈으로 평생소원인 고아원 지을 터전이나 마련하고 싶은데 허름한 땅 몇백 평 장만 못할까요, 소장님. 저 그런 땅 시세에 대해선 깜깜이라 그럽니다."

"할머니, 그 얘긴 나하고 차차 의논하기로 해요. 우선 나가서 옷을 갈아입어야죠."

여 부장이 내 팔을 잡아끌었다.

서울 형무소에 들뜨려질 때 입었던 흰 옥양목 치마 저고리를 열두 해만에 다시 찾아 입은 나는 시골 무지렁이 할망구가 난생 처음으로 양장이라도 해보는 것처럼 어색하기만 해서 몸 각각 옷 각각 정애비가 옷을 걸친 듯이 제멋대로 놀고 있었다.

"여 부장님."

"기쁘시죠?"

"나 있던 감방에 가서 작별인사나 하도록 해주세요."

"원래는 안 하기로 돼 있는데."

"허락해주세요, 여 부장님."

"그럼 아주 간단히 하세요."

나는 키 몽탁한 '소지'의 안내로 2호 감방엘 갔다.

모두들 우르르 일어나서 창살 틈으로 나를 구경한다.

"할머닌 좋겠수."

"새색시 같은데."

"정든 이곳을 눈물 없이 어떻게 떠나죠, 할머니."

나는 정말 눈물이 글썽해지고 말았다.

"그럼 안녕히들 계시우."

"안녕히."

"안녕히."

"신랑 생기면 기별하시우."

나는 창살 틈으로 나오는 여러 손들을 차례차례 잡아주며 석별의 정을 나누자니 숨이 막히도록 그들과의 헤어짐이 아쉽게 여겨진다.

그때, 내가 늘 궂은 것을 세탁해주며 뒷바라지해 온 젊은 아편쟁이의 눈초리가 샐쭉해지더니 별안간 앵이 하고 기성을 발했다.

"저년이! 저 쌍!"

키 몽탁한 '소지'가 내 몸을 낚아채 뒤로 돌려놓고는 감방문을 열고 후당탕 뛰어 들어가 그 아편쟁이를 직사하게 두드려팼다.

나는 내 왼쪽 뺨에서 묻어나는 피를 보았다. 손톱자국은 대수롭지 않은 상처라도 몹시 아리고 아프다. 그리고 흉터가 남기 쉽다.

나는 그래도 인심을 잃지 않았기 때문에 출옥 전날 밤 동료들한테 몰매나 약탈을 당하지 않았다.

미웁게 굴었다면, 먼저 나가는 년 맛 좀 보라고 몰매를 주며 자신들의 욕구불만을 폭발시키는 예가 얼마든지 있다. 만약 속옷 같은 게 좀 성하면 강제로 벗겨지게 마련이며, 그것도 세탁까지 해주고 나가게 마련이다.

나는 사무실로 돌아오자 여 부장한테 청원했다.

"나 작업 시 저축한 돈 남아 있는 사람들을 위해 두고 갈래요."

6천 8백 몇십 전을 그들을 위해 썼으면 좋겠다는 생각이다.

"잠자코 나가세요. 나가면 당장 돈이 필요하니까. 참 서울에서 원 목사님이 5천 원을 우송해주셨어요. 할머니 드리라구."

나는 원 목사를 위해 기도했다. 하나님을 위해서 기도하는 것과 뭐가 다를까.

"여 부장님, 2호 감방 사람들한테 곰탕 한 그릇씩이라두 차입해줬으면 좋겠네요."

"그래요? 그건 괜찮지만 사람이 많은데."

"열두 명이죠?"

"천오백 원이나 드는데 괜찮겠어요? 할머니. 그럴 필요가 없는데."

"저녁에 넣어주도록 하세요."

나는 일금 천오백 원을 세어서 키 몽탁한 '소지' 한테 맡겼다.

"그럼 나갑시다."

여 부장이 앞장을 섰다.

"여 부장님!"

"보따리 내가 들어 드릴까?"

"2호 감방 앞에 있는 내 나무 말예요……."

"퀸 트리?"

"봄여름 가뭄이 심할 땐 누굴 시켜서 물 좀 자주 주게 해주세요. 소나기가 쏟아지면 그 이파리에 비 듣는 소리가 좋았는데."

"할머니두."

"겁이 나요."

"출옥하는 게?"

"그동안 아무 신경 안 쓰고 편안히 지내 왔는데……."

"주님의 축복이 내릴 것입니다. 잘 돌봐주실 거예요."

"불안스러워요. 제 뜻대로 될 수 있다면 나 대신 불쌍한 딴 사람을 내보내구 난 그대루 지냈으면 좋으련만."

"할머니두."

나는 옥문을 나서면서 옥에 던져질 때보다도 더욱 큰 불안을 느꼈다.

사람이란 적응하면 어디서나 살 수 있게 마련인 것 같다. 결국은 마음 편히 지낼 수 있는 곳이 가장 좋은 삶의 터전이 아닌지 모르겠다.

"뭐하는 곳이에요?"

"어디가요?"

"지금 가는 곳이."

"아, 갱생보호소 말이죠? 올 데 갈 데 없는 외로운 출옥자들을 수용해서 직업도 익혀 주고 갈 곳도 마련해주고 하는 보호기관이에요."

"이름만 다르군요?"

"형무소와?"

"나갈램 언제든지 나갈 수 있는 자유만은 보장돼 있겠군요."

"그러니까 형무소는 아니죠."

그곳으로 옮긴 지 이틀만에 캐나다 연합교회의 구 선생과 하 여사가 그리로 나를 찾아왔다.

그네들은 나의 출옥일자를 착각했다면서 무슨 큰 실수를 한 것처럼 미안스러워하더니,

"할머니께서 우선 거처하실 방을 얻어놨습니다. 모시러 왔어요. 가실 준비를 하세요."

당장 떠날 준비를 서두르게 하는 하 여사는 좋은 일을 한다는 기쁨으로 들떠 있었고, 뒷전에 서 있는 캐나다 선교사 구 선생은 복사꽃처럼 환한 빛깔의 투피스로 내 마음을 밝게 해주고 있었다.

나는 그날로 이리시 주현동에 있는 양씨라는 사람의 집 건넌방으로 이사를 했다.

절해고도에 던져진 것처럼 외로웠다. 사방 아홉 자의 방이 황량한 갯벌처럼 넓고 내 몸은 하나의 알맹이 없는 조개껍질처럼 작고 허전하게 여겨진다.

"이거 구 선생이 한 달 생활비로 할머니께 드리는 거예요. 모자라겠지만 우선."

하 여사가 반으로 척 접은 지폐뭉치를 내 손에 쥐어줬다.

"나 돈 있어요. 많이 있어요."

"솥이랑 그릇이랑 간단한 세간살이는 따로 사서 들여보낼 테니, 이 돈은 첫달 생활비에만 쓰도록 하시랍니다."

"이거 얼만데요?"

"삼천 원."

"삼천 원? 이걸 다 한 달 생활비로 쓰라는 거예요?"

나는 내가 지니고 있는 도합 만여 원의 돈이 얼마나 쓰잘 것 없는 액수인가를 비로소 깨달을 수 있었다.

고아원 부지를 장만하겠다는 꿈이 산산조각이 나는 것 같았다.

"앞으로 10년 동안 주님의 명령으로 할머니의 생활비는 내가 대드리겠습니다."

구 선생이 나에게 그런 말을 했다.

"10년 동안이라구요?"

"10년 동안요."

그날 밤 나는 상으로 타가지고 나온 재봉틀을 방 가운데에 꺼내놓고 빈 바퀴를 열심히 돌려봤다. 삯바느질을 하면 내 생활비쯤은 쉽게 벌 수 있을 것이고, 그 일은 전에도 감옥에서도 신물이 나게 경험해왔기 때문에 자신이 있었다.

'앞으로 한 10년 열심히 일해서 여축하면 될 게야. 어디 허름한 땅 한 5백 평만 사가지고 고아원을 짓구, 불쌍한 애들이나 모아 기르지.'

나는 내 나이가 지금 70이라는 사실을 까맣게 잊어먹은 채 새로운 의욕으로 앞날을 설계하기 시작했다.

사흘 되던 날부터 이웃사람들에게 바느질거리를 수소문했다. 일요일 아침마다엔 구 선생과 하 여사가 꼬박꼬박 찾아와 나를 교회로 데려가곤 했다.

일거리도 밀리기 시작하고, 생활도 그런대로 안정이 돼갔다.

그러던 어느 날 신문기자라는 사람이 나를 찾아왔다. 구 선생과 하 여사가 함께 왔다.

나는 한사코 도사렸으나 하 여사의 설득이 간절하고 젊은 기자의 유도 질문이 집요해서 내 내력을 간단히 설명해줬더니 며칠 후에 주현동(珠峴洞) 바닥이 떠들썩해졌다. 〈한국일보〉에 내 이야기가 났다면서 신문을 가진 이웃 남녀들이 나를 구경하러 몰려왔다.

신문기사는 아주 자신이 없는 투였다. '가십'을 좀 확대한 정도로 취급했는데 본인의 말이 '황녀'라니까 흥미가 있지 않으냐는 식의 문맥이었다.

그러나 그 기사는 나에게 퍽 소중한 인간관계를 부활시켜주는 계기가 됐다.

어느 날 서울에서 손님이 왔다고 안집 남자 양 선생이 황급하게 대청으로 뛰어올라왔다.

양씨는 고등학교의 영어 교사인데 선량한 흥분파였다.

나는 재봉틀을 옆으로 밀어놓고는 방문 밖을 내다봤다.

가냘픈 몸매의 노신사가 뜰 앞에 와 서서 나를 쏘아보고 있었다. 날카로운 눈빛과 금테 안경이 석양 햇살에 번쩍이고 있었다.

"누구신지요?"

툇마루로 나서면서 내가 물었으나 노신사는 나를 숨막히게 쏘아볼 뿐 응답을 하지 않았다.

"서울에서 먼 길을 오셨으면 좀 들어오시지요."

나는 소녀처럼 가슴이 두근거렸다. 혹시 이정호 그 사람이 아닌가 싶어서 조심스럽게 그를 훔쳐봤으나 어디에도 그의 모습이 남아 있지 않았다. 나는 겁이 덜컥 났다. 또 나를 괴롭히려는 어떤 구연(舊緣)의 존재가 나타났나 싶어 겁이 났다.

"좀 올라오시지요."

좁은 봉당에는 작약꽃이 한창이었다. 꽃술이 유별나게 노랬다. 거기 석양 햇빛이 밝게 쏟아지고 있었다.

"신문을 보고 찾아왔습니다. 문용 씨라고 하셨지요?"

나는 어질러 놓은 방을 치우기 시작했다. 가슴이 떨리고 있었다. 옛날 이지용(李址鎔) 그 사람을 연상했다. 어딘가 닮은 데에 있어보였으나 물론 그 사람은 아니다.

"신문기사를 보니 잿자 곤자 이재곤(李載崑) 대감을 아신다고요?"

오래간만에 듣는 이름이라 나는 귀가 번쩍 띄었다.

"양사골 대감 말씀이군요?"

"제 아버님이십니다."

"네?"

"첫눈에도 틀림없는 제 누이이십니다. 저 면용이에요. 양사골 대감의 아들 면용이에요. 어렸을 적에 한 번 누님을 뵈온 일이 있습니다. 어느 가을 창덕궁 밤 줍기 대회에 나갔다가 뵌 일이 있어요. 임 상궁 손을 잡으시고 비원에서 밤 줍기 내기를 하시지 않았습니까."

더 무슨 말을 하랴 싶었다. 그와 나는 얼싸안고 엉엉 울었다.

그의 주선으로 6월의 어느 오후 자선회 일로 전주에 내려온 영친왕비 방자 여사를 관광호텔에서 상면했다. 역시 아무 말 않고 둘이 손을 잡은 채 눈물만 흘렸다.

방자 여사는 첫눈에도 내가 부군 영친왕을 쏙 빼났다면서 기구한 운명을 살고 있는 두 시뉘올케는 조용히 눈물을 흘렸다.

"낙선재(樂善齋)로 들어오셔서 함께 사시지요?"

"안 들어갈래요. 비전하, 저는 오늘날까지 혼자 굴러다닌 인생인걸요."

옆에서 면용 동생이 조심스럽게 간권했다.

"그렇게 하시지요, 누님. 비전하의 어지신 호의이신데."

나는 고개를 가로저으며 딴소리를 했다.

"덕혜옹주의 병세는 좀 어떤가요."

나의 물음은 허공을 맴돌다가 스러질 뿐 아무런 반응을 얻지 못했다.

나보다 꼭 열한 살 아래인 이복동생 덕혜옹주를 한 번 만나보고 싶지만 서로 마음만 상할 듯싶어 그런 말은 하지 못했다.

덕혜의 생모는 양 상궁(梁尙宮), 같은 귀현(貴顯)의 피를 받았으면서 그쪽은 등록된 옹주고 나는 버림받은 생명이며, 그쪽은 산송장 같은 등신이 돼 있고 나는 지금 이 꼴이니 몰락한 왕가의 후예들은 이처럼 처참하다.

더위가 기승을 부리던 한여름이 가자, 나는 전주로 일거리를 얻으러 나갔던 길에 문뜩 전의 그 장의사가 궁금해졌다. 배착배착 찾아가봤다.

먼발치에서 오래도록 살펴봤으나 길수 영감의 모습이 보이지 않았다.

'죽었나?'

나는 물어봐 확인할 수도 있었으나 그럴 마음이 일지 않았다. 죽었대도 살아 있대도 마찬가지일 것 같았다. 만나봐도 못 만나도 그와 나의 인연은 한가로울 때의 아릿한 회상거리일 뿐 그 이상도 이하도 아니다.

나는 싸구려 관짝을 삐뚜름하게 걸머멘 그의 초라한 몰골이 눈앞에 알찐거리는 바람에 심한 허무의식을 느꼈다. 공연히 전주 시내를 헤맸다. 우연찮게 전주 이씨의 시조라는 사공공(司空公)의 위패를 모신 조경묘(肇慶廟)에도 들렀다. 우연찮게 지나다가 그곳이 그런 곳이라 해서 우연찮게 참배를 했다.

저녁 무렵이 되자 비가 내리기 시작했다. 이리로 돌아왔을 때는 날이 어두웠는데 비는 계속 내리고 있었다.

혼자 때를 끓여 먹는 것도 귀찮아져서 저녁은 거르기로 하고 무슨 생각에선지 괜히 보따리를 뒤지고 있었다.

옷갈피 속에서 신문지에 싼 물건이 방바닥에 툭 떨어졌다. 뭘까, 하고 펴보던 나는 가슴이 섬뜩했다.

멧새의 시체였다. 출옥하던 날 아침에 죽은 그 멧새의 시체를 처치할 길이 없어서 신문지에 싸 보따리 속에 꽂았던 것인데 까맣게 잊고 지내왔었다.

그 멧새의 주검을 다시 보자 나는 처음 봤을 때보다도 더욱 심한 충격을 받았다. 최근에 본 시체는 감옥에서 죽은 왕년의 여가수였다. 그때도 남의 죽음 같지가 않게 마음이 상했었는데, 이 바싹 말라빠진 멧새의 시체를 보는 순간 저절로 통곡이 터질 것만 같은 아픔을 느낀다.

이 세상에 존재하는 무엇의 촉감이 이만큼 포근하고 매끄럽고 부드러울 수가 있을까. 죽은 멧새의 털을 머리에서부터 꼬리 끝까지 쓰다듬고 있는 나는 그 정겨운 촉감에서 공포와 전율마저 느낀다.

영혼이란 있는 줄로 굳게 믿고 있지만, 영혼 떠난 시신에서 이처럼 간절한 정을 느끼고 거기서 전율을 불러일으킨다면 이 조그마한 멧새 한 마리의 주검은 하나의 우주와 다를 게 뭐냐는 생각이 든다. 활기 있는 생명이 아니라 해서 우주가 아닐까. 존재하는 것이면 거기 뜻이 있고 뜻이 있으면 하나의 소우주이지 그게 생명이건 무기물이건 다를 게 뭐냐 싶다.

나에게, 이 황량한 마음을 가진 나에게, 이처럼 아늑하고 부드러운 촉감을 제공해줄 수 있는 물체로서의 멧새가 전에 나와 조그마한 정을 나누던 생명이었음을 생각하니 삶과 죽음이란 결국 같은 것이라는 불교적인 윤회설을 나에게 일깨워 주고 있는 게 아닌지 모르겠다.

나는 전에 내 아들 필한이의 뼛가루를 백지에 싸서 염낭에 넣고 다닐 때도 그런 따스하고 포근한 정을 느꼈었다.

같은 심정이었다. 필한이가 나의 분신이었듯이 이 조그마한 멧새의 주검도 나의 분신처럼 여겨진다.

"할머니!"

안집 아이가 대청에서 나를 부른다.

"왜?"

"심심한데 테레비 보러 오시래요."

"고맙군. 곧 갈게."

그러나 나는 가지 않았다.

이번엔 주인 양씨가 내 방 안을 기웃거리며 말했다.

"일두 안하시는데, 오세요. 할머니."

"양 선생님."

"저녁은 잡수셨는지 모르겠군요."

"나 밤이면 잠이 잘 안 와서 고생이에요."

"불면증이시군요?"

"밤을 꼬박 새울 때가 많아요."

"성경을 읽으시죠, 그럴 땐 성경을 열심히 읽으세요."

"성경두 불경두 읽어요."

"어느 한쪽을 읽으셔야 잠이 오지요. 두 가지를 읽는 건 인생이나 신앙에 갈등이 있다는 증거인데 잠이 올 턱이 있나요. 성경만을 열심히 읽으세요, 할머니."

"나 수면제 좀 구해주실 수 있겠어요? 양 선생님."

"친구 약방에서 구해보도록 하겠습니다."

사람 좋고 다혈질이고 성미 급한 그는 그 길로 나가더니 수면제 한 봉지를 구해다준다.

"비가 꽤 오는걸요. 한 번에 두 알 이상은 안됩니다. 열흘치예요. 한꺼번엔 안 준다는 걸 노인의 불면증이니 괜찮다구 뺏어왔습니다. 물 떠다 드릴까요?"

"아녜요, 물은 여기 있어요. 이런 약을 사봤어야죠. 미안스러워요."

"비가 제법 내리고 있군요."

그는 우산을 쓰고 다녀왔을 텐데 옷이 젖어 있었다.

"이번 비로 모든 초목이 푸르러지겠지요? 꽃도 피우고……."

"활력소와 같은 비길래 나도 일부러 맞았습니다."

밤이 깊어졌다. 차분한 빗소리가 사위의 정적을 더 한층 짙게 해주고 있는 밤이다.

어디서 라디오 소리가 들려오고 있지만 그것도 이 밤의 안온한 정적을 더해 줄 뿐 나의 신경을 어지럽히지는 않았다. 혼란스러운 팝송인 모양인데도 그랬다.

나는 아주 편안하고 담담한 심경으로 수면제 스무 알을 한꺼번에 입에다 물었다. 숭늉 한 그릇을 벌컥벌컥 마시고는 자리 속으로 들어가 느긋한 자세로 누웠다.

반드시 죽으려는 생각을 한 것은 아니지만 산다는 것에 대한 미련이나 애착도 없다. 왠지 그저 그래 보고 싶은 충동을 일으켰을 뿐이다.

세월 70년 동안에 그 많은 고초를 겪어가며 그토록 악착같이 살아온 내가 이제 마음 편히 여생을 지낼 수 있는 환경이 되니까 오히려 의욕이 꺾이고 허전하기만 해서 편히 잠들 시간을 갖고 싶은 것이다.

두렵지가 않았다. 죽는다는 게 홀연히 잠의 세계로 떨어지는 것과 뭐가 다를까보냐 싶다.

나는 선하품을 늘어지게 하면서 이럴 때 누구 하나 사무치도록 그리운 사람이라도 있었으면 좋겠다는 간절한 아쉬움을 가져본다. 많은 인연 있던 얼굴들을 회상해보다가 잠이 들었던 것으로 짐작이 간다.

오헌(梧軒)이라는 누군가의 아호도 그때 처음으로 무심히 머리에 떠오른 게 아닌지 모르겠다. 실제 그런 인물이 있었던 것도 아니건만 하여간 마지막 잠을 청해보며 정말 누구 한 사람 애절하게 사모해보고 싶은 충동을 느끼는 순간 그런 두 글자를 생각한 것 같다.

나는 갑자기 뒤를 떼미는 엄청난 힘을 의식한다. 물푸레 지팡이에 몸을 의지하며 황량한 벌판으로 주척주척 걸어간다.

바닷바람인지 산바람인지 거세게 불어대고 있는 가없는 벌판엔 사초 바랭이 억새 빵대 같은 잡초들이 무성해 있다. 비도 안 오건만 발을 옮겨놓을 적마다 물이 질척거리는 황량한 벌판이었다. 나는 그런 벌판에 던져져 있다.

별안간 여기저기서 가지각색의 짐승들이 모습을 나타내기 시작한다. 늑대, 너구리, 여우, 토끼, 곰, 호랑이, 사슴 없는 짐승이 없다. 모두 나를 향해 다가오고 있는 것이다. 구렁이도 풀숲에서 나타난다. 하늘에선 독수리도 왜가리도 까막까치도 날아든다. 모두 나를 향해 부리를 모아 내려앉을 모양이다.

지팡이에 몸을 의지한 나는 꼼짝달싹을 하지 못한다. 그럴수록 그 온갖 짐승들은 나를 노려보며 서서히 둘레를 좁혀가며 에워싼다.

나는 눈을 감고 기도한다.

"주님이시여, 내가 탐욕스런 저들을 위하여 도움을 주고, 사랑을 베풀고, 저들을 위하여 무엇인가 하게 하십시오. 저들은 나를 헤치려 하지만 나는 저들을 위하여 기도하오리라, 아멘."

나는 경건히 기도를 하고 눈을 떠봤으나 짐승들은 나에 대한 포위망을 점점 압축해올 뿐이다. 그 살기, 눈에 어린 살기.

나는 합장을 하며 〈금강경〉을 외기 시작한다. 자비로운 미소를 짓는 관음보살을 눈앞에 보며 열심히 금강경을 외운다.

다시 눈을 떴을 때 짐승들의 포위망은 좀 더 압축돼오고 있었다. 까막까치와 수리 떼들이 내 머리 위를 가로 세로 휙휙 나르며 6·25전쟁 때 본 전투기들처럼 나를 위협하고 있다.

나는 예수도 부처님도 지금의 나를 구원해주지 못한다고 생각하자 어쩔 수 없이 인간 본연의 소리, 비명을 지르기 시작한다.

"아악! 으아악."

자지러지는 듯한 비명이 나의 고막을 찢으며 황량한 벌판에 메아리치며 울려 퍼진다.

— 예수께서 제자들에게 이르시되 실족(失足)케 하는 일이 없을 수 없으리라.

— 만약 이 착한 자 중의 하나를 실족케 하시려거든 차라리 연자맷돌을 그 목에 메우고 바다에 던지심이 나으리라.

나는 문득 입에서 나오는 대로 그렇게 지껄여본다. 〈누가복음〉이든가 어디선가의 한 구절인 성싶다.

— 아브라함이여. 나를 긍휼히 여기사 나사로를 보내시어 그 손가락 끝에 물을 찍어 내 혀를 서늘케 하소서. 내가 이 불꽃 가운데서 고민하나이다.

나는 다급한 나머지 그처럼 열심히 구세주를 찾았으나 아무런 반응도 얻지 못한다.

그러나 반응은 있는 것이다. 나는 나에게 공포심이 차츰 덜어지고 있음을 깨닫는다.

나는 눈을 감은 채 아주 편안해지는 영혼의 안정을 깨닫는다. 평화로운 햇살이 내 다섯 자 육신을 밝게 비추어주고 있음을 깨닫는다. 메시아가 구름밭에 나타나, 천사들을 거느리고 나타나 방금 뭇 짐승의 밥이 되려는 나에게 구원의 손길을 뻗으려 하고 있음을 깨닫는다.

그 영상이 내 안막에 역연히 현상(現象)된다.

찬송의 노래가 온 천지에 장중히 울려퍼지고 있는 것을 듣는다.

뭇 짐승들이 다투어 춤을 추기 시작하는 것을 본다.

하늘에는 황금빛 구름이 피어오르고 지상의 모든 수목들은 꽃과 잎을 피우며 흔들며, 화창한 날씨에 그 생명의 환희를 노래하며 춤추고 있음을 역력히 본다.

"고맙습니다, 아버지시여."

나를 해치려던 온갖 짐승들이 나를 위해 찬송하기 시작하는 것을 보자 나는 주님의 위대한 은총을 실감하며 가없는 지평선을 향해 발길을 옮겨놓기 시작한다.

사흘만에 나는 의식을 회복했던 것 같다. 눈을 떠보니 병원이었고 지금은 내 집에 돌아와 여러 사람의 간병을 받으며 뒷치료를 하고 있는 중이다.

"누님, 누님, 이 약을 드셔야 해요. 이젠 정신을 차리셔야죠. 몸을 일으켜보세요."

바람 타는 나무에 오른 것처럼 몸이 심하게 흔들렸다. 눈을 뜨고 정신을 가다듬는다.

"할머니!"

"할머니!"

"할머니!"

구 선생 하 여사 여 부장. 모두 나를 들여다보고 있다. 모두 다 환하게 웃는다. 부챗살 같은 햇빛이 눈부시다. 창밖엔 녹음이 파도처럼 일렁이고 있다. 향긋한 냄새는 꽃내음이 아니면 누군가의 화장 향기가 아니겠는가. 착한 사람들 마음의 향기인지도 모른다.

"이제 소생하셨으니 앞으로 10년은 더 사실 겁니다, 누님. 관세음보살."

동생 이면용의 금테 안경이 번쩍번쩍 빛을 튀긴다.

구 선생 미혜 씨의 이국적인 얼굴이 내 눈앞으로 내려앉는다. 그 입술이 타는 듯 아름답다.

"주님의 은총으로 살아났습네다, 할머니. 고맙습네다. 주님의 이름으로 감사합네다."

하 여사, 그 여자도 나깃나깃한 음성으로 기도를 한다.

"주님의 은총에 감사합니다. 당신을 충실하게 따르고 섬기려는 착한 우리 할머니한테 새로운 생명과 의욕을 주신 주님께 감사하옵니다. 우리는 하나님을 뵈온 일이 없습니다. 그러나 만약 우리가 서로 사랑하면 하나님이 우리 안에 계시고, 그의 사랑이 우리 안에 온전히 이루어지심을 믿습니다. 아멘."

나는 나를 위하여 기도해주는 그네들한테 손을 내민다.

부드러운 촉수, 따스한 체온, 인간의 체온. 피의 온기. 메시아, 그들이 메시아.

나는 다시 하늘에서 울려퍼지는 장중한 찬송가 소리를 들으며 묻는다. 누구에게라 지목함이 없이 묻는다.

"그분 아직 안 오셨어?"

"오헌 선생 말씀이시군요?"

"안 오셨어?"

"오실 겝니다. 오시구 말구요. 누님을 뵈오러 자비를 베풀러 꼭 오실 겝니다. 기다리셔야 해요, 누님."

기다려야 할 것 같다. 그가 나를 찾아오기를 언제까지라도 기다려야 할 것 같다.

나는 더할 수 없이 몸과 마음이 편안하다.

황금빛 햇살이 내 얼굴 위에 쏟아져내린다. 가볍게 사뿐히 내려앉듯 쏟아져내린다.

창 밖에 펼쳐지는 가없이 넓고 푸른 하늘, 바람기라곤 없는 것 같다. 눈부신 구름이 그 하늘에 둥실 떠 오수에 잠긴 듯 정지해 있다. 관조(觀照)의

법열을 만끽한다.

줄기찬 산맥의 연봉(連峰)을 닮은 구름을 바라보며.

'내 이름은 李文鎔.'

이문용은 누군가에게 감사하는 마음으로 그러한 바깥 하늘을 멍하니 바라본다. 눈부신 구름의 연봉을 넋잃고 바라본다. 어디서 본 듯한 형태의 구름이다.

언젠가 해인사 법당 앞에 서서 저런 구름의 연봉을 바라봤던 게 아닌지 모르겠다. 금강산 백련암에서였는지도 모른다. 향수와 같은 감상에 젖으며 그 소담스러운 생명을 상징하는 듯한 구름의 봉우리들을 바라본다.

끝